MALENE SØLVSTEN

DAS FLÜSTERN DER RABEN

FEHU

Aus dem Dänischen von
Dagmar Lendt und Dagmar Mißfeldt

ARCTIS

Die Originalausgabe erschien 2017 unter dem Titel
Ravnenes hvisken – Bog 2 im Forlaget Carlsen, Kopenhagen.

Die Übersetzung wurde gefördert von der Danish Arts Foundation.

Danish Arts
Foundation

MIX
Papier aus verantwortungsvollen Quellen
FSC® C083411

Deutsche Erstausgabe
2. Auflage 2022

Published by Agreement with Gyldendal Group Agency

Übersetzung: Dagmar Lendt und Dagmar Mißfeldt
Lektorat: Maike Frie, Münster
Umschlaggestaltung: Mette Breth
Karte: Andreas Erstling
Satz: Greiner & Reichel, Köln
Druck und Bindung: CPI books GmbH, Leck
Printed in Germany 2022
ISBN 978-3-03880-056-9

www.arctis-verlag.de

Folgt uns auf Instagram unter
@arctis_verlag

Für meine Schwester, die – als ich endlich zugab,
dass ich an einem Buch über Hexen, Halbgötter und Hellseherinnen
schrieb – ohne mit der Wimper zu zucken fragte:
Wie kann ich helfen?

HIBERNIA
MEARE SEE
DYFLIN
VINDR FEN
JORVIK
KRÄHEN MOOR
SVEAREICH
BRONZEWALD
KYNGJA MOOR
SVERRESBORG
HYRROKINS EBENE
FESTUNG BORGBY
SÆRKLAND
MIKLAGARD

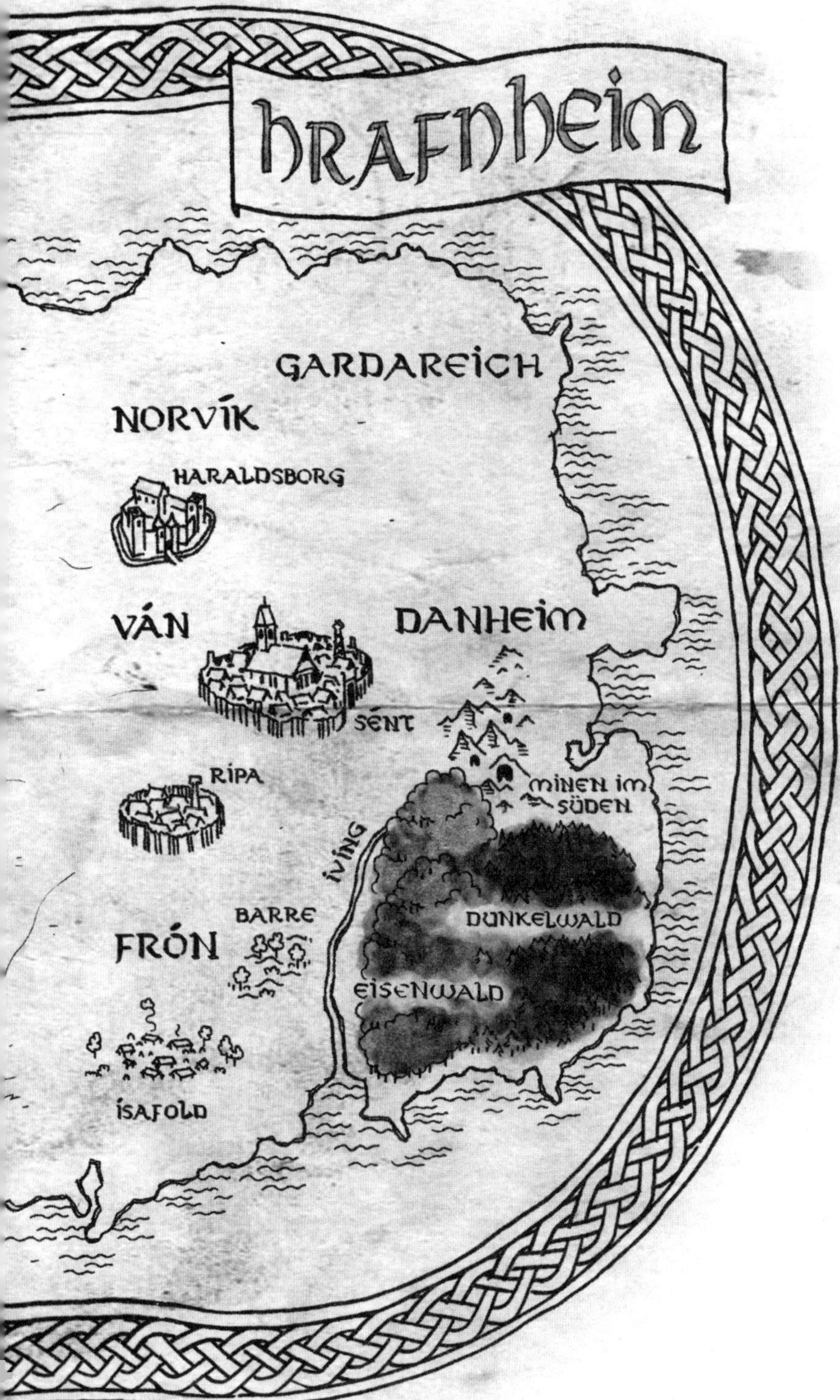
HRAFNHEIM
GARDAREICH
NORVÍK
HARALDSBORG
VÁN
DANHEIM
SÉNT
RÍPA
MINEN IM SÜDEN
ÍVING
BARRE
FRÓN
DUNKELWALD
EISENWALD
ÍSAFOLD

TEIL I

WEISSAGUNG DER SEHERIN

Ihr gab Heervater
Halsband und Ringe
für goldene Sprüche
und spähenden Sinn.
Denn weit und breit sah sie
über die Welten all.

Völuspá
(Die Weissagung der Seherin)
10. Jahrhundert

PROLOG

Die Silvesterparty im Bootsmann war spektakulär, aber mir zog sich der Magen zusammen. Die Einzigen, die ich sah, waren die, die fehlten. Über meinen verbleibenden Freunden hingen drohende Schatten.

Gut, dass ich nur die Vergangenheit sehen konnte.

Ich schaute ein letztes Mal auf die Tanzfläche, bevor ich mich davonschlich.

Ods Büro mit den vielen Türen sah aus wie immer, nur dass jetzt ein Käfig darin stand. Mit Gitterstäben und allem.

Im Käfig saß Frank mit gefalteten Händen. Er hob den Kopf, als ich eintrat. Vor instinktiver Wiedersehensfreude lief ich ein paar Schritte auf ihn zu, ehe mein Verstand mich daran erinnerte, dass er versucht hatte, mich an meinem Geburtstag vor etwas mehr als einer Woche umzubringen.

»Kommst du, um Rache zu nehmen?« Seine Stimme war ruhig.

»Ich wusste nicht, dass du hier bist. Ich bin aus einem anderen Grund gekommen und wäre dir dankbar, wenn du niemandem verrätst, dass du mich gesehen hast.«

»Das bin ich dir schuldig.« Frank musterte mich. »Es war mein Ernst, als ich gesagt habe, ich wünschte, du wärst nicht diejenige, die ich ermorden muss.«

Ich versuchte, ein hartes Gesicht zu machen. »Ich wüsste bloß gerne, warum.«

Frank starrte wieder auf seine Hände. »Das kann ich nicht sagen«, flüsterte er.

Ich tat es, ohne nachzudenken. Es war gefährlich und dumm, aber ich griff zwischen den Gitterstäben durch und nahm Franks Hände. Dann drang ich mit meinem Spezialsinn in ihn ein und zog die Vergangenheit heraus. Das Mitleid trieb mir Tränen in die Augen. »Der Junge«, sagte ich. »Ragnara hat deinen … Ist es dein Enkel? Mein Leben für seines?«

Frank rührte sich nicht.

»Weißt du, wo er ist?«

Frank wandte den Blick ab. Nein.

Ich zog meine Hände zurück, und Frank versuchte nicht, sie festzuhalten.

»Was wird mit dir passieren?«

Sein Gesicht war wieder ausdruckslos. »Ich schätze, mich erwartet eine Hinrichtung.«

Panik schoss mit einem gewaltigen Adrenalinstoß durch meinen Körper. Ich konnte nichts anderes denken als: Nein, nicht noch mehr Tote!

»Weder Od noch Niels richten jemanden hin.« Ich brauchte meine ganze Willensstärke, damit meine Stimme nicht zitterte.

»Nein, aber sie liefern mich an Ragnara aus.«

Ich nahm all meinen Mut zusammen. »Tötest du mich, wenn ich dich freilasse?«

»Ja«, sagte Frank ohne Zögern, und ich trat schnell einen Schritt zurück.

Der Handel galt anscheinend nach wie vor. Das Leben seines Enkels für meines.

»Soweit ich sehen kann, ist diese Tür nicht mittels Magie verriegelt.« Ich zeigte auf die Käfigtür. »Und wenn ich dir, sagen wir, einen Brieföffner gebe, kannst du das Schloss öffnen. Nach einer Weile. Ich bekomme einen Vorsprung.«

Frank richtete sich ein wenig auf. »Höchstens eine Stunde.«

»Bis morgen früh«, feilschte ich.

Er überlegte nicht lange.

»Deal.«

Ich zog eine Jeans, meine Bikerstiefel, einen schwarzen Kapuzenpulli und die Jacke meiner Mutter aus meinem Rucksack. Die hohen Schuhe warf ich in die Ecke, aber das grüne Kleid packte ich nach kurzem Überlegen zu meiner übrigen Ausrüstung, bestehend aus dem letzten Rest Kornrade, Mads' Riesenkristall, Rebeccas Notizbuch über Hrafnheim und Freyjas Tränen, die ich gegebenenfalls verkaufen konnte. Binnen weniger Sekunden hatte ich Klamotten und Stiefel angezogen.

Draußen vor der Tür begannen die Leute zu zählen.

»Sieben – sechs – fünf.«

Ich nahm einen Brieföffner von Ods Schreibtisch. »Welche Tür führt nach Hrafnheim?«

»Es ist zu gefährlich. Sie bringen dich um.«

Ich hob eine Augenbraue.

»Vier – drei – zwei.«

»Willst du den Brieföffner?«

Frank bleckte die Zähne, dann zeigte er auf eine blaue Tür.

»Eins – frohes Neueeees!«

Ich warf Frank den Brieföffner zu, riss die Tür auf und stürzte mich in die Dunkelheit.

KAPITEL 1

Zwei Tage früher – Ravnssted

Der Sand flimmerte unter dem grellen Sonnenlicht, und obwohl er strahlend weiß war, zeigten sich hier und da nasse Flecken.

Dunkelrote Flecken.

Wo war ich?

Eine tätowierte Hand lag unmittelbar vor meinen Augen.

Ich lag mit einer Wange direkt auf dem Sand. Die Sonne brannte auf die Seite, die nach oben zeigte. Der untere Teil einer Säule befand sich mitten in meinem Blickfeld. Eine Säule? Verwirrt ließ ich den Blick ein Stück weiter wandern und sah, wie sich eine Zuschauerreihe nach der anderen hoch, hoch, hoch Richtung Himmel erstreckte. Die Menschenwand bildete einen Halbkreis vor mir. Alle Plätze auf der Tribüne waren besetzt, aber niemand gab einen Laut von sich. Sie starrten nur atemlos auf etwas, das sich rechts von mir befand.

Das Knarren mehrerer Seile, an deren Ende etwas Schweres hing, mischte sich mit dem Gestank von Blut, Schweiß und Schafen.

Ein leises *Brääá* war zu hören, aber es klang nicht nach einem Tier, das ich kannte.

Schritte knirschten auf dem Sand, und ein Paar Füße durchquerten mein Blickfeld. Frauenfüße. Klein und zierlich, in goldverzierten Sandalen. Das Gold war geformt wie ein Knäuel aus Schlangen, und die Fußknöchel waren nackt. Ein seltsamer Stoff aus aneinandergehefteten schwarzen Steinen schlug klirrend um die Beine wie eine genähte Steinbrünne.

Die Füße entfernten sich von mir. Jetzt atmete jemand schluchzend und voller Angst. Einen Moment lang glaubte ich, dass ich es war.

Nein. Das Weinen kam nicht von mir, denn direkt über mir bettelte eine Mädchenstimme: »Nicht, nicht.«

Die riesige Menschenmenge holte kollektiv Luft.

»Das ist sie«, wurde geflüstert. »Das ist Thora Todesbluts Tochter.«

Jetzt versuchte ich mit aller Kraft, den Kopf zu drehen, aber es war unmöglich.

»Die Thorastochter hat sich verschworen und unterstützt den Widerstand gegen uns.« Die Stimme klang hell, beinahe kindlich.

Aus den Zuschauerreihen kamen ein paar leise *Buh*-Rufe.

»Es ist unser Geschenk an das Volk, euch von ihren Verschwörungen zu befreien und von ihrer«, wieder eine kleine Pause, »ihrer Lebensweise.« Letzteres wurde mit eisiger Säure hinzugefügt.

Ein scharfes *Rüütsch* zeigte an, dass jemand oder etwas hochgezogen wurde. Ersticktes Röcheln jagte mir eine Gänsehaut über die Arme.

Die Zuschauer johlten begeistert. »Seht, wie sie baumelt«, rief einer. »Zunge raus, Zunge raus …«

Ich drehte den Kopf, um festzustellen, wo ich war, aber die Sonne stach mir in die Augen und blendete mich.

Ehe ich wieder sehen konnte, hörte ich das Schrammen von Metall, das aus einem Holster gezogen wurde. Gefolgt von einem Geräusch, als würde ein Spaten in den Sand gerammt.

Wieder schnappten die Zuschauer nach Luft.

Blut floss auf mich herab, ich hustete und war kurz davor, von der warmen Flüssigkeit erstickt zu werden. Schließlich bekam ich mich einigermaßen wieder unter Kontrolle, genug, um zu erkennen, dass ich überhaupt nicht zu atmen brauchte.

Eine knallrote Haarsträhne schwebte herab und legte sich als kleine Locke vor mir auf den Sand.

Ich erwachte mit einem Keuchen und riss die Arme hoch, um meinen Mund vor dem warmen Blut zu schützen, aber letztlich hampelten sie nur ziellos herum.

Luna legte einen Arm um mich. »Stimmt was nicht?«

Wir lagen dicht nebeneinander auf der Matratze in dem kleinen, grün gestrichenen Zimmer im Haus von Ben und Rebecca. Dem Zimmer, das meine beste Freundin zu meinem erklärt hatte. Die bunten Decken und Kissen waren bestimmt nicht meine Idee, aber Luna bestand darauf, dass ihre Farbenergie mich beschützte.

»Mir geht es gut«, log ich.

»Du weißt, dass die Dinge, von denen man an Weihnachten träumt, wahr werden, oder?«

»Was?« Ich drehte entsetzt mein Gesicht zu ihr und dachte an den blutbefleckten Sand und den Gestank von Tieren.

»Ich denke, das ist nur Aberglaube.« Sie gähnte und rollte sich auf den Rücken. »Wollen wir nicht noch ein bisschen schlafen? Ich bin immer noch vollgefressen von gestern.« Sie tätschelte ihren Bauch. »Ich weiß nicht, ob ich in zwei Tagen überhaupt in mein Silvesterkleid passe.«

Ich setzte mich auf und boxte ein neongelbes Kissen weg. Durch meine Bewegung rutschte die Bettdecke herunter.

»Iih, das ist kalt!«, jammerte sie.

»*Meine* Decke«, sagte ich und riss sie ihr ganz herunter. »Was machst du überhaupt hier?«

Sie rieb sich die leicht verquollenen Augen. »Du hast im Schlaf geschrien. Erst hast du nach Arthur gerufen. Dann nach Monster.«

»Von denen kommt keiner, ganz egal wie sehr ich rufe.«

Mein Vater ruhte sich immer noch bei seiner Leiche aus, und

Monster war zurück in Hrafnheim, von ihnen war also keine Hilfe zu erwarten. Luna schob ein paar wirre Locken beiseite, die ihr in die Augen hingen. Im Moment war ihr Haar aschgrau.

»Wir sind gekommen, als du mich gerufen hast.«

Ich senkte den Blick und zupfte an einem orangen Faden. »Danke«, murmelte ich, dann warf ich den Kopf zurück und sah wieder hoch. »Warte mal. Was meinst du mit *wir*?«

Die Kissen und Decken auf der anderen Seite von Luna bewegten sich, und Mathias' bildschönes Gesicht tauchte zwischen zwei blauen indischen Nackenrollen auf.

»Euch ist schon klar, dass das hier eine Matratze für eine Person ist?«, fragte ich.

Mathias streckte den Arm über die Bettdecke und griff nach meiner Hand, sodass die Kraft in mich hineinströmte. Die göttliche Kraft – oder was immer es war, was er besaß – wuchs Tag für Tag.

Ich zog meine Hand in gespieltem Ärger zurück. »Welchen Teil von ›Nähe ist nicht so meins‹ habt ihr nicht verstanden?«

»Das sind nur die Beschwörungen meines Vaters, die dich beeinflusst haben.« Luna zog die Bettdecke wieder hoch. »In Wirklichkeit bist du sehr empfänglich für menschlichen Kontakt – und für Farbmagie.« Sie strich über das currygelbe Laken.

Ich machte die strenge Miene meiner Betreuerin nach und schlug auf die bunte Decke. »Respektiert wenigstens meine Intimitätsprobleme.«

Mathias schnaubte. »Du hast überhaupt keine Intimitätsprobleme. Vielleicht haben Leute Probleme, mit dir intim zu sein, aber nicht umgekehrt.«

Ich warf mich zurück. »Ihr seid unmöglich.«

Luna zog den Halsausschnitt meines T-Shirts herunter und strich über die dicke Narbe auf meiner Brust, dort, wo Ragnara mich als Baby erdolcht hatte. Auf unerklärliche Weise war ich in ihren Händen geheilt.

»Du wirkst hart«, sagte sie und hob mit der anderen Hand eine meiner feuerroten Locken an.

Mathias nickte hinter ihr. »Aber *wir* wissen, dass du butterweich bist.«

Ich zog das Unterhemd hoch und klopfte auf meine durchtrainierten Bauchmuskeln. »Quatsch. Ich bin überhaupt nicht butterweich.«

»Wollen wir wetten?« Luna legte sich auf mich und stach mir ihre Finger in die Seiten.

Ich quiekte lachend und panisch und versuchte, ihr zu entkommen, aber Mathias machte es Luna grinsend nach und kitzelte mich, bis ich fast keine Luft mehr bekam.

Unten waren Ben und Rebecca aufgestanden. Ich ging schon mal vor, damit meine verliebten Freunde zu Ende knutschen konnten.

Die Weihnachtsfestivitäten liefen immer noch, obwohl mir schon bei dem Gedanken an noch mehr Entenfett und Alkohol kotzübel wurde.

Rebecca sang in der offenen Küche vor sich hin, und Ben war damit beschäftigt, einige Federn und einen Katzenschädel auf dem Regal neben der kleinen Figur zu drapieren, die ihm zum Verwechseln ähnlich sah. Mit einer gelben, körnigen Masse malte er konzentriert eine Rune auf die Stirn des Schädels. »Jolner, Porr, Heimdallr«, murmelte er, zuerst leise, dann mit jedem Wort lauter werdend. »Færa«, sagte er zum Schluss, und das Wort wurde ganz lang gezogen und am Ende fast gehaucht.

»Heißt *færa* nicht ›verhindern‹ auf Altnordisch?«, fragte ich.

Ben antwortete nicht. Die körnige Masse trocknete und rieselte vom Schädel. Er bleckte die Zähne und versuchte es noch einmal. »Jolner, Porr, Heimdallr, Færaaaaaahhh.« Diesmal fauchte er das letzte Wort lang gezogen und nachdrücklich, aber die Substanz rieselte wieder wie gelber Staub auf das Regalbrett. »Gnit!«, rief er aus, und obwohl ich nicht viele altnordische Worte kannte, war offensichtlich, dass er fluchte. »Läuseeier«, wiederholte er auf Dänisch, und dann folgten ein paar französische Ausdrücke, für die ich keine Übersetzung brauchte.

»Sie wollen das Opfer nicht annehmen«, sagte er zu Rebecca.

Neben dem geschmückten Weihnachtsbaum sahen Ben und das Arrangement bizarr aus. Seine Kleidung, bestehend aus einer Fellhose, und die hoch in die Stirn geschobene Ziegenbockmaske versuchte ich komplett zu ignorieren.

Rebecca stellte eine dampfende Schüssel auf den Tisch, aus der es süß nach Äpfeln duftete. »Liebste Anne Stella, setz dich und greif zu.«

»Lecker, noch mehr Essen.« Ich blickte aus dem Fenster nach Odinshöhe, das halb von einer Nebelbank verborgen auf der anderen Seite des Feldes lag. Ich hatte mehrere Male versucht, mich zu dem Haus hinaufzukämpfen, das ich immer noch als mein Zuhause ansah, aber der Hügel war magisch versiegelt, und niemand konnte die Beschwörungen durchdringen. Wir hatten keine Ahnung, warum.

Luna kam hereingetänzelt, mit Mathias dicht auf den Fersen. Sie drückte ihrer Mutter einen Kuss auf die Wange.

Rebecca strich ihrer Tochter geistesabwesend über den Kopf.

»Nach dem Essen stellen wir Garben auf dem Feld auf«, rief sie Luna nach, die bereits auf den Tisch zusteuerte.

»Habt ihr gestern nicht auch schon Garben aufgestellt?«, fragte Mathias.

»Odin reitet mit seinem Totengefolge in den Julnächten. Seine Wilde Jagd kann besänftigt werden, wenn wir Futter für ihre Pferde bereitstellen.«

Meine Augen wurden groß. »Odin? Meint ihr Svidur? Kommt er her?«

»Er kommt überallhin«, knurrte Ben und drückte mich auf einen Stuhl. Als seine großen Hände meinen Arm berührten, spürte ich seine vibrierende Magie.

Vor dem Essen sprach Rebecca ein Tischgebet, in dem sie für die Gaben der Natur dankte. Der Rest der Familie Sekibo stimmte mit gefalteten Händen, geschlossenen Augen und pendelnden Köpfen ein. Mathias und ich blickten beklommen auf unsere Teller, bis wir uns endlich dem Essen widmen konnten. Ich starrte ins Leere, während wir aßen und plapperten – ehrlich gesagt aßen und plapperten die anderen, während ich stumm im Essen herumstocherte.

»... wechseln uns ab. So kann sie nicht in ihre Nähe kommen. Oder, Anne?« Luna wedelte mit der Hand vor meinem Gesicht.

Ich riss mich zusammen und sah sie an. »Ja, ja, natürlich.«

Vier Augenpaare richteten sich auf mich, und ich blickte hinunter auf mein Frühstück, das aus Hühnerkeulen, Apfelkompott und warmem Met bestand. Als die Stille am Tisch immer drückender wurde, gab ich es auf und blickte hoch.

»Ich habe nicht zugehört. Ich bin es nicht gewohnt, dass man über mich redet. Jedenfalls nicht, wenn ich dabei bin.«

»Wir haben darüber gesprochen, dass immer abwechselnd einer von uns bei dir sein muss. Ragnara wird es bei dir ganz sicher noch mal versuchen«, sagte Mathias.

Panik stieg in mir auf, während mein Blick von Bens glänzenden Goldzähnen mitten in seinem dunklen Gesicht zu Rebeccas beinahe phosphoreszierenden, kornblumenblauen Augen wanderte. Luna sang ein paar Strophen auf Altnordisch, was angesichts ihrer Afrolocken und ihrer nugatfarbenen Haut seltsam mystisch klang. Mathias sah sie voller Stolz an. Ich wagte nicht daran zu denken, was ihnen passieren konnte, falls sie zwischen Ragnara und mich gerieten.

Nach dem Essen brachen wir auf, um Garben auf den Feldern rund um Bens und Rebeccas Haus zu verteilen. Luna hatte sich ihre Bongotrommel mit einem Gurt schräg um die Schultern geschnallt. In das rhythmische *Dunk-dunk* stimmten ihre Eltern singend ein. Sie blieben stehen, als sie die zusammengesunkenen

Garben vom Vortag sahen. Kein einziges Korn war gefressen worden. Selbst die Vögel flogen einen Bogen darum.

Rebecca blickte ihren Mann verzweifelt an. »Vielleicht sind sie hier nicht vorbeigekommen.«

»Die Wilde Jagd kommt immer vorbei.« Ben ging in die Hocke und hob einen geknickten Getreidehalm an. »Sie haben unser Opfer zurückgewiesen.«

Rebecca sah zum diesigen Himmel hinauf. Ihre wie immer nackten Füße trippelten nervös auf der gefrorenen Erde. Große Flocken schwebten auf uns herab. »Wir stellen diese hier dazu«, sagte sie und hob ein Bündel hoch. »Vielleicht, wenn sie den Überfluss sehen …«

Aber Ben hatte sich bereits erhoben und rannte Richtung Scheune.

Drinnen setzte ich mich ans Stubenfenster und blickte hinaus ins Schneegestöber.

Wieder einmal war mein Blick auf Odinshöhe gefallen, ohne dass ich es gemerkt hatte. Es war erst so kurz her, dass ich mit Monster dort oben gewohnt hatte. Mein Hals schnürte sich zu. Noch vor wenigen Wochen waren Varnar und ich dort zusammen gewesen.

»Woran denkst du?« Ich hatte Rebecca gar nicht kommen gehört. Sie legte eine kühle Hand an meine Wange. »Du warst ganz weit weg.«

Tatsächlich nur ein paar Hundert Meter.

Ich antwortete nicht.

»Er ist weggegangen, um dich zu schützen«, sagte Rebecca sanft. Sie sprach tapfer weiter, obwohl mein Gesichtsausdruck mehr als warnend gewesen sein musste. »Varnar hat gewusst, dass du wieder dein Leben für ihn riskiert hättest, wenn er geblieben wäre. Deshalb ist er zurück nach Hrafnheim gegangen.«

Meine Augen brannten, also klammerte ich mich an meinen Zorn. »Er ist abgehauen. Ist mir egal, aus welchem Grund. Er ist abgehauen. Monster ist abgehauen. Meine Eltern sind abgehauen. Ihr alle habt das getan, mein ganzes Leben lang.«

Sie betrachtete mich mit einem undefinierbaren Lächeln. »Wir sind glücklich, dass du jetzt hier bist«, sagte sie und ging zurück in die Küche.

Am Abendbrottisch ließ Rebecca einen kleinen Beutel herumgehen.

»Die Runen erzählen uns von dem Jahr, das kommt«, sagte sie.

Jeder zog ein Knochenstück heraus, auf das ein Zeichen eingeritzt war, und Mathias hielt seins hoch. Rebecca betrachtete es.

»Sol«, sagte sie zufrieden. Sie sprach das L lang gezogen und flach aus. »Das Zeichen des Himmels. Göttlich.« Sie reckte den Kopf, um sich Lunas anzuschauen. »Reid.« Wieder lächelte sie. »Dir steht eine Reise bevor, sowohl innerlich als auch äußerlich. Ben?«

Er öffnete seine dunkle Hand. Die Handfläche war heller als seine übrige Haut, und die eintätowierten Zeichen hoben sich deutlich unter dem Knochenstück hervor. »Tyr«, sagte er mit tiefer Stimme.

»Ahh … der Gott Tyr. Beschützer, gerecht und siegreich.« Für einen winzigen Moment sah ich eine so starke Verliebtheit, als hätten die beiden sich gerade erst kennengelernt.

Er erwiderte den Blick, und plötzlich mochte ich ihn ein bisschen mehr.

Rebecca schaute hinunter auf ihre eigene Hand. »Bjarka.« Sie atmete durch die Nase ein. »Birke. Die Mutter aller Runen. Natur, Schöpfung und Pflege.« Ihr Blick wanderte zu mir. »Anne?«

Ich drehte und wendete mein Knochenstück einige Male. »Da ist nichts drauf.«

»Was?« Rebecca nahm es mir aus der Hand. »Wie ist das da reingekommen? Das ist ein Ersatzstück, falls eines der anderen abhandenkommt. Zieh ein neues.«

Ich gehorchte.

Leer.

»Noch mal.« Rebeccas Augen leuchteten blau.

Dasselbe Ergebnis. Ich hielt ein blankes Stück Knochen in der Hand.

Sie schüttete den Beutel aus, und eine Rune nach der anderen fiel in ihre Hand. »Nimm eine von diesen«, bat sie.

»Dann gilt es doch nicht«, protestierte ich. »Und ich glaube sowieso nicht daran.«

»Sieht eher so aus, als ob die Zukunft nicht an dich glaubt«, brummte Ben.

Die Worte hingen in der Luft, und instinktiv schob ich den Stuhl zurück, stand auf und ging.

Draußen war es ungewöhnlich windstill. Der Frost, der an meinem Geburtstag wie eine silberglänzende Haut über der Landschaft gelegen hatte, war von strömendem Regen vertrieben worden, und überall war ein endloses *Tropf-tropf-tropf* zu hören. Dort, wo der Mond sich hinter Wolkenfetzen verbarg, war es etwas heller. Alles andere war eingehüllt in ein unwirkliches, nebliges Licht, und ich sah direkt auf eine dunkelgraue Mauer. Weiter hinten auf dem Feld standen die Garben – die alten und die neuen – immer noch unberührt. Es roch nach feuchter Erde, mein dampfender Atem stand wie eine Wolke um mich, und ich legte den Kopf in den Nacken und versuchte, meine Gefühle unter Kontrolle zu bringen.

Ein Feuerstreif schoss über den Himmel, der durch das einzige kleine Guckloch am Firmament zu sehen war, und ich lächelte. Ben würde sicher sagen, das sei Thor, der in seinem von Ziegenböcken gezogenen Wagen über das Himmelsgewölbe fuhr, aber ich blieb dabei, dass es nur eine Sternschnuppe war.

Ich erlaubte mir einen Wunsch. »Ich hoffe, wir sehen uns, Serén«, sagte ich leise zu meiner Schwester irgendwo da draußen. Vielleicht konnte sie es hören. Vielleicht hatte sie es schon vor langer Zeit gehört. Ich atmete tief ein und ließ mich von der kühlen Nachtluft beruhigen.

Ich hörte ein Geräusch und erstarrte.

Ein Röcheln kam von Østergaards Feld, das direkt vor Bens und Rebeccas Haus lag. Ich konnte nicht mehr als ein paar Meter weit sehen, und schon gar nicht bis zu dem imposanten Gutshof dort hinten. Ich wich Richtung Tür zurück und wollte mich gerade ins Haus flüchten, als eine raue Stimme nach mir rief.

»Anne, bist du da?«

Mit der Hand auf der klirrend kalten Türklinke blieb ich stehen.

»Monster?«, rief ich. »Monster …«

KAPITEL 2

Ich stürmte hinaus aufs Feld, und obwohl es stockdunkel war, lief ich, so schnell ich konnte, auf Monsters Stimme zu. Mehrere Male rutschte ich auf dem matschigen Untergrund aus, aber ich kam rasch wieder auf die Beine und kämpfte mich weiter vorwärts. Es regnete jetzt heftig, und große Tropfen rammten mich wie eiskalte Fingerstiche.

»Wo bist du?«, rief ich und tastete suchend umher. Meine Hände glitten über die kalte, nasse Erde.

»Anne.« Das war jetzt näher, klang aber seltsam schwach. Überhaupt nicht wie Monsters sonst so kräftige Stimme.

»Ich komme.« Auf den Knien kriechend klopfte ich den matschigen Boden ab, denn ich konnte die Hand nicht vor Augen sehen. Endlich erahnte ich einen riesigen Umriss, und meine Finger trafen auf Fell.

»Monster«, keuchte ich. »Warum liegst du auf der Erde?«

Sein Fell war verkrustet und bedeckt von warmen, nassen Flecken, die nicht vom Regen stammten.

Ich legte mich flach auf den Bauch, und die Kälte des Erdbodens fuhr wie Blitze in meinen Körper, aber das war mir egal. Ich zwängte meinen Arm unter Monster und versuchte, seinen großen Wolfsleib anzuheben.

»Anne«, stöhnte er wieder. »Stopp.«

»Was ist passiert?« Ich versuchte erneut, ihn anzuheben, und fühlte Wunden und noch mehr warme Flüssigkeit. So viel, dass …

»Hör zu, Anne«, knurrte er und klang fast wieder wie der Alte.

Damit war es vorbei, als er ein sehr hundeartiges Winseln von sich gab. »Wir wurden im Eisenwald überfallen, und Ragnaras Leute haben deine Schwester geschnappt. Ich habe versucht …« Der Rest ging in einem erstickten, unheimlichen Gurgeln unter, und ich bekam nicht mit, was genau er versucht hatte, aber nach seinen Verletzungen zu urteilen, war die Sache nicht gut ausgegangen.

»Serén?«, hauchte ich. »Ist sie tot?«

Ein Zwilling spürte doch, wenn der andere starb. Oder nicht?

»Nein«, sagte Monster matt. »Das ist sie nicht. Noch nicht.«

»Noch?«

»Serén sagt …«, er winselte wieder, »… sie hat gesehen, dass Ragnara hinter dir her ist. Ragnara will euch beide haben. Sie will dich nicht mehr nur töten, sie will dich fangen.« Seine raue Stimme endete in einem matten Bellen, während er die letzten Worte hervorpresste.

»Monster«, weinte ich. »Was ist dort mit dir passiert?«

»Wir wurden gefangen genommen«, sagte er. »Serén hat mir erzählt, was sie gesehen hat. Sie half mir zu fliehen, aber ich hatte nicht genug Kraft, sie mitzunehmen.« Er schwieg ermattet. »Ich musste dich warnen.«

»Was haben sie mit dir gemacht?«

Er antwortete nicht auf meine Frage. »Du musst weg, Anne. Ragnara kommt, aber du kannst das Schicksal ändern. Du musst Serén finden, bevor …« Er unterbrach sich, um kurz Luft zu holen. »Du musst Serén finden.«

»Was haben sie mit dir gemacht?«, fragte ich wieder.

»Ich bin unwichtig.«

Meine Hände schwebten über seinem Körper im Dunkel. »Unwichtig!« Ich atmete zitternd ein. »Du bist alles andere als unwichtig.«

»Serén und du, ihr seid die Einzigen, die etwas bedeuten.« Seine Stimme war papierdünn.

Ich konnte den Gedanken fast nicht ertragen, dass er in diesem

Zustand durch Hrafnheim gelaufen war. Ich zwang mich mit aller Macht, mich zu konzentrieren.

»Wo ist Serén jetzt?«

»Sie ist …« Seine Stimme schwand.

»Monster«, bat ich weinend. »Wo ist sie?«

Keine Antwort.

»Monster?« Jetzt zog ich an seinem schlaffen Körper und schaffte es, ihn ein gutes Stück über den nassen Acker zu schleifen, auf das Haus von Ben und Rebecca zu, während ich über die Schulter schrie: »Helft mir! Luna und Mathias! Hilfe!«

In dem Augenblick kam der Mond hinter den Wolken hervor, und was ich sah, war so grauenvoll, dass ich laut aufschrie.

»Monster«, schluchzte ich. »Geh nicht. Nein! Nein!«

Er war mein bester Freund. Er war mein erster Freund. Er konnte nicht …

»Monster!« Jetzt rief ich so laut, dass es über die Felder schallte. So laut, als versuchte ich, die Götter selbst zu wecken. Aber es war keine Hilfe in Sicht. »Nein.« Ich rüttelte ihn. »Komm zurück.«

Ein grüner Schimmer verriet mir, dass Mathias an meiner Seite war und dass er sich im Demi-Modus befand. Luna murmelte Beschwörungen, und ohne sich um Monsters enormes Gewicht zu kümmern, nahm Mathias ihn in seine giftgrünen Riesenarme und hob ihn hoch. Ben und Rebecca waren jetzt auch da und umringten uns murmelnd, aber ich nahm nichts anderes wahr als Monsters glasige Augen, die Zunge, die ihm aus dem Maul hing, und die dunkle, nasse Spur, die wir auf dem hellen Kies des Hofplatzes, auf den Treppenstufen und dem Fußboden hinterließen. Sie roch salzig, süß und metallisch. Wir kamen in die Stube, und das Licht dort drinnen enthüllte noch mehr.

Ich hätte das Gesicht abwenden sollen, aber ich starrte ihn wie versteinert an. Ich sah jede einzelne seiner Wunden.

»Rettet ihn!«, kommandierte ich. »Tut etwas!«

Die Hexen tauschten Blicke, ohne etwas zu sagen.

Mathias presste Göttlichkeit in Monster hinein, schrie aber frustriert auf.

»Er ist ein Riese«, sagte Rebecca leise zu Mathias. »Deine Kräfte wirken bei ihm nicht.«

»Tut etwas.« Ich strich mit den Händen über Monsters Schnauze und Ohren. »Tut etwas«, wiederholte ich lauter.

Bens kribbelnder Zauber fuhr in mich, und es dauerte eine Weile, bis mir bewusst wurde, dass er meinen Arm gepackt hatte.

»Anne, wir können nichts tun. Hexen und Götter haben keine Wirkung auf Riesenwölfe.«

Ich stieß seine Hand weg. »Eure schwachsinnigen Regeln sind mir egal.« Ich blickte mich mit verheulten Augen um. »Elias. Ich rufe Elias an.«

»Seine Medikamente wirken bei Riesenwölfen auch nicht«, sagte Rebecca.

Obwohl ich Luft holte, war mir, als könnte ich nicht atmen. »Was zum Teufel nützen mir all eure Kräfte, wenn ihr das Wichtigste doch nicht retten könnt?«

Mathias hatte Monster abgelegt und kniete mit hängenden Armen neben ihm. Seine Hände lagen auf Bens und Rebeccas Steinfußboden. Er hatte wieder Menschengröße angenommen, und der neongrüne Schimmer war verschwunden. Er sagte nichts, aber sein Gesichtsausdruck sprach Bände.

Auf dem Fußboden lag Monster ganz still. Die scharfen Zähne waren blutig, und die riesige Pfote, die ich in meiner Hand hielt, wie ich bemerkte, wurde langsam kalt.

Ich strich ihm über die Stirn, das hatte ihn immer dazu gebracht, mir den Kopf entgegenzustrecken. Dann schüttelte ich seine Pfote, aber das Bein war schlaff.

»Er ist weg, Anne.« Jemand berührte meine Schulter.

Ich ließ Monsters Pfote los, bereit zum Angriff, aber als ich merkte, dass es Luna war, senkte ich den Arm, und sie fiel mir um den Hals und zog mich an sich.

Zuerst konnte ich nichts anderes tun, als stoßweise zu atmen. Ich sank auf Monsters leblosen Körper nieder. Obwohl ich die Aura von Riesenwölfen nicht sehen kann, zweifelte ich nicht daran, dass er nicht mehr hier war. Ich legte die Arme um ihn und drückte ihn fest an mich.

Niemand versuchte, mich von ihm wegzuziehen.

Mathias und Luna saßen an meiner Seite und strichen mir über den Rücken, während ich weinte und schrie, ohne dass es etwas nützte. Ich merkte es kaum, als jemand, sicher Mathias, mich hinauf ins Bett brachte. Plötzlich schwebte die Umgebung einfach an mir vorbei, und ich landete auf der Matratze. Dort lag ich zwischen meinen beiden Freunden und klammerte mich an Luna, während Mathias mich umarmte, und die wenigen Male, die ich halbwegs bei Bewusstsein war, wimmerte ich hilflos.

Ich erlaubte mir diese eine Nacht der Verzweiflung. Diese eine Nacht musste ich trauern.

Aber in einem Winkel meines Bewusstseins war mir klar: Wenn der Morgen kam, musste ich etwas tun.

Als ich auf zittrigen Beinen nach unten kam, war Monsters Körper verschwunden. Ein dunkler Fleck auf dem Steinboden verriet, wo er gelegen hatte.

Rebecca sah mich von ihrem Platz in der Küche zwischen getrockneten Kräutern und Tinkturen besorgt an, und Ben machte einen halben Schritt auf mich zu, hielt aber in der Bewegung inne, als seine schwarzen Augen meinen Blick auffingen.

»Er war seinem Volk ein ausgezeichneter Anführer, uns ein wertvoller Verbündeter und der loyalste Freund, den man sich wünschen kann«, sagte Ben formell. »Er war imstande, über Streitigkeiten zwischen Menschen und Riesenwölfen hinwegzusehen.« Er schwieg, während er einige Zeichen in die Luft malte. Einige schwache Spritzer um seine tätowierten Hände verrieten, dass er einen Zauber geworfen hatte, aber es war mir egal.

»Wo ist er?«, fragte ich heiser. Ich hatte so viel geweint, dass meine Stimme nicht richtig funktionierte.

»In der Scheune«, sagte Rebecca.

»Er liegt in der Scheune?« Es klang wie ein Quaken.

»Er muss heim zu seinem Volk, damit sie ihn begraben können, aber im Moment gibt es keine Passage nach Hrafnheim.«

Ich versuchte, klar zu denken. »Wie kommt man denn nach Hrafnheim?«

Ihre Stimme war dünn. »Man kann im Moment nicht dorthin.«

»Gar nicht?«

Ben grummelte. »Es gibt ein Portal im Bootsmann, aber durch das darf nur Elias reisen. Nicht mal Od darf nach Hrafnheim. Es gibt auch eine Passage bei Østergaard, allerdings lässt Poul nicht viele durch. Ich weiß nicht, wie Etunaz durchgekommen ist, aber wir können nicht rüber, wenn es nicht dringend ist.«

»Nicht dringend?« Ich schrie es beinahe heraus. »Es ist doch wahnsinnig dringend. Er kann nicht einfach in der Scheune liegen und …« Ich konnte den Satz nicht beenden.

»Wir haben ihn mit einem Bewahrungszauber belegt, damit er nicht verdirbt«, sagte Rebecca schnell. Dann zögerte sie. »Willst du ihn sehen?«

Ich schlug mir die Hand vor den Mund.

»Er ist wie ein König aufgebahrt, mit Grabbeigaben und Opfern für die Todesgöttin. Da Hel ihn nicht sofort bekommt, muss sie milde gestimmt werden.«

»Hel?«, fragte ich verwirrt.

»Sie ist die Schwester von Etunaz' Vorfahren, dem Fenriswolf, deshalb hat sie Anspruch auf ihn.«

In mir drehte sich alles. »Ich will ihn nicht sehen.« Tief und langsam füllte ich meine Lunge mit Luft. »Wo ist seine«, ich suchte nach dem Wort, »Seele?« Vielleicht konnte ich mit ihm reden, so wie ich es mit meinem toten Vater tat.

Jetzt trat Ben auf mich zu. »Riesen haben keine Seele.«

Ich wollte protestieren, aber Rebecca kam mir zuvor. »Nicht wie Menschen jedenfalls.« Sie warf ihrem Mann einen langen Blick zu, und ausnahmsweise gehorchte Benedict und hielt den Mund, was selten genug vorkam.

Ich versuchte, ruhig zu bleiben. »Monster konnte mir noch etwas sagen, bevor er …«

Ben ließ die Hand kreisen, als Zeichen, dass ich weitersprechen sollte.

»Ragnara hat meine Schwester«, flüsterte ich.

Ben brüllte etwas heraus, das ich zum Glück nicht verstand, und Rebecca schnappte nach Luft.

»Ragnara ist unterwegs hierher, um mich zu holen, weil sie uns beide haben will.«

Rebecca umklammerte die Tischkante. »Wir lassen Thora und Varnar eine Nachricht zukommen. Die gesamte Widerstandsbewegung ist in Haraldsborg in Hrafnheim versammelt. Vielleicht können sie herkommen und dich beschützen.«

Ich schob den Unterkiefer vor. »Das reicht nicht. Monster hat gesagt, dass ich Serén finden muss. Ich muss selbst nach Hrafnheim.«

»Du wirst Ragnara direkt in die Arme laufen. Das ist bestimmt eine Falle«, grollte Ben.

Obwohl ich heiser davon war, dass ich die ganze Nacht durchgeweint hatte, rief ich jetzt: »Monster soll sein Leben für eine Falle gegeben haben? Ich vertraue ihm mehr als irgendwem sonst.«

Ben richtete sich noch mehr auf, und seine Schultern wurden breiter. Er hörte überhaupt nicht zu. »Du bleibst hier, wo du in Sicherheit bist.«

Ich breitete die Arme aus. »Ich bin hier alles andere als in Sicherheit.«

Ben sprach weiterhin zu sich selbst. »Ich muss sie mit mehr Beschwörungen belegen.«

»Sie? Meinst du mich?« Ich wich zurück, als er seine Handflächen auf mich richtete. Sie begannen zu knistern und zu leuchten, während die tätowierten Zeichen deutlich hervortraten.

»Vater!« Sofort war Luna zwischen uns. Ich hatte sie überhaupt nicht ins Zimmer kommen hören. Sie ging auf Ben zu, und er bleckte seine weißen Zähnen, hielt den Zauber jedoch zurück. Luna trat noch einen Schritt vor, bis ihre Nase die elektrischen Hände beinahe berührte.

»Du sollst nicht noch mehr Zauber auf Anne legen.«

Jetzt war auch Mathias da und stellte sich vor mich, sodass meine beiden Freunde einen Schutzschild bildeten.

»Danke«, murmelte ich ihnen zu. »Vielen Dank.«

Ben warf finstere Blicke, senkte die Hände jedoch.

Ich drehte mich schnell um und lief hinauf in mein kleines, grün gestrichenes Zimmer, wo ich die Tür abschloss und sicherheitshalber einen Stuhl unter die Klinke klemmte – wobei das auch nicht helfen würde, falls Ben es sich anders überlegte. Erschöpft ließ ich mich aufs Bett fallen. Ich schloss die Augen und glitt rasch hinab in ein graues Gewirr aus Schneeflocken und Zweigen.

Ich blickte mich um und brauchte ein paar Sekunden, um mir auszurechnen, wo ich war.

Kraghede Skov?

Ich drehte mich trippelnd im Kreis und stellte fest, dass ich mich im Wald befand und er einer der vielen Visionen ähnelte, die ich seit dem Sommer gehabt hatte. Die Visionen, die immer damit endeten, dass Frank mich erwürgte und über das Feld nach Odinshöhe abhaute.

»Anne«, rief eine Stimme. »Anne, bist du da?«

Ich drehte mich wieder um und stieß einen kleinen Schrei aus, als ich in das Gesicht meiner Schwester blickte. »Serén?« Ich atmete langsam aus. »Warum sind wir hier?« Ich zeigte auf die traumartige Umgebung des tiefgefrorenen Kraghede Skov.

Auch sie blickte sich um. »Diese Stelle ist zentral.«

Der Wald war still, nur ab und zu raschelten Blätter.

Ich betrachtete Serén prüfend. »Geht es dir gut?«

Ihr feuerrotes Haar war zerzaust. »Im Moment schon.«

»Wo bist du?«

»Ich weiß nicht. Hier sind Steinwände und Teppiche, aber keine Fenster. Und etwas blockiert meine Fähigkeit. Sie wirkt nur ab und zu.«

»Monster konnte nicht mehr sagen, wo du bist.« Die Worte fühlten sich an wie scharfe Messer.

Ihr Gesicht leuchtete auf. »Er hat Midgard erreicht. Er hat es geschafft. Die Zukunft war so unsicher, und ...« Sie verstummte, als sie meinen Gesichtsausdruck sah. Dann legte sie die Hand aufs Herz. »Er hat es nicht geschafft.«

Plötzlich verschwamm alles vor meinen Augen, aber ich blinzelte die Tränen weg.

Serén senkte den Blick. »Ich habe ihn zu dir geschickt, weil ich hoffte – glaubte –, es sei seine einzige Chance.«

Ich holte zitternd Luft und bekam meine Stimme unter Kontrolle. »Er konnte noch sagen, dass ich dich finden muss, bevor Ragnara mich kriegt.«

Sie sah auf und nickte. »Das wird sie. Das steht fest. Ich habe sie in Ravnssted gesehen. Sie wird dich im neuen Jahr holen.«

Eine eiskalte Schlange kroch mir den Rücken hinunter. »Was ist mit den Hexen? Wenn ich abhaue, müssen sie es dann nicht ausbaden?«

»Ich bin mir ziemlich sicher«, sagte Serén vorsichtig, »dass sie damit umgehen können, wenn du verschwindest.« Sie kniff die Augen zusammen und legte den Kopf schräg, um auf etwas zu lauschen, das ich nicht hören konnte. »Wenn du dich vor dem Jahreswechsel aus dem Staub machst, sind alle auf der sicheren Seite, glaube ich.«

»Du glaubst?«, wiederholte ich, erkannte aber schnell, dass Seréns Vermutung wohl alles war, was ich an Gewissheit bekommen konnte. »Hast du mir gestern Nacht eine Vision von einer Art Arena geschickt?«

Sie rümpfte die Nase. »Eine Arena? Nein. Was ist in der Vision passiert?«

Serén hatte genug Sorgen, und ich war nicht einmal sicher, dass es eine Vorahnung gewesen war. Vielleicht hatte mein überaktives Unterbewusstsein nur die Hand im Spiel. »Ach, nichts«, erwiderte ich und wechselte das Thema. »Wie komme ich nach Hrafnheim?«

Sie biss sich auf die Lippe. »Ich weiß es nicht. Du brauchst Hilfe.«

Ich schnaubte. »Entweder können die Leute mir nicht helfen, oder sie *wollen* es nicht.« Ich schickte den Hexen und Od einen ärgerlichen Gedanken.

»Ich habe dich in Hrafnheim gesehen, also muss es eine Möglichkeit geben.« Ihr Blick wurde abwesend. »Und die Prophezeiung sagt ja, dass Thoras Blut zum Tod von Ragnara führen kann. Du musst die Fähigkeit besitzen, sie zu töten. Es liegt irgendwo in der Zukunft, und das weiß sie.«

»Du kannst es doch auch sein, die sie tötet. Du bist genauso Thoras Blut wie ich.«

Serén lachte, und ich sah, wie schön sie war. Unglaublich, dass wir identisch waren. »Ich glaube nicht, dass ich es bin. Du bist die Vergangenheit. Du bist die destruktive.«

Ich wollte protestieren, zuckte am Ende aber nur die Schultern. Sie hatte ja recht.

»Aber wie komme ich weg? Von den Leuten, denen ich traue, wird mir keiner helfen.«

Sie nahm meine Hand, und das fühlte sich so real an, dass ich beinahe vergessen hätte, dass wir uns in einem Traum befanden. »Dann lass dir von jemandem helfen, dem du nicht vertraust. Ich weiß, dass du es schaffen kannst. Du musst nur die richtigen Entscheidungen treffen.«

»Und ich bin ja bekannt dafür, mich immer richtig zu entscheiden.«

»Such dir einfach Hilfe.« Seréns Stimme war angestrengt. »Von wem auch immer.«

Die Worte hallten immer noch in mir nach, als ich in meinem bunten Bett aufwachte. Ich starrte hinauf an die Zimmerdecke, an die Luna einen Regenbogen gemalt hatte, der zwei Welten miteinander verband. Kleine Gestalten spazierten darauf.

»Hilfe bei jemandem suchen, dem ich nicht vertraue«, wiederholte ich.

Ich wusste sofort, wer das war.

KAPITEL 3

»Geh ran. Jetzt geh ran«, betete ich leise, während ich das Telefon an mein Ohr drückte. Elias brauchte normalerweise nie so lange, bis er abnahm.

»Ich freue mich schon darauf, deine Stimme zu hören.« Elias klang erschöpft, trotz der munteren Worte. »Du bist die Einzige …«

»Klappe«, fuhr ich ihn an. »Ich habe nicht viel Zeit.«

Es war nur noch ein Tag bis Silvester, ich stand mehr als unter Druck.

»Ist was passiert?« Seine Stimme war seltsam spröde.

»Ja.« Ich ersparte mir weitere Details.

Elias klang frustriert. »Bist du schon wieder in Lebensgefahr?«

»Ich muss dich sehen«, sagte ich statt einer Antwort.

Ein tiefer Seufzer war alles, was ich hörte.

»Elias!«

»Entschuldige. Ich habe kurz die Augen zugemacht und genossen, was du gesagt hast.« Es war sein übliches Geflirte, doch er klang außer Atem.

»Monster ist tot.« Es war das erste Mal, dass ich es offen aussprach.

»Etunaz … ja aber … wie?«

Ich biss die Zähne so fest zusammen, dass es wehtat. »Wo können wir uns treffen?«

Lunas Schritte waren auf der Treppe zu hören.

»Ich studiere zurzeit im Kloster von Jagd.«

»Du bist einfach so ins Kloster gegangen?«

Er erstickte einen Laut mit einem Huster, und ich konnte nicht hören, ob es ein Lachen oder ein beleidigtes Schnaufen war. »Triff mich in ihrer Kirche.«

Ich antwortete nicht, sondern legte auf und warf das Handy auf die Bettdecke, als die Türklinke heruntergedrückt wurde.

Wir saßen ganz hinten im Bus. Ich in der Mitte, Une und Aella links und rechts neben mir. Wir wurden jedes Mal durchgeschaukelt, wenn das große Fahrzeug einen Abstecher in die kleinen Dörfer machte, wo niemand an den Haltestellen wartete. Wenn die Tür mit metallischem Stöhnen und einem Zischen zur Seite glitt, traf uns ein kalter Wind. Unes grau werdendes Haar war im Nacken zusammengebunden, und er schien sich unbehaglich zu fühlen in der blauen Nylonjacke, die Ben ihm geliehen hatte. Unter der Jacke war er bis an die Zähne bewaffnet.

»Wie weit ist es noch?« Aellas Stimme klang monoton. Monsters Schicksal und die Gefangennahme meiner Schwester hatten sie schockiert.

»Wollen wir nicht zusammen abhauen?«, versuchte ich es.

»Mein Befehl lautet, dass ich hier in Midgard auf dich aufpassen soll. Wir bleiben!«

»Aber Serén hat gesagt, dass ich nach Hrafnheim muss«, drängte ich.

Sie drehte sich von mir weg und blickte hinaus auf die trostlose, graue jütländische Landschaft. »Mein Befehl«, wiederholte sie.

»Was ist damit, dass es auf den Befehl ankommt, ob du gehorchst?«

Aella drehte den Kopf rasch wieder in meine Richtung. »Ich verweigere Befehle, wenn ich finde, dass sie unsinnig sind, aber ich habe deiner Schwester versprochen, auf dich aufzupassen. Ich habe geschworen ...« Ihre Stimme versagte, und sie musste sich räuspern, um weitersprechen zu können. »Ich habe Serén versprochen«, sagte sie langsam, »dass ich hierbleiben werde, ganz egal, in welcher Notlage sie steckt. Glaubst du, es fällt mir leicht, nicht auf der Stelle umzukehren und ihr zu helfen?« Aella strich sich mit einer Hand über das kurz geschnittene Haar. »Aber ein Versprechen ist ein Versprechen, und es steckt immer ein tieferer Sinn hinter dem, worum Serén bittet.«

Ich kniff die Augen zusammen. »Was genau hast du geschworen? Dass du hierbleibst oder dass du hier bei mir bleibst?«

»Das ist doch dasselbe.«

Plötzlich hatte ich es eilig, den Blick auf den abgenutzten Linoleumboden des Busses zu senken. »Ich bin derselben Meinung wie Serén«, sagte ich. »Du musst hier in Midgard bleiben.«

Meine Bikerstiefel knirschten auf dem Schotter des Parkplatzes, während meine Beschützer sich im Kreis drehten. Der Wind zerrte an uns, er schmeckte salzig und schmirgelte meine Wangen mit Sand. Während ich den Blick nach oben richtete, ging mir auf, dass dies noch eines der wenigen erhöhten Bauwerke in der Gegend war. Dieser Hügel war jedoch wesentlich höher als Odinshöhe. Ich betrachtete das schmucklose Kloster, das frei von allem Schnickschnack war. Nur hohe, glatte, kreideweiße Mauern mit schön geformten Fenstern. Obwohl ich mit meinem Spezialsinn deutlich die Betriebsamkeit wahrnehmen konnte, die hier geherrscht hatte, flößte mir der Ort eine tiefe Ruhe ein.

»Ich muss in die Kirche«, sagte ich und ging mit festen Schritten über den Hof. Lateinische Gesänge erreichten uns von dort drinnen, und ich fragte mich, ob es die Vergangenheit war, die ich hörte.

Ein junger Mönch in heller Kutte stellte sich mir in den Weg. »Seid willkommen«, sagte er mit unergründlichem Lächeln. »Ihr dürft nur in die Kirche, wenn ihr bezahlt.«

Ich machte große Augen. *Ein Gespenst?*

»Wenn das Geld im Kasten klingt, die Seele aus dem Feuer

springt.« Er faltete die Hände und schüttelte sie in Richtung des schneeschweren Himmels.

Ich machte die Augen schmal. »Suchst du mich gerade heim?«

»Äh«, sagte er.

Ich trat näher. *Poltergeist?* »Was machst du, wenn ich reingehe, ohne zu bezahlen?«

»Dann rufe ich die vom Kiosk.« Er zeigte zum Museumsshop. »Das Konzert ist Teil des Weihnachtsmarkts.« Er rückte seine Brille zurecht.

Brille, Anne. Er trägt eine Brille!

»Nur ich.« Zähneknirschend bezahlte ich und wollte durch die niedrige Holztür eintreten.

Une packte meinen Arm, sodass ich mit einem Ruck stehen blieb. »Du wirst nirgendwo alleine hingehen.«

Ich legte meine flache Hand auf seine Brust. »Doch, das werde ich.«

Une gab nicht nach, also drückte ich fester gegen seinen Oberkörper, während ich ihm direkt in die Augen blickte. »Schau mal. Ich kann hier nicht weg, und falls es Probleme geben sollte, rufe ich.« Als Une immer noch nicht lockerließ, fügte ich hinzu: »Man darf in einer Kirche nichts Gewaltsames tun. Das ist ein Gesetz hier in Midgard.«

Obwohl ich genau wusste, dass dieses Gesetz oft gebrochen worden war, lenkte Une widerwillig ein und trat einen Schritt zurück. Er ging zu dem kostümierten Mönch.

»Gibt es einen Hinterausgang?«

Der junge Mann fummelte wieder konfus an seiner Brille. »An der anderen Seite ist eine kleine blaue Tür.«

Une verschwand mit ernstem Gesicht, während der Mönch ihm nachblickte. Aella stellte sich breitbeinig und mit wachsamem Blick vor dem Eingang auf, und ich ging hinein.

Ich schlich auf Zehenspitzen durch die Kirche, konnte Elias aber nirgends entdecken. Am Altar stand ein festlich gekleideter

Chor, und die harmonischen Stimmen klangen durch das alte Kirchenschiff, in dem es nach Holz und Kerzenwachs duftete. Niemand im grauhaarigen Publikum bemerkte mich.

Ich blickte hinunter auf die Grabsteine im Fußboden und folgte den Jahreszahlen rückwärts in der Zeit, bis ich zum Anfang des 17. Jahrhunderts kam. Ich befand mich jetzt in der hintersten Ecke der Kirche im kleinen Taufraum, und ein Heer halb nackter Knabenstatuen starrte mich von allen Seiten an. Eine warme Hand strich über meinen Nacken, und ich zuckte zusammen. Elias nahm seine Hand weg und schien etwas sagen zu wollen, aber die Worte kamen ihm nicht über die weichen Lippen.

»Es tut mir leid«, flüsterte er. Trotz der glatten Haut sah er plötzlich uralt aus.

Ich hätte geweint, wenn ich etwas gesagt hätte, also hielt ich den Mund. Für eine Sekunde sahen wir uns direkt in die Augen, und Elias ballte die Fäuste, als müsste er sich zwingen, die Hände bei sich zu behalten.

Endlich fand ich meine Stimme wieder. »Ich muss …«

»Schhh.« Elias ließ den Blick über die vielen kleinen Statuen wandern. »Nicht hier.«

»Sie sind aus Holz.« Ich runzelte die Stirn.

Elias antwortete nicht, sondern drückte gegen das Taufbecken, das zur Seite glitt und eine Treppe freigab. Er stieg die Stufen hinunter, und ich folgte ihm widerstrebend, wohl wissend, dass Une und Aella ausrasten würden, wenn sie wüssten, dass ich mich freiwillig zusammen mit einem vierhundertjährigen wahnsinnigen Wissenschaftler einsperren ließ. Über mir hörte ich das Taufbecken zurück an seinen Platz gleiten, ehe wir einen kleinen Raum betraten, der wie ein Studierzimmer eingerichtet war.

»Arh!« Ich unterdrückte einen Schrei und wich einen Schritt zurück. Ich war allein mit einem vierhundertjährigen wahnsinnigen Wissenschaftler und einem Gehirn.

Der beigefarbene Klumpen lag in einem Gefäß auf dem Tisch.

»Was zum Teufel hast du hier unten vor?«, keuchte ich.

Elias beugte sich über das Gefäß und schaute hinein. »Wie gesagt, ich studiere hier. Du weißt, wie sehr ich mir wünsche, ich könnte Göttlichkeit, Magie und Wissenschaft dazu bringen, mit vereinten Kräften die Toten zu erwecken.«

Ich presste das Weihnachtsessen wieder hinunter in meinen Magen. »Warum untersuchst du *das*?«

Elias starrte immer noch auf das Gehirn. »Jetzt ist es weg.«

Ich holte tief Luft. »Was meinst du damit?«

»Das Demiblut, das in Naut Kafnars Adern war, ist jetzt weg.« Er zeigte auf den Klumpen. »Das bestätigt meine Theorie, dass Götterblut flüchtig ist. Der Effekt verdunstet mit der Zeit.«

Ich schauderte. »Ist das das Gehirn des Wilden?«

»Natürlich.« Elias drehte nicht einmal den Kopf in meine Richtung.

»Das ist ja grotesk.«

Er zuckte die Schultern und richtete sich auf. »Das ist eine Tatsache.«

»Können wir über das reden, weswegen ich gekommen bin?« Mit vorgetäuschter Geduld betrachtete ich die Wand, die mit Zeichnungen, Fotos und Formeln bedeckt war. Ich hatte langsam das Gefühl, mich im Hobbyraum eines verrückten Mörders zu befinden. Mir war auch sehr bewusst, dass Elias sich vor die Treppe gestellt hatte, meinem einzigen Weg nach draußen.

»Nur zu.« Er stand leicht breitbeinig da und hatte die Arme verschränkt.

Wieder holte ich tief Luft. »Ich brauche deine Hilfe.«

»Schwebt dir etwas Spezielles vor?« Die graublauen Augen glitten über meinen Körper. »Oder darf ich mir selbst aussuchen, was ich für dich tun kann?«

»Ich muss nach Hrafnheim.«

Seine Arme glitten aus ihrer Verschränkung, er machte einen Schritt auf mich zu und fuhr sich mit der Hand durch seine wilden Locken. Ich widerstand dem Drang, zurückzuweichen. Elias packte meine Schultern. Sein würziger Geruch stieg mir in die Nase, und die Wärme seiner Hände schoss in meine Arme. »Bist du wahnsinnig?«

»Tja, das bin ich wohl.«

Fast reflexartig lachte Elias laut auf, aber er wurde schnell wieder ernst. »Wie kommst du auf die Idee, dass du nach Hrafnheim musst?«

»Monster hat es mir gesagt, kurz bevor er …« Ich blickte zu Boden, um Elias' Augen auszuweichen, die sich in diesem Moment weiteten. »Ich bin mir sicher, dass es das einzig Richtige ist.«

Er lockerte seinen Griff, aber seine Hände lagen immer noch auf meinen Armen. »Wenn es etwas gibt, das mein langes Leben mich gelehrt hat, dann, dass nichts sicher ist.«

»Ragnara hat meine Schwester, und sie ist auch hinter mir her.« Ich machte eine kleine Pause. »Sie will uns beide haben.«

»Da ist sie nicht die Einzige.« Elias' Stimme war plötzlich so frech, dass ich grinsen musste, obwohl der Schmerz in mir wühlte. Ich hatte nicht geglaubt, dass ich je wieder lächeln würde, und blickte mit feuchten Augen auf.

Elias sah erschrocken aus. Er ließ mich los und trat einen Schritt zurück.

Ich bekam meine Mundwinkel unter Kontrolle. »Jetzt bleib doch mal ernst.«

»Entschuldige. Eine ganz automatische Reaktion.« Er ballte die Fäuste wieder. »Was ist meine Rolle dabei?«

»Du sollst mir helfen, dorthin zu kommen.«

Ich hatte gedacht, Elias würde protestieren, aber er war ganz ruhig. »Was springt für mich dabei raus?«

Mit einem Aufstöhnen riss ich die Arme hoch. »Wie wär's mit: Verhinderung des Weltuntergangs?«

»Dem Mythos zufolge wird die Welt nach Ragnarök wieder auferstehen. Vielleicht bin ich der Herrscher der neuen Welt.«

»Serén hat gesehen, dass wir beide sterben, falls ich in Midgard bleibe«, sagte ich verzweifelt und griff nach seiner warmen Hand. »Sie darf nicht sterben. Es darf überhaupt niemand mehr meinetwegen sterben.«

Elias stand ganz still und sah mich an. Seine Hand, die in meiner lag, rührte sich nicht. »Von allen Mädchen dieser Welt treffe ich ausgerechnet jenes, das todgeweiht ist.« Er sagte *treffe* auf eine Art, als meinte er in Wirklichkeit etwas anderes. Er ließ mich los.

»Was willst du dafür haben, dass du mir hinüberhilfst?«, fragte ich.

»Glaubst du, ich bin käuflich?« Es war schwer zu sagen, ob er geschmeichelt oder wütend war.

»Ich *weiß*, dass du käuflich bist. Was willst du haben?«, wiederholte ich, ohne mit der Wimper zu zucken.

Er legte den Kopf schräg, und seine Augen wurden schmal. »Mal sehen«, dachte er laut nach. »Was will ich haben?« Schließlich entschied er sich. »Ich glaube, wenn es deiner Schwester und dir gelingt, euch zu finden, erhaltet ihr Macht über die Zeit. Ich will an dieser Macht teilhaben.«

Ich rümpfte die Nase. »Wovon redest du?«

Seine rauen Fingerspitzen strichen über meine Knöchel, und ich zog die Hand zurück.

»Vergangenheit und Zukunft treffen sich im Jetzt. Ich glaube, wenn ihr zusammen seid, könnt ihr die Ereignisse beeinflussen. Du hast Zugang zur Vergangenheit, also kannst du sie im besten Fall ändern. Versprich mir, dass du eine Sache in der Vergangenheit, die ich auswähle, ändern wirst, falls es in eurer Macht steht.« Seine weichen Lippen verzogen sich zu einem berechnenden Lächeln. »Dann werde ich dir helfen, nach Hrafnheim zu kommen. Morgen gibt es eine Silvesterparty. Dort kann ich dir durchs Portal helfen.«

Mir fiel ein Stein vom Herzen. »Spitze«, sagte ich.

»Wir waren drauf und dran, die Kirche zu zerlegen, um dich zu finden«, fauchte Aella, als Elias und ich aus dem Kloster kamen. »Du warst weg.«

»Ich war nicht weg. Ich war nur …« Elias warf mir einen scharfen Blick zu. »Ich war verborgen.«

»Verborgen?«, schnaubte Aella. »Könntest du das nächste Mal vielleicht Bescheid sagen, bevor du dich versteckst?«

»Auf dich aufzupassen geht gar nicht«, knurrte Une. »Als ob du nicht beschützt werden *willst*.«

Ich wollte widersprechen, aber in dem Moment klingelte mein Telefon. Ich angelte das Handy aus der Tasche und fummelte an dem kalten Glasbildschirm herum. »Eine Nummer, die ich nicht kenne?«

Elias schaute mir über die Schulter. Er kam so nah, dass seine Locken meine Wange kitzelten. »Das ist Od.«

Ich rückte von Elias ab und starrte das klingelnde Handy an, ohne den Anruf anzunehmen. »Kann er sich nicht einfach hierhermorphen?« Ich hatte es nicht für möglich gehalten, dass der uralte Demigott etwas so Profanes wie ein Telefon benutzte. Seufzend wischte ich übers Display und drückte die kalte Fläche ans Ohr. »Hallo.«

Eine trockene, warme Stimme erklang am anderen Ende. »Das hat ja gedauert.«

»Warum rufst du an?« Okay, nicht besonders elegant.

Er lachte dünn. Es war seltsam, seine Stimme durch das Telefon verzerrt zu hören.

»Triff mich im Museum am Fjord. Elias weiß, wo das ist.«

»Warum glaubst du, dass Elias bei mir ist? Und was ist das, wo wir hinkommen sollen?« Meine Fragen überschlugen sich, ohne dass ich mit einer Antwort belohnt wurde, ehe die Verbindung abbrach.

Ich ließ das Telefon sinken. »Elias, hast du gequatscht?«

»Nein, aber Od weiß meistens, wo man steckt und mit wem man zusammen ist.«

»Beruhigend.« Ich steckte das Handy zurück in die Jacke meiner Mutter. »Habe ich eine Wahl?«

»Ob du dich mit Od treffen sollst?« Elias lachte. »Du hast immer eine Wahl – oder zumindest würde er das sagen –, aber komischerweise bekommt er trotzdem immer seinen Willen.«

Ich blickte zum Himmel, der sich bereits ins Dunkelblaue verfärbte.

»Kommt.« Elias zeigte zum Parkplatz. »Ich fahre euch.«

Une und Aella wirkten wenig begeistert, als sie sich auf die Rückbank von Elias' Auto quetschten. Unes breite Schultern streiften die von Aella, obwohl er den Rücken krumm machte und aus dem Fenster schaute.

Das bisschen, was wir in der Dämmerung sehen konnten, waren Strandhafer, kahle Felder und die Silhouette einer schwarzen alten Windmühle, an der wir vorbeikamen. Meine Bodyguards wurden in die Sitze gedrückt, als Elias Gas gab und über die inzwischen dunkle Landstraße raste. Während der ganzen Fahrt sprach keiner ein Wort, und wenn ich verstohlen zu Elias blickte, sah er stur geradeaus und fuhr schneller als nötig.

Im Handumdrehen hatten wir unser Ziel erreicht, das Aussicht über den Limfjord bot.

Neben dem Museum zeichneten sich die Umrisse von Steinsetzungen ab, allerdings war es jetzt vollkommen dunkel, sodass man nichts anderes sah als schwarze Löcher, die die riesigen Felsblöcke vor dem Hintergrund der beleuchteten Stadt bildeten. Mein Spezialsinn vibrierte von der Aktivität, die hier geherrscht hatte, und ich sah Menschen vorbeigehen, hörte Stimmen und sog den kräftigen Geruch von verbranntem Holz und Fleisch ein. Bäume säumten den kleinen Schotterweg, der vom Parkplatz zum Museum führte.

»Willst du etwas Kornrade?«, fragte Elias. »Hier ist viel passiert.«

Ich betrachtete den Eingang des modernen Gebäudes mit seinen Plakaten, den Nachbildungen von Wikingerschmuck und einem einzelnen bunten Holzschild. Gleichzeitig hörte ich ein Echo auf Altnordisch und Töne eines Blasinstruments. Eine Prozession von leicht durchsichtigen Fackeln schlängelte sich abwärts vom Gräberfeld auf einen Hügel, der mindestens so hoch wie Odinshöhe war. Die Prozession wurde von dumpfen Gesängen und Weinen begleitet.

Elias sah mich stirnrunzelnd an, und ich nickte.

Als er sein Hemd aufknöpfte, erhaschte ich einen Blick auf seinen glatten Brustkorb, und während er in dem Lederbeutel kramte, der immer um seinen Hals hing und anscheinend alle möglichen Dinge enthielt, fröstelte ich im starken Wind. Ein Finger, auf dessen Spitze ein Tropfen balancierte, wurde mir hingehalten, und ich wich Elias' Blick aus, als ich ihn annahm. Ich musste seine warme Hand festhalten, um den Tropfen aufsaugen zu können. Als ich dann doch aufblickte, rechnete ich mit einem frechen Augenzwinkern, aber er sah mich nur besorgt an. Ich atmete tief ein und ließ die Kornrade wirken. Die Stimmen verschwanden, die Flammen erloschen, und der Geruch verflog.

Ein Silberschimmer flackerte neben mir, als ich den Kopf wieder hob. Ods warme Nähe umschloss mich und machte mich schwindlig.

Od beugte sich zu Une und Aella. »Elias fährt euch nach Hause. Anne bleibt hier.«

Beide lächelten selig und stiegen wieder ins Auto.

Ich verdrehte die Augen, während ich mir die volksverführerischen Diktatoren der Geschichte in Erinnerung rief. Ob da wohl übernatürliche Faktoren im Spiel gewesen waren?

Od richtete sich wieder auf.

»Elias.« Mehr sagte er nicht, aber Elias verstand und machte die kleine, altmodische Verbeugung, die sein wahres Alter verriet. Er setzte sich mit einem einzigen Blick zu mir hinters Steuer und brauste mit meinen beiden Leibwächtern davon.

Ich blieb allein mit dem Demigott auf dem leeren Parkplatz zurück. Das Einzige, was außer ein paar Laternen am Straßenrand leuchtete, war Ods silberglühender Körper.

»Und jetzt?« Ich versuchte, ihm nicht dauernd ins Gesicht zu starren, aber ich war trotzdem gebannt von seiner Schönheit. Die hohen Wangenknochen, die geschwungenen Lippen und das glänzende dunkle Haar.

Od berührte die Tür, die sich mit einem kleinen Seufzer öffnete. »Gehen wir rein ins Warme.«

»Ist Einbrechen nicht unethisch?«

»Doch«, grinste Od über die Schulter und sah plötzlich sehr menschlich aus.

Die Schatten lösten die Wände auf, verdunkelten die Fliesen und trübten das Glas der Vitrinen, während die Steine mit den Einritzungen, die Äxte, Münzen und die rostigen Eisenschwerter deutlich hervortraten.

»Warum hier?«, fragte ich, als Od mich die Treppe ins Untergeschoss hinabführte, wo das Moor mit Schilf, Wasserflächen und kleinen Pfaden rekonstruiert worden war. Hier unten war Od die einzige Lichtquelle, und sein silbernes Glühen machte den Ort noch unwirklicher. So wie wir anderen im Sonnenlicht Schatten werfen, warf er im Dunkeln Licht.

Od betrachtete einen dicken, hellbraunen Zopf, der aussah, als sei er im glitzernden Wasser versunken, obwohl er in Wirklichkeit in einem Kasten aus Plexiglas lag. »Ich habe hier gewohnt.«

Ich blickte mich um. »Du hast im Museum gewohnt?«

Sein Blick aus den tief liegenden Augen begegnete meinem. »Damals waren die Hügel hier eine Stadt und ein Gräberfeld. Ich war ein junger Mann von neunzig Jahren, als dies mein Zuhause war.« Er bückte sich, öffnete die Glasvitrine und nahm vorsichtig den Zopf heraus.

»Ich glaube nicht, dass du den anfassen darfst. Du weißt, Kulturerbe und so.«

Ods Daumen strich über die Haarsträhnen, bevor er den Zopf zurück in seinen Glaskasten legte. Dann ging er zum anderen Ende des Kellers. Ich folgte ihm vorsichtig, in erster Linie, weil es mir eine Gänsehaut über den Rücken jagte, allein in einem dunklen Museumskeller inmitten von abgeschnittenen Zöpfen und kaputten Waffen zu stehen.

Vor ein paar Glassärgen machten wir halt, und Ods Licht fiel hinein. Darin befand sich eine Reihe von Skeletten. Die leeren Augenhöhlen in den Schädeln waren auf uns gerichtet, als betrachteten sie uns, genau wie wir sie betrachteten.

Ich blickte auf die Toten, und die tiefe Vorzeit starrte geradewegs zurück.

Ods Augen schimmerten feucht in all der metallischen Glut, und ich begriff: Sie waren Menschen wie ich gewesen, auch wenn sie vor vielen Jahren gestorben waren. Sie hatten einst Hoffnungen, Träume und Geheimnisse gehabt.

Er starrte auf das kleinste Skelett. Es schien ein Kind gewesen zu sein, ein Mädchen, den Perlen und dem Wollkleid nach zu urteilen.

»Sie war sechs Jahre alt, als sie starb. Ich wusste damals nicht, dass mein Blut sie hätte retten können.« Ods elegante Hand landete an der Glaswand. Licht strömte aus der Hand, traf auf den Schädel und ließ das Gebiss aussehen wie ein Lächeln. Er richtete den Blick auf den rekonstruierten Wachskopf des Mädchens, der auf einem Sockel über den Glassärgen stand. Die glänzenden Augen schauten an ihm vorbei.

»Es sieht ihr ähnlich, allerdings war sie blond.« Er legte die Handfläche an die wächserne Wange des Kopfes. »Die Pfeile der Zeit führen uns alle in eine Richtung. Sogar mich.«

»Okidoki.« Ich räusperte mich. »Das tut mir leid. Es tut mir wirklich leid, dass deine Freunde tot sind.«

Od sah mich endlich an, so als wäre ihm erst jetzt bewusst geworden, dass ich da war. »Der Tod ist nichts Schlimmes. Deshalb habe ich dich hierher mitgenommen. Um dir zu zeigen, was uns alle erwartet.«

»Wieso, ist doch toll, in einen Keller voller toter Menschen gebracht zu werden. Ich bin abgehärtet. Normalerweise wohne ich über einer Krypta mit der Leiche meines Vaters, also mach dir darüber bloß keine Gedanken.« Ich winkte ab. »Aber das hättest du mir auch bei einer Tasse Tee zu Hause bei Ben und Rebecca erzählen können.«

Od lächelte dieses Lächeln, bei dem ich immer schwach wurde.

Ich gab mir alle Mühe, böse zurückzustarren. »Warum bin ich hier?«

»Du sollst begreifen, was dir unausweichlich bevorsteht – was uns allen bevorsteht –, trotz deiner Entscheidung.«

»Was weißt du von meiner Entscheidung?«

Er kam mir ganz nahe, und sein Atem war berauschend. Die grünen Augen zogen an mir wie eine gefährliche Unterströmung im Meer, und ein unsichtbarer Wind drohte mich anzuheben und wegzutragen. Ich blinzelte benommen.

»Mein Vater meint, dass du und deine Schwester enorm wichtig für uns seid. Wir brauchen euch.«

»Wer ist *wir*?« Ich hatte Mühe, deutlich zu sprechen.

»Die Götter.«

»Alle Götter?«

»Ihr seid entscheidend. Für manche seid ihr die Rettung. Für andere der Untergang.«

Hmmm – ich konnte keinen klaren Gedanken fassen.

»Ich soll dir von Odin ausrichten«, flüsterte Od mir ins Ohr, »dass du nur *Allvater* zu sagen brauchst, wenn du ihn herbeirufen willst.« Die Worte umkreisten mich wie eine Rauchsäule.

»Herbeirufen.« Angesäuselt, wie ich war durch Ods Nähe, kicherte ich, als ich den hochtrabenden Ausdruck wiederholte. »Herbeirufen«, sagte ich wieder, aber es wurde vom Dunkel verschluckt, denn Od hatte mir und den Skeletten den Rücken zugekehrt und ging Richtung Ausgang.

Schlagartig ernüchtert eilte ich ihm mit gesträubten Nackenhaaren und klopfendem Herzen hinterher.

Plötzlich drehte Od sich um, und das silbern leuchtende Gesicht war direkt vor mir. Ich war darauf nicht vorbereitet, deshalb wurde ich von seiner göttlichen Hypnose überwältigt. Eine Luke öffnete sich unter mir, und ich schwebte auf einer wunderschönen goldenen Wolke hinunter.

Am nächsten Morgen erwachte ich im Bett in meinem kleinen, farbenfrohen Zimmer ohne jede Erinnerung daran, wie ich nach Hause gekommen war.

KAPITEL 4

Die Silvesterparty im Bootsmann war natürlich spektakulär, aber es fiel mir schwer, mich darauf zu konzentrieren.

Als ich den Blick über die volle Bar schweifen ließ, merkte ich, dass Hakim mehrmals zu mir herübersah. Ich hatte in den Tagen zwischen Weihnachten und Silvester nicht mit ihm gesprochen. Er grüßte verhalten, und als ich zurücklächelte, richtete er sich fast unmerklich auf. Ohne dass ich darüber nachdachte, tasteten meine Finger nach der kleinen Silberhand, die er mir zum Geburtstag geschenkt hatte, kurz bevor er mir das Leben rettete.

Hinten in einer Ecke stand Elias und beobachtete mich. Als die Leute sich gefüllte Sektgläser holten und Od die Bühne betrat, um die Sekunden bis Mitternacht herunterzuzählen, nickte er mir zu.

So unauffällig wie möglich zog ich mich ins Dunkel zurück und schlich davon.

Vor der Tür zu Ods Büro blieb ich stehen und betrachtete mich in einem der großen Spiegel.

Das dunkelgrüne Kleid, das Luna mir extra für diesen Abend genäht hatte, hatte genau dieselbe Farbe wie die Steine in dem Ring, der meinen Finger schmückte. Der Ring, den sie und Mathias gemeinsam für mich gemacht hatten. Ich schlenderte zur Tür, und wie Elias versprochen hatte, stand sie für mich offen.

Frank sah mich aus seinem Käfig an, der in der Ecke von Ods Büro stand.

Draußen vor der Tür begannen die Leute zu zählen.

»Sieben – sechs – fünf.«

Ich nahm einen Brieföffner von Ods Schreibtisch. »Welche Tür führt nach Hrafnheim?«

»Es ist zu gefährlich. Sie bringen dich um.«

Ich hob eine Augenbraue.

»Vier – drei – zwei.«

»Willst du den Brieföffner?«

Frank bleckte die Zähne, dann zeigte er auf eine blaue Tür.

»Eins – frohes Neueeees!«

Ich warf Frank den Brieföffner zu, riss die Tür auf und stürzte mich in die Dunkelheit.

Meine Beine bewegten sich, als würde ich rennen, aber sie berührten keinen Untergrund, während ich durch den von Lichtstreifen umgebenen Tunnel gesaugt wurde. Eine Kraft zerrte, drückte und zog von allen Seiten an mir, obwohl es sich irgendwie anfühlte, als käme sie tief aus mir selbst. Ich schlang die Arme fest um meinen Körper, um zu verhindern, dass ich mich in meine Einzelteile auflöste.

Ich hatte keine Erfahrung mit Teleportation, stellte mir aber sofort vor, dass es noch ein bisschen heftiger werden würde. Doch die Passage dehnte sich vor mir und hinter mir aus, und ich raste eine gefühlte Ewigkeit dahin.

Elias hatte gesagt, dass der Übergang von Ods Büro ins nördliche Hrafnheim führte, aber davon abgesehen hatte ich keine Ahnung, ob ich in eine Menschenmenge platzen oder mitten im Nirgendwo aufschlagen würde. Falls es eine Menschenmenge war, wusste ich auch nicht, ob Freund oder Feind.

Endlich spürte ich Kälte im Gesicht. Meine Beine setzten ihren sinnlosen Lauf fort, aber plötzlich hatte ich festen Boden unter den Füßen und landete buchstäblich in vollem Galopp auf der Erde. Ich rannte in pechschwarze Dunkelheit hinein und war durch den Übergang vom Hellen ins Dunkle sofort blind. Dann knallte ich gegen ein massives Hindernis.

»Au, verdammt«, keuchte ich und hielt mir die Schulter, die den größten Teil des Aufpralls abbekommen hatte. Meine Finger strichen über den Koloss, und die rissige Oberfläche verriet mir, dass es ein großer Baum war. Hoch über mir hörte ich Wind, der auf Blätter traf.

Während ich schwer atmend darauf wartete, dass meine Augen sich an die dunkle Umgebung gewöhnten, zuckte ein Lichtblitz über den Himmel. Ich versuchte, mich zu orientieren, aber bevor mir das gelang, zwang eine Explosion mich hinter dem Baum in die Knie.

Gleichzeitig zitterte ich am ganzen Körper, und vor Übelkeit lief mir die Spucke im Mund zusammen. Nachdem ich ein paarmal heftig gewürgt hatte, brachte ich meinen Magen wieder halbwegs unter Kontrolle, obwohl mein Körper mit jeder Faser protestierte. Hatte die Reise mich in Atome zerlegt und wieder zusammengesetzt?

Etwas erschütterte die Erde, ein scharfer blauer Blitz erhellte wieder den Himmel, und für einen kurzen Moment sah ich, dass ich mich in einem Wald befand.

Ein Feuerwerk? Oder … Ich beobachtete die seltsamen Blitze. Eine Art Lichtershow.

Der Boden unter meinen Füßen bebte wieder, und es dauerte eine Weile, bis mir aufging, dass es eine Art Bass war.

Duff – duff – duff.

Aus Rebeccas Notizbuch wusste ich, dass man die gesamte Zeit zwischen unserer Welt und Hrafnheim synchronisiert hatte, allerdings mit dem Unterschied, dass man unser 1054 hier als Jahr null zählte, denn in dem Jahr hatte die große Einwanderung aus unserer Welt begonnen. Darüber hinaus wusste ich tatsächlich erschreckend wenig über Hrafnheim. Wenigstens hatte ich Rebeccas Notizbuch mitgenommen, in dem sich eine Landkarte befand – zugegebenermaßen eine achtzehn Jahre alte Landkarte.

In den Pausen zwischen den Lichtblitzen versank der Wald in tiefe Dunkelheit, und ich musste mich vorwärtstasten.

»Frohes neues Jahr«, flüsterte ich zwischen zwei Stößen des Erdbodens. Ich hatte keine Gelegenheit gehabt, es meinen Freunden zu wünschen, die alle auf die eine oder andere Weise verantwortlich dafür waren, dass ich es überhaupt lebend ins neue Jahr geschafft hatte. So leise, dass es kaum mehr war als eine lautlose Lippenbewegung, sagte ich: »Frohes neues Jahr, Monster. Ich vertraue dir.«

Also dann.

Wieder zerriss ein Flackern den Himmel, und ich versuchte zu entscheiden, in welche Richtung ich gehen sollte, aber die Umgebung wurde rasch wieder dunkel, und ich musste mich weiter vorantasten. Ich versuchte, den Weg mit meinem Spezialsinn zu finden, aber in einem Moment der Panik merkte ich, dass er gelähmt war. Ich hätte nie gedacht, dass ich die Hellsichtigkeit vermissen würde, aber jetzt erschrak ich zutiefst bei dem Gedanken, dass mein einziger Vorteil weg war.

Weg von der Musik, beschloss ich und kroch weiter.

Nach und nach kam meine Hellsichtigkeit zurück, ich sah flüchtige Bilder vom Wald im Sommer bei Tageslicht und von Menschen, die vorbeigingen. Ich atmete langsam auf. Immer noch spürte ich keinerlei Aura, aber ob es daran lag, dass meine Fähigkeit beeinträchtigt war, oder ob hier keine Auren waren, das wusste ich nicht.

Ich stand auf und machte ein paar Schritte rückwärts. Etwas plätscherte.

»Au«, ertönte eine tiefe Stimme in der Dunkelheit, und gleichzeitig stieß ich mit einem Stiefel gegen etwas.

Ich fuhr herum, und da gerade eine Rakete am Himmel explodierte, konnte ich etwas erkennen. Der Mann vor mir starrte mich genauso verblüfft an wie ich ihn.

»Serén«, rief er aus. »Thora Todesbluts Tochter. Was in aller Welt machst du hier?« Er schloss hastig seine Hose.

Ich wich zurück.

Freund oder Feind?

Er machte ein paar Schritte auf mich zu, bevor der Lichtblitz erlosch und wir wieder in die Dunkelheit zurückgeworfen wurden. Ich konnte nichts sehen, doch mein Spezialsinn arbeitete auf Hochtouren. Endlich zeichnete sich seine Grundstimmung ab, aber ich hatte Schwierigkeiten, sie zu deuten. Sie flackerte vor Spannung und … Ich untersuchte sie, während ich weiter rückwärtsging. Durch die Bassrhythmen hörte ich seine heiseren Atemzüge. Ich warf meine Hellsicht auf ihn und zwang sie schmerzvoll in einen höheren Gang, und endlich gelang es mir, eine Erinnerung aus seiner Vergangenheit herauszuziehen.

»Shit«, keuchte ich und warf mich nach hinten.

KAPITEL 5

In der Vergangenheit des Mannes sah ich, wie meine Schwester eingefangen wurde. Ich sah, wie seine groben Pranken ihre Handgelenke festhielten, während sie schrie.

»Schnell, kommt her!«, rief er und griff nach mir.

Mein Vorteil war, dass ich meinen Extrasinn benutzen konnte, um einen Hinweis zu erhalten, wo er sich befand, denn weder er noch ich konnten zwischen den kurzen Lichtblitzen genug sehen. Deshalb rannten wir ziellos herum, und mehrere Male stolperten wir über Zweige, die auf dem Waldboden lagen, während ich versuchte, ihm zu entkommen.

Der Mann rief ständig nach irgendwelchen anderen, und um uns herum tauchten mehrere Personen auf. Gerade als ich dachte, ich wäre entwischt, landete eine grobe Hand auf meiner Schulter und klebte an meiner Jacke, als wäre sie magnetisch.

Ich zappelte, konnte mich aber nicht aus dem saugnapfartigen Griff befreien, also trat ich ihm hart gegen das Schienenbein, warf mich gleichzeitig herum und kam frei. Bevor ich losrannte, verpasste ich ihm noch ein paar Faustschläge gegen Kinn und Jochbein.

Er langte fluchend nach mir, aber ich war schnell, deshalb bekam er mich nicht zu fassen. Außerdem roch er nach Alkohol, und ich hatte den Verdacht, dass seine langsamen Bewegungen etwas damit zu tun hatten. Ich lief weiter in den Wald hinein und schlug einen Bogen um die anderen.

»Halt, im Namen der Königin!«, brüllte der erste Mann. »Ich befehle es dir.«

Verdammt!

Ich war direkt in die Arme von Ragnaras Soldaten gelaufen. Meine Schritte dröhnten auf dem trockenen Waldboden, sie waren sogar lauter als die Bassrhythmen, deshalb bremste ich ab und rollte mich kopfüber unter einen umgestürzten Baumstamm. Ich versuchte, meinen keuchenden Atem mit der Hand über dem Mund zu dämpfen. Eisige Kälte drang vom Boden in mich ein und ein scharfer Ast kratzte meine Wange auf, aber ich zwang mich, still zu liegen. Ich drückte mich so weit hinter den Baum, wie es ging, und zog mir die Kapuze über den Kopf, um meine roten Haare zu verbergen. Die Männer umkreisten mein Versteck, ab und zu rief einer von ihnen etwas, aber irgendwann blieben sie stehen und diskutierten.

»Bist du sicher?«, fragte jemand.

»Es war Serén«, sagte der erste Mann. »Ohne Zweifel.«

»Sie ist verhaftet«, meldete sich eine dritte Stimme. »Ich war bei dem Angriff selbst dabei. Ich habe geholfen, den Anführer der Riesenwölfe zu foltern.«

Mein Magen zog sich zusammen, und ich musste mich an den trockenen Baumstumpf klammern, um mich nicht auf den Kerl zu stürzen.

Die anderen stöhnten. »Wir können es nicht mehr hören, Knut.«

Knut. Ich prägte mir den Namen ein.

»Wo wir sie hingebracht haben, ist sie so gut wie tot.« Knut knurrte gereizt. »Wie konntest du sie entkommen lassen?«, sagte er wohl zu dem ersten Soldaten.

»Ich sage dir, sie war flink wie eine Maus und hat gekämpft wie ein Soldat. Ich wusste gar nicht, dass Serén kämpfen kann.«

Eine neue Stimme mischte sich ein. »Sie muss hier immer noch irgendwo sein.«

Die Männer entfernten sich in die andere Richtung.

Ich richtete mich halb auf und stützte mich auf den Unterarm, um nachzusehen, ob sie weg waren. In dem Moment erhellte ein imposanter Blitz den gesamten Himmel und die meisten der Bäume, und ich schaute direkt in ein Gesicht. Der Mann, der über mir stand, hatte keine Aura, deshalb war ich überhaupt nicht darauf vorbereitet, dass jemand so dicht bei mir war. Blitzschnell packte er meine Handgelenke und griff mir mit der anderen Hand an die Kehle. Keine von Varnars Trainingsstunden hatte mich darauf vorbereitet, und obwohl ich mich verzweifelt wand, nützte es nichts. Ich musste mich zusammenreißen, um nicht zu schreien. Varnar hatte mir beigebracht, keine Angst zu zeigen.

»Ich hab sie!«, rief er. Auch seine Hände klebten an meiner Kleidung und meinem Hals, und je mehr ich zappelte, desto fester saß ich. Ein wohlbekannter elektrischer Strom lief durch seine Finger in meine Haut. Fast so wie bei Ben.

Die Soldaten kamen zurück, und bevor ich mich losreißen konnte, standen acht Männer im Kreis um mich versammelt. Ein Kristall leuchtete. So etwas hatte ich noch nie zuvor gesehen. Er schien so hell, dass ich die Soldaten endlich richtig sehen konnte. Und sie mich auch.

»Das ist sie. Bei Ragnaras Anfarwol, das ist Serén. Gustaf, ich wusste, dass wir auf dich zählen können.« Die Stimme klang wie Knut, und ich starrte auf seine breiten Schultern, die groben Hände und das wirre Haar. Er hatte ein Muttermal am Auge, das ihn leicht wiedererkennbar machte.

Rache ist falsch, sagt man. Ich glaubte an kein Richtig oder Falsch, aber ich wusste, was sich gut anfühlen würde.

Knut trat unmerklich einen Schritt zurück. Dann bleckte er die Zähne und kam wieder auf mich zu. »Was in aller Welt machst du hier?«, fragte er. »Ich habe selbst geholfen, dich hinter Schloss und Riegel zu bringen.«

Ich presste meine Hellsicht in seine Vergangenheit, um herauszubekommen, wo Serén gefangen war, aber er war nicht zu lesen.

Er kam mit dem Gesicht ganz nah und starrte mich an. »Du bist es, Serén«, sagte er und blies mir seine Alkoholfahne entgegen, sodass ich unwillkürlich die Nase rümpfte. »Du hast so schön geschrien, als ich Etunaz in die Brust hackte. Du hast geweint, als sein Blut meine Axt nässte.«

Ich verzog keine Miene, was ihn noch dichter an mich heranlockte. Ich spürte den Puls in meinen Handgelenken und im Mund, aber ich rührte mich nicht. Seine Bartstoppeln streiften meine Wange, und seine Zungenspitze glitt über meine Haut.

Im richtigen Moment stieß ich mit dem Kopf zu und traf Knut perfekt auf die Nase, die knackte und sofort zu bluten begann. Seine Zähne gruben sich in seine Zunge, die immer noch dabei war, meine Wange zu lecken. Zuerst griff er sich aufheulend an Nase und Mund, aber dann holte er aus und verpasste mir eine Ohrfeige, dass ich Sonne, Mond und Sterne sah.

»Ihr solltet sie lieber gut festhalten. Sie ist eine kleine Kriegerin«, sagte der Mann ohne Aura. »Wollt ihr es hier machen?«

»Es ist zu kalt. Wir bringen sie zurück ins Lager«, sagte der erste Soldat.

Und dann schleppten sie mich weg.

Das Lager war eine Ansammlung von Zelten. Von hier kamen die dröhnenden Basslaute, und jetzt hörte ich auch Gesänge in einer nordischen Sprache, die ich nicht kannte. Das aparte Feuerwerk wurde aus großen Rohren verschossen, die in der Erde steckten, und jeder Schuss wurde von einem hohlen *Fump* begleitet.

Ob es Magie war oder eine besondere Art von Schießpulver, wusste ich nicht.

Man stieß mich in eines der Zelte mit massiven Stangen, in die Schlangen und Vögel geschnitzt waren. Eine seltsame zweigähnliche Rune war in Rot auf das Zelttuch gemalt. Sie bestand aus einer senkrechten Linie und zwei kleineren, die schräg aufwärtszeigten. Zuerst dachte ich, es sei die Rune Ansuz, mit der die ermordeten

Mädchen in Ravnssted markiert worden waren, aber diese hier war anders. Mehr konnte ich nicht sehen, bevor mich der Mann ohne Aura, der offenbar Gustaf hieß, unter ein flatterndes Zelttuch zog. Er zerrte an mir, sodass ich vorwärtsstolperte und mich mit den Händen abstützen musste, band mich an einen Pfahl und zwang mich zum Hinsetzen. Seine Handflächen waren ähnlich tätowiert wie die von Ben, und auf Stirn und Wangenknochen trug er Verzierungen, die grüne und blaue Schlangenschuppen darstellten.

Er ging in die Hocke, griff mir unters Kinn und hob meinen Kopf an. Er war wettergegerbt, und seine Augen waren von einem trüben Gelbgrün, mit sehr kleinen und fast ovalen Pupillen.

»Die Männer werden dich ausfragen«, sagte er. »Antworte einfach, dann passiert dir nichts.« Die S-Laute klangen wie ein scharfes Zischen. »Wehre dich nicht dagegen, sonst wird es eine lange Nacht.«

Mein Blut wurde kalt, und ohne zu antworten, schleuderte ich ihm mit aller Kraft meine Hellsicht entgegen. Wie bei Ben und Rebecca konnte ich weder etwas von seiner Aura noch von seiner Vergangenheit sehen.

Er ließ sich zurück auf die Fersen fallen, als hätte ich ihn geschubst, und stützte sich mit den Fingerspitzen auf dem Boden ab, um das Gleichgewicht zu halten. Dann kam er auf die Beine und ging ein paar Schritte in Richtung des Zelteingangs, ehe er stehen blieb und sich halb zu mir umdrehte. »Lass dir nicht anmerken, dass du eine Seherin bist. Das macht die Männer unruhig.« Er verschwand.

Ich zerrte an dem Seil, mit dem er meine Hände gefesselt und mich an den Pfahl gebunden hatte. Es war aus einem sehr haltbaren Material, und der Knoten war unlösbar. Trotzdem bekam ich mit den Fingern die Silberhand zu fassen, die Hakim mir zum Geburtstag geschenkt hatte und die an einer Kette um meinen Hals hing. Sie hatte scharfe Kanten, und es gelang mir, das Seil ein bisschen anzuritzen.

Draußen lärmte immer noch diese seltsame Musik, begleitet von lautem Klirren und dem altnordischen Gesang. Durch den Zeltstoff sah ich Licht vom Himmel und von Feuern. Die Soldaten ließen sich viel Zeit, ich wartete gefühlt mehrere Stunden. Vielleicht verging die Zeit in dieser Welt auch einfach anders. Das gab mir zum Glück die Gelegenheit, weiter an dem Seil zu arbeiten, indem ich abwechselnd daran zerrte und schnitt. Ich kam nur mühsam voran, denn das Material war extrem zäh. Ein Hoch auf meine destruktiven Fähigkeiten, die es schließlich schafften, das Seil ein wenig zu lockern.

Ein Mann kam ins Zelt und unterbrach mich. Es war der Soldat, dem ich zuerst begegnet war. Er trug, wie die anderen auch, einen schlichten blauen Anzug, der auf den ersten Blick wie ein Overall aussah. Allerdings war er aus grobem Stoff mit Lederflicken an Ellenbogen, Knien und Taille. Die merkwürdige Rune, die ich auch auf dem Zelttuch gesehen hatte, war mit rotem Faden auf seine Brust gestickt.

Ich stand auf.

Er wirkte hier mutiger als im Wald. Vielleicht hatte es damit zu tun, dass ich gefesselt war. Zumindest glaubte er das. Obwohl meine Handgelenke zusammengebunden waren, ballte ich die Fäuste, und so unauffällig wie möglich stemmte ich die Hände auseinander, um Druck auf das halb durchtrennte Seil auszuüben. Er versuchte mich anzusehen, aber seine Augen glitten immer wieder weg, als würden sie von mir abrutschen. Nachdem ich jahrelang Bens Zaubersprüche mit mir herumgeschleppt hatte, kannte ich diesen Blick. Ich schätzte, dass der Soldat etwas älter als Varnar war, deutlich hagerer und vielleicht ein bisschen größer. Er bewegte sich mit der Plumpheit eines Betrunkenen.

»Wir kriegen schon aus dir raus, wie du entwischt bist, Serén«, sagte er, aber es ging in einem Rülpsen unter.

Ich stand unbeweglich da, während er auf mich zukam. Er nestelte an seinem Anzug, der vorne Knöpfe hatte.

»Was machst du da?« Es war das erste Mal, dass ich etwas sagte, und er hob überrascht den Kopf und stierte mich an.

»Was glaubst du wohl, was ich mache?«

Wut, vermischt mit blanker Angst, brodelte in mir. Hatte er wirklich vor …? Ich holte zornig Luft.

Er trat ganz dicht an mich heran. »Dreh dich um«, befahl er, aber in dem Moment schlug ich mit beiden Fäusten zu, denn ich hatte es immer noch nicht geschafft, die Hände freizubekommen. Ich traf ihn über dem Jochbein.

Er sackte stöhnend in die Knie.

»Schon fertig, Bardu?«, rief jemand vor dem Zelt. Ich glaubte, Knuts Stimme wiederzuerkennen. »Dann sind wir schneller an der Reihe.«

Das Seil wollte nicht reißen, also musste ich mit dem arbeiten, was ich hatte. Ich schlang das lose Ende um Bardus Hals und zog zu, während ich ihm gleichzeitig in die Rippen trat. Er röchelte, und seine Hände ruderten durch die Luft, ohne mich zu erwischen.

»Sie hört sich gut an«, rief ein anderer von draußen.

Eine Faust schlug gegen mein Knie und ich hielt kurz inne, um die Stellung zu wechseln, damit er mich nicht noch einmal treffen konnte. Leider musste ich dazu das Seil lockern, was Bardu die Möglichkeit gab, noch einmal zu röcheln.

»Da stimmt was nicht«, sagte Knut. Es hörte sich an, als würde er aufstehen.

»Lass die beiden doch«, sagte ein anderer. »Du würdest auch nicht gern gestört werden.«

Knut riss das Zelttuch zur Seite.

Ich stieß den halb bewusstlosen Bardu auf ihn zu und stemmte meine Hände mit aller Kraft auseinander. Ein Krachen kam von dem Ring, den Luna und Mathias für mich gemacht hatten, Hitze streifte meine Knochen, und im selben Moment zerriss das Seil.

»Attacke!«, rief Knut in der Zeltöffnung, woraufhin zwei weitere Soldaten hereinstürmten.

Mein Vorteil war, dass ich die Hände jetzt frei hatte, aber ich war auch umringt von vier Männern, obwohl Bardu nicht so aussah, als könnte er viel ausrichten. Selbst mit Varnars Training waren dreieinhalb gestandene Soldaten eine ganz schöne Herausforderung.

Sie kamen näher. Jemand griff nach mir, aber ich hatte gelernt, mich außer Reichweite ihrer klebrigen Hände zu halten. Ein anderer schlug zu. Er hatte nicht die eleganten Bewegungen der Warägergardisten, aber seine Technik war gut, und er traf mich mehrmals an den Armen.

Ich rammte ihm mit voller Wucht meinen Stiefel in den Schritt, wie Aella es mir beigebracht hatte.

Er klappte zusammen, während ich in alle Richtungen trat und schlug. Ich folgte meinem Instinkt und ließ mich von Varnars Stimme leiten, bis meine Knöchel wund und meine Arme voller Blutspritzer waren.

Die Soldaten zogen sich zurück, als müssten sie beraten, was sie tun sollten. Sie standen vor der Zeltöffnung und versperrten mir den Fluchtweg.

Knut glotzte mich an. Seine Finger strichen über die Axt, die in seinem Gürtel steckte. Die Bewegung ähnelte einer Liebkosung. »Etunaz hat gejault wie ein verwundeter Welpe, als ich wieder und wieder auf ihn einhackte.«

Aufgebracht machte ich einen Schritt vorwärts und schlug ihm ein Bein weg, sodass er auf dem Rücken landete. In derselben Bewegung riss ich die Axt aus seinem Gürtel und sprang auf die andere Seite seines Kopfes, sodass ich nun mit dem Rücken halb draußen stand und die beiden letzten Soldaten vor mir hatte. Mit festem Griff um den Axtkopf setzte ich die scharfe Klinge auf Knuts Hals, und ich merkte, wie die Schlagader unter der eisernen Schneide pulsierte. Knuts Nase hatte sich durch den Kopfstoß, den ich ihm früher am Abend verpasst hatte, blau-lila verfärbt.

»Einen Schritt näher, und ich schneide ihm die Kehle durch«, drohte ich.

Sie hielten sich zurück. Allerdings hatte ich den Verdacht, dass Knuts Leben für mich mehr wert war als für sie. Den Gedanken daran, was er mit Monster gemacht hatte, verdrängte ich, denn ich fürchtete, dass er mich dazu bringen würde, zu töten.

»Wo bin ich?«, fauchte ich ihn an.

»Norvík«, antwortete er mühsam. »Dicht an der Grenze zu Hibernia.«

»Das meine ich nicht. Wo habt ihr mich hingebracht, nachdem ihr mich im Eisenwald gefangen genommen habt?«

»Was?«

»Wo habt ihr mich hingebracht?«, wiederholte ich langsam und drückte die Axt fester auf seinen Hals.

Die Axtschneide war rasiermesserscharf, und etwas Warmes, Nasses lief mir über die Finger, aber ich blickte nicht hinunter. Vielmehr richtete ich meine weit geöffneten Augen auf die anderen Soldaten.

Ich schloss die Faust um Knuts Halswunde und rüttelte ihn. »Sag es!«, kommandierte ich.

»Du wurdest nach …« Noch bevor Knut es aussprechen konnte, traf mich etwas Hartes am Hinterkopf.

Mein Kopf dröhnte und hing mir auf die Brust. Für einen Moment wusste ich nicht, wo ich war, und als ich darüber nachdachte, wünschte ich mir, ich könnte zurück in die Bewusstlosigkeit sinken. Ich hing wie ein nasser Sack an einem Pfahl. Meine Hände waren über meinem Kopf gefesselt, und die Knie gaben mehrmals unter mir nach, ehe ich die Füße auf den Boden setzen konnte.

Leute standen um mich herum. Weibliche und männliche Soldaten, alle in den blauen Uniformen mit der roten Rune. Hinter ihnen, ganz dicht an der hellen Zeltwand, stand der auralose Gustaf und betrachtete mich mit seinen reptilienartigen Augen. In der Hand hielt er einen stumpfen, lederumwickelten Stock.

Hätte ich die Hände frei gehabt, hätte ich mir den Hinterkopf gekratzt, an dem ich eine Beule wachsen fühlte.

Einige redeten, aber sie verstummten, als ich blinzelte.

»Schhh.«

Eine raue Hand packte meine untere Gesichtshälfte und drückte zu, sodass mein Mund zusammengepresst wurde. Das tat weh, und ich versuchte mit aller Macht, mich aus dem Griff zu befreien. Vergeblich, also blieb mir nichts anderes übrig, als auf die Schulter dieser seltsamen Uniform zu starren. Die zweigartige Rune war knapp außerhalb meines Blickfelds.

»Was geht hier vor, Serén?«, fragte Knut, denn er war es, der vor mir stand. »Du tauchst hier auf, obwohl du eingesperrt sein solltest.« Er kam näher, und ich konnte Flachs, Leder und darunter eine Andeutung von Alkohol riechen. Er schüttelte meinen Kopf, dass meine Zähne aufeinanderschlugen.

Knut zwang meinen Kopf nach hinten und starrte mir direkt ins Gesicht. Seine Nase hatte eine weißliche Färbung angenommen, und an seinem Hals war eine zornesrote Wunde. Er kniff die Augen misstrauisch zusammen und drehte mein Gesicht von einer Seite zur anderen. »Du bist hässlich. Das bist du sonst nicht. Warum?«

Ein Licht wurde auf meine Augen gerichtet, es blendete so sehr, dass ich Knuts Gesicht nicht mehr sehen konnte, aber die Hand um meinen Unterkiefer drückte immer noch zu.

Wäre ich nicht so verängstigt gewesen und so wütend auf mich selbst, dass ich in diese Situation geraten war, hätte ich über das Klischee gelacht. Die Welten waren offenbar gar nicht so verschieden, wenn es darauf ankam.

Knut drehte meinen Kopf zur Seite, und mein Blick fiel auf den unteren, etwas schmutzigen Rand des Zelttuchs. Immer noch blinkten die blauen Lichter durch den Stoff, aber die Abstände waren länger geworden. Die Musik schickte brummende Vibrationen durch die Erde in meine Fußsohlen.

Die Hand ließ mich los, und ich bewegte den Unterkiefer hin und her. »Ich will mit eurem Anführer sprechen«, sagte ich, so ruhig ich konnte.

Jemand im Zelt lachte.

»Mit unserem Anführer?«, fragte Knut mit aufgesetztem Ernst.

»Ihr werdet doch einen Anführer haben. Ich will mit ihm sprechen … äh … oder mit ihr.«

Hinter den Männern sah ich, wie Gustaf den Kopf ruckartig hob. Dann machte er ein paar Schritte rückwärts und verschwand. Ich folgte ihm mit den Augen, deshalb sah ich die Ohrfeige nicht kommen. Sie traf mich so heftig, dass es in meinem Schädel dröhnte, und als ich aufschluchzte, spürte ich etwas Warmes aus meiner Nase laufen.

»Du stellst Forderungen?« Eine weitere Ohrfeige knallte auf meine andere Wange. »Nach allem, was du getan hast.« Knut schlug wieder zu, diesmal in den Bauch, und ich wäre zusammengesackt, wäre ich nicht angebunden gewesen.

Ich holte geräuschvoll Luft.

Knuts Knie war auf dem Weg nach oben, und da ich mich nicht mit den Armen schützen konnte, spannte ich die Bauchmuskeln an und drückte das Kinn auf die Brust, in dem armseligen Versuch, mich gegen den großen Mann zu verteidigen.

»Stopp!«, kam es vom Eingang.

Knuts Knie schwebte direkt vor meiner Brust, und ich spürte einen Anflug von Ärger bei ihm.

»Hör auf.« Die Stimme kannte ich noch nicht.

Widerwillig zog Knut sich zurück.

Das Blut, das mir aus der Nase und über den Mund lief, begann zu gerinnen und verklebte meine Lippen. Ich schaute auf die Füße, die sich auf mich zubewegten.

Schwere Stiefel. Feste Schritte. Große Hände, die am Körper

des Mannes herabhingen. Auf die eine Hand war ein Vogel tätowiert.

»Willst du sie auch befragen, Kommandant?«, fragte Knut.

Der Kommandant schwieg.

Er war groß und breitschultrig, und sein Haar war so hell, dass es fast weiß wirkte. Es war zu einer Art Knoten gebunden, wie ihn auch Varnar manchmal trug. Die dunkelbraunen Augen bildeten einen beunruhigenden Kontrast zu dem hellblonden Haar. Sein Gesicht war hart, aber ich spürte Jugend unter den grimmigen Zügen. Er war wesentlich jünger, als er selbst wahrhaben wollte.

Hinter ihm stand Gustaf neutral beobachtend mit seinen kleinen gelben Augen.

Knut fügte schnell hinzu: »Nimm dich in Acht. Sie ist eine richtige Wildkatze.«

Ich untersuchte den jungen Kommandanten genauer, aber er war schwer zu lesen, und ich bekam keine Bilder von ihm.

Er zog eine Augenbraue hoch, sah Knut an und dann diejenigen der Männer, deren geschwollene Augen und zerschrammte Gesichter davon zeugten, dass sie Bekanntschaft mit meinen Fäusten und Stiefelspitzen gemacht hatten.

»Wie seht ihr denn aus? Wie viele Gegner haben euch so zugerichtet?«

»Nur Serén«, antwortete einer ehrlich und betastete vorsichtig seinen Wangenknochen. Blut rann von seinem halbierten Ohrläppchen.

Wann hatte ich das denn gemacht?

»Nur Serén?«, wiederholte der Kommandant. Er musterte mich mit leicht geöffneten, zurückgezogenen Lippen. Hätte er gelächelt, hätte man ihn attraktiv nennen können, aber sein Gesicht war zu einer Grimasse erstarrt.

Ich erwiderte seinen Blick trotzig.

Seltsamerweise flammte meine Hellsichtigkeit plötzlich in einer Art und Weise auf, wie ich es noch nie erlebt hatte. Sie untersuchte ihn, und ein Wiedererkennen durchzitterte mich. Als würde meine Seele sich an seine erinnern. Gleichzeitig war ich mir sicher, dass ich ihm noch nie begegnet war. Er starrte mich an, und ein winziger Funke des Wiedererkennens kam auch von ihm zurück. Für einen ultrakurzen Moment sahen wir einander mit gegenseitiger Verwunderung an.

»Raus. Alle!«, befahl er, ohne sich zu rühren.

Niemand widersprach, aber als sie hinausgingen, warfen sie ihm hinterrücks finstere Blicke zu. Gustaf blieb abwartend auf seinem Platz stehen. Die braunen Augen des jungen Kommandanten ruhten auf mir.

»Sie steht unter einem gewaltigen Zauber. Den hat ein mächtiger Magier geschaffen«, sagte Gustaf, als das Zelt bis auf uns drei leer war.

»Wer hat sie mit dem Zauber belegt?«

»Das kann ich nicht sehen. Aber sie hat starke seherische Fähigkeiten.«

»Es ist allgemein bekannt, dass Serén Hellseherin ist.« Die Stimme des Kommandanten hatte einen herrischen Unterton, und Gustafs Schultern sanken ein wenig herab. »Hat sie noch andere Fähigkeiten? Die Männer sahen aus, als wären die Frostriesen über sie hergefallen.«

»Sie ist nur Seherin.«

Der Kommandant sah mich wieder an, und seine Oberlippe zuckte vor Abscheu.

Der Wind ließ die Zeltwände flattern, und ich konnte Rauch, Teer und Gras riechen. Unauffällig versuchte ich, den Strick um meine Handgelenke zu weiten, aber diesmal hielt er.

Der Kommandant krempelte seine Ärmel hoch, wodurch sichtbar wurde, dass der eine Arm tätowiert war. Der Ärmel reichte nun bis zum Ellenbogen, aber das verschlungene Tattoo schien sich unter dem Stoff fortzusetzen.

»Ich will mit ihr allein sein.«

Gustaf zögerte einen Moment.

»Geh!«, bellte der Kommandant, und eine bange Ahnung flammte in mir auf.

Kaum war Gustaf draußen, trat der Kommandant dicht an mich heran. Ich versuchte, mich zurückzulehnen, aber ich war so stramm gefesselt, dass ich mich nicht bewegen konnte. Der Kommandant streckte seine große Hand aus, und jetzt sah ich, dass das Tattoo darauf ein Adler war. Ein stilisierter Adler, der an die Zeichnungen an Bens und Rebeccas Haus erinnerte, oder an die Schnitzereien auf einem Wikingerschiff. Die Flügel erstreckten sich über die Finger, und der geöffnete Schnabel gähnte auf dem Handrücken.

Die Hand schloss sich um meinen Hals. »Du bist echt«, flüsterte er.

»Ich, äh …«

»Es gehen Gerüchte über dich um, aber ich wusste nicht, ob es dich überhaupt gibt.«

Der Ring am Pfahl schnitt mir in den Rücken. Ich versuchte, mein Gesicht in freundliche Falten zu legen, so wie ich es bei Serén beobachtet hatte. Es fühlte sich beinahe an, als würde ich mich an mir selbst vergreifen.

Der Wind zerrte wieder am Zelt, und ein einzelner Lichtblitz drang durch den Stoff.

Er kam noch einen Schritt näher, es fehlte nicht viel, und er hätte an mir geschnuppert. Die raue Adlerhand strich vorsichtig über meine Wange, die noch von Knuts Ohrfeige brannte. Ein seltsames Verlangen ging von ihm aus und legte sich auf mein geschundenes Gesicht. Seine eigenen Gesichtszüge blieben eine harte Maske.

»Thoras Tochter?«, fragte er.

»Ja …«

Jetzt zog er die Augenbrauen noch mehr zusammen. »Was machst du hier?«

Während ich nach einer Antwort suchte, senkte sich die andere Hand des Kommandanten. An seinem Gürtel hing ein großes Schwert, das er langsam herauszog.

»Ich wollte …« Ich durchforstete mein Gehirn nach einer überzeugenden Erklärung, warum meine Zwillingsschwester so schwachsinnig sein sollte, einer Abteilung von Ragnaras Heer direkt in die Arme zu laufen.

»Hilf mir«, flüsterte ich. »Die Zukunft hängt davon ab.«

Er antwortete nicht, sondern zog weiter das Schwert heraus.

»Ich kann deine Zukunft vorhersehen«, log ich. »Ich kann sehen, ob dir oder deinen Angehörigen Gefahr droht.«

Hektisch suchte ich nach einem passenden Versprechen. Einer passenden Lüge, aber er sagte immer noch nichts.

»Ich kann sehen, wie du reich werden kannst.«

Die Hand des Kommandanten hielt inne. Das Schwert war halb gezogen. Für den Bruchteil einer Sekunde konzentrierte er sich auf diejenige meiner Augenbrauen, durch die sich eine Narbe zog.

»Reichtum interessiert mich nicht«, sagte er barsch. Seine Hand lag immer noch auf dem Schwertgriff.

Die Waffe war massiv und aus mattem dunklen Eisen, das mit Runen übersät war. Das Schwert hatte seine eigene Aura, und die Bilder, die es verströmte, erzählten von Tod und Zerstörung. Es hatte Hunderte getötet, wenn nicht Tausende.

»Ragnara verliert.« Meine Stimme war jetzt verzweifelt. »Ich schwöre, dass ich es gesehen habe. Willst du nicht lieber auf der Gewinnerseite sein?«

Er atmete schwer. Die Lippen wären schön geschwungen gewesen, hätte er sie nicht so fest aufeinandergepresst. Die Hand mit dem Adler-Tattoo umklammerte meinen Hals, und die Muskeln seines Unterarms zitterten.

»Serén kann all das, was du versprichst«, flüsterte er.

»Ja, das kann i…«

»Aber du bist nicht Serén.«

Ich öffnete den Mund, um zu widersprechen, aber dazu kam ich nicht mehr.

Denn er hob das schreckliche Schwert und schwang es gegen mich.

KAPITEL 6

Obwohl ich auszuweichen versuchte, hielt die starke Hand des Kommandanten mich gegen den Pfahl gepresst, sodass ich mich nicht rühren konnte, als das Schwert durch die Luft sauste.

Die scharfe Klinge kam direkt auf meinen Hals zu, aber anstatt geköpft zu werden, hörte ich ein *Klonk* und ein Stöhnen, gefolgt von dem Geräusch eines Körpers, der zu Boden fiel. Ich öffnete die Augen einen Spalt und sah Gustaf auf der Erde liegen. Er hatte sich offenbar hinter uns geschlichen, doch durch seine fehlende Aura hatte ich ihn nicht wahrgenommen.

Der junge Kommandant hielt das Schwert mit einer Hand hoch, nachdem er das Schwertheft gegen Gustafs Schläfe gerammt hatte. Mit der anderen Hand umklammerte er immer noch meine Kehle.

»Ich bin Serén«, krächzte ich. »Das bin ich.«

Sein Daumen traf meine Augenbraue. Weil er das Schwert noch in der Hand hielt, befand sich die Klinge direkt vor meinen Augen, und ich musste sie schließen, da die Aggressivität der Waffe auf mich einstürmte.

»Serén hat das hier nicht.«

»Das ist noch ganz frisch.«

»Das ist ein Jahrzehnt alt.« Der Daumen fuhr über meine Augenbraue, mit einer wiederholten, gleitenden Bewegung. Jedes Mal, wenn er an das knotige Gewebe kam, machte er einen kleinen Hüpfer.

»Du verstehst verdammt viel von Narben«, murmelte ich. »Also gut. Ich bin nicht Serén. Ich bin ihre Schwester.«

Der Kommandant atmete schneller. »Wo hast du dich all die Jahre versteckt?«

Ich sah keinen Grund, ihm zu verraten, dass ich aus einer ganz anderen Welt kam. »Falls Ragnara uns beide in die Hände bekommt, gewinnt sie.«

»Was gewinnt sie?«

»Ich weiß nicht. Die Macht. Die Zeit. Alles.«

»Was könnt ihr?«

Ich senkte den Blick, beschloss aber, die Wahrheit zu sagen. »Ich glaube, wir können die Ereignisse in der Vergangenheit beeinflussen. Oder ich kann es, wenn ich mit ihr zusammen bin. Vielleicht kann ich die Vergangenheit sogar ändern.«

Der Kommandant atmete heftig aus. »Falls du …« Ich wartete, während er nachdachte. »Was ist deine Mission?«, fragte er schließlich.

»Ich muss Serén finden. Falls Ragnara sie umbringt, beginnt Ragnarök. Der Weltuntergang. Ich bin mir ziemlich sicher, dass das auch dich betreffen wird.«

Ich hielt den Atem an und blickte ihm fest in die braunen Augen, während der Blutdurst des Schwertes an mein Ohr drang. Als flüsterte es: *Töte sie, töte sie. Blut, Blut, Blut.*

»Halte du dich da raus«, sagte ich laut und sah es böse an. »Du bist nur ein Stück Eisen.«

Der Kommandant schien einen Entschluss zu fassen. »Du sollst etwas für mich ändern, aber das muss noch vor dem Sommer geschehen. Dann werde ich deine Schwester schon finden.«

Ich hatte kein Problem damit, ein Versprechen zu geben, das ich sowieso nicht halten würde, also nickte ich beinahe unmerklich.

»Sag es.« Er bewegte das schreckliche Schwert.

»Ich verspreche es«, erwiderte ich schnell.

Plötzlich war sein harter Gesichtsausdruck verschwunden. Er ließ meinen Hals und meine Augenbraue los und begann, an dem

Strick über meinem Kopf zu zerren. »Gustafs verdammte Knoten«, stöhnte er.

Hilft er mir?

Ich streckte die Hände vor, damit er herankommen konnte.

Er hilft mir tatsächlich.

Der Kommandant gab es auf, die Knoten mit der Hand lösen zu wollen, und hob wieder das Schwert. Er setzte die Klinge auf das Seil. »Steh still. Tilarids ist sehr scharf.« Vorsichtig schnitt er in den Strick, während die Wut des Schwertes sich über mich ergoss, bis das Seil endlich durch war.

Der Kommandant ging in die Knie, um meine Füße zu befreien.

Als seine Finger meine Fußknöchel streiften, hatte ich wieder das merkwürdige Gefühl, ihn schon einmal getroffen zu haben. Er sah zu mir hoch, und für einen Moment blickten wir einander verwundert an.

Endlich war ich frei und kickte das Seil mit den Füßen weit weg. Er kam wieder hoch und richtete sich auf, er war einen ganzen Kopf größer als ich, und ich öffnete den Mund, um etwas zu sagen, aber er kam mir zuvor.

»Komm.« Er hielt mir seine Hand hin und blickte zur Zeltöffnung. »Gustaf wacht bald auf.«

Beinahe wie um die Worte des Kommandanten zu unterstreichen, stöhnte Gustaf leise.

Ich ergriff die ausgestreckte Hand, die sich so fest um meine schloss, dass ich mich nicht hätte befreien können, selbst wenn ich es versucht hätte. Ich beschloss, es nicht zu versuchen. Jedenfalls nicht jetzt.

»Ich will nur schnell meinen Rucksack holen.«

Den hatte Gustaf in eine Ecke gestellt.

Nachdem ich meine wenigen Sachen wieder bei mir hatte, zog der Kommandant mich aus dem Zelt.

»Jedenfalls gut, dass du heute Abend aufgetaucht bist«, sagte er über die Schulter. »Die meisten Soldaten feiern den Altjahrsabend.«

Wir schlichen in den Schatten dahin, der Kommandant mit gezogenem Schwert und mit mir im Schlepptau, und ich hätte nicht sagen können, ob ich Gefangene war oder unter seinem Schutz stand. Als armselige Verteidigung ballte ich meine freie Faust – nicht, dass es nennenswert helfen würde, falls man uns entdeckte.

Selbstverständlich wurden wir entdeckt.

Es war Knut – Monsters Mörder –, der direkt auf uns zustolzierte.

Ich musste mir fest auf die Zunge beißen, um Ruhe zu bewahren.

Der Kommandant schob mich hinter sich, sodass ich von seiner großen Gestalt verdeckt wurde. Ich ging in die Hocke.

Knut blieb stehen und malte mit den Fingern etwas in die Luft. Ich wunderte mich einen Moment, bevor mir aufging, dass es die hrafnheimsche Art des Salutierens war.

»Kommandant«, sagte Knut. Man merkte deutlich, dass er sich anstrengen musste, um nicht zu lallen. »Ich melde mich freiwillig, um Serén nach Sverresborg zu bringen.«

Ich duckte mich in den Schatten des Kommandanten.

Sverresborg?

Der Kommandant unterbrach Knut. »Ich mache das.«

»Du?«

»Sie gehört mir«, sagte der Kommandant ruhig. »Ihr werdet uns nicht folgen.«

Es war deutlich erkennbar, dass Knut hin- und hergerissen war zwischen dem Drang, auf das Offensichtliche hinzuweisen, und der militärischen Rangordnung, die ihm gebot, Befehlen widerspruchslos zu gehorchen. Die Rangordnung gewann, und er fügte sich. »Wie lauten deine Anweisungen, Kommandant?«

»Kümmere dich um Gustaf«, sagte der Kommandant. »Er liegt im Zelt, sie hat ihn niedergeschlagen.«

Hey!

Als hätte mein ohnehin schon ramponierter Ruf noch weitere Beschädigungen nötig.

Knut räusperte sich. »Und danach?«

»Ihr bleibt hier und haltet Ausschau nach Aufständischen.«

»Sollen wir einen Kurier schicken, um Sént zu benachrichtigen?«

»Nein.« Die harte Stimme des Kommandanten lud nicht zu weiteren Fragen ein.

»Verstanden«, sagte Knut und malte wieder den Salut in die Luft, obwohl ziemlich deutlich war, dass er überhaupt nichts verstand. Er stapfte in Richtung Zelt davon, und ich stützte mich mit den Fingerspitzen auf der Erde ab und holte ein paarmal tief Luft, sodass mich weiße Atemwolken einhüllten. Es war eisig kalt, was alle Gerüche dämpfte.

»Wir sollten sehen, dass wir hier wegkommen.« Jetzt war ich es, die vorweglief, mit dem Kommandanten direkt auf den Fersen.

»Kommen sie uns nach?«, fragte ich, als wir eine kurze Pause einlegten, um zu verschnaufen.

»Ich habe ihnen doch befohlen, hierzubleiben«, erklang seine Stimme neben mir.

»Machen die Soldaten immer, was du ihnen befiehlst?«

Der Kommandant hob ärgerlich den Kopf. »Selbstverständlich. Allerdings«, fügte er murmelnd hinzu, »bin ich nicht sicher, wie Gustaf reagiert, wenn er wieder zu sich kommt.«

»Ist er kein Soldat?«

»Magier.« Mehr sagte er nicht.

»Wie heißt du eigentlich?«, keuchte ich, während ich mich an einem Baumstamm abstützte. Die Luft, die ich in gierigen Zügen einsog, war kalt, schmeckte aber frisch und sauber.

Wir waren über eine Stunde gelaufen, und ich konnte den Kommandanten im nachtdunklen Wald kaum erkennen, aber ich hörte, wie er scharf Luft holte, als hätte ich ihm eine Fangfrage gestellt.

»Rorik«, antwortete er schließlich.

»Rorik«, wiederholte ich.

»Und du bist die Schwester.« Das war keine Frage, sondern eine Feststellung. Er klang gereizt und fragte nicht nach meinem Namen. »Wir müssen etwas finden, wo wir uns verstecken können, falls Gustaf beschließt, uns zu verfolgen.«

»Wenn er Magier ist, findet er uns dann nicht?«

»Ich kann uns verborgen halten«, erwiderte Rorik.

»Gute Idee, uns zu verstecken und zu überlegen, was wir tun.«

Sollte ich ihm erzählen, dass Frank ebenfalls hinter mir her war? Die Gefahr bestand, dass Rorik mir nicht helfen würde, wenn ich ihm sagte, dass mich auch ein Auftragsmörder von zu Hause verfolgte. *Also nein.*

Ich war wieder zu Atem gekommen. »Lass uns weitergehen.«

Ich sah Roriks breiten Rücken im Mondlicht, das uns kurzzeitig einhüllte, während wir über eine Lichtung liefen, wo Stämme und Kronen nicht den Himmel verbargen. Obwohl er groß und muskulös war, bewegte er sich elegant und leise, und ich dachte darüber nach, ob ich ihm vertrauen konnte. Nicht dass ich im Moment eine Wahl gehabt hätte.

Als der Himmel langsam heller wurde, blieb Rorik stehen und kramte in seiner Jackentasche. Er zog etwas heraus und nestelte daran. Das Ding begann schwach zu leuchten, und ich sah, dass es ein Eisenhalter war, der einen Kristall einfasste. Mit dem Daumen seiner Adlerhand strich er über die glasartige Oberfläche, woraufhin das Licht stärker wurde. Er hielt den Kristall hoch über seinen Kopf und leuchtete die Umgebung ab, als würde er nach etwas suchen.

»Warst du hier schon mal?«

»Noch nie.«

»Und wonach suchst du dann?«

»Nach einem Platz, wo wir bleiben können«, sagte er kurz. »Warte hier.« Er ging ein paar Schritte auf einen Felsen zu und zog etwas aus seiner Jackentasche.

Der Felsen war von Moos bedeckt. Ein einzelner dünner Baum und einige dichte Büsche wuchsen darauf, was irgendwie unnatürlich aussah. Im zarten Morgenlicht ähnelte er einem großen grauen Knochen, der halb vergraben war.

Ich sah mich um. Der Wald bestand jetzt nur noch aus Nadelbäumen, ohne dass ich den Übergang bemerkt hatte, und ich sog die eiskalte Luft ein. Trotz Frost und Reif kam der Fichtenduft durch. Das erinnerte mich an Kraghede Skov und mein Zuhause. Der Boden war moosbedeckt und federte weich unter meinen Schritten, als ich ein Stück in die andere Richtung ging. Ich blickte hoch.

In dem Moment hatte der Himmel genau dieselbe Farbe wie Mathias' Augen, wenn er in den Demi-Modus ging. Nebel stieg aus der Erde, hüllte die Bäume ein und brach das Licht in orange Kaskaden auf. Ich hielt die Hand hoch, um die Augen vor den scharfen Sonnenstrahlen zu schützen.

Ich drehte mich im Kreis, atmete die eiskalte, reine Morgenluft ein und erlaubte mir, den Augenblick zu genießen, während die Sehnsucht nach meinem Zuhause und meinen Freunden langsam nachließ.

Zwischen Rorik und mir waren jetzt eine Menge Bäume.

Das Gesicht zum saphirblauen Himmel gewandt, entfernte ich mich noch weiter von dem Felsen.

In dem Moment veranlasste mich ein merkwürdiges Geräusch, nach unten zu schauen. Eine Klaue schoss aus dem moosbedeckten Waldboden und umklammerte meinen Fußknöchel.

Ich blickte direkt in ein verunstaltetes Gesicht.

KAPITEL 7

»Was zum …«, konnte ich gerade noch keuchen, bevor die Kreatur mich als Kletterwand benutzte, um auf die Beine zu kommen, wie wenn ein Wellensittich sich einen senkrechten Stock hinaufhangelt. Das Wesen baute sich vor mir auf und starrte mich aus roten Augen an, den Kopf leicht schräg gelegt, während eine Klaue sich in meine Jacke krallte.

Ich machte eine halbe Drehung und sah, wie zwei Wesen der gleichen Art sich hinter mir erhoben. Sie sahen aus wie eine Kombination aus Vogel und Affe und hatten menschenartige, leicht verzerrte Gesichter über langen Geierhälsen. Die Ohren waren groß und zottig behaart, zwischen den Fingern hatten sie Schwimmhäute, und sie waren über zwei Köpfe größer als ich. Als einer von ihnen die langen Arme ausbreitete, sah ich, dass sich so etwas wie riesige Fledermausflügel zwischen Armen und Rumpf spannten. Auf der Stirn trugen sie kleine Hörner, wie Ziegen.

Monster hatte auch Furcht einflößend ausgesehen, aber trotzdem hatte meine Schwester den Mumm gehabt, mit ihm zu sprechen, als sie ihn im Eisenwald aufgesucht hatte. Vielleicht sollte ich ausnahmsweise erst fragen, dann schlagen.

»Könnt ihr sprechen?«, versuchte ich es und klammerte mich innerlich an das Bild von Monster, auch wenn es mir im Herzen wehtat.

Das Wesen vor mir neigte den Kopf noch ein wenig schräger und lauschte. Es öffnete den Mund und zeigte eine Reihe brauner Zähne, und zugleich wehte mir fauliger Gestank entgegen.

»Wer seid ihr?«, fragte ich, während ich zurückwich.

Die Kreatur entblößte jetzt das gesamte Gebiss und stieß ein lautes, langgezogenes Zischen aus. Die großen, trichterförmigen Ohren lagen eng am Kopf an, und die Augen verfärbten sich noch mehr ins Tiefrote.

»Ich tu euch nichts.« Ich stolperte rückwärts.

Jetzt schrie das Tier und zerrte an mir, während die beiden anderen nach mir schnappten. Als ich noch einen Schritt zurück machte, fiel ich über einen Ast und landete auf dem Hintern. Die roten Augen kamen näher, während ich rückwärts über den Waldboden rutschte.

»Brääää!«, schrie das Tier.

Ein Ruf ertönte hinter mir, und gleichzeitig hörte ich schwere, stampfende Schritte. Es war Rorik, der mit gezogenem Tilarids auf uns zurannte. Ohne ein Wort begrub er die Schwertklinge tief in der Brust eines der Geschöpfe. Es heulte heiser auf und schlug mit seinen Flügelarmen, ehe es umfiel und sich eine Blutlache unter ihm bildete. Ein Gestank von verdorbenem Fleisch breitete sich aus, während ein anderes nach Roriks Kehle schnappte. Jetzt sah ich, dass die Zähne nadelspitz waren. Das Tier – oder was immer es war – schrie und schnappte nach ihm.

Das Schwert schien sich wie von selbst auf den Hals des Wesens zu stürzen, den es mühelos kappte. Der Kopf rollte über die Erde und landete direkt vor mir, wo er mit aufgerissenem Maul liegen blieb wie ein Fisch auf dem Trockenen. Ich stieß ihn mit den Füßen weg, aber obwohl er vom Körper getrennt war, fauchte er und schnappte kraftlos nach mir.

Tilarids war wie ein Magnet, der nach Metall suchte, und beunruhigenderweise hatte das Schwert mehr Aura als die meisten Menschen. Es drängte freudig der letzten Tötung entgegen, und die galt der ersten Kreatur, mit der ich versucht hatte zu reden. Rasch schnitt es sich durch den Oberkörper und spaltete das Tier in zwei Teile.

Nach weniger als dreißig Sekunden war es überstanden, und die Wesen lagen in mehreren Stücken um uns herum.

Ich lag mit den Händen auf den Mund gepresst mitten in dem Inferno aus abgeschlagenen Gliedmaßen.

Rorik kämpfte damit, Tilarids unter Kontrolle zu bekommen. Schließlich gelang es ihm, das Schwert wieder in die Scheide zu stecken. Dann drehte er sich zu mir um. »Was machst du denn?«, rief er.

Ich kam auf die Beine und machte einen Schritt auf ihn zu. »Du hast doch nicht zu bestimmen, ob ich mich ein bisschen umsehe. Ich entscheide selbst …«

»Ich rede davon, dass du versucht hast, mit einem Fingalk zu sprechen«, fiel er mir ins Wort. »Sogar mit dreien.«

»Mit einem Fingalk?« *Aha.* Ich schielte zu den zerstückelten Leichen. »Darf man das nicht?«

Rorik sah mich an, als hätte ich sie nicht alle. »Das weiß doch jeder, dass man das nicht darf.«

»Was sind das für Wesen?«, fragte ich.

»Das sind Schädlinge«, erwiderte Rorik mit einem Kopfschütteln.

Ich stieß mit der Stiefelspitze gegen einen langen, braunen Arm mit Flügel dran. »Können die fliegen?«

»Nein«, antwortete Rorik mit gleichgültigem Gesichtsausdruck.

Ich stand da und betrachtete die traurigen Überreste.

Rorik atmete ein paarmal durch. »Ich hatte dich gebeten, zu bleiben, wo du bist. Machst du eigentlich jemals, was man dir sagt?«

Ich senkte den Blick. Genau genommen tat ich das wohl meistens nicht. Ich rieb die Handflächen aneinander, um die Krümel von feuchter Erde loszuwerden, während ich versuchte, das Thema zu wechseln. »Dein Schwert ist voller Blut. Und du hast es einfach wieder in die Scheide gesteckt. Total verschmiert.« Ich wand mich unbehaglich.

»Das Blut bekommt Tilarids dafür, dass es für mich getötet hat. Wenn ich es das nächste Mal benutze, ist es sauber.«

»Okidoki«, murmelte ich, während Rorik mich ansah, als würde meine bloße Anwesenheit ihm Übelkeit verursachen. Das war ich gewohnt, deshalb bemerkte ich es kaum.

... Okay, ich bemerkte es! Ich hatte mich dummerweise an Freunde und Mörder gewöhnt, die nicht unter dem Einfluss von Bens Zaubersprüchen standen. Und vielleicht hatte ich die naive Erwartung gehabt, dass die Leute in Hrafnheim von der Magie ausgenommen waren.

»Können wir nicht versuchen, miteinander auszukommen? Es gibt genug Gefahren in Hra... ich meine, Freiheim.«

Seine Augenbrauen schnellten in die Höhe. »Hra...«

Ich winkte mit beiden Händen ab. Ich hatte fast vergessen, dass es inzwischen verboten war, den alten Namen *Hrafnheim* zu benutzen. »Hast du einen Platz gefunden, wo wir uns verstecken können?«, fragte ich, um ihn abzulenken.

Er drehte sich einfach um und ging. Die breiten Schultern waren starr, als wäre er sich nicht sicher, ob er das Richtige tat.

Ich folgte ihm eilig. »Also, ich habe den Überblick. Ich habe eine Karte dabei und alles.«

»So, hast du das?« Er sah mich immer noch nicht an.

Ich hatte nicht vor, ihm zu verraten, dass die Karte in Rebeccas Notizbuch über achtzehn Jahre alt war. Ich hatte recht. Ganz einfach.

Nachdem wir uns einige Minuten lang durch Gestrüpp und trockene Zweige gekämpft hatten, zeigte Rorik mir den Eingang einer Höhle. Ohne ihn wäre ich einfach daran vorbeigegangen. Drinnen schickte er mich in eine dunkle, feuchte Ecke, während er das leuchtende Kristalldings vor dem Eingang aufstellte. Es strahlte weiches Licht und mollige Wärme ab, und ganze Scharen von Krabbeltieren flohen davor ins Dunkel.

Ich hatte eigentlich ein Lagerfeuer erwartet.

»Sitzen wir hier drinnen nicht irgendwie in der Falle?« Ich drehte mich im Kreis und trat einen Schritt von der nassen Felswand weg, über die ein paar Spinnen krochen. »Ich meine, falls uns jemand findet.«

»Wir sind gut versteckt«, erwiderte er abrupt, und seine Stimme klang so sicher, dass ich mich damit zufriedengab.

Ich setzte mich auf die Erde und zog die Beine unter den Po. »Was ist Sverresborg?«

»Sie hat keine Ahnung von Freiheim«, murmelte er.

»Das hab ich gehört!«

»Hab ich nicht recht?« Seine dunkelbraunen Augen fixierten mich.

»Njaaa«, räumte ich ein. »Ich kenne mich nicht so gut aus.«

Eine ziemliche Untertreibung.

»Was für ein Ort ist Sverresborg?«, fragte ich wieder. »Knut hat zu einem der Soldaten gesagt, dass Serén auf dem besten Weg ins Totenreich ist.«

»Ich habe wirklich keine Lust, dorthin zu gehen.« Ein Schauer durchlief seinen Körper.

»Ins Totenreich?« Ich richtete mich auf.

»Man kommt nicht ins Totenreich, solange man nicht tot ist.« Er richtete den Blick an die Höhlendecke. »Ich meinte, Sverresborg.«

»Wo ist das?«

Wieder sah Rorik mich an, als hätte ich den Verstand verloren.

Ich seufzte.

»Hattest du nicht eine Karte dabei?« Er sprach ganz langsam.

Jepp. Er hielt mich für blöd.

Ich kramte das Notizbuch hervor und schlug die Landkarte auf, die Rebecca kunstfertig gezeichnet hatte. Die Karte stellte eine Insel dar, die in vier verschiedene Reiche eingeteilt war. Um die Insel herum hatte sie ein Fantasiewesen gemalt. Eine Schlange, die sich in den eigenen Schwanz biss.

Rorik zog die Augenbrauen zusammen. »Einige der Namen sind die alten«, murmelte er und betrachtete die Überschrift, die *Hrafnheim* lautete.

»Das ist die einzige, die ich habe.«

Er studierte die Karte, brummte ab und zu *Hmmm* und *Merkwürdig*, während seine tätowierte Hand über das Papier wanderte. Obwohl seine Finger groß und kräftig waren, folgten sie den Linien sehr genau, so als wäre er Künstler oder Arzt. In jedem Reich beschrieb seine Fingerspitze einen kleinen Halbkreis.

Hrafnheim, oder Freiheim, wie ich mir angewöhnen musste zu sagen, bestand aus neun Reichen, aber die Karte war an der rechten Seite etwas verblichen.

Rorik hob den Blick von der Karte und zog eine dünne Eisenstange aus seiner Tasche. »Das hier ist einfacher«, sagte er. »Ich werde nicht ganz schlau aus der Zeichnung.«

Die Eisenstange war nur halb so dick wie sein Zeigefinger, aber genauso lang wie sein Unterarm. Sie endete in einer spiegelverkehrten Eisenrune.

Er benutzte das andere Ende, um damit ein Quadrat in die feuchte Erde zu ritzen, durch dessen gegenüberliegende Seiten er jeweils zwei Linien zog, sodass das Quadrat in neun Felder unterteilt war. Er zeigte auf das mittlere Feld der obersten Reihe. »Wir sind hier. In Norvík, aber die verschiedenen Reiche gibt es gar nicht mehr, obwohl die meisten Gebiete ihren Namen behalten haben.« Dann setzte er den Stab in das Feld oben links. »Hier ist Hibernia. Unter Hibernia liegt das Sveareich und darin Sverresborg. Wir gehen nach Hibernia und von dort hinunter zu der Burg, wo Serén ist.«

»Bist du sicher, dass sie da ist?«

»Natürlich ist sie da«, erwiderte er bissig. »Alle Gefangenen sind in Sverresborg.«

»Ist es nicht einfacher, einen Bogen zu schlagen und diesen Weg zu nehmen?« Ich zeigte auf die schlichte Karte auf der Erde.

»Kannst du nicht einfach tun, was ich sage?«, rief Rorik aus. »Du weißt nicht, wo du bist. Du hast nichts zu essen dabei. Du hast keine Ahnung von den Gefahren, die hier lauern.«

Ich antwortete nicht, aber innerlich fluchte ich und wünschte Bens Zaubersprüche weit weg. Sie wirkten offensichtlich sehr effektiv auf Rorik.

Nach einem kurzen, stummen Kampf, bei dem wir uns anstarrten, gab er auf und rammte die Eisenstange in den Boden. »Wir gehen nach Hibernia. Dort ist das Risiko am geringsten, dass du erkannt wirst. Wir müssen dir bessere Sachen zum Anziehen besorgen, denn von jetzt an wird es immer kälter.« Er strich sich mit der Tattoohand über die Rune auf seiner Brust. »Ich muss auch aus dieser Uniform raus. Ragnaras Soldaten werden uns mit Sicherheit verfolgen.«

»*Du* bist einer von Ragnaras Soldaten. Oder du warst es bis vor ein paar Stunden. Es muss einen Grund geben, warum du sie verrätst. Was in der Vergangenheit willst du ändern?«

Er sog Luft zwischen den Vorderzähnen ein, während er nachdachte. »Es ist etwas passiert, als ich ein Kind war. Vielleicht schon früher, bevor ich geboren wurde.« Er stockte. »Das muss ungeschehen gemacht werden. Was es ist, erzähle ich dir, wenn die Zeit gekommen ist.«

Ich sah ihm an, dass ich nicht aus ihm herausbekommen würde, was ich ändern sollte. »Was machen wir, nachdem wir uns neue Kleidung beschafft haben?«, fragte ich.

»Der Bronzewald führt nach Hibernia hinein und weiter bis nach Sverresborg.«

Mein Magen machte einen kleinen Hüpfer. Bronzewald, das war dort, wo Varnar geboren war, aber von seinen Leuten war niemand mehr übrig, nachdem die Berserker ihre Siedlung dem Erdboden gleichgemacht hatten, als Varnar ein Kind war. Trotzdem fühlte es sich aufregend mystisch und verboten an, dorthin unterwegs zu sein. Als würde ich ihn stalken oder in seiner Vergangenheit herumschnüffeln. Ich starrte auf die kleinen Kringel, die Rorik gemalt hatte und die den Bronzewald darstellen sollten.

»Schlaf ein bisschen. Du wirst es brauchen«, sagte Rorik. Er saß ganz still und starrte auf die feuchte Felswand, als sei er selbst schockiert darüber, was er getan hatte.

Ich war erschöpft und hatte keine Ahnung, wann ich wieder Gelegenheit haben würde, mich auszuruhen, also lehnte ich mich zurück.

Ich war immerhin so weit gekommen, ohne getötet zu werden. Nicht schlecht. Aber davon abgesehen wirkte mein Vorhaben ziemlich unmöglich. Ich dachte an Frank. Auch wenn ich mir wohl eher Sorgen hätte machen sollen, wie dicht er mir auf den Fersen war, fragte ich mich unwillkürlich, ob es ihm gut ging.

Ich döste weg.

Kaum waren mir die Augen zugefallen, stand ich im Kraghede Skov, der von nächtlichem Reif bedeckt war.

»Anne!«, rief eine Stimme.

Mein Ebenbild stand direkt neben mir.

»Es macht mich ganz kribbelig, hier zu sein«, flüsterte ich.

Serén nickte nachdenklich. »Dieser Ort zu dieser Zeit sollte aufgelöst werden, jetzt, wo dein Tod abgewehrt wurde.« Ihre rötlichen Augenbrauen schnellten hoch.

Ich unterbrach ihre Gedanken. »Ich bin hier.«

»Was meinst du?«

»Hier! In Hrafnheim.«

»Du bist gekommen.«

»Kannst du sehen, ob wir es schaffen? Finde ich dich?«

»Ich habe Ragnarök gesehen und Ragnara als Siegerin.« Serén hob die Hände, als ich sie entsetzt ansah. »Als *eine* Möglichkeit in der Zukunft. Ich habe auch gesehen, dass wir es schaffen.« Sie schüttelte den Kopf. »Es kommt auf so vieles an.«

»Ich bin zusammen mit jemandem unterwegs«, sagte ich. »Ich

weiß nicht, ob ich ihm vertrauen kann. Hast du eine Ahnung, ob ich abhauen und allein weitergehen soll?«

Serén schnaubte. »Ich bin Hellseherin, kein Orakel.«

Ich breitete schlagartig die Arme aus. »Versuch es einfach.«

»Ja, ja«, sagte Serén. »Wie heißt er?«

»Rorik. Er ist blond und hat braune Augen.«

Sie blinzelte, und ihr Blick richtete sich in die Ferne, als hielte sie Ausschau nach etwas. »Ah ... da ist er. Ich kenne einen Rorik. Er ist Soldat in Ragnaras Heer. Hoher Dienstgrad. Offizier.«

Mir wurde eiskalt. »Soll ich abhauen?«

»Neiiin.« Seréns Blick huschte hin und her, als versuchte sie, ein getarntes Tier zu erspähen. »Rorik kannst du vertrauen. Ich kann euch zusammen sehen.« Sie suchte weiter. »Er war Ragnara loyal ergeben, doch irgendwas veranlasst ihn, die Seiten zu wechseln. Im Moment zweifelt er, aber er wird sich sicher werden. Ha!«

Bei ihrem Ausruf zuckte ich zusammen.

»Da ist er in der Burg der Aufständischen.«

»Burg der Aufständischen?« Ich hatte Mühe, ihr zu folgen.

»Ach so, du weißt ja nichts über diese Welt.« Sie sprach langsam. »Das Heer unserer Mutter hat eine Burg – Haraldsborg – gleich außerhalb von Sént. Sie ist doppelt und dreifach mit Zauber belegt und deshalb uneinnehmbar.«

»Und du siehst Rorik in Haraldsborg?«

Serén nickte. »Er ist bei Varnar. Die beiden sind Freunde.«

Ein Schauer durchlief mich, und ich atmete langsam aus, einerseits vor Schreck, Varnars Namen zu hören, andererseits erleichtert darüber, dass ich Rorik trauen konnte, wie grimmig er auch wirken mochte. »Wo siehst du uns?«

Wieder spähte Serén nach etwas, das ich nicht sehen konnte. »Es ist Sommer. Da sind Bäume.« Plötzlich huschte ein merkwürdiger Ausdruck über das Gesicht meiner Schwester.

»Was ist?«

»Äh …«, sagte sie. »Es besteht die Möglichkeit, dass Rorik sein Leben opfert, um dich zu beschützen.«

Ich versuchte, Worte zu formen, aber alles, was herauskam, war ein seltsames Stöhnen.

Schnell sprach Serén weiter. »Manchmal kann sich die Zukunft ändern, aber«, wieder hatte sie den konzentrierten Gesichtsausdruck, »das scheint doch ziemlich sicher zu sein.«

Meine Worte überschlugen sich. »Wie kann ich das verhindern?«

Serén antwortete nicht.

»Jetzt sag schon! Wie kann ich das verhindern?«

Verwirrt schloss sie die Augen und dachte scharf nach. Sie verzog das Gesicht. »Erzähl ihm so wenig wie möglich.«

»Okay.« Ich war von Natur aus nicht sehr mitteilungsfreudig, das würde also kein großes Problem sein.

Sie hielt die Augen weiter geschlossen. »Es gibt jemand anderen, der dir gefährlich wird.«

»Noch einer?« Ich seufzte. »Können die sich nicht einfach in einer Reihe anstellen oder …«

Serén legte die Hand auf meinen Arm und unterbrach mich. »Hast du von Sverre gehört? Ragnaras Sohn?«

»Ja. Aella hat ihn mal erwähnt. Sie sagte, er sei ein Mistkerl.«

»Er ist eine große Gefahr für dich. Momentan sogar gefährlicher als Ragnara. Das sehe ich ganz deutlich.«

»Roriks Leben schützen. Von Sverre fernhalten. Ist gebongt.«

In dem Moment war ein lautes Knurren zu hören.

»Bilde ich mir das ein, oder sind wir kurz davor, aufgespürt zu werden?«

»Euch bleibt wenig Zeit, bevor sie euch entdecken«, sagte Serén. »Und der Mörder kreuzt übrigens auch bald auf. Wenn ihr nicht zuseht, dass ihr wegkommt, findet er euch und bringt dich um.«

Yay. Frank würde seiner Hinrichtung entgehen. Meine Freude wurde von der Angst abgelöst, dass er uns schnappen könnte. Das Knurren wurde ohrenbetäubend laut, und Serén lächelte sanft. Ich blickte direkt in ihre blaugrünen Augen, die identisch mit meinen sein mussten.

»Ihr müsst sofort aufbrechen«, sagte sie, immer noch lächelnd. »Sonst findet Ragnara euch. Wach auf!«

»Warte.« Aber da sauste ich schon Richtung Oberfläche und fand mich in der Höhle wieder, an die Felswand gelehnt.

Rorik stand über das Glasdings gebeugt, das schwach leuchtete. Es flackerte seltsam. Er hatte die Jacke ausgezogen und die Ärmel des Overalls hochgekrempelt. Ich konnte gerade noch seine von Tattoos bedeckten Muskeln sehen, bevor er auch schon seine Ärmel herunterrollte und durch den Stoff seinen rechten Oberarm rieb. »Warten worauf?«, fragte er, ohne mich anzusehen.

»Wir müssen hier weg, sofort!«, rief ich und ignorierte seine Frage.

»Ich will nur noch …«

»Nicht jetzt. Sie wissen, wo wir sind.« Ich begann, unsere Sachen zusammenzupacken.

Rorik war geistesgegenwärtig genug, auf mich zu hören, ohne Fragen zu stellen, und im Nu waren wir wieder unterwegs.

Wir gingen eilig durch den Wald, und ich schickte meine Hellsicht in alle Richtungen aus, um zu prüfen, ob wir verfolgt wurden. Mir war, als könnte ich Franks zielgerichtete Aura spüren, aber vielleicht war das Einbildung. Es waren keine Soldaten in der Nähe – wenigstens keine, die ich wahrnehmen konnte, also sah es im Augenblick wohl danach aus, dass wir entkommen waren.

Inzwischen war es Mittag geworden, und die Sonne schien bleich von einem fast weißen Himmel. Ich dachte kurz darüber nach, ob es wohl dieselbe war, die wir zu Hause in Ravnssted sahen.

»Warum sind unter euch welche, die ich nicht spüren kann?«, fragte ich, ziemlich aus der Puste vom schnellen Gehen.

Rorik verlangsamte seine Schritte. »Du bist hellsichtig, wie deine Schwester?«

Erzähl ihm nicht zu viel, ermahnte ich mich. »So in etwa«, war das Einzige, was ich dazu sagte. »Ich kann die Energie von Leuten spüren, aber euch bekomme ich nur undeutlich auf mein Radar. Von diesem Gustaf kommt überhaupt nichts.«

»Was ist ein Radar?«

»Das ist so ein Apparat«, erwiderte ich kurz.

»Ein Apparat?« Rorik nahm wieder sein altes Tempo auf, beantwortete meine Frage aber immer noch nicht.

Das hatte ich mir einfacher vorgestellt.

»Ich meine ...« Ich suchte nach Worten. »Hat das was mit seinen tätowierten Händen zu tun?« Gustafs Handflächen sahen aus wie die von Ben.

»Er ist ein Hexer«, erwiderte Rorik.

So viel hatte ich mir auch schon zusammengereimt.

»Wie schafft er es, seine Aura zu verbergen?«

Rorik sah zum Himmel, und ich hätte nicht sagen können, ob er ärgerlich über meine Fragen war oder sich orientierte. »Er kann seine Seele oder seinen Geist verbergen«, sagte er. »Wie immer man das nennen will. Und er kann anderen beibringen, es auch zu tun. Die meisten ranghohen Angehörigen des Heers sind von ihm darin trainiert worden.«

»Ahhh. Deshalb.«

»Deshalb was?«

»Ich kann dich nicht deutlich sehen.«

Wieder wurde Rorik ein bisschen langsamer. »Dann bist du die Einzige in ganz Freiheim«, sagte er.

Meine Zähne schlugen aufeinander, und ich rieb die Hände in meinen dünnen Fingerhandschuhen. Rorik warf einen schrägen Blick auf die Waschanleitung, die zufällig aus einem Handschuh herausschaute, sagte aber nichts dazu. Er hatte auch meine Jeans und den Hoodie nicht kommentiert.

Es war später Nachmittag, die Schatten wurden schon lang.

Hrafnheim ähnelte Skandinavien offenbar insofern, als es hier im Winter schnell dunkel wurde. Rorik schlug vor, während der Nacht zu rasten, aber ich wollte weiter.

»Du wirst im Gehen einschlafen«, sagte er.

»Dann halten wir an, wenn ich umfalle«, erwiderte ich.

Er zuckte die Schultern, und wir setzten unseren Weg für die nächsten langen, dunklen Stunden schweigend fort.

»Rorik?«, sagte ich, um mich von der Kälte und der Erschöpfung abzulenken.

»Ja.« Er machte sich nicht die Mühe, sich zu mir umzudrehen, also starrte ich weiter auf seinen breiten Rücken.

»Wie geht es den Leuten unter Ragnara?«

»Ich glaube, die meisten leben einfach genauso weiter wie früher, bevor sie an die Macht kam.«

»War es nicht so, dass sie alle Sklaven freigelassen hat? Die führen jetzt doch sicher ein anderes Leben?« Ich rieb mir die Arme.

Er blickte weiter geradeaus und zuckte die Schultern. »Die ehemaligen Sklaven sind immer noch Arbeiter. Mit dem Unterschied, dass sie jetzt Lohn erhalten.«

»Aber …« Ich überlegte. »Haben sie Ragnara getroffen?«

»Früher ist sie mehrmals im Jahr durchs ganze Land gereist, aber jetzt hält sie sich die meiste Zeit in Sént auf.«

»Was ist Sént eigentlich?«

»Die Hauptstadt.« Seine Stimme war neutral, aber ich hatte das deutliche Gefühl, dass er die Augen verdrehte, obwohl ich es nicht sehen konnte. »Sént liegt mitten in Freiheim.«

»Das weiß ich doch.« *Ich hatte keine Ahnung gehabt.* »Wenn die Leute sie nicht zu Gesicht bekommen, wie hält sie sich dann an der Macht?«

»Ein paarmal im Jahr werden Feste veranstaltet, auf denen man sich als ihr Untertan bekennen muss. Die Feste fallen auf die alten Feiertage, damit die Leute sich nicht groß umgewöhnen müssen.«

»Okay.« Ich leckte mir über die eiskalten Lippen, bereute es aber schnell, weil der Frost sie kribbeln ließ. »Wollen die Leute das?«

»Sie müssen. Die Hirten kontrollieren es.«

»Was sind die Hirten?«

Rorik prustete über meine Unwissenheit. »Sie waren mal so was wie Wächter, aber jetzt sind sie eher Priester.«

»Was muss man tun, um sich als ihr Untertan zu bekennen?«, fragte ich.

Rorik seufzte und erklärte es, als spräche er zu einem Kleinkind. »Früher brauchten die Leute nur zu sagen, dass sie loyal waren und den Göttern abgeschworen haben. Neuerdings verlangt sie außerdem, dass man ihr Opfer bringt. Nur ein paar Speisen, und die dürfen die Leute anschließend selbst essen.«

»Sverresborg …« Ich schloss an Roriks Seite auf, hatte aber Mühe, mit seinen langen Schritten mitzuhalten.

»Was ist damit?« Er rieb sich die Wange mit Daumen und Zeigefinger, und im Mondschein sah es aus, als würde der blaue Adler auf seiner Hand mit den Flügeln schlagen.

»Was ist das für ein Ort?«

»Sverresborg gehört Ragnaras Sohn.«

»Warst du mal da?« Ich ging neben ihm und betrachtete ihn im schwachen Mondlicht.

»Ja.« Er schien in sich zusammenzusinken.

»Wie ist es dort?«

»Ragnara schickt Leute hin, aber niemand kommt lebend von dort zurück.«

»Du lebst doch noch.«

»Keiner der *Gefangenen* überlebt«, korrigierte er sich.

»Wohnt sie dort?«

»Nein«, erwiderte Rorik. »Sverresborg ist Prinz Sverres Residenz, auch wenn er nicht sehr oft da ist. Er ist so gut wie immer in Sént.«

Ich hatte Seréns Warnung vor Sverre im Hinterkopf. »Die Burg ist also nach dem Prinzen benannt?«

Rorik schnaubte verächtlich. »Wohl eher ist der Prinz nach der Burg benannt. Sie heißt schon Sverresborg, seit sie gleich nach der Einwanderung erbaut wurde.«

Er drehte den Kopf weg von mir als deutliches Signal, dass das Gespräch beendet war. Mit ein paar langen Schritten hängte er mich ab.

Nicht mein Problem, wenn er meinte, die Unterhaltung sei beendet. Ich holte ihn wieder ein.

»Hast du Prinz Sverre mal getroffen?«

Rorik holte tief Luft, sah mich aber nicht an. »Ja.«

»Wie ist er so?«

Er schüttelte den Kopf. »Ragnaras Sohn hat die Macht, fast alles zu tun, was er will, aber seine Mutter behandelt ihn in aller Öffentlichkeit wie einen Hampelmann.«

»Armer Prinz.« Ich wusste nur zu gut, wie es war, wenn die Leute einen unerschütterlich schlechten Eindruck von einem hatten.

»Nenne ihn nicht arm. Er ist gefährlich, denn er ist unberechenbar.«

»Okay.«

»Vielleicht kommt er zur Ruhe, wenn er verheiratet ist.«

Ich blickte auf. »Er heiratet?«

»Ja. Im Sommer wird er eine Ingeborg Soundso heiraten. Sie ist die Tochter der Fürstin des Gardareiches.«

»Besteht die Gefahr, dass der Prinz in Sverresborg ist?« Ich wäre beinahe gegen einen großen Baum gerannt, denn eine Wolke verdeckte den Mond und tauchte uns in Dunkelheit.

»Nicht dass ich wüsste«, erklang Roriks Stimme vor mir.

»Wo ist er dann?«

So abrupt, dass ich beinahe in ihn hineingerannt wäre, drehte Rorik sich zu mir um. »Keine Ahnung. Woher soll ich das wissen? Hör auf, mich zu löchern.«

Ich war ihm so nah, dass meine Nasenspitze fast seinen Brustkorb berührte. Der Mond kam hinter der Wolke hervor und machte es möglich, wieder etwas zu sehen. Ich legte den Kopf zurück und blickte zu Rorik hoch.

Er zitterte.

»Entschuldige. Ich wollte dich nicht ärgern.«

»Sei still.« Seine starke Hand fand meinen Unterarm und drückte zu.

»Au! Ich hab mich doch entschuldigt. Du brauchst nicht …«

Aber er drückte meinen Arm noch fester. »Schh!«

Ich stand regungslos da.

Dann stieß er mich zu Boden, und ich machte überrascht *Hmpffff*. Er warf sich auf mich und hielt beide Hände schützend um mein Gesicht, während er seines eng an meinen Hals presste. Das blonde Haar kitzelte ein wenig, und er fluchte.

Sein Atem war warm auf meiner kalten Haut.

Züüinnnggg – bonk.

Ein Messer hatte sich in den Baumstamm gebohrt und zitterte genau dort, wo eben noch mein Kopf gewesen war.

Mich traf Franks Erleichterung und Frust darüber, dass er nicht getroffen hatte. Die Gefühle waren so gegensätzlich, dass sie mich fast zerrissen.

Irgendwo in der Nacht ertönte der leise Ruf einer Eule.

Ich verfluchte mich selbst, dass ich Frank nicht gespürt hatte, aber seine Aura war ziemlich schwammig und ich völlig erledigt. Jetzt, wo ich darauf eingestellt war, schnitt sie in mich hinein.

Rorik lag auf mir. Er war schwer, und seine groben Hände umschlossen immer noch mein Gesicht.

»Roll rum«, kommandierte ich, und instinktiv rollte er uns beide herum.

Wieder sah ich ein Messer genau dort, wo wir eben noch gelegen hatten. Die Klinge steckte tief in der Erde, umgeben von welken, eisglitzernden Blättern.

Ich spähte durch die Bäume, aber alles war pechschwarz. »Wo ist er?«

Mit einem Satz war Rorik auf den Beinen und zog Tilarids. Er ließ das Schwert im Halbkreis durch die Luft sausen. Obwohl ich Frank nicht sah, konnte ich ihn spüren, und wie es schien, ging es dem Schwert genauso wie mir. Es zog Rorik zu einem Busch.

Frank schöpfte Mut. Er wollte Rorik nicht töten – er wollte überhaupt *niemanden* töten –, aber wenn es ihn mir näher bringen konnte, würde er es tun. Das wurde mir eben noch rechtzeitig bewusst.

»Runter!«, rief ich, und Rorik konnte sich gerade noch ducken, als auch schon eine Klinge durch die Luft sauste. Das Messer flog hoch über seinen Kopf und landete wenige Zentimeter neben meinen Zehen.

Tilarids stieß zu, und ich hörte ein halb ersticktes *Arrggh*, konnte aber niemanden sehen. Das Schwert kam mit einer blutigen Spitze zurück, die im Mondlicht glänzte. Es zog Rorik hin zu dem Gebüsch und ließ ihn ausholen, bereit, erneut zuzuschlagen.

Franks Schmerzen hämmerten aus dem Gesträuch, und seine Schwingungen wurden schwächer. Er flüchtete, aber Tilarids wollte ihn nicht entkommen lassen und verfolgte ihn mit Rorik im Schlepptau zwischen den Bäumen hindurch.

Weil es dunkel war, blieb ich auf dem Waldboden sitzend zurück, ohne einen von ihnen sehen zu können.

Ich rappelte mich auf und lief hinterher.

»Halt!«, rief ich außer Atem. »Du darfst ihn nicht töten.« Meine Stimme klang verzweifelt.

Endlich hatte ich sie fast eingeholt und sah Franks Rücken hinter einem Baum verschwinden. Seine knisternden Schritte auf dem Waldboden wurden leiser und entfernten sich von uns.

Rorik bekam Tilarids unter Kontrolle, während Franks Aura schwächer wurde. Er kam keuchend zurück und steckte das bluttriefende Schwert in die Scheide.

»Das war keiner von meinen Männern«, sagte er.

Ich seufzte erleichtert, als Tilarids endlich sicher verstaut war. »Da ist noch einer, der hinter mir her ist.«

Rorik stützte die Hände auf die Oberschenkel und atmete stoßweise. »Wer?«

»Ein Auftragsmörder.«

Rorik hörte sich an, als hätte er etwas in den falschen Hals gekriegt.

Ich versuchte ihn zu beruhigen. »Wir hatten abgemacht, dass er mir einen Vorsprung gibt. Aber er hat uns eingeholt.« Ich schnalzte ärgerlich mit der Zunge.

»Du hast eine Abmachung mit einem Auftragsmörder? Der *dich* umbringen will?«

Ich zuckte die Schultern, aber das konnte Rorik nicht sehen, denn er stand immer noch gebückt mit dem Gesicht zum Waldboden.

»Er ist mein Freund«, erklärte ich.

Rorik schwieg. Ich vermutete, dass er einfach nicht wusste, was er sagen sollte. Er blickte mich ungläubig an. Das blonde Haar war zerzaust, und auf der Wange hatte er rote Spritzer.

»Er ist weg«, war alles, was ich herausbekam.

»Für den Moment.«

Ich antwortete nicht.

Meine Stimme hallte immer noch in meinem Kopf wider.

Du darfst ihn nicht töten.

Tatsächlich war ich mir in dem Moment nicht sicher, wem von ihnen ich das zugerufen hatte.

KAPITEL 8

Wir gingen den ganzen Tag lang schweigend weiter, und schließlich war ich so müde, dass alles um mich herum ineinanderzufließen begann. Ich stolperte vorwärts und weigerte mich, auszuruhen.

Alles war erdfarben. Nicht einmal der Himmel war blau, denn er hing voller Schneewolken. Vielleicht lag es an meiner Müdigkeit, dass alles verschwamm, aber mehrmals konnte ich den betonfarbenen Himmel nicht von der ausgemergelten Wintererde unterscheiden.

Rorik widersprach nicht, als ich darauf bestand, weiterzugehen, also gingen wir weiter, bis es am späten Nachmittag dunkel wurde. Die Bäume standen nicht mehr so dicht, und als der Weg anstieg, schlug Rorik die entgegengesetzte Richtung ein. Wir kämpften uns durch das tückisch trockene Geäst des Unterholzes, das mich mehrere Male zu Fall brachte. Ich war immer noch aufgewühlt über das Zusammentreffen mit Frank und das dazugehörige Nahtoderlebnis. Rorik kam nicht in den Sinn, sich die roten Spritzer vom Gesicht zu wischen, und ich verlor kein Wort darüber.

Franks Blut auf Roriks Wange war für eine ganze Weile die einzige Farbe weit und breit, aber langsam wurden die Blutspuren braun.

Auf einer Hügelkuppe blieb ich stehen.

»Wow!« Das war seit Stunden das Erste, was ich sagte.

Neben mir stand Rorik und blickte mich an. »So habe ich auch reagiert, als ich Hibernia zum ersten Mal gesehen habe.«

»Wie kann man da leben?«

»Menschen können sich offenbar an alles Mögliche anpassen.«

Ich betrachtete die Felsformationen, den schwarzen Sand und die dampfenden Erdhügel. Dahinter lag ein See, und an dessen Ende ragte eine riesige Eiswand auf. Hin und wieder brachen große Stücke krachend von der Eiswand ab und landeten hoch aufspritzend im ansonsten spiegelglatten Wasser.

Rorik ging den Hang hinunter und versank im losen schwarzen Sand, der stellenweise von weißem Schnee bedeckt war. Ich watete hinterher, und schnell waren meine Knie steif gefroren. Ich blickte mich in der kargen Umgebung um. Es war nicht einmal ein Grasbüschel zu sehen. Hoch über uns schwebten ein paar dunkle Vögel, das einzige Anzeichen von Leben. Der See kam näher, aber der Himmel verfärbte sich bereits.

»Wir übernachten in Dyflin«, sagte Rorik heiser.

Meine leise Sorge wegen Franks Verwundung wurde abgelöst von der Angst, dass er uns finden könnte.

»Auch er muss eine Pause einlegen«, sagte Rorik, als hätte er meine Gedanken gelesen. Oder vielleicht hatte ich es laut ausgesprochen. Ich war so müde, dass ich es nicht wusste. »Ich setze darauf, dass er es jetzt tut. Wir müssen ausgeruht sein, wenn er wieder zuschlägt.«

»Was ist Dyflin?«, fragte ich, in erster Linie, um mich davon abzulenken, dass Rorik *wenn* gesagt hatte und nicht *falls*.

»Die Stadt.«

Ich schnaufte in der Kälte. »Ich kann keine Stadt sehen.«

»Warte, bis wir am See sind.«

Als wir endlich das Wasser erreicht hatten und um einen Felsen bogen, sah ich am anderen Ufer eine kleine Siedlung. Es hätte mindestens einen halben Tag gedauert, um den See herumzugehen, deshalb war ich erleichtert, als ich ein Boot – nicht mehr als ein lederbezogener Kahn – auf unserer Seite entdeckte.

Rorik kramte in seinem Gepäck und zog einen dunkelgrauen Umhang heraus, der den Großteil seiner Uniform verbarg. Zumindest die Rune auf seiner Brust.

Ein hochgewachsener Mann stand in dem Boot, auf eine Stake gestützt. Er hatte einen langen grauen Bart und trug unförmige beige Wollkleidung. Mit zahnlosem Lächeln verbeugte er sich vor uns.

»Kommt, ihr jungen Leute«, sagte er mit Fistelstimme. »Hárbard macht jetzt seine letzte Überfahrt.«

Wir wollten an Bord steigen, aber Hárbard versperrte uns mit der Stake den Weg. »Das kostet eine Silbermünze für jeden.«

Als ich Rorik verlegen anlächelte, verdrehte er die Augen und suchte die Münzen hervor, während der Alte uns beäugte.

Hárbard winkte uns an Bord und stakte uns hinaus aufs stille Wasser. Rorik schien an dem Mann nichts Besonderes aufzufallen, er schaute einfach auf den immer dunkler werdenden See. Ich stellte mich neben Hárbard, der finster Tilarids anstarrte. Weit draußen auf dem See erahnte ich eine Insel. Sie war fast ganz in Nebel gehüllt.

»Was ist das für eine Insel dahinten?«

Hárbard richtete den Blick darauf. »Das ist Afallon. Da wohnt jetzt keiner mehr, aber es wachsen ein paar leckere Äpfel dort.«

»Aha …« Ich wusste nicht, was ich darauf sagen sollte, deshalb schaute ich einfach aufs Wasser, während Hárbard uns vorwärtsstakte. Aber irgendwas irritierte mich.

»Bringst du schon lange Leute über den See?«, fragte ich.

»Lange, ja. Aber du bist spät dran mit deiner Fahrt.« Hárbards Stimme war jetzt eine Oktave tiefer und ziemlich heiser.

»Ich habe mich gerade erst auf den Weg gemacht«, sagte ich. »Ich könnte noch gar nicht viel weiter gekommen sein.«

Er blickte mich an, und auf einmal erkannte ich ihn. An der Stelle des zweiten Auges war eine leere, dunkle Höhle, und hinter seinen wohlgeformten Lippen blitzten perlweiße Zähne.

»Svidur«, flüsterte ich. »Vorhin hattest du noch zwei Augen. Und keine Zähne. Was geht hier vor?«

Er lächelte verschmitzt. »Ich heiße Hárbard.«

»Aber ich erkenne dich doch, Svidur – oder Odin – oder wie immer du dich nennst.«

»Unter meinem richtigen Namen bin ich hier nicht willkommen.«

Mir fiel auf, wie sehr seine heisere Stimme an die von Od erinnerte. Ich blickte schnell zu Rorik, der regungslos dastand wie eine Steinsäule.

Hypnose.

Ich drehte mich wieder zu Svidur um. »Ben und Rebecca glauben, dass du ein Gott bist.«

Svidur antwortete nicht sofort, sondern blickte nur weiter auf das inzwischen dunkle Wasser. »Hast *du* verstanden, dass ich ein Gott bin?« Er richtete sich auf und wurde wesentlich größer.

Ich blickte zu ihm hoch. »Ich weiß nicht, was genau ein Gott ist. Also nein, das habe ich nicht verstanden. Aber es gibt dich. Das muss ich dir lassen.« Ich deutete mit der Hand auf ihn. »Du stehst ja hier.«

Svidur sagte nichts.

Hinter mir starrte Rorik immer noch regungslos auf den See. Er bekam überhaupt nichts mit von meinem Gespräch mit Svidur ... Hárbard ... Odin, der uns noch eine Weile weiterstakte, bevor er die lange Stange mitten auf dem See hochzog, sodass das Boot anhielt und leicht schaukelte.

»Warum sollte ich glauben, dass du ein Gott bist?«, fragte ich.

»Sieh mich an. Schau, wie groß ich bin.«

»Ich kenne einen Halbriesen, der größer ist«, erwiderte ich. Mein Freund Klein-Mads würde Svidur mindestens um einen Kopf überragen.

»Ich kann in null Komma nichts erscheinen und verschwinden.«

»Mein Gespenstervater hat auch keine physischen Beschränkungen dieser Art.«

»Was ist damit«, sagte Svidur, während er sich auf die Stake stützte, »dass ich dies hier kann?«

Er hob seine große Hand und zeigte auf die Eiswand am Ende des Sees. Eine ganze Längsseite riss sich knirschend los und schlug mit ohrenbetäubendem Lärm auf die Wasseroberfläche.

Rorik reagierte immer noch nicht, und ich wäre am liebsten geflohen, aber es gab keinen rechten Ort, an den ich mich hätte flüchten können, deshalb zuckte ich unbeeindruckt die Schultern. »Die Hexen, die ich kenne, können ungefähr dasselbe.«

»Wie wär's damit?« Er kam ganz nah an mich heran, und ich merkte, wie er Macht über meinen Willen bekam. Seine Kraft war viele Hundert Mal stärker als die von Od und Mathias.

»Hör auf«, flüsterte ich mühsam. »Das ist bloß Hypnose. Das macht dich nicht zu einem Gott.«

Er beugte sich noch näher zu mir. »Ich kann dich auf der Stelle töten. Gleich hier. Gleich jetzt.« Seine starken Hände bewegten sich auf meinen Hals zu.

Das machte mein Gehirn munter, und ich sah ihm direkt in … sein Auge. »In dem Punkt unterscheidest du dich überhaupt nicht von Menschen. Es gibt viele, die mich umbringen wollen.«

Svidurs Auge leuchtete vor Vergnügen, und er zog seine Hände zurück. Er wandte sein Gesicht wieder dem Wasser zu. »Was für ein Geist. Was für ein Wille. Du hast viel von deiner Mutter.«

Im Profil sah er aus wie eine beängstigendere Ausgabe von Od.

»Ich habe auch viel von meinem Vater. Und abgesehen davon, dass ich halb und halb meine Eltern bin, bin ich vor allen Dingen ich selbst«, schoss ich zurück.

Svidurs unheimliches Gesicht neigte sich zur Seite. »Du bist einiges mehr als das.«

»Mehr?«

»Ich habe dir etwas gegeben. Jetzt musst du dafür bezahlen.«

Ich runzelte die Stirn. »Was hast du mir gegeben?«

Er presste die schön geschwungenen Lippen aufeinander und erinnerte mich mehr denn je an ein beeindruckendes und lebensgefährliches Unwetter. »Bezahle mich.«

»Was willst du haben?«

Er atmete tief ein. »Deine Anbetung. Ein Opfer.«

Ich sah ihn verständnislos an.

»Je mehr du gibst, desto mehr zahle ich zurück. Ich werde dir geben, was immer du willst, wenn du mir Hangadrott darbringst.«

»Ein königliches Menschenopfer, wenn ich mich recht erinnere.« Es hörte sich wahnwitzig an, als ich es aussprach, aber Svidur riss nur das Auge auf und seufzte tief. »Ich renne nicht mit einem Königlichen an der Hand herum, und selbst wenn, würde ich sicher kein Menschenopfer bringen«, fügte ich sarkastisch hinzu.

»Der Gott in mir wünscht es.«

»Der Gott in dir? Ist da noch was anderes drin als ein Gott?«

Er schüttelte den Kopf, als wollte er sagen, dass ich keine Antwort erhalten würde.

»Dann erklär mir wenigstens, was Götter von Menschen unterscheidet«, sagte ich.

»Wir sind ein Geschlecht.«

»Dann seid ihr doch nicht anders als Menschen. Gut, vielleicht genetisch, aber der Unterschied ist nicht größer als zwischen Pferd und Esel.«

»Ich bin weder Pferd noch Esel.« Svidur blies sich noch mehr auf, und das Boot schaukelte.

»Reg dich ab! Das war nur eine Metapher. Ich meinte damit, dass ihr nur eine andere Rasse seid.«

Er ballte seine großen Fäuste, als wollte er mir am liebsten auf den Kopf schlagen. »Wir sind göttlich.«

Ich zog eine Augenbraue hoch. »Schön für euch.«

»Wir sollen angebetet werden«, knurrte Svidur.

»Ich werde niemanden anbeten.«

»Du *musst*«, polterte er.

»Du kannst niemanden zwingen, zu glauben.«

Darauf fiel ihm nichts mehr ein, und er starrte mich zähneknirschend an. »Ich bitte dich«, flüsterte er schließlich. Freundliche Worte, aber seine Stimme klang drohend. »Schenk mir deinen Glauben, und wir können fantastische Sachen zusammen machen. Du, deine Schwester und ich. Ihr müsst mich nur anbeten.«

»Warum ist es dir so wichtig, dass wir dich anbeten?«, fauchte ich.

»Weil ich der Oberste in der Hierarchie bin, und ich habe vor, es zu bleiben.«

»Es gibt keine Hierarchie!«, rief ich.

Mein Ausruf echote über den See. Die dunklen Vögel, die immer noch über uns kreisten, schrien ein paarmal. Svidur glotzte mich an, als hätte ich ihm in den Magen geboxt.

»Ich brauche *eure* Loyalität«, sagte er und sah plötzlich alt und erschöpft aus. Die Haare an seinen Schläfen waren grau, und tiefe Linien zogen sich um seinen Mund.

»Und warum sollen wir loyal sein?«, fragte ich. »Weil du groß bist, dich schnell bewegen kannst und den Hokuspokus mit dem herabstürzenden Eis aufführst?«

»Weil ich die Zeit sehen kann.« Er begann metallisch zu schimmern.

Ich legte den Kopf ein wenig schräg. »Meine Schwester und ich können auch die Zeit sehen.«

»Und was glaubst du, woher ihr diese Fähigkeit habt?«

Ich suchte nach einer Antwort, weil ich darüber eigentlich noch nie nachgedacht hatte.

Svidur flüsterte: »Du musst daran glauben, dass ich euch nützlich sein werde, falls ihr mich anbetet.« Letzteres klang eher nach einem Luftholen als nach einem Satz. Sein Atem traf mich und lähmte mich wieder. Wenn Ods Atem berauschend war, dann war Svidurs die reinste Droge.

Ich blinzelte und blickte mich um. Wir hatten das andere Ufer erreicht, das vollkommen im Dunkeln lag, und Rorik war bereits an Land gegangen.

»Komm schon!«, rief er.

Svidur warf mir einen finsteren Blick zu und versenkte das Gesicht in den langen Gewändern. Ich packte ihn an der Schulter und rüttelte ihn, aber da lugte wieder das zahnlose Gesicht über die Wollkante. »Lass mich«, piepste eine dünne Stimme.

Rorik ergriff meinen Arm und zog mich weg. »Was machst du denn? Du darfst nicht auffallen.«

»Aber das war …«, begann ich.

Rorik zog mich mit sich, während ich mich mehrmals zu Hárbard umdrehte, der uns erschrocken nachblickte.

Wir gingen einen kleinen Hügel zu den Häusern hinauf.

Als wir in die Stadt kamen, sah ich, dass sie meilenweit von einer dänischen Kleinstadt entfernt war. Die Leute trugen graue und dunkelbraune Wollkleidung. Die meisten hatten dicke Schaffellmützen auf. Wieder bemerkte ich die völlige Abwesenheit von Farben.

Ich schnappte nach Luft, als ich die Fachwerkhäuser sah, deren Holzbalken neonartig leuchteten. Was für ein irrer Anblick inmitten all der Erdfarben.

»Warum zum Teufel leuchtet ihr Holz?«

Rorik sah zu dem Haus. »Das ist kein Holz. Das sind Knochen.«

Ich betrachtete eine Wand, deren Bretter aussahen wie die Deko auf einer Technoparty. »Knochen?«

»Lindwurmknochen sind grün, und sie leuchten im Dunkeln.«

»So wie beim Hornhecht?«, fragte ich.

Er senkte die Stimme. »Ja. Aber Lindwürmer sind viel größer. Die Hibernier können sich kein richtiges Holz leisten, deshalb müssen sie nehmen, was da ist.«

Offenbar waren leuchtende Lindwurmknochen in dieser Welt etwas zutiefst Peinliches. In meiner Welt wären sie ein spektakulärer Anblick.

Ich versuchte mich zu sammeln, aber einige seltsam hohle Geräusche zogen meinen Blick nach oben. Es dauerte eine Weile, bis ich die großen, an Traumfänger erinnernden Stäbe entdeckte – oder wohl eher Knochen, denn auch sie leuchteten –, die an einem Pfahl hängend aneinanderschlugen. Sie ähnelten denen, die in Bens und Rebeccas Bäumen zu Hause in Ravnssted hingen, nur dass sie sehr viel größer waren.

Rorik ging mit festen Schritten die breite Straße entlang, die wohl Dyflins Hauptstraße war. Der Umhang verbarg seine Uniform, dennoch schauten ihn einige an. Wenn die Leute an uns vorbeigingen, änderte sich ihr Gesichtsausdruck nicht, aber ich spürte scharfe Zacken in ihren Auren. Mich würdigten sie keines Blickes.

»Wir erregen ganz schön Aufmerksamkeit«, sagte ich.

»Was meinst du? Uns sieht doch kaum jemand an.« Er zog die Tür zu einer Art Wirtshaus auf.

Als wir eintraten, reagierte niemand auf uns, obwohl es genauso voll war wie im Frank's an einem mittelmäßigen Samstag. Mein Körper reagierte sofort auf die Wärme, die uns entgegenschlug. Ich hatte so lange gefroren, dass es sich anfühlte, als seien meine Knochen aus Eis.

Genau wie draußen auf der Straße war hier drinnen alles braun, grau und dunkelgrün. Selbst bei meiner Vorliebe für Schwarz wäre ich über einen einzigen winzigen Farbtupfer in Ekstase ausgebrochen.

Die Vergangenheit der Leute sprang mich an, und schnell schirmte ich mich ab, wie Elias es mich gelehrt hatte, aber dennoch hatte ich die Vision eines Jungen, der kurz vor uns hereingekommen war. Er rief, dass einer von Ragnaras Soldaten auf dem Weg hierher sei. Einige verließen daraufhin das Wirtshaus, während andere in aller Eile Dinge wegsteckten. Der Inhalt der meisten Gläser wurde ausgetauscht.

In der Ecke spielten Musiker. Ich hatte noch nie solche Musik gehört. Eine Frau hatte ein geschnitztes Brett mit Saiten, ein Mann blies ein Horn mit Löchern wie bei einer Flöte, während der Dritte tief und eintönig sang.

Rorik setzte sich an einen Tisch. Er behielt den grauen Umhang über der Uniform an, aber ich hatte den Verdacht, dass er seine Militärzugehörigkeit nicht so gut verbergen konnte, wie er glaubte. Eine junge Frau kam zu uns, von Kopf bis Fuß in Dunkelbraun gekleidet. Sie lächelte ihn einladend an. Roriks Gesichtsausdruck änderte sich schlagartig, als er sie ansah, und plötzlich fiel mir auf, wie gut er aussah.

Er blickte mich an, und seine Miene verfinsterte sich. Ich schickte ein stummes *Danke für den Scheiß* an Bens Abstoßungszauber, der wie feuchter Nebel an mir klebte.

In der Vergangenheit des Mädchens sah ich, wie es wenige Minuten zuvor einem Mann zur Hintertür hinausgeholfen hatte.

»Sanddornsaft für uns beide. Außerdem Lamm, Brot und Kompott«, bestellte Rorik. »Willst du was anderes?« Er schaute nicht einmal in meine Richtung.

Das Mädchen blickte sich um und runzelte die Stirn.

Scheiß Zauber!

Ich seufzte und versuchte, es zu ignorieren. »Habt ihr was Stärkeres als Saft? Met zum Beispiel?«, fragte ich.

Jetzt starrten sowohl das Mädchen als auch Rorik mich schockiert an.

»Meine Begleiterin macht nur Spaß«, sagte Rorik schnell. »Bring uns einfach, was ich bestellt habe.«

Sie verschwand, und er schickte mir einen Du-bist-unmöglich-Blick.

»Was habe ich jetzt schon wieder getan?« Resigniert drehte ich die Handflächen nach oben.

»Met?«, erwiderte er leise.

»Ich könnte gut was zur Stärkung vertragen.«

Rorik senkte die Stimme zu einem Flüstern. »Alkohol ist gefährlich. Die Strafe für den Verkauf, Kauf oder Verzehr ist sehr hoch.«

Jetzt verstand ich, warum die Leute es so eilig gehabt hatten, Gläser und Flaschen verschwinden zu lassen.

»Aber einige der Soldaten waren hackevoll, als ich euch getroffen habe«, flüsterte ich zurück.

Ein Muskel an Roriks Kinn spannte sich an. »Sie hatten etwas von dem Wein getrunken, den wir beschlagnahmt haben.«

»Ach …« Ich verkniff mir den Rest des Satzes, als ich seinen Gesichtsausdruck sah.

Das Mädchen kam mit einem Tablett zurück, auf dem unsere Getränke standen.

Ich griff nach dem Tonbecher und kippte ihn ein wenig an, sodass ich hineinblicken und die orange Flüssigkeit betrachten konnte, die das Licht einfing. Es war fast eine Erleichterung, die grelle Farbe zu sehen, und ich überlegte kurz, ob Lunas Begeisterung für Buntes mich angesteckt hatte.

Das Mädchen flirtete nun ganz offen mit Rorik. In ihrer nahen Vergangenheit sah ich die Panik, die in der Küche herrschte, aus der sie gerade gekommen war. Flaschen wurden in einem Loch im Boden verstaut, eine Falltür wurde geschlossen, verriegelt und mit einem Fell abgedeckt.

Sie stellte den Saft vor uns ab. »Es dauert noch einen Moment, dann bringe ich das Essen«, schnurrte sie. »Vergesst nicht, für die Hochzeit zu spenden.« Ihre Stimme nahm einen singenden Tonfall an, und sie zeigte auf eine Art Sparbüchse, die an der Wand neben dem Eingang hing.

»Welche Hochzeit?«, fragte ich.

»Prinz Sverres natürlich.« Sie wandte sich ab und wollte gehen.

»Warte.« Roriks Stimme war gedämpft, und sie erstarrte und atmete heftig aus.

Als sie sich zu uns umdrehte, hatte sie wieder das zuckersüße Lächeln aufgesetzt. »Ja?«

»Wir brauchen auch ein Zimmer. Mit zwei Betten. Getrennt.« Letzteres sagte er mit einem kleinen Augenzwinkern.

»Ich werde euch eins besorgen«, erwiderte sie freundlich.

Als sie gegangen war, lehnte er sich auf seinem Stuhl zurück.

»Du weißt aber schon, dass sie Angst vor dir hat?« Ich trank einen Schluck von dem Saft.

Roriks selbstzufriedene Miene gefror. »Man kann doch nicht sehen, dass ich Soldat bin.«

Ich blickte mich um. Die Leute vermieden es, uns anzusehen, in einem Maße, wie selbst ich es selten erlebt hatte. Alle zogen die Köpfe ein und blickten woandershin.

»Du könntest es dir genauso gut auf die Stirn tätowiert haben«, sagte ich und ließ den orangen Saft im Becher kreisen.

»Wie meinst du das?«

Meine Augen folgten immer noch den Bewegungen des Safts an den Tonwänden des Bechers. »Wenn man öfter etwas Illegales macht, bekommt man einen Blick dafür, ob jemand Ordnungshüter ist. Ihr braucht keine Uniform zu tragen, damit wir euch erkennen.«

»Was weißt du denn davon?«

Ich antwortete nicht, sondern sah mit einem Lächeln hoch, das vielsagend sein sollte, aber wohl eher diabolisch wirkte, denn Rorik wich ein wenig zurück.

Ich versuchte es zu erklären. »Ihr strahlt Selbstvertrauen aus. Es ist die Art, wie ihr euch bewegt und die Leute anseht. Das ist unverkennbar.«

Rorik machte die Augen schmal. »Aber die Leute hier tun doch nichts Verbotenes.«

Wieder glitt mein Mundwinkel nach oben, während ich gleichzeitig die Augenbrauen hochzog. Daraufhin musterte Rorik mich, als sähe er mich zum ersten Mal.

»Vielleicht kann ich dir noch etwas beibringen«, sagte ich. »Obwohl ich keine Ahnung habe oder weiß, wo ich bin.«

»Als Erstes musst du aufhören, den Leuten direkt in die Augen zu schauen«, sagte ich. »Man kann sehen, dass du es gewohnt bist, deinen Willen zu kriegen.«

Wir waren auf unserem Zimmer. Ich hätte vor Dankbarkeit fast geheult, als ich das Bett sah, das lockend nach mir rief. Die Kälte sickerte aus meinem Körper, aber ich konnte nicht richtig warm werden.

Alles war aus Holz, das an manchen Stellen bemalt war. In Grün, Braun und Grau natürlich. Fußboden, Wände und Decke waren übersät mit Bildern vom Wald, aus dem wir gerade gekommen waren, und von dem großen See mit der Eiswand am Ende.

Das war das Letzte, was ich jetzt sehen wollte. Ein schöner, warmer Sommertag hätte mir besser gefallen.

Schnitzereien von Tieren und Bäumen, die hier, wie ich bemerkt hatte, sehr beliebt waren, bedeckten eine ganze Wand. Zu Hause hätten die Motive wohl Menschen in verschiedenen Situationen gezeigt, aber hier stand offenbar mehr die Natur im Mittelpunkt. Ich zog eine dicke Decke von meinem Bett, und mir schlug der Geruch von Wolle entgegen.

»Ich bin es nicht gewohnt, meinen Willen zu bekommen«, widersprach Rorik von seinem Bett aus. Ein weißes Hemd hing lose um seinen breiten Oberkörper, und darunter trug er eine dünne helle Hose aus einer Art Nesselstoff. Es war das erste Mal, dass ich ihn ohne seinen Overall sah.

Ich schüttelte die Decke in seine Richtung aus. »Das ist nicht so wichtig. Lass es einfach.«

»Ich habe immer noch die hier.« Er schob sein Hemd über die Schulter herunter und enthüllte seinen rechten Oberarm, der mit der gleichen Art von kleinen Narben verziert war, wie Varnar sie trug. Roriks Narben waren alle sehr schön ausgeführt, einige von

Varnars dagegen eher plump. Außerdem hatte Varnar wesentlich mehr davon.

Ich betrachtete den Arm einen Augenblick, bevor ich ihm den Rücken zukehrte und die Decke umständlich zusammenlegte. »Dann solltest du deine Sachen lieber anbehalten.« Ich wartete eine Weile, ehe ich mich wieder zu ihm umdrehte. Zum Glück hatte er seinen Arm nun bedeckt.

»Du wirkst auch übertrieben selbstbewusst. Was übrigens verdammt nervt.«

Er stand auf und ging ein paar Schritte auf mich zu.

Ich hielt mir hilflos die zusammengelegte Decke vor die Brust.

Er setzte sich wieder aufs Bett. Seine Fäuste ballten sich um den Rahmen. »Ich habe noch nie ein Mädchen getroffen, das so um eine Ohrfeige bettelt wie du.«

Mein Mut sank. »Das höre ich oft.«

Seine Lippen bewegten sich, als versuchte er, eine Frage zu formulieren. »Mochte die Kellnerin da unten mich wirklich, oder hat sie nur so getan?«

Ich stemmte die Hände in die Seiten. »Interessierst du dich für sie?«

Er wedelte mit der Hand, sodass der Adler mit den Flügeln schlug. »Nein. Ich würde nur gerne wissen, ob sie mich gut fand.« Er blickte vorsichtig hoch. »Du kannst das spüren, oder?«

Ich hatte schon eine höhnische Antwort auf der Zunge, verkniff sie mir aber. »Sie hatte Angst vor dir«, sagte ich stattdessen. »Aber gleichzeitig fand sie dich süß.«

»Süß? Wie etwas zu essen? Ist sie eine Hexe?« Rorik sah plötzlich erschrocken aus.

»Das sagt man nur so.« Ich hätte beinahe gelacht. »Das heißt nicht, dass man jemanden essen will.« Ich suchte nach einem anderen Wort. »Sie fand dich attraktiv.«

Rorik fragte leise: »Kannst du etwas von mir spüren?«

»Nicht viel. Nur, dass du mich unausstehlich findest.«

Er fuhr sich durch das weiße Haar, das sich aus dem Knoten gelöst hatte und ihm nun über die Schultern fiel. »Das kann ich nicht verbergen, da hilft auch kein Unterricht bei einem Zauberer.«

Ich blickte zu Boden.

Wir hielten abwechselnd Wache, für den Fall, dass Frank auftauchte, deshalb war ich immer noch groggy, als ich aufwachte. Ich schaute aus dem Fenster auf die dunkelgraue Wolke, die über Dyflin aufzog.

Arrgh. Zu allem Überfluss erwartete uns auch noch Scheißwetter, dabei war ich gerade erst wieder warm geworden.

In der Gaststube schnappte ich mir einen der Einheimischen. »Wo können wir Kleidung kaufen?«

»Bei Gytha, eine halbe Tageswanderung außerhalb von Dyflin.« Der Mann entfernte sich eilig mit erschrockenem Gesichtsausdruck.

»Die Leute finden dich charmant«, bemerkte Rorik, während er Brot und Trockenfleisch in seinem Rucksack verstaute. Er hatte es bei dem Mädchen gekauft, das ihn am Tag zuvor angeschmachtet hatte.

»Kleidung könnt ihr auch hier bekommen«, sagte sie mit einem Augenzwinkern.

»Wo wohnt diese Gytha?«, fragte ich.

»Es ist viel einfacher, wenn ihr die Sachen hier kauft. Ich mache euch einen guten Preis.«

»Wo. Wohnt. Gytha?« Die Schnepfe regte mich langsam auf mit ihrer künstlichen Flirterei. Bei ihr würde ich ganz sicher keine Kleidung kaufen.

Sie rieb sich die braunen Arme und schielte zu Rorik. »Ihr müsst die Hauptstraße runter nach Osten gehen«, sagte sie widerwillig.

»In die Richtung müssen wir sowieso«, sagte Rorik.

Ich schenkte ihr ein zuckersüßes Lächeln. »Vielen Dank.«

Das wurde nicht erwidert.

Rorik hielt mir die geschnitzte Knochentür mit einer betont galanten Geste auf.

Draußen im fahlen Morgenlicht war die Luft trocken und eiskalt. Kleine Kristalle wirbelten herab wie eine Vorstufe von Schnee, und die dunkle Wolke vor uns wurde immer größer. Sie zog direkt auf uns zu.

Wir kamen an zwei Leuten in Umhängen vorbei, einem Mann und einer Frau. Die zweigartige Rune, offenbar Ragnaras Symbol, war in Rot auf den weißen Umhangstoff gestickt.

Beim Anblick der grellen Farbe überlief mich ein Schauer.

Rorik senkte eilig den Kopf, wie ich es ihm eingeschärft hatte, und mich bemerkten sie überhaupt nicht. Der eine streckte uns eine Holzkiste mit einem Schlitz entgegen.

»Das sind Hirten«, flüsterte Rorik. »Ragnaras Priester.«

»Spendet für Prinz Sverres Hochzeit mit Ingeborg«, sagte die Hirtin.

Rorik blickte weiterhin zu Boden, suchte aber eine Münze heraus. Er umklammerte sie einen Moment, dann ließ er sie in das Loch fallen.

»Für Ragnaras Anfarwol«, sagte der Mann und malte mit dem Finger ein Zeichen in die Luft. Es war identisch mit der Rune auf dem Umhang.

»Anfarwol«, erwiderte Rorik murmelnd.

Wie merkwürdig, an einem Ort zu sein, wo Priester gefürchtet wurden. Ich fand sie normalerweise einfach nur ärgerlich.

»Was bedeutet ›Anfarwol‹?«, fragte ich, als wir die Hirten hinter uns ließen.

»Unsterblichkeit«, antwortete Rorik, ohne mich anzusehen.

»Aber …«

»Mehr weiß ich auch nicht«, sagte er lauter, und ich hütete mich, weiterzufragen.

Wir verließen die kleine Siedlung. Ich hatte das Gefühl, in einem bizarren Computerspiel zu sein. Die Umgebung verwandelte sich wieder in wilde, schwarze Sandhügel und dampfende Erdbuckel. Was für eine öde, unwirtliche Gegend. Als die Wolke direkt über uns war, verschwand das Sonnenlicht, heftige Windböen erfassten mich und drängten mich mehrmals ein paar Schritte zur Seite. Gegen Mittag kamen wir durchgefroren und hungrig zu einem kleinen Haus, das fast ganz von Gras und nun auch ziemlich viel Schnee bedeckt war. Die Frontseite war aus Holz, was in dieser Gegend offenbar eine Seltenheit war, und mit Schnitzereien verziert, die geschwungene Zweige, Wildschweine und Vögel darstellten. Ein Schornstein ragte aus den Grassoden auf, und das Fundament bestand aus großen Feldsteinen.

»Hier muss es sein.« Ich klopfte.

Es dauerte eine Weile, bis die Tür aufging. Eine Frau mit dunkelgrauem Haar steckte den Kopf heraus. Sie trug ein langes graues Kleid mit einem verschlissenen breiten Wollschal um die Schultern. Ihre Kinnlinie war sehr scharf, und sie war fast genauso groß wie Rorik. Sie blickte uns mit schwarz umrandeten Augen an, und als sie mich sah, kniff sie sie leicht zusammen. Sie erkannte mich nicht, das empfing ich deutlich von ihr. Aber sie erkannte etwas anderes.

»Bist du Gytha?«, fragte ich.

»Das versteht sich wohl von selbst.« Die Stimme war tiefer, als ich erwartet hatte. Ihre Finger strichen über die Stickereien auf meiner Jacke. »Woher hast du die Jacke?«

»Warum fragst du?«

»Weil ich sie vor vielen Jahren gemacht habe. Für eine andere als dich.« Sie zog ihre Hand zurück und legte sie an den Türrahmen.

»*Du* hast sie gemacht?« Der Gedanke, dass die Jacke meiner Mutter aus Hrafnheim stammen könnte, war mir nie gekommen.

Sie schürzte die Lippen. »Hast du sie gestohlen, Kind?«

Ich schüttelte den Kopf. »Ich habe sie in einer Truhe gefunden.«

Weil sie mich immer noch betrachtete, beugte ich mich zu ihr. »Schau mir ins Gesicht.«

Die dunkel geschminkten Augen musterten mich. »Du siehst aus wie deine Mutter.«

»Tu ich das?« Meine Augen wurden groß.

Gytha nickte. »Was wollt ihr?«

»Er braucht etwas anderes zum Anziehen, und ich brauche wärmere Sachen. Eine Mütze und Handschuhe.«

Gytha schlug meine Jacke auf und betrachtete meine Jeans, die darunter verborgen gewesen war. Mit einem Aufschrei zog ich die Jacke wieder zu.

»Du brauchst mehr als das.« Sie schaute sich nach allen Seiten um, ehe sie uns hereinließ.

Rorik musste den Kopf einziehen, um durch die Tür zu passen. »Hast du Waffen?«

»Du hast doch wohl genug.« Der Blick aus den geschminkten Augen richtete sich auf Tilarids.

»Für sie.«

Wortlos ging sie in ein anderes Zimmer und kramte lautstark herum. Wir sahen uns in der Stube um, die so niedrig war, dass Rorik mit dem Kopf beinahe an die Decke stieß. Der Fußboden war aus gestampftem Lehm und mit Strohmatten bedeckt. Eine offene Feuerstelle war die einzige Wärmequelle, und davor stand ein Stuhl, der mit einer Art Schaffell gepolstert war. Vor dem Feuer hingen Schnüre mit Fleischstücken. Der ganze Raum roch nach Rauch und Fleisch. Gytha kam zurück und hielt mir ein Beil mit kurzem, poliertem Stiel hin. Ich nahm es und wog es in der Hand. Es war leicht, obwohl das Blatt aus Eisen war. Das Metall war auf der einen Seite mit einem verschlungenen Muster verziert, das an das Schlangenornament rund um Bens und Rebeccas Haustür erinnerte. Auf der anderen Seite war ein Raubtier eingraviert, ein kleines, bärenartiges Wesen, das grinste. Der Stiel lag perfekt in meiner Hand. Auf seiner ganzen Länge waren Runen eingeritzt, die ich nicht kannte.

»Was steht da?«

»Der Name des Beils.«

»Wie lautet er?«

»Kannst du das nicht lesen?« Gytha sah zu Rorik, der kaum merklich den Kopf schüttelte.

»Auka.« Sie verschwand wieder in dem anderen Raum.

Rorik zeigte mir, wie ich Auka am Gürtel befestigen sollte. Ich zog es ein paarmal, was mir ein anerkennendes Nicken einbrachte. Nicht freundlich, aber immerhin auch nicht grimmig.

»Was bedeutet ›Auka‹?«, fragte ich.

Roriks Finger folgte dem Arm des Raubtiers bis zu der Stelle, wo es sich um den eigenen Hals griff. »Steigern«, sagte er.

»Was steigern?« Ich legte den Kopf ein wenig schräg.

»Deine Möglichkeiten, denke ich. Das sagt man, wenn die Chancen von jemandem nicht sehr gut sind.« Er legte Auka in meine Hände. »Das ist nur eine Redensart. Zerbrich dir darüber nicht den Kopf.«

»Mach ich auch nicht.«

Gytha kam mit einem Haufen Kleidung zurück und gab Rorik mit einer Handbewegung zu verstehen, dass er seine Sachen ausziehen solle. »Sehen wir mal, ob es die richtige Größe ist.«

Ich drehte ihm den Rücken zu. Vor allem, um die Narben nicht sehen zu müssen.

Es gab ein Geräusch, als das Hemd auf dem Boden landete.

Ich betrachtete konzentriert die Wand.

»Ich will nur kurz sehen, ob es passt.« Pause. »Fünf. Das ist nicht gerade viel.«

»Finger weg!«, schnauzte Rorik.

»Sprich anständig mit ihr.« Ich drehte mich um und sah gerade noch, wie er Gythas große Hand von seinem narbigen Arm wegstieß. Jetzt schwebte die Hand über seinem Brustkorb. Einem sehr breiten Brustkorb, bedeckt mit blauen und roten Tattoos. Sie stellten verschlungene Tiere und Menschen mit Pfeil und Bogen und erhobenen Schwertern dar. Die Tattoos erstreckten sich über seine Arme und die gesamte Brust. Die einzige freie Stelle war dort, wo die Narben in den Oberarm gebrannt waren. Das Adler-Tattoo begann auf dem Unterarm und ging bis zu den Fingerspitzen.

Ich senkte den Blick, aber aus den Augenwinkeln sah ich, wie er eine graue Bluse über den Kopf zog. Er bekam außerdem eine dunkelbraune Hose. Die schwarze Jacke, die Gytha ihm reichte, sah aus wie meine, nur größer. Sie hatte auch eine rote Innenseite und dunkle Stickereien, die den Figuren auf seiner Haut ähnelten.

Während er sich anzog, gab Gytha mir eine dicke Hose und einen Pullover. In dem Stapel waren auch eine Pelzmütze, ein Schal und ein Paar dicke Fausthandschuhe. Dann schaute sie aus dem kleinen Fenster. Das Wetter war inzwischen noch schlechter geworden.

»Es ist gefährlich, bei dem Schneesturm draußen zu sein«, sagte sie. »Ihr müsst hierbleiben.«

Ich warf einen Blick hinaus und sah eine Landschaft, bedeckt von weißen Schneewehen. Sie hatten sich in der kurzen Zeit gebildet, die wir in Gythas Haus waren.

Ich stöhnte. »Bleiben! Dafür haben wir keine Zeit.«

»Daran hättest du vielleicht denken sollen, bevor du mitten im tiefsten Winter losmarschiert bist.« Rorik unterdrückte ein Lächeln. Er sah in den neuen Sachen ganz anders aus.

Gythas Blick hing an ihm, als versuche sie, sich an etwas zu erinnern. Dann schüttelte sie den Kopf und setzte sich auf den Stuhl vor dem Kamin. »Fimbul hat sich auf den Weg gemacht«, murmelte sie.

Rorik setzte sich an das kleine Fenster und blickte hinaus ins Schneegestöber.

»Fimbul?« Ich schlüpfte neben ihn auf die Bank, und er stieß ein unwilliges *Hrmf* aus.

»Das ist nur Geschwätz.« Die adlertätowierte Hand winkte ab. »Der Fimbulwinter kündigt den Weltuntergang an.« Er zuckte mit den Augenbrauen.

Gytha sah ihn an, ohne zu lächeln. Dann schaute sie wieder in die Flammen.

»Wie lange dauert der hier schon?«, fragte ich.

»Seit Herbst. Es ist ein ganz normaler Winter.« Rorik lehnte sich zurück.

»Ragnara lässt ihre Soldaten umherstreifen«, sagte Gytha. »Manchmal kommen sie hierher nach Hibernia.« Sie führte nicht weiter aus, was sie hier taten.

»Die aus Norvík?« Ich versuchte wie immer, am Ball zu bleiben.

Die Antwort kam von Rorik. »Auch einige von denen in Sverresborg. Gustaf kommt auch von dort.«

»Sverresborg«, sagte Gytha und schauderte. »Dort huldigen sie der Midgardschlange.«

Ich musste ein paarmal schlucken. »Der was bitte?«

Sie sah mich an. »Der Schlange. Dem größten Lindwurm aller Welten. Jörmungandr.«

Rorik mischte sich ein. »Sie ist so groß, dass sie die ganze Welt umschlingt und sich in den eigenen Schwanz beißt.«

»Ich weiß, was die Midgardschlange ist.« Ich starrte die beiden an. »Aber meint ihr das ernst? Gibt es die?«

»Natürlich.« Er lehnte sich mit einer trägen Bewegung gegen die Wand. »Sie tut keinem was, solange sie sich an sich selbst festhält.« Er grinste, und für einen Moment sah er jünger und weicher aus. »Sei unbesorgt.«

»Unbesorgt?« Ich hatte keine Ahnung, was ich zu seiner lässigen Mitteilung über das mythologische Ungeheuer sagen sollte, also schwieg ich.

Gytha drehte wieder den Kopf von uns weg, vertieft in ihre Gedanken.

Eine große Schneeflocke hatte sich in den Fensterrahmen verirrt und wurde auf der anderen Seite der dicken Glasscheibe hin und her geworfen. Ich folgte ihr mit dem Finger.

»Fünf?«

Rorik war zusammengezuckt und starrte Gytha mit einem Unbehagen an, das ich nicht deuten konnte. »Was?«

»Du hast fünf Narben auf deinem Arm.« Ich hatte mich nie getraut, Varnar danach zu fragen.

Er rieb seine Schulter durch den Pullover, was er oft unbewusst tat, wie ich bemerkt hatte. »Wenn wir töten, markieren wir das mit einer Rune.«

Ich öffnete den Mund, um etwas zu sagen, machte ihn aber wieder zu. Varnar hatte mindestens fünfzig Narben. Als ich an die schiefen Schnitte mit dem harten Wundschorf dachte, die mir an ihm aufgefallen waren, kurz nachdem er Geiri getötet hatte, um mich zu retten, schlug ich mir die Hand vor den Mund.

»Ich bin Soldat. Da dürfte das keine Überraschung für dich sein«, sagte Rorik.

»Das ist es nicht.« Ich hatte Mühe, die Worte auszusprechen. »Vergiss, dass ich gefragt habe.« Ich wechselte krampfhaft das Thema. »Wie lange müssen wir hierbleiben?«

»Der Sturm hält wohl noch den ganzen Tag an, also bis morgen früh.«

»Jesus!«

»Was?«

»Nichts.«

Wir saßen stumm da, während der Sturm wütete. Ich zitterte innerlich bei dem Gedanken, wie eilig wir es hatten, aber ich tröstete mich damit, dass auch Frank Schutz suchen musste.

»Vertreiben wir uns die Zeit«, sagte Gytha, nachdem wir gegessen hatten. Draußen war es dunkel geworden, der Wind heulte. Sie schlug die Hände auf die Armlehnen ihres Stuhls, erhob sich und stöhnte, als es im Rücken knackte. Nachdem sie in einer Schublade gekramt hatte, kam sie mit einem Wildlederbeutel zurück, in dem es klimperte. Ein kleiner Tisch wurde vor den Stuhl gezogen.

»Kommt.« Sie fuchtelte mit den Armen. »Lasst uns Hnetafl spielen.« Sie bat Rorik, die Bank herüberzuziehen, sodass wir auf der anderen Seite des Tisches sitzen konnten. Der Inhalt des Beutels wurde ausgeschüttet, und ich sah, dass es Knochensteinchen mit Runen darauf waren, wie Rebecca sie auch besaß.

Rorik musterte die Steinchen skeptisch.

»Es ist nicht verboten, Runen zu werfen«, sagte sie. »Ich mache keine unerlaubten Weissagungen oder Zukunftsdeutungen. Es ist nur ein Spiel.«

Roriks Blick fiel auf die große Hand, die den Beutel hielt. »Nein. *Das* ist nicht verboten.«

Ich knuffte seinen Arm, um ihn zum Schweigen zu bringen. »Worum geht es bei dem Spiel?«

Gythas Finger umrahmten die Tischplatte, und jetzt sah ich, dass ein Gitter darin eingeritzt war. Jedes der Felder hatte ein Zeichen.

»Hier seid ihr.« Gytha setzte zwei Steinchen auf das Feld in der Mitte. Sie stellten einen Mann und eine Frau dar. Dann setzte sie einen Stein auf jede Längsseite. Jeder Stein war doppelt so groß wie unserer. »Das sind Riesen, sie stehen am Himmelsrand. Sie jagen euch, und ihr müsst ihnen entkommen.«

Ich betrachtete das Brett. »Zwei gegen vier. Ist das nicht ungerecht?«

Gytha stieß ein tiefes, brummendes Lachen aus. »Wer sagt, dass das Leben gerecht ist?«

»Und wir sind klüger«, pflichtete Rorik ihr neckisch bei. Um seine Lippen spielte ein Lächeln, das ihm gut stand. »Bei Hnetafl geht es mehr um Schläue als um die Anzahl, obwohl Stärke natürlich ein Vorteil ist.«

Gytha griff zu einem weiteren Stein und setzte ihn in die unterste rechte Ecke. »Das ist der Fürst. Mein Stein. Er ist hinter euch her, aber ihr jagt ihn auch. Bestimmt ein Feld, das nur ihr kennt und das zum Tod eurer Gegner führt. Schreibt es hier auf.« Sie reichte Rorik ein Stück Papier. »Wenn ihr sie dorthin lockt, könnt ihr den Stein entfernen und danach ein neues Todesfeld wählen.«

»Wie gewinnt man?«, fragte ich.

»Der Fürst gewinnt, falls ich euch fange. Ihr gewinnt, falls ihr den Fürsten auf das Todesfeld lockt. Es gibt ein Muster, aber keiner von uns kann es ganz überblicken, bevor wir nicht die Runen kennen.«

Hmm.

»Wenn ihr dran seid, zieht ihr eine Rune. Sie sagt euch, wie viele Felder ihr vorrücken müsst, und verleiht euch für diese Runde eine Eigenschaft.«

Wir fingen an.

Ich musste die Regeln einfach unterwegs herausfinden, was gut zum Rest meiner Reise passte. Rorik, der Hnetafl schon kannte, wählte ein Todesfeld, und ich zog eine Rune.

»Uruz«, sagte Gytha. »Der Auerochse. Er symbolisiert Willen und Stärke.«

»Das bin ich.« Ich reckte den Daumen hoch.

»Aber er zählt nur zwei.«

Seufzend rückte ich zwei Felder vor.

Rorik zog ein Knochenstück. »Ken.« Er rückte nach mir drei Felder vor, wir waren also noch dicht zusammen. »Die Feuer-Rune. Beleuchtet das Unbekannte und kann zu Änderungen führen.« Er wirkte zufrieden darüber, *feuerartig* zu sein, und ich verdrehte die Augen.

»Ich ändere die Position des Fürsten«, erklärte er, und Gytha warf ihm einen anerkennenden Blick zu, während ich als Einzige die Regeln nicht verstand. Rorik schob den Fürsten ein Feld zurück.

Gytha wühlte im Beutel und zog eine Art schiefes N. »Hagal. Das bedeutet Hagel. Zerstörung, aber wenn der Hagel geschmolzen ist, werden die Stärksten überleben. Die Zahl ist Neun. Eine magische Zahl.« Sie zog drei Riesen und rückte sie vor, sodass sie uns umringten. Es war nur ein Feld zwischen dem einen von ihnen und Roriks Stein.

»He, darfst du das?«

»Es ist doch eine magische Zahl«, lachte sie. »Und magische Kräfte können geteilt werden.«

Mein Herz klopfte, als ich unsere Steinchen eingekreist sah.

»Ha! Todesfeld!«, rief Rorik und schnippte gegen einen der Riesensteine, sodass er umfiel.

»Wie gut, dass Riesen mit Met von Heidruns Euter wiederbelebt werden können«, bemerkte Gytha.

Rorik wählte ein neues Todesfeld.

Wir zogen Runen und entkamen durch die Lücke, die der tote Riese hinterließ. Wir konnten die Bedeutung der Runen für uns nutzen, aber ich bekam nicht heraus, wie, also folgte ich meistens Roriks Beispiel.

Wir spielten weiter, und es gelang uns, drei Riesen auf die Todesfelder zu locken, was überwiegend Rorik zu verdanken war. Am Ende war er ganz dicht am Fürsten, während ich einige Felder hinter ihm zurücklag.

»Sollten wir nicht zusammenbleiben?«, fragte ich.

»Wir greifen von zwei Seiten an«, sagte Rorik, ließ aber die Schultern sinken, als Gytha eine Rune zog. Er konnte sich offenbar schon ausrechnen, was sie tun würde.

»Naud. Not.« Sie bewegte den Fürsten und stieß Roriks Stein damit weg. Mein kümmerlicher Stein stand nun allein vor dem Fürsten, und der letzte Riese war direkt hinter mir.

»Was soll ich jetzt machen?«

»Zieh eine Rune«, sagte Rorik. »Lass das Schicksal entscheiden.«

Ich atmete aus, wenig zuversichtlich im Hinblick auf das Schicksal, und zog einen Runenstein. Gytha schaute ihn an.

»Eh. Pferd. Es symbolisiert eine Reise zwischen Welten.«

Subtile Runen.

»Aber seine Zahl ist Eins.«

Ich bewegte meinen Stein ein Feld fort vom Fürsten, der vor mir aufragte. Dann griff ich nach dem Zettel, auf dem Rorik das Todesfeld notiert hatte, und achtete darauf, dass mein Blick nicht verriet, welches es war. Falls ich den Fürsten nur ein Feld nach rechts locken konnte, hatte ich gewonnen.

Gytha zog eine Rune, und mir wurde kalt, als ich das Zeichen erkannte. Es war das schiefe F, das zu Hause in Ravnssted auf allen toten Mädchen gewesen war. Die Rune Ansuz. Die Rune, die *Gott* bedeutete.

Gytha blickte scharf zu Rorik, der unwillkürlich vor dem Stein zurückwich.

»Die Rune ist verboten«, flüsterte er mit entsetztem Gesichtsausdruck.

»Ich weiß, ich weiß.« Gytha packte das Steinchen weg. »Sie ist aus Versehen hineingekommen.«

»Warum hast du die?«, fragte ich.

»Weil die Götter einst Menschen waren«, erwiderte Gytha bissig. »Sie hat genauso das Recht, hier zu sein, wie alle anderen Runen.«

»Was meinst du damit?«

Sie winkte unwirsch ab. »All diese Regeln. Da blickt doch keiner mehr durch.« Sie strich sich über ihr Kleid, und Roriks Blick fiel darauf.

»Was meinst du damit, dass die Götter Menschen waren?«, wiederholte ich.

Sie schielte zu Rorik, der sie mit gerunzelten Augenbrauen ansah.

»Der Mythos sagt, dass die Götter einst Menschen waren, die

sich anbeten ließen, und so wurden sie zu Göttern. Warum ist es verboten, sie anzubeten, wenn sie … *wir* sind?«, schloss sie.

Jetzt stand Rorik so abrupt auf, dass die Steine auf dem Tisch klapperten.

»Verboten ist verboten. Behalte den Gedanken für dich. Bleib du auch für dich.« Er stapfte davon.

»Wer hat gewonnen?«, fragte ich zaghaft. »Wer …«

Gytha packte das Spiel zusammen.

»Das findest du schon noch heraus«, antwortete sie, ohne mich anzusehen. Sie machte uns ein Nachtlager auf dem Fußboden der Stube und verschwand eilig im anderen Zimmer.

Rorik legte sich auf die Decke, und ich legte mich neben ihn.

»Du warst ganz schön hart zu ihr.«

Er rückte ein wenig von mir ab.

»Sie lebt zu gefährlich. *Er*«, Rorik betonte das Wort, »sollte seinen Drang bezwingen, Frauenkleider zu tragen.«

Ich warf ihm einen schnellen Seitenblick zu. »Du hast es gemerkt?«

»Das ist ziemlich deutlich.« Er wich meinem Blick aus und verzog angewidert die Oberlippe, was ich zu ignorieren versuchte. »Es ist verboten.«

»Was geht uns das an? Wir haben schon genug um die Ohren.«

Rorik stützte sich auf den Unterarm. Unter dem weiten Halsausschnitt schauten eine blaue und eine rote Schlange hervor. Sie krochen über seine Haut. »Ich hasse es, nicht zu wissen, was vor sich geht.«

»Willkommen im Klub. Nur glaube ich leider, das ist die Regel.«

Die Müdigkeit kam schleichend. Ich schloss die Augen und ließ mich davontragen.

In einem flüchtigen Traum sah ich Varnar. Er lächelte und drückte vorsichtig seine Lippen auf meinen Mund. Ich genoss den Traum und erwiderte den Kuss. Meine Hände umschlossen seinen

Nacken, und wir machten weiter, bis es sich vollkommen verkehrt anfühlte.

Plötzlich spürte ich die Soldaten, die mich wenige Tage zuvor festgenommen hatten, und Knuts nasse Zunge an meiner Wange. Jede Faser meines Körpers schrie, ich schlug wild um mich. Ich riss die Augen auf und fand Rorik auf mir. Ich stieß ihn weg und sprang gleichzeitig auf. Mit dem Handrücken wischte ich mir über den Mund.

»Igitt!«

»Igitt?« Rorik war es offenbar nicht gewohnt, dass Mädchen so reagierten. »Wenn wir schon zusammen unterwegs sind, ist das doch ganz natürlich.«

»Natürlich?«, spuckte ich ihm entgegen. »Du magst mich ja noch nicht mal.«

»Ich mag dich nicht«, sagte er. »Aber es wäre einfacher, wenn wir gut miteinander auskommen würden.«

»Kein *Aber*. Von jetzt an behältst du deine Finger bei dir!«

»Bist du wie Gytha?« Er zeigte auf die geschlossene Tür. »Oder wie deine Schwester?« Er verschränkte die Arme vor seiner breiten Brust. »Man munkelt, dass sie mit einer Frau zusammen ist.«

Meine Hände flogen hoch. »Klar, ich muss ja auf Mädchen stehen, wenn ich dich nicht will.«

Also echt!

»Es ist falsch«, erwiderte er.

»Sagt wer?«

»Sagen die Gesetze.«

Ich konnte mir ein höhnisches Lachen nicht verkneifen. »Es stört dich doch auch nicht, dass wir mit dieser Reise gegen alle möglichen anderen Gesetze verstoßen.«

Rorik kniete inzwischen auf der Decke.

»Es ist unnatürlich für einen Mann, Frauenkleider zu tragen, und für zwei Frauen, ein Liebespaar zu sein. Und es ist auch …«, er suchte nach einem passenden Wort, »… abscheulich. Wenn man einen so falschen Drang hat, sollte man ihn mit aller Kraft unterdrücken.«

Mir fiel die Kinnlade herunter. »Was zum Teufel redest du da?« Fast hätte ich ihn beschimpft, altnordisch zu sein, sah aber ein, wie absurd das gewesen wäre, denn ich befand mich ja in einer altnordischen Parallelwelt. »Meine Fresse, bist du rückständig!«, fauchte ich deshalb nur.

»Alle sehen das so wie ich«, schnappte Rorik zurück.

»Gytha offenbar nicht.« Ich überlegte. »Das Mädchen im Wirtshaus wohl auch nicht, denn sie hat versucht, uns von hier fernzuhalten, und jetzt verstehe ich auch, wieso. Sie hat gewusst, dass du Soldat bist, und auch, dass du Gytha verurteilen würdest. Die Leute trauen sich nicht zu sagen, dass sie anderer Meinung sind, wenn ihr, die ihr Waffen tragt, solche Hohlbirnen seid. Ihr seid gefährliche Hohlbirnen.«

Rorik sah verwirrt aus, wie er da auf der faltigen Decke saß.

»Aber es ist strafbar«, flüsterte er.

»Es sollte auch bestraft werden, so ein Idiot zu sein!« Ich hob meine Decke auf und marschierte davon. Auf gar keinen Fall würde ich in der Nähe dieses Blödmanns schlafen. Im anderen Zimmer machte ich halt.

Gytha hatte ein dünnes Nachthemd an, und das dunkelgraue Haar war zu einem langen Zopf geflochten. Der Brustkorb war sehr flach, die Arme nackt, und die pergamentartige Haut an der knochigen rechten Schulter trug ein großes Brandmal, das Ragnaras Rune darstellte. Es saß an der gleichen Stelle wie die Tötungsmarken der Soldaten, aber während deren Runen-Narben klein waren, bedeckte diese hier den ganzen Oberarm.

»Hast du auch jemanden umgebracht?«, fragte ich.

Als Antwort kam ein kurzes, tiefes Lachen. »Meinst du die hier?« Sie strich mit der faltigen Hand über die wulstige Narbe. »Die Rune darf heutzutage nur Ragnaras Besitztümer schmücken, aber ich werde sie nicht ganz los.« Ihre Finger formten sich zu einer

Art Klaue, und sie strich mit den Nägeln über die Narbe. »*Fehu*. Das ist ein altes Wort, es bedeutet ›Vieh‹ oder …« Sie atmete aus. »Oder ›Eigentum‹. Ich habe mir nicht ausgesucht, sie zu tragen.«

»Du warst Sklave.«

Gytha nickte. »Ragnara hat auch so eine Narbe.«

»Aber es gibt hier doch keine Sklaven mehr?«

»Vor Ragnara gab es viele Leibeigene. Sie war selbst Sklavin, aber sie hat uns alle freigelassen. Sie hat das ganze Reich mit ihrem Sklavenheer erobert.«

Die sympathische Tat biss sich mit meinen fest gefügten Vorstellungen. Ich ignorierte die widerstreitenden Gefühle.

»Wie?« Ich betrachtete Gythas flache Brust und wusste nicht recht, wie ich es ausdrücken sollte. »Ich meine, konntest du als Sklave auch Frauenkleider tragen, wenn du doch Eigentum von anderen Leuten warst?«

Gytha bleckte die Zähne. Ich war mir nicht sicher, ob das ein Lächeln sein sollte. »Damals wurden solche wie ich *Seidberander* genannt. Es galt als göttlich, dass wir … anders waren«, fügte sie hinzu.

»Es war also nicht verboten?«

»Damals nicht.«

»Aber jetzt ist es das?«

Gytha senkte den Blick. »Ich glaube, dass Ragnara uns als Vorwand benutzt. Ihr ist es im Grunde egal, aber das Volk braucht ein klares Feindbild, und die Götter und die alten Machthaber sind ja nun weg.«

Ich wandte den Blick ab, als sie *Götter* sagte.

»Wie ist deine Beziehung zu den Göttern?«, fragte sie vorsichtig.

»Ich weiß nicht, ob ich eine Beziehung habe.«

»Aber du bist auch … anders.«

»Ich bin hellsichtig.« Keine Ahnung, was mich dazu brachte, das zuzugeben. Vielleicht das Gefühl, dass Gytha und ich gewissermaßen im selben Boot saßen.

»Freiheim ist ein gefährlicher Ort, wenn man nicht so ist wie die Mehrheit. Das kann uns das Leben kosten.«

Etwas sanfter sagte ich: »Wenn es so gefährlich ist, kannst du es dann nicht einfach sein lassen?«

Jetzt lächelte sie traurig. »Kannst du es lassen, hellsichtig zu sein?«

»Guter Punkt«, murmelte ich.

KAPITEL 9

Durch den Schneesturm am Vortag war es nicht gerade wärmer geworden, und als wir frühmorgens Gythas Haus verließen, fanden wir uns in einer Landschaft wieder, die an einen großen, schimmernden Raum erinnerte. Die Sonne knallte auf die Erde, die von feinem, knirschendem Puderschnee bedeckt war, und die verstreuten Bäume waren in glitzernde Eiskristalle gehüllt. Eingepackt in warme Sachen und mit reichlich Essbarem versorgt, hatte Gytha uns vor die Tür gesetzt.

»Wir gehen heute Nacht durch Vindr Fen.« Roriks Stimme wurde von dem dicken Schal gedämpft, den er sich um den Kopf gewickelt hatte.

Ich zuckte erschrocken zusammen.

Es war das erste Mal seit Stunden, dass er mit mir sprach, denn er war immer noch eingeschnappt, nachdem ich am Abend zuvor seinen Kuss zurückgewiesen hatte. »Mit Schlafen wird es heute nichts. Morgen früh verlassen wir Hibernia und überqueren die Grenze zum Sveareich. Da sind Soldaten. Viele. Im Sveareich gehen wir dann nachts und ruhen uns tagsüber aus.«

Nach unserer Mittagsrast auf einem Felsen inmitten der weiten Ebene, die auf den Grasbuckeln schneeweiß war und pechschwarz dort, wo man den Sand sehen konnte, wanderten wir weiter, bis der Himmel sich zu verfärben begann.

Wir gingen eine Weile schweigend vor uns hin, und ich war in Gedanken versunken über das, was Gytha erzählt hatte. Ragnara hatte alle Sklaven befreit. Eine gute Tat. Es fiel mir schwer, es mit der Bestie in Einklang zu bringen, die Ben und Rebecca mir beschrieben hatten. Ich rieb mir die Brust an der Außenseite meiner Jacke. Sogar durch die vielen Stoffschichten fühlte ich die Narbe von dem Dolch, mit dem sie mich durchbohrt hatte, als ich ein Baby war. Nicht besonders nett von ihr.

Rorik riss mich aus meiner Grübelei.

»Kann ich dich was fragen?« Er hörte sich an, als bereue er die Worte schon, bevor er sie überhaupt ausgesprochen hatte.

»Ich verspreche nicht, dass ich antworten werde.«

»Die Götter, von denen Gytha gesprochen hat. Die vor Ragnara verbreitet waren. Kennst du die?«

Es konnte wohl nicht schaden, zu antworten. »Ich habe von Thor und Odin gehört. Und Freyja. Es gibt auch noch mehr, aber ich habe nicht den vollen Überblick.«

»Glaubst du an sie?« Schon die Frage nach den Göttern schien auf Roriks Gefühlen herumzuboxen, denn er kratzte sich die ganze Zeit nervös an der Wange.

Ich versuchte, mir nichts anmerken zu lassen. In einem Flashback sah ich Svidurs leere Augenhöhle vor mir und seine Fähigkeit, aus einem Kilometer Abstand eine Eiswand zu zertrümmern. Mathias, der mit seinem Atem das Gesicht des Wilden verdampfte, und Ods silbern leuchtenden nackten Körper in meinem dunklen Schlafzimmer.

»Etwas ist da«, sagte ich. »Wesen, die anders sind als normale Menschen. Aber ich weiß nicht, ob sie Götter sind. Oder genauer gesagt, was ein Gott ist.«

»Du bist gar nicht gläubig?«

»Nein. Leider.«

Er blieb stehen und drehte sich langsam zu mir um.

Das Einzige, was ich von seinem Gesicht sehen konnte, waren die schokoladenfarbenen Augen. Alles andere war unter Mütze und Schal verschwunden.

»Warum sagst du *leider*?«, fragte er.

Ich überlegte und versuchte, so ehrlich wie möglich zu antworten. »Religiöse Leute haben es irgendwie leichter. Sie sehen einen höheren Sinn in den Dingen. Mein Freund Hakim ist gläubig, und er ist sich sicher, was richtig und was falsch ist. Das bin ich mir überhaupt nicht.« Ich schwieg. Es war das erste Mal, dass ich Hakim meinen Freund genannt hatte.

»Gläubige haben es doch nicht leichter.«

»Was?«, fragte ich zerstreut.

»Wer religiös ist, hat es nicht leicht«, sagte er schnell. »Niemand, der Gesetze bricht, hat es leicht.«

Ein Bild flog mir von ihm zu. *Eins*.

Menschen hingen am Schafott. Die zerstörten Körper drehten sich langsam um sich selbst.

Ich öffnete den Mund, aber noch bevor ich etwas sagen konnte, drehte er sich abrupt um und ging weiter.

Ich ging dösend vor mich hin, und ab und zu stolperte ich. Dann riss ich die Augen auf und schüttelte den Kopf, um wieder munter zu werden. Ein paarmal die frostige Luft tief einatmen half.

Die schwarze, sandige Marsch, über die wir gingen, war flach und voller zugefrorener Wasserpfützen, auf denen ich mehrere Male ausrutschte. An einigen wenigen Stellen wurde die Landschaft von Sandbänken unterbrochen, auf denen Strandhafer und vereinzelte sturmgebeugte Bäume wuchsen. Der Wind hatte sich gelegt, und es war Unheil verkündend still in der dunklen Nacht.

Roriks breiter Rücken vor mir war mein Leuchtturm.

Nebel stieg aus der Erde auf und hüllte uns in eine dicke Suppe. Schließlich konnte ich Roriks Gestalt vor mir nur noch ahnen.

Plötzlich stellten sich meine Sinne scharf.

»Hier ist jemand.« Ich fuhr herum.

»Wer?« Rorik spähte in den Nebel und zog Tilarids. »Dein Mörder?«

Ich tastete nach Auka in meinem Gürtel, während ich meinen Spezialsinn ausschickte.

»Nein«, seufzte ich erleichtert. »Frank ist es nicht. Es ist jemand, der Schmerzen hat«, sagte ich. »Es ist …« Weiter kam ich nicht, denn ich sackte zusammen, getroffen von einer heftigen Ladung Angst, Verzweiflung und Schmerz. Stöhnend stützte ich die Handflächen auf die Schenkel, bevor ich mich wieder aufrichten konnte. »Da drüben.« Ich ging rasch in Richtung der Gefühle. Obwohl ich mit den Augen nichts erkennen konnte, verlief ein Band brennender Qual vor mir, dem ich wie ein Spürhund folgte.

Rorik stolperte mir hinterher, und ich hörte ihn stampfen, wenn seine Füße auf dem glatten Untergrund ausrutschten.

»Komm«, rief ich. »Schnell. Mach schon!« Jetzt rannte ich. »Es ist ganz in der Nähe.«

Ich wäre beinahe über eine Gestalt gefallen, die auf der Erde lag.

Die Gestalt stieß ein furchterregendes Geheul aus, und Angst schlug mir entgegen. Sie versuchte wegzukriechen, war aber zu schwach.

»Wir tun dir nichts«, sagte ich und kniete mich hin, während ich Roriks Kristall entgegennahm. Meine andere Hand betastete das, was beim besten Willen nicht zu sehen war, und das warme, klebrige Gefühl schnürte mir den Hals zu. Es erinnerte mich daran, wie ich Monster auf dem Feld von Ben und Rebecca gefunden hatte.

Ich senkte den Kristall und musste einen Aufschrei unterdrücken.

Es war ein Mann. Jedenfalls nahm ich an, dass es einer war. Es ließ sich schwer sagen, denn er war bedeckt von geronnenem Blut und Schmutz. Jemand war gründlich gewesen, aber nicht gründlich genug, um ihn ganz zu töten. Oder sie waren so gerissen gewesen aufzuhören, bevor er starb, um ihn dann allein in der einsamen Marsch seinem Schicksal zu überlassen.

Meine Hände schwebten hilflos über seinem Gesicht, und schließlich legte ich die Handfläche vorsichtig auf seine Wange, an einer der wenigen Stellen, wo noch Haut sichtbar war.

Er krümmte sich und versuchte wieder, wegzukriechen.

»Ich tu dir nichts«, wiederholte ich. »Ich versuche zu helfen.« Aber ich hatte keine Ahnung, was ich tun sollte.

Ich hob den Kopf und sah fragend zu Rorik hoch, dessen Gesicht eine porzellanartige Maske war. Angewidert. Voller Abscheu. Er wich zurück.

»Hilf ihm«, befahl ich, aber Rorik schüttelte den Kopf.

Er sah aus, als müsse er sich jeden Moment übergeben.

»Tu etwas«, versuchte ich es wieder, aber Rorik zog sich noch weiter in den Nebel zurück, bis er fast ganz eingehüllt war. Das Letzte, was ich von ihm sah, war sein Rücken, den er mir und dem sterbenden Mann zudrehte.

»Rorik!«, fauchte ich, aber er war verschwunden. Ich wandte meine Aufmerksamkeit wieder dem Mann zu. »Wer hat das getan?«, fragte ich, aber er antwortete nicht. Sein Atmen klang röchelnd und hohl.

Mir blieb nur, seine Wange zu streicheln und tröstende Worte zu flüstern.

Das wird schon wieder kam mir nicht über die Lippen, denn es war offensichtlich weit von der Wahrheit entfernt, aber ich sagte immer wieder, dass ich da war, dass ich bleiben würde und er in Sicherheit war.

Endlich beruhigte sich der Mann. Trotz allem begriff er irgendwie, dass ich bei ihm war. Ich spürte noch Vertrauen von ihm als Letztes, bevor sein Geist verschwand wie ein fast ausgebrannter Docht, der schließlich aufgab und zu einem Rauchfaden verglühte. Langsam schwebte er davon. Der Geist machte sich nicht die Mühe, noch zu bleiben und mir eine Erklärung zu geben, aber ich gönnte es ihm, weiterzuziehen nach Wo-auch-immer und diesen Ort zu verlassen, der ihm solche Schmerzen zugefügt hatte.

Ich blieb noch eine Weile auf der Erde sitzen, die Hand an der Wange des Toten. Von Rorik war immer noch nichts zu sehen, aber andererseits sah ich in dem Nebel auch nicht weiter als einen halben Meter.

Plötzlich war ich unendlich müde. Ich betastete meine Umgebung und entdeckte, dass ich am Fuß eines dicken Baumstamms saß. Erschöpft lehnte ich mich an ihn.

»Es ist vorbei«, sagte ich ins Leere und rechnete damit, dass Rorik mich hörte. »Ich kann jetzt nicht weitergehen.«

Roriks Antwort kam ganz aus der Nähe. »Schön. Wir bleiben bis zum Morgengrauen hier. Dann können wir ihn wegschaffen.«

Ich musste die Augen zugemacht haben und entweder eingenickt oder regelrecht bewusstlos geworden sein, denn ich sprang mit einem Satz auf, als eine Stimme rief: »Kian. Kian?«

Ich zielte mit Auka in die Richtung, aus der die Stimme kam, und sah einen Mann aus dem Nebel auftauchen. Er trug einfache, aber saubere Kleidung, war vielleicht fünfzig Jahre alt und hatte dünnes Haar, das wie ein dunkler Heiligenschein um seinen Kopf stand. Es war windstill, also konnte es nicht hochgeweht worden sein. Das Auffälligste an ihm waren seine Lederstiefel; sie waren mit einem komplizierten Muster verziert, das Schlangen und Drachen darstellte.

Er ging mit einem unglücklichen Aufschrei in die Knie.

»Kian?«, sagte er wieder, ohne mich zu beachten.

»Kennst du ihn?«

Er hob ruckartig den Kopf, und seine Augen glänzten im Licht des Kristalls. Seine Schultern entspannten sich ein wenig, als sein Blick auf mich fiel.

»Ich bin sein Bruder.« Er zögerte. »Warst du bei ihm, als er …?«

Ich nickte stumm.

»Danke«, flüsterte er und streichelte Kians Hand. »Ich suche seit Sonnenuntergang nach ihm, aber bei dem Wetter findet man sich überhaupt nicht mehr zurecht.«

Ich ließ Auka sinken, behielt das Beil aber in der Hand.

»Es ist sehr neblig«, erwiderte ich, weil ich nicht wusste, was ich sonst sagen sollte.

Der Mann sank neben Kian auf die Erde. Ich dachte, er würde wehklagen, aber er saß ganz still da. Ich lehnte mich wieder an den Baum.

»Was ist mit ihm passiert?«, fragte ich leise.

Die Hand des Mannes lag immer noch auf der von Kian.

»Er hat nicht so gelebt, wie es das Gesetz vorschreibt«, sagte er kaum hörbar.

Aus der Vergangenheit, die immer noch an der Erde unter meinen Füßen klebte, hörte ich den Widerhall von Rufen.

Für Ragnaras Anfarwol. Für Ragnaras Anfarwol.

»Was hat er getan, das …« *Oh!* Ich sah es vor mir. Dann blickte ich den Mann wieder an. »Er wollte seinem Glauben nicht abschwören.«

Der Fremde senkte den Kopf. »Es ist meine Schuld. Ich habe unsere Religion nicht verheimlicht, und dann haben die Hirten ihn geschnappt.«

»Bist du auch gläubig? Haben die Priester das getan?« Ich blickte hinunter auf Kian. »Dürfen die das?« Meine Fragen überschlugen sich.

»Ragnara lässt ihnen mittlerweile völlig freie Hand.« Der Mann schüttelte den Kopf, als wolle er sagen, das sei verachtenswert.

Ich konnte nicht blinzeln. Ich konnte nur in die Luft starren.

Und ich war schon so weit, Gutes über Ragnara zu denken.

»Ein Glück, dass sie dich nicht erwischt haben«, sagte ich kleinlaut und widerstand dem Drang, ihm beruhigend auf die Schulter zu klopfen. »Du wirst wohl aufhören müssen, religiös zu leben.«

»Ich höre ab sofort auf, religiös zu sein.« Er ließ den Kopf hängen.

Es gab nichts, was ich hätte sagen können, um die Situation zu verbessern.

»Wie heißt du?«, fragte ich stattdessen.

»Hemming«, antwortete er, aber bei der zweiten Silbe versagte ihm die Stimme und verebbte in einem zitternden Flüstern.

Wir schwiegen eine Weile. Hemming war in Gedanken versunken. Plötzlich schüttelte er sich.

»Kian ist jetzt an einem besseren Ort«, sagte er.

»Bist du sicher?« Kaum hatte ich die Worte ausgesprochen, bereute ich sie.

»Ich bin sicher.« Hemmings Stimme war felsenfest.

Wenn er Trost darin fand, an ein jenseitiges Leben zu glauben, dann meinetwegen gerne.

Er sah mich aufmerksam an. »Was macht so ein nettes Mädchen wie du in Vindr Fen? Hier herrschen nur Tod und Trostlosigkeit.«

»Witzig, dass du mich nett findest. Die meisten hassen mich.«

Hemming legte den Kopf schräg. »Wie kann man dich hassen?«

»Wegen gewisser Zaubersprüche, die auf mir liegen.«

»Hmmm«, überlegte Hemming. »Vielleicht kann die Hexe in Jorvik helfen.«

Ich richtete mich auf. »In Jorvik gibt es eine Hexe? Ist das da, wo ihr herkommt?«

»Ja.«

Der Nebel begann sich langsam aufzulösen, und der Morgen dämmerte herauf.

»Ich kann dir helfen, Kian zu begraben«, bot ich an. »Mein Weggefährte ist hier auch irgendwo, allerdings reagiert er empfindlich auf Blut.« Ich hob den Kopf und rief: »Rorik!«

Hemming erhob sich. »Ich muss gehen. Ich bin nur gekommen, weil ich Kian gesucht habe.«

»Jetzt? Kannst du nicht wenigstens mithelfen? Immerhin war er *dein* Bruder.«

Roriks Umriss wurde sichtbar.

»Was ist?«, fragte er. »Du redest seit einer Stunde mit dir selbst. Da läuft es mir kalt den Rücken runter.«

»Sagt das Baby, das kein Blut sehen kann«, schnappte ich zurück. »Außerdem habe ich nicht mit mir selbst geredet«, fügte ich hinzu. »Sondern mit Hemming.« Ich blickte mich um. »Nanu. Wo ist er hin?«

Die Morgensonne kroch durch die weißen Nebelschwaden, und ich sah, dass wir uns mitten in einem großen Steinkreis befanden. Rorik ging durch einen Sonnenstrahl und unterbrach damit das Licht. Es war vollkommen still. Selbst die Vögel schwiegen, während die zarten orangen Strahlen sich über die schwarze Marsch ergossen, die langsam zum Vorschein kam. Die gefrorenen Pfützen reflektierten das Licht, und mir kam unerklärlicherweise der Gedanke, dass dieser Ort wohl schon seit Tausenden von Jahren so aussah.

Ich erhob mich.

»Er war eben noch hier.« Ich drehte mich im Kreis, während ich mit den Augen die heller werdende Umgebung absuchte, die der verdampfende Nebel nach und nach freigab.

Der Baum neben mir glänzte vom Tau, und ein Stück weiter sah ich mit Eis gefüllte Radspuren. Die feuerroten Spiegelungen ließen sie aussehen wie blutige Risswunden.

Vor mir war Rorik erstarrt.

Ich seufzte. »Sorry! Du bist kein Baby. Es war nur ziemlich blöd, damit allein gelassen zu werden, aber du kannst ja nichts dafür, dass …«

Er griff mit seiner Adlerhand nach meinem Arm und zog daran.

»Was ist?«

Mit der anderen Hand zeigte er nach oben.

Ich blickte hoch, musste in dem hellen Morgenlicht jedoch blinzeln. Mit einem Aufschrei flüchtete ich mich an seine Seite. Ich hatte die Füße entdeckt, die direkt über mir im Geäst baumelten.

Der Mann, der in der Baumkrone hing, war mindestens so übel zugerichtet wie der Mann auf der Erde, und in dem unbarmherzigen, enthüllenden Licht sah ich, dass sowohl er als auch Kian die mit Blut gemalte Ansuz-Rune auf der Kleidung trugen.

Der Mann im Baum drehte sich langsam und offenbarte, dass seine Stiefel mit verschlungenen Mustern von Schlangen und Drachen verziert waren.

Spät am Abend schlichen wir uns nach Jorvik hinein. Die Stadt ähnelte Dyflin, nur waren die Häuser nicht so windschief. Alles war aus Holz gebaut, aber wie in Dyflin gab es keine anderen Farben als Erdtöne. Die Dächer der einfacheren Häuser waren mit Grassoden gedeckt.

»Ich weiß, dass du die Hexe finden willst, aber hier ist es gefährlich. Wir riskieren, geschnappt zu werden.« Rorik betrachtete die Hauptstraße von Jorvik.

»*Ich* riskiere, geschnappt zu werden. Da du deine Uniform weggeworfen hast, weiß keiner, wer du bist.« Ich stopfte meine roten Haare unter die Kapuze, während ich ihm im Schatten eines Hauses folgte.

Rorik beobachtete misstrauisch eine Hirtin, die an einer Straßenecke stand. Sie hatte den weißen Umhang fest um sich gezogen, und Ragnaras Rune stach deutlich hervor. Sie musterte eindringlich jeden, der an ihr vorbeikam, und zeigte auf ein Schild, das mit knorrigen Runen beschriftet an einem Pfahl hing.

Unwillkürlich ging mir durch den Kopf, ob sie wohl mitgeholfen hatte, die beiden Männer in der vergangenen Nacht einzufangen, aber ich hatte nicht vor, ihr so nahe zu kommen, dass ich ihre Vergangenheit lesen konnte.

Unter dem Schild hing genau so ein Spardosen-ähnliches Ding, wie ich es in Dyflin gesehen hatte. Die Leute beeilten sich, ein paar Münzen in die Kiste zu werfen, um danach beinahe im Laufschritt das Weite zu suchen.

»Kann der bescheuerte Prinz seine Hochzeit nicht selber bezahlen? Die Leute hier sehen nicht gerade wohlhabend aus.«

Rorik lachte höhnisch. »Sverre besitzt nicht einen müden Krümel. Ingeborgs Eltern bezahlen die Mitgift.«

»Okay.« Ich sah mich um. »Wo könnte die Hexe sich versteckt haben?«

»Sie verhält sich bestimmt ganz unauffällig.« Er zog sich seine Mütze wieder tief ins Gesicht.

Im selben Moment brach ein Radau los, lautes Rufen und Johlen, gefolgt von blinkenden Lichtern. Rasch hatten wir die offene Scheune gefunden, aus der der Lärm kam. Darin war eine Bühne aufgebaut. Verborgen im Schatten verfolgten wir das Spektakel, das sich abspielte.

»Total unauffällig, wie man sieht.«

Eine Frau um die vierzig stand auf der Bühne, in einem Kleid, das an Rebeccas Gestaltwandelkostüm erinnerte, nur dass es abgetragener und schmutziger war. Der Stab in ihrer Hand war auch nicht aus Metall wie der von Rebecca, sondern trug an einem Ende anscheinend einen geschnitzten Vogelkopf. Die Frau führte gerade einen kunstvollen Schütteltanz auf, und zu ihren Füßen lagen zwei menschliche Schädel. Sie waren so arrangiert, dass ihre Kiefer offen standen. Vor der Bühne hatte sich eine große Menschenmenge versammelt, die begeistert johlte. Ein dünner Mann schlug rhythmisch die Trommel.

»Schhhh«, machte die Hexe.

Die Menge beruhigte sich. Hier und da wurde nervös gekichert.

»Jetzt die Vorhersage!«, rief jemand. »Erzähl uns, was die Zukunft bringt.«

Ich richtete mich auf. Abgesehen von Justine im Seemoor hatte ich noch nie eine andere Hellseherin getroffen.

Die Hexe stimmte einen monotonen Singsang an. »Für Ragnaras Anfarwol. Wir preisen sie.«

»Ragnaras Anfarwol«, rief jemand. »Die Befreierin. Sie, die uns vor falschen Göttern und gierigen Herrschern beschützt.«

»Ich sehe …«, fuhr die Hexe fort. »Ich sehe …« Sie verdrehte die Augen, bis nur noch das Weiße zu sehen war, und zitterte. Dann richtete sie den Blick in die Menge und zeigte auf eine Frau. »Ist jemand aus deiner Familie gerade gestorben?«

Die Leute im Umkreis der Frau wichen ein wenig zurück. Sie riss die Augen auf und nickte. Ihr Unterkiefer zitterte.

»Es ist deine …« Die Hexe zitterte noch heftiger. »Deine … Schwester.«

Ein kleines Zucken um den Mund der Frau verriet den falschen Kurs.

Schnell schwenkte die Hexe um. »Nein. Sie sieht dir ähnlich, ist aber nicht in deinem Alter.«

Jetzt lächelte die Frau in der Menge.

»Deine Mutter …« Die Hexe starrte die Frau eindringlich an. »Nein, deine Tante.«

Die Frau lächelte unter Tränen, und ich stand im Schatten und ließ die Schultern sinken.

Auf der Bühne fuhr die Hexe fort: »Du musst einen frisch geschlachteten Hahn im Moor unter dem weißen Baum begraben. Tu es heute Abend. Dann wird deine Tante Frieden finden.« Sie bremste sich. »Ragnaras Anfarwol.«

Mit zusammengekniffenen Augen verfolgte ich die Vorstellung, und in mir wuchs der Verdacht, dass es genau das war. Nur eine Theatervorstellung. Die Hexe pickte sich einen anderen Zuschauer heraus. Einen älteren Mann, der etwas abseits ganz hinten in der Menge stand.

»Du suchst auch jemanden.«

Wieder wichen die Umstehenden von dem Auserwählten zurück, bis er ganz allein dastand. Die Hexe brauchte nicht zu stochern, denn er redete sofort los: »Meine Brüder sind seit gestern verschwunden. Sind Kian und Hemming tot?«

Als ich die Namen hörte, lief es mir kalt über den Rücken.

Die Hirtin hatte sich an den Rand der Menge gestellt. Sie hatte den weißen Umhang eng um sich gezogen und blickte den Mann an.

Die Hexe brauchte keine Hellsicht, um sich auszurechnen, was mit Kian und Hemming passiert war.

»Ich sehe, dass sie hinübergegangen sind.« Sie schielte nervös zur Hirtin.

»Haben sie gelitten?«, fragte der Mann.

»Wenn du ein Brot zusammen mit einer Silbermünze ins Moor legst, wird ihr Übergang leichter sein. Ragnaras Anfarwol.« Ihr Blick huschte wieder zur Hirtin, die sich nicht rührte.

Die Vorstellung endete damit, dass sie eine Ziege schlachtete. Jemand brachte das nichts ahnende Tier, auf dessen Stirn man Ragnaras Fehu-Rune gemalt hatte, auf die Bühne. Ansuz war offenbar nur für lichtscheue Vorhaben gedacht.

Unter dramatischem und unverständlichem Gebrabbel schnitt die Hexe der Ziege die Kehle durch, sodass das Blut auf die Bühne plätscherte. Ich schloss die Augen und redete mir ein, dass es auch nicht grausamer war als das, was Schlachter jeden Tag taten. Die Hexe schnitt den Bauch des Tieres auf und zerrte etwas Glitschiges heraus, das in der kalten Luft dampfte. Neben mir rümpfte Rorik die Nase, sagte aber nichts.

»Die Leber sagt«, rief die Frau, »dass ihr alle ein gutes und sicheres Leben haben werdet.« Sie sah das blutige Organ nicht einmal an.

Pff, dachte ich.

Die Frau reckte einen roten Finger hoch. »Solange ihr daran denkt, Ragnara zu ehren und Geld für Prinz Sverres Hochzeit zu spenden. Ragnaras Anfarwol.«

»Anfarwol«, wiederholte die Menge.

Endlich schloss die Hexe die Münder der beiden Menschenschädel, die auf der Bühne lagen. Weil ihre Hände blutverschmiert waren, hinterließ sie Fingerabdrücke auf den Knochen. Der dünne Mann, der vorhin getrommelt hatte, sammelte Münzen und Essbares ein. Immer wenn er ein saftiges Stück Fleisch oder ein frisch gebackenes Brot sah, leckte er sich die Lippen.

»So ein Schwindel«, flüsterte ich. »Sie ist gar kein Medium. Das war alles nur Show.«

Die falsche Hexe saß mit geschlossenen Augen auf einer Art Thron aus Zweigen und Tierskeletten und schien zu meditieren. Der Stab lag quer über ihrem Schoß. Aus ihrer Vergangenheit konnte ich einen kleinen Film ergattern, in dem sie und der dünne Mann ein Huhn brieten. Seufzend wandte ich mich ab und wollte gehen, doch da traf mich ein elektrischer Schlag in den Rücken. Langsam drehte ich mich wieder um und sah die Frau an.

Sie hatte sich nicht bewegt, aber ein Energiefeld baute sich um sie herum auf. Sie öffnete ein Auge einen kleinen Spalt, raffte das Tierkostüm zusammen, stieg vom Thron und verschwand von der Bühne.

Ich drückte mich an Rorik vorbei.

»He! Wohin gehst du?« Er rannte mir nach.

»Ich muss den weißen Baum im Moor finden.«

Das Moor sah aus wie in einem Horrorfilm, mit Nebel, verkrüppelten Bäumen und Gräben voll stehendem Brackwasser. Zu dieser frühen Nachtstunde war es vollkommen dunkel, weshalb Rorik den Kristall angemacht hatte, und dessen Licht bildete einen Kreis um uns. Wir fanden den weißen Baum; er sah aus wie eine Knochenhand, deren Finger zum Himmel zeigten. Unter ihm lagen ein rundes Brot und eine Münze. Da war auch ein frisch gegrabenes Loch, in dem ein Huhn lag, sorgfältig in ein Tuch eingewickelt.

Rorik sah zu, wie ich es ausgrub. »Sollte es nicht lieber da unten bleiben?«

»Bist du abergläubisch?«

»Nein, aber irgendwie ist es nicht richtig, eine Opfergabe wegzunehmen.«

»Es war nie vorgesehen, dass es hierbleibt.« Ich erhob mich aus dem Kniestand und wischte mir den Dreck von der Hose.

Als die Hexe und ihr Gehilfe wenig später auf einem klapprigen Wagen eintrafen, der von zwei flohverseuchten Gäulen gezogen wurde, saß ich auf der anderen Seite des Weges. Ich ließ sie eine Weile graben, bevor ich aus dem Schatten auftauchte.

»Sucht ihr das hier?« Ich schwenkte den Vogelkadaver.

Die Frau fuhr herum und zeigte mit dem Stock auf uns.

»Ich kann euch verhexen«, drohte sie.

Das Ende des Stocks verströmte ein goldgelbes Licht, aber es flackerte wie bei einer defekten Lampe.

Rorik stand hinter mir, eine Hand an Tilarids' Griff – vor allem, um das Schwert an seinem Platz zu halten. Es vibrierte aufgeregt in seiner Scheide.

Ich richtete mich auf. »Ihr könnt euren Gockel gerne haben, obwohl es uns lieb wäre, wenn ihr ihn mit uns teilt.«

Sie hielt den Stock immer noch auf uns gerichtet. »Was wollt ihr?« Um sie herum baute sich wieder das Energiefeld auf, aber anscheinend ließ es sich noch weniger kontrollieren als das von Luna.

»Nimm den Knüppel runter. Er könnte aus Versehen losgehen.« Ich duckte mich aus seiner Schussbahn.

Sie hob den Blick über den Stock. »Wer bist du?«

»Es ist besser, wenn du es nicht weißt. Zu deiner eigenen Sicherheit«, sagte ich.

Sie sah Rorik aus schmalen Augen an.

»Er da sieht aus wie ein Soldat, und er hat ein Ulfberht-Schwert.« Sie zeigte auf Tilarids. »Ich habe nichts Böses getan«, sagte sie mit gesenktem Kopf. »Ich ehre Ragnara immer, wenn ich auftrete.« In ihrer Stimme lag echte Furcht. »Und ich habe die Erlaubnis, Seiðr auszuüben.«

Ich tat so, als wüsste ich, wovon sie sprach. »Ihm ist es egal, wenn du die Opfergaben für dich behältst.«

Sie hob den Stock, musterte uns aber immer noch misstrauisch. »Was wollt ihr?«

»Könnt ihr uns zu eurem Lager mitnehmen? Ich verspreche, dass wir euch nichts tun.«

Mit einem weiteren Blick auf Tilarids zeigte sie widerwillig zu ihrem Wagen. »Steigt auf.«

Schweigend erreichten wir eine Lichtung zwischen Büschen und Bäumen. Der Mann spannte die beiden struppigen Pferde aus. Sie waren fügsam, beobachteten aber alles, was wir taten. Rorik sprang ebenfalls vom Wagen und half, die Pferde ein Stück wegzuführen.

»Mach Feuer!«, befahl die Frau.

Sofort stapelte der dünne Mann Reisig auf einen Haufen. Er löste ein Stück Eisen von seinem Gürtel und schlug es mit großem Geschick gegen einen Stein, sodass Funken in alle Richtungen flogen. Mit einem Blick auf das knisternde Feuer lobte sie den Mann. »Sehr schön. Gut gemacht.«

Er warf sich stolz in die Brust.

»Wie heißt ihr?«, fragte ich.

»Ich bin Védis. Und das ist Gretter.« Sie zeigte auf den Mann, der noch kein Wort gesagt hatte. »Die Pferde sind Jørund und Mår.«

Die beiden hoben die Köpfe, als ihre Namen fielen.

Védis sah mich mit entschlossenem Zug um den Mund an. »Und was willst du jetzt?«

»Du bist eine Hexe.« Ich sprach so leise, dass die Männer uns nicht hören konnten.

»Ich kann mit den Toten reden und ihnen helfen, ins Totenreich zu kommen.« Sie straffte die Schultern.

»Nein, kannst du nicht. Das erfordert jahrelange Ausbildung in Seiðr, sofern man nicht Medium oder Hellseher ist, und du bist nicht ausgebildet. Jedenfalls nicht besonders gut.«

Sie sank ein wenig zusammen. »Woher willst du das wissen? Bist du eine Hexe?«

Ich schüttelte den Kopf. »Dann würde ich dich ja nicht brauchen.«

»Was bist du denn?«

»Ich bin hellsichtig.«

Ein Windstoß fuhr in das Laub um uns herum, sodass es raschelte. Staub von einem trockenen Fleck mitten auf der Lichtung erhob sich zu seinem kleinen Wirbelwind. Védis' Lippen rundeten sich, als ob sie nach Worten suchte. »Was willst du von mir?«

»Kannst du sehen, dass ich mit einem Zauber belegt bin?«

Sie trat einen Schritt zurück, kniff die Augen ein wenig zusammen und musterte mich mit professioneller Miene von oben bis unten. »Auf dir liegt Magie. Sie ist kompliziert. Und es sind mehrere Schichten.«

»Du musst sie entfernen.« Obwohl ich Luna damit genervt hatte, dass sie versuchen sollte, die Zaubersprüche zu zerschmettern, hatte sie sich strikt geweigert. Sie hatte behauptet, das sei zu gefährlich.

Védis' Hände hoben sich reflexartig. »Ich habe keine Ahnung, wie.«

Ich wühlte in meinem Rucksack und fand das herzförmige Schmuckstück, Freyjas Tränen. »Hier ist deine Bezahlung.«

Védis atmete heftig aus. »Woher hast du das?« Sie streckte die Hand danach aus.

Rorik hatte das Schmuckstück gesehen und griff im selben Moment zwischen uns, als ich es in Védis' Hand fallen lassen wollte. Stattdessen lag es nun in Roriks grober Faust.

»He!«, riefen die Hexe und ich wie aus einem Mund.

Er entfernte sich ein Stück und hielt den roten Anhänger gegen das Feuer. Gefiltert durch den Schmuck, wurde sein Gesicht in weinrotes Licht getaucht. »Was ist das?«

Ich ging zu ihm. »Das ist meins.«

Gedankenverloren musterte er den Anhänger. »So was habe ich noch nie gesehen.«

»Weil es nur dieses eine Exemplar gibt. Her damit!« Ich war kurz davor, ihn anzuspringen. Der Schmuck war mein einziger Wertgegenstand, abgesehen von den Geschenken meiner Freunde, und von denen würde ich mich nur im absoluten Notfall trennen.

Rorik drehte sich zu mir um, als ob er mich erst jetzt bemerkte. Er gab mir den Goldschmuck zurück, und ich atmete langsam aus. Vorsichtig legte ich den Anhänger in Védis' ausgestreckte Hand. Rorik ging zu einem der Pferde und tätschelte ihm den Hals, während sein Blick an uns klebte.

Védis' Stimme brach. »Ist es das, was ich denke?«

»Ich weiß ja nicht, was du denkst. Ich kann keine Gedanken lesen. Aber es ist etwas ganz Besonderes.«

»Es klopft. Genau wie ein richtiges Herz.« Ihre Hände hielten den Anhänger, als wäre er ein empfindliches Baby.

»Haben wir eine Abmachung?«

Sie zögerte. »Auf deine Verantwortung. Und ich weiß nicht, ob ich das kann.«

Ich nahm ihr das Schmuckstück wieder ab. »Du bekommst es nur, wenn du es schaffst, die Zaubersprüche von mir zu nehmen. Aber falls mir etwas passiert, ist es nicht deine Schuld.«

»Schön«, sagte sie und spuckte aus. Mit einer unwirschen Bewegung raffte sie das Tierfellkostüm zusammen und begann, im Wagen zu kramen. Aus einem Sack holte sie ein paar getrocknete Kräuter und in einer Schachtel fand sie ein blaues Pulver.

Es hatte etwas Magisches, nach all dem Braunen eine solche Farbe zu sehen, und Védis trug die Schachtel auch, als sei sie sehr wertvoll.

Sie reichte mir ein Messer. »Du musst dich schneiden.«

Ich stand verwirrt mit dem Messer in der Hand da. »Was?«

»Ich brauche dein Blut.«

»Wozu soll das gut sein?«

»Bist du die Hexe oder ich?« Sie nahm mir das Messer ab und zog die Klinge über meine Handfläche.

»Au, verdammt!«

»Was macht ihr da?« Rorik kam angelaufen und sah das Blut. Seine Lippen wurden bleich, und er atmete scharf durch die Nase ein.

Ich sah ihn forschend an, kam aber nicht dazu, seinen Gesichtsausdruck zu deuten. Von meiner Hand tropfte es rot.

Védis stellte eine Schüssel darunter und fing etwas von meinem Blut auf. Als sie fand, dass es genug war, nahm sie die Schüssel weg und gab mir einen schmutzigen Lappen, damit ich ihn um meine Hand wickelte.

Rorik entriss ihn mir, bevor ich mich verbinden konnte. »Ich mache das.« Er nahm ein sauberes Stück Stoff aus seinem Rucksack. Ich überlegte kurz, ob er der Typ war, der beim Anblick von Blut in Ohnmacht fiel, aber er zögerte nicht. Wie bei unserer ersten Begegnung schoss ein heftiges Wiedererkennen durch meinen Körper. Er versteifte sich ebenfalls, und für einen Moment trafen sich unsere Blicke. Unsere gegenseitige Verwunderung spiegelte sich vermutlich in unseren Augen, aber da rief Védis auch schon nach mir.

»Ich bin so weit.«

Schnell wickelte Rorik den Stoff um meine Hand und ließ mich los.

Védis, die auf der Erde hockte, hatte die getrockneten Kräuter ins Feuer gelegt. Jetzt räucherten sie vor sich hin. Das blaue Pulver schüttete sie in die Schüssel mit meinem Blut und rührte darin, bis es sich zu einer lila Masse vermischt hatte. Sie bemalte sich das Gesicht mit den Fingern und winkte mich zu sich.

Während sie mir mit lila Fingern über das Gesicht strich, sah Rorik uns zu. »Was soll das werden?«

»Védis will nur was ausprobieren.« Ich entfernte mit dem kleinen Finger einen Klumpen von meinem Nasenloch.

»Du hast selbst gesagt, dass sie eine Schwindlerin ist.« Er blickte von mir zu ihr.

»Sie ist kein echtes Medium. Aber eine echte Hexe.«

Védis begann zu murmeln, und ich sah, wie das instabile Kraftfeld sich um sie aufbaute.

»Du solltest besser ein Stück weggehen.« Ich schloss die Augen und versuchte, im dicken Rauch der Kräuter nicht zu husten. »Für den Fall, dass sie explodiert.«

»Explodiert?« Rorik packte mich an den Schultern und versuchte, mich hochzuziehen. »Was immer ihr da tut, ich verbiete es euch.«

»Du kannst mir nichts verbieten. Jetzt geh schon. Ich will nicht, dass dir was passiert.«

In dem Moment traf mich Védis' Magie, und alles wurde schwarz.

KAPITEL 10

Ich war noch nie von Magie getroffen worden, abgesehen von Lunas Überredungskünsten und Bens Zaubersprüchen, als ich ein Kind war. Aber diesmal war es, als ob jemand versuchte, mich mit bloßen Händen zu zerreißen. Roriks Stimme drang schwach durch den Nebel, ohne dass ich die Worte verstand. Védis' Zauberhände gruben sich tief in mich hinein, und ich sah ihre gesamte Vergangenheit, so klar, als wäre es meine eigene. Ich fand mehrere Dinge über sie heraus.

Sie war nicht vierzig Jahre alt. Eher zweihundertvierzig. Einst hatte sie eine richtige Hexenausbildung gemacht und war auf dem besten Weg gewesen, eine tüchtige Hexe zu werden. In der Vision stand ihr Mentor mit dem Rücken zu mir und hatte eine weiße, altmodische Perücke auf.

Parallel dazu, dass ich ihre Vergangenheit sah, hämmerten und schlugen Védis' magische Kräfte auf meine Zauber ein, die solide wie schusssicheres Glas waren. Sie gaben nicht nach, obwohl Védis an ihnen zerrte, als wollte sie mir die Rippen herausreißen.

Trotz der Perücke und der altmodischen Kleidung, und obwohl ich ihn nur von hinten sah, kam mir der Mann in Védis' Vergangenheit bekannt vor. Er stand über einen Tisch voller eng beschriebener Bücher, Töpfe und Flaschen gebeugt, in denen es kochte und blubberte. Er drehte sich um, und im selben Moment erkannte Védis' Hexenkunst die Zaubersprüche.

Ich schnappte nach Luft, als ich das Gesicht ihres Lehrmeisters sah.

Védis schrie, oder vielleicht war es einfach ihre magische Kraft, die schrie. Jedenfalls zog sie sich augenblicklich zurück.

Obwohl ich die Augen aufriss, sah ich immer noch das Bild aus Védis' ferner Vergangenheit. Die Haut des Mannes war beinahe schwarz und stand in scharfem Kontrast zu der weißen Perücke. Ein Silberring glänzte an der Nase, die breiten Lippen öffneten sich, und seine Goldzähne blitzten in einem animalischen Grinsen.

»Ben«, entfuhr es mir.

»Benedict«, sagte Védis gleichzeitig.

Einen Moment lang sahen wir uns an, beide gleichermaßen verblüfft. Dann sprang ich auf und rannte zum nächsten Busch, wo ich mich übergab. Trotz der kalten Luft war mein Haar nass von Schweiß. Ich sank auf der gefrorenen Erde zusammen.

Rorik kam zu mir und verschränkte die Arme, während er auf mich herunterblickte.

»Findest du mich immer noch schrecklich?«, fragte ich matt.

»Ja! Und darüber hinaus finde ich dich jetzt auch noch unglaublich dumm.«

»Scheiße. Sie sind noch da.«

»Wer?«

»Ich bin mit so Zaubersprüchen belegt. Das ist der Grund, warum du mich nicht magst.« Ich schluckte etwas Spucke hinunter, die nach Erbrochenem schmeckte.

»Es gibt mehrere Gründe, warum ich dich nicht mag. Vor allem, weil du die unvorsichtigste Person bist, die mir je begegnet ist!« Letzteres schrie er mir ins Gesicht.

»Das ist doch wohl meine Sache«, murmelte ich.

Rorik ging nicht darauf ein. »Du warst kurz davor, zu sterben. Du hattest Krämpfe und Schaum vor dem Mund.«

Ich wischte mir mit dem Arm die Mundwinkel ab und kam mühsam auf die Beine.

Védis saß noch dort, wo ich sie zurückgelassen hatte, immer noch mit schockiertem Gesichtsausdruck.

Ich schleppte mich zu ihr.

»Du kennst Ben?« Ich sammelte den Herzanhänger von der Erde auf, der mir aus der Tasche gefallen war.

Sie sah ihn nicht einmal an, sondern starrte nur ins Leere. »Ich habe ihn seit vielen Jahren nicht mehr gesehen.«

»Kannst du etwas genauer werden, wie viele Jahre?«

»Über zweihundert.« Ihre Stimme war monoton.

Ich wusste es! Ben war viel älter, als er aussah.

»Warum seid ihr so alt? Wart ihr viel mit Demigöttern zusammen, oder was?«

Endlich kam sie wieder zu sich. »Hexen und Hexer werden sehr alt, sofern uns keiner umbringt, aber das geschieht leider ein bisschen zu oft.«

Noch eine Möglichkeit für Luna und Mathias, dass sie viele Hundert Jahre zusammenleben konnten. Ich konnte es kaum abwarten, ihnen das zu erzählen. Falls ich sie denn jemals wiedersah.

Védis holte mich aus meinen Gedanken. »Bist du Benedicts Feindin?«

»Was? Nein, nein. Er betrachtet sich als so was wie meinen Beschützer, obwohl er eine recht merkwürdige Art hat, es zu zeigen.«

Ihre Augen wurden schmal. »Die Zaubersprüche, mit denen er dich belegt hat, sind keine freundlichen.«

»Wie gesagt, er zeigt seine Fürsorge auf seltsame Art.« Ich biss mir auf die Unterlippe. »Was kannst du tun, um sie von mir zu nehmen?«

Védis schüttelte heftig den Kopf. »Nur Benedict kann sie entfernen. Seine Beschwörungen sind stärker als die jedes anderen Magiers. Hätte eine andere Hexe sie dir auferlegt, könnte ich sicher was machen, aber nicht bei seinen. Das Einzige, was passieren würde, wenn ich es noch einmal versuche, ist, dass wir beide dabei sterben. Außerdem respektiere ich ihn zu sehr, um seine Magie zu brechen, selbst wenn ich es könnte.«

»Du kannst dir deinen Respekt sonst wohin stecken«, erwiderte ich bissig. Es gab keinerlei Chance, dass Ben selbst den Zauberbann aufhob.

»Hört auf zu streiten«, mischte sich Rorik ein. »Redet ihr von Benedict Sekibo?«

Wir starrten ihn beide an.

»Woher kennst *du* Ben?«, fragte ich.

»Ich kenne den Zauberer von Midgard nur dem Namen nach. Aber ich weiß, dass er böse ist, sehr gefährlich, und dass man ihm fast nichts anhaben kann.«

»Er ist nicht böse.« Ich erinnerte mich an Ben in gelbem Regenzeug und mit Zylinder. »Er ist mit meinen Eltern befreundet.« Vor meinem inneren Auge sah ich, wie er Energiekugeln auf die Berserker warf. »Vielleicht stimmen die beiden anderen Sachen.« Mutlosigkeit beschlich mich. Ich würde Bens Scheißzauber für den Rest meines Lebens mit mir herumschleppen. Niemand würde mich jemals mögen. Mir fiel ein, dass Aella, Frank und Varnar irgendwie von der Magie ausgenommen waren. »Wenn du meine Zauber nicht entfernen kannst, könntest du dann Rorik immun gegen Magie machen?«

»Ja sicher«, sagte Védis.

»Dann tu das.« Ich kramte den Herzanhänger wieder aus der Tasche und hielt ihn ihr hin.

»Nein, nein«, wehrte Rorik ab. »Ich habe gerade gesehen, wie du da gelegen und dich in Krämpfen gewunden hast.«

Védis zuckte die Schultern. »Kein Problem, aber ich kann den Schmuck nicht annehmen, so gerne ich ihn auch hätte.« Ihr Blick hing an Freyjas Tränen. »Die Bezahlung muss der Leistung entsprechen.«

»Es ist verboten, jemanden ohne dessen Zustimmung zu verzaubern«, protestierte Rorik, aber wir ignorierten ihn.

Ich durchsuchte meine Jackentasche und fand eine dänische Münze mit einem Loch in der Mitte. »Das ist alles, was ich habe.«

Védis nahm sie ehrfürchtig entgegen. »Sie ist selten, und so wertvoll. Das ist fast zu viel.«

»Glaub mir, so viel ist das nicht.«

»Ich will nicht«, versuchte Rorik es wieder.

»Brauchst du auch Blut von ihm?«

Rorik wich zurück.

»Nein. Ich muss nur das hier machen, und das.« Védis schwenkte den Stock und bückte sich, um noch ein paar Kräuter ins Feuer zu werfen. Ihre Aura flackerte unruhig, es gab einen Knall, und eine Rauchwolke quoll auf uns zu. Die Flammen duckten sich, und wir wurden in eine stinkende Dunkelheit geworfen.

Wir husteten beide.

»Hoppla, jetzt habe ich dich wohl auch immun gemacht«, sagte Védis zu mir. »Ich kann es nicht richtig steuern.« Sie wedelte den Rauch weg. Die Flammen erholten sich wieder.

»Also, mich hast du nicht erwischt. Ich merke keinen Unterschied«, sagte ich. Der beißende Rauch trieb mir die Tränen in die Augen. Als ich wieder sehen konnte, schrie ich unwillkürlich auf.

Die Hälfte von Védis' rechtem Unterkiefer fehlte, und ihre andere Gesichtsseite war von einer großen Brandnarbe entstellt. Gretter, der bisher ein Mann gewesen war, war jetzt ein Hund, und die beiden Pferde waren in Wirklichkeit Männer.

»Was zur Hölle!«, flüsterte ich.

Rorik machte vermutlich genauso ein Gesicht wie ich. Er starrte die Männer mit offenem Mund an. Sie schauten traurig zurück, ohne etwas zu sagen. Beide hatten einen Strick um den Hals und waren an einen Baum angebunden.

»Sollen … sollen wir ihnen nicht helfen?« Er hatte Mühe, die Fassung zu bewahren.

»Das hier ist ihr Werk.« Védis zeigte auf ihren Kiefer und die Brandnarbe. »Eigentlich sind sie billig davongekommen. Benedict hätte sie dafür dreihundert Jahre leiden lassen. Ihre Strafe ist nur, dass sie meinen Wagen ziehen.«

»Hat Ben das gemacht?« Mein Blick wanderte zu den Männern und dem Hund.

Védis folgte ihm. »Die Pferde sind Benedicts Werk. Gretter habe ich selbst verwandelt.« Sie tätschelte seinen Kopf und lächelte. »Er ist so ein braver Hund.«

Wo der Kiefer fehlte, lagen ihre Zähne frei, deshalb sah das Lächeln ziemlich gruselig aus.

»Okay.« Ich begann, meine Sachen zusammenzusuchen.

Roriks Blick war auf mich gefallen und hängen geblieben.

»Wir gehen jetzt«, sagte ich.

»Wollt ihr nichts von dem Huhn?« Védis zeigte auf Gretter, der mit dem ganzen Hinterteil wedelte und den gebratenen Gockel mit der Nase anstupste.

»Lieber nicht. Trotzdem danke.« Mein Herz klopfte schwer.

Wir drehten uns um und gingen los. Ohne Zauberfilter war die Realität in Védis' Lager selbst mir zu heftig.

Hinter uns rief Védis: »Sucht mich, falls ihr wieder mal Hilfe braucht.«

»Machen wir!«, rief ich zurück, ohne mich umzudrehen.

Und dann rannten wir vor der lachenden Védis, dem schwanzwedelnden Gretter und den beiden Pferdemännern davon.

»Hör auf, mich so anzuglotzen.«

Ich versuchte, mich auf die Grütze zu konzentrieren, aber Roriks Augen verfolgten jede meiner Bewegungen.

Wir saßen in einer Höhle, in der die Feuchtigkeit an den Felswänden herunterlief.

»Entschuldige, aber das ist wirklich merkwürdig.«

Ich seufzte. »Was ist merkwürdig?«

»Du. Das ist so ein großer Unterschied.«

Ich stellte die Schüssel weg. »Und was ist der Unterschied?«

»Ich habe keine Lust mehr, dich zu erwürgen, und du siehst aus wie ein richtiger Mensch.«

»Habe ich vorher nicht wie ein Mensch ausgesehen?«

»Nein. Also, du hast ausgesehen wie Serén, aber wie eine Puppe oder ein Bild. Ich hätte alles mit dir machen können, du hättest es nicht mal gemerkt.« Er sah plötzlich erschrocken aus. »Ich habe versucht, dich zu küssen, ohne dass du es wolltest.«

Ich presste die Lippen zusammen und sah weg.

»Jetzt kann ich sehen, dass da drinnen etwas vor sich geht. Dass du sowohl glücklich als auch traurig sein kannst.«

»Das konnte ich die ganze Zeit.« Ich stocherte mit meinem Löffel in der Grütze.

»Das müssen harte Monate unter diesem Zauberbann gewesen sein, in denen dich niemand leiden konnte.«

Ersetze »Monate« durch »Jahre«.

»Ich habe plötzlich Lust, dich alles Mögliche zu fragen.«

»Was willst du wissen?«

Seine Lippen bewegten sich, als ob mehrere Worte gleichzeitig herauswollten.

»Wie heißt du?« Roriks Stimme klang zaghaft.

»Wie bitte?«

»Ich habe dich nie gefragt, wie du heißt.«

Ich räusperte mich. »Anne.«

»Anne«, sagte er. »Das ist ein seltsamer Name. Anne«, wiederholte er. »Anne. Wo warst du all die Jahre?«

»Äh …« Ich durchforstete mein Gehirn. »In diesem Land … ähm … im Süd… Norden.« Ich war nicht darauf vorbereitet, plötzlich Rechenschaft über meine Platzierung in einer mythologischen Parallelwelt ablegen zu müssen, die ich nicht sonderlich gut kannte.

Rorik legte den Kopf schräg. »Süd-Norden?«

»Das ist … an der Küste von Ván.« Ich pickte einen der Namen heraus, die ich von Rebeccas Karte kannte, und schlug rasch die Augen nieder.

»Ván hat doch gar keine Küste«, sagte Rorik und sah mich

scharf an. Dann erstarrte er. »Ahhh«, sagte er und stand auf. »Ahhh«, machte er wieder, während sich Verständnis auf seinem Gesicht ausbreitete. »Du bist aus«, er schnappte nach Luft und zeigte auf mich, »aus … Midgard.«

Ich schenkte ihm ein beklommenes Lächeln. »Ja, so ungefähr.«

Es verschlug ihm für einen Moment die Sprache, und er starrte mich nur an.

Ich wand mich unbehaglich.

»Deine seltsame Kleidung, dein fehlendes Wissen und deine merkwürdige Art zu reden.«

Ich stutzte. »Ich rede merkwürdig?«

Er antwortete nicht. »Wie ist es in Midgard?«

Wie ist es an einem Ort, wo man sein Leben lang gelebt hat? Ich suchte nach einer passenden Beschreibung.

»Es ist anders als hier.« Das war alles, was mir dazu einfiel.

Er setzte sich geistesabwesend auf einen Stein in meiner Nähe. »Inwiefern anders?«

»Man kann auf jeden Fall schneller reisen.« Ich rieb meine tiefgefrorenen Zehen, die ich von den Stiefeln befreit hatte.

»Haben sie schnelle Pferde?«

»Man benutzt im Alltag keine Pferde mehr. Man fährt. Aber nicht mit solchen Wagen, wie ihr sie habt. Sie werden mit Benzin angetrieben.«

Roriks Lippe hob sich. »Was ist Benzin?«

»Das ist so eine Flüssigkeit.«

Er starrte mich immer noch verständnislos an.

»Man fliegt, wenn man richtig weit reisen muss.« Ich zeigte zur Höhlendecke.

»Fliegt.« Er staunte. »Sind dort alle Hexen?«

»Nein. Magie wird nur noch in Märchen erwähnt. Die Leute glauben nicht, dass sie existiert. Die Hexen, die es gibt, leben im Geheimen.«

»Und wie fliegt ihr dann?«

»In so großen Maschinen. Ich habe es noch nicht ausprobiert.« Ich wedelte mit den Händen, um zu signalisieren, dass ich keine Ahnung von dem Thema hatte.

Rorik lehnte sich zurück. »Erzähl mir mehr«, verlangte er.

»Ich habe noch nicht viel gesehen. Nur die Stadt, in der ich wohnte, und ihre Umgebung.«

»Woran glauben die Leute in Midgard?«

»Es gibt fast niemanden mehr, der noch an Odin oder Thor glaubt. Die meisten glauben an einen anderen Gott, aber es gibt auch viele, die überhaupt nicht religiös sind.«

Rorik runzelte die Stirn. »Woran glauben sie dann?«

Ich überlegte. »Wissenschaft.«

»Was ist das?« Seine tätowierte Hand strich über den Stein, auf dem er saß.

»Na ja, Forschung«, sagte ich, aber da er immer noch verwirrt aussah, fügte ich hinzu: »In Raumfahrt und Technik zum Beispiel.«

Rorik hatte sichtlich Mühe, mir zu folgen. »Ich habe keine Ahnung, was das ist.«

»Mich wundert eigentlich, dass ihr noch nicht weiter seid. Bei uns zu Hause hat man alle möglichen Sachen erfunden, aber ihr fahrt immer noch mit Pferd und Wagen herum. Das machen wir schon seit hundert Jahren nicht mehr.«

Rorik betrachtete mich. »Früher war es verboten, etwas zu erfinden, das den Platz der Götter bedroht.«

»Hmpf«, schnaubte ich. »Aus dem Grund hasse ich Religion. Die stellt sich allem in den Weg, *weil Gott es gesagt hat*, und auf die Art kommt man nicht weiter. Bei uns hat man tatsächlich jahrtausendelang geglaubt, die Erde sei flach, weil niemand gewagt hat, der Kirche zu widersprechen.«

»Aber die Erde *ist* doch flach.«

Ich musste lachen. »Nein, ist sie nicht.«

Roriks Augen wurden schmal. »Die Midgardschlange würde ja runterfallen, wenn sie rund wäre.«

Ich antwortete nicht, sondern riss nur lächelnd die Augen auf.

»Die Midgardschlange gibt es. Die gibt es wirklich.«

»Ja, ja … Natürlich gibt es sie.« Ich rieb mir wieder meine Zehen. »Als die Religion vor achtzehn Jahren abgeschafft wurde, gab es jede Menge Möglichkeiten, etwas Neues zu erfinden, aber es sieht nicht so aus, als wäre viel passiert.«

Rorik sah weg. »Ich glaube, Ragnara hielt es für das Beste, an den alten Traditionen festzuhalten.«

»Mhmm. Weil sich Leute, die unwissend sind, leichter steuern lassen?«

Das kommentierte er nicht. »Und wie ist es da, wo du herkommst? Wenn es weder Götter noch Alleinherrscher gibt? Woran glaubt ihr?«

Ich atmete geräuschvoll aus. »Den Menschen in Midgard geht es vor allem um Sex und Geld.«

»Zumindest in dem Punkt unterscheiden wir uns nicht«, bemerkte Rorik trocken.

»Ich glaube tatsächlich, dass es mehrere Punkte gibt, in denen wir uns ähnlich sind. Die Leute in Midgard hängen an ihren Familien. Sie verlieben sich. Sie haben Ambitionen. Und sie hassen und mögen einander.«

»Vielleicht«, sagte Rorik, »sind Menschen im Grunde doch nicht so verschieden. Auch wenn ihre Lebensumstände es sind.«

»Wie ist das Wetter in Midgard?«

»Es regnet viel und ist windig. Jedenfalls da, wo ich wohne. Zum Norden hin ist es kalt, zum Süden hin wärmer.«

Zwei Tage waren vergangen, und Rorik löcherte mich immer noch. Ich war fast so weit, mir die Zauberwirkung zurückzuwünschen. Wir wanderten durch den Bronzewald in Richtung Sverresborg. Rorik hatte verkündet, dass wir am nächsten Tag dort sein würden. Er war meinem Blick ausgewichen, als er es sagte, wohl weil er Angst hatte, ich könnte, ohne nachzudenken, in die Burg stürmen.

Keine Ahnung, wie er auf die Idee kam.

Inzwischen war es Abend geworden, und unter den Bäumen wurde es schnell dunkel. Es war verwunderlich, dass der Bronzewald so hieß, denn er war golden, und obwohl es hier ebenso kalt war wie in Hibernia, war das weiche rötliche Licht doch viel angenehmer.

Ich genoss die Stille eine Weile, bis Rorik wieder fragte. »Und man reist in großen Eisenkästen hoch über der Erde? Ohne Magie?« Die Flugzeuge interessierten ihn ganz besonders. »Warum fallen sie nicht runter?«

»Es ergibt auch gar keinen Sinn, wenn man das so erzählt, aber jedenfalls bleiben sie oben.«

»Und man fliegt immer?«

»Manchmal fährt man auch über Land oder übers Wasser. Aber nicht in einem kleinen Boot, so wie in Hibernia. Sondern mit riesigen Schiffen. Damit kann man das Meer überqueren.«

»Oh«, sagte Rorik ehrfürchtig. »Ihr fahrt übers Meer?«

»Macht ihr das hier nicht auch? Ihr stammt von den Wikingern ab, und die waren echte Seefahrer. Das hier ist eine Insel. Sie liegt mitten in einem großen Meer.«

»Man kann doch nicht aufs weite Meer hinausfahren. Das ist viel zu gefährlich, wegen der Midgardschlange. Sie schlägt gewaltige Wellen, sodass die Schiffe untergehen.«

»Hast du die Midgardschlange gesehen?«

»Nein.«

»Hat *irgendjemand* die Midgardschlange gesehen?«, fragte ich unschuldig.

»Das kann man ja nicht, solange sie mit dem Schwanz im Maul festliegt.« Er verdrehte die Augen.

»Könnte es nicht ein Aberglaube sein?«

Rorik sah mich verärgert an. »Sie ist da! Die Mythen erzählen von ihr, und auch vom Schicksal der Dummköpfe, die nachsehen wollten, ob es sie wirklich gibt.«

Ich murmelte etwas vor mich hin, um zu signalisieren, dass ich keine Lust mehr zum Reden hatte. Mein Wink mit dem Zaunpfahl ging glatt an Rorik vorbei.

»Welche Sprache sprecht ihr in Midgard?«, fragte er.

»Dieselbe wie hier.«

»Welche Art Schwert haben die Leute?«

»Sie tragen keine Schwerter.«

Seine Stirn legte sich in Falten. »Wie verteidigen sie sich dann gegen Fingalke und Lindwürmer?«

»So was gibt es in der anderen Welt nicht.«

»Ist es …«

»Mir reicht's, ich hab keine Lust mehr zu antworten.« Ich schnupperte. Da war ein Geruch, der mir immer bekannter vorkam, aber ich konnte ihn nirgends unterbringen.

»Nur noch eine Frage.«

»Okay. Eine.« Wieder sog ich Luft durch die Nase ein.

»Was, wenn man krank wird oder verletzt ist?«

»Dann kommt man in ein Krankenhaus«, sagte ich zerstreut. »Wonach riecht es hier?«

Rorik antwortete nicht. »Was ist ein Krankenhaus?«

»Das ist ein großes Haus, in dem alle Kranken und Ärzte versammelt sind.«

»Was sind Ärzte?«

»Das sind Leute, die heilen.«

Roriks Kopf fuhr hoch. »Also ist es ein großes Haus mit Kranken und Heilerinnen?«

»Ärzte sind sowohl Männer als auch Frauen.« Ich ging weiter wie ein Spürhund, der eine Fährte verfolgte. Woher kannte ich diesen Geruch? Er löste eine Sehnsucht aus, die sich von einem verborgenen Winkel tief in meinem Inneren auszubreiten begann. Einem Ort, an dem ich irgendetwas sorgfältig weggepackt hatte.

Ich musterte ein feuerrotes Gebüsch und blickte hinauf zu einer goldenen Baumkrone.

»Also dürfen Frauen und Männer in Midgard heilen?«

»Natürlich. Frauen dürfen alles Mögliche. Dort ist es nicht so männerdominiert wie hier.«

»Was bedeutet das, männerdominiert?«

»Dass Männer alles bestimmen.«

»Das tun sie doch gar nicht!«

Ich schnaubte verächtlich. »Hier haben Männer das Recht, Frauen zu vergewaltigen.«

Roriks Lippen wurden schmal. »Nur Soldaten haben dieses Privileg. Und sie dürfen nur Frauen, die gefangen sind, mit Gewalt nehmen.«

»Privileg?«, platzte es aus mir heraus. Ich hatte am eigenen Leib gespürt, was dieses *Privileg* bedeutete.

»Ich finde das auch nicht gut. Aber davon abgesehen gibt es hier viele Rechte für Frauen.« Er legte die Hand an einen rötlichen Baumstamm.

»Ich sehe keine.«

»Unser oberster Regent ist eine Frau, und viele unserer Krieger sind Frauen. Einige der Hirten sind Frauen.«

Ich schnüffelte wieder. »Das sind doch nur ein paar Ausnahmen.«

Der Duft war überwältigend. Die Sehnsucht, die ich spürte, war gleichzeitig verlockend und traurig.

Rorik ging nachdenklich hinter mir. »Es gibt tatsächlich einen Punkt, an dem in Midgard mehr Gleichheit zwischen Frauen und Männern herrscht.«

»Der wäre?«

»Männer dürfen bei uns nicht heilen. Heilkunst ist eine Form von Seiðr. Und Seiðr ist nur etwas für Frauen.«

»Was riecht hier bloß so?«, fragte ich wieder.

Rorik sah sich um.

»Das ist die Baumrinde. Die Kupferbäume riechen bei Sonnenuntergang immer so.«

Ich drehte mich im Kreis. Jetzt erfüllte der Duft alles, und er vermischte sich mit dem Geruch von Wald und frischer Luft. Auf einmal wurde mir klar, woher ich ihn kannte, und ich dachte, es zerreißt mir das Herz.

In dem Moment sprang Varnar vor mir heraus.

TEIL II

DER RABEN LUST

Da frug in der Frühe der Männerfürst
die südlichen Frauen vom Schlachtfeld her:
»Ob sie daheim bei den Helden wollten
Bleiben in der Nacht?« Die Bogen schnurrten.

»Nun wird er kommen nach wenigen Nächten,
Wofern du den Fürsten nicht forderst zum Kampf
Oder mich, die Maid ihm raubst.«

Erstes Lied über Helgi Hundingstöter
12. Jahrhundert

KAPITEL 11

Er war nur ein Kind. Ein kleiner Junge mit totem Blick und einem Beil in der Hand.

Ich schrie überrascht auf, obwohl mir schnell klar wurde, dass ich die Vergangenheit sah. Gleichzeitig zog Rorik Tilarids, ohne zu wissen, worauf er damit zielen sollte. Ich starrte Kind-Varnar an und streckte die Hand nach ihm aus.

Varnar lief ins Unterholz. Der Geruch von Rauch erfüllte die Luft, und aus dem Gebüsch ertönte ein Brüllen und dann ein dumpfer Schlag.

Varnar kam wieder heraus, und jetzt waren sein rechter Arm und das Beil voller Blut. Gleichzeitig schrie dort drinnen jemand wütend. Ein Mann stürmte hinter ihm her, und mit eisigem Schrecken sah ich, dass es Naut Kafnar war – der Wilde. Ich stieß unwillkürlich einen Angstschrei aus. *Nein*, erkannte ich, als ich wieder klar denken konnte. Das war nicht der Wilde. Nur das verfilzte Haar und die Fellkleidung waren identisch. Der Berserker langte nach ihm, aber Varnar kletterte flink auf einen Baum und zog seine kleinen Beine hoch.

Rorik fuhr herum und richtete Tilarids auf den unsichtbaren Feind. »Wo ist die Gefahr?«

Ich keuchte laut auf, als der halb durchsichtige Berserker in die Baumkrone nach Varnar spähte, und dann gab es ein hohles Geräusch, wie wenn man eine Wassermelone spaltet. Der Berserker stand ganz still, bevor er vornüberfiel. In seiner Stirn steckte das Beil. Ich konnte gerade noch zur Seite springen, aber der Berserker stürzte direkt auf Rorik, der ihn aus guten Gründen nicht sehen konnte.

»Jetzt sag schon, was los ist!« Tilarids zitterte vor Aufregung und bewegte sich im Kreis, nicht ahnend, dass er von einer transparenten Leiche begraben war.

»Hier ist früher mal was passiert«, bekam ich stotternd heraus.

Der tote Körper löste sich auf und war weg.

Keuchend senkte Rorik das Schwert. »Natürlich. Hier an dieser Stelle war die Siedlung des Waldvolks.« Er blickte mich wieder an. »Hast du was von damals gesehen?«

Ich sah ihn nicht an, sondern nickte kurz, legte den Kopf zurück und starrte in die Baumkrone. Vielleicht konnte ich die Vision von Varnar zurückholen.

»Das muss über zwölf Jahre her sein.« Rorik steckte Tilarids weg. »Du hast mir einen ganz schönen Schreck eingejagt.«

Kein Vergleich zu dem, den ich gekriegt habe.

Meine Neugier gewann die Oberhand. »Was genau ist denn passiert?«

»Die Berserker haben das Waldvolk überfallen und alle Erwachsenen erschlagen, woraufhin die Warägergarde den Überlebenden zu Hilfe gekommen ist.«

Ich wollte gerade etwas sagen, als eine dünne Stimme sich von einem Baum herab meldete.

»Ganz so war es nicht.«

Wieder fuhren wir herum, und wieder zog Rorik Tilarids. Ich war so damit beschäftigt gewesen, in Varnars Vergangenheit herumzuschnüffeln, dass ich die Aura im Geäst gar nicht bemerkt hatte.

»Gib dich zu erkennen!«, rief Rorik barsch.

»Ja, ja.« Jemand kletterte mühsam den dicken Baumstamm hinunter. Ein kleiner, alter Mann landete vor uns auf dem Pfad. Gesicht, Arme und Kleidung waren braun und grün. Ich war mir nicht sicher, ob es Tarnung war, der typische hrafnheimsche Farbkodex oder einfach Schmutz.

»Ich kann und will euch nichts tun.« Der Mann war einen halben Kopf kleiner als ich. »Ich möchte nur um etwas zu essen bitten.«

»Wer bist du?«, fragte ich.

»Glaus«, erwiderte er.

Mir fiel auf, dass er hohe Wangenknochen und leicht schräge Augen hatte.

»Gehörst du zum Waldvolk?«

»Nein«, mischte sich Rorik mit grimmigem Gesichtsausdruck ein. »Der älteste Überlebende war erst elf, als sie die Siedlung verließen.«

Varnar.

Glaus wandte den Blick ab. Sein Gesicht war zerfurcht, und um den Mund hatte er einen beschämten Zug.

»Du hattest dich versteckt«, flüsterte ich. »Während deine Leute abgeschlachtet wurden. Sogar, als sie die Kinder verschleppt haben. Du Feigling.«

Glaus ging nicht darauf ein. »Kann ich etwas zu essen bekommen?«

Rorik kramte in seinem Rucksack, aber ich legte die Hand auf seinen Arm. »Gib ihm nichts. Soll er doch hier verrotten. Hungrig und einsam.«

»Er ist nur noch Haut und Knochen.« Rorik stieß meine Hand weg. Dann holte er etwas Knäckebrot hervor und gab es Glaus. »Komm, alter Mann. Wir schlagen unser Lager hier auf. Ich möchte hören, was du zu sagen hast.«

Eine halbe Stunde später saß ich etwas abseits und kehrte den beiden Männern am Feuer den Rücken zu. Rorik hatte darauf verzichtet, den Leuchtkristall anzumachen, und ich fragte nicht nach dem Grund. Ich schüttelte den Kopf, als Rorik mir einen Teller mit Essen anbot. Er zuckte die Schultern und ging wieder. Sie unterhielten sich gedämpft, und ich spitzte die Ohren, um zu hören, was sie sagten.

»Du lebst seit dem Überfall allein hier im Wald?« Roriks Stimme senkte sich um eine Oktave und klang beiläufig, als sei es ihm egal, ob Glaus antwortete oder nicht. Aber es war ihm alles andere als egal.

Glaus bemerkte es nicht. »Hier kommen nicht viele Menschen vorbei. Die meisten wissen, dass der Ort verflucht ist.«

»Der ist doch nicht verflucht«, sagte Rorik gemütlich.

Ich hörte das Geräusch von Löffeln, die in Schüsseln klapperten, und Essen, das mit sattem Klatschen aufgefüllt wurde.

»Nein, nicht verflucht«, sagte Glaus zwischen zwei Mundvoll. »Aber die Leute wissen genau, was hier passiert ist, deshalb meiden sie den Ort.«

»Erzähl mir davon.«

Mein Magen zog sich zusammen, und obwohl ich ein Stück entfernt mit dem Rücken zu ihnen saß, lehnte ich mich zurück, um nichts zu verpassen.

»Als die Berserker angriffen, war ich am Waldrand«, sagte Glaus.

Ich sah auch seine Vergangenheit deutlich. Sie spiegelte das wider, was ich einmal bei Varnar gesehen hatte. Die Erwachsenen wurden abgeschlachtet und die Kinder zusammengetrieben.

»Den Teil kenne ich«, sagte Rorik. »Kurz danach ist die Warägergarde gekommen und hat die Kinder befreit.«

»Nein«, widersprach Glaus. »Sie sind erst vier Tage später gekommen, und da waren sieben von den Berserkern bereits tot.«

»Tot?« Es klang, als ob Rorik mit einem Bissen im Mund zu kauen vergaß.

»Da war ein Kind, das die Berserker nicht eingefangen hatten.«

Gegen meinen Willen drehte ich mich um. Ich dachte den Namen im selben Moment, als Glaus ihn aussprach.

»Varnar.« Glaus merkte nicht, dass wir ihn anstarrten, und fuhr zwischen zwei Bissen fort. »Die Berserker hatten uns im Nu überwältigt. Wir sind keine Krieger. Aber da war ein Junge, der offenbar Kampfgeist besaß.«

Rorik lehnte sich ein wenig von Glaus zurück.

»Varnar«, flüsterte er.

»Du hast gesagt, als die Warägergarde kam, waren sieben Berserker tot«, warf ich ein.

Glaus blickte auf. »Ja. Und Varnar hatte alle Kinder befreit. Deshalb schickten die Berserker jemanden, um Verstärkung zu holen.«

»Mehr Berserker?«, fragte Rorik.

»Nein, die Warägergarde.«

Rorik öffnete den Mund, aber es dauerte einen Moment, bis er etwas hervorbrachte. »Die Garde war nicht gekommen, um die Kinder zu retten?«

Glaus schüttelte langsam den Kopf.

»Aber den Berserkern würde doch niemand helfen.« Roriks Stimme brach. »Sie leben im Dunkelwald. Ich glaube nicht, dass irgendwer sie gesehen hat, seit Ragnara an die Macht kam, und auch davor haben sie jeden ausgeraubt, der nur in ihre Nähe gekommen ist.«

»Glaus hat recht«, flüsterte ich. »Ragnara arbeitet mit den Berserkern zusammen.«

Rorik drehte sich zu mir um. »Woher weißt du das?«

»Sie haben mich angegriffen in … meiner Heimat.« Ich blickte zu Boden.

Rorik hatte anscheinend Mühe, es zu begreifen. »Eskild und Ragnara haben Varnar wie ihren eigenen Sohn geliebt. Mehr als ihren eigenen Sohn.« Er senkte den Blick.

Glaus bemerkte Roriks Gesichtsausdruck nicht.

»Ist Eskild mit Ragnara zusammen?«, fragte ich vorsichtig. Ich hatte nie herausbekommen, in welcher Beziehung der Heerführer eigentlich zu ihr stand.

»Sie sind kein Paar«, erwiderte Rorik brüsk.

»Aber es stimmt, dass er der Vater des Prinzen ist?« Das hatte Aella mal angedeutet.

Rorik schnaubte. »Das weiß man nicht. Falls es so ist, dann ist sein Verhältnis zu ihm nicht gerade von väterlichem Stolz geprägt.«

Glaus unterbrach uns. »Jetzt seid ihr dran«, sagte er. »Ich habe seit damals nichts mehr von den Meinen gehört. Geht es den Kinderchen gut?«

»Sie sind keine kleinen Kinder mehr«, sagte ich, denn Rorik schien es die Sprache verschlagen zu haben. »Die meisten von ihnen sind in der Warägergarde.«

»Was ist aus Varnar geworden? Er ist inzwischen sicher ein großer Held.«

Rorik schaute in die Flammen. »Varnar ist tot. Er wurde von den Riesenwölfen zerrissen und gefressen.«

Obwohl ich ja wusste, dass Varnar quicklebendig war, lief mir ein Schauer über den Rücken. Serén hatte gesagt, sie habe Rorik und Varnar zusammen gesehen. Waren sie schon Freunde? Oder würden sie es in der Zukunft sein?

Glaus schluckte. »Was ist mit dem kleinen Geiri?«, fragte er dann. »Er war mein Augenstern.«

Ich schloss die Augen, als er Geiris Namen aussprach. Vor meinem inneren Ohr hörte ich die Knochen splittern, als Monster ihn daheim in Ravnssted fraß, und unwillkürlich griff ich mir an den Hals, wo Geiris Lederschnur gelegen und mich fast erwürgt hätte.

»Keine Ahnung, was aus Geiri geworden ist«, antwortete Rorik. »Er wurde von Eskild auf eine Mission geschickt.«

Jetzt war es an mir, das Thema zu wechseln.

»Was hast du die ganzen Jahre hier draußen gemacht? Alle dachten, dass kein Erwachsener überlebt hätte.«

Glaus blickte ins Feuer. »Ich habe die Toten begraben, und jetzt hüte ich die Siedlung, damit sie bereit ist.«

»Bereit wofür?«

»Dass die Kinder zurückkommen.« Glaus sah mich treuherzig an. »Dass wir wieder *ein* Volk werden.«

Als ich am nächsten Morgen die Augen aufschlug, brannte das Feuer schon, und im Topf kochte irgendwas. Ich blinzelte in die Strahlen der aufgehenden Sonne. *Wo war Rorik?* Ich blickte mich fieberhaft um, während der Puls in meinem Mund pochte.

»Rorik geht es gut«, sagte Glaus, als er meinen suchenden Blick bemerkte. »Das sagt der Wald.«

Vor einigen Monaten hätte ich noch abgestritten, dass jemand die Sprache des Waldes verstehen konnte, aber inzwischen kannte ich Varnars Fähigkeit, genau das zu tun. Langsam beruhigte sich mein Herzschlag, und ich richtete mich auf. Die vielen Nächte auf dem Erdboden begannen meinem Körper zuzusetzen, und ich fühlte mich steif und zerschlagen.

Dunk – dunk – dunk, hämmerte der Puls in meinen Ohren.

Ich ging zu Glaus. »Kennst du Sverresborg?«

Seine Bewegungen erstarrten. Die Augen waren wachsam. »Das ist ein Ort, den man lieber meidet.«

»Meidest du die Burg?«

Eilig blickte er wieder in den Topf.

»Glaus?«

Die Stimme war kaum hörbar. »Vor den Toren ist ein Müllplatz. Manchmal habe ich Glück und finde etwas Essbares.«

Glück war wahrscheinlich das letzte Wort, das ich mit Glaus in Verbindung gebracht hätte, aber den Gedanken behielt ich für mich.

»Sverresborg ist der gefährlichste Ort im Reich«, flüsterte er. »Ich wünschte, es bliebe mir erspart, dorthin zu gehen.« Sein Blick glitt über meinen Rucksack, der meine letzten Essensvorräte enthielt.

Ich schloss die obere Klappe. Wir brauchten jeden Krümel für uns selbst.

Glaus machte einen Schritt vorwärts. Sein mageres Gerippe zeichnete sich sogar durch die Kleidung ab, und die Zähne ragten hervor, als würden sie ihm gleich aus dem Mund fallen.

»Gib ihm was zu essen, Anne.«

Ich zuckte zusammen, als ich Rorik direkt hinter mir hörte. Weil ich daran gewöhnt war, mir nichts anmerken zu lassen, wenn mein Gespenstervater lautlos auftauchte, antwortete ich mit ruhiger Stimme: »Was wir haben, brauchen wir selbst.«

Ich drehte mich zu Rorik um, der mit einem Armvoll rötlicher Zweige und größeren Stücken Brennholz dastand.

»Wir brauchen es nicht so sehr wie Glaus.«

»Sind hier nachts Ungeheuer?«, fragte ich, während wir uns früh am Morgen einen Weg durchs Dickicht bahnten. »Fingalke?«

»Ungeheuer?« Roriks Stimme klang angestrengt. »Hier sind keine Ungeheuer. Sie haben Angst vor dem Kyngja-Moor.« Er zeigte schräg nach vorn.

»Wovor?«

»Das liegt da drüben, und es verschlingt alles, was ihm zu nahe kommt. Jeder weiß, dass man sich von ihm fernhalten muss.«

Noch bevor wir die Burg sehen konnten, fanden wir eine Höhle, in die wir hineinkrochen, unmittelbar bevor sich die ersten orangen Sonnenfinger zwischen den Baumstämmen vorantasteten. Ich sagte nichts, denn die Höhle war natürlich der sicherste Ort für uns, aber ich hatte die ganzen Grotten so was von satt.

Wir legten uns in einen kleinen Seitentunnel, nachdem Rorik das Kristalldings angeknipst hatte. Ich wickelte mich in die Jacke meiner Mutter und fluchte innerlich, während ich mich auf dem kalten Boden ausstreckte. Ich schob mir den Rucksack unter den Kopf, aber er war hart und bucklig und kein Ersatz für ein weiches Kopfkissen. Zum Glück war ich so erschöpft, dass ich trotzdem einschlief.

Kaum hatte ich die Augen zugemacht, wirbelten Schneeflocken um mich herum. Die Fichten verschwanden, und Kraghede Skov lag frostig vor mir.

»Serén, bist du da?«, rief ich und wusste nicht genau, ob ich mit *da* die Vision meinte oder Sverresborg. »Hier im Traum?«, präzisierte ich.

»Ja.« Das klang verschwommen und kam aus den Bäumen. Unsere Verbindung war schlecht.

Ich blickte mich um, aber ich war immer noch allein im nachtdunklen Wald.

»Wir sind hier!«, rief ich und hörte ein Echo. *Hier … hier … hier …*

»Ich kann mich nicht manifestieren«, antwortete die Stimme flackernd. Ohne an einen Körper gebunden zu sein, klang es, als würden die Bäume sprechen. »Meine Hellsicht ist schwach.« … *wach … wach … wach.*

Ich versuchte, einen klaren Kopf zu bekommen. »Kannst du uns spüren?«

»Ahhhh«, seufzte Seréns Stimme von den Bäumen, und da der Wind im selben Moment durch die Baumkronen strich, hörte es sich an wie ein Hauch.

Durch die reifglitzernden Stämme hindurch erahnte ich Odinshöhe über den verschneiten Feldern. Ein Auto hupte. Die anderen Male, die ich die Vision gehabt hatte, war mir das Hupen gar nicht aufgefallen, aber nach Wochen in Hrafnheim klang das Geräusch unheimlich und heimelig zugleich.

Serén war schweigsam. »Ich kann Rorik spüren. Aber alles ist so undeutlich.«

Ich atmete erleichtert auf.

»Ich bin unterwegs, Serén«, sagte ich. »Ich komme dich holen.«

»Hmmm«, sagte Serén oben aus den Bäumen. »Ich sehe etwas. Nanu? Das ist …« Ihre Stimme verschwand so plötzlich, dass es klang wie eine Tonspur, die abgewürgt wurde.

Ich legte den Kopf in den Nacken. »Serén?«, rief ich. »Sereeeenn!« *… renn … renn … renn.*

Keine Antwort, nur das Echo meiner eigenen Stimme.

Ein Ast knackte hinter mir. »Serén?«, rief ich wieder, drehte mich um und schrie vor Schreck auf.

Ich selbst in einer hypnotisierten Ausgabe und in dem Kleid, das Luna mir zum Geburtstag genäht hatte, kam direkt auf mich zu. Hinter meinem hypnotisierten Ich, durch den Kraghede Skov bei Ravnssted, eine ganze Welt entfernt, kam Frank angestiefelt, den Blick auf die Erde gerichtet und mit einer baumelnden Lederschnur in der Hand.

KAPITEL 12

Meine Augen waren tote Perlen.

Ich versuchte, Blickkontakt mit meiner Zweitausgabe herzustellen, und für einen winzigen Moment zuckten ihre Augen, aber dann starrte sie wieder leer vor sich hin. Mein-zweites-Ich marschierte an mir vorbei.

»Was«, flüsterte ich atemlos. »Das ist doch nicht passiert. Serén. Siehst du, was ich sehe?«

Serén in den Baumwipfeln blieb stumm.

»Ist das Vergangenheit oder Zukunft?«, rief ich hinauf.

Immer noch keine Antwort.

Frank legte die Schnur um meinen Hals. Ich brauchte nicht einmal hinzusehen, denn ich kannte jede Sekunde. Ich hatte sie im letzten halben Jahr immer und immer wieder gesehen. Das Röcheln veranlasste mich trotzdem, den Kopf zu drehen. Ich war eher sauer als ängstlich.

Mein-sterbendes-Ich rang nach Luft.

Okay. Ich hatte eine Scheißangst.

»Das ist nicht passiert!«, schrie ich. »Du hast mich nicht umgebracht, Frank.«

Fump.

»Ich bin nicht gestorben«, rief ich wieder.

Frank riss mein Kleid auf und schnitt mir die Rune in den Rücken, anschließend richtete er sich auf, lehnte sich an die Birke und zerbrach sie mit seinem Gewicht. Dann rannte er über die Felder auf Odinshöhe zu.

Ich blieb im Wald zurück, stand hilflos mit hängenden Armen da. Vor mir lag ich, auf die Seite gedreht, blutig und in einer unnatürlichen Stellung.

Was zur Hölle ist hier vorgefallen?

Hände packten mein Gesicht, und ich versuchte, mich wegzudrehen. Meine Faust rammte Haut.

Ich wachte davon auf, dass Rorik vor mir kniete und seine tätowierte Hand an meine Wange presste.

»Du hast geschrien«, flüsterte er. »Was hast du gesehen?«

Ich stieß seine Hand heftiger weg, als nötig gewesen wäre.

»Es war nur ein Traum.« Ich sortierte die Vision, um das Unangenehmste weit nach hinten zu packen. »Serén hat dich gespürt.«

Ich zeigte zum Höhleneingang und Richtung Sverresborg, das irgendwo dort draußen lag. Dann betastete ich meinen Hals und holte tief Luft.

Rorik zog die Augenbrauen zusammen.

»Sie kann mich spüren?« Er hob die Hand.

Mein scharfer Blick brachte ihn dazu, den Arm wieder zu senken. »Was hast du noch geträumt?«

»Mehr nicht. Nur das.«

Am Nachmittag schlichen wir auf Sverresborg zu.

Rorik hatte mich mehrmals ermahnt: »Mach bloß keine Dummheiten.«

»Ich? Das würde mir nie einfallen.«

Die Antwort brachte mir ein Grinsen ein, und seine braunen Augen ruhten eine Weile auf mir, ohne dass sein Lächeln erlosch.

Meine Gedanken kehrten immer wieder nach Kraghede Skov und zu der blutigen Rune auf meinem Rücken zurück, aber ich schob den Traum weg. Jetzt ging es darum, meine Schwester zu finden. Bald würde ich sie treffen. Ich zitterte innerlich. Zusammen würden wir das Geheimnis lüften, was die Vision im Kraghede Skov bedeutete. Zusammen würden wir Ragnarök abwenden. Ich blieb stehen. Falls das hier überhaupt gelang.

Ich betrachtete die große Festung.

Ich bin unterwegs, Serén.

Sie antwortete sofort. *Bist du? Anne, bist du hier?*

Beim Klang ihrer Stimme atmete ich mit einem unmerklichen Schluchzen aus, und Rorik sah mich hastig an.

»Was?«, mimte er.

»Beeil dich. Sie ist dort drinnen«, antwortete ich und bewegte mich so rasch, wie es auf Bodenhöhe möglich war. In meinem Magen kitzelte es vor Freude bei dem Gedanken, dass wir uns in wachem Zustand unterhalten können würden.

Rorik und ich krochen auf dem Bauch vorwärts, vor uns die riesige rote Sonne, die sich bereit machte, hinter dem Horizont weit draußen auf dem Meer unterzugehen. Im Moment stand sie noch ein klein wenig darüber.

Ich hatte erwartet, dass Sverresborg wie eine Pappmachee-Burg aus einem angestaubten Mittelalterfilm aussehen würde, aber das war ganz und gar nicht der Fall. Die Festung lag auf einer kleinen Landzunge direkt am Meer. Eine hölzerne Palisade zog sich im Halbkreis um das Bauwerk. Der Rest der Anlage war vom Meer umgeben. An zwei Stellen befanden sich massive Tore aus Holz und Eisen, die jeweils von mindestens sechs Soldaten bewacht wurden.

Aus unserer Position konnte ich die Gebäude innerhalb der Festungsmauern aufragen sehen. Sie sahen aus wie große gestrandete Fische, und die Dächer waren mit Holzschindeln gedeckt.

In gewisser Weise erinnerte die Festung an das Bootsmann zu Hause. Genau wie Ods Bar lag Sverresborg oben auf einem Hang, der steil zum viele Meter tiefer liegenden Strand abfiel.

Rorik zeigte auf den Steilhang, aber seine Augen suchten immer wieder die Burg ab, und er rümpfte die Nase genau so, wie er es bei unserer ersten Begegnung getan hatte.

»Da unten ist ein Eingang«, flüsterte er. »Ich glaube, auf dem Weg kommen wir unbemerkt rein.«

Unwillkürlich schauderte ich bei dem Gedanken, über den Rand klettern zu müssen, aber für Höhenangst war jetzt keine Zeit.

Als wir uns der Burg näherten, traf mich der Gestank des Müllplatzes. Dunkle Gestalten krabbelten darauf herum, aber sie waren so verdreckt und verhutzelt, dass ich sie gar nicht richtig erkennen konnte.

Wir krochen um die Müllhalde herum, und als wir nahe dran waren, atmete ich durch den Mund. Der einzige Weg hinunter zum Strand war ganz hinten an der Ecke der Sverresborg, und wir duckten uns so flach, wie wir konnten, in den Schatten der Palisade.

Rorik kletterte rückwärts auf den Steilhang hinaus, und er wirkte so selbstsicher, dass ich ihm dicht folgte, obwohl jede Faser meines Körpers dagegen protestierte.

Wir bewegten uns mühsam abwärts, während der salzige Wind an uns zerrte. Es war nicht viel mehr zum Festhalten da als ein paar Halme Strandhafer, an denen ich mir die Hände aufschnitt. Ich biss die Zähne zusammen und ignorierte den Schmerz, und endlich waren wir unten angekommen. Die Brandung schlug mit einer Wucht an den Strand, die überhaupt nicht zu dem relativ milden Wind passte. Zu Hause brauchte es schon Sturm, um so hohe Wellen zu erzeugen.

»Da.« Roriks Finger zeigte auf eine kleine Luke in der Düne. Sie war gut versteckt, und ich bemerkte sie zuerst überhaupt nicht, denn gleich daneben war ein größerer Eingang. Ein großes Tor.

Ich klopfte mir den Sand von der Hose.

Der Strand war voller Fußspuren und Holzsplitter. Auf einem Kanal, der nach Sverresborg hineinführte, schaukelte ein ramponiertes, dunkel glänzendes Holzfloß. In der Mitte ragte ein Pfahl senkrecht auf, er war gesplittert und gebrochen. Es roch nach

Fisch, aber darüber lag noch ein anderer Geruch. Ich sog prüfend die Luft ein. Ein ekliger Geruch nach Urin und Tier.

Ich aktivierte meinen Spezialsinn.

Zuerst war da nur eine Tonspur. Ich legte den Kopf schräg und strengte mich an.

Es war ein falsettartiger Gesang, aber ich konnte zunächst keine Worte heraushören. Der Gesang klang kontrolliert und formell, aber immer noch klagend und durchdringend. Jemand schlug eine Trommel, und der Rhythmus mischte sich mit der Stimme. Dann folgten tiefe, lang gezogene Töne aus Blasinstrumenten.

»Hier waren vorhin Leute.« Meine Stimme ging im Gebrüll der Wellen unter.

»Was?«, fragte Rorik.

»Hier ist vorhin was passiert«, sagte ich lauter und schloss die Augen.

In der Vergangenheit sah ich Leute in weißen Umhängen mit Ragnaras Fehu-Rune darauf. Sie waren es, von denen der Gesang kam.

Ich kniff die Augen zusammen und studierte die Vision. »Sieht aus wie ein religiöses Ritual.«

Es erinnerte an damals, als ich gezwungen worden war, regelmäßig an Zeremonien einer Freikirche in Nordjütland teilzunehmen. Dann passierte etwas, das weder mit Nordjütland noch mit Freikirchen zu tun hatte, denn in der Vision wurde ein Holzfloß ins Meer geschoben. Die Planken waren eingerahmt von Fackeln, und in der Mitte, angebunden an einen Pfahl, stand ein Stier. Auf seine breite Stirn hatte man die Fehu-Rune gemalt. Der Stier hatte die Augen verdreht, dass man nur noch das Weiße sah, und zerrte an seinem Strick. Zwei Männer stakten das Floß ein Stück aufs Meer hinaus, dann sprangen sie herunter und wateten an Land. Ich zitterte bei dem Gedanken, wie kalt das Wasser sein musste. Der Stier trieb allein weiter, begleitet vom rhythmischen Singen und Trommeln.

Der Kontrast zwischen dem tiefen Gebrüll des Stiers, den klagenden Tönen der Blasinstrumente und dem nasalen Geheul der Priester jagte mir kalte Schauer über den Rücken.

»Lúgh, Ragnara, Jörmungandr!«, schrien die Priester. »Lúgh, Ragnara, Jörmungandr!«

Die Meeresoberfläche kräuselte sich in langen Bändern, und der Geruch von Schwefel und Tang stach mir in die Nase.

»Anfarwol!«, rief ein Hirte aufs Meer hinaus.

»Anfarwol!«, stimmte ein zweiter ein.

»Anfarwol!«, sangen alle.

Ich öffnete die Augen. Als mein Blick auf das Floß im Kanal fiel, sah ich, dass es dasselbe war, auf dem der Stier gestanden hatte. Es war jetzt nur in schlechterem Zustand.

»Wir sollten lieber machen, dass wir reinkommen.« Rorik knuffte mich an, und wir gingen zu der kleinen Luke neben dem Tor, das nach Sverresborg hineinführte. Die Luke quietschte metallisch, als er sie öffnete, und wir mussten uns ducken, um in den niedrigen Gang zu gelangen. Um uns herum roch es muffig.

»Warum sind weder das Tor noch diese kleine Tür bewacht?« Ich atmete durch den Mund, um dem üblen Geruch zu entgehen. Piepsende und kratzende Geräusche verrieten mir, dass hier Ratten waren, aber das kümmerte mich nicht. Ich war in meinem Leben weit schlimmeren Gefahren als Ratten begegnet. Es war stockdunkel in dem niedrigen Gang, und ich brauchte ein paar Sekunden, um mich zu orientieren.

»Kaum jemand wagt sich zum Strand hinunter«, kam Roriks Stimme durch die Dunkelheit.

Mir war nicht danach, ihn um eine Erklärung dafür zu bitten.

Serén?, rief ich stattdessen in meinem Kopf. *Serén. Hallo!*

Anne?, antwortete Serén.

Dazwischen waren Lücken.

»Au!« Ich war mit dem Kopf gegen einen Balken an der Decke gestoßen. »Kannst du nicht den Kristall anmachen?«, fragte ich

Rorik und rieb mir die Stirn. »Ich kann buchstäblich die Hand nicht vor Augen sehen.

Wo bist du, Serén?

Etwas blinkte. Wie ein defekter Fernseher, der versuchte, ein Signal zu empfangen.

Anne, ich bin … Stille.

Ich drehte mich um, und im selben Moment machte Rorik den Kristall an.

»Wo ist sie hin?«

»Wer?« Rorik hielt das leuchtende Glas hoch über den Kopf, und es raschelte, als unzählige kleine Schatten davonhuschten.

»Meine Schwester. Wir können in Gedanken miteinander reden, aber jetzt ist sie weg.«

»Könnt ihr …« Rorik verstummte, wahrscheinlich wusste er nicht, was er fragen sollte.

Ich ging ein paar Schritte vor ihm, während ich weiterhin in Gedanken nach ihr rief.

Serén, Serén.

Ein Stück von Rorik entfernt tauchte sie wieder auf.

Anne.

Ich atmete erleichtert auf. *Ich kann dich nicht spüren.*

Es blieb eine Weile still, und ich glaubte schon, ich hätte sie wieder verloren, aber sie dachte nur nach. Sverresborg wimmelte von Auren, doch sie waren alle grob. Leute, die es gewohnt waren zu kämpfen. Die immer den Kampf suchten. Mit aller Kraft warf ich das Netz weiter aus als jemals zuvor, und ich spürte, dass mein Gehirn sich dehnte wie ein elastisches Band. Vor Anstrengung stieß ich ein gedämpftes Stöhnen aus.

Eine winzige, harmlose Aura mit der Textur eines Kaninchenfells flackerte auf, ehe Rorik mich einholte und sie verschwand.

»Was ist los?«, fragte er aufgeregt.

Plötzlich verstand ich. »Sie verschwindet, wenn du dich näherst.«

»Wovon redest du?«

Ich lief voraus, und die sanfte Aura tauchte wieder auf.

Wärmer. Wärmer.

Sei bereit. Ich komme, rief ich stumm und lief nach rechts. Die Aura wurde eine Idee kräftiger.

Wärmer. Wärmer.

Wunderbarerweise waren vor uns im Gang keine Soldaten. Einige Meter voraus teilte sich der Weg erneut. Ich musste nach links.

Wie kommen wir raus?, fragte Serén verzweifelt. *Die Tür ist verschlossen.*

Ich improvisiere, versprach ich. *Wir werden dich schon hier rausbringen. Rorik ist bei mir. Wir sind fast da.*

Ihre Aura wurde kräftiger, und ich lief, so schnell ich konnte, ohne Lärm zu machen.

Rorik war hinter mir, hielt aber einige Meter Abstand, während wir uns weiter auf die seidenartige Schwingung zubewegten.

Wärmer.

Etwas kommt näher, sagte Serén stockend. *Ich kann Schritte hören. Ich nehme auch etwas wahr. Etwas Gewaltiges.*

Ich war fast da. Gleich würde ich zum ersten Mal mit meiner Schwester vereint sein.

Ich bremste vor drei identischen Türen und machte ein paar Schritte auf die eine Tür zu.

Kälter.

Fuck!

Ich lief zurück zur mittleren Tür.

Wärmer. Brennend heiß.

Ich packte den Türgriff.

Bist du das?

Ich bin's, Serén. Ich komme.

Etwas bog um die Ecke.

Ich blickte über die Schulter zurück und unterdrückte einen Schrei, als ich den Mann erkannte, der auf mich zukam.

Gustaf! Er hatte keine Aura, deshalb spürte ich ihn nicht, aber natürlich hatte er den Ort verhext, sodass er sofort merkte, wenn jemand eindrang.

Wohl weil Védis mich immun gegen Magie gemacht hatte, sah ich ihn so, wie er wirklich aussah: wie eine Schlange, mit schmalem Gesicht, hohen Wangenknochen und schrägen Augen mit senkrechten Pupillen.

Gustaf sah mich an und schien überhaupt nicht überrascht zu sein, mich hier zu finden. Aber als er Rorik bemerkte, wich er ein paar Schritte zurück. Dann drehte er den Kopf wieder zu mir. Die Pupillen waren jetzt fast verschwunden. Er streckte die Hände vor, sie glühten, und die Zeichnungen auf den Handflächen pulsierten.

»Svefn«, rief er, und eine Art Energiestoß oder elektrischer Strom schoss auf mich zu.

Ich konnte gerade noch die Tür auftreten und mich in den Raum dahinter werfen. Kaum hatte ich sie zugeknallt, erzitterten die Wände auch schon unter einem Donnern, und blaue Lichter zuckten über die Innenverkleidung.

Rorik war noch da draußen, aber daran durfte ich jetzt nicht denken.

»Serén? Serén?«, rief ich jetzt laut, während ich mich im Kreis drehte.

Anne … hörte ich in meinem Kopf. *Bist du es?*

Der Raum, in dem ich stand, war still, abgesehen von dem Lärm draußen. Auf den ersten Blick schien er auch leer zu sein. Ein Fell lag auf dem Fußboden, und an den Wänden hingen bestickte Gobelins. Es gab ein Bett, vollgepackt mit Decken und Kissen. Es war umgeben von etwas Changierendem, das am ehesten an Dunst oder Hitzeflimmern erinnerte.

»Serén?« Ich lief hin.

Eine Hand kam unter den Decken hervor, und ein Körper war begraben von Stoff.

Ich riss die Decken herunter. Starrte, aber meine Augen wollten nicht verstehen, was ich sah.

Zum wiederholten Mal krachte etwas gegen die Tür, und diesmal flog sie auf.

»Keine Bewegung!«, sagte Gustaf.

Ich rührte mich nicht, während Gustaf sich von hinten näherte.

Serén?, fragte ich innerlich. *Wo in Sverresborg bist du?*

Für einen Moment blieb es still.

Sverresborg? Ich bin in Sént.

»Crap!«, rief ich aus. »Crap, crap, crap.« Ich starrte hinunter aufs Bett.

Auf dem Kissen lag ein Kopf. Blondes, zerzaustes Haar. Der Junge sah aus, als würde er schlafen, aber seine Lippen waren blau, die Fingernägel lila, und die aufgerissenen Augen starrten leblos ins Leere. Für einen Moment dachte ich, das Kind sei tot, aber dann spürte ich, dass die sanfte Aura von ihm kam. Das Flimmern um ihn herum war Magie. Er war verhext, genau wie Arthurs Leiche daheim in Dänemark.

Das Licht wurde stärker, je näher Gustaf kam.

»Wenn du dich bewegst, stirbst du auf der Stelle.«

Mein Atem ging schnell, aber ich stand ganz still, während Gustafs Schritte sich näherten.

Ich kniff die Augen ein wenig zusammen und musterte den Jungen. Er kam mir bekannt vor.

In dem Moment traf Gustafs Hand mich und schoss Volt in mich hinein wie eine Strompistole. Ich sank in die Knie, während ich immer noch den Jungen anstarrte. Plötzlich ging mir auf, wo ich ihn gesehen hatte.

In Franks Vergangenheit. Er war sein Enkelkind.

KAPITEL 13

Gustaf zog mich durch den Korridor. Ich stolperte hinterher, denn ich war immer noch halb gelähmt. Plötzlich schlug mir kalte Luft entgegen. Anscheinend waren wir draußen, aber ich war zu benommen, um mich zu orientieren.

Wo ist Rorik? Hast du ihn umgebracht?

Vielleicht hatte ich das laut gefragt. Ich war mir nicht sicher, jedenfalls antwortete Gustaf nicht. Ich konnte mich nicht gegen seine starken Hände wehren, seine Finger klebten an mir, und wie sehr ich auch zappelte, ich kam nicht frei. Er zog mich in ein Gebäude, und ich blinzelte. An den Mauern steckten Fackeln in dicken Eisenringen, und Fußboden, Wände und Decke bestanden aus großen Feldsteinen. Es gab keinerlei Dekoration, nur Stein und Feuer.

Wir bogen scharf um die Ecke in einen Seitengang. Kurz darauf kamen wir an eine schmale Treppe. Völlig groggy stolperte ich und fiel ein paar Stufen hinunter. Ich schlug mir Schulter und Rücken auf, rutschte aber wunderbarerweise aus Gustafs Griff. Blitzschnell versuchte ich, auf die Beine zu kommen, aber eine Energiekugel schlug direkt neben meinem Kopf ein. Das Holzgeländer an meinem Ohr glühte.

»Die nächste trifft deinen Brustkorb.« Er bewegte die Finger, und plötzlich sah ich nichts mehr außer Gustafs Gesicht, das immer näher kam. Die Tattoos auf seinen Wangenknochen und der Stirn pulsierten jetzt wie richtige Schuppen. Die Augen waren gelber als sonst, und seine Pupillen verengten sich zu schmalen, fadendünnen Strichen. Seine Zunge bewegte sich wie die einer Schlange. Aber vielleicht sah ich auch Gespenster. Ich schüttelte den Kopf, um das Bild loszuwerden, aber Gustaf fixierte mich mit seinen gelben Augen. Um ihn herum knisterte es schwach.

Zuerst traf sein Zauber auf Widerstand. Das war wohl die magische Immunität, die Védis mir gegeben hatte. Dann murmelte er, und es war, als ob etwas in mir losließ und wegflog.

Mein Wille sickerte aus mir heraus. Ich hatte überhaupt keine Kontrolle mehr über meine Muskeln und meine Gedanken, obwohl ich bei vollem Bewusstsein war, und ich *wollte* gerne gehorchen. Ich wollte alles tun, um ihm zu gefallen. Die Panik darüber, fast blind zu sein, verschwand.

»Komm.« Gustaf legte den Arm um meine Schulter, und ich lehnte mich an ihn. Er war der gütigste Mensch aller Welten. Wir gingen weiter, und er half mir, leise vor sich hin singend, das letzte Stück die knarrende Treppe hinunter. Das Knarren vermischte sich mit Gustafs Fistelgesang, der mich an irgendwas erinnerte, aber mein Gehirn funktionierte nicht richtig.

»Lúgh, Ragnara, Jörmungandr«, sang er, als würde er jemanden rufen.

Endlich erreichten wir einen dunklen Raum. Ich betrat bereitwillig eine Unterlage, die ich nicht identifizieren konnte, aber sie schaukelte unter meinen Schritten. Gustaf ließ mich los und suchte nach etwas.

Ich wartete gehorsam.

Gustaf drängte mich rückwärts, bis ich gegen etwas Hartes stieß.

»Arme auf den Rücken«, murmelte er.

Ich gehorchte willig. Tatsächlich kicherte ich sogar, weil seine rauen Handflächen meine Unterarme kitzelten, als er mich an einen Pfahl band, genau wie bei unserer ersten Begegnung. Er stand so dicht bei mir, dass seine züngelnde Schlangenzunge meinen Hals streifte. Beschnupperte er mich? Dann erlosch das Licht in seinen Augen. Die Pupillen zogen sich zusammen und wurden wieder rund. Auf einmal war mein Kopf wieder klar, mir schlug das Herz bis zum Hals und ich riss an den Seilen, was aber nichts half, weil ich an den Pfahl gebunden war. Ich konnte immer noch nichts sehen, denn es war stockdunkel, und die Panik überrollte mich mit voller Wucht.

Unter mir gluckerte es, und die Unterlage schaukelte ein wenig.

Gustafs Stimme war rau, und sie hallte, als wären wir in einem großen Raum oder einer Höhle. »Du wirst nicht viel davon spüren.«

»Nicht viel wovon?« Meine Stimme war schrill, und ich zerrte fieberhaft an den Fesseln.

Er antwortete nicht. Ich versuchte wieder, mich freizukämpfen, aber das Seil gab nicht nach. Ich griff nach der letzten Möglichkeit. Der Wahrheit.

»Wenn du mich umbringst, riskierst du, Ragnarök auszulösen. Das sagt die Prophezeiung.«

»Was sagt sie genau?«, fragte Gustaf.

»Falls Ragnara oder ihre Leute mich töten, geht die Welt unter.«

Ein Knipsen war zu hören, und plötzlich konnte ich sehen, denn der Raum wurde hell erleuchtet. Wir waren in einer Halle, die aussah wie eine große Fabrik.

Gustaf hielt eine Fackel hoch, sie beleuchtete sein Gesicht unter der Kapuze. Er trug einen weißen Umhang, genau wie ein Hirte. Ragnaras Zeichen trat deutlich an der Schulter hervor. Er tauchte seinen freien Finger in eine Schüssel, die auf dem Tisch stand.

»Ich bin es nicht, der dich tötet.« Er war jetzt ganz dicht bei mir. »Weder ich noch irgendjemand, der für Ragnara arbeitet.«

»Ragnara will mich lebend haben«, sagte ich verzweifelt. »Sie wird stinksauer auf dich sein, falls ich sterbe.«

»Pfff. Du lügst.« Sein Finger traf mein Gesicht, und mit einer feuchten Masse malte er eine Rune auf meine Stirn. Dann schob er meinen Pulloverärmel hoch und legte den Finger auf meinen Unterarm. Der Nagel bewegte sich, und ich schrie, als ein brennender Schmerz in meinen Arm schoss.

Der Geruch von verschmortem Fleisch stieg mir in die Nase. Meinem eigenen verschmorten Fleisch.

Gustaf brannte etwas in meine Haut, als wäre sein Finger ein glühender Lötkolben.

Weil meine Hände gefesselt waren, konnte ich nicht sehen, was es war. Ein heißer, sengender Schmerz jagte durch meinen Arm.

»Was zur Hölle«, keuchte ich.

Gustaf antwortete nicht. Er sprang ins Wasser, das hoch aufspritzte, und watete mühsam nach vorn. Er öffnete ein großes Tor und schob die Unterlage, auf der ich festgebunden stand, erst den Kanal hinunter und dann direkt hinaus aufs offene Meer vor Sversborg. Wir kamen an dem Floß vorbei, das ich bei unserer Ankunft gesehen hatte, und mir ging auf, dass ich auf genau so einem Floß stand.

Die untergehende Wintersonne vor uns färbte das Wasser leuchtend rot, und ich hatte das Gefühl, direkt in sie hineingeschoben zu werden.

Gustaf sang, wie es die Priester in meiner Vision getan hatten, als der Stier … Was war eigentlich aus dem Stier geworden?

Da hörte ich Roriks Stimme. »Ich befehle dir, stehen zu bleiben, Zauberer.«

Er hatte uns offenbar eingeholt, und ich fühlte eine Welle der Erleichterung, dass er am Leben war.

Gustaf blickte über die Schulter und grunzte höhnisch.

»Das ist ein Befehl«, brüllte Rorik wieder vom Strand herüber.

»Ich gehorche keinen Befehlen eines Verräters«, rief Gustaf über die Schulter und stieß das Floß weiter vorwärts.

Mit aufgerissenen Augen lehnte ich mich zurück an den Pfahl, als könnte ich das Floß dadurch bremsen. Weiter draußen bildeten sich kleine Wellen auf der Wasseroberfläche. Im Wasser bewegte sich etwas Großes. Ein schwefelartiger Geruch mit einem Hauch von Chlor stach mir in die Nase.

Irgendwo hinter mir schallten wieder Rufe. Das war Rorik, der uns folgte. Ich hörte, wie er sich durchs Wasser kämpfte.

Das Meer rauschte, und das Floß machte eine ausholende, aber weiche Bewegung, als die Welle unter uns hinwegrollte. Hinter mir brach sie sich aufspritzend am Strand. Schon kam die nächste hohe Welle, obwohl es windstill war.

»Nicht weiter hinaus!«, rief Rorik.

Gustaf schob uns verbissen vorwärts, obwohl seine Füße mehrmals den Halt auf dem Meeresgrund verloren und er sich ans Floß klammern musste.

Duck dich!, hörte ich Seréns Stimme plötzlich in meinem Kopf.

Was?

Jetzt! Duck dich!, schrie sie. *Ich hab's gerade erst entdeckt.*

Ich gehorchte instinktiv, rutschte am Pfahl herunter und zog den Kopf ein, so gut ich konnte. Ein überdimensionaler Reptilschwanz peitschte aus dem Wasser und rammte den Pfahl über mir. Das Holz splitterte, und ich schloss die Augen.

Was zum Teufel war das?

Der Schwanz glitt zurück ins Meer.

Gustaf rief etwas, tauchte unter und kam hustend wieder hoch. Wir hatten wohl eine Art Sandbank passiert, denn offenbar fand er nun keinen Boden mehr unter den Füßen. Mit geräuschvollen Schwimmzügen verließ er mich, und ich schaukelte alleine weiter.

Das Floß war jetzt so weit draußen, dass es fast die höchsten Wellen erreichte. Eine riesige Gestalt unter der Oberfläche glitt davon. Das Floß hüpfte ein paarmal, und es gab ein dumpfes, abgehacktes Geräusch, während etwas von unten an den Stämmen entlangschrubbte.

Hinter mir erhob sich Geschrei, als Rorik und Gustaf aufeinandertrafen, aber ich konnte mich nicht weit genug umdrehen, um sie zu sehen.

Das Floß ruckte, und ich wurde durchgeschüttelt wie eine Stoffpuppe.

Mein armseliges Fahrzeug ging hinten hoch, während ich auf die großen Wellen starrte, die sich vor mir erhoben. Noch nie hatte ich mich so klein gefühlt angesichts der Naturkräfte.

»Was passiert hier?«, schrie ich Rorik zu.

»Die Midgardschlange ist da draußen.« Roriks Stimme klang angestrengt, und ich erkannte, dass er es war, der mich zurückzog. »Die Schlange windet sich, um von ihrem Schwanz loszukommen, und du wirst eingeklemmt, wenn du unter ihren Körper gerätst.«

»Ich habe gerade einen Schwanz gesehen, er war nicht in einem … in einem …« Mehr bekam ich nicht heraus. Nicht ein Wort. Denn aus der Tiefe erhob sich ein Kopf. Er war groß wie ein Haus. Urzeitliches-Monster-groß, und er nahm mich direkt ins Visier. Seine Schuppen glänzten metallisch blau in den allerletzten Sonnenstrahlen. Auf dem Rücken lagen harte Platten übereinander wie bei einem Skorpion, was den Körper unverwundbar aussehen ließ. Die Augen hatten die Farbe von Eisen, und der Schlund ähnelte dem eines Wals mit Lamellen unter dem Kiefer. Aus dem Maul ragte eine Reihe von dichten, spitzen Zähnen auf.

Plötzlich wusste ich, was mit dem Stier passiert war.

Serén!, rief ich verzweifelt in meinem Kopf.

Du stirbst nicht bei Sverresborg, versicherte sie.

Woran in aller Welt machst du das fest? Ich starrte auf die gigantische Midgardschlange, die mir ihren ungeheuerlichen Kopf entgegenstreckte. Dahinter wand sich der enorme Körper.

Rorik stieß ein mächtiges *Huugghh* aus und zog ein letztes Mal, sodass mein Gefährt fast auf den Strand krachte.

Die Midgardschlange biss zu, und als die Kiefer aufeinanderschlugen, gab es einen Knall, der alles um uns herum erzittern ließ. Der Schwanz peitschte und schien vom entgegengesetzten Ende zu kommen. Dann tauchte sie wieder in die Wellen hinab, mit einer wilden Bewegung, die das Meer noch heftiger aufwühlte.

Eine Wasserkaskade überspülte mich, und Rorik wurde noch höher auf den Strand geworfen, wo er bäuchlings durch den Sand kroch und eine tiefe Spur hinterließ.

Gustaf, der immer noch im Wasser lag, wurde von der zurückfließenden Welle aufs Meer hinausgerissen. Er schrie, als das Monster wieder aus dem Wasser auftauchte. Es legte den Kopf auf die Seite und betrachtete ihn mit einem seiner grauen Augen, das die Größe eines Fensters hatte.

»Ich habe dir Opfer gebracht!«, rief Gustaf. »Du wirst doch wohl den beschützen, der dich beschenkt.«

Das Ungeheuer schaute ihn an, die schmalen Lippen zurückgezogen.

»Ich habe dich *gefüttert.*« Vor der gigantischen Schlange wirkte er wie eine kleine Maus.

Leuchtendes Gift floss der Midgardschlange aus den spitzen Zähnen, von denen jeder so lang wie mein Unterarm war. Wo das Gift aufs Wasser traf, gab es einen langen Zischlaut. An einer Stelle spritzte Gift auf Roriks Hose und ätzte Löcher hinein. Danach schwamm die Flüssigkeit wie neongrüne, ölige Pfützen auf der Wasseroberfläche.

»Nein«, bettelte Gustaf. »Nein!«

Ein Maul, so groß wie ein Scheunentor, öffnete sich direkt über ihm. Die Schlange zog die Lippen zurück und entblößte eine weitere Reihe Zähne hinter der ersten. Gustaf drehte den Kopf ein Stück in Roriks Richtung und wollte etwas sagen. Bevor er dazu kam, schnappte die Midgardschlange zu. Er drehte sich um und wollte fliehen, aber die Kiefer der Schlange schlossen sich um seinen Körper. Ich kniff die Augen zu. Auch wenn ich es nicht mit ansehen musste, wird mich das Geräusch doch für den Rest meines Lebens verfolgen.

Mit Gustaf im Maul glitt die Schlange zurück in die Tiefe.

KAPITEL 14

Das Meer war jetzt vollkommen glatt. Nur leises Plätschern, Neonpfützen auf der Oberfläche und das zertrümmerte Floß verrieten, was für ein schreckliches Drama sich vor wenigen Augenblicken abgespielt hatte. Die Sonne war ganz untergegangen, aber ein intensives Orange loderte am Horizont wie Flammenfinger aus der Unterwelt.

Das Wasser glänzte wie Quecksilber, übersät mit giftgrünen Flecken, als Rorik mich von den Fesseln befreite.

Es war ganz still am Ufer, während wir auf das glucksende, schimmernde Meer hinausblickten.

Das Gift auf der Wasseroberfläche löste sich langsam auf, und mir wurde bewusst, wie viele Menschen auf der Palisadenmauer gestanden und alles atemlos mit angesehen hatten. Sie setzten sich in Bewegung, und kurz darauf ertönte der Alarm.

Die vielen Soldaten mussten erst aus der Burg raus, um uns zu verfolgen, was uns einen winzigen Vorsprung gab. Aber nur einen winzigen. Wir kletterten den steilen Abhang hinauf. Ich bekam kaum mit, wie ich mich hochhangelte, aber als ich auf meine Handflächen blickte, waren sie zerschnitten von den scharfen Strandgrashalmen und den Dornenbüschen. Wir rannten auf den Wald zu, so schnell wir konnten, und das war frustrierend langsam.

»Deine Schwester?«

»Sie ist nicht hier«, rief ich zurück. »Sie ist in Sént.«

»Sént?« Rorik stöhnte. »Ragnara hat doch nie Gefangene in Sént.«

Hinter uns kläfften Hunde, und Stimmen bewegten sich in unsere Richtung.

»Das war, was Serén gesagt hat.«

Wir erreichten den Wald und schleppten uns zwischen die Bäume, aber insgeheim wusste ich, dass wir es nie bis zur Höhle schaffen würden. Wir würden den Soldaten nicht entkommen.

»Psst.« Ein kleiner Kopf schaute hinter einem Stamm hervor.

Rorik hob Tilarids, bereit zum Schlag. Er hatte das Schwert gezogen, während wir gerannt waren.

Mein Herz hämmerte, aber ich hielt meinen Arm vor Roriks Brust, damit er das Schwert senkte.

»Das ist nur ein kleines Mädchen.« Ich keuchte vor Erschöpfung, Schreck und Kälte.

Das Mädchen trat aus seinem Versteck hinter dem Baum hervor. Ihre Kleider waren schmutzig, das Haar ein großes Vogelnest und die Augen riesig. Ihr Gesicht war so ausgezehrt, dass die Knochen scharf hervorstanden.

»Kommt«, sagte sie. »Hier entlang.«

Und dann lief sie los.

Rorik und ich wechselten einen Blick und entschieden uns gleichzeitig.

»Tretet überall dorthin, wo ich hintrete«, sagte das Mädchen, während wir durch ein Gelände liefen, das immer nasser wurde.

Die spiegelnden Wasserflächen gaben die Umgebung verzerrt wieder, sodass Bäume und Büsche unheimlichen Wesen glichen. An einer Stelle machte ich einen Schritt zu weit seitwärts und trat auf etwas, das aussah wie fester Boden, aber mit einem schmatzenden *Sluup* stach mein Fuß durchs Moos, und ich versank bis zum Knie im Moorwasser. Das war schneidend kalt, und es fühlte sich an, als würde etwas dort unten an mir ziehen.

Rorik stieß einen Fluch aus, aber es war das Mädchen, das zuerst bei mir war. Trotz ihrer schmächtigen Erscheinung zog sie mich hoch.

»Tritt *genau* in meine Fußstapfen«, zischte sie. »Kyngja ist hungrig.«

Sie marschierte weiter, und wo sie hintrat, war fester Boden.

Ich kickte prüfend gegen die Stelle, wo ich durchgebrochen war. Sie hatte sich geschlossen und sah wieder aus wie normaler Waldboden, aber der Untergrund wackelte, deshalb zog ich den Fuß eilig zurück.

Es wurde schnell vollkommen dunkel, und wir mussten uns anstrengen, um den Weg des Mädchens nicht aus den Augen zu verlieren. Die Hunde waren direkt hinter uns, aber ich hörte Platschen und herzzerreißendes Jaulen, als sie versuchten, uns ins Moor zu folgen. Dann ein entsetzter Aufschrei, ein Mann rief um Hilfe. Mehrere Soldaten eilten zu ihm.

»Nimm seine Hand!«, rief jemand. »Nimm sie, nimm … wo ist er?«

Jetzt rannten wir schneller, als es eigentlich sicher war.

»Sind sie da reingelaufen?«, hörte ich jemanden ein Stück hinter uns. »Dann sind sie im Moor versunken.«

Wir liefen stumm weiter, und das Einzige, was wir hörten, waren die Äste, die wir auf unserem Weg brachen. Endlich kamen wir zu einer kleinen Felsformation, die mit Zweigen bedeckt war. Die Steinwände wirkten uralt, sie waren mit Moos überzogen und an manchen Stellen halb eingesunken, aber das notdürftige Dach war neu.

Das Mädchen winkte uns herein.

»Hierher trauen sich die Soldaten nicht.« Sie führte uns weiter hinein. »Selbst wenn sie es durchs Moor schaffen sollten.«

Nachdem wir durch ein Labyrinth von niedrigen, schmalen Gängen gekrochen waren, erreichten wir das Zentrum, das nicht viel mehr war als ein kreisförmiger, überdachter Platz. Ein Lagerfeuer brannte in seiner Mitte, aber es qualmte mehr, als dass es loderte. Um das Feuer saßen verhärmte Gestalten. Es war unmöglich zu sagen, ob es Kinder, Frauen oder Männer waren. Sie starrten uns verängstigt an. Ich schnappte nach Luft, als ich die fehlenden Finger und Nasen bemerkte, die roten, nässenden Wunden.

»Sie haben gegen die Midgardschlange gekämpft«, sagte das Mädchen zu den erschrockenen Gestalten, aber niemand reagierte. »Sie waren es, die Glaus zu essen gegeben haben.«

Sie zeigte in eine Ecke, wo auf einem Podest, das an einen primitiven Altar erinnerte, die Reste unseres Proviants lagen.

Jetzt streckten sich schmutzige Hände aus und berührten unsere Kleidung. Einer küsste Roriks Hosenbein, während meine Meinung von Glaus eine komplette Kehrtwendung machte.

»Was ist mit ihnen los?«, flüsterte ich Rorik zu.

»Spilltr.«

Ich rümpfte die Nase. »Was ist das?«

»Lepra. Man nennt sie die Unberührbaren.« Laut sagte er in den Raum hinein: »Dürfen wir bis morgen hierbleiben? Im Wald suchen die Soldaten nach uns.«

Schnell wurde in einer Ecke nahe dem qualmenden Feuer Platz gemacht.

Rorik warf einen skeptischen Blick auf meine eine Körperseite, die von einem großen Spritzer Gift getroffen worden war. Zum Glück hatte es sich nur durch meine Jacke und ein bisschen durch den Pullover darunter gefressen. Gytha hatte die Jacke meiner Mutter offenbar aus einem sehr haltbaren Stoff gemacht, deshalb war ich unverletzt, obwohl die Haut darunter rot und gereizt war.

»Dein Bein!«, rief ich aus, als mein Blick auf seinen Schenkel fiel. Die Hose hatte dort ein großes Loch, und ich sah eine gelbe, nässende Wunde darunter.

Er blickte mit einem gleichgültigen Schnauben an sich hinab, während er mich aus meiner Jacke schälte und die Reste meines Ärmels hochschob, um die Wunde in Augenschein zu nehmen, die Gustaf mir in den Arm gebrannt hatte.

Ich sah ein paar verkohlte Striche und zog den Arm rasch zurück. »Ich denke, dich hat es schlimmer erwischt.«

»Das heilt schon wieder.«

Eiter nässte die Wunde an seinem Bein.

Ich verdrehte die Augen. »Typisch, dass du hier den Macho spielst.«

»Den was?«

»Zieh die Hose aus«, kommandierte ich. »Ich muss das verbinden.«

Er zog überrascht eine Augenbraue hoch und lächelte.

»Was grinst du?«, fragte ich sauer.

»Das sieht dir gar nicht ähnlich«, erwiderte er, während er den Gürtel öffnete, die traurigen Reste der Hose auszog und sie auf den Boden warf. Sie roch, als hätte es darin gebrannt.

Ich kniete mich hin und untersuchte sein geschundenes Bein. Meine Hände strichen ziellos über die unverletzte Haut, und ich hörte, wie er über mir einen kleinen Laut ausstieß. Auch sein Bein war tätowiert, wie anscheinend sein ganzer Körper, bis auf den einen Oberarm. Das Bild einer Kampfszene war durch die Wunde zerstört, denn an ihrer Stelle war vorher ein Krieger gewesen. Nur ein Arm mit einem Schwert reckte sich aus der zerstörten Haut, aber der Krieger selbst war weggeätzt.

»Keine Ahnung, was ich machen muss«, gab ich zu. »Ist nicht gerade mein Spezialgebiet, Dinge zu reparieren. Oder Menschen.«

»In meinem Rucksack sind Salbe und Verbände«, sagte Rorik leise.

Ich kramte darin und fand saubere Stofflappen und einen Krug.

»Wisch das Gift weg«, wies er mich an.

Ich gehorchte und tupfte die Wunde behutsam ab.

Rorik ballte die Fäuste, sagte aber nichts. Vor Mitgefühl sog ich Luft durch die Zähne ein.

»Du verlierst etwas Tinte«, bemerkte ich, nachdem ich endlich die letzten giftgrünen Tropfen entfernt hatte.

»Tinte?«

»Dein Tattoo ist zerstört.«

Er blickte hinunter auf sein Bein und zog die Haut ein wenig, um den Schaden zu begutachten. »Das hab ich sowieso nie gemocht. Ich habe es aus dem falschen Grund bekommen.«

»Braucht man einen Grund für eine Tätowierung?«

»Alle Markierungen auf unserem Körper bedeuten etwas. Vielleicht kennen wir die Bedeutung nicht, aber sie haben einen Sinn.«

»Was soll ich jetzt machen?«, fragte ich.

»Die Salbe heilt. Trage etwas davon auf.«

Ich hielt den Krug hoch. »Läufst du mit einem halben Krankenhaus durch die Gegend?«

»Wir Soldaten haben noch andere Fähigkeiten als das Töten. Zum Glück.« Letzteres murmelte er leise.

Ich dachte daran, wie Varnar mich untersucht hatte, als ich zu Hause überfallen worden war, und dass er meine Hand verbinden wollte, als ich mir den Finger gebrochen hatte.

»Und das wäre?«, fragte ich, während ich einen Klecks auf Roriks Bein verteilte.

Er stöhnte leise, als die milchweiße Salbe in seine Wunde einzog.

»Sie heißt Laekna«, sagte er angestrengt. »Wir kaufen sie vom Braumeister, allerdings habe ich ihn noch nie persönlich getroffen. Sie heilt oberflächliche Verletzungen ganz fantastisch.«

»Ist das da oberflächlich?«

»Keine Knochenbrüche oder Muskelrisse. Ja, das da ist oberflächlich.«

Ich studierte das kleine Etikett, das mit Elias' Handschrift beschrieben war, und beobachtete die Wunde, die sich bereits ein wenig geschlossen hatte und jetzt eher aussah wie eine schlimme Hautabschürfung. Ich hoffte, dass sie vollkommen heilen würde.

Das passierte nicht, obwohl sie aufhörte zu eitern. Elias hatte sich nicht die Mühe gemacht, ihnen echtes Laekna zu verkaufen.

»Ahhh.« Rorik schloss die Augen, während die Salbe wirkte. Dann schaute er mich wieder an und griff nach meinem Arm. Er strich mit den Fingern vorsichtig über die rote Haut an meinem Unterarm, wo Gustaf mich verbrannt hatte. Es sah eher aus wie eine Tätowierung und weniger wie eine Brandwunde, denn die Striche waren dunkelblau unter dem Roten, Geschwollenen. Die unterste Markierung schnitt in meine Handfläche.

Ich betrachtete sie genauer und fluchte. Es war Ragnaras Rune, die jetzt meinen Arm schmückte.

»Ich habe oft daran gedacht, mir ein Tattoo stechen zu lassen, aber ich wollte eigentlich gern selbst entscheiden, welches«, sagte ich in dem Versuch, sarkastisch zu klingen.

»Gustaf wollte dich wohl als Ragnaras Eigentum markieren.« Er betrachtete das Fehu-Zeichen und strich mit dem Finger um die Wunde. Seine Berührung war sanft. »Tut es weh?«

Ich sah zu Boden, sein prüfender Blick machte mich verlegen. »Ist nur ein Mückenstich, verglichen mit deiner Wunde.«

»Trotzdem.« Rorik strich vorsichtig etwas von Elias' Salbe auf meinen Arm.

Der Effekt der Salbe war nicht so gewaltig wie bei richtigem Laekna, aber ein angenehmes Kribbeln zog sich bis zu meiner Schulter hinauf. Ich lehnte mich zurück, den Arm immer noch in Roriks Händen.

Richtiges Laekna beseitigte Verletzungen und hinterließ keine Narben, deshalb hoffte ich, dass das Fehu-Tattoo verschwinden würde. Aber eine blaue Narbe quoll unter der Salbe auf und war am Ende wie in meine Haut eingeprägt. Dort würde sie wohl bis ans Ende meiner Tage bleiben, wie lange das auch sein mochte.

»Was hast du oben in Sverresborg gefunden?«, fragte Rorik leise.

Ich sah ihn schläfrig an. »Einen kleinen Jungen. Ich kenne ihn gewissermaßen, aber er ist verzaubert. Gustaf muss ihn mit einem Stillstandszauber belegt haben.«

»Gustaf«, wiederholte Rorik.

Der Name rollte ein wenig zwischen uns hin und her, ohne dass wir etwas sagten. Das große, aufgerissene Schlangenmaul und das Geräusch, als es Gustaf zermalmte, hallten in mir nach.

»FUCK!«, rief ich.

»Was?« Rorik richtete sich halb auf und griff nach Tilarids.

Die verhärmten Gestalten rückten eilig von uns ab.

»Franks Enkelkind ist immer noch verzaubert. Und jetzt ist Gustaf tot, also kann er den Zauber nicht aufheben.« *Scheiße, Scheiße, Scheiße.* Ich schloss die Augen und rieb mir den Nasenrücken.

»Anne?«, fragte Rorik.

»Gib mir zwei Sekunden.« Ich kroch hinaus in den feuchten Gang, der aus dem Unterschlupf führte. Mit dem Nacken an die eiskalte moosbedeckte Wand gepresst, atmete ich tief durch und versuchte, meine Gedanken zu ordnen. In dem Moment ertönte eine Stimme in der Dunkelheit.

»Seherin.«

Ich stieß vor Schreck einen kurzen Schrei aus, während Gustafs Gespenst näher kam. Es hatte nicht den üblichen desorientierten Geisterblick.

»Du. Bist. Tot«, sagte ich und versuchte, meiner Stimme einen festen Klang zu geben.

Er kam weiter auf mich zu.

»Du wurdest von der Midgardschlange gefressen«, sagte ich leicht verzweifelt. Mein Trick, die Todesursache der Gespenster auszusprechen und sie auf diese Weise zurück in ihre sterblichen Überreste zu verbannen, schien nicht zu wirken.

Gustafs Konturen zitterten kein bisschen, während er in Richtung der Burg sah. Dann drehte er den Kopf wieder zu mir.

Ich wich vorsichtig zurück, und mir kam die Idee, dass es vielleicht nicht verkehrt wäre, auf ihn einzugehen.

Gustaf entblößte die Zähne und musterte die eingesunkene Wand. »Du versteckst dich in diesem gefräßigen Moor zwischen halb aufgelösten Lebenden.«

»Die *Aufgelösten* haben uns tatsächlich geholfen.« Ich nahm meinen Mut zusammen. »Warum treibst du dich hier herum? Bist du nicht irgendwie … woanders?«

Gustaf betrachtete seine nahezu durchsichtigen Arme. »Ich war an der Pforte des Totenreichs. Eine Ewigkeit, und zugleich nur für einen Augenblick. Mjödvitnir wollte mich nicht einlassen. Hel will, dass ich dich heimsuche.«

»Warum will Hel das?«

Gustafs Gespenst wedelte mit der transparenten Hand. »Ich habe nie etwas von Politik verstanden, aber Ragnara hat dafür gesorgt, dass es geschieht.«

»Okaayy.« Ich zog das Wort in die Länge, vor allem deshalb, weil ich keine Ahnung hatte, was ich mit dem Gespenst anfangen sollte. Die Aussicht, einen frustrierten Geister-Gustaf im Schlepptau zu haben, war nicht gerade verlockend.

»Eigentlich müsstest du verschwinden, wenn ich deinen Tod erwähne«, sagte ich so leise, dass es wie ein Ausatmen klang. »Normalerweise wirkt das bei Gespenstern.«

Gustafs gelbe Augen waren jetzt das Solideste an ihm. Der Rest ähnelte Rauch.

»Ich bin ein Zauberer«, sagte er, als würde das alles erklären. Er zeigte mit den Fingern auf mich, und ich wartete mit zusammengekniffenen Augen darauf, dass ein Zauber aus ihnen fließen würde, aber es kam nichts. Er schüttelte die Hände, als hielte er eine kaputte Fernbedienung.

»Du *warst* ein Zauberer«, korrigierte ich.

Mit ärgerlicher Miene machte er noch einen Schritt auf mich zu, aber ich blieb stehen und starrte ihm direkt in die schrägen Augen. »Ich muss dich was fragen.«

Gustaf schnitt eine Grimasse. »Du bist schuld, dass ich tot bin.« Er hob die Hand, um mich zu schlagen, aber ich rührte mich nicht.

»Ich kann dich vielleicht in einen anderen Ort bringen.«

»In?«

»Ich kann versuchen, an ein paar Fäden zu ziehen, damit du mich nicht quälen musst. Es scheint mir eine ziemlich ärgerliche Art zu sein, den Tod zu verbringen.« Ich zog die Augenbrauen hoch. »Hast du nicht schon genug für Ragnara getan?« Mit aller Macht legte ich mein Gesicht in missmutige Falten. »Du hast dich dein Leben lang für sie abgerackert. Sollst du das nun auch deinen ganzen Tod lang tun?«

Gustaf wirkte ein wenig verunsichert. »Was willst du dafür haben?«

»Ich will wissen, wie ich die Zaubersprüche von dem Jungen entfernen kann«, verlangte ich.

»Du kannst die Zaubersprüche nicht aufheben. Du bist keine Hexe.«

»Kann eine Hexe das?«

Gustaf wedelte mit einer halb durchsichtigen Hand. »Ja, aber wie genau, das erzähle ich nur unter einer Bedingung.«

»Schieß los.«

Er beugte sich vor.

Was hatte Od über das Herbeirufen seines Vaters gesagt? Ich trat ein wenig beiseite, als Gustaf zu Ende erzählt hatte.

»Svidur«, flüsterte ich. »Svidur«, zischte ich etwas lauter.

Gustafs Geist hing über meinem Nacken.

»Du crowdest mich«, schnauzte ich ihn an.

»Ich tu was?«

»Bleib einfach da.« Ich bog um die nächste Ecke, und in dem Moment fiel es mir ein. »Hey! Allvater. Jetzt komm.«

Ein Windstoß traf mich, und Svidur war ganz dicht bei mir. »Hast du es eingesehen, kleine Hellseherin?«

»Was eingesehen?« Ich blickte hoch in sein schreckliches, schönes Gesicht mit dem fehlenden Auge.

»Dass ich ein Gott bin und man mich anbeten muss.«

»Eigentlich habe ich nur zugegeben, dass du der Vater von vielem bist.«

Er drehte das Gesicht weg, sodass es im Schatten verschwand. Es war unmöglich zu erkennen, ob er lächelte oder schmollte. »Warum rufst du mich dann?«

»Ich habe etwas – jemanden – für dich.«

Svidurs Atemzug klang wie ein mächtiger Seufzer. »Hangadrott? Du weißt, dass ich alles für dich tun würde, wenn du mir einen Königlichen opferst.«

»Hangadrott ist es nicht gerade.«

Svidur wollte etwas sagen, aber ich legte die Hand auf seinen Arm. Er war glühend heiß, ohne dass es unangenehm war, ihn zu berühren. »Lass mich einfach ausreden.«

Er nickte.

»Ich habe eine Seele für dich, die du nach Walhall mitnehmen sollst.« Im selben Moment ging mir auf, dass Svidur Gustafs Geist vielleicht gar nicht haben wollte. In dem Fall war ich wirklich am Arsch. »Er möchte gerne mit.«

Nachdem ich ihn überredet hatte, aber das brauchte Svidur nicht zu wissen.

Svidurs Atemzüge wurden schwer. »Einer, der gerne zu mir kommen will. Opferst du mir einen Willigen?« Seine heiße Hand legte sich auf meine Schulter.

»Er ist schon tot.«

»Wie ist er gestorben?« Die Worte passten überhaupt nicht zu der Schlafzimmerstimme.

Ich legte den Kopf schräg.

»Er wurde von einer Seeschlange gefressen.« Ich grinste verhalten, als ich hörte, wie irre das klang, aber Svidur hob nicht mal eine Augenbraue.

»Hat er gekämpft?«

»Jaa! Megamäßig gekämpft.«

Svidur atmete schwer und drückte meine Schulter.

Okay, das hier ist weird.

Ich beeilte mich zu rufen: »Gustaf!«

Er erschien sofort.

Svidur ließ mich los und sah den Ex-Zauberer böse an. »Den kenne ich! Der hat mich abgewiesen, als er noch lebte.«

»Er ist jetzt so sehr bereit, mit dir zu gehen«, sagte ich beinahe verzweifelt.

Svidur schnaufte.

»Die Zeiten haben sich geändert, und ich kann es mir nicht leisten, wählerisch zu sein.« Er betrachtete Gustaf eingehend. »Ein Zauberer.«

»Er ist ja wohl genauso gut wie alle anderen«, sagte ich, immer noch ängstlich, dass Svidur sich weigern könnte, meinen potenziellen Quälgeist zu übernehmen.

»Das ist ein noch größeres Geschenk. Ich bin ein Meister der Magie. Zusammen können wir …«

»Okay.« Ich hob die Hände. »Nimm ihn einfach mit.«

Svidurs Blick hing an Gustaf, ehe er seine Aufmerksamkeit wieder mir zuwandte. Er lächelte, was meine Willenskraft völlig aus der Bahn warf. Dann strich er mit der Hand vorsichtig meinen Arm entlang, von der Schulter bis zum Handgelenk. Einen Moment lang schwebten seine Finger über dem Fehu-Tattoo.

»Ich wollte das überhaupt nicht haben«, sagte ich schnell.

Er strich darüber.

»Du bist *meine* Sklavin.« Als ich ärgerlich aufblickte, fuhr er heiser fort: »Und ich bin *dein* Sklave.«

Dann bog er meine Finger auf und küsste meine Handfläche.

»Du hast dich wie eine wahre Walküre verhalten. Hast mir eine magische Seele gebracht, die im Kampf gefallen ist. Und du hast deinem ersten Geist ins Totenreich hinübergeholfen. Du. Bist. Eine. Völva«, sagte er langsam und betonte jedes Wort. »Völven, die den Skaldenmet servierten, gaben mir das Leben zurück, als ich tot an Yggdrasil hing.«

Ich schob seinen warmen Mund weg. Der Atem, der mein Handgelenk traf, war wie kochend heißer Dampf, aber er tat nicht weh. Im Gegenteil, er war verlockend. Das verfallene Bauwerk drehte sich um mich.

»Was ist eine Völva?«

»Eine, die Hilfe von denen bekommen kann, die nicht mehr oder noch nicht sind. Heid – die Mutter aller Völven – hat dich lange schon gesehen. Du hast immer der Vergangenheit angehört, aber jetzt gehört sie auch dir.«

»Wobei kann ich Hilfe bekommen?«, fragte ich, aber es fiel mir schwer, meine Stimme zu beherrschen.

Svidur zuckte die Schultern. »Das weiß ich noch nicht, aber sogar ich – der König der Götter – brauche hin und wieder die Hilfe der Völven.«

»Und können Völven Götter mit Skaldenmet wiederbeleben?«, fragte ich schläfrig.

»Tz, tz«, antwortete Svidur. »Nicht Götter. Aber ich bin ja vom Riesengeschlecht.«

Wir standen am Eingang des verfallenen Felsenbaus. Unsere Gesichter waren Sverresborg zugewandt. Von dort kam immer noch dumpfes Glockengeläut, und dahinter lag das Rauschen der Wellen wie unterschwellige Musik, genau wie an der Westküste zu Hause in Dänemark. Ein leichter Schwefelgeruch hing noch in der Luft. Svidur sog die Luft langsam ein, als würde er ihren Geschmack prüfen.

»Man hat mir hier im Moor geopfert.« Er atmete aus. »Essen, Waffen und …«, seine lange Zunge fuhr über die Vorderzähne, »… Menschen.«

»Leute haben Dinge und Leichen für dich in die lebensgefährlichen Wasserlöcher geworfen?« Meine Unterlippe zitterte abwärts. »Nice!«

»Habt ihr sie getroffen?«, fragte Svidur.

»Die Midgardschlange? Jepp! Sie war ziemlich …« Ich suchte nach einem passenden Wort.

Furchterregend, Angst einflößend.

»Groß«, beendete ich den Satz.

»Vor über tausend Jahren habe ich sie aus Midgard hierhergebracht und ihr ihren Schwanz in den Mund gesteckt.«

»Warum? Ich dachte, dass die, die hier eingewandert sind, dich angebetet haben. Das war nicht besonders nett, ihnen die Midgardschlange vor die Nase zu setzen, oder?«

Er lachte leise, und das Geräusch kitzelte in meinem Körper.

»Das Meer ist der Übergang nach Utgard«, erwiderte er. »Die Midgardschlange umschlingt und beschützt Hrafnheim vor Chaos.«

»Ich glaube nicht, dass die Leute sie als Schutz betrachtet haben«, sagte ich. »Auf jeden Fall umschlingt sie nichts mehr.«

Svidur senkte die Augenbrauen. Die Haut faltete sich um sein fehlendes Auge. Für eine Sekunde sah ich eine unendliche Tiefe in der Augenhöhle.

»Was meinst du damit?« Das klang wie ein Windstoß.

»Sie hat ihren Schwanz nicht mehr im Maul, also umschlingt sie nichts.«

Svidur wirkte aufrichtig erschrocken über diese Information. »Wie … wann … warum hat sie ihn losgelassen?«

»Die Hirten haben ihr einen Stier gegeben. Mich wollten sie auch an sie verfüttern.« Schaudernd rieb ich mir die Handgelenke, wo der Strick gesessen hatte, mit dem ich an den Pfahl gefesselt gewesen war. »Bestimmt wollten sie damit verhindern, dass die Schlange sie frisst.«

»Oder sie wollten sie mit Opfern locken«, überlegte Svidur. »Sie dazu bringen, ihren Schwanz loszulassen. Warum sollte Ragnara das wollen?«

»Keine Ahnung.«

»Also können sie jetzt hereinkommen«, murmelte er und strich sich über den langen weißen Bart.

War der Bart vorher auch schon weiß gewesen?

»Wer kann reinkommen?«, stutzte ich.

»Die Chaoskräfte«, erwiderte er und ließ den Bart mit einem Seufzer los.

»Aber die Midgardschlange«, begann ich, »gehört sie nicht auch zu den Chaoskräften? Sind die nicht böse?«

»Böse?« Svidur legte den Kopf schräg, als verstünde er das Wort nicht. »Die Chaoskräfte *sind* einfach.«

»Was ist mit dir? Bist du böse oder gut?«

Er lachte ein leises, heiseres Lachen, das sehr an das von Od erinnerte. »Das sind neue Worte.«

»Neu? Gut und Böse sind doch altbekannte Begriffe.«

»Nicht für mich.«

»Svidur«, flüsterte ich.

»Ja, kleine Seherin?«

»Meine Schwester hat einen Traum, in dem ich im Kraghede Skov von Ravnssted getötet werde. Weißt du, ob das passiert? Ich meine, du bist doch Hellseher, oder?«

Er setzte seine Daumenspitze direkt über meinen Nasenrücken. Ein Strom durchfuhr mich, und ich wollte den Kopf wegziehen, aber er packte meinen Nacken.

»Ich sehe, dass du siehst. Ich sehe, dass sie sieht. Ihr seht euch, und ich stehe in der Mitte, falls ihr mich lasst. Ihr sollt mich anbeten. Niemand von uns ist etwas ohne die anderen.«

»Könntest du etwas deutlicher werden?« Meine Stimme klang flach, weil ich direkt in seine Handfläche sprach.

»Deine Schwester hat die Zukunft gesehen«, hauchte Svidur.

Scheiße! Mein Tod durch Franks Hand im Kraghede Skov war vorprogrammiert, selbst wenn ich ihm in Hrafnheim entkam.

Svidur strich mit der Daumenspitze über das Zeichen, das Gustaf vor ein paar Stunden auf meine Stirn gemalt hatte. Der Daumen schrammte über die eingetrockneten Striche. Als er das Zeichen berührte, rieselte es herunter wie gelbes Pulver.

Ich hob die Hand. »Das hatte ich ganz vergessen.«

Unsere Finger flochten sich ineinander, und seine Nägel folgten meinen Knöcheln auf ziemlich angenehme Art.

»Mein«, flüsterte er. Der Klang seiner Stimme, die Kraft des Auges und der berauschende Duft seines Atems machten mich schwindlig.

Und dann war er weg.

Unsicher auf den Beinen wankte ich zurück in den großen Raum. Roriks Wunde war fast verheilt, wenn auch noch mit dunklem Schorf bedeckt.

Der eisengefasste Kristall war angezündet, und Wärme und klares Licht verbreiteten sich im Raum. Die ausgemergelten Menschen hatten sich um den Kristall versammelt, um Wärme zu tanken. Die feuchten Wunden an ihren Gliedern glänzten im Licht.

Ich setzte mich neben Rorik auf den festgestampften Erdboden und untersuchte seine Wunde. Meine Finger folgten ihrem Umriss, und er schauderte.

»Du behältst eine Narbe.«

Svidurs Berührung saß immer noch wie Elektrizität in meiner Hand, und ich fühlte, dass ich etwas davon an Rorik weitergab. Seine Hände zuckten, aber er behielt sie flach auf dem Boden ein Stück hinter sich.

»Ist mir egal.«

»Du hast mir das Leben gerettet. Du wärst beinahe gestorben, weil ich in Gefahr war.« Plötzlich fand ich es enorm wichtig, meine Knie zu betrachten. Ich faltete die Hände um meine Schienbeine.

»Hey.« Jetzt fand seine tätowierte Hand mein Kinn, und er zwang mich, ihn anzusehen. »Ich mache das hier aus eigenem freien Willen.«

Meine Augen brannten. »Das ist alles meine Schuld. Die Mädchen zu Hause wurden ermordet. Mein Vater ist tot. Monster ist tot. Franks Enkelkind wurde gefangen genommen. Und …« Ich zwang mich, weiterzusprechen: »Und du wärst beinahe von der Midgardschlange gefressen worden. Ist dir klar, wie verrückt das ist?«

Eine ganze Weile sagte keiner von uns ein Wort.

»Und was jetzt?« Er fuhr sich mit der Hand durch sein weißes Haar.

»Ich muss nach Sént.« In Gedanken sah ich Rebeccas Karte vor mir. »Das ist ganz in der Mitte von Hrafnheim, oder?«

Rorik zuckte zusammen, als ich *Hrafnheim* sagte. »Ich kriege Bauchschmerzen bei dem Gedanken, nach Sént zu gehen. Das ist der gefährlichste Ort im Reich.«

»Hast du mehr Angst vor Sént als vor …«, ich zeigte mit dem Daumen über die Schulter, »… der Midgardschlange?«

»Ja!« Das kam schnell und hart.

»Ich muss dahin.« Ich schwieg und sah Rorik an. »Kann ich noch auf dich zählen?«

Ich hielt die Luft an und hoffte, dass, was immer er an seiner Vergangenheit ändern wollte, wichtig genug für ihn war, um mir zu helfen, nach Sént zu kommen.

»Ja. Aber es muss vor Sverres Hochzeit sein«, sagte er abrupt.

»Warum?«

Darauf bekam ich keine Antwort.

»Die Soldaten werden den ganzen Tag nach uns suchen, deshalb sollten wir erst mal hierbleiben.« Seine Augen blickten zu dem am schlimmsten zugerichteten Menschen in der Runde. »Morgen Nacht verlassen wir diesen Ort.«

In dem Moment kam das Mädchen an, das uns im Wald gefunden hatte. Roriks Blick wanderte von den schmutzigen Lumpen zu einer kantigen Wunde auf ihrer Wange. Ihre Nase war ein wenig schief.

Sie setzte sich, immer noch mit einem entschlossenen Zug um den Mund. »Wie heißt ihr?«

»Anne und Rorik. Und du?« Rorik betrachtete sie mit frustriertem Gesichtsausdruck.

»Merit.« Sie kratzte sich vorsichtig an der schiefen Nase. »Die beiden Kleinen da drüben sind meine Brüder.«

Zwei abgemagerte Jungen schliefen im klaren Licht von Roriks Kristall. Sie waren vielleicht sechs, sieben Jahre alt. Es war schwer zu sagen, weil sie so dünn waren. Das Bein des einen war entblößt und hatte deutliche Wunden, an der Hand des anderen fehlten ein paar Finger.

»Sind alle krank?«, fragte ich und blickte mich um.

Rorik sah weg, offensichtlich angewidert von den deformierten Kindern. Ich unterdrückte den Impuls, ihm eine zu scheuern. Er hätte sich wirklich ein bisschen zusammenreißen können.

Einer der kleinen Jungen wimmerte im Schlaf, und Merit stand rasch auf, um ihn zu trösten.

Durch das nicht ganz dichte Dach erahnte ich, dass es hell zu werden begann.

»Wir sollten noch ein wenig schlafen. Ich übernehme die erste Wache«, sagte ich. Rorik sah aus, als würde er jeden Moment zusammenklappen, und er willigte ein.

Mir blieben also ungefähr zwei Stunden, bis er merken würde, dass ich weg war.

Der Morgen graute, aber es war alles still. Ein Glück, dass ich in die Vergangenheit zurückschauen und sehen konnte, wo wir hingetreten hatten, sonst wäre ich im bodenlosen Moor versunken.

Ich kam an ein Wasserloch, in dem zwei tote Hunde festgefroren waren, die Köpfe unter der Eisdecke. Das waren vermutlich die, die gestern ertrunken waren. Eine Krähe saß auf dem Rücken des einen Kadavers und pickte. Die gebrochene Wirbelsäule stach aus dem zottigen Fell hervor, man sah deutlich das frische rote Blut in all dem weißen Eis. Mit einem Aufstöhnen wich ich zurück auf sicheren Untergrund.

Keine Soldaten durchsuchten den Wald, und meine Alarmglocken schwiegen. Ich atmete die kühle Morgenluft tief ein. Der kalte Sauerstoff machte einen klaren Kopf und gab mir Mut, und beides hatte ich dringend nötig.

»Du kannst dich gerne zeigen.« Ich hoffte, dass meine Stimme ruhig klang.

Die Krähe von vorhin oder ein ähnlicher Vogel flatterte durch das dichte Unterholz, aber mehr passierte nicht.

»Bringen wir es hinter uns.« Langsam wurde ich sauer.

Hinter mir näherten sich Schritte. Jemand trat so dicht an mich heran, dass ich ihn atmen hören konnte. Ohne es zu wollen, drehte ich mich um und schlang meine Arme um Frank.

Was immer er erwartet hatte, das jedenfalls nicht. Er erstarrte. Dann erwiderte er meine Umarmung.

»Ich habe dich so sehr vermisst«, flüsterte ich.

Er weinte dicht an meinem Ohr.

Ich sah zu ihm hoch.

»Anne«, sagte er. »Was machst du denn? Ich werde dich doch töten.«

KAPITEL 15

Frank stieß die letzten Worte schluchzend hervor.

»Kannst du dich mal entscheiden, ob du fürsorglich oder gefährlich bist?« Ich zwang mich, stehen zu bleiben.

Er hielt mich auf Armeslänge von sich. Im Sonnenaufgang sah ich, dass ihm seine Haare, die normalerweise zu einer Pomadenfrisur gekämmt waren, lose über die Ohren hingen. Mit seiner braunen Wollkleidung und dem Lederpanzer über der Jacke passte er gut in diese Welt.

»Nein«, antwortete er. »Ich kann mich nicht entscheiden.«

Seine Hände, die meine Schultern hielten, drückten leicht zu.

Ich sah ihn ohne Vorwurf an. Selbst als Franks Finger weiterwanderten, rührte ich mich nicht. Seine starken Hände legten sich um meinen Hals. Ich merkte, wie sich meine Atemwege langsam schlossen, während ich ihn anstarrte. Ein Pfeifen sagte mir, dass ich kurz davor war, das Bewusstsein zu verlieren, aber ich ließ ihn weitermachen, ohne mich zu wehren. Ich tat nichts, sah ihn einfach nur an, obwohl ich den Puls hinter den Augen pochen fühlte.

Hellrotes Licht fiel durch die Baumkronen und hüllte uns ein. Franks Griff lockerte sich, und schließlich ließ er mich los. Seine Arme sanken am Körper herunter, als würde jeder von ihnen eine Tonne wiegen. Mit einem gewaltigen Aufkeuchen sog ich gurgelnd Luft ein und lehnte mich an einen Baumstamm.

»Ich kann nicht«, flüsterte Frank.

Ich rang nach Atem und hob den Zeigefinger als Zeichen, dass ich gleich etwas sagen würde.

Franks Beine knickten ein, und er landete auf der gefrorenen Erde.

»Er stirbt«, sagte er. »Sie bringen Halfdan um.«

Ich ging in die Knie, immer noch kurz davor, in Ohnmacht zu fallen.

»Er ist da oben«, röchelte ich und setzte mich schwerfällig neben ihn. Kälte drang in meine Beine.

Frank hob den Kopf. »Wo?«

Ich zeigte nach Sverresborg.

Er rappelte sich halb auf. »Hat Prinz Sverre ein Kind dorthin geschickt?«

»Er ist verhext«, keuchte ich durch meine lädierte Luftröhre. »Er ist ungefähr fünf Jahre alt und sieht aus, als würde er schlafen. Gustaf hat ihn mit einem Stillstandszauber belegt.«

»Wie hast du ihn erkannt?«

Ich musste ein paarmal schlucken. Schmerzende Flammen brannten in meinem Hals. »Hab ihn in deiner Vergangenheit gesehen.«

Frank machte die Augen schmal. »Gustaf hat mich gelehrt, meinen Geist abzuschirmen.«

»Vielleicht dringt ein bisschen durch, wenn es genug bedeutet.« Ich sprach schnell, obwohl jedes Wort wehtat. »Ich kenne einen Weg hinein, und ich weiß, wo er ist.«

Frank blinzelte misstrauisch. »Warum in aller Welt willst du mir helfen?«

»Du bist mein Freund.«

»Ich habe mehrere Male versucht, dich zu töten.«

Ich räusperte mich. »Ich habe nicht so viele Freunde.«

Er wollte etwas sagen, aber ich kam ihm zuvor.

»Ich wusste, dass du es nicht tun würdest, Frank.«

»Wie das denn? Ich wusste es ja selbst nicht mal.«

Ich blinzelte nicht, aber als Frank mich weiter anstarrte, schlug ich die Augen nieder.

»Na ja …«, sagte ich Richtung Erdboden. »Ich war mir fast ganz sicher.«

»Du hast gezockt.«

Ich dachte an Seréns Vision vom Kraghede Skov und an Svidurs Aussage, dass meine Schwester die Zukunft gesehen hatte. Falls Frank mich umbrachte, würde es nicht an diesem Ort sein.

»Mache ich das nicht immer?«

»Und Halfdan schien okay zu sein?«, fragte Frank zum wiederholten Mal, während wir uns auf Sverresborg zubewegten.

»Ja«, erwiderte ich. »Wann wurde er entführt?«

»Vor vier Jahren.«

»Vier Jahre?« Ich hatte Mühe, leise zu sprechen. »Du verfolgst mich seit vier Jahren?«

Frank sah mich nicht an. »Ja.«

Das einzelne Wort jagte mir eine Gänsehaut über die Arme.

»Hast du das Haus meiner Pflegeeltern in Brand gesteckt? Warst du das?«

»Ich habe Monate gebraucht, um dich bei der Familie zu finden. Du bist mir immer wieder entwischt, also habe ich das ganze Haus angezündet.«

»Da war eine Familie drin, Frank. Andere Kinder.« Mir lief es kalt über den Rücken bei dem Gedanken, wie viele Tote ich beinahe verursacht hätte.

Frank blickte zu Boden. »Danach warst du spurlos verschwunden.«

»Sie haben mich ins Heim gesteckt, weil sie dachten, ich hätte das Feuer gelegt.«

»Das war dein Glück. Mir wurde klar, dass du mit einem Zauber belegt sein musstest, also hat mir Gustaf magische Immunität gegeben. Ich wollte sichergehen …« Er schwieg einen Moment. »Ich wollte sichergehen, dass ich nur dich töten würde, wenn ich dich wiederfand.«

»Du hast andere als mich umgebracht. Tenna und Belinda.«

Frank atmete hörbar aus. »Ich verachte mich selbst.«

Ich schielte zu ihm hinüber, aber Franks halblanges ergrautes Haar verbarg sein Gesicht.

»Warum du?«, fragte ich, ohne weiter auf das Feuer einzugehen, während ich mich, mit dem Rücken an die Pfahlwand gepresst, seitlich auf den Steilhang zubewegte.

»Ich war in der Widerstandsbewegung. Vor vielen Jahren bin ich der Liebe wegen hierhergekommen, aber geboren bin ich in Dänemark.«

»Hast du gegen Ragnara gekämpft?«, fragte ich, statt in Franks Liebesleben zu bohren.

»Ich habe zusammen mit deiner Mutter gekämpft. Das war keine Lüge. Aber Ragnara hat mich gefunden, und …« Ihm blieb wieder die Luft weg. »Das hat mich meine Familie gekostet. Halfdan ist alles, was mir geblieben ist.«

Aha.

»Sie wusste, dass ich mit meiner Erfahrung aus beiden Welten der beste Mann war, um dich zu finden.«

Ich ließ das unkommentiert so stehen.

Frank zögerte keine Sekunde und begann, den Steilhang hinabzuklettern. Er krümmte seine stämmigen Finger. Mir war vorher noch nie aufgefallen, dass seine Hände ebenso gut einem Schmied hätten gehören können.

Der Strand sah aus wie ein Schlachtfeld mit braunen Spritzern, grünen und schwarzen Brandflecken und den beiden zertrümmerten Holzflößen. Zum Glück war das Meer einigermaßen ruhig, also war die Midgardschlange nicht in der Nähe. Trotzdem drückte ich mich eng an den Fuß des Abhangs, weshalb Frank mir einen schiefen Blick zuwarf.

»Was machst du?«

»Bleib einfach so weit wie möglich vom Wasser weg.«

Wir näherten uns der kleinen Landzunge, und mit einem erleichterten Seufzer stellte ich fest, dass sie genauso verlassen dalag wie am Tag zuvor. Niemand rechnete damit, auf diesem Weg Besuch zu bekommen, und mit Blick auf die Midgardschlange konnte ich gut verstehen, warum.

Drinnen im niedrigen Tunnel ließ ich meiner Hellsicht freien Lauf. Es wurde immer einfacher für mich, sie zu steuern, und obwohl ich mit den Augen nichts sehen konnte, lotste sie uns vorwärts. Ich hielt Frank an der Hand und zog ihn hinter mir her, während ich Halfdans sanfte Aura anpeilte.

Endlich erreichten wir den Raum, in dem Halfdan lag, und ich legte einen Finger an die Lippen und zeigte mit dem anderen auf die Tür. Es war immer noch niemand zu sehen. Vorsichtig drückte ich die Klinke herunter. Die Tür war abgeschlossen, doch bevor ich überlegen konnte, wie ich sie aufkriegen sollte, landete Franks Stiefelabsatz mit einem leisen, aber festen Tritt direkt neben dem Schloss. Es war anscheinend nicht das erste Mal, dass er eine Tür auf diese Weise aufbrach, denn verblüffenderweise schwang sie sofort auf. Schnell war er bei Halfdans kleiner Gestalt und strich ihm übers Haar.

Ich konnte den Jungen erst nicht richtig sehen, weil Frank zwischen uns stand. Dann trat er einen Schritt zur Seite, sodass ich auf Halfdan herunterschauen konnte, und ein Aufschrei blieb mir im Hals stecken. Eine Fehu-Rune war auf seine Stirn gemalt.

»Oh nein«, hauchte ich. »Sie wollen ihn der Midgardschlange opfern.«

Draußen auf dem Gang waren Stiefeltritte zu hören. Frank drehte den Kopf und lauschte. Dann schob er seinen Arm unter Halfdan und wollte ihn hochheben, aber etwas hinderte ihn daran. Die Decke, die auf dem Jungen lag, rutschte herunter, und ich sah, dass er ans Bett gekettet war.

Frank fluchte und zog eine Axt aus seinem Gürtel, die doppelt so groß wie Auka war. Er schlug mit der stumpfen Seite auf das Kettenschloss, und das Metall gab ein scharfes Knacken von sich.

Die Schritte draußen kamen näher, und jetzt waren auch Stimmen zu hören.

Frank schlug wieder zu, dass die Funken in alle Richtungen flogen. Das Schloss war beinahe offen, es fehlte nur ein letzter Schlag. Franks Gesichtsausdruck war hoch konzentriert. Die Stimmen verstummten direkt vor der Tür. Wir deckten Halfdan hastig wieder zu, sprangen hinters Bett und duckten uns. Die Tür flog auf, und Soldaten kamen herein.

»Ist er bereit?«, fragte eine tiefe Stimme.

»Er trägt das Zeichen.« Die zweite Stimme war etwas höher.

Ein Schlüsselbund klirrte. Neben mir packte Frank das Beil fester. Seine Augen waren geschlossen, so als lausche er, wo im Raum die Männer waren. Für mich hörte es sich einfach wie ein Stimmengewirr an, aber Frank öffnete die Augen, hielt die Hand hoch und spreizte die Finger als Zeichen, dass es fünf Leute waren.

Es klirrte wieder, Schritte näherten sich, und Frank machte sich bereit zum Sprung. Wenn er sie jetzt angriff, hatte er keine Chance, sie zu erledigen und lebend davonzukommen.

Ich zog meine Fäustlinge aus, steckte die Hand in die Tasche und holte Freyjas Tränen heraus. Ich drückte Frank den Anhänger in die Hand.

»Finde die Hexe Védis. Sie kann den Zauber aufheben«, flüsterte ich.

Hoffentlich.

»Was?«, flüsterte Frank zurück.

Ich antwortete nicht, sondern sprang aus meinem Versteck hervor.

»Hab ihn gefunden«, sagte ich und wedelte mit einem Handschuh. Dann sah ich die Soldaten unschuldig an, die wie Gustaf grüne und blaue Schuppen-Tattoos auf Wangen und Stirn trugen. Sie waren keine Hirten, und ich setzte darauf, dass keiner der Soldaten mich wiedererkannte.

Wie sich herausstellen sollte, lag ich damit falsch.

»Was machst du hier?«, fragte der mit dem längsten Bart. Die Barthaare sahen aus wie grün gepudert.

»Bist du eine Dienerin?«, fragte ein anderer. »Ich habe dich hier noch nie gesehen.«

»Ich bin gerade erst aus Hibernia gekommen.« Das war im Prinzip nicht gelogen.

»Puh«, sagte der Bärtige, dem ich ein wenig zu nahe gekommen war. »Bist du hässlich.«

Sein Blick wandte sich von mir ab, aber er zwang ihn zurück.

Stumm dankte ich meinem Zauberbann.

»Der Junge ist noch nicht fertig«, sagte ich.

»Die Hirten haben gesagt, dass wir ihn holen sollen.«

»Mir haben sie gesagt, dass er …« Ich schaute auf Halfdan, der leblos ins Leere starrte. »Äh … dass er noch gewaschen werden muss.«

Einer der Soldaten kniff die Augen zusammen. »Ist das nicht egal? Er soll doch sowieso raus aufs Meer.«

Ich blickte ihn ärgerlich an. »Willst du dich den Anweisungen der Hirten widersetzen?«

Er hob die Hände. »Nein.«

Der Grünbärtige musterte mich immer noch.

»Also dann. Raus mit euch«, sagte ich mit so viel Selbstsicherheit in der Stimme, wie ich aufbringen konnte. »Ich muss …«

Aber ich kam nicht mehr dazu, zu sagen, was ich musste.

Der Grünbärtige packte mein Handgelenk. »Ich habe eine bessere Idee.«

Sie ließen Halfdan liegen und zogen mit mir im Schlepptau davon. Ich machte mir Sorgen wegen meines Schicksals, aber Serén hatte ja gesehen, dass mir in Sverresborg nichts zustoßen würde.

Halt, warte!

Wenn ich es genau bedachte, war die Sache die, dass ich hier nicht *sterben* würde. Die Zukunft hatte nichts darüber gesagt, in welchem Zustand ich nach dem Besuch war. Dass mir das jetzt einfiel, war ein bisschen spät.

»Was hast du mit ihr vor?«, fragte ein anderer Soldat.

»Abwarten. Ich habe gute Neuigkeiten«, antwortete der grünbärtige Mann, der meine Handgelenke mit klebriger Faust umklammerte.

Ich sträubte mich und versuchte, meine Fersen in den Boden zu stemmen, aber er hob mich einfach hoch.

»Ich bin eine Hexe«, protestierte ich. »Lasst mich los, oder ich werfe einen Zauber auf euch.«

»Wirf doch«, sagte der Mann. »Verhexe uns, verwandle uns.«

Sie glaubten mir kein bisschen.

Ich grub in der Vergangenheit der Soldaten.

Angst vor Hunden, Trauma durch Beinahe-Ertrinken ... hmm ... Klaustrophobie.

»Ich kann wilde Hunde auf euch hetzen, die euch durch den Wald jagen. Aber ihr fallt ins Moor und ertrinkt wie die Köter, die ihr dort gesehen habt.« Mein Blick fiel auf den Klaustrophobischen. »Sie waren im Eis festgefroren, sodass sie den Vögeln nicht entkommen konnten, die ihnen Fleischstücke aus dem Leib hackten, noch bevor sie überhaupt tot waren.«

Die Männer wurden blass, trugen mich aber weiter.

Ich bewegte die Hände, wie ich es bei Luna gesehen hatte. »Ich kann dafür sorgen, dass all das geschieht, falls ihr mich nicht freilasst.«

Einer der Männer lockerte seinen Griff, und ich hoffte schon, dass sie mich von sich werfen würden, aber da kamen wir in einen Raum, in dem weitere fünfzehn Soldaten versammelt waren.

Verdammt!

»Seht mal, was wir gefunden haben«, sagte der Langbärtige. Sie stießen mich ein paar anderen Soldaten in die Arme, froh, mich los zu sein.

»Was sollen wir mit ihr?«

»Schaut sie euch an.«

Ich wurde am ausgestreckten Arm auf Abstand gehalten. »Igitt. Die ist widerlich.«

»Und die Zeremonie mit dem Jungen, was ist damit?«, fragte einer.

»Das hier ist besser. Schaut sie euch *genau* an«, wiederholte der Soldat.

Jemand packte meinen Unterkiefer und drehte meinen Kopf herum.

»Ich kenne das Gesicht.« Es war ein kleiner, vierschrötiger Mann, der so aussah, als wäre es einfacher, über ihn zu springen, als um ihn herumzugehen. »Ich habe sie in Schloss Königsburg in Sént gesehen. Da hatte sie das hier nicht.« Er zeigte auf eine meiner Augenbrauen.

Ach, du …

»Aber das ist ganz sicher Serén, die Tochter von Thora Todesblut.«

… Scheiße!

Der kleine, gedrungene Mann strich mir über die Wange, griff nach einer roten Locke und hielt sie hoch. Instinktiv wollte ich mich auf ihn stürzen, aber zu viele Hände hielten mich fest.

»Ragnara belohnt uns, wenn wir ihr Thoras Tochter bringen. Bis dahin können wir mit ihr machen, was wir wollen.«

Vereinzelt war gespanntes Luftholen zu hören.

»Aber ihr habt recht, sie ist abstoßend. Wir sollten sie lieber waschen«, sagte der Grünbärtige.

Und dann gingen sie auf mich los. Jemand schüttete mir eiskaltes Wasser über den Kopf, und ich schnappte nach Luft. Die Silberhand, die ich von Hakim bekommen hatte, wurde mir abgenommen.

»Die können wir einschmelzen«, hörte ich.

Rasend vor Wut schwor ich blutige Rache, was gelinde gesagt sehr optimistisch gedacht war. Wieder wurde ich mit kaltem

Wasser überschüttet. Ich versuchte mich zu wehren und wurde geschlagen. Ich verteilte willkürlich Fußtritte und bekam einen Hieb auf die Nase, die sofort zu bluten begann.

»Aufpassen. Ragnara soll sie noch erkennen können.«

Ich schüttelte den Kopf. Ich wollte das alles mit erhobenem Kopf überstehen. Mit erhobenem Kopf und Nasenbluten, wie es aussah.

Hände grapschten nach mir, und einer knöpfte meine Hose auf.

Panik überfiel mich wie eine Naturgewalt. Ich wand mich, um freizukommen, was aber nur dazu führte, dass die Hände mich noch fester packten. Ich schrie wie ein Tier.

Auf der Suche nach etwas, woran ich mich klammern konnte, blickte ich über die Köpfe der Soldaten hinweg in eine entfernte Ecke.

Ein Mann stand da und betrachtete den Tumult, dessen Zentrum ich war. Er hatte den Kopf schräg geneigt, und sein Gesicht verriet weder Abscheu noch Befriedigung. Nur neutrales Interesse.

Als ich ihn erkannte, lähmte mich der Schock mehr als das eiskalte Wasser.

»Was machst du hier?« Ich versuchte verzweifelt, mich zu befreien, aber zu viele Hände hielten mich fest. »Du Verräter!«

KAPITEL 16

Elias durchquerte den Raum.

»Kennst du sie, Braumeister?«, fragte einer der Männer, und die anderen hielten für einen Moment inne.

Ich stand klitschnass da, während das Blut aus meiner Nase lief. Elias betrachtete seine Fingernägel.

»Serén? Das Vergnügen hatte ich noch nicht.«

»Wird ein kurzes Vergnügen«, sagte der vierschrötige Mann. »Wir bringen sie zu Ragnara, sobald wir mit ihr fertig sind.«

Elias' Miene war ausdruckslos. Er wäre dumm gewesen, wenn er mir geholfen hätte. Aber manchmal *war* er ziemlich dumm. Der Blick, den er mir zuwarf, war so kühl, dass meine Hoffnung schwand. Elias würde immer und vor allem an sich selbst denken. Trotz des warmen Blutes, das mir aus der Nase und über den Mund lief, war ich vor Angst eiskalt. Elias wich mit erhobenen Händen zurück.

»Ich will euch nicht stören, wenn ihr Wichtiges zu tun habt.« Er drehte sich um und ging ein paar Schritte.

Ich holte Luft, um ihn bloßzustellen. Ich wollte rufen, dass ich ihn kannte und dass er mich kannte und dass er mehrere Male gegen Ragnara gearbeitet hatte. Mein Mund formte die Worte, aber sie kamen nicht heraus, denn er kam zurück zu mir und legte seine Hand auf meine Lippen.

»Es sei denn, ihr überlasst mir den ersten Tanz mit ihr.«

Einer der Soldaten lachte. »Es gibt mehr als ein Dutzend willige Mädchen hier auf der Burg, die du haben kannst. Die dich umschmeicheln, wenn du dich näherst. Überlass uns Thoras Tochter, um die kümmern wir uns.«

Elias sah den Soldaten an. »Ich will sie vor euch haben.« Als niemand etwas sagte, fügte er hinzu: »Ich bezahle dafür. Zehn Ampullen mit Laekna, zwanzig mit Opium aus der anderen Welt. Und Wein.«

Es war immer noch still.

»... und jeweils hundert Tabletten Skoll und Hate«, ergänzte er.

Die meisten stimmten zu, und der Rest wagte nicht, etwas zu sagen. Elias zog mit mir los, aber der kleine Vierschrötige stellte sich uns in den Weg und stemmte die Hände in seine nicht existente Taille.

»Du musst sie hier nehmen. Und wir wollen die Bezahlung sofort.«

»Traut ihr mir nicht?«

Als Antwort lachte der Narbige und zog den Kopf zurück, sodass er ein Doppelkinn bekam.

Elias zuckte die Schultern, griff nach seinem Rucksack und nahm ein paar Ampullen und einige Flaschen heraus. Außerdem kramte er zwei durchsichtige Beutel mit blauen und hellroten Pillen hervor. Während die Soldaten tranken, standen wir mitten in ihrem Kreis. Der Raum war groß, und an den Steinwänden zu beiden Seiten standen lange Tische. Eine große eiserne Schlange hing an der Wand. Davon abgesehen war der Raum schmucklos.

Ich schob das Kinn vor und sah Elias direkt ins Gesicht.

»Was hast du vor?« Wider Willen klang meine Stimme dünn.

»Du weißt, worauf ich schon immer Lust hatte.«

»Du Psychopath.«

»Braumeister, willst du mit der Dame plaudern?« Der Narbige trank einen Schluck aus seinem Horn.

»Ich bin gleich so weit.« Elias machte eine spöttische halbe Verbeugung vor mir. »Nämlich jetzt.«

Meine Nackenhaare sträubten sich, und ich suchte nach den effektivsten Worten, um die Männer gegen Elias aufzubringen. Vielleicht würde es was nützen, wenn ich sagte, dass er mir immer wieder geholfen hatte. Aber als Elias sah, dass ich den Mund öffnete und reden wollte, packte er mich an den Haaren, zog meinen Kopf nach hinten und küsste mich. Seine Lippen zwangen meine auseinander, und sein Griff in mein Haar tat so weh, dass ich in seinen Mund hineinwimmerte. Das hier hatte keine Ähnlichkeit mit den innigen Küssen, die er mir sonst gegeben hatte.

Zuerst war ich so geschockt, dass ich erstarrte. Dann biss ich ihm in die Lippe. Sein Blut mischte sich mit meinem. Seine Hände glitten über meinen Körper, und obwohl seine Finger überall waren, hatten die Berührungen nichts mit denen zu tun, die ich von ihm kannte.

»Ich hasse di…«

Bevor ich den Satz beenden konnte, verschloss er meinen Mund wieder mit seinem. Er warf mich rücklings zu Boden, während ich mich wand und so fest auf ihn einschlug, wie ich nur konnte. Er war stärker, als ich gedacht hatte, und das Gewicht seines Körpers presste mich auf den kalten Steinfußboden.

Er verbarg mich unter sich.

»Lieg still«, flüsterte er.

»Nein, ich will nicht, du Idiot!« Ich schlug verzweifelt mit den Beinen aus und wand mich wie eine Schlange unter ihm.

»Nur noch einen Moment. Gleich wird …« Der Rest seiner Worte wurde von Röcheln übertönt. Einer der Männer fiel um. Dann ein zweiter, dann noch einer. Innerhalb weniger Sekunden lagen alle Männer auf dem Boden und wanden sich in Krämpfen. Elias musste ihnen das gleiche Gift gegeben haben wie dem Wilden, denn sie hatten blutigen Schaum vor dem Mund, und eine tiefrote Flüssigkeit rann ihnen aus Augen, Ohren und Nase.

Mein Körper erstarrte unter Elias, aber mein Inneres war ein Abgrund des Entsetzens.

Mehrere Soldaten schlugen mit den Gliedmaßen rhythmisch auf den Boden. Ein Einziger hatte anscheinend nichts von dem vergifteten Wein getrunken, denn er stand ganz aufrecht da und blickte sich mit schreckgeweiteten Augen um. So schnell, dass ich der Bewegung fast nicht folgen konnte, zog Elias ein Messer und warf es. Das Messer traf den Mann in den Hals, und er kippte vornüber, immer noch mit dem panischen Ausdruck im Gesicht. Elias senkte resigniert den Arm.

»Damit hat sich diese Handelsbeziehung für die nächsten paar Hundert Jahre wohl erledigt.«

Ich brauchte nicht zu fragen, ob sie tot waren, denn plötzlich waren im Raum alle Auren verschwunden bis auf die von Elias. Ich unterdrückte den Impuls, laut über die leblosen, blutigen Männer zu weinen. Elias stand auf und hielt mir seine Hand hin.

Ich kam ohne seine Hilfe auf die Beine. Meine Füße und Finger waren beinahe taub.

»Nichts zu danken! Ich habe deinetwegen gerade zwanzig Männer abgemurkst.« Elias' Stimme war knochentrocken, während er das Messer aus dem Hals des Soldaten zog.

»Einen hast du vergessen«, murmelte ich. Meine Hände zitterten, deshalb ballte ich die Fäuste.

»Wen?« Elias fuhr herum.

»Den da in der Ecke.«

Der grünbärtige Mann erwiderte meinen Blick. Er machte ein paar ratlose Schritte auf uns zu, ging jedoch durch einen Stuhl hindurch, der im Weg stand.

»Mein Fehler.« Ich machte die Augen schmal. »Du bist tot«, sagte ich boshaft und zeigte auf seinen Körper, der auf dem Boden lag. Das Gespenst brach zitternd zusammen, und ich freute mich klammheimlich über seinen doppelten Tod.

»Die anderen Soldaten werden bald merken, dass ihre Kumpane umgebracht wurden.« Elias wischte sich Blut vom Mund ab und tupfte den Finger vorsichtig auf die Stelle, wo ich ihn gebissen hatte.

Ich ging zu dem kleinen, vierschrötigen Mann und nahm ihm Hakims Khamsa ab, die er mir weggenommen hatte. Ich versuchte, dem blutigen Schaum auszuweichen, bekam aber trotzdem was an die Hand, deshalb wischte ich sie an seinem Pullover ab.

Elias beobachtete mich. »Was tust du hier?«

»Ich musste Frank helfen, sein Enkelkind zu finden.« Ich machte den silbernen Verschluss in meinem Nacken zu.

Elias tat mir den Gefallen und verkniff sich den Kommentar, wie viel ich riskiert hatte, um ein Kind zu retten, das ich nicht mal kannte. Ich konnte ihm ansehen, was er getan hätte. Oder besser gesagt: nicht getan hätte.

»Verfolgt Frank dich nicht?«, fragte er stattdessen.

»Nicht mehr. Hoffe ich.« Letzteres fügte ich leise hinzu, während ich in einem Flashback Seréns beharrliche Vision vom Kraghede Skov wiedersah. Unwillkürlich legte sich meine Hand an meinen wunden Hals.

Elias atmete heftig aus. »Du bist der leichtsinnigste Mensch, den ich kenne. Wie konnte ich nur glauben, du wärst eine Überlebenskünstlerin.«

»Aber ich lebe doch noch.«

»Und das hast du wem zu verdanken?«

Ich drehte mich zu ihm, ohne seine Frage zu beantworten.

»Hast du mal daran gedacht, wie dankbar Frank ist, dass ich ihm geholfen habe?« Ich bewegte die Hände mit einer Geste nach vorn, die andeutete, dass ich bereit war und Elias vorausgehen sollte.

»Hast du mal daran gedacht, dass du ihm keine Freude machen müsstest, wenn du ihn gar nicht erst befreit hättest?« Elias verließ den Raum, und wir gingen eilig den Korridor hinunter.

»Ragnara hätte Frank hingerichtet.«

»Genau darauf wollte ich hinaus.« Elias hob den Kopf. Er blieb stehen und drückte mich gegen die Wand, als ein Trupp Soldaten aus einem Quergang anmarschiert kam. Mein Körper reagierte mit einem Zucken darauf, schon wieder unter Elias gefangen zu sein.

»Nun, aber ich wollte nicht, dass er hingerichtet wird«, flüsterte ich, um mich abzulenken. »Tatsächlich wollte ich ihn gerne an meiner Seite haben.«

»Weißt du, wo er ist?«

»In der Nähe.«

Elias bohrte nicht weiter.

»Was machst du eigentlich hier?«, fragte ich.

»In Sverresborg? Ich bin gerade erst vor ein paar Stunden gekommen und habe den Ort nach Gustafs Tod völlig umgekrempelt vorgefunden. Ich war ganz schön überrascht, als ich dich sah.«

»Du hast meine Frage nicht beantwortet. Was machst du hier?«

»Geschäfte.«

Wir schlugen uns durch den Wald, und ich schlotterte vor Kälte. Meine Kleider waren immer noch nass von dem Wasser, mit dem die Soldaten mich übergossen hatten. Ein Schneesturm war über die Gegend hereingebrochen, was den Vorteil hatte, dass die Soldaten uns nicht so leicht verfolgen konnten, aber andererseits hatten wir es dadurch schwerer, voranzukommen.

»Wohin gehen wir?« Elias zog seine Jacke aus und legte sie um mich. Ich hatte meine eigene Jacke in dem verfallenen Gebäude zurückgelassen.

»Zur Ruine.« Ich zeigte in die Richtung, aber meine nackte Hand zitterte wie wild, und ich beeilte mich, die Finger unter die Achseln zu stecken.

»Ruine? Die alte Opferstätte wurde aufgegeben, als Ragnara an die Macht kam. Man schafft es nicht durchs Moor, ohne darin zu versinken.«

»Ich schon«, bibberte ich.

Elias legte den Arm um mich, und ich fror so erbärmlich, dass ich es zuließ. Er führte mich in den Sumpf, und ich ließ uns von meiner Hellsicht leiten, während er mich auf den Beinen hielt.

»Du zeigst uns den Weg, und ich habe genug Energie, dass wir beide ankommen«, flüsterte er. »Siehst du, wir *sind* ein gutes Paar.«

Ich ignorierte seine Bemerkung.

Elias sah schräg auf mich herunter. »Warum versteckst du dich bei den Aussätzigen?«

»Die Soldaten können nicht durchs Moor kommen«, erwiderte ich zähneklappernd. Wir waren bei den Hundekadavern angelangt, aber sie waren nur als kleine Erhebungen im Schnee zu erkennen. »Zuerst haben wir in einer Höhle geschlafen.« Ich redete weiter, um warm zu bleiben. »Mein Reisebegleiter hatte sie gefunden. Er ist ganz verrückt nach Höhlen.«

Ein Windstoß blies mich ein paar Schritte zur Seite, aber Elias zog mich enger an sich.

»Warum bin ich es dann, der im Unwetter vor den Soldaten wegläuft, und nicht dein Reisebegleiter?«

Ich versuchte, mich in dem grauen Schneemeer zu orientieren. Obwohl es kaum später als Mittag sein konnte, war es dunkel unter den schweren Wolken, die ihren Schnee auf uns spuckten.

»Er weiß nicht, dass ich nach Sverresborg abgehauen bin. Das heißt, inzwischen weiß er es wohl.« Ich hustete diskret.

»Ich schätze, er ist genauso wütend über deine Eigenmächtigkeit wie wir alle. Sicher vermischt mit purer Faszination.« Letzteres fügte Elias leise hinzu.

»Ich hoffe, dass Védis den Zauber von Franks Enkel entfernen kann.« Jetzt hatte ich nicht mehr unter Kontrolle, was ich laut aussprach und was ich dachte. »Mit Ben kann sie sich nicht messen, aber ich glaube, sie kann Gustafs Magie aufheben.«

»Védis?« Elias blieb stehen, und da wir zusammenhingen, tat ich es auch.

»Ich habe sie in Jorvik getroffen. Ich wollte, dass sie die Verwünschungen entfernt, mit denen Ben mich belegt hat, aber sie konnte es nicht.«

Wir gingen ein Stück weiter. Ich konzentrierte mich auf die Vergangenheit, um Merits Spur zu folgen, und hätte Elias' Arm mich nicht gehalten, wäre ich mehrmals gestolpert. Mein Körper zitterte unkontrollierbar.

»Was du hast, sind keine Verwünschungen«, sagte Elias, und ich hatte den Verdacht, dass er die Unterhaltung nur weiterführte, damit ich nicht ohnmächtig wurde.

»Es fühlt sich aber so an«, sagte ich bibbernd.

»Ohne sie wärst du nicht mehr am Leben.«

»Ergreifst du jetzt die Partei der Erwachsenen?« Ich rümpfte meine steif gefrorene Nase.

»Hey!« Elias lachte überrumpelt. »Ich bin älter als sie alle zusammen.«

»Für mich bist du das wirklich nicht«, sagte ich.

»Was bin ich dann für dich?« Er zog mich enger an sich.

Ich stapfte einfach weiter. Der Ärger gab mir ein bisschen Energie. Als die Beine unter mir nachgaben, übernahm Elias mehr von meinem Gewicht.

»Hast du ihn denn gefunden?«

»Wen?«, stöhnte ich.

»Varnar vom Bronzewald.«

Allein schon den Namen zu hören, war wie ein Fausthieb, aber er wärmte ein bisschen. »Deshalb bin ich nicht hier.«

»Man kann durchaus mehrere Beweggründe haben.«

»Damit kennst du dich ja bestens aus«, erwiderte ich bissig.

»Fehlt Varnar dir, oder bist du inzwischen auf andere Gedanken gekommen?«

Ich wollte verneinen, aber irgendwas ließ mich zögern.

Elias zog sofort seine Schlüsse daraus. »Ein Neuer?«

»Nein, Elias«, seufzte ich. »Kein Neuer.«

»Es gibt keinen Grund, einen Kampf auf Leben und Tod nicht

mit Romantik zu vermischen.« Er grübelte eine Weile vor sich hin. »Hakim ist es nicht. Du bist nicht bereit für ihn.«

»Halt doch endlich …«, knurrte ich, aber Elias sprach weiter.

»Ich zum Beispiel«, sagte er seufzend. »Wir sind ein fantastisches Paar, in jeder Hinsicht, aber du siehst nicht, wie gut wir zusammenpassen – noch nicht.«

»… die Klappe!«

»Frank ist zu alt, Mathias zu süß, und Od ist zu … göttlich.«

»Wenn ich in jemanden verknallt wäre – was ich nicht bin –, würdest du es dann wirklich wissen wollen? Ich meine …«

Überraschenderweise lachte er wieder. »Ich wäre glücklich, wenn du für einen anderen schwärmen würdest. Dann hätte ich auch eine Chance. Es gibt nichts Übleres als unverbrüchliche Zweisamkeit.«

Ich wollte noch mehr spitze Bemerkungen machen, aber da zeichnete sich die eingefallene Steinmauer im Schneechaos ab. Ich blieb stehen, bevor wir sie ganz erreicht hatten.

»Hättest du mir geholfen, wenn du nicht gemusst hättest?«

Schneeflocken legten sich auf Elias' Haar und machten es beinahe weiß. »Was glaubst du?«

»Ich weiß nicht recht. Deshalb frage ich.«

Er antwortete mit einer Gegenfrage. »Hättest du mich verraten, wenn du sicher gewesen wärst, dass ich dir nicht helfe?«

»Ja«, antwortete ich ohne Zögern. »Ich hätte gesagt, dass du mich mehrmals an Ragnara hättest ausliefern können, es aber nicht getan hast.«

Für einen Moment stand ihm Überraschung ins Gesicht geschrieben, bevor der übliche, leicht gelangweilte Ausdruck zurückkehrte. »Manchmal bist du, als würde ich in einen Spiegel schauen.«

Ich wollte etwas sagen, aber da drehte er sich um und ging mit langen Schritten auf die Ruine zu. Ich stapfte hinterher. Vor der Mauer blieb er stehen und legte die Hand an die Steine.

»Wa… warst du schon mal hier?«, stotterte ich zähneklappernd.

Er senkte den Kopf, und ausnahmsweise konnte ich sein hohes Alter erkennen. Sein Rücken war ein wenig gebeugt. Ein Kinderlachen klang wie ein Echo aus Elias' Vergangenheit.

»Das ist viele Jahre her. Komm.« Er ging durch den verfallenen Eingang und stieg über ein paar heruntergefallene Äste.

Ich trat in den zentralen Raum. Rorik, der sich gerade seine Jacke anzog, ließ die Arme sinken.

»Wo bist du gewesen?«, rief er.

Er hatte seine Hose wieder an, und ich sah, dass das hineingeätzte Loch mit einem Lappen geflickt war.

»Ich war nur kurz draußen.«

Elias kam nun auch herein und schaute sich um. Seine Augen hingen an den entstellten Gestalten.

Rorik hielt in seiner Bewegung inne. »Wer bist du?«

Ich tastete nach der Wand, um mich an etwas abzustützen. »Der Braumeister.«

Elias streckte die Hände zu dem Kristalldings aus, das leuchtete und wunderbare Wärme verbreitete. Er schaute erst Rorik an und dann den Kristall.

Rorik wandte sich wieder an mich.

»Was in aller Welt hast du gemacht?« Seine Stimme war durchdringend, und doch glitt sie in den Hintergrund wie ein fernes Kläffen. Ich bekam mit, dass er weiter rief, aber ich hörte nicht, was. Meine Bewegungen waren plump, als ich in meinem Rucksack kramte. Rorik nahm ihn mir gereizt weg, zog trockene Kleidung heraus und warf sie mir zu. Ich versuchte, sie zu fangen, aber sie flog an mir vorbei. Normalerweise hatte ich schnelle Reflexe, doch jetzt schaffte ich es kaum, die Hände zu heben. Ich hatte keine Energie, die Männer zu bitten, sich umzudrehen, aber sie sahen eilig weg, als ich aus meinen Sachen stieg. Nach einer Weile hatte ich es geschafft, den trockenen Pullover anzuziehen, nur mit der Hose kam ich nicht klar. Elias, der anscheinend heimlich geguckt hatte, stellte sich hinter mich und half mir vorsichtig, die Hose hochzuziehen.

Rorik drehte sich nun auch um und sah uns zu. »Wo wart ihr?«

Elias schüttelte den Kopf. »Nicht jetzt.«

Meine steifen, kalten Finger wollten immer noch nicht gehorchen. *Aihh!*, rief ich aus. Erst jetzt bemerkte Rorik meinen Kampf. Er machte einen Schritt auf mich zu, aber Elias hob die Hand und stoppte ihn.

»Die Soldaten haben versucht, mich zu vergewaltigen«, sagte ich, während ich mich immer noch mit den Hosenknöpfen abmühte.

Rorik ging wieder auf mich zu, jetzt mit bestürztem Gesichtsausdruck. Ich warf den Kopf herum, als hätte ich eine Ohrfeige bekommen. Im Moment war es mir unmöglich, die Gefühle anderer auszuhalten.

»Ihrer Meinung nach war es ihr volles Recht, das zu tun, was sie … beinahe … getan hätten«, sagte Elias so leise, dass ich es kaum verstehen konnte.

»Wie kann Ragnara hinnehmen, dass Frauen auf die Art ausgenutzt werden?«

»Ich glaube«, sagte Elias ins Leere, »Ragnara akzeptiert, dass gewisse Dinge so sein müssen, damit sie ihre Macht behalten kann.«

»Sie würde alles tun, um auf dem Thron zu bleiben«, fügte Rorik hinzu.

»Die Frau hat eine Doppelmoral vom Feinsten.«

»Und das sagt eine, die einen Mörder freigelassen hat?«, fragte Elias trocken.

»Das mit Frank ist was anderes.«

»Er hat zwei Mädchen umgebracht, bevor er dich gefunden hat.«

»Und du hast Demiblut an Naut Kafnar verkauft, der drei andere umgebracht hat«, schnappte ich zurück und rief frustriert aus: »Ich kriege die verdammte Hose nicht zu!«

Elias stellte sich vor mich.

»Meine Hände wollen nicht.« Plötzlich konnte ich meine Tränen nicht mehr zurückhalten. Erst jetzt merkte ich, wie sehr ich zitterte.

»Komm her.« Elias wollte mich an sich ziehen, aber ich wich instinktiv mit einem großen Sprung zurück. Mein Körper erinnerte sich an die vielen brutalen Hände, unter anderem seine.

Er sah mich an. »Selbst nach all den Jahren passiert es mir noch, dass ich die Reaktionen von Menschen falsch einschätze.«

»Ich reagiere also verkehrt?«

Das Bild von der Midgardschlange und Gustafs baumelnden Beinen schoss mir durch den Kopf, und ich sah das erstarrte Gesicht eines Soldaten, bedeckt mit rotem Schaum. Kian lag auf der Erde, und Hemming hing am Baum in Vindr Fen. Ich presste beide Hände gegen meine Schläfen.

Ohne mich aus den Augen zu lassen, griff Elias nach dem Lederbeutel, der immer um seinen Hals hing. Dann schaute er hinein und kramte zwischen den Ampullen, während ich schluchzend mit offener Hose und nassen, wirren Haaren dastand.

Draußen pfiff der Wind, es klang wie ein wütendes Tier.

Rorik kam näher, und ich merkte, dass er helfen wollte, aber nicht wusste, wie. Die vielen verhutzelten Schatten hatten sich so weit von uns zurückgezogen, wie sie nur konnten, ohne sich dem Schneesturm auszusetzen. Elias fand ein Glasröhrchen und eine Kanüle.

»Du reagierst ganz normal. Ich hatte mich nur zu der Annahme verleiten lassen, du seist übermenschlich stark.«

»Tut mir leid, dich mit meiner Menschlichkeit zu enttäuschen.« Das hätte sarkastisch klingen sollen, aber meine Unterlippe zitterte schon wieder.

»Schhh.« Jetzt umarmte Elias mich abermals, und diesmal konnte ich nicht schnell genug ausweichen. Obwohl ich mich wehrte, hielt er mich fest an sich gedrückt, und schließlich entspannte ich mich in seinen Armen. Ich atmete seinen süßen, würzigen Duft ein.

»Ich bin es, der unmenschlich geworden ist«, flüsterte er. »Ich vergesse immer, wie ein gesunder Geist funktioniert.«

Er schob mich ein wenig von sich, griff nach meinem Arm und krempelte den Ärmel hoch. Routiniert zog er mit einer Hand die Spritze auf, während er mit der anderen meinen Oberarm abdrückte.

»Was ist das?«, schniefte ich.

»Etwas, das hilft.«

Nach kurzem Schmerz wallte Ruhe durch meinen Körper. Auf einmal war mir alles egal: die Hände der Soldaten, die gefolterten Männer von Vindr Fen und sogar Halfdan.

Elias zog die Nadel aus meinem Arm, und ich setzte mich mit einem Plumps vor ihm auf den Boden. Das Geräusch schwerer Atemzüge entspannte mich noch mehr. Mir ging auf, dass es meine eigenen waren. Jemand legte die Jacke meiner Mutter um mich, aber ich hatte keine Ahnung, wer. Ich starrte nur in den leuchtenden Kristall.

Ich sah Bilderfetzen aus Elias' langer Vergangenheit. Sie erstreckte sich hinter ihm wie eine Röhre. Er sortierte Stapel von Papieren in einer alten Bibliothek, er braute in großen Wannen, und er setzte Flaschen an den Mund. In seltsamer Kleidung ging er über ein Feld auf einen Hügel zu, den ich als Odinshöhe ohne Haus obendrauf erkannte. Dort oben traf er jemanden, eine verwischte Gestalt, die ich nicht richtig sehen konnte. Sie gaben sich die Hand.

Das Bewusstsein kehrte zurück, und ich blinzelte. Mein Haar war zu dicken Zotteln getrocknet. Ich drehte den Kopf, um mich umzuschauen.

Elias sah mir ernst in die Augen. Er hatte auf mich aufgepasst.

»Was war das, was du mir gegeben hast?« Als ich das sagte, merkte ich, wie trocken mein Mund war.

»Eine Pause.« Er sah zu Boden und rieb seinen Unterarm durch den Pullover.

Rorik reichte mir einen Becher, aus dem ich gierig trank. Er ging vor mir in die Hocke. »Wie geht es dir?« Behutsam nahm er meine Hand.

Ich versuchte zu antworten, brachte aber keinen Ton heraus, deshalb trank ich noch einen Schluck. Schließlich konnte ich etwas sagen. »Mir geht's gut, könnte nicht besser sein.«

»Wir hauen ab, sobald der Schneesturm vorbei ist. Merit kann uns helfen, unbemerkt durch den Wald zu kommen.« Rorik räusperte sich. »Wäre es nicht am besten, wir suchen uns einen Platz, wo du dich ausruhen kannst? Dich verstecken kannst? Ich kann versuchen, deine Schwester ohne dich zu finden.«

Ich drehte den Kopf, und es fühlte sich an, als würde ich ihn durch Schlamm ziehen. »Ich muss weiter. Ich muss Serén selber finden. Sonst kann ich dir ja nicht helfen bei … was immer es ist.«

Jetzt klang Roriks Stimme sanft. »Ich will dich nicht verlieren.«

Mühsam fokussierte ich meinen Blick auf ihn. »Falls Ragnara ihren Willen kriegt und mich tötet, fängt Ragnarök an, und dann verlierst du mich auf jeden Fall. Und alles andere auch.«

»Was meinst du damit?«

Ich antwortete nicht.

Er ließ mich los, räusperte sich und strich mit seiner Adlerhand über die eingefallene Mauer. »Was ist mit dir?«

Ich rieb mir mit den Fingerknöcheln die Augen. »Bis dahin bin ich längst weg. Dem Schicksal entkommt man nicht, und es ist vorherbestimmt, dass ich getötet werde, falls ich meine Schwester nicht finde.«

»Warum bringt Ragnara Serén nicht einfach um? Dann könnt ihr euch ja nicht treffen.«

Ich seufzte, denn darüber hatte ich tatsächlich auch schon nachgedacht.

»Vielleicht ist etwas passiert, das Ragnara ändern muss.« Ich wartete darauf, dass der Schmerz, den ich bei dem Gedanken an den Tod meiner Schwester spürte, wieder wegging, und Rorik sah mich bedrückt an. Ich hob die Hände. »Das ist nur eine Theorie.«

Er lehnte sich zurück. »Was machen wir?«

»Wir ziehen weiter«, sagte ich.

Er kniff die Augen zusammen, wie er es immer tat, wenn er nachdachte. »Warum bist du dir so sicher, dass du das zu entscheiden hast?«

Ich fuhr mit den Fingern durch mein verfilztes Haar. »Ich bin mir nicht sicher, aber irgendwer muss es ja tun.«

Elias mischte sich ein. »Anne ist der Boss.«

KAPITEL 17

Wir sahen zu Elias.

Er richtete seine graublauen Augen auf mich. »Bist du bereit dafür, dass ich dir etwas zeige?«

»Ja!« Ich straffte die Schultern und strich mir die Haare aus dem Gesicht.

»Während du losgerannt bist und die Heldin gespielt hast, habe ich die Zeit für etwas Vernünftiges genutzt.«

»Ich will mir lieber nicht vorstellen, was du unter vernünftig verstehst«, erwiderte ich.

Die weichen Lippen verzogen sich zu einem Lächeln, als er hörte, dass ich fast wieder die Alte war. »Das einzig Vernünftige, was es gibt. Studieren.« Er zog einige Papiere hervor. »Das hier könnte die Lösung sein.«

»Dann lass mal hören, welche obskuren Formeln du dir ausgedacht hast.«

Elias biss sich auf die Unterlippe. »Es sind Gedichte.«

»Gedichte?« Ich wollte mich etwas weiter aufrichten, ließ es aber, als ein dumpfer Schmerz im Rücken mir klarmachte, wie lange ich zusammengesunken dagesessen hatte. »Sind wir nicht über den Punkt hinaus, wo wir in Poesie schwelgen? Du hast vorhin über zwanzig Männer umgebracht.« Ich stockte, gab mir aber selbst einen Schubs. »Ich hatte gehofft, du hättest einen Sprengstoff oder eine biologische Waffe erfunden.«

Elias schnalzte mit der Zunge. »Das hier kann stärkere Munition sein als etwas Explosives oder Giftiges.«

»Okay.« Ich schüttelte mich unter der dicken Jacke. »Was hast du herausgefunden?«

Elias faltete die Papiere auseinander. »Ich lese Strophen vor, in erster Linie aus der Weissagung der Seherin, aber auch aus der Hávamál.«

Mein Atem ging schneller. »Als ich sie das letzte Mal gehört habe, musste ich mich übergeben und bin ohnmächtig geworden.«

Elias öffnete den Mund, aber es dauerte einen Moment, bis er etwas sagte. »Ich weiß. Genau deswegen brauche ich dich.«

»Wofür?«

Er sprach rasch weiter. »Falls dir schlecht wird, höre ich auf.«

»Hat sie noch nicht genug durchgemacht?«, fragte Rorik und sah Elias finster an.

Ich ging eilig dazwischen. »Ich glaube, ein *bisschen* mehr halte ich schon noch aus.«

Elias unterdrückte ein Lächeln. Dann wurde er ernst und wedelte mit den Blättern. »Ich glaube, dass nur Bruchteile der Gedichte die echte Prophezeiung sind. Mit deiner Fähigkeit kannst du die wahren Worte erspüren.«

»Woran machst du das fest?«

»Heid gab die Prophezeiung an Od weiter, bevor sie starb.«

»Und Heid ist die Seherin, die Od vor über tausend Jahren gekannt hat?« Ich kniff die Augen zusammen.

Elias nickte. »Die Mutter aller Völven.«

Mir lief es kalt über den Rücken. Svidur hatte mich zur Völva gemacht, auch wenn ich nicht genau wusste, was das beinhaltete.

»Wurde die Weissagung der Seherin nicht erst viele Hundert Jahre nach ihrer Verkündung aufgeschrieben?«, fragte ich, um ein paar Informationen aus Elias herauszulocken. Ich wollte nicht verraten, was Svidur gesagt hatte.

»Die Gedichte wurden erst nach der Jahrtausendwende niedergeschrieben.« Er stutzte. »Also, der ersten Jahrtausendwende.«

Ich schwieg, während mir Ods hohes Alter durch den Kopf ging.

»Hat Od die Gedichte unverständlich gemacht, um die Wahrheit zu verbergen?«, fragte ich schließlich.

»Heid hat die Prophezeiung verkündet, aber sie hat sie nicht einmal selbst verstanden. Ich glaube, dass Od darauf gewartet hat, dass der oder die Richtige sie deuten kann«, sagte Elias.

»Bist du der Richtige?« Ich rieb mir das Kreuz.

»Nein. Das bist du.«

»Au.« Wieder zuckte ein kalter Blitz meine Wirbelsäule hinauf. Elias rezitierte.

Von Süden die Sonne,
des Monds Gesell,
schlang die Rechte
um den Rand des Himmels:
die Sonne kannte
ihre Säle nicht;
die Sterne kannten
ihre Stätte nicht;
der Mond kannte
seine Macht noch nicht.

Ich fühlte die Schwere der Worte. In meinem Kopf drehte sich alles, aber das verschwand, als Elias aufhörte zu lesen.

Rorik lauschte aufmerksam. »Ich habe das Gedicht noch nie gehört.«

»Ich bin sicher, dass es von Serén, Anne und ihren Freunden handelt«, sagte Elias.

»Luna und Mathias«, sagte ich. Es gab mir einen Stich ins Herz, und ich wunderte mich über das Gefühl. Es war ungewohnt für mich, jemanden zu vermissen.

Elias las weiter vor, und ich atmete tief durch, um Kraft zu sammeln.

Ich sah Balder,
dem blutenden Gott,
Odins Kind,
das Schicksal bestimmt;
gewachsen war,
überm Feld hoch,
schmal und sehr schön,
der Mistelzweig.

»Das Götterblut«, sagte ich, als die Worte verklungen waren. »Es ist Balders Blut, das Ragnara hat. Weil sie es einnimmt, ist sie unsterblich?«

»Ich habe das Od gegenüber erwähnt«, sagte Elias. »Er sagt nur, er habe dafür gesorgt, dass Ragnara nicht mehr davon bekommen kann. Also ist das, was sie hat, ihre letzte Portion. Wenn das verbraucht ist, dann ist sie wieder sterblich.«

»Sterblich«, überlegte Rorik laut. »Dann ist der Weg zum Thron frei.«

»Da ist noch mehr in dem Gedicht«, sagte Elias.

»Was denn?«

»›Gewachsen war, überm Feld hoch‹«, zitierte er.

»Ah. Odinshöhe.«

Langsam sagte Elias: »Das musst du sein, die Heid gesehen hat.«

»Nicht unbedingt«, wandte ich ein. »Odinshöhe ist uralt.«

»Schmal und sehr schön«, sagte Elias.

»Sie ist beides, das ist deutlich«, sagte Rorik lächelnd. »Aber das heißt nicht …«

»… der Mistelzweig«, unterbrach Elias ihn.

Rorik sah ihn verständnislos an, aber ich schloss die Augen.

»Ahen Drualus«, flüsterte ich.

»Drualus ist ein altes gälisches Wort für Druidenkraut. Dasselbe wie Mistelzweig.« Elias' Stimme blieb in der Schwebe, und ich senkte den Blick. »Hat das was mit dir zu tun?«

Vor meinem inneren Auge sah ich, wie Varnar seine Arme um mich schloss, während er mir den Namen ins Ohr flüsterte. Ich holte zitternd Luft.

»Jemand hat mich mal so genannt. Er hatte es aus einem alten Lied.« Mein Nacken wurde ganz kalt, als ich daran dachte, wie Justine gesagt hatte, ich trüge einen aus Liebe gegebenen Namen. Ich riss mich zusammen und griff nach dem nächstbesten Blatt. »Was ist das hier?«

»Das ist aus der Hávamál. Ich glaube, dass es auch darin Strophen gibt, die echte Prophezeiungen sind.«

Ich las einen zufälligen Vers vor.

Einen zwölften kenn ich,
wenn ich oben am Baum
eines Gehängten Leiche baumeln seh:
Dann ritz ich
und färb die Runen,
dass dieser Mann kommt
und mit mir spricht.

Ich warf das Blatt von mir, weil ich die Prophezeiung spürte, und auch wegen des Wortlauts.

»Das ist doch nicht passiert.« Elias verstummte, als Rorik und ich gleichzeitig Luft holten.

»Vindr Fen«, rief Rorik aus. »Du hast mit dem erhängten Mann gesprochen. Mit seinem Geist.«

Elias las ein anderes Gedicht vor.

Er schnappt und senkt den Kopf,
wenn er ans Wasser kommt,
der Adler auf dem alten Meer;
so ist der Mann, der zu vielen kommt
und wenige Fürsprecher hat.

Der verfallene Raum drehte sich. Ich betrachtete Roriks Hand mit dem Adler-Tattoo. Ich hatte Svidur am alten See in Hibernia getroffen, und er hatte wenige Fürsprecher. Mit frustriertem Stöhnen schleuderte ich das Blatt von mir.

Elias las:

Einen Saal seh ich, der Sonne fern,
einen Totenstrand, das Tor nach Norden:
tropfendes Gift träuft durch das Dach;
die Wände sind aus Wurmleibern.

Wieder drehte sich alles um mich herum. Auch dieses Gedicht hatte etwas Bekanntes.

»Wurmleiber«, stöhnte ich. »Ist das die Midgardschlange?«

Elias blickte auf die Papiere. »Nein. Das hier müsste eine Beschreibung von Helheim sein.«

Ich konnte kaum sprechen, so kurzatmig war ich. Hatte ich das Gedicht nicht schon mal gehört?

»Aber«, fuhr Elias fort, »die Midgardschlange steht im Mittelpunkt, denn es ist eine Warnung, dass Ragnarök bevorsteht, wenn sie ihren Schwanz loslässt. Soweit ich weiß, hat sie ihn losgelassen.«

»Gibt es noch andere Anzeichen für Ragnarök?«, fragte Rorik.

»Jede Menge«, erwiderte Elias. »Aber es lässt sich nicht sagen, was Märchen und was Wahrheit ist. Zum Beispiel sagt eine Legende, Ragnarök werde dadurch angekündigt, dass Loki freikommt und die Chaoskräfte anführt.«

»Loki?«

»Versuch weiterzulesen«, bat Elias.

»Nein danke«, schnaubte ich. »Wir können sowieso nichts machen!«

»Ich glaube, man kann das Schicksal ändern«, sagte er. »Eine Prophezeiung ist eine begründete Vermutung über die Zukunft –

nicht in Stein gemeißelt. Wenn man eine Vermutung über die Zukunft kennt, kann man vielleicht die Gegenwart so gestalten, dass sie beeinflusst, was passieren wird.« Er zeigte auf die Papiere. »Versuch mal, diese beiden Strophen zu lesen.«

Ich blickte auf das Blatt und las widerstrebend für mich selbst.

Dort sah sie waten
durch beschwerliche Ströme
meineidige Männer
und Mörder,
und den, der eines andern
Ohrflüsterin verführt;
dort sog Nidhögg
die Leichen der Verstorbenen.
Der Wolf riss Männer. –
Wisst ihr nun noch etwas?

Östlich saß die Alte im Eisenwald
Und fütterte dort Fenrirs Geschlecht.
Von ihnen allen wird eins das schlimmste:
Des Mondes Mörder übermenschlicher Gestalt.

»Das ist nicht passiert«, keuchte ich.

»Noch nicht«, sagte Elias.

Die Worte sprachen deutlich zu mir, obwohl die Ereignisse nicht stattgefunden hatten.

Wölfe.

Ich kniff die Augen zusammen. Eisenwald, das war doch dort, wo Monsters Familie lebte. Die brutale Trauer, die mich immer wieder überfiel, traf mich wie ein Hammerschlag. Ich musste das Gefühl verdrängen, sonst würde ich elendig untergehen.

Die Riesenwölfe stammten vom Fenriswolf ab.

Des Mondes Mörder.

Bei dem Gedanken blieb mir die Luft weg. Einer von ihnen würde den Mond verschlingen.

Oh nein! Luna!

»Ich komme nicht mit euch.« Elias zog mich ein Stück von den anderen weg.

Das Schneegestöber legte sich spät in der Nacht, deshalb konnten wir erst am Morgen aufbrechen. Merit wartete ungeduldig darauf, uns den Weg zu zeigen. Sie unterhielt sich mit Rorik, aber beide schauten ab und zu in unsere Richtung. Elias' Locken bewegten sich leicht im Wind.

»Warum kommst du nicht mit?«, fragte ich und strich über die Stelle in der Jacke, die vom Gift der Midgardschlange verätzt worden war. Merit hatte das Loch mit einem Lappen geflickt, ohne dass ich darum gebeten hatte. Etwas an dieser Geste rührte mich.

Elias spitzte die fülligen Lippen. »Möchtest du mich gerne an deiner Seite haben?«

Ich blickte hinunter auf meine Stiefel.

»Es soll möglichst nicht bekannt werden, dass ich Thoras Tochter helfe«, sagte er.

Ich stemmte die Hände in die Seiten und hob den Kopf. »Glaubst du, es wird nicht bekannt, wenn die Leute herausfinden, dass du alle Soldaten in Sverresborg umgebracht hast?«

»Ein bedauerlicher Unfall. Sie haben etwas getrunken, was sie nicht hätten trinken sollen.« Elias' graublaue Augen blickten hinauf zu den Baumkronen.

»Und was ist mit dem, der ein Messer in den Hals bekommen hat?«

Zähne blitzten auf, und für eine Sekunde glich Elias einem Raubtier. »Der ist unglücklich gestürzt.«

»Sehr unglücklich.« Ich schnaubte. »Du lässt uns also im Stich?«

»Ich habe meinen Teil doch wohl getan.« Er nahm meine Hand.

Ich wollte sie zurückziehen, aber er drückte mir eine kalte Ampulle in die Hand. Ich betrachtete sie. »Ist das Laekna?«

Sanft umfasste er meinen Handrücken und schloss meine Finger um die Ampulle. Wie bei unserer ersten Begegnung führte er meine geballte Faust an seinen Mund. Diesmal ohne spöttischen Blick. Er war ganz ernst, als er meinen Handrücken küsste. Ich ließ es zu und verkniff mir die Bitte, dass er doch bleiben solle. Ich steckte die Ampulle in die Hosentasche.

»Falls du nichts Dringendes vorhast, könntest du mir dann einen Gefallen tun?«, fragte ich.

»Für dich mache ich alles.«

Ich wusste, was jetzt kam.

»Aber es kostet was.«

Ich seufzte. »Schon klar. Du machst nie etwas kostenlos.«

Elias wollte etwas sagen, aber mein warnender Blick stoppte ihn. Er sprang weiter zum nächsten Satz. »Wie kann ich dir zu Diensten sein?«

»Wir haben im Steinkreis von Vindr Fen zwei Männer gefunden. Tote Männer. Uns blieb nicht viel Zeit, deshalb haben wir sie im Sand unter einem Baum vergraben. Wir haben Steine auf die Gräber gelegt, damit man sie wiederfinden kann. Würdest du nach Jorvik gehen und ihrem Bruder sagen, wo sie sind? Sie heißen Kian und Hemming. Sie sollen sicher richtig beerdigt werden oder verbrannt oder …« Meine Stimme versagte.

Elias legte den Kopf schräg und musterte mich stumm. Ich wurde aus seinem Gesichtsausdruck nicht schlau. War es Mitleid? Zynismus? Er trat ganz nah an mich heran.

»Was willst du dafür haben?« Mit der flachen Hand hielt ich ihn ein wenig auf Abstand.

Elias beugte den Kopf dicht zu mir.

»Vergiss die Art, wie ich dich in Sverresborg angefasst habe.« Er schloss die Augen. »Ich wünschte, du hättest mich nie so erlebt.«

»Das kann ich nicht vergessen. Und woher soll ich wissen, ob du dort oben Theater gespielt hast oder ob du es jetzt tust?«

Eine uralte Trauer glitt über sein Gesicht. »Dann bitte ich dich nur um eins.«

»Und was?«

»Sag meinen Namen.« Er öffnete die Augen wieder und sah mich an. In seinem Blick lag kein Hintergedanke. Nur eine seltsame Verzweiflung.

»Sonst nichts? Nur deinen Namen?«

Er nickte.

»Elias.« Meine Stimme ging am Ende des Wortes unsicher nach oben.

Er beugte sich zu mir. »Flüstere ihn.«

Mir war unbehaglich zumute, aber ich zwang mich, stehen zu bleiben. Es war ein kleiner Preis dafür, der Familie der beiden Toten Nachricht zu geben. Ich führte meinen Mund dicht an sein Ohr.

»Elias«, flüsterte ich.

Seine Finger strichen über meinen Handrücken und lösten kleine Schauer in mir aus, aber bevor ich die Hand an mich reißen konnte, gab Elias sie frei.

»Danke.« Er verbeugte sich. »Fast alle nennen mich Braumeister.« Er sah mich ein letztes Mal an. »Leb wohl, Anne.«

Dann drehte er sich um und verschwand zwischen den Bäumen.

Ich blickte ihm nach, ehe ich mich Merit und Rorik zuwandte. »Machen wir, dass wir wegkommen.«

Merit ging voraus in den Wald. Sie hatte meinen Schal um und Roriks Handschuhe an. Das Gelände fiel ab, und durch die hohen Bäume erahnte ich offenes Land. Ich setzte mich zwischen den beiden in Trab.

»Wie lange dauert es bis nach Sént?«

Rorik blickte schräg auf mich herunter. »Das dauert vier oder fünf Tage, aber wir dürfen Frón nicht zu nahe kommen, denn das Reich liegt oben am Eisenwald.« Er verstummte.

»Warum dürfen wir nicht in die Nähe des Eisenwalds?«

»Die Riesenwölfe sind gefährlich.«

»Ich bin mit Etunaz befreundet.« Ein Schmerz, so scharf, dass ich fast in die Knie gegangen wäre, schnitt durch meinen Bauch. »Ich *war* mit ihm befreundet«, berichtigte ich. »Auch wenn er nicht mehr … im Eisenwald ist, seine Frau und seine Kinder sind noch dort. Sie haben von mir gehört.«

»Also gut.«

»Kommt jetzt«, trieb Merit uns an.

Die Schneedecke wurde dünner, je weiter wir bergab gingen und uns der Baumgrenze näherten. Wir erreichten den Waldrand. Merit behauptete steif und fest, sie habe eine Route gewählt, die die Soldaten nicht kannten, aber sie blickte sich trotzdem ständig um. Jetzt blieb sie stehen und wandte sich an Rorik. Ihr Fausthandschuh strich über die dünne, rissige Haut an der Wange und landete auf ihrer leicht schiefen Nase.

»Ich spüre schon etwas mehr.«

Rorik warf mir einen schnellen Blick zu.

Merits kleiner Kopf wackelte ein wenig.

»Splittr kann nicht durch Medizin geheilt werden.« Sie kniff die Augen zusammen. »Nur durch Seiðr.«

Rorik blickte stumm hinunter auf den schneebedeckten Boden. Hinter uns ragte der Wald auf, und vor uns lag eine offene Landschaft, die steil abfiel und an einem Hügel endete. Am Horizont erahnte ich grünes Laub, und ein warmer Luftzug traf meine Haut. Wir standen an der Grenze zu Særkland.

»Auf der anderen Seite des Hügels dort kommt ihr zu einer von Ragnaras Festungen. Sie ist jetzt verlassen. In Særkland sind nicht sehr viele von Ragnaras Soldaten, und in Miklagard hat sie gar keine Bastion, aber sie hat viele Spione.« Merit zog die Fäustlinge aus und hielt sie Rorik hin.

Er schüttelte den Kopf und schob ihre Hände zurück. »Du bist eine gute Pfadfinderin.«

Merits Mund verzog sich zu einem schiefen Grinsen. »Keiner achtet auf ein kleines Mädchen mit Splittr.«

Rorik betrachtete ihre Wangen. Die bisher roten, nässenden Flächen hatten jetzt eine normale Hautfarbe.

Sie lachte wieder und verschwand zwischen den Bäumen, flink wie eine Maus.

»Wie heißt diese Gegend?«, fragte ich, als wir auf den Hügel im Sumpf zusteuerten, den Merit uns gezeigt hatte. In der Ferne zeichnete sich ein weiterer Hügel ab, hellrot gefärbt von der aufgehenden Sonne, die inzwischen einige Handbreit über dem Horizont stand. Wir mussten uns in einer Art Tal befinden. Die Luft war feucht und schmeckte nach Stillstand. Von Befestigungen war keine Spur zu sehen, aber es gab einige ovale Steinsetzungen. Viele der Steine waren umgestürzt und hatten Lücken in die Ovale gerissen. Das Gras war kurz, als sei es abgeweidet worden, und es lagen Skelette von Pferden, Kühen und sogar Hunden herum. Die Knochen warfen in der Morgensonne lange Schatten.

»Wir sind immer noch im Sveareich. Die Grenze zu Særkland ist hinter dem Hügel.«

»Warum ist es hier so öde?«, fragte ich und wich einem Kadaver aus. An dem weißen Gerippe war kein Fetzen Fleisch mehr, nur etwas Haut hing noch an den Knochen. »Und warum liegen hier überall tote Tiere?«

Rorik betrachtete ein großes Skelett. »Keine Ahnung. Ich war hier noch nie.«

Drückende Stille hing über der Landschaft. Nicht einmal Vögel oder Insekten waren zu hören, obwohl blank schimmernde Flächen verrieten, wie sumpfig es hier war. Meiner Meinung nach hätte der Ort ein Paradies für Vögel und Kröten sein müssen, aber alles war in furchtsames Schweigen gehüllt. Wir blieben vor einem riesigen, abgeflachten Stein stehen, der senkrecht in der

Erde stand. Er ragte mindestens drei Meter über uns auf, und ich blinzelte gegen das Licht, als ich zu ihm hochblickte.

»Von allein kommt ein Stein nicht in diese Lage«, sagte Rorik mit der flachen Hand am Megalithen. Er blickte auf den Boden, in dem der untere Teil des Felsens verschwand. »Der muss zur Hälfte in der Erde stecken, sonst könnte er sich nicht aufrecht halten.«

»Wie haben die Leute es bloß geschafft, ihn ohne Kran so aufzustellen?«, staunte ich.

»Was ist Kran?«

»Ein Kran ist ein riesiges Auto mit einem Greifer dran.« Ein Nachhall der Vergangenheit vibrierte aus der Erde in meine Füße hinein, und ich ging in die Hocke und legte eine Handfläche auf das kurze Gras.

»Ein Greifer?« Rorik sah mich neugierig an.

»Der sieht aus wie eine große Klaue.« Ich machte Greifbewegungen mit den Fingern. »Nur dass er aus Eisen ist.«

»Und was ist ein Auto?«

»Ein Auto?« Ich ließ die Hand sinken. »Vergiss es.«

Plötzlich wurde das orange Morgenlicht fahlgrau, und mir lief ein Schauer über den Rücken. Eine dunkle Gewitterwolke kam auf uns zu, aus dem Nichts fegten Windstöße heran und schüttelten uns drohend. Ein einzelner Blitz flammte über den Himmel, gefolgt von krachendem Donner.

»Komm«, sagte Rorik. »Wir sollten uns lieber eine Höhle suchen.«

Ich stöhnte. »Falls ich lebendig aus dieser ganzen Sache rauskomme, werde ich nie wieder eine Höhle betreten, ich schwöre!«

Rorik lächelte schief und bewegte sich auf den Hügel am Ende des Sumpfes zu. Während wir hinaufstiegen, kamen uns die dunklen Wolken entgegen, aus denen es drohend blitzte und donnerte. Als wir die Hügelkuppe erreichten, sahen wir, dass dort ein großes, rundes Gebäude inmitten einer flachen Umgebung stand, die noch sumpfiger war als die, aus der wir kamen. Tatsächlich war hier mehr Wasser als Land, und das Gebäude schien auf dem einzigen Flecken Erde platziert worden zu sein. Die nackten Bäume, von denen einige direkt aus dem Wasser ragten, schüttelten sich jedes Mal, wenn ein Windstoß sie traf.

Wir duckten uns ins Gras und hielten nach Gegnern Ausschau, aber hier schien es ebenso verlassen zu sein wie bei der Steinsetzung hinter uns. Um das Gebäude verlief eine Art Graben, der mit spitzen Pfählen und Spießen gefüllt war. Zum Fort selbst führte ein Steg, an dessen Ende sich ein großes Tor befand. Das Tor stand offen und klapperte, wenn ein Windstoß dagegentraf.

Rorik musterte das Ganze mit fachmännischer Miene.

»Das ist eine militärische Anlage.« Er erhob sich und ging über die Hügelkuppe.

Als ich keine Anstalten machte, ihm zu folgen, winkte er mich zu sich. »Hier ist niemand. Komm ruhig.«

Ich schickte meinen Spezialsinn los. Alles war völlig menschenleer, obwohl ich spürte, dass vor nicht allzu langer Zeit Leute hier gewesen waren.

Ich rappelte mich auf und folgte Rorik, während immer mehr Blitze zuckten. Jetzt knisterte die Luft vor Elektrizität, und Nebel umhüllte uns.

»Wir können da drinnen Schutz suchen.« Er ging auf das Gebäude zu.

»Bist du sicher?« Ich war skeptisch. »Wenn jemand kommt, sitzen wir in der Falle.«

Im selben Moment blitzte es wieder, und sofort darauf kam der Donnerknall. Wir spürten den Regen nicht einmal. Der Nebel hatte sich einfach zu Tropfen verdichtet.

Rorik blickte über die Schulter und grinste neckisch. »Wir können natürlich auch eine Höhle suchen.«

Mit einer resoluten Handbewegung scheuchte ich ihn zum Steg.

»Du zuerst.« Ich blickte mich um. »Was ist das hier für ein Ort?«

Rorik ging mit festen Schritten voraus.

»Ich wusste nicht, dass hier eins ist, aber es sieht aus wie ein gewöhnliches Fort.« Er betrachtete Ragnaras zweigartige Rune, die in eine Holzplatte am Ende des Stegs geprägt war. »Normalerweise liegen diese Festungen wie Perlen an einer Schnur entlang einer Mauer. Ich habe noch nie eine gesehen, die mittendrin liegt.« Bevor er den Steg betrat, drehte er sich einmal im Kreis, als wolle er sichergehen, dass niemand im Hinterhalt lag. Er murmelte vor sich hin. »Aber sie muss wohl irgendwas vor irgendwem schützen?«

Wachsam gingen wir über den langen Holzsteg auf das offene Tor zu, das jetzt heftig hin- und herschlug. Auch das Tor war mit Ragnaras Rune geschmückt, die schwarz mit verkohlten Rändern hervortrat. Der Wind hatte zugenommen, und manchmal heulte er im Falsett, wenn er auf Widerstand traf. Ein weiterer Blitz mit krachendem Donner machte uns Beine, und der Steg knackte unter unseren Laufschritten. Das Holz des Geländers war frisch repariert und glänzte ölig.

Rorik musterte den Steg. »Das hier ist merkwürdig. Wirklich merkwürdig.« Er blieb stehen und blickte über das Geländer hinunter in den Graben mit den unzähligen spitzen Pfählen. Dann hob er den Kopf und betrachtete den Erdwall, der Graben und Fort umschloss. »So was habe ich bisher noch nicht gesehen.«

»Das sieht doch aus wie Sverresborg, nur kleiner«, sagte ich, als ich ihn überholte.

Rorik blieb zurück und betrachtete den äußeren Erdwall weiterhin nachdenklich, während ich mich beeilte, nach drinnen zu kommen, denn jetzt begann es zu gießen. Ich ging durch das klappernde Tor und war im Trockenen.

Pechschwarze Dunkelheit. Nur die gewaltigen Blitze von draußen erhellten das Gebäude sporadisch. Ich hatte den Eindruck, dass es ein einziger großer, runder Raum war und dass Reihen von Stöcken sich die ganze Wand entlangzogen.

»Was …«, begann ich, wurde aber von einem lauten Knirschen unterbrochen, als ich auf etwas Zerbrechliches trat. Ich blickte nach unten, konnte aber nichts sehen.

Andere Schritte knirschten hinter mir, und mir schlug das Herz bis zum Hals, ehe mir aufging, dass es nur Rorik war. Er bemerkte den seltsamen Fußboden zuerst gar nicht.

»Wenn man Feinde abwehren will, muss der Graben vor dem Wall liegen. Aber hier ist der Wall außen, und dahinter kommt der Wallgraben. Das ergibt keinen Sinn.«

Mein Nacken begann zu kribbeln.

Ein Blitz erhellte den Raum, und ich blickte zu Boden.

Eierschalen! Riesengroße Eierschalen.

Aber der Blitz war im Nu wieder weg. Irgendetwas rührte sich hinter uns. Obwohl ich mit meinem Spezialsinn nichts außer Rorik spürte, war da etwas, das sich im Dunkeln bewegte. Roriks große Hand fand meinen Arm, und er zog mich hinter sich.

»Ich hätte es sehen müssen«, sagte er, während er uns zurück Richtung Türöffnung bugsierte.

Unter uns knirschten die Schalen.

»Was hättest du sehen müssen?«, flüsterte ich, wurde aber übertönt von dem kratzenden Geräusch, und gleich darauf begrub der Donner meine Worte endgültig. Ein Flimmern erleuchtete die Halle, und ich sah eine ovale Form neben uns. Das Ding war fast so groß wie ich, und es schwankte. Es ähnelte den Steinen auf der Ebene jenseits des Hügels, aber es stand ganz aufrecht, war grau und schwarz gesprenkelt und ruckte unkontrolliert.

»Rorik?«, flüsterte ich. »Was hättest du sehen müssen?«

Sein Blick war auch auf das bebende Ei gefallen.

»Dass das hier nicht gebaut worden ist, um etwas draußen zu halten.« Er unterbrach sich, als wieder ein Donnerschlag dröhnte und das Ei aufzubrechen begann. »Es wurde gebaut, um etwas drinnen zu halten.«

KAPITEL 18

Wir bewegten uns rückwärts zum Ausgang, während wir auf das zitternde Ei starrten. Lange Risse bahnten sich ihren Weg über die harte Schale. Rorik zog Tilarids und richtete es auf das Ei. Während ich zurückwich, ging er nach vorn und wechselte das Schwert von einer Hand in die andere, um bereit zu sein, wenn Was-immer-da-im-Ei-sein-mochte herauskam.

Zu allem Überfluss prasselte der Regen, Blitze zuckten, gefolgt von mächtigen Donnerschlägen, und ich hatte wirklich große Zweifel, ob es drinnen gefährlicher war als draußen. Als ein besonders wilder Blitz den Himmel spaltete, wurde der tiefste Riss im Ei länger und eine durchsichtige, klebrige Flüssigkeit quoll heraus. Es stank faulig. Ein weiterer Blitz enthüllte, dass die Flüssigkeit kackgrün war. Mit einem Krachen und einem Plätschern zerbrach das Ei in zwei Hälften. Eine Gestalt zappelte in der Hälfte, die umgefallen war und jetzt aussah wie die Horrorversion eines Ostereis. Kleine braune Arme, an denen schlaffe, durchsichtige Lederhaut hing, streckten sich aus, und etwas, das wie ein bizarres Baby klang, heulte.

Tilarids war jetzt ganz vorn an der Kante der Eierschale, und Rorik machte sich bereit, zuzustoßen. Er hielt das Schwertheft mit beiden Händen und zog die Arme zurück. In dem Moment lugte ein Kopf hervor. Orange Augen blinzelten und die Pupillen sausten herum, als hätte das Wesen Mühe, den Blick zu fokussieren. Das Tier war schleimig und braun mit einem grauweißen Fleck rund um das linke Auge. Es gähnte, und ein übler Gestank wehte aus seinem Schlund herüber zu mir, obwohl ich mehrere Meter entfernt stand. Jetzt rief es wieder und drehte dabei seinen langen Hals.

Rorik hielt in seiner Bewegung inne.

»Ein Fingalk«, sagte ich atemlos. »Ist das ein Baby?« Ich blickte auf die vielen Schalen und die Stöcke an der Wand. »Sieht aus wie ein Hühnerstall.«

»Ich habe keine Ahnung, was ein Hühnerstall ist«, sagte Rorik langsam, ohne das kleine Wesen aus den Augen zu lassen.

»Hier müssen Hunderte geschlüpft sein.« Ich hielt inne. »Oh Shit! Glaubst du, Ragnara hat sich ein Fingalk-Heer gezüchtet? Deshalb war unten bei den Steinsetzungen alles kahl gefressen.«

Der Fingalk hatte endlich seine orangen Augen unter Kontrolle gebracht und fixierte erst mich und dann Rorik, der wie angewachsen mit Tilarids in den Händen dastand. Der kleine Fingalk stieß einen mysteriösen Laut aus und langte nach ihm.

»Bräääää!«

Rorik entspannte sich ein wenig und wollte die Hände senken, aber Tilarids nutzte das aus und schoss mit Macht auf den langen Hals des frisch geschlüpften Wesens zu. Rorik musste alle Kraft aufbieten, um die Waffe zu bändigen. Hätte das Schwert eine Stimme gehabt, hätte es laut protestiert.

Der Fingalk starrte Rorik an.

»Hey«, sagte ich. »Dir ist schon klar, was das ist, oder?«

Obwohl ich Rorik nur von hinten sah, spürte ich, dass er seinen Mut zusammennahm. Wieder hob er das Schwert gegen den Baby-Fingalk. Das kleine Wesen hüpfte aus seiner Eierschale, rutschte aber auf dem grünen Schleim aus und knallte aufs Gesicht. Das Gejammer aus seinem breiten Mund, der eher aussah wie eine offene Wunde, war herzzerreißend. Ein paarmal setzte Rorik dazu an, das Schwert zu schwingen, aber am Ende ließ er es sinken.

»Wir sollten einfach wieder gehen«, sagte er und wich vor den ausgestreckten Armen zurück. Mit langen Schritten ging er auf das offene Tor zu. Draußen prasselte immer noch der Regen nieder, aber das fand Rorik anscheinend verlockender, als mit dem Mini-Fingalk in einem Raum zu sein. Der rappelte sich auf und watschelte ihm nach.

»Wir können ihn doch nicht einfach hierlassen.« Ich machte kleine Schritte rückwärts, als der Fingalk näher kam. Er reichte mir bis zum Oberschenkel, und der Gestank, den er verströmte, löste Brechreiz aus.

Rorik brachte den Kristall zum Leuchten und betrachtete den Fingalk naserümpfend. »Er ist abscheulich.«

»Das sagen die Leute über mich auch«, sagte ich leise.

Rorik ging schneller, aber das Tier lief ihm jetzt hinterher.

»Nein«, sagte Rorik zu ihm. »Bleib hier.«

Der Kleine blieb stehen und machte den Mund auf und zu wie ein Fisch auf dem Trockenen. »Bräää?«

Ich blickte mich in dem leeren Raum um.

»Er kann nicht hierbleiben. Er stirbt an Hunger und …«, mein Blick fiel auf die vielen leeren Schalen und ein paar eingetrocknete Fingalk-Skelette, »… und Einsamkeit.« Mühsam suchte ich nach Worten. »Es ist humaner, ihn auf der Stelle zu töten.«

Mit schräg gelegtem Kopf studierten die orangeroten Augen mich, und ich hoffte, dass das Wesen nicht verstand, was ich sagte. Es watschelte jetzt wieder auf Rorik zu, die langen Arme ausgebreitet. Die Hautlappen, die einst bei seinen Vorfahren Flügel gewesen sein mussten, waren beinahe durchsichtig.

»Soll ich es machen?«, fragte ich. Ich war ganz sicher nicht scharf drauf, langte aber trotzdem nach Auka hinten in meinem Gürtel.

Rorik sah mich dankbar an. Der Fingalk stand still da und starrte zu Rorik hoch. Ich hob das Beil gegen ihn, und jetzt schaute er mich stattdessen an.

»Grrriiiik«, sagte er und machte einen Hüpfer, als sei er über seine eigene Stimme erschrocken.

Ich zog den Arm zurück, zögerte aber. Dann hob ich den Arm noch höher, während ich Entschlossenheit sammelte. Bevor ich dazu kam, etwas zu tun, ging Rorik dazwischen.

»Wir müssen uns was überlegen.« Er hielte seine Hand zwischen Fingalk und Auka.

Ich senkte das Beil, halb ärgerlich und halb erleichtert. Der Fingalk bewegte suchend den Mund. Schließlich schlug er die Kiefer in Roriks Jacke und kaute eifrig daran.

»Lass das. Schhht.« Rorik versuchte, ihn abzustreifen, aber er kaute nur noch heftiger. »Mach ihn weg.«

Ich holte mein letztes Stück Brot aus der Tasche und schwenkte es vor dem Tier. »Hier.«

Die großen Nüstern schnupperten, und ein trichterförmiges Ohr drehte sich in meine Richtung.

Er schnappte sich das Brot und verschlang es, während Rorik den durchgesabberten Stoff glatt strich. Das kleine Wesen bekam das Brot vor lauter Gier in den falschen Hals und hustete. Instinktiv klopfte ich ihm auf den Rücken, sodass der halb aufgelöste Bissen mit einem Würgelaut hochkam und auf meine Stiefel klatschte. Ich sprang zurück und schüttelte die Füße. Der Fingalk wedelte mit seinem schuppigen Schwanz und schlürfte den Brotbrei auf.

»Was machst du? Wir haben keine Zeit für …« Ich beendete den Satz nicht, denn der Fingalk hatte fertig gegessen und blickte bei meinem lauten Ausruf hoch. Er wedelte jetzt mit seinem ganzen hässlichen Körper und schmiegte sich an mich.

»Du meinst wohl, was machen *wir*«, berichtigte Rorik.

Meine Hände schwebten über dem Fingalk, als sich seine langen braunen Arme um meine Beine flochten. Schließlich legte ich meine Hand auf den zotteligen Kopf, und das Wesen rieb seine Wange an meinem Oberschenkel. »Was ist denn in den gefahren?«, wunderte ich mich.

»Ich denke«, sagte Rorik, »er glaubt, dass wir seine Eltern sind.«

Wir blieben in der Halle, bis der Regen nachließ. Der Fingalk hatte sich zusammengerollt und schlief mit dem Kopf auf Roriks Beinen, den Schwanz um meine Stiefel geschlungen. Er schnarchte mit weit offenem Mund. Jedes Mal, wenn er ausatmete, verbreitete sich ein furchtbarer Gestank.

»Sollen wir uns davonschleichen? Vielleicht merkt er es nicht.« Schon bei dem Vorschlag wurde mir schlecht.

Rorik suchte nach Worten und betrachtete das schlafende Wesen. »Wir können ihn nicht mitnehmen. Das ist eine völlig hirnverbrannte Idee.«

Keiner von uns rührte sich.

»Der Regen hat aufgehört«, sagte Rorik, ohne mich anzusehen. »Wir sollten abhauen, solange er schläft.«

Wieder saßen wir still da und schauten das Tier an. Es drehte sich auf den Rücken und strampelte in der Luft.

»Bräää!«, greinte es.

»Ob er wohl träumt?«, fragte ich.

Wieder wimmerte es im Schlaf.

»Ja«, sagte Rorik. »Sieht so aus.«

Ich stand auf. Mit schweren Schritten ging ich auf das Tor zu, drehte mich aber noch mal um. Rorik hob vorsichtig den Kopf des Fingalks von seinem Schoß. Im Schlaf griff das Wesen nach ihm und fiepte. Rorik drückte ihm eine halbe Schale in die Hand, es umklammerte sie und beruhigte sich wieder. Er öffnete seinen Rucksack.

»Das ist mein letzter Proviant.« Er legte etwas Dörrfleisch und Brot neben den Fingalk und blickte hoch. »Was, wenn er sich wieder verschluckt?«

Ich verdrehte die Augen.

»Jetzt komm.« Als er sich nicht rührte, fügte ich hinzu: »Mir geht es auch echt schlecht dabei, aber wir müssen es tun.«

Wir gingen zusammen zum Ausgang. Der Holzsteg knarrte unter uns, und mein Magen war voll harter Klumpen, die immer größer und schwerer wurden. Roriks Gesicht war fast so weiß wie sein Haar.

»Es fühlt sich falsch an, ihn zu verlassen«, sagte Rorik.

»Du sollst das Wort nicht sagen!«, fuhr ich ihn an. »Ich hasse es.«

»Falsch?«

»Nein. Verlassen.«

Wir gingen schweigend weiter. Obwohl es nicht mehr regnete, hatte es nicht aufgeklart. Feuchte Luft füllte meine Lunge, und ich blickte über das flache Gelände, das an einem Laubwald endete.

Wir waren beinahe am Fuß des Hügels angekommen und ein gutes Stück weg von dem leeren Fort. Dem *fast* leeren Fort. Vor uns lag eine Wiese, deren nasses Gras mir bis zur Schulter reichte. Normalerweise hätte ich mich darüber beschwert, durch das wilde Gestrüpp gehen zu müssen, aber jetzt war es eine willkommene Ablenkung, zwischen Regentropfen und scharfen Grashalmen abzutauchen.

»Brääääääää!«, schallte es, als wir mitten auf der Wiese waren.

Rorik drehte sich um und sah hinauf zur Festung.

»Griiiik.« Schmatzendes Stampfen war zu hören, und hohes Gras wurde zur Seite gestoßen. Obwohl sich nur die Spitzen der Halme bewegten, war deutlich, dass etwas Lebendiges auf uns zukam. Nachdem der kleine Fingalk das Gestrüpp durchquert hatte, rannte er auf uns zu. Er jaulte, und bei seinem Anblick hüpfte mein Herz. Ohne nachzudenken, breitete ich meine Arme aus, und er fiel mir um den Hals. Der Gestank von verfaultem Fleisch wehte mir entgegen, aber das war mir egal.

»Oh, Finn«, sagte ich und kämpfte mit den Tränen. »Finn.«

»Was machst du denn?« Roriks Tonfall war alles andere als ärgerlich.

»Wieso?« Ich überspielte meinen zittrigen Atem mit einem Hustenanfall. »Ich mach doch gar nichts.«

Roriks Hand suchte ebenfalls den Nacken des Fingalks und drückte ihn sanft. »Du hast ihm einen Namen gegeben. Jetzt können wir ihn nicht zurücklassen.«

Finn blieb hinter uns, und er fraß alles, woran wir vorbeikamen. Samen, Insekten, Gräser und Blätter. Er war unersättlich, und er wuchs so schnell wie der Blitz. Ich konnte beinahe sehen, wie er von Stunde zu Stunde größer wurde. In der ersten Nacht schliefen wir in einer Höhle, und er legte sich zwischen uns und den Ausgang. Wenn er uns ansah, waren seine Augen orange wie Feuer, aber wenn er Gefahr witterte, änderte sich ihre Farbe in ein tiefes Rot.

Als wir am nächsten Tag wieder unterwegs waren, war er auf einmal weg, und wir suchten fieberhaft nach ihm, als wir aus dem Gebüsch ein Brüllen hörten. Wir bahnten uns einen Weg ins Dickicht, und da hockte Finn mit einem toten Hirsch in den Armen. Er hatte ihn schon halb gefressen und wedelte freudig, als er uns sah. Mit der Schnauze schob er das Fleisch zu Rorik hin, der die Schultern zuckte.

»Abendbrot?«, fragte Rorik mich, während er sich grinsend die Haare raufte.

Kurz darauf, als wir eine Höhle zum Übernachten gefunden hatten, hing der Kessel über Roriks Kristall, gefüllt mit brodelndem Hirschgulasch.

»Können wir sicher sein, dass er sich von Menschen fernhält?«, murmelte ich.

Rorik blickte vom Kristall auf.

»Finn«, sagte er. »Verstehst du, was ich sage?«

Finn neigte den Kopf leicht und bewegte ihn langsam auf und ab.

»Du darfst keine Menschen essen«, sagte Rorik. »Du darfst Menschen auf gar keinen Fall schaden.«

Der Fingalk ruderte ärgerlich mit den Armen, als wollte er widersprechen. Die Flügel waren dicker geworden und hatten eine dunklere braune Farbe angenommen.

»Es sei denn, einer von uns erlaubt es dir«, fügte ich hinzu.

Finn schürzte die breiten Lippen mit einem Gesichtsausdruck, den ich bereitwillig als Zustimmung deutete.

Am nächsten Morgen trainierte Rorik mit Finn, der ihn mittlerweile schon um einen ganzen Kopf überragte. Rorik warf einen Knochen von einem erlegten Wildschwein, und der Fingalk rannte los und brachte ihn mit wedelndem Schuppenschwanz und leuchtend orangen Augen zurück. Rorik schlug zum Spaß nach ihm. Finn revanchierte sich, indem er sich im Kreis drehte und mit dem Schwanz nach Roriks Füßen schlug. Der lachte und sprang über den Schwanz. Dann machte er eine Körperdrehung und schlug gleichzeitig mit geballten Fäusten in die Luft.

»Zeig mir das noch mal«, sagte ich und ging auf die beiden zu.

Rorik blickte hoch.

»Du meinst, diese Bewegung?« Er wiederholte, was er gerade getan hatte. »Die habe ich mir selbst ausgedacht. Ich glaube nicht, dass andere das genauso können.«

»Ich probier's mal.« Mit meinem Spezialsinn gelang es mir, die Bewegung zu kopieren.

Rorik machte große Augen. »Das hat bisher noch keiner geschafft. Sogar Varnar nicht, damals, als er Anführer der Warägergarde war.«

Ich sah hastig zu Boden, und obwohl ich fast nie etwas von Rorik einfing, spürte ich jetzt seine Eifersucht. Das wunderte mich nicht. Es war fast unmöglich, ein Krieger zu sein und Varnar nicht um seine Fähigkeiten zu beneiden.

Ich hätte nicht gedacht, dass ich mich über ein Wiedersehen mit der Vision im Kraghede Skov freuen würde, aber in jener Nacht schloss ich die Augen in einer von Roriks vielen Höhlen und öffnete sie wieder zwischen reifglitzernden Baumstämmen. Ich konnte dunkle Felder erahnen, bedeckt mit Silberschnee, und Fichten und Moos riechen. Die Luft knisterte vor Kälte, und direkt vor mir stand die kleine, struppige Birke ungebeugt.

Kein Frank. Kein Ich mit blutiger Rune auf dem Rücken. Nur Winterkälte und dieses Gefühl, das man unmittelbar um die Wintersonnenwenden herum hat. Es ist das Gefühl, auf die tiefste Stelle des Meeres gesunken zu sein, mit einem langen, langen Weg zurück an die Oberfläche.

Ich atmete aus, und mein Atem war wie Rauch. Vielleicht hatte ich wirklich den Mord abgewendet, indem ich Halfdan befreite.

»Serén«, rief ich.

Zuerst kam keine Antwort. Nur die Baumkronen schabten aneinander, und ein Auto raste auf der Kragheder Landstraße direkt am Waldrand vorbei.

»Serén!«, rief ich wieder.

»Anne.«

Ich atmete erleichtert auf, als ich meine Schwester entdeckte. Ich sah sie von hinten, ihr rotes Haar reichte ihr fast bis zur Taille. Sie stand vorgebeugt und hatte die Arme verschränkt, als ob sie versuchte, sich selbst zu umarmen.

Ich lief zu ihr.

»Du bist okay, du bist … Was ist los?« Ich packte ihre Schultern und drehte sie zu mir um. Ein Aufschrei drängte über meine Lippen.

»Was ist passiert?«

Serén starrte geradeaus. Sie sah mich direkt an, aber ihre Augen erfassten mich nicht. Sie waren milchweiß.

»Anne?« Sie drückte meine Hände, und ihre Stimme war so verängstigt und dünn, dass ich meine Arme um sie schlang. Obwohl es ein Traum war, fühlte sie sich real an.

Die langen Finger tasteten über meine Arme, mein Haar und landeten auf meinen Wangen.

»Was ist passiert?«, flüsterte ich.

»Magie«, flüsterte Serén. »Ragnaras Leute machen etwas mit meinen Augen, sodass ich nicht sehen kann.«

Ich wedelte mit der Hand vor ihrem Gesicht, aber sie zuckte nicht einmal zurück.

»Ich kann nicht *sehen*«, sagte sie.

»Das ist mir klar.«

»Nein, ich kann nicht sehen, was geschieht. In der Zukunft.«

»Ragnara hat dir deine Fähigkeit genommen? Aber du bist doch hier. Das ist doch auch eine Form von Hellsicht.«

Sie runzelte die roten Augenbrauen. »Ich habe tagelang versucht, dich zu erreichen, bin aber jedes Mal auf eine Mauer getroffen, wenn ich rief. Jetzt auf einmal ist da ein Durchgang.«

»Was ist passiert?«, fragte ich wieder.

Sie wollte nicht antworten.

»Hast du etwas gemacht?«, bohrte ich.

»Ich war verzweifelt.« Sie weinte. »Ich hätte mir lieber die Arme absägen lassen, als auf meine Hellsicht zu verzichten.«

»Serén!« Obwohl sie so verletzlich wie ein Vogelküken dastand, konnte ich mir den scharfen Ton nicht verkneifen.

»Ich habe Allvater um Hilfe gebeten«, flüsterte sie. »Er hat mir versprochen, aus mir eine Völva zu machen. Er hat gesagt, das bringt uns beide näher zusammen.«

»Was hat er dafür verlangt?«

Serén klang etwas verwirrt. »Nur, dass ich ihn anbete.«

Ahhhh.

»Und bist du jetzt eine Völva?«

»Noch nicht. Ich soll ein Opfer bringen.«

Ich legte den Kopf in den Nacken.

»Svidur!« Ich korrigierte mich. »Allvater!«

Blätter raschelten hinter mir, und ich zweifelte keine Sekunde, wer da gegangen kam.

»Meine Soldatinnen«, sagte er. »Meine Schildmaiden, meine …« Er tauchte schwungvoll vor uns auf.

Serén drehte das Gesicht in die Richtung des Geräuschs.

Svidur trat vor sie und legte seine großen Hände um ihr Gesicht, das beinahe darin verschwand.

»Mein Vögelchen«, flüsterte er. »Was haben sie mit dir gemacht?« Er beugte sich vor und küsste sie auf den Mund.

»Lass das!«, rief ich aus und versuchte, die beiden zu trennen, aber genauso gut hätte ich an einem Berg ziehen können.

Der Kuss dauerte eine halbe Ewigkeit, als würde er etwas aus Serén heraussaugen. Als er sich von ihr löste, glitt das Milchige von ihren Augen.

»Ich kann wieder sehen«, hauchte sie und riss die Augen auf, als sie direkt in Svidurs Gesicht blickte. »Ich kann …« Sie kniff die Augen zusammen und stockte. »Die Zukunft ist wieder da, aber sie ist verschwommen und in Aufruhr.«

»Das hat mehr mit der Zukunft zu tun als mit deinen Fähigkeiten«, seufzte Svidur. Das eine Auge, das er noch hatte, zwinkerte schelmisch.

»Was hast du gemacht?« Ich war immer noch sauer, dass er meine Schwester geküsst hatte.

»Kann gut sein, dass Ragnara über magische Kräfte verfügt, aber ich bin der größte Magier.« Seine Hand glitt hinter Seréns Nacken. »Falls Ragnara das wieder macht, musst du mich rufen.« Er beugte sich vor, als wolle er sie wieder küssen.

»Sie ist schon vergeben«, sagte ich und schubste ihn weg. Es hörte sich ausgesprochen bescheuert an.

Das fand Svidur auch. Sein heiseres Lachen klang wie das von Od.

»Warum hast du ihr geholfen?«, fragte ich streng.

»Ich helfe euch beiden«, sagte er. »Ihr seid in großer Gefahr, die Zeit arbeitet gegen euch – und das meine ich im wahrsten Sinne des Wortes –, aber ihr seid mein.«

»Dein … was?«

Er flüsterte:

Odin ritt ohne Freude
auf achtfüßigem Pferd
hin, wo das Balderfeuer gebaut;
Walküren und Raben waren in Odins Gefolge
siegreich, glücklich wieder.

Seine Zeigefinger trafen unsere Stirnen.

»Munin«, er drückte seinen rauen Finger tiefer in meine Haut, und einen Moment lang fühlte ich, dass er bis in mein Hirn drang. »Erinnerung. Vergangenheit.«

Neben mir stöhnte Serén auf, also hatte er wohl bei ihr das Gleiche gemacht.

»Hugin«, flüsterte er. »Gedanke. Zukunft.«

Er ließ uns los. Seine Arme öffneten sich und umschlossen uns fest.

Ich blickte hoch, und er türmte sich über uns auf.

»Ihr seid mein«, sagte er wieder. »Ich gab euch Geschenke, und ihr sollt mir Geschenke zurückgeben.« Er machte eine kleine Pause. »Ihr seid meine Raben.«

Das Wort echote ein paarmal, und dann war er weg.

Wir standen allein im Wald und keuchten. Seréns Hände waren immer noch in der Umarmung erstarrt, während ich die Handflächen hochreckte, um sie gegen Svidurs Brust zu stemmen.

KAPITEL 19

Das Klima in Særkland war viel milder, und das Land erstreckte sich länger als die anderen Reiche, in denen wir gewesen waren. Manche Gegenden waren trocken und kahl, andere üppig mit tiefen Wäldern, und in wieder anderen gab es ausgedehnte Felder, die zurzeit pechschwarz mit einem Hauch von Grün obendrauf dalagen.

Wir waren nur noch ein oder zwei Tagesmärsche von Sént entfernt, und ich trieb uns die ganze Zeit zur Eile an, in dem Gefühl, dass eine große Uhr allzu schnell tickte. Vielleicht war es auch nur mein wild klopfendes Herz, das mir dieses Gefühl gab.

Als wir in der Morgensonne einen Weg entlangwanderten, kitzelte mich andauernd etwas im Nacken. Ich schlug danach, und es verschwand, nur um gleich wieder zurückzukehren. Nachdem sich das ein paarmal wiederholt hatte, hörte ich ein Lachen und fuhr herum. Rorik kicherte. Selbst Finn schien sich zu amüsieren. Rorik hielt einen langen, dünnen Zweig in der Hand, den er offenbar benutzt hatte, um mich zu ärgern.

»Hey«, rief ich, musste aber auch lächeln, als ich sah, wie der Fingalk und der Krieger von einem Ohr zum anderen grinsten.

»Ihr seid so kindisch«, schimpfte ich und boxte Rorik zum Spaß gegen die Schulter. Er versteckte sich hinter Finn, weshalb mein nächster Schlag stattdessen auf Finns Brust landete.

Ich versuchte wieder, Rorik zu treffen, aber er hielt sich an Finn fest und benutzte ihn als Schild. Finn klatschte vor Vergnügen in die braunen Hände mit den messerscharfen Krallen.

Ich stöhnte, verdrehte die Augen und stolzierte davon. »Wir haben keine Zeit für so was«, rief ich über die Schulter, lächelte aber, von den beiden unbemerkt, vor mich hin.

»Morgen erreichen wir Van, oder?«, fragte ich. »Und wann sind wir dann in Sént? In anderthalb oder zwei Tagen?«

»Ja«, antwortete Rorik. »Bis zur Hochzeit ist noch reichlich Zeit. Wir werden es schon schaffen, sie zu finden.«

Ich machte eine Kehrtwendung, sodass ich ihn sehen konnte, und ging rückwärts weiter. »Warum willst du es vor der Hochzeit schaffen? Hat es was mit dem zu tun, was ich für dich ändern soll?«

Rorik schlug einen Bogen und ging an mir vorbei. »Das erzähle ich dir schon noch, wenn die Zeit gekommen ist.«

Ich bekam ein mulmiges Gefühl. »Kennst du sie? Den Prinzen und die Frau, die er heiratet?«

Rorik wollte nicht antworten.

»Kennst du diese Ingeborg?« Ich holte ihn ein und ging mit langen Schritten neben ihm her.

Rorik verdrehte die Augen. »Nein, Anne. Ich kenne beide nicht.«

»Hat es was damit zu tun, dass der Thron frei wird, falls Ragnara stirbt?«

Rorik stolperte, als hätte ich ihm ein Bein gestellt.

»Wovon redest du?« Er drehte sich zu mir.

»Ich frag nur. Ich hab ja keine Ahnung von dieser Welt.«

»Natürlich hat es nichts damit zu tun.« Er setzte sich wieder in Bewegung und ließ mich hinter sich.

Hmmm.

Wir gingen eine Weile schweigend, während Finns Blick nervös zwischen Rorik und mir pendelte.

»Hier ist es viel grüner als an den anderen Orten, wo ich war«, sagte ich versöhnlich. Ich wusste, dass es Rorik milde stimmte, über das Reich zu sprechen.

»Særkland beliefert das ganze Reich mit Getreide«, sagte Rorik. »Ragnara verteilt es, damit niemand hungert.«

Ich hustete. »Sind die Aussätzigen bei Sverresborg nicht der Gegenbeweis?«

Roriks Schultern hoben sich. »Ich wusste nicht, dass sie dort sind. Ich dachte, dass alle bekommen, was sie brauchen. So erzählen es die Skalden, die durchs Land reisen.«

Ich tat ihm den Gefallen, das nicht zu kommentieren. »Ist jedes Reich in Hrafnheim für etwas anderes verantwortlich?«

Er drehte sich zu mir und fauchte: »Du merkst nicht mal, dass du es tust, oder?«

»Was tu ich denn?«, fragte ich baff.

»Du sagst den alten Namen. Das ist lebensgefährlich. Niemand darf ihn benutzen.« Roriks tätowierte Hand fand meinen Arm und drückte ihn. Er war offenbar immer noch sauer, dass ich nach der Hochzeit gefragt hatte, denn er hatte mich noch nie so zurechtgewiesen, wenn ich *Hrafnheim* sagte.

»Hey. Lass mich los.«

Finn kam auch angelaufen, erkennbar unsicher, wem von uns er helfen sollte.

»Hrafnheim?« Ich versuchte, meinen Arm wegzuziehen. »Das kann ich doch ruhig sagen, wenn es außer dir keiner hört?«

Endlich ließ Rorik mich los. »Es ist nicht mehr die Heimat der Raben. Du darfst diesen Namen niemals benutzen. Du kannst niemandem trauen.« Ich erinnerte mich, dass Varnar mir dasselbe eingeschärft hatte. »Falls Ragnaras Leute das hören, wirst du sofort hingerichtet«, fügte er hinzu. Er ging mit langen Schritten voraus, während der Fingalk mich mit seiner Stirn vorwärtsschubste.

Am späten Nachmittag begegneten wir einer kleinen Gruppe, die uns auf dem Weg entgegenkam. Es blieb keine Zeit mehr, sich zu verstecken.

Rorik blieb stehen und drehte ihnen den Rücken zu.

»Tuch umbinden«, befahl er.

Ich blickte an mir herunter auf das grüne Stück Stoff, das um meinen Hals hing. »Hab ich doch.«

»Um den Kopf«, sagte er.

»Was?«

Er griff nach dem Tuch und zog es mir über den Kopf, wobei er sich dicht über mich beugte.

Ich stand ganz still, während er sich mit mir befasste.

»Entschuldigung wegen vorhin«, flüsterte er. »Meine Gefühle sind mit mir durchgegangen.«

Ich antwortete nicht, aber mein Blick hing an seinen Fingern, die sorgfältig meine roten Locken unter den Stoff schoben.

»Ist das nicht ein bisschen komisch mit dem Kopftuch?«

»Wir sind in Særkland. Das ist ganz normal hier.«

Bevor ich mir darüber klar werden konnte, was das miteinander zu tun hatte, war die Gruppe bei uns angekommen. Es waren zwei Männer und drei Frauen.

»Seid still«, ermahnte Rorik mich und Finn mit einem Fingerzeig. Dann steckte er die Hände in die Taschen und drehte sich zu den Leuten um.

»Guten Tag«, sagten sie und lächelten. »Anfarwol.«

Der Wunsch nach Ragnaras Unsterblichkeit wurde von allen wie ein seltsames Echo wiederholt, und ich zwang mich dazu, ihn ebenfalls zu murmeln.

»Anfarwol«, entgegnete Rorik, und schon das eine Wort aus seinem Mund klang anders, als er sonst sprach. Oder vielleicht war in Wirklichkeit ich es, mit der er anders sprach. Er schob Finn hinter seinen Rücken, was zwecklos war, denn der Fingalk überragte ihn um mindestens einen Kopf.

»Wohin seid ihr unterwegs?«, fragte ein Mann mit moosgrüner Mütze. Tatsächlich sah die Mütze aus wie eine, die ich daheim in Ravnssted in einer von Mathias' Modezeitschriften gesehen hatte.

»Miklagard«, schwindelte Rorik. »Und ihr?«

»Ripa«, antwortete eine der Frauen. Sie trug dicke Wollkleidung, die ich so ähnlich in Jorvik gesehen hatte. Sie beugte sich vor und schaute über Roriks Schulter auf Finn, der die Unterhaltung neugierig verfolgte.

Mir wurde schlagartig bewusst, dass er noch nie andere Menschen als mich und Rorik gesehen hatte.

»Ein Fingalk«, sagte sie.

»Seid ihr Gaukler?«, fragte der mit der grünen Mütze. Er zeigte auf den zweiten Mann, der anders aussah als der Rest der Gruppe. Er trug eine Lederhose, hatte langes blondes Haar, das zur Hälfte oben auf dem Kopf zusammengefasst war, und sein Hals und die Hände waren von Tattoos bedeckt. »Wir haben vor ein paar Tagen diesen Skalden getroffen. Er weiß eine Menge darüber, was im Reich passiert.«

Rorik und der Skalde musterten einander, und mir fiel auf, dass Rorik seine Hand mit dem Adler-Tattoo tief in der Tasche behielt.

»Wir sind keine Gaukler«, sagte Rorik und zögerte, sicher weil er nach einer glaubwürdigen Erklärung suchte. Wir trugen Kleidung aus Hibernia mit Flicken über den Löchern, die das Gift der Midgardschlange hineingefressen hatte. Dazu hatten wir noch einen Fingalk im Schlepptau. Sogar ich, die ziemlich wenig von dieser Welt wusste, konnte sehen, dass wir ein eigenartiges Grüppchen waren. »In Miklagard haben sie angefangen, zahme Fingalke zu verkaufen«, sagte Rorik. »Er soll dort auf den Markt.«

Finn stieß ein unglückliches Fiepen aus.

»Der ist ja niedlich«, sagte die Frau, die vorher schon gesprochen hatte, lachend. »Es ist, als würde er uns verstehen.« Sie sah Finn fasziniert an.

»Er ist zahm«, sagte Rorik schnell. »Der tut nichts.«

»Ein zahmer Fingalk.« Sie stemmte die Hände in die Seiten. »Ist das nicht fantastisch?«

»Ja, ja.« Rorik nickte. »Also dann, gute Reise nach Ripa.« Die Worte kamen etwas spitz heraus, und er ging an der Gruppe vorbei.

Diskret packte er mich am Ärmel und zog mich mit sich. »Ragnaras Anfarwol«, sagte er über die Schulter.

»Lasst uns doch gemeinsam das Nachtlager aufschlagen«, sagte der Skalde hinter uns. »Es wird gleich dunkel, und ich habe gehört, dass sich in den Wäldern Aufständische herumtreiben sollen. Sie beschränken sich nicht mehr nur auf Haraldsborg.«

Rorik blieb stehen.

»Gute Idee.« Es klang mehr nach einem Fluch als nach Zustimmung.

»Ich möchte heute Nacht lieber weitergehen«, flüsterte ich, aber Rorik schüttelte warnend den Kopf.

Wenig später saßen wir alle zusammen am Lagerfeuer.

Rorik hielt den Kristall außer Reichweite.

Wie sich herausstellte, kamen die Leute aus einer Gegend westlich von Sverresborg und wollten in Ripa, das offenbar wohlhabender war als ihr Heimatort, vom Frühjahr bis zum Spätsommer arbeiten.

Rorik kaufte ihnen etwas Essen ab, und Finn und ich stürzten uns auf Brot und getrocknete Beeren. In den letzten Tagen hatten wir mehr oder weniger von Finns Jagdbeute gelebt.

»Gibt es was aus Hibernia zu berichten?«, fragte der mit der grünen Mütze.

»Nö.« Rorik biss vom Brot ab. »Alles wie gehabt. Wind, Kälte und Schafe. Gibt es denn Neues aus dem Sveareich?«

Die Frau, die ihre neugierigen Augen nicht von Finn lassen konnte, beugte sich zu Rorik. »Der Magier von Sverresborg ist tot.«

»Ach.« Rorik gab sich Mühe, überrascht zu wirken. »Wie das denn?«

Die zweite Frau mischte sich ein. Sie hatte ihr langes braunes Haar zu einem Zopf geflochten, der ihr über die Schulter hing.

»Das wissen wir nicht. Manche sagen, dass er von Aufständischen überfallen wurde, doch das kann nicht sein. Mit denen wäre er leicht fertiggeworden, es sei denn, sie hätten auch magische Kräfte gehabt. Es gibt auch ein Gerücht«, sie lachte abfällig, »dass Jörmungandr ihn gefressen hat. Aber das ist wohl ein Ammenmärchen.«

Ich hielt den Blick auf meinen Tonbecher mit heißem Saft gesenkt.

Rorik beeilte sich, das Thema zu wechseln. »Und was ist mit dem Rest des Reiches?«

Der Mann mit der Mütze zeigte auf den Skalden, der seit seinem Vorschlag, gemeinsam zu übernachten, nichts mehr gesagt hatte. »Er weiß viel mehr als wir.«

Rorik sah den Skalden fragend an. »Irgendwelche Neuigkeiten?«

Der Skalde setzte seine Schüssel ab. Er trug einen tätowierten Halbmond am Hals.

»Das kostet vier Kupfermünzen«, sagte er bedächtig. Sein Akzent unterschied sich von allen, die ich bisher gehört hatte.

Die dritte Frau, die die ganze Zeit geschwiegen hatte, lachte jetzt. »Das sagt er uns auch jedes Mal, wenn wir fragen. Wir können ihm nichts zahlen.«

Rorik biss sich auf die Lippe. Er hielt seine Adlerhand ständig im Schatten seines Beins verborgen. Jetzt suchte er in seiner Hosentasche und kramte ein paar Münzen heraus.

Einer hielt den Blick des anderen, bevor Rorik das Geld mit seiner untätowierten Hand in die Handfläche des Skalden fallen ließ.

Der Skalde schaute auf die Münzen, und seine Lippen bewegten sich, während er nachzählte.

Ich widerstand dem Drang, mit den Augen zu rollen. Wie schwer konnte es sein, bis vier zu zählen?

Der Skalde wischte sich den Mund mit dem Ärmel ab und ließ das Kupfer in seine Brusttasche klimpern. Dann erhob er sich, und mir war auf einmal, als hätte jemand einen Fernseher eingeschaltet.

»Ragnara hoch zu ehren als die ewige Herrscherin über Freiheim ist Ausdruck eines edlen Gefühls und der Wunsch all ihrer Untertanen. Ragnara macht keinen Unterschied zwischen Generälen, Bauern, Jägern oder Fürsten. Sie ist gerecht zu allen.«

Ich unterdrückte ein höhnisches Schnauben, während um das Feuer herum genickt wurde.

»Ragnara hat meiner Familie geholfen, nachdem unser gesamtes Vieh verendet war«, sagte die Frau mit dem langen Zopf. »Sie schenkte uns zwei neue Pferde, ein trächtiges Schaf und genug Getreide, um durch den Winter zu kommen. Wir brauchten ihr nur im Frühjahr eines der Lämmer dafür zu geben.«

»Die Hirten geben Unterricht«, sagte der Mann mit der grünen Mütze. »Meine Kinder lernen Runen.«

»Und sie hat alle Sklaven freigelassen«, kam es von der dritten Frau. »Vergesst das nicht.«

Der Skalde wartete, bis es wieder still war, bevor er weitersprach, genauso monoton wie vorher. Auf mich wirkte das wie ein Vortrag, den er auswendig gelernt hatte, und ich konnte nicht erkennen, worin der Neuheitswert bestand.

»Während Ragnara ihr Leben lang all ihre Kraft dem Wohl des Landes und dem Glück des Volkes widmete, brauchte sie nichts für sich selbst. Einen solchen Herrscher hat Freiheim nie zuvor gesehen, und sie wird für immer im Herzen ihres Volkes bleiben.«

Rorik sah auch so aus, als sei die Rede altbekannter Stoff für ihn, denn er hob ungeduldig eine Augenbraue in Richtung des Skalden.

»Prinz Sverre wird im Sommer Hochzeit halten«, sagte der.

Das war auch nichts Neues für uns, aber die anderen spitzten die Ohren.

»Dass er heiratet, habe ich gehört, aber wer ist die unglückliche Braut?«, fragte die Frau mit dem Zopf.

Der Skalde reagierte nicht darauf, dass der Prinz beleidigt wurde. »Ingeborg. Sie ist Tochter der Fürstin vom Gardareich. Eine Prinzessin.«

Rorik zog wieder die Augenbraue hoch, als der Skalde *Ingeborg* sagte.

»Alle sind gleich, aber der Prinz muss natürlich eine Prinzessin heiraten.« Die Worte waren mir entschlüpft, bevor ich sie zurückhalten konnte.

Am Feuer erstarrten Löffel auf dem Weg in den Mund, Hände mit Bechern, und alle Augen richteten sich auf mich. Als sie mich so direkt ansahen, konnte ich den Widerwillen in ihren Blicken sehen.

»Äh, ich meine, er könnte doch genauso gut eine von uns heiraten. Eine aus dem Volk von Hra…« Rorik trat mir gegen den Fuß. »Freiheim«, endete ich und verkroch mich unter mein Kopftuch.

»Sie hat recht«, sagte die Frau, die Finn immer noch hingerissen ansah. Dann stand sie auf und wackelte mit den Hüften. »Ich würde schon gerne im Schloss von Sént wohnen.«

»Selbst wenn du dafür den Prinzen nehmen müsstest?«, sagte die mit dem Zopf lachend.

»Arrgh. Das habe ich nicht bedacht.«

Alle kicherten, mit Ausnahme von mir, Rorik und dem Skalden, der tatsächlich nicht so aussah, als könnte er das überhaupt.

»Aber der Prinz ist weg«, fuhr er fort.

Das Gekicher brach ab, und alle Köpfe drehten sich zu ihm.

»Warum hast du das nicht gleich gesagt? Das ist ja was ganz Neues«, sagte die mit dem Zopf.

»Ihr habt nicht bezahlt«, erwiderte der Skalde ausdruckslos.

»Bezahlt Ragnara dich nicht?«, fragte Rorik. »Ich würde meinen, dass es deine Pflicht ist, Neuigkeiten zu verbreiten.«

Der Skalde schnaubte. »Von dem bisschen kann ich nicht leben.«

»Was ist denn mit Prinz Sverre? Ist er tot?« Rorik musste sich anstrengen, sitzen zu bleiben, und ich stellte meinen Becher auf die Erde und spitzte die Ohren. Serén hatte mich ja vor dem Prinzen gewarnt.

»Das weiß niemand. Er ist vor ein paar Wochen verschwunden. Ragnara glaubt, dass er unterwegs ist und sich vor der Hochzeit die Hörner abstößt.« Der Skalde lachte kalt. »Sie will nicht, dass er seine Nachkommen übers ganze Reich verteilt, denn sie will sich nicht mit noch mehr Leuten herumschlagen, die ihr den Thron streitig machen könnten. Oder vielleicht haben die Aufständischen ihn in ihrer Gewalt.«

Mir fiel die Kinnlade herunter. »Ragnara ist es doch wohl nicht egal, ob ihr eigener Sohn gefangen genommen wurde?«

»Pfft. Der größte Schlag für sie war, als Varnar damals starb. Sie hat ihn geliebt wie einen Sohn. Sverre und Varnar waren wie Nacht und Tag, und sie haben einander gehasst. Ragnara war enttäuscht, dass es Varnar war, der gestorben ist.« Der Skalde blickte in die Runde. Es war deutlich, dass die Geschichte bekannt und Teil seines festen Repertoires war.

Ob sie wohl auch alle wussten, dass Varnar gar nicht tot war und sich gegen Ragnara gewandt hatte?

»Sie und Eskild sind aufgebrochen, um nach dem Prinzen zu suchen.« Die letzten Worte des Skalden rissen mich aus meinen Gedanken.

Rorik hob den Blick. »Reiten sie durch die Reiche? Jetzt?«

»Sie waren es, an denen wir vor ein paar Tagen vorbeigekommen sind«, sagte der Mann mit der Mütze. »Ich habe nur die Warägergarde gesehen.« Er starrte den Skalden an. »Gleich danach bist du zu uns gestoßen. Bist du mit ihnen gereist?«

Das Gesicht des Skalden legte sich wieder in apathische Falten.

»Bist du mit ihnen gereist?«, fragte ich, nun außerstande, die Klappe zu halten. Ich versuchte, etwas Vergangenheit aus ihm herauszuangeln, aber sie war blockiert.

Der Skalde schlug sich an die Brusttasche, sodass die Münzen darin klingelten.

Ich blickte verzweifelt zu Rorik, der eine größere Münze hervorkramte. Er hielt sie dem Skalden hin, diesmal mit seiner Adlerhand.

Der Blick des Skalden fiel auf die Hand, und die beiden Männer hielten jeweils eine Hälfte der Münze fest.

»Ich glaube, sie sucht auch noch etwas anderes.« Der Skalde machte die Augen schmal. »Ragnara ist einer Sache auf der Spur, seit sie in Hibernia dieses Mannweib ausgefragt hat.«

Meine Lippen begannen zu kribbeln.

Gytha.

»In Jorvik, wo sie nach der Hexe gesucht hat.«

Védis.

Fuck, ob Frank wohl Védis vor ihr gefunden hatte? Ob sie wohl den Zauber von Halfdan nehmen konnte? Ob es ihr wohl gut ging?

»In Sverresborg, wo Gustaf umgebracht wurde und ein wichtiger Gefangener verschwunden ist.«

Rorik und der Skalde hielten immer noch gemeinsam die Münze fest, während Roriks freie Hand den Griff von Tilarids umspielte. Der Skalde sah es im selben Moment, als Rorik seinen Teil der Münze losließ.

»Wohin sind sie unterwegs?«, fragte Rorik. Seine Stimme war eine Oktave tiefer als sonst.

»Hierher«, antwortete der Skalde mit wachsamem Blick auf Tilarids.

Kaum war Ruhe im Lager eingekehrt, knuffte Rorik mich an. Er und der Skalde hatten über Stunden einen mysteriösen Anstarr-Kampf ausgefochten, nachdem dieser die Information, dass Ragnara und Eskild im Anmarsch waren, fallen gelassen hatte.

Ich wäre am liebsten sofort und so schnell wie möglich weggerannt, aber als ich versuchte, Rorik meinen Plan mit den Augen zu signalisieren, bekam ich nur ein schwaches Kopfschütteln zurück.

Der Blick des Skalden fiel immer wieder auf Tilarids, und am Ende konnte ich geradezu sehen, wie sehr Rorik sich anstrengen musste, um das mörderische Schwert in der Scheide zu halten. Der Skalde hatte offenbar gerochen, dass mit uns etwas nicht stimmte. Jetzt lag er auf seiner Matte und hatte die Augen geschlossen, aber eine schnelle Überprüfung mit meinem Spezialsinn enthüllte, dass er keineswegs schlief.

Rorik sagte nichts. Das brauchte er auch nicht, denn ich kam vollständig angezogen hoch und zog vorsichtig an Finns Ohr.

Der Fingalk hatte selig geschnarcht, wachte aber sofort auf, als ich ihn berührte. Zuerst waren seine Augen hellgelb, wurden aber dunkelrot, als er unsere Mienen sah.

So leise wie möglich schlichen wir uns davon.

Kaum waren wir außer Hörweite der Gruppe, begann Rorik zu rennen.

Ich folgte seinem Beispiel, während Finns große Füße den Weg hinunterpatschten.

»Der Skalde war …«

»Ein Spion, ja«, vollendete Rorik meinen Satz und rannte noch schneller.

»Also ist er jetzt auf dem Weg zu Ragnara und Eskild.«

»Zuerst muss er die Leute töten.«

Ich blieb abrupt stehen, während mein Magen einen Salto schlug. »Er tötet sie in diesem Moment?«

»Dafür haben wir keine Zeit«, drängte Rorik. »Anne. Jetzt komm!«

Er nahm meine Hand und zog mich weiter. Ich setzte mich wieder in Bewegung, aber mir war kotzübel vor Angst.

»Warum hat er nicht angegriffen, als wir dort waren?«

»Tilarids.«

»Aber die anderen haben nichts, um sich zu verteidigen.« Ich atmete aus, musste aber doppelt so tief einatmen, weil ich so aus der Puste war. »Sie waren Ragnara gegenüber loyal.«

»Und wenn schon. Sie sind im Weg.«

Damit wollte ich mich nicht zufriedengeben. »Sollen wir ihnen nicht helfen? Kann Tilarids nicht …«

»Sie sind bereits tot.« Roriks Stimme kam wie ein Peitschenknall.

Nein. Oh nein.

»Wie viel Zeit haben wir?«

»Eine Stunde. Vielleicht zwei, bevor er Ragnara und Eskild geholt hat.« Er atmete ebenfalls schwer. Dann bog er in den Wald ab.

Zweige schlugen mir ins Gesicht und stellten mir ein Bein, und ich war dankbar, als Rorik an einem Felsen anhielt, um ihn herumlief und ihn dabei mit den Händen abklopfte.

»Hier.« Er schob mich in einen engen Spalt hinein. Ich hatte ihn noch nie so in Panik gesehen.

Das hier war weit entfernt von den großen Höhlen, die er normalerweise für uns fand. Es war nicht mehr als ein schmaler Spalt im Stein, aber er stopfte uns alle drei hinein. Rasch entzündete er den Kristall und atmete langsam aus.

Wir standen eng zusammen. Ich wurde an seine breite Brust gepresst, und seine Arme ruhten an der Felswand hinter mir. Finn hatte sich an der Öffnung platziert, wo er wachsam Ausschau hielt. Jedes Mal, wenn er seinen haarigen Kopf zu uns umdrehte, sah ich die knallroten Augen.

»Wie lange sollen wir uns hier verstecken?«

Roriks Mund war ganz dicht an meinem Ohr. Ich spürte jedes Wort, das er sagte, als warmen Atemhauch. »Wir müssen hier eine Weile ausharren.«

»Eine Weile?«

»Sie sind uns dicht auf den Fersen. Ich hatte keine Ahnung, dass sie schon so nah sind. Ich wusste, dass sie sich auf den Weg machen würden, aber dass sie hierherkommen, damit habe ich nicht gerechnet. Ragnara weiß, dass du hier bist.« Ich hatte das

Gefühl, dass er mehr zu sich selbst als zu mir sprach. »Wenn sie dich finden, bringen sie dich um.«

Ich sagte nichts. Ich fand keine Worte, aber ich sah die Menschen immer noch vor mir. Den langen Zopf. Die grüne Mütze. Noch mehr Leute würden meinetwegen sterben.

Ich schloss die Augen, plötzlich unendlich erschöpft. Tatsächlich kippte ich sogar nach vorn, aber weil es so eng war, fiel ich nur gegen Rorik.

Seine starken Arme waren um mich, als meine Knie nachgaben.

»Anne«, sagte er. »Anne … Anne …«

Die Bäume seufzten, und ich ahnte Odinshöhe am anderen Ende des Feldes, während ein trockener Zweig in meinen nackten Fuß schnitt.

Ich schaute umher, mir vage bewusst, dass ich auf einer anderen Ebene immer noch in der Höhle an Rorik gelehnt stand, aber das hier fühlte sich mindestens genauso wirklich an.

Es war eisig kalt. Kälter als sonst in dieser Vision. Ich atmete Schneeflocken ein. Sie vereisten meine Luftröhre und endeten in meinem Magen. Eigentlich hätte mein Körper sie schmelzen müssen, aber die Kälte breitete sich aus, bis mein Inneres durchgefroren war. Es war eine andere Art Kälte als gewöhnlicher Winterfrost, es war …

Ich war dem Tod so nah, wie es nur ging.

Die Traumversion meiner selbst ging vorbei, und kurz darauf kam Frank.

Fuck!

Jedes Mal, wenn ich dachte, ich hätte meine Ermordung im Kraghede Skov abgewendet, tauchte sie wieder auf wie ein sturer Korken.

Gleichzeitig verbreitete sich die Kälte in meinem Fleisch und meinem Blut, sodass ich schließlich versteinert dastand, bedeckt von Eis. Das einzig Warme waren die Tränen, die mir über die

Wangen liefen. Aber auch sie gefroren und erstarrten, bis ich am Ende ganz und gar unbeweglich war.

»Flieh«, flüsterte ich meinem anderen Ich durch unbewegte Lippen zu. »Tu etwas. Einfach irgendwas.«

Frank erwürgte mich.

Aber das andere Ich reagierte nicht, und innerlich hörte ich ein rhythmisches *Bumm-bumm, bumm-bumm ... bumm ...* Die Abstände zwischen den Herzschlägen wurden länger, bis sie irgendwann ganz aufhörten.

Die Rune wurde in meinen Rücken geschnitten.

Ich konnte hören, wie das Messer die Haut durchstieß.

»Tu etwas«, hauchte ich kraftlos. Sprach ich zu dem Ich, das nun leblos und blutend auf der Erde lag, oder zu dem Ich, das festgefroren dastand?

Verdammt noch mal!

Ich versuchte, mich zu bewegen, aber ich war eingeschlossen in Eis. Ich versuchte es wieder, und ein ganz leises, knisterndes Geräusch kratzte an meinem inneren Ohr.

Bumm ... Mein Herz flatterte und wurde von einem weiteren Knistern aufgescheucht. *Bumm ... bumm ... bumm-bumm ...* Ich konnte mich ein ganz klein wenig bewegen und spannte alle Muskeln an.

Endlich, unter dem Klirren von splitterndem Glas, konnte ich meine Haut aus Eis abwerfen, und auf wackligen Beinen kämpfte ich mich weg von dem toten Ich auf dem Waldboden. Frank lief über das Feld und ich ihm hinterher, aber meine Beine gaben unter mir nach, sodass ich zu Boden fiel. Ich kroch verbissen weiter, auch wenn gefrorene Erdklumpen meine Haut aufrissen.

Mitten auf dem Feld kollabierte ich beinahe auf der steinharten schwarzen Erde, die bedeckt war von silbern schimmerndem Schnee. Willensstärke trieb mich voran, und ich schaffte den halben Weg nach Odinshöhe, das jetzt mein Leuchtturm war. Franks Gestalt war längst verschwunden, aber ich kroch weiter.

Das Haus war erleuchtet, ich konnte Leute drinnen sehen, und ich spürte auch Wärme von dort.

Arthurs Stimme war zu hören, und er lachte, was mich zum Lächeln brachte, obwohl ich halb tot vor Kälte auf dem Feld lag. Die Silhouette der kraushaarigen Frau zeigte sich am Fenster, und sie hielt ein Bündel im Arm.

Als ich fast angekommen war, erschienen Augen in meinem Blickfeld. »Nein, Anne!«

Ich wollte schreien, aber ich hatte keine Stimme.

Meine eigenen Gesichtszüge waren vor mir, und sie waren zornig und verzerrt.

»Serén?«, fragte ich.

»Du darfst nicht herkommen.«

Sie war so wütend, dass ich rückwärtskroch.

»Sie sind dort drinnen. Unsere Eltern.« Ich zeigte auf Odinshöhe, und wieder konnte ich Arthurs vertraute Stimme hören.

Jemand kam aus der Haustür. Es war unsere Mutter. Sie hatte ein Kind auf dem Arm, und im Mondlicht waren sie und das Baby für einen Sekundenbruchteil identisch mit der Eisskulptur, die auf der Tagundnachtgleiche-Party im Bootsmann Teil der Dekoration gewesen war.

Was ist das hier für ein Ort?

Auch Serén betrachtete die Szene voller Sehnsucht. Sie machte einen kleinen Schritt auf unsere Mutter zu, dann drehte sie sich wieder zu mir um. »Das hier existiert nur in unseren Träumen.«

»Vielleicht müssen wir einfach hierbleiben.« Ich streckte meine verfrorene Hand nach Odinshöhe aus.

Serén schaute zum Hügel, und wieder huschte Schmerz über ihr Gesicht. Arthur war mit einem weiteren Kind auf dem Arm herausgekommen, und jetzt standen unsere Eltern dicht beisammen und blickten über die nachtschwarzen Felder.

Serén und ich starrten hinauf, und für eine Sekunde versenkten sich Arthurs Augen in meine. Er machte den Eindruck, als hielte er nach etwas Ausschau, aber am Ende blickte er wieder auf das Bündel.

»Das hier ist nicht wirklich«, flüsterte Serén.

»Ich weiß nicht mehr, was Wirklichkeit ist«, flüsterte ich.

Diese Aussage weckte Serén auf. Sie sah mich mit einem so angsteinflößenden Blick an, dass ich mich plötzlich fragte, wie beängstigend ich selbst wohl manchmal wirkte. Sie rief: »Mach, dass du wegkommst!«

»Aber …«

Sie stapfte vor mir her, die Augen fest auf mich gerichtet, während ich zurück zum Kraghede Skov und zu meiner Leiche kroch.

»Nein«, bat ich. »Nein. Ich will nicht.«

Sie senkte ihr Gesicht hinunter zu meinem. Es war so wutverzerrt, dass ich in dem Moment Angst vor meinem eigenen Spiegelbild hatte. Mehr Angst vor meiner Schwester als vor dem, was mich zwischen den Bäumen erwartete. Ich drehte den Kopf, um sie nicht ansehen zu müssen, aber dadurch sah ich nun mein lebloses Gesicht, das mit offenen Augen auf dem Waldboden lag.

»Du hast nicht mehr viel Zeit.« Serén war verschwunden, aber ihre Stimme hallte durch den Wald.

»Was meinst du damit?«

»Ragnara wird bei Prinz Sverres Hochzeit im Sommer zuschlagen.«

»Zuschlagen? Womit?«

»Ich weiß es nicht. Ich weiß es nicht«, wiederholte Serén. »Alle reden dauernd davon, dass sie angebetet werden soll, damit sie … keine Ahnung.«

»*Sie* soll angebetet werden? Ragnara?«

»Deshalb will sie jetzt den Prinzen finden. Er soll nach Hause kommen und Hochzeit feiern, damit die Leute sie anbeten können. Damit sie ihr Opfer bringen können. Ragnara wird euch finden.«

»Wir sind abgehauen.« Ich versuchte mit aller Macht, meine Gedanken zu sammeln. »Wir sind vor ihr geflohen. Ich glaube, Rorik hat das unter Kontrolle.«

»Ich sehe immer noch seinen Tod, während er dich beschützt«, sagte Serén. »Ich sehe, dass er sein Leben für dich opfert.«

Ich blickte zum Himmel, und unten auf der Straße hupte ein Auto.

»Ragnaras Plan«, tönte Seréns Stimme. »Sie plant etwas. Man redet darüber.«

»Was meinst du? Ich verstehe nicht.«

»Anne«, schrie Serén. »Sie blenden mich wieder. Au. Au. Anne!«

»Anne.« Jemand rüttelte mich. »Anne, wach auf.«

Wie immer nach einer Ohnmacht brauchte ich eine Weile, um mich zu orientieren. Ich stand. Die Kälte einer Steinwand kroch in meinen Rücken, aber meine Vorderseite war warm. Hände strichen über meine Stirn, und rote Augen betrachteten mich.

»Arrrhh.«

Ich klammerte mich an einen muskulösen Arm.

»Das ist nur Finn.«

»Rorik?« Ich drängte die Übelkeit zurück.

Roriks Arme flochten sich um mich, und ich zog ihn zu mir heran. Seine breite Brust war stark und warm. So warm. Und so lebendig.

Er drückte mir einen Kuss aufs Haar. »Hast du geträumt?«

»Das war kein Traum«, schluchzte ich. »Auf eine Art war es Wirklichkeit, und das darf es nicht werden, denn dann verschwinde ich.«

Meine Worte ergaben keinen Sinn, aber Rorik fragte nicht nach. Er hielt mich einfach in seinen Armen, während mein Atem sich langsam beruhigte. Durch unsere Jacken fühlte ich sein Herz schlagen, gleichmäßig und ruhig, und meine Atemzüge passten sich dem Rhythmus an. Gerade als ich glaubte, mich unter Kontrolle zu haben, tauchte das Bild meiner kreidebleichen Hand vor mir auf, und ich stieß einen langen, zittrigen Seufzer aus.

Daraufhin umarmte er mich noch fester. »Schhh.«

Jeder andere hätte mich gefragt, was ich gesehen hatte. Jeder andere hätte nachgebohrt, was meine Visionen zeigten. Aber Rorik hielt mich einfach fest. Als mein Weinen verebbte, ließ er mich widerstrebend los, aber wir standen immer noch so dicht zusammen, dass ich mich an ihn lehnen konnte.

Ich versuchte, mir die Tränen abzuwischen, aber Rorik kam mir zuvor und strich mit der Handfläche über meine Wangen. Die andere Hand glättete mein wirres Haar. Das Tuch war bei unserer wilden Flucht wieder heruntergerutscht.

»Ragnara plant etwas für Prinz Sverres Hochzeit«, sagte ich stockend. »Das hat Serén gesagt. Aus dem Grund ist sie hier. Deshalb sucht sie so verbissen nach ihm.«

»Was hat sie vor?« Im schwachen Licht des Kristalls trat die Angst auf Roriks Gesicht deutlich hervor.

»Das weiß Serén nicht, aber sie sieht, wie Leute Ragnara anbeten.« Ich legte den Kopf zurück und blickte hinauf in die klamme Dunkelheit über mir.

»Anbeten? Das darf man überhaupt nicht.«

»Keine Ahnung.« Meine Stimme klang hysterisch. »Ich verstehe das nicht.« Dann hielt ich inne. »Man darf nicht anbeten«, wiederholte ich.

»Nein. Es ist streng verboten, irgendwen oder irgendwas anzubeten.«

»Man darf die Götter nicht anbeten, Odin und Thor und all die anderen. Aber Ragnara anbeten darf man schon. Tatsächlich *soll* man das sogar. Man soll ihr Opfer bringen. Und man opfert der Midgardschlange.« Etwas brodelte in meinem angeschlagenen Gehirn.

Um mich herum tropfte und raschelte es, aber mir war egal, was sich in der Tiefe verbarg. Ich sprach langsam weiter.

»Als wir bei Gytha in Hibernia waren, hat sie gesagt, die Götter seien einst Menschen gewesen. Ich habe damals nicht weiter darüber nachgedacht.«

»Haben die Götter nicht die Menschen erschaffen?«, fragte Rorik.

Ich musste an Od denken, der gesagt hatte, eben das sei nicht geklärt.

»Falls es stimmt, dass die Götter erst später gekommen sind, dann haben sie nicht alles erschaffen.« Ich unterbrach mich und holte tief Luft. »Sie wurden erschaffen, und man hört auf, Gott zu sein, wenn niemand mehr an einen glaubt. Das ist der Grund, warum Ragnara jeden Glauben verboten hat. Um die Götter zu vernichten.«

Die Worte hingen zwischen uns.

»Sie hat allen Glauben verboten«, wiederholte ich, während sich zum zweiten Mal innerhalb weniger Minuten eisige Kälte in meinem Körper ausbreitete. »Und sie schafft Rituale für sich selbst. Das größte wird die Hochzeit des Prinzen, wo sie sicher auch Serén töten wird. Oder sollte ich besser sagen, Serén *opfern* wird?« Ich schnappte nach Luft. »Vielleicht wird sie sogar etwas Größeres opfern.«

»Was könnte größer sein, als deine Schwester zu opfern? Was will sie erreichen?«

Ich konnte nicht viel von Rorik erkennen, denn der Kristall flackerte, aber durch unsere Kleidung fühlte ich, dass sein Herz schneller klopfte.

Zuerst konnte er nichts sagen, aber nach einer Weile bekam er die Worte heraus.

»Ragnara will selbst Göttin sein.«

TEIL III

DES FÜRSTEN SOHN

Schweigsam und vorsichtig
sei des Fürsten Sohn
und kühn im Kampf.
Heiter und wohlgemut
erweise sich jeder
bis zum Todestag.

Hávamál
9. Jahrhundert

KAPITEL 20

Rorik war weiß im Gesicht, als wir die Höhle am frühen Morgen endlich verließen.

»Kannst du sie spüren?« Seine Stimme war heiser.

»Ich habe keine Ahnung, wie sie sich anfühlt.« Während ich sprach, warf ich meine Hellsicht aus – und zuckte zusammen. Es war, als ob eine dunkle Riesenhand versuchte, mich zu erwürgen, und instinktiv hielt ich die Hand schützend über die Narbe auf meiner Brust. »Sie ist ganz in der Nähe«, krächzte ich.

Rorik, der inzwischen einige Schritte voraus war, lief zu mir zurück.

»Wo?« Er zog Tilarids nicht. Wahrscheinlich hielt er es für zwecklos.

Ich zitterte am ganzen Körper und zeigte mit bebender Hand auf die Sonne, denn ich ging davon aus, dass dort Osten war.

Rorik fluchte. »Zeig mal eben deine Karte.«

Mit Händen, die nicht richtig gehorchen wollten, zog ich Rebeccas Notizbuch aus meinem Rucksack.

Rorik blätterte darin, drehte die Karte so, dass sie auf irgendwas ausgerichtet war, und blickte über die Schulter.

»Ich glaube«, begann er, verstummte jedoch, während er der verblichenen Karte mit einem Finger folgte. »In der Richtung liegt das Reich Frón.«

Ich konnte meinen Körper einfach nicht still halten und begann, in die Richtung zu gehen, die von Ragnara wegführte.

Rorik klappte das Buch zu und folgte mir. »Wir können einen

Umweg über Frón machen. Das wird uns ein paar Tage mehr kosten, aber das Risiko, dass wir ihnen begegnen, wenn wir in die andere Richtung gehen, ist zu groß.«

»Und was, wenn sie uns entgegenkommen?« Schon bei dem Gedanken blieb mir die Luft weg.

»Dann merkst du es doch, oder?« Er sah mich forschend an.

Als einzige Antwort darauf presste ich die Lippen zusammen.

An dem Tag hielten wir uns von der Straße fern und blieben im Wald.

Ich fror und schwitzte abwechselnd, und mehrere Male ertappte ich mich dabei, dass ich unbewusst die Arme vor der Brust verschränkte und meine alte Narbe schützte. Ich war so mit meinem eigenen Elend beschäftigt, dass ich stundenlang kein Wort sagte.

Aber es gab jemand anderen, der das tat.

»Nene«, nuschelte eine Stimme.

Ich drehte mich mit der Hand auf Auka um, konnte zwischen Bäumen und Büschen jedoch niemanden entdecken.

»Nene«, wiederholte die seltsame Stimme beharrlich. Aber ich konnte keinen außer Rorik wahrnehmen.

Eisen rieb an Leder, als Tilarids gezogen wurde. Rorik hatte die Stimme auch gehört.

»Krik?«

Es war jetzt ganz nah, doch ich spürte immer noch nichts.

»Was ist das?«, flüsterte ich, aber Rorik zuckte die Schultern, während er durch die Bäume spähte.

Ein langer brauner Arm, der in einer tödlichen Hand mit scharfen Krallen an den Fingern endete, glitt um meine Schulter.

»Ganz ruhig, Finn«, sagte ich und tätschelte den haarigen Unterarm. »Wir passen auf dich auf.«

Der Fingalk hatte seinen anderen Arm um Rorik gelegt.

»Nene und Krik.«

Hmm.

Ich blickte zu dem großen Fingalk hoch, und auf der anderen Seite tat Rorik dasselbe. Finn lachte mit offenem, übel riechendem Mund.

»Finn!«, rief ich aus. »Du kannst sprechen.«

Seine Augen leuchteten hellorange, und der schuppige Schwanz wedelte stolz.

»Ich dachte, Fingalke können nicht reden?«

Rorik war genauso baff wie ich. »Ich hab noch nie von einem gehört, der es kann. Andererseits wurde es auch noch nie untersucht.«

»Nene.« Finn hüpfte beim Klang seiner eigenen Stimme. »Nene ...«

»Okay, okay.« Ich lachte und kraulte ihn unterm Kinn. »Das ist toll.«

Finn stampfte mit dem Fuß auf die Erde.

»Nene und Krik.« Er zog uns an sich, und für einen Moment war ich überwältigt, wie groß und stark er war. Die Lederflügel falteten sich um meinen Rücken, sie fühlten sich an wie dickes Plastik. Zum Glück ließ er uns gleich wieder los und lief voraus.

»Krik?« Ich sah Rorik an.

»Nene«, erwiderte er lächelnd.

Ich musste grinsen, und es fühlte sich gut an. Meine Schultern senkten sich ein wenig, und ich atmete langsam aus, während ich Finn nachblickte. Wir waren alle drei unverletzt, wir waren unterwegs, um Serén zu retten, und es war Zeit genug bis zur Hochzeit.

»Oh nein«, jammerte ich. »Nicht schon wieder eine Höhle.«

Es war Abend geworden, und Rorik führte uns zum Eingang einer Grotte. Feuchte, stinkende Luft schlug uns daraus entgegen.

Er drehte sich halb um. »Das ist am sichersten. Es ist ein gutes Versteck, und wir müssen uns ausruhen.«

Ich seufzte, schloss die Augen und schwelgte in Erinnerungen an Baumwolllaken, weiche Kissen und wohlriechende Decken.

Wer hätte gedacht, dass etwas so Alltägliches wie ein Bett einem als der größte Luxus erscheinen könnte.

Wir betraten die Höhle, und der Gestank wurde heftiger.

»Habe ich das schon verdrängt, oder stinkt es hier mehr als sonst?« Ich rümpfte die Nase.

»Es riecht wirklich ziemlich schlimm hier drinnen.« Rorik hantierte mit dem Kristall, bekam ihn aber nicht in Gang. Finn schmatzte in der Dunkelheit, und mein Fuß stieß gegen etwas Hartes. Endlich strömte Licht in die Grotte.

Finn bewegte sich sabbernd weiter hinein, ich keuchte und sprang zurück, während von Rorik ein unterdrückter Ausruf kam.

Das, worauf ich getreten war, war ein Skelett. Leere Augenhöhlen starrten zu mir hoch, auf der Stirn lagen noch kleine, vertrocknete Hautstücke, und langes, honigfarbenes Haar floss über die eine Knochenschulter. Ich drehte dem Skelett den Rücken zu, um nicht noch mehr sehen zu müssen.

»Finn«, sagte ich streng. »Du darfst nicht …«

»Nene«, bettelte der Fingalk. »Essen.«

»Nein. Das ist kein Essen. Das ist eine Person. Es ist außerdem nichts mehr übrig, was du essen könntest.«

Rorik atmete schwer. Ich stellte mir vor, dass er versuchte, nur durch den Mund zu atmen. Seine Schritte entfernten sich weiter hinein, während ich immer noch mit dem Rücken zur Höhle dastand.

»Wollen wir nicht rausgehen?« Unwillkürlich bewegte ich mich auf den Ausgang zu, hin zur frischen Luft.

Ich hörte, dass Rorik in seinem Rucksack kramte, und spürte einen Luftzug, als Stoff auseinandergeschlagen wurde.

»Ich habe sie zugedeckt.«

»Sie?«

»Das ist eine Frau. Oder … es war eine.« Wieder eine Pause. »Kannst du sie spüren?«

Ich öffnete mich mental, schüttelte aber schließlich den Kopf.

»Das Skelett fühlt sich genauso an wie die Erde und die Steine. Aber ich spüre etwas anderes hier drinnen. Hmm … Unsicherheit, Furcht, gemischt mit einem starken Verlangen nach … ich glaube, es ist Macht.« Ich legte den Kopf schräg und konzentrierte mich noch mehr. »Jemand tut etwas, das notwendig, aber sehr gefährlich ist. Jemand, nein … sie … *Sie* hat Angst vor den Kräften, die sie freilässt.« Die alten, fast verflogenen Schwingungen in der Höhle erinnerten mich an die drohende dunkle Hand, die ich zu einem früheren Zeitpunkt gespürt hatte. Für einen winzigen Moment sah ich langes schwarzes Haar und hörte einen Schrei der Anstrengung, als sie etwas gegen einen Stein schlug, das daraufhin zerbrach. »Ich glaube, dass es Ragnara ist. Sie war hier, aber das ist viele Jahre her.«

Wieder knirschten Roriks Schritte durch die Höhle, begleitet von Finns unruhig trippelnden Füßen. »Anne. Das musst du dir ansehen.«

Widerstrebend öffnete ich die Augen und sah endlich die Details im Raum. Ich war so auf den toten Körper konzentriert gewesen, dass ich nichts anderes bemerkt hatte.

Die Höhle, flackernd erleuchtet von Roriks Kristall, war nicht besonders groß. Auf der Erde, neben der jetzt zugedeckten Gestalt, lagen zwei gefleckte Steine. Sie waren einst rund gewesen, mit je einem Loch in der Mitte, doch jetzt lagen sie als vier Halbkreise im Staub.

Sie waren es, die Ragnara gerade eben in meiner Vergangenheitsvision zerbrochen hatte.

Vertrocknete Seile oder Hautstreifen lagen als Knäuel auf dem Boden, und obwohl es hier keine Gespenster gab, spürte ich eine enorme Aggression, die von den weggeworfenen Dingen ausging. Ich sah sie mir näher an, und mit einem Aufstöhnen erkannte ich, dass es die eingetrockneten Reste einer riesigen Schlange waren, deren Kopf abgeschlagen worden war. Mein Blick fiel auf eine Knochenhand, die unter dem Tuch hervorschaute, das Rorik über die Frau gebreitet hatte. Die Hand umklammerte eine Holzschüssel. Sie war an manchen Stellen gelblich grün und an anderen schwarz verätzt.

Roriks Augen suchten die Höhle ab, dann verengten sie sich, während er laut nachdachte.

»Das passt nicht. Das kann nicht sein …« Er stockte, während er zwischen den Steinen und der toten Schlange hin- und herging.

»Kennst du diesen Ort?« Ich versuchte, meine Nasenlöcher zu verschließen, deshalb klang meine Stimme nasal. Die Luft hier drinnen war muffig und stickig mit einer süßlichen Note.

»Vielleicht.« Rorik drehte sich im Kreis. »Vielleicht habe ich davon gehört.«

Ich musste einatmen, und mein Magen revoltierte. Hastig drehte ich mich um und lief hinaus in die herrliche kühle Abendluft, die ich mit offenem Mund tief in mich hineinsog. Rorik und Finn folgten mir langsam.

»Ich mache das nicht.« Ich verschränkte die Arme vor der Brust. »Da drinnen übernachte ich nicht.«

Wärme über meiner Schulter sagte mir, dass Roriks Hand direkt über ihr schwebte, aber er berührte sie nicht.

»Die Felsen geben uns Schutz«, sagte er. »Wir schlafen hier draußen.«

»Danke«, murmelte ich und ließ mich an dem großen Stein nieder, der eine Wand des kleinen Eingangs bildete.

Rorik stellte den leuchtenden Kristall auf die Erde, holte seinen Topf aus dem Rucksack und gab etwas Wasser und eine Handvoll Kräuter hinein. Dann schaute er wieder in seinen Rucksack und fluchte. »Ich habe meine Decke über sie gelegt.«

»Nimm meine.« Ich hatte noch immer keine Kraft, aufzustehen.

Rorik kramte die Decke aus meinem Rucksack und breitete sie aus. Dann setzte er sich darauf und klopfte auf das andere Ende.

Mit Mühe schleppte ich mich zu ihm und bekam einen Becher Tee in die Hand gedrückt, aus dem es nach Minze roch. Ich hielt mir den Becher eine Weile unter die Nase, ohne zu trinken, und genoss den frischen, leicht stechenden Duft.

»Weißt du, was da drinnen passiert ist?«, fragte ich schließlich.

»Was passiert ist, nicht. Ich habe keine Ahnung, warum sie tot ist. Anscheinend hat es sich vor vielen Jahren abgespielt, wenn man von ihrem …«, er räusperte sich, »… Zustand ausgeht.« Er trank einen Schluck Tee. »Aber ich glaube, ich weiß, was für ein Ort das ist.«

Ich pustete in meinen Tee und genoss den warmen Minzduft, der aufstieg. »Sag schon.« Meine Stimme klang hohl, weil ich in den Becher sprach.

»Es ist nur eine Geschichte, die meine Mutter mir erzählt hat.«

Ich richtete mich auf. Solange ich Rorik kannte, hatte er seine Eltern noch nie erwähnt.

Er blickte in den Himmel, der jetzt kobaltblau mit kleinen rosa Tupfen war. »Die alten Geschichten sind verboten. Aber diese durfte überleben, denn sie handelt von Lokis Strafe.«

Ich nippte am Tee, vorsichtig, um meine Übelkeit nicht zu sehr zu reizen.

»Loki?«, fragte ich nach einem winzigen Schluck. »Ich dachte, alles, was mit den Göttern zu tun hat, ist verboten.«

»Ist es auch. Aber Loki ist kein Gott. Er ist ein Riese.«

»Ahhh.« Ich stellte meinen Becher auf die Erde und legte mich hin. Mein Oberkörper hatte Platz auf der Decke, und mit angezogenen Knien und den Füßen auf dem Boden war es gar nicht mal so unbequem. Über mir blinkten die Sterne. Mein Oberkopf berührte fast Roriks Schenkel, aber Finn drängte sich zwischen uns. Obwohl er stank, legte ich meinen Kopf auf seinen Schoß, und eine behaarte Klaue knetete meine Schulter.

Rorik sprach weiter. »Loki wurde dazu verurteilt, in einer Höhle gefesselt unter einer Schlange auszuharren, die Gift auf ihn herabtropfte. Er wurde von zwei Mühlsteinen festgehalten, und seine Frau blieb bei ihm und hielt eine Schüssel über seinen Kopf, damit das Schlangengift ihn nicht traf.« Er trank einen Schluck Tee. »Es ist ein altes Gedicht. Eins, das ich als Kind gehört habe.«

Geknebelt sah ich im Quellenwald
den Leib Lokis, des Listenreichen.
Da sitzt Sigyn, ihr Gesell bringt ihr wenig Wonne –
wisst ihr noch mehr?

Die Worte und die Prophezeiung klangen in mir nach, selbst nachdem Rorik verstummt war. Ich kniff die Augen zusammen. »Das habe ich schon mal irgendwo gehört.«

»Das ist aus Midgard. Für mich war die Geschichte eine Erzählung über wahre Liebe«, sagte er leise.

»Ich bin mir nicht so sicher, dass ihre Liebe sich ausgezahlt hat. Sie ist wohl Lokis Frau, und das Ergebnis des Kummers, den sein Schicksal ihr gemacht hat, kannst du dort drinnen sehen.« Ich zeigte auf die Höhle.

»Ich weiß es nicht.«

»Glaubst du wirklich, dass es dieser Ort ist?« Ich musste den Kopf drehen, um Rorik anzusehen.

»Hättest du mich vor ein paar Wochen gefragt, hätte ich gesagt, das ist nur eine Legende. Die Geschichte war schon zur Zeit der großen Einwanderung alt, keine Ahnung, wieso sie hier in Freiheim hätte enden sollen. Aber jetzt …«

»Was heißt das?«, fragte ich.

Es dauerte eine Weile, bis Rorik antwortete. »Das heißt, dass Loki freigekommen ist. Er steht an der Spitze der Chaoskräfte, und wie ich den Braumeister verstanden habe, ist das ein weiteres Zeichen dafür, dass Ragnarök nahe ist.«

In dieser Nacht wechselten wir uns mit Schlafen und Wachehalten ab, aber für viele Stunden war niemand anders in unserer Nähe als die Frau in der Höhle.

Ich weckte Rorik nach einigen Stunden, und wir saßen einen Moment schweigend nebeneinander in der Nacht. Dieser Ort hatte etwas unerträglich Trauriges.

»Leg dich schlafen, Anne«, sagte Rorik, da mir kein Wort über die Lippen kam.

Ich streckte mich auf der Decke aus, aber es fiel mir schwer, zur Ruhe zu kommen. Währenddessen stand Rorik da und starrte nachdenklich in den matten Lichtschein des Kristalls.

Ich musste eingenickt sein, denn ich schreckte davon hoch, dass sich Stimmen näherten. Jemand stöhnte, ein anderer fluchte, und Füße trampelten in unsere Richtung.

Sofort war ich auf den Beinen und hielt Auka in der Hand.

Rorik hatte Tilarids bereits gezogen, und Finns lange Arme spannten die Lederflügel vor uns auf wie einen Schild.

»Sie verblutet«, sagte eine Männerstimme.

Uns dreien in der Felsenkluft blieb keine Möglichkeit zur Flucht. Gingen wir nach draußen, würden wir den Unbekannten direkt in die Arme laufen, und zogen wir uns zurück, würden wir bei den Überresten der Schlange und des Skeletts landen.

Wir zogen uns zurück. Leiche und Schlangenhaut waren dann doch die bessere Alternative.

Finn schmatzte, und als er den Kopf drehte, sah ich, dass seine Augen rostrot waren und seine Nasenflügel zitterten.

Ich spitzte meinen Extrasinn und spürte acht Personen. Kaum hatte ich meine mentalen Fühler ausgestreckt, reagierte eine der Auren und untersuchte mich nun ihrerseits.

»Hier sind Leute«, sagte eine Frauenstimme leise.

»Gerade hast du noch gesagt, dass hier keiner ist, Taliah.«

»Bis eben war es auch so, aber jetzt spüre ich was.« Ihre Grundstimmung drückte auf meine.

»Irgendwas verbirgt sie, aber sie sind da drüben in dem Einschnitt.«

Rorik und ich blickten gleichzeitig auf den Kristall, der jetzt auf dem Boden flackerte. Ich packte Auka fester, und Rorik hob Tilarids. Finn knurrte leise wie eine in die Ecke gedrängte Katze.

»Edith hält nicht mehr lange durch«, sagte eine andere Männerstimme.

Die acht Personen stolperten in unsere kleine Kluft. Eine Gruppe, die mindestens ebenso ungewöhnlich war wie wir.

Rorik hielt Tilarids im Anschlag, Finn fauchte, und ich bereitete mich darauf vor, Auka zu schwingen.

Ein großer Mann mit rotem Bart und rotem Haar kam zuerst. Er trug einen langen Kittel, der an ein Gewand aus dem Nahen Osten erinnerte, und darüber eine lockere Jacke. Trotz der orientalisch anmutenden Kleidung war er ebenso hellhäutig wie ich, mit Sommersprossen, die im Licht des Kristalls deutlich hervortraten. Dicht bei ihm waren vier Kinder, zwei kleine Mädchen von vier oder fünf Jahren sowie ein Junge und ein Mädchen im fortgeschrittenen Teenageralter. Sie alle hatten bronzefarbenes Haar, blaue Augen und Sommersprossen.

Zur Gruppe gehörten außerdem ein Mann und eine Frau, die eine weitere Frau zwischen sich trugen. Ihre helle Jacke war an einer Seite dunkelrot, und um die Brust trug sie einen Verband, der völlig durchnässt war. Schlimmer noch, ihr Gesicht hatte eine ungesund gelbliche Farbe, und sie schien die Augen kaum offen halten zu können.

Die Frau, die die Verletzte stützte, war von den Fingerspitzen bis zur Kinnlinie tätowiert. Sie war schwarz gekleidet, und ihre Haut hatte den gleichen dunklen Farbton wie Hakims. Sie war es, die ich gespürt hatte, denn jetzt schlug ihre Hellsicht mir entgegen. Taliah hatte einer der anderen sie genannt. In ihrer freien Hand hielt sie ein langes Messer.

Der Mann auf der anderen Seite hatte einen langen dunkelbraunen Bart und einen Mund, der noch weicher war als der von Elias. Er zeigte drohend mit einem Speer auf uns, mehr auf Tilarids als auf Rorik gerichtet.

Von Taliah empfing ich das Gefühl unendlicher Widerspiegelungen, aber anders als bei Justine im Seemoor. Das hier war wie eine Kopie meiner eigenen Erlebnisse, nur aus einem leicht anderen Kamerawinkel. Eine wirbelnde Kraft umschloss uns beide wie Wasser, das aus einem Becken abfließt, und drohte uns umzureißen.

Wir standen alle mit erhobenen Waffen da, obwohl Taliah und ich schwankten und Mühe hatten, uns auf den Beinen zu halten.

Die Ankömmlinge starrten auf Finn und Tilarids, nahmen von mir aber keine Notiz. Keiner außer Taliah, die mich mit ihrem Blick festnagelte.

Die verwundete Frau flüsterte etwas Unverständliches.

»Wer seid ihr?« Die Stimme des rotbärtigen Mannes klang barsch.

Ein Punkt für ihn, dass er fragte, bevor er angriff.

Wir antworteten nicht. Ich suchte panisch nach Anzeichen, dass sie zu Ragnaras Leuten gehörten, fand aber keine. Der Rothaarige kam näher und hob eine Art Hammer, der einen längeren Stiel hatte als Auka, aber ebenfalls mit Schlangenornamenten verziert war. Er hatte mich schließlich doch bemerkt, denn er atmete schwer und zeigte auf mich.

»Fimm«, sagte er.

»Was?«

»Fimm«, wiederholte der Mann. Sein Finger kam auf mich zu, bis er fast meinen Hals berührte.

Ich hob die Hand und tastete nach Hakims Geschenk. *Ah – die Silberhand.* Der Halsausschnitt meines Pullovers war verrutscht. Ich umklammerte den Anhänger.

»Was ist damit?«

»Hamsa«, sagte der Mann.

»Du meinst Khamsa?« So hatte Hakim sie genannt, als er sie mir zum Geburtstag schenkte. Mir kam es vor, als sei es gestern gewesen und gleichzeitig viele Jahre her.

»Bin ich die ganze Zeit mit einem religiösen Symbol herumgelaufen? Jesus!« Ich hob die Hände, und sofort richteten sich alle Waffen auf uns.

Finn schnappte in die Luft.

»Langsam, langsam …« Der Rothaarige hob abwehrend eine sommersprossige Hand gegen uns und seine eigenen Leute.

»Nicht Jesus«, verbesserte ich mich schnell und wägte meine Worte ab. »Ich bin nicht religiös. Manche behaupten zwar, dass es Götter gibt, aber die können mich mal …«

»Das ist kein religiöses Symbol«, fiel Rorik mir ins Wort. »Viele Leute aus Miklagard tragen so etwas, aber es hat nichts zu bedeuten.«

»Vielleicht bedeutet es in Miklagard doch was, und du weißt es nur nicht«, flüsterte ich.

Alle standen ganz still, bis die Gruppe vor uns in Bewegung geriet, Hemden öffnete und Ausschnitte zur Seite zog und Handanhänger in verschiedenen Versionen vorzeigte, die alle meiner Silberhand glichen.

»Mirjams Hand«, sagte der Mann mit dem braunen Vollbart.

»Marias Hand«, flüsterte die verletzte Frau.

»Fatimas Hand«, sagte Taliah, die mich nicht aus den Augen ließ.

Der Rothaarige wedelte mit seinem Kettenanhänger. »Fimm«, wiederholte er.

Ich starrte ihn an. »Warum nennst du sie *Fimm*?«

»Die Hand hat fünf Finger.« Der Mittelfinger des Rothaarigen landete auf seinem Schlüsselbein. »Wir nennen sie alle anders, aber der gemeinsame Name ist Fimm. Das ist auch der Name der Sache.«

»Was genau ist die Sache?«, fragte ich. Ich hatte die Augen aufgerissen und alle Muskeln angespannt, bereit, wegzurennen.

Taliah hob ihre eigene Hand hoch, und ich sah, dass die Tattoos, die sie schmückten, überhaupt keine Ähnlichkeit mit Roriks Adlern und Schlangen hatten. Es waren schöne schwarze Ornamente und elegante Bögen und Punkte. »Die Freiheit, zu glauben, was wir wollen.«

Ahhh, Gläubige. Nur nicht der Glaube, den ich erwartet hatte.

»Was ist passiert?« Ich machte einen Schritt auf die verletzte Frau zu, aber da gingen alle Waffen sofort wieder hoch.

Rorik zog sich unmerklich von ihr zurück. Die Fingerknöchel der Hand, die Tilarids umklammerte, waren schneeweiß.

»Warägergarde«, sagte der Rothaarige. »Sie haben uns dabei erwischt, wie wir außerhalb von Miklagard zu unseren Göttern beteten.« Mehr sagte er nicht.

In seiner Vergangenheit sah ich, dass sie ungefähr fünfzig gewesen waren, aber nur diese acht waren übrig geblieben. In der Vision sah ich einige der Weißgekleideten direkt in die gezogenen Schwerter und Messer laufen. »Wir sind Märtyrer!«, riefen sie, bevor sie durchbohrt wurden. Die Menschen, die vor uns standen, waren klug genug gewesen, die Flucht zu ergreifen.

Die blutende Frau stöhnte wieder, und Rorik entfernte sich noch weiter von ihr.

Der Braunbärtige legte die Hand an ihre Wange. »Wenigstens stirbt sie in Freiheit, mit Gott zum Trost.«

Ich hätte beinahe gesagt, dass ein Gott meiner Meinung nach keine Rolle spielte, wenn es ums Sterben ging, aber ich hielt meinen Mund. Plötzlich kam mir eine Idee. »Hey! Ich kann helfen!«

»Bist du Heilerin?«, fragte Taliah.

»Nope. Ich bin nur hellsichtig. Aber ich habe etwas von der Mixtur des Braumeisters. Laekna.« Ich zog den winzigen Flakon aus der Tasche. »Lasst mich mal die Wunde sehen.« Ich versuchte, ebenso überzeugend zu klingen wie Elias.

Der durchnässte notdürftige Verband gab ein klebriges Geräusch von sich, als er entfernt wurde, und Finn atmete heftig ein. Das Laekna in der Hand haltend, verließ mich der Mut. Ich war überhaupt nicht imstande, irgendwas in Ordnung zu bringen.

»Rorik, komm her«, rief ich.

Aber er stand jetzt eng an den Felsen gelehnt und schüttelte den Kopf.

»Komm schon«, befahl ich, während die verletzte Frau hingelegt wurde. Ich konnte sehen, wie ihre Aura immer mehr verblasste.

»Schhh, Edith.« Taliahs Stimme war überraschend sanft.

Als der Langbärtige sich aus Ediths Arm gewickelt hatte, streckte er die Hand nach der Ampulle aus.

Ich gab sie ihm erleichtert. »Tropf das Laekna in die Wunde.«

Ich sah zu, wie die letzten Tropfen in Ediths Schulter verschwanden und der Mann die leere Flasche auf der Erde ablegte. Obwohl nichts mehr drin war, steckte ich sie zurück in meine Jackentasche.

Die blutende Wunde in Ediths Schulter schloss sich. Ein Knochen musste gesplittert sein, denn es knirschte da drinnen. Es klang wie brechendes Eis.

Ediths Wangen wurden rosa, sie atmete tief durch und betrachtete ihre vollständig geheilte Schulter. Ihr Hemd war zerrissen und blutig, aber die Haut war ganz glatt. Prüfend betastete sie die Muskeln und Knochen.

»Es ist ein Wunder«, sagte Taliah. »Selbst bei einem Heiler wäre eine Narbe geblieben.«

»Nein.« Ich schüttelte den Kopf. »Das ist kein Wunder. Das ist nur Medizin.«

»Göttliches Eingreifen«, sagte der Braunbärtige und streckte die Arme zum dunklen Himmel aus.

»Es ist nur eine Tinktur, kein …« Ich stockte, denn mir war eingefallen, dass Laekna aus Ods Blut gebraut wurde. »Wenn man an so was glaubt, ist es auf gewisse Art ein göttliches Eingreifen. Halbgöttliches.«

Edith massierte ihre Schulter. »Im Moment bin ich einfach …«, sie suchte nach dem Wort, während sich ein entrücktes Lächeln auf ihrem Gesicht ausbreitete, »… selig.«

»Das ist nur, weil Elias da Dope untergemischt hat«, bemerkte ich trocken.

»Können wir die Nacht über hierbleiben?«, fragte der Rothaarige. »Edith kann noch nicht weitergehen, und die Kleinen müssen sich ausruhen.«

Wir nickten, und sie ließen sich nieder.

Finn platzierte sich in der Nähe des Eingangs, und Taliah setzte sich neben mich. Schon ihre Anwesenheit versetzte die Umgebung in Schwingungen.

»Du bist Seherin.« Das stand eigentlich außer Frage, aber ich sprach es trotzdem aus.

Taliah zog ihre schwarze Jacke eng um sich. »Du auch.«

Sie teilte offenbar meine Vorliebe für kurze Sätze und schwarze Klamotten.

Wir schwiegen, bis ich es nicht mehr aushielt. »Kannst du nur die Vergangenheit sehen?«

Sie nickte bestätigend.

»Kannst du Auren sehen?«

»Auren?«

»Ich weiß nicht, wie man es sonst nennen soll. Das, was Leute ausstrahlen.«

Sie dachte nach, und ich nutzte die Pause, um einen Blick in ihre Vergangenheit zu werfen. Ich sah einen merkwürdigen Ort mit bunten Häusern, arabischen Schriftzeichen und würzigen Düften. Zimt, gebratenes Fleisch, Limonen und Koriander. Der kleine Einblick zeigte mir mehr Farben und Gerüche als meine gesamte Zeit in Hrafnheim.

»Meinst du ihren Lebensfaden?«, fragte Taliah schließlich.

»Keine Ahnung, was das ist, aber könnte sein. Kannst du auch Visionen senden?«, floss mir über die Lippen.

»Senden?«

»Ich meine …« Ich suchte nach Worten. »Kannst du andere Hellsichtige im Traum kontaktieren?«

Sie machte die Augen schmal. »Können das nicht alle Hellsichtigen? Das ist doch Teil unserer Gabe.«

»Meiner nicht, oder vielleicht liegt es daran, dass ich es nie gelernt habe.«

Taliah seufzte. »Das nennt sich *klarträumen*. Im Traum findest du den Lebensfaden des oder der anderen Hellsichtigen und folgst ihm, und dann könnt ihr miteinander reden.«

»Äh … schon wieder der Lebensfaden? Also die Aura?«

»Ich weiß nicht, was eine Aura ist«, sagte Taliah irritiert. »Ich meine den Faden, den die Nornen spinnen.«

Ich musste lächeln, aber Taliah musterte mich mit zusammengezogenen Augenbrauen.

Ich wischte mir schnell das Lächeln aus dem Gesicht. »Ist das dein Ernst? Tja, du gehörst offensichtlich einer anderen Religion an.« Ich betrachtete die orientalischen Tattoos.

»Selbstverständlich ist das mein Ernst. Wir Hellsichtigen sind mit den Nornen verbunden, ganz egal woran wir sonst glauben.« Sie schüttelte den Kopf über meine Unwissenheit.

Eine ganze Weile saßen wir schweigend da, und mehrere Male sah mich Taliah mit schmalen Augen an. Plötzlich keuchte sie auf.

Sie hatte offenbar in meiner Vergangenheit herumspioniert, denn sie schlug sich die Hand vor den Mund. »Du bist … du bist aus …«, flüsterte sie durch die Finger.

»Pssst, das ist ein Geheimnis«, brachte ich sie zum Schweigen.

Sie presste die tätowierte Hand fester auf die Lippen, verengte die schwarzen Augen und betrachtete mich.

»Das ist gefährlich für dich, musst du wissen. Du riskierst, gefoltert und hingerichtet zu werden. Genau wie deine …«

Langsam senkte sie die Hand.

»Thora Todesbluts Tochter ist in Sént eingesperrt, aber es geht das Gerücht, dass Thora noch eine Tochter hat. Und Ragnara sucht nach ihr.«

Früh am Morgen verabschiedeten wir uns von den Gläubigen.

Rorik, Finn und ich gingen direkt nach Süden, aber wir kamen nur langsam voran, weil wir uns von der Straße fernhielten. Ragnaras erdrückender Riesenschatten wurde schwächer.

Ein einziges Mal sahen wir eine Gruppe in Umhänge gehüllter Hirten auf dem Weg nach irgendwo. Während sie vorüberzogen, lagen wir drei versteckt hinter einem Gebüsch am Wegesrand. Ich betrachtete die weißen Kutten mit der dunkelroten Fehu-Rune. Einige der Priester trugen an Spardosen erinnernde Kästen, wohl ein weiterer Teil der Spenden für Prinz Sverres Hochzeit.

Endlich waren sie weg, und wir gingen auf der Straße weiter.

Vor mir lief Finn über die giftgrüne Wiese wie eine haarige Spinne, die von Zeit zu Zeit zurückkam und unverständliche Berichte ablieferte.

»Eume«, rief er.

Rorik rief ihm zu: »Was meinst du mit *Eume?*«

Finn rannte zu uns zurück, im Mund einen Stock, den er mir vor die Füße warf. Er zeigte auf den Hügel. »Eume.«

»Ja, ich weiß, dass dahinten Bäume sind. Das ist ein Wald. Ich kann ihn von hier aus sehen.«

Für einen Moment verzog der Fingalk die breiten Lippen enttäuscht und sah Rorik an, den großen Kopf schräg zur Seite geneigt.

Schnell hob Rorik den Arm und kraulte ihn hinter den Ohren. »Aber trotzdem lieb von dir, dass du es uns gesagt hast.«

Finn bleckte glücklich lächelnd die Zähne und wedelte mit dem langen Schwanz. Dann machte er wieder kehrt und lief über den Hügelkamm. Gleich darauf war er wieder da. Er war außer Atem und zeigte mit einer langen Kralle auf den Wald. »Enna.«

»Sind da Enten?« Ich wollte seinen Hals streicheln, aber er schlug meine Hand weg.

»Enna.« Er ruderte mit den langen Armen. »Wähta.«

Er zeigte hinunter auf Tilarids, das anfing zu beben.

Nun spürte ich sie auch und fluchte. Die Priester waren nur die Vorhut gewesen, aber die Auren, die ich jetzt wahrnahm, waren aggressiv und autoritär. Ganz sicher Soldaten.

Wieder drehte Finn sich um und zeigte. »Enna. Wähta.«

»Verstehe«, sagte ich leise. »Da sind Männer, und sie haben Schwerter.«

Rorik langte nach Tilarids, zog es aber nicht, sondern verbarg den Griff des Schwertes unter seiner langen Jacke. Dennoch konnte niemand daran zweifeln, dass er eine Waffe trug.

Er musterte die kleinen Gestalten, die auf der Hügelkuppe auftauchten.

»Warägergardisten«, sagte er.

Ich spürte ein ängstliches Kribbeln. »Sind das die, die nach mir suchen?«

Rorik bewegte sich unmerklich rückwärts und machte die Augen schmal.

»Nein.« Er zog seine Kapuze tief in die Stirn, um sein helles Haar zu bedecken. Die Hand mit dem Adler-Tattoo versteckte er hinter dem Rücken.

Der Soldat an der Spitze saß auf einem Wagen, dem der Rest der Gruppe hinterherstiefelte.

»Sie haben uns gesehen. Verstecken können wir uns jetzt nicht mehr«, sagte Rorik leise.

Ich band mir mein grünes Halstuch eilig um den Kopf und blickte zu Boden, um mein Gesicht zu verbergen.

Das sind welche von denen, die die Gläubigen massakriert haben. Mein Herz klopfte.

Rorik sah Finn an. »Du sagst kein Wort.«

Der große Fingalk hielt sich die behaarte Hand vor den Mund. Das Sonnenlicht schimmerte auf den dünnen Schwimmhäuten zwischen seinen langen Fingern.

Die Soldaten waren jetzt ganz nah, und mit hämmerndem Herzen zog ich mir das Kopftuch noch weiter ins Gesicht und legte eine Hand auf Auka.

»Überlass mir das Reden«, sagte Rorik.

Es waren fünf Soldaten, die sich um uns herum aufstellten. Rorik straffte die Schultern.

»Was gibt's, Kameraden?« Trotz der entgegenkommenden Worte war seine Stimme hart.

Bei dem barschen Tonfall, der ganz ungewohnt für ihn war, zuckte ich unwillkürlich zusammen. Ich musste mich zwingen, stehen zu bleiben, und blickte auf meine Füße, während Finn sich unruhig hin und her bewegte. Der Anführer machte sich nicht die Mühe, vom Wagen abzusteigen.

»Wer seid ihr?« Er schlug denselben Ton an wie Varnar und Rorik, wenn sie als Militärangehörige auftraten.

Rorik verzog keine Miene. »Lass dich nicht von meiner Kleidung täuschen. Ich stehe in Ragnaras Diensten und soll die Kleine hier nach Sént bringen.«

Ich öffnete den Mund, als er so ohne Weiteres unser Ziel verriet, sagte aber nichts.

Der Warägeroffizier, der einen dunklen, kurz geschnittenen Bart und ein Fabeltier-Tattoo auf der Wange trug, musterte mich von Kopf bis Fuß. »Was hat sie angestellt?«

Rorik zeigte die Zähne. Das kalte Grinsen war so weit entfernt von seinem normalen, warmen Lächeln, dass sich mir die Nackenhaare sträubten. »Angestellt? Sie hat nichts angestellt. Sie gehört zum Vergnügungsprogramm auf der Hochzeit.«

Ich warf Rorik einen ärgerlichen Seitenblick zu, aber er schaute nicht einmal in meine Richtung.

»Huh«, kicherte der Dunkelbärtige und musterte mich eingehend. »Was Besonderes ist die nicht. Sie ist abstoßend und hässlich.«

Unter den Soldaten entdeckte ich zwei Frauen mit gleichgültigen Mienen.

Das Grinsen auf Roriks Gesicht erlosch.

»Soll ja welche geben, die so was mögen.« Er zuckte mit den Augenbrauen. »Wir wollen doch, dass alle Gäste ihr Vergnügen haben.« Er packte mich im Nacken und schüttelte mich.

Ich sah die Soldatinnen auffordernd an, aber keine von ihnen reagierte. Entweder war es ihnen egal, oder sie wagten nicht, sich einzumischen. Ich schickte Rorik einen Mörderblick, spürte aber seine Nervosität und sagte nichts.

Der Offizier, der Roriks Erklärung offenbar geschluckt hatte, stieg vom Wagen und kam zu uns. »Warum bist du nicht in Uniform?«

»Weil ich damit nicht durch Miklagard laufen konnte. Der Sklavenhändler, dem ich sie abgekauft habe, darf nicht zusammen mit Soldaten gesehen werden.«

Der Offizier knurrte. »Ich habe gehört, dass sie in Miklagard immer noch Sklaven haben. Eine Schande ist das.« Sein Blick fiel auf Finn. »Und du hast einen Fingalk«, sagte er. »Lass mich dir einen Gefallen tun.«

Er setzte seinen Speer an Finns Hals und wollte schon zustoßen, aber da protestierte ich laut und legte dem Mann beide Hände auf den Arm.

»Was fällt dir ein, Sklavin!« Rorik verpasste mir eine schallende Ohrfeige, und mit aufgerissenen Augen rieb ich mir die Wange. »Der Fingalk darf nicht sterben. Er ist wertvoll«, sagte er zum Offizier, der den Speer senkte.

Finn winselte.

»Warum schleppst du das Biest mit dir herum?« Der Offizier rümpfte die Nase.

»Er ist dressiert.« Rorik versetzte Finn einen harten Stoß, und der Fingalk sah ihn verwirrt an. »Sag was!«

Die breiten Lippen bewegten sich, ohne dass ein Laut herauskam.

Wieder schubste Rorik ihn. »Na los, du Ungeheuer.«

Finn sah ihn immer noch verständnislos an, bis Rorik ihm so hart gegen das Schienbein trat, dass er aufjaulte. Ich kochte innerlich.

»Sprich!«, herrschte Rorik ihn an.

Finn zuckte zusammen.

»Nene«, stieß er hervor. »Krik böse auf Nene.«

Zuerst glotzten die Soldaten, dann brachen sie in brüllendes Gelächter aus. Finn sah sie verdattert an, während mir das Herz blutete.

Der Offizier mit dem Gesichtstattoo wischte sich über die Augen. »Er hört sich an wie ein Blödian.«

»Blöjan?«, wiederholte Finn mit großen roten Augen, und wieder war hier und da Glucksen zu hören.

Rorik zuckte die Schultern. »Für die Hochzeit werden spektakuläre Sachen gebraucht. Mit weniger gibt sich der Prinz nicht zufrieden.«

Der Offizier winkte ab. »Prinz Sverre.« Mehr sagte er nicht, aber es war deutlich, was er vom Prinzen hielt.

»Meine Rede«, sagte Rorik. »Ich habe wirklich Besseres zu tun, als ein kleines Mädchen und ein Ungeheuer zu dieser Hochzeit zu bringen.«

»Ja«, sagte der Offizier nach einem kurzen Blick auf Rorik. »Wir haben auch alle Hände voll zu tun, Ordnung im Reich zu halten. Und dann vergeuden wir unsere Zeit mit einem Fest.«

Rorik schüttelte den Kopf, als würde er ihm recht geben. Ich hielt den Atem an, aber der Offizier hatte offenbar keine Lust mehr, sich noch weiter mit uns abzugeben. Er machte kehrt, um auf den Wagen zu steigen, drehte sich aber noch mal um. Er sah Rorik scharf an, und seine Augen wurden schmal. »Du kommst mir bekannt vor.«

Rorik machte den Rücken noch gerader. »Du mir nicht.«

Der Bärtige durchforstete sein Gedächtnis. »Ich kenne dein Gesicht.«

Rorik zog die Mundwinkel nach unten. »Ich komme immer wieder mal nach Sént. Vielleicht hast du mich dort gesehen.«

Der Mann legte den Kopf schräg und zog die Oberlippe hoch. Dann winkte er mit einer Hand ab.

»Du hast wohl recht.« Er stieg auf den Wagen. »Für Ragnaras Anfarwol«, sagte er zum Abschied.

Rorik nickte zurück. »Anfarwol.«

Die Soldaten verschwanden auf demselben Weg, den sie gekommen waren, und wir blieben zurück und blickten ihnen nach.

Rorik ließ die Schultern hängen und konnte mir nicht ins Gesicht sehen.

»Entschuldige«, bekam er schließlich heraus.

»Schon okay. Du musstest diese Rolle spielen. Sie hätten Finn getötet, wenn du es nicht getan hättest.«

Finn kam mit erschrockenem Aufbrüllen zu uns. Ich wollte ihm beruhigend den Arm streicheln, aber ich merkte, dass meine Hand zitterte.

»Es tut mir leid, dass ich angedeutet habe, du wärst eine …« Seine Stimme brach. »Sverres Hochzeit war einfach das Einzige, was mir als Erklärung eingefallen ist.«

»Ich hasse den Prinzen. Er muss furchtbar sein«, murmelte ich.

»Das ist er auch«, flüsterte Rorik.

Finn zeigte auf sein haariges Bein.

»Ich musste das tun.« Rorik sah mich verzweifelt an. »Wie soll ich ihm klarmachen, dass ich es getan habe, um ihn zu retten?«

Finn stieß sein charakteristisches *Bräää* aus und zeigte auf meine Wange.

»Krik Nene bumm macht.«

Ich blickte vom verständnislosen Fingalk zu Rorik, der unglücklich zurückblickte. Dann legte ich den Arm um Rorik.

»Freunde«, sagte ich zu Finn, der seine schlabbernden Lippen zusammenpresste und den Kopf schüttelte. Ich nahm Roriks Hand und zeigte auf unsere ineinandergeflochtenen Finger. »Schau.«

Rorik blickte auch darauf.

Ich schüttelte unsere Hände. »Ich bin ihm nicht böse. Er hat es getan, um zu helfen.«

Finns wolliger Handrücken strich über meine Wange. »Au, au«, sagte er.

Ich nickte. »Ja. Au, au. Aber jetzt ist es wieder gut.«

Finn schickte Rorik einen zornigen roten Blick. Er fauchte ihn an und legte die trichterförmigen Ohren nach hinten. Die kleinen Hörner ragten spitz auf.

Ich nahm Roriks Gesicht in meine freie Hand und drückte ihm einen lauten Schmatz auf die Wange. »Alles gut, Finn.«

Roriks freie Hand legte sich vorsichtig um meine Taille, während meine Hand weiterhin seinen Nacken hielt.

Finn schniefte skeptisch. »Nich mit bumm.«

»Doch, wir sind wirklich Freunde.« Ich legte meine Wange an Roriks.

Rorik drehte mir sein Gesicht zu, und ich ließ es geschehen. Finn betrachtete uns immer noch zweifelnd.

Sanft streiften Roriks Lippen meine. Ich erstarrte, und mein erster Impuls war, zurückzuspringen, aber ich blieb, wo ich war. Ich ließ Roriks Mund für einen Moment auf meinem Mund ruhen, ehe ich mich frei machte. »Siehst du?«

Das schien Finn zu überzeugen. Sein ganzer Körper wedelte, und der lange Schwanz brachte uns zu Fall, sodass wir alle drei in einem großen, lachenden Haufen auf der Erde lagen. Finn rieb seinen Kopf an uns beiden, und trotz des Gestanks umarmten wir uns fest. Genau in dem Moment, als wir auf der Erde lagen, merkte ich, dass die Warägergarde zurückkam, und zwar direkt auf uns zu.

Sie waren sehr entschlossen, und sie hatten Verstärkung geholt.

KAPITEL 21

Sie umstellten uns.

Rorik kam mit einem geschmeidigen Satz auf die Beine und zog im gleichen Schwung Tilarids. Allerdings fürchtete ich, dass selbst das mörderische Schwert Probleme haben würde, mit den … ich blickte in die Runde … *acht, neun, zehn* Kriegerinnen und Kriegern fertigzuwerden, die auf ihre Schilde schlugen und Speere und Äxte schwangen.

Finns Krallen fuhren mit wiederholtem *Pling* aus den Fingern, und seine Augen nahmen eine tiefrote Farbe an. Der schuppige Schwanz peitschte. Ich sprang mit einer rollenden Bewegung auf, die Varnar mich gelehrt hatte.

»Thorastochter«, rief der Anführer mit dem Fabeltier-Tattoo. »Es hat etwas gedauert, bis mir der Gedanke kam, dass du es bist, weil du das Tuch um den Kopf hattest, aber jetzt beim Wiedersehen ist kein Irrtum möglich.«

»Das ist nicht Thoras Tochter«, sagte Rorik laut. Seine Stimme war fest, aber seine Aura sprühte panisch. »Ich bringe sie nach …«

Der Mann richtete seinen Blick auf Rorik, der leicht vorgebeugt mit gezücktem Schwert dastand. »Bist du nicht auf die falsche Seite geraten?«, fragte er und ging langsam auf ihn zu.

Ob er zu Rorik oder zu Tilarids sprach, war ungewiss. Es hätte mich auch nicht gewundert, wenn das Schwert geantwortet und gesagt hätte, es sei tatsächlich im Zweifel, ob es nicht für die Falschen kämpfe. Aber Tilarids verhielt sich ruhig, und das tat Rorik auch.

Ich fuhr herum, sodass Rorik und ich Rücken an Rücken standen. Auka glitt aus dem Gürtel in meine Hand, aber ich wusste, dass wir hoffnungslos in der Unterzahl waren, und plötzlich schoss mir durch den Kopf, dass Seréns Weissagung, Rorik werde bei meiner Verteidigung sterben, sich vielleicht jetzt erfüllte. Bei dem Gedanken ging mir der Atem stoßweise.

»Du musst nicht gegen sie kämpfen«, flüsterte ich.

»Mir bleibt keine große Wahl.« Roriks warmer Rücken war wie eine Wand hinter mir.

»Ich bin es, die sie haben wollen. Wenn ich mich jetzt ergebe, dann …« Ich kam nicht dazu, den Satz zu beenden.

»Und was machen sie danach mit mir?« Sein Tonfall sollte sarkastisch sein, aber er war sanft.

»Okay, dann kämpfen wir.«

Finn stellte sich breitbeinig neben uns und streckte die messerscharfen Krallen aus. Er schlug Respekt gebietend mit den Flügeln, aber ich wusste ja, dass er nicht fliegen konnte.

Die Soldaten kamen näher, und ich suchte mir drei aus, die ich ein Stück weglocken wollte. Vielleicht hatte Rorik – oder besser gesagt, Tilarids – eine Chance gegen den Rest.

Ich schlug eine Finte und hörte Rorik hinter mir rufen, aber es gelang mir, drei der Soldaten auf seine andere Seite zu locken. Darunter eine Frau, die als Einzige ein Schwert trug. Sie sah grimmig aus, und ich spürte ihr Verlangen, diejenige zu sein, die mich einfing. Die beiden anderen Gardisten waren Männer, die ihre Speere schwangen. Es gab mir einen Stich ins Herz, als mir bewusst wurde, dass der eine von ihnen Aellas hohe Wangenknochen und Varnars Farben besaß. Er gehörte wohl zu denen, die als Kind aus dem Bronzewald geraubt worden waren. Die Bewegungen der beiden waren vertraut, denn Varnar hatte sie ganz offensichtlich trainiert, und ich brauchte nicht lange, um sie zu entschlüsseln.

Ich beugte die Knie und ließ sie nach mir stechen, ohne zurückzuschlagen, bis ich bereit war.

Tilarids hatte bereits den Anführer und die zweite Frau ausgeschaltet, die mausetot auf der Erde lagen. Drei andere Waräger kämpften gegen Rorik, aber ihre Auren verströmten pure Angst, als sie sich dem wild gewordenen Schwert gegenübersahen. Tilarids sang beinahe vor Lust am Kampf und am Blut. Rorik hatte alle Mühe, es fest im Griff zu behalten, und es sah aus, als würde er von der Waffe herumgeschleudert.

Finn streckte blitzschnell seinen langen, haarigen Arm aus, und obwohl der Soldat vor ihm seinen Schild hob, schlugen die messerscharfen Krallen durch die Abwehr und schnitten eine dünne Linie quer über den Hals des Mannes. Für einen Moment blickte der Soldat nur überrascht an sich hinunter, aber als die rote Suppe aus ihm herausschoss, sank er gurgelnd in die Knie. Beim Geruch des Blutes schmatzte Finn laut, bevor er sich dem nächsten Mann zuwandte. Der wich zurück, kam aber nicht weit, denn Finn schlitzte ihn vom Hals bis zum Schritt auf.

Die drei Soldaten kamen auf mich zu, und einer von ihnen machte einen Ausfall mit seinem Speer. Ich sprang darüber hinweg und holte mit dem Beil nach ihm aus. Ich verfehlte ihn, und das Gewicht der Waffe ließ mich straucheln. Ich war es noch nicht gewohnt, mit Auka zu kämpfen, aber zum Glück hatte ich das Training bei Varnar verinnerlicht, deshalb fand ich schnell mein Gleichgewicht wieder. Das Schwert der Frau sauste durch die Luft, und sie hätte mich erwischt, hätte ich nicht instinktiv Varnars Trick angewendet und mich mit einem eleganten Tanzschritt auf ihre Rückseite gebracht.

Sie riss die Augen auf und senkte das Schwert kaum merklich.

»Wie …?« Aber bevor sie noch mehr sagen konnte, hatte Finn ihr die Kehle durchgeschnitten. Ich hatte gar nicht gemerkt, dass er in der Nähe war.

Immer noch mit dem verblüfften Ausdruck auf dem Gesicht fiel die Frau zu Boden. Finn drehte sich nicht einmal um, als sein langer Schwanz sich um den Knöchel eines anderen Soldaten wickelte und zog. Der Mann knallte auf den Rücken, sein Speer rollte davon. Er versuchte noch, danach zu greifen, als Finns mächtige Kiefer sich auch schon um seine Kehle schlossen. Das Knirschen jagte mir eiskalte Schlangen über den ganzen Körper.

Finn blickte zu Rorik, der von drei Männern umringt wurde. Tilarids kämpfte verbissen, aber die drei waren schneller, und für eine Sekunde sah es so aus, als würde der eine seine Axt in Rorik schlagen. Finn machte mit geschlossenen Beinen einen Sprung wie ein Känguru und war mit einem Satz bei Rorik.

Ich drehte mich zu meinem letzten Widersacher um.

Der Soldat, der Aella ähnelte, blickte auf seine gefallenen Kameraden, ließ demonstrativ seinen Speer fallen und floh.

Als er an Finn und Rorik vorbeirannte, stieß der Fingalk ein beängstigendes Geräusch aus, ein Mittelding zwischen dem Brüllen eines Tigers und dem Zischen einer Schlange. Er sprang auf den Rücken des flüchtenden Soldaten und flatterte mit den Armen, sodass die beiden kurz von der Erde abhoben. Sie landeten wieder, und der Mann hastete weiter.

»Lass ihn laufen!«, rief ich, aber Finn nahm keine Notiz davon.

Der Soldat rannte mit Finn auf dem Rücken noch ein kleines Stück, bevor Zähne und Klauen ihn stoppten.

Der letzte Gardist hatte Tilarids aus Roriks Hand geschlagen und griff jetzt mit seiner Axt Finns Rücken an, um seinen Kameraden zu retten. Rorik blickte kurz auf Tilarids, entschied sich aber, Finn zu helfen. Er warf sich zwischen den Fingalk und die Axt und blockierte den Schlag. Dann drehte er dem Soldaten den Arm um, sodass der Mann sich die Axt selbst in die Seite rammte. Der Soldat gab einen Laut von sich, von dem ich wünschte, ich könnte ihn vergessen, und aus seinem Bauchraum stieg ein widerlicher Geruch auf.

Finns Nüstern flatterten, als er von dem halb gehäuteten Mann abließ und sich dem Soldaten mit der Axt im Bauch zuwandte. Er sprang ihn an, riss die Axt heraus und schlug seine Zähne in die große Wunde.

Da erlosch die Aura des Soldaten wie eine Glühbirne, die platzte. Ein heftiger Impuls von Schuld ging von Rorik aus, während Tilarids auf der Erde lag, bebend vor Zorn darüber, dass Rorik ohne es getötet hatte.

»Haben wir gesiegt?« Das war meine Stimme, aber es dauerte einen Moment, bis mir das klar wurde. Der Geruch von Eisen drang mir in die Nase, und meine Finger klebten zusammen.

Ich hörte Rufe und hob den Kopf. Weitere Soldaten kamen auf uns zu.

Crap!

Ich schwang Auka, als der erste Soldat mich erreichte. Das Beil traf ihn an der Schläfe, und seine Aura zerplatzte wie Popcornmais. Oder vielleicht war es auch eine Frau, ich bekam in der Eile gar nicht mit, ob der Angreifer männlich oder weiblich war. Schon wurde ich von drei anderen Personen umringt, und mit rotem Nebel vor den Augen schlug und trat ich um mich, wie Varnar es mich gelehrt hatte. Keine Ahnung, wie viele ich getötet habe. Aber getötet habe ich.

Man sagt, dass es einen Unterschied macht, ob man ein Leben auf dem Gewissen hat oder nicht, aber ich spürte rein gar nichts, nur einen unbändigen Überlebenswillen.

Plötzlich war ich unten, oder vielleicht hatte ich auch schon eine Weile auf der Erde gelegen. Varnars Worte klangen mir in den Ohren. Sogar in diesem Augenblick, in dem ich mehr Tier als Mensch war, hörte ich seine Stimme, als stünde er direkt neben mir.

Du liegst am Boden, Anne. Los, komm wieder auf die Beine.

Ein Soldat saß rittlings auf mir. Er holte mit dem Messer aus, das direkt auf meine Brust zielte.

Nein, nein, konnte ich noch denken. *Ich sterbe nicht auf diese Art. Ich sterbe im Winter im Kraghede Skov. Das hier ist völlig falsch.*

Ich hätte denken sollen, dass es falsch war, überhaupt zu sterben.

Ich starb auch nicht, denn der Mann auf mir erstarrte. Er blickte an sich hinunter und strich mit den Fingern über eine kleine Spitze, die aus seinem Oberbauch ragte. Etwas hatte ihn von hinten durchbohrt. Ich konnte gerade noch Augenkontakt zu ihm aufnehmen, bevor er zur Seite kippte und den Blick auf meinen Retter freigab.

Meine Augen weiteten sich. »Frank?«

»Hoch mit dir!«, zischte er. Sein ganzer Kopf war voller Blutspritzer. Keine Spur mehr vom sanften nordjütischen Barkeeper, aber andererseits hatte auch ich keine Ähnlichkeit mehr mit einer normalen Gymnasiastin.

»Kämpf!«, befahl er und drückte mir das blutige Auka wieder in die Hand.

Aus den Augenwinkeln sah ich, wie Finn seinen Schwanz gegen die Brust eines Soldaten schlug und ihn zu Fall brachte.

Schließlich war nur noch ein Soldat übrig. Er floh mit dem Speer in der Hand, der kaum mehr war als ein angespitzter Stock. Gerade als ich dachte, dass er entkommen würde, drehte er sich um und schleuderte den Speer auf uns. Im selben Moment warf Frank ein Messer, und das bohrte sich ins Herz des Soldaten.

Ich blickte hinunter auf das rote Gras, ohne zu begreifen, dass wir es geschafft hatten. Der salzig-süßliche Geruch war überwältigend, und ich wünschte, ich hätte die vielen, die wir gemeinsam getötet hatten, spüren können. Schuld oder Trauer. Aber ich war vollkommen gefühllos.

In dem Moment stieß Frank einen Schrei aus, und ich blickte benommen über die Schulter.

»Halfdan.« Er ging mit langen Schritten auf die kleine Gestalt zu. »Du solltest doch im Wald bleiben.«

»Ich wollte dir helfen, Großvater. Du hast gerufen.« Das Kind war genauso blond und blauäugig, wie ich es viele Male in Franks Vergangenheit gesehen hatte. Es musste Védis gelungen sein, den

Zauber aufzuheben. Der Gedanke dauerte nur so lange, bis der Junge wieder sprechen wollte, aber von einem seltsamen Gurgeln daran gehindert wurde. Ich kniff verständnislos die Augen zusammen, während Frank in einem Tempo, das mir wie Zeitlupe vorkam, auf ihn zulief.

Der Speer hatte Halfdan getroffen und seinen kleinen Körper durchbohrt. Auf seiner Brust breitete sich rasch ein roter Fleck aus. Blut strömte über seine Lippen, als er wieder versuchte, etwas zu sagen.

Dann fiel er um.

KAPITEL 22

»Nein!«, brüllte Frank. »Nein!«, schrie er wieder, als er nach Halfdan griff, der rückwärts ins Gras fiel. Als der Junge auf dem Boden aufschlug, wurde der Speer aus seinem kleinen Körper geschoben und landete mit einem dumpfen Laut neben ihm.

Meine Hände flatterten hilflos, ohne dass mein Verstand fassen konnte, was ich sah. Ich konnte nicht klar denken, doch plötzlich stellte sich mein Gehirn scharf.

Laekna.

Ich durchwühlte meine Tasche und fischte die kleine Ampulle heraus. Schwer atmend hielt ich sie hoch gegen das Licht. Nur wenige ölige Tropfen klebten noch am Glas. Ich hatte alles für Ediths Schulter aufgebraucht. Ich wollte mich entschuldigen, aber als ich Frank ansah, blieben mir die Worte im Hals stecken. Selbst wenn ich ihm direkt ins Ohr geschrien hätte, wäre ich nicht zu ihm durchgedrungen.

Er hatte Halfdans Hemd hochgeschoben, sodass die Wunde frei lag. Er blickte dem Jungen fest in die Augen und schaffte es, ihn anzulächeln, obwohl seine raue, blutige Hand die kleine Jacke knetete.

Halfdans Aura wurde schnell schwächer, und ich sah, wie Frank mit seiner freien Hand die Wange des Jungen streichelte, während er sanft murmelte. Die verzweifelten Schreie hielt er zurück, aber ich wusste, dass sie gleich kommen würden. Wenn es überstanden war.

Rorik kniete dicht neben ihnen, vom Weinen geschüttelt.

Nein, er weinte nicht. Er wurde nur geschüttelt. Als wäre eine Kraft in ihm kurz davor, völlig außer Kontrolle zu geraten. Ich packte ihn an der Schulter, ließ aber schnell wieder los. Sie war glühend heiß, sogar durch mehrere Kleidungsstücke.

»Ein Kind«, flüsterte Rorik. Er starrte auf die groteske Wunde, die der Speer hinterlassen hatte.

Halfdans Lebenslicht war nun fast erloschen. Er hatte die Augen geschlossen und wimmerte leise. Nur noch einen Atemzug mehr, dann würde der Schmerz vorbei sein.

Frank unterdrückte sein Schluchzen, damit Halfdan es nicht als Allerletztes hörte. Er flüsterte ihm weiterhin liebevolle Worte zu.

An seiner Seite wurden Roriks geballte Fäuste immer weißer, und er schwankte hin und her. Dann gab er den Widerstand auf und richtete die Hände auf Halfdans Brustkorb.

Zuerst strömte ein Lichtkegel aus Roriks Handflächen. Dann kehrte sich der Strom um, und Rorik zog etwas an sich. Gleichzeitig schloss sich die Wunde und hinterließ eine knotige Narbe. Mit einem tiefen Seufzer sank Rorik zurück auf die Fersen.

Als Frank endlich begriff, was da passierte, starrte er Rorik ungläubig an und blickte dann zu Halfdan. Die Wunde war nun komplett geschlossen, und Rorik kippte mit einem erschöpften Stöhnen zur Seite. Seine Stirn glänzte vor Schweiß, und er keuchte atemlos, als wäre er gerade gerannt.

Die Narbe auf Halfdans Brust leuchtete heftig, aber er schien nichts zu spüren. Er blinzelte. »Warum liege ich hier?«

Frank konnte sich nicht länger beherrschen und schluchzte laut, während er den Jungen an sich drückte, der in seiner Umarmung verschwand.

Der quicklebendige, schmerzfreie und verständnislose Halfdan fragte mit heller Stimme: »Worüber bist du so traurig, Großvater?«

»Ich bin nicht traurig.« Frank presste ihn noch fester an sich. Mit dem kleinen Körper in den Armen suchte er Roriks Blick.

»Ich stehe tief in deiner Schuld, wer immer du bist. Und ich verspreche, dass ich dein Geheimnis bewahren werde.«

Rorik blickte entsetzt auf seine Hände, als würde er sie sich am liebsten abhacken. Er kam unsicher auf die Beine und entfernte sich von uns.

Ich ging ihm nach. »Das war unglaublich. Das war …« Ich verstummte, als er sich umdrehte und ich sein Gesicht sah. »Was ist?«

»Ich konnte es diesmal nicht zurückhalten«, flüsterte er. »Nicht bei einem Kind.«

»Du bist ein Heiler. Ich hatte ja keine Ahnung. Das ist fantastisch.« Ich wich einen Schritt zurück, als Rorik mich böse ansah.

In dem Moment kam Finn von dem Soldaten zurück, den Frank mit seinem Messerwurf getötet hatte. Seine langen Arme schwangen munter hin und her, und sein Mund war blutverschmiert. Die Augen leuchteten so hellorange, dass sie beinahe gelb waren. Er ging an mir vorbei und reichte Frank mit breitem Lächeln das Messer. Frank sah den großen Fingalk verblüfft an und nahm es entgegen.

»Ich glaube, du musst mir ein paar Dinge erklären, Anne«, sagte er, den desorientierten Jungen immer noch fest im Arm.

Rorik, Finn und ich trugen die Leichen unter die Bäume. Ich zwang mich, alle Gesichter anzusehen.

»Man wird sie finden«, sagte Rorik. »Aber hoffentlich erst, wenn die nächste Patrouille entdeckt, dass sie nicht zurückgekehrt sind.«

Ich hatte keine Ahnung, was ich sagen sollte, also schwieg ich und suchte die Umgebung nach Gespenstern ab, die Hilfe auf dem Weg ins Totenreich brauchten. Aber da waren keine.

Später schlugen wir unser Lager im Wald auf, weit vom Kampfplatz entfernt. Aus irgendeinem Grund hatte Rorik den Kristall nicht herausgeholt, sondern stattdessen ein Lagerfeuer gemacht, das jetzt schwach vor sich hin glühte. Frank und Rorik waren überzeugt, dass wir die Grenze nach Frón überschritten hatten und jetzt einigermaßen sicher vor Ragnaras Soldaten waren, die keine festen Patrouillen hierher unternahmen.

Finn saß mit geradem Rücken da und blickte aufmerksam in den Wald. Es war unverkennbar, dass er stolz darauf war, Wache zu halten. Jedes Mal, wenn er den Kopf zu uns umdrehte, sah ich seine beinahe neon leuchtenden Augen. Anscheinend konnte er in der Nacht ebenso gut sehen wie am Tag.

Rorik starrte mit leerem Blick in die Glut.

Frank saß mit Halfdan in den Armen an einen Baumstamm gelehnt da. Der Junge schlief, und als Frank ihm zum zehnten Mal einen Kuss aufs Haar drückte, verstand ich, dass Rorik nicht nur Halfdan das Leben gerettet hatte, sondern auch Frank.

Ich hockte mich neben die beiden und strich über Halfdans blonde Locken. Er drehte mir im Schlaf das Gesicht zu. Seine Wangen waren rosa. Nicht so gelblich weiß wie in Sverresborg.

Ich sprach leise, um Halfdan nicht zu wecken. »Was machst du hier?«

Wieder streiften Franks Lippen die Stirn des Jungen. »Nachdem wir Védis gefunden hatten und sie den Zauber von Halfdan nehmen konnte, wollte ich mich vergewissern, dass es dir gut geht.«

»Danke«, sagte ich. »Du hast uns das Leben gerettet. Aber wenn Rorik nicht gewesen wäre …«

Rorik hob den Kopf und sah mich von der anderen Seite des Feuers vorwurfsvoll an.

Ich wandte mich wieder an Frank. »Ihr müsst zurück nach Ravnssted. Dort ist Halfdan in Sicherheit. Ich schreibe eine Nachricht an Ben und Niels, damit du Immunität bekommst.«

Frank runzelte die Stirn. »Die Macht hast du nicht.«

»Ich werde sie bekommen.« Keine Ahnung, was mich so sicher machte. »Sie geben dir Asyl, zumindest bis ich zurück bin.«

Frank machte mehrere Anläufe, bevor er sagte: »Ich verstehe nicht, warum du uns hilfst.«

Wieder strich meine Hand über Halfdans Stirn. »Er hat mir nie etwas getan. Und du …« Ich verstummte.

»Du hast allen Grund, mich zu hassen.« Franks Stimme brach.

»Ja«, räumte ich ein. »Das habe ich. Aber ich habe auch allen Grund, dich gernzuhaben.«

»Anne …«

»Du bist genauso in diesem Schlamassel gefangen wie ich.«

Frank sah hinauf zu den Sternen, und nicht zum ersten Mal überlegte ich, ob es wohl dieselben waren wie zu Hause in Ravnsted.

»Ich hasse mich selbst. Wenn Halfdan nicht wäre, hätte ich meinem Leben ein Ende gesetzt.«

»Das kann ich gut verstehen«, erwiderte ich aufrichtig. »Ragnara hat dich in eine unmenschliche Situation gebracht, aber sie bestimmt nicht mehr über dich, und wir alle brauchen dich lebendig mehr als tot.« Ich suchte nach Worten. »Halfdan braucht dich.«

Obwohl Frank nicht lächelte, zeigten sich Lachfältchen um seine Augen, und er sah mich mit so viel Zärtlichkeit an, dass ich ihm am liebsten um den Hals gefallen wäre.

Das tat ich nicht, aber ich fügte leise hinzu: »Ich brauche dich auch.«

»Als Verbündeten?«

»Als Freund.«

Daraufhin sagte er nichts mehr, aber sein Blick ruhte noch eine Weile auf mir. Dann erhob er sich, immer noch den schlafenden Halfdan auf dem Arm. Einen Moment lang stand er stumm neben mir, und ich spürte die Wärme seines Körpers.

In Rebeccas Buch fand ich eine leere Seite und riss sie heraus. Mit einem Kugelschreiber, den Rorik neugierig beäugte, schrieb ich eine kurze Mitteilung und gab sie Frank. Wir sahen uns ein letztes Mal an, dann verschwand er mit seinem schlafenden Enkelkind im Wald.

Ich setzte mich neben Rorik.

Er schaute mich an und dann wieder in die Glut. »Ich gehe davon aus, dass Frank dein Mörder ist«, sagte er.

»Ich hatte gehofft, du würdest nicht drauf kommen.«

»Aus dir wird man auch nicht schlau«, seufzte er. »Manche Dinge steckst du einfach so weg, aber bei anderen bist du nachtragend.«

Ich sagte nichts dazu, denn er hatte recht. Ich dachte daran, wie Varnar mir erzählt hatte, dass er ebenso gut mein Mörder hätte sein können. Das hatte ich auch einfach hingenommen.

»Wohin geht er? Zu Ragnara, um uns zu verraten?«

Ich zögerte keine Sekunde. »Er kehrt nach Midgard zurück.«

Rorik betrachtete mich forschend, als wolle er herausfinden, ob ich recht hatte. Dann senkte er den Kopf und schien es zu akzeptieren.

»Warum bist du so bedrückt?« Das rutschte mir heraus, bevor ich es verhindern konnte.

Er streckte die Hände aus und starrte darauf. Lange Zeit sagte er kein Wort.

»Was du heute gesehen hast«, begann er, verstummte aber gleich wieder. »Männern ist es verboten, Seiðr auszuüben«, sagte er schließlich. »Es ist unehrenhaft, und es ist beschämend für uns, zu heilen.«

Ahhh. Seine Abneigung gegen Verwundete. Und ich hatte gedacht, er könne kein Blut sehen.

»Ist das nicht besser, als ständig zu kämpfen und zu zerstören?«, fragte ich.

Aus Roriks Augen schossen Blitze. »Das ist, was Männer tun. Was wir tun sollen. Ich wurde zum Töten erzogen.« Er ließ den Kopf wieder hängen. »Aber ich habe immer nur den Drang, alles zu reparieren.«

Ich atmete aus. »Eigentlich habe ich über mich gesprochen. Mein erster Impuls ist immer draufhauen und zerschlagen. Solange ich zurückdenken kann, hat man mir gesagt, wie verkehrt das ist.«

Langsam senkte Rorik die Hände und versteckte sie hinter seinem Rücken. »Mir hat man auch immer gesagt, dass ich verkehrt bin. Wir sind schon ein nettes Paar.«

Paar?

Ich ignorierte sein letztes Wort und wechselte das Thema. »Es ist eine Gabe, heilen zu können. Ich verstehe nicht, warum du das so schrecklich findest.«

»Wie oft haben Leute versucht, dir das in Bezug auf deine Hellsichtigkeit einzureden?«

Ich antwortete nicht, sondern warf ein Stück Holz ins Feuer.

»Erinnerst du dich noch«, fragte Rorik, »wie wir darüber gesprochen haben, dass Männer in deiner Welt heilen?«

Ich nickte. »Aber Soldaten müssen doch auch Verletzungen behandeln können, und viele Soldaten sind Männer.« Ich musste an Varnar denken, der meinen gebrochenen Finger verbinden wollte.

»Soldaten müssen zusammenflicken können. Das ist nicht dasselbe wie heilen.«

Ich blickte in die Flammen. Eines der brennenden Holzstücke krachte laut.

»Das hat mich tief berührt. In dieser Welt habe ich Frauen immer beneidet«, flüsterte Rorik.

Ich zog überrascht eine Augenbraue hoch, aber er lächelte schief und sprach schnell weiter. »Also, auf manche Dinge am Mannsein möchte ich nicht verzichten.« Er streckte die Hand aus und strich mir eine rote Locke hinters Ohr.

Ich saß ganz still und spürte, wie mein Herz klopfte. Er nahm die Hand schnell wieder weg.

»Ich habe mich immer hinter Tilarids versteckt und ihm das Töten überlassen. Die hier«, er rieb seine Narben am Pullover, »haben nie richtig zu mir gehört.« Er schloss die Augen. »Aber heute habe ich eigenhändig getötet. Ich weiß nicht, was mir mehr zu schaffen macht. Dass ich getötet oder dass ich geheilt habe.«

»Du hast jemanden getötet und jemanden gerettet.«

»Das eine gleicht das andere nicht aus. Ich werde für immer Menschenleben auf dem Gewissen haben.«

»Ich finde trotzdem, dass das, was du für Halfdan getan hast, etwas Gutes war.«

Wieder das schiefe Lächeln. »Du glaubst doch gar nicht an Gut und Böse.«

»Nee«, gab ich zu.

Rorik holte tief Luft. »Würdest du mir bei einer Sache helfen?«

»Wobei denn?«

Er kramte in seinem Rucksack und zog eine dünne Eisenstange hervor, die in eine spiegelverkehrte Rune auslief. Diese Stange hatte er früher schon mal herausgeholt, aber ich hatte nie herausgefunden, was das war. Rorik legte sie in die Glut und zog sein Hemd aus. Die Tätowierungen auf seinem Oberkörper schienen mit seinen Bewegungen lebendig zu werden, und das Tattoo eines Mannes sah aus, als würde er im Gleichklang mit ihm atmen. Die feinen Narben auf Roriks rechtem Oberarm traten als kleine Erhebungen hervor, und es juckte mir in den Fingern, sie zu berühren.

Rorik strich mit der Hand darüber, bis er unterhalb der Narben eine freie Stelle gefunden hatte. »Hier« sagte er zu mir. »Ich möchte, dass du es tust.«

Meine Stimme versagte, deshalb nickte ich nur. Bevor mich der Mut verlassen konnte, zog ich rasch meinen Pullover aus und zeigte auf meinen glatten rechten Oberarm. »Du musst mir auch welche machen. Allerdings weiß ich gar nicht, wie viele ich heute umgebracht habe.«

Rorik schnappte nach Luft, und seine dunkelbraunen Augen wanderten über meinen nackten Oberkörper. Bei meiner Narbe verweilten sie kurz – oder zumindest nahm ich an, dass sie es war, die er betrachtete. Er streckte die Hand danach aus, senkte sie aber wieder. Dann riss er sich zusammen und nickte.

Es tat höllisch weh, und der Schmerz löste das Gefühl aus, das ich bis dahin nicht empfinden konnte: die Erkenntnis, dass ich getötet hatte. Tränen schossen mir in die Augen, während ich mir die fremden Gesichter in Erinnerung rief, die von nun an in meinem Gedächtnis eingebrannt sein würden.

Plötzlich war der Schmerz weg, und ich blickte auf meinen Arm.

»Hey, du hast mich geheilt.« Die Narben waren hellrot und schön.

Rorik ballte die Fäuste. »Ich konnte nicht anders. Es wird schwerer, es zu kontrollieren.«

Ohne nachzudenken, ergriff ich seine Hand. »Du musst es nicht kontrollieren.«

Er rückte ein wenig von mir ab.

Ich zog ihn wieder zu mir. »Es ist wertvoll. Und …« Ich sammelte Mut.

Sag die Wahrheit, Anne.

»Du musst es nicht verstecken. Wenigstens nicht vor mir.« Mein anderer Arm hing locker herab.

Er verzog die Lippen zu einem Lächeln. »Ich mag deine Begabung auch. Du siehst mich, wie es niemand sonst kann.«

So standen wir uns eine Weile stumm gegenüber, die Finger ineinandergeflochten.

»Warum hast du Frank gehen lassen?«, fragte Rorik leise. »Das hatte doch nicht nur strategische Gründe.«

Ob es der Schock darüber war, dass ich getötet hatte, oder die Entdeckung von Roriks heilenden Fähigkeiten oder das Wiedersehen mit Frank – ich weiß es nicht, aber meine Atemzüge wurden unregelmäßig, und meine Mundwinkel sanken nach unten.

»Anne.« Roriks freie Hand streichelte meine Wange. »Was ist los?«

Eine Unmenge von Bildern bombardierte mein Gehirn. Die, in denen ich mich immer selbst im Heim sah, bei einer fremden Pflegefamilie oder in einer neuen Schule. In allen Bildern war ich mutterseelenallein. Vielleicht würde ich für den Rest meines Lebens allein sein. Falls ich überhaupt lange genug lebte.

»Anne«, versuchte er es wieder, aber ich schüttelte den Kopf.

»Wenn du es mir nicht sagst, kann ich nicht helfen.«

»Es ist zu gefährlich«, murmelte ich. »Du darfst nichts wissen.«

Ich ließ ihn los und schlug mir die Hände vors Gesicht.

Sanft nahm er meine Hände und zog sie vorsichtig, aber mit viel Kraft herunter, sodass er mir in die Augen sehen konnte. »Hör auf, mich ständig zu beschützen.«

Ich mühte mich krampfhaft, nicht zu schluchzen. »Es ist nichts.«

Er hielt mich immer noch fest, während er sich ein wenig zurücklehnte. »Erzähl es mir.«

Ich blickte zu Boden. »Manchmal kann ich meine Schwester spüren, und es fühlt sich gut und richtig an, aber manchmal ist die Verbindung unterbrochen, und dann ist da nur Einsamkeit.« Ich flüsterte. »Ich weiß nicht, warum sie manchmal vor mir verborgen ist.«

»Vielleicht ist sie in der Nähe eines Riesenkristalls.«

Ich zog die Oberlippe hoch. »Eines was?«

Rorik suchte das Glasdings hervor, dass er mit sich herumschleppte, seit ich ihn kannte. »So einer. Wenn er angezündet ist, kann man nicht entdeckt werden.«

»Das ist der Grund, warum du so sicher warst, dass man uns nicht findet?«

Rorik nickte.

»Natürlich! Deshalb wurde Serén unterbrochen, als ich in Sverresborg mit ihr gesprochen habe. Jedes Mal, wenn du näher gekommen bist, konnte ich sie nicht hören.« Mir wurde einiges klar. »War der auch in deinem Rucksack eingeschaltet?«

Rorik sah ein bisschen beschämt aus. »Ich dachte, das wäre am sichersten. Aber wenn wir uns zu weit voneinander entfernt haben, war nur ich verborgen.«

Ich setzte mich abrupt auf einen Stein. »Fuck!«

Rorik legte den Kopf schräg. »Ich habe mittlerweile rausgefunden, dass das Wort nichts Gutes bedeutet.«

»Darum also konnte Serén nicht sehen, dass das Risiko für mich bestand, in Sverresborg getötet zu werden. Ich habe mich auf sie verlassen, deshalb habe ich Frank gerufen.« Ich betrachtete den Kristall, während Rorik mit dem Finger über das leicht mattierte Material strich, das schwach zu leuchten begann, zartrosa jetzt. Das gesamte Teil hatte die Größe seiner flachen Hand, aber der Kristall allein, der in einem eisernen Halter steckte, war so groß wie eine geballte Faust.

»Die werden von Riesen gemacht«, sagte Rorik. »So halten sie dich vor Feinden verborgen, und sie ermöglichen eine Verbindung zwischen dir und denen, die dir lieb sind. Je enger eine Verbindung ist, desto leichter bist du zu finden. Der Kristall leuchtet rot, wenn jemand in der Nähe ist, den oder die du magst.«

Ich dachte angestrengt nach.

»Fuck!«, rief ich wieder.

Rorik musste lachen. »Zwei Mal dieses Fuck-Wort. Was ist los?«

Ich ignorierte ihn und wühlte in meinem Rucksack. Schließlich fand ich den Kristall, den Mads mir zum Geburtstag geschenkt hatte. Er war gröber und steckte nicht in einem Halter. »Ist das hier auch so was?«

Das Lächeln auf Roriks Lippen erstarrte. »Wo hast du den her?«

»Ein Freund von mir hat ihn für mich gemacht.«

Rorik nahm mir den Stein vorsichtig ab. »Kennst du einen Riesen?«

»Er ist nur Halbriese. In Midgard bin ich mit ihm in einer Klasse gewesen.«

»Ich habe keine Ahnung, was eine Klasse ist«, sagte Rorik und drehte den Kristall. Plötzlich ließ er ihn fallen, als hätte er einen Schlag bekommen. »Er ist sehr kraftvoll.« Er betrachtete Mads' Geschenk ehrfürchtig. »Dein Freund muss ein Riese mit ungemein starken Kräften sein.«

Ich schob den Unterkiefer vor und schüttelte den Kopf. »Mads? Nein, er ist ein ganz gewöhnlicher Typ.«

»… der über verborgene Kräfte verfügt«, ergänzte Rorik. »Ob wir wohl noch andere kennen, denen es so geht?«

»Das war auch der Grund, warum Frank uns gefunden hat. Auch wenn er mich töten wollte, haben wir doch ein enges Verhältnis.« Ich nahm den Kristall und führte die Hand leicht über die kühle Oberfläche, so wie ich es bei Rorik und seinem Kristall gesehen hatte. »Wie bringe ich ihn zum Leuchten?«

Rorik räusperte sich. »Du musst an etwas oder jemanden denken, das oder den du gern magst.«

»Woran denkst du?«

Wieder hustete er. »Das ist privat. Aber das kann sich ja ändern.« Er stockte und zeigte auf meinen Riesenkristall. »Versuch's noch mal.«

Etwas oder jemand, das oder den ich gern mag.

Hmm.

Ich versuchte, ans Trainieren zu denken. Nichts passierte. Dann dachte ich an Odinshöhe, und der Stein flimmerte ein klein wenig, ging aber wieder aus. Ich schloss die Augen und sah Luna vor mir. Sie lachte, und es gab mir einen Stich ins Herz. In Gedanken sah ich Mathias neben ihr stehen, er legte den Arm um Luna und zeigte sein vertrautes göttliches Lächeln. Frank war da, Mads lachte mich an, und Rebecca trällerte vor sich hin, während sie in einem Topf rührte. Und so ging es weiter. Arthur, Aella, Hakim, sogar Ben stiegen aus meinen Erinnerungen auf, wo ich sie sorgsam verstaut hatte. Es war, als hätte mir jemand in den Magen geboxt, und ich öffnete die Augen und sah meinen Kristall glühen.

Das stechende Gefühl breitete sich weiter aus, und ich presste mir die flache Hand auf den Bauch. Je stärker der Schmerz wurde, desto heller leuchtete mein Kristall. Ich konnte die Bilder nicht stoppen, und da sah ich auch schon Monster auf mich zulaufen.

Ich versuchte, mein Schluchzen zu unterdrücken, und setzte mich auf die Decke, aber da liefen mir schon wieder die Tränen über die Wangen. Überwältigt ließ ich mich fallen und rollte herum, damit Rorik mein Gesicht nicht sah.

Er setzte sich hinter mich.

»Darf ich?«, fragte er leise.

Ich konnte nicht antworten, aber er fasste mein Schweigen als Zustimmung auf, also machte er sich ebenfalls lang und legte seinen Arm über mich. Sein Atem ging langsam und ruhig. Sanft zog er mich an sich, und langsam glichen sich meine zitternden Atemzüge den seinen an.

»Du vermisst sie«, stellte er fest.

»Ja.« Viel mehr, als ich geahnt hatte. »Aber das ist es nicht.«

»Was ist es dann? Du kannst glücklich sein, dass es so viele in deinem Leben gibt.«

Wieder schnappte ich nach Luft, ich spürte Monsters Fell zwischen meinen Fingern und sein warmes Hecheln in meiner Handfläche. Jetzt, wo die Schleusentore offen waren, konnte ich die Gefühle nicht mehr zurückhalten.

»Vor gar nicht langer Zeit hatte ich niemanden. Ich war ganz allein. Jetzt sind da so viele, die ich liebe«, flüsterte ich.

»Das ist doch schön für dich.«

»Aber ich kann sie wieder verlieren. Meinen besten Freund habe ich schon verloren.« Das kam fast wie ein Schrei über meine Lippen.

Rorik zog mich enger an sich. »Gerade die, die nie etwas besitzen wollten, fürchten sich am meisten davor, zu verlieren, was sie haben.« Seine Finger fanden meine und flochten unsere Hände zusammen. »Jemanden zu lieben hat seinen Preis.«

»Ich war immer neidisch auf alle, die nicht allein waren, aber Freunde zu haben hat mich unglaublich verletzlich gemacht.«

»Es hat dich auch stark gemacht.« Als ich darauf nicht antwortete, flüsterte er: »Erzähl mir von ihnen.«

Ich holte tief Luft, am ganzen Körper zitternd. Ich spürte seinen warmen Atem und seine weichen Haare in meinem Nacken. Es dauerte einen Moment, ehe ich sprechen konnte.

»Unter einer Bedingung.«

»Welche?«

»Heile mich.«

»Du bist doch gar nicht verletzt.«

»Doch, bin ich. Seit ich ein Kind war, stimmt mit mir etwas nicht. Innerlich.« Um meine Worte zu unterstreichen, schlug ich mir auf den Brustkorb.

Eine ganze Weile sagte Rorik nichts. Sein Griff um mich wurde fester, und wie immer, wenn wir einander berührten, kribbelte es in mir vor Wiedererkennen. Dann fasste er einen Entschluss, und ohne sich zu rühren, ließ er seine Kräfte frei und in mich hineinströmen.

Ich machte die Augen zu und empfing.

Sein Heilen füllte die klaffenden Löcher und stillte die Sehnsucht, die ich immer mit mir herumgetragen hatte. Die Narben würden bleiben, aber wenigstens hatte ich keine offenen Wunden mehr. Am Ende lagen wir einfach dicht nebeneinander.

Schließlich begann ich zu erzählen, wie sehr ich Monster vermisste; wie Luna und Mathias darauf bestanden hatten, meine Freunde zu werden, obwohl ich alles darangesetzt hatte, sie wegzustoßen. Ich erzählte von Arthur, meinem Vater, dessen Liebe mich davon abgehalten hatte, vollkommen abzustumpfen, und von Frank, der mich unterstützt hatte, als niemand etwas mit mir zu tun haben wollte. Von Aella, die meine Schwester liebte, und meiner Mutter, die verschwunden war. Ich erzählte Rorik von ihnen allen.

Aber aus irgendeinem Grund sagte ich nichts von Varnar.

KAPITEL 23

Am Tag darauf sprachen wir nicht viel.

Meine Gedanken waren so klar und happy wie schon lange nicht mehr. Der innere Sturm, der sonst immer wütete, war abgeflaut. Rorik hatte die tiefsten und brennendsten Wunden geheilt, und ich sah alles mit neuen Augen.

Wir stiegen auf einen Hügel und blickten hinunter auf Frón. Vor uns lag eine weite, flache Ebene, die mich an Nordjütland erinnerte. Die Heide war zarthellgrün, und ein sanfter Wind trug uns den Duft von frischem Gras zu.

Am Rand der Ebene meinte ich Häuser zu erkennen. »Was ist das?«

»Die Stadt Ísafold.« Rorik zeigte und erklärte. »Es ist ein kleiner Ort. Hier in Frón wohnen nicht so viele Leute. Da drüben liegt ein Wäldchen namens Barre. Dahinter fließt ein Bach, er heißt Iving. Der Bach markiert das Ende von Frón.« Er lächelte schief. »Es ist ein sehr kleines Reich.«

Ich blickte in den hohen, blauen Himmel, an dem nur vereinzelt ein paar weiße Wolken hingen. Hoch über uns kreisten einige Vögel, aber sie waren zu weit weg, sodass ich nicht erkennen konnte, welche.

»Was ist auf der anderen Seite des Iving?«

Rorik begann, mit langen Schritten hügelabwärts zu gehen. »Da liegt der Eisenwald. Die Riesenwölfe leben dort.«

Finn lief uns voraus durch die Bäume.

Monsters Familie lebt im Eisenwald. Trotz Roriks Heilung vermisste ich meinen besten Freund immer noch so sehr, dass es kaum auszuhalten war.

Um mich von meinem Kummer abzulenken, ging ich schneller, aber ich blieb an einer Wurzel hängen, die sich im Gras versteckte. Als ich stolperte, griff Rorik instinktiv nach mir, und ich hielt mich einen Moment lang an seinem starken Arm fest. Wir sahen uns an, und durch den Pullover merkte ich, wie sich ein Muskel in seiner Schulter straffte. Dann ließ ich ihn los und eilte mit schnellen Schritten an ihm vorbei.

»Verdammt!«, fluchte ich in mich hinein. Das hier kam NICHT infrage.

Auch Rorik gab sich alle Mühe, unbefangen zu wirken. Er ging neben mir. »Eine Legende sagt, dass der Iving niemals zufriert. Selbst im Fimbulwinter nicht.«

»Mhmm.« Ich hörte gar nicht richtig zu.

»Und angeblich gibt es hier auch Elfen.« Er zuckte vielsagend mit den Augenbrauen.

Ich spielte mit bei seinem Versuch, witzig zu sein, und kicherte ein bisschen, aber mein Magen schlug einen Salto nach dem anderen.

Rorik dirigierte uns nach rechts auf ein kleines Gehölz zu. »Wenn wir durch den Wald gehen, entdecken uns die Leute von Ísafold nicht. Wir müssen eine Stelle finden, wo wir ein bis zwei Tage bleiben können, um Ragnara auszuweichen.«

Wir tauchten in den Wald ein. Rorik gab sich alle Mühe, hoch aufgerichtet Ausschau zu halten.

Ich zwang mich, ihn nicht ständig anzusehen.

An den dünnsten Zweigen saßen winzige blaugrüne Knospen, und der Boden federte leicht unter unseren Schritten. Finn sog laut schnüffelnd Luft ein. Obwohl es zwischen den fast nackten Stämmen still war, hörte ich Insekten summen und Vögel rascheln und … erstarrte plötzlich.

Ich hielt abrupt an und drehte mich zu Rorik um.

Sein Mund stand offen, und er sah aus, als hätte mein Blick ihm den Atem verschlagen. »Anne …«

Ich griff nach seiner Hand, sie fühlte sich warm und rau an.

Er stand ganz still. »Endlich«, hauchte er.

»Schhh.«

»Ich weiß auch nicht, was mit uns passiert«, sagte Rorik. »Aber wir müssen …«

»Hier sind Leute«, fiel ich ihm leise ins Wort. Nichts in dem stillen Wald verriet, dass – ich zählte, während ich gleichzeitig meinen Spezialsinn in alle Richtungen ausschickte – vier Personen uns in diesem Moment beobachteten.

Jetzt schaute Rorik ebenfalls hoch und suchte mit seinen braunen Augen die Umgebung ab, ohne jemanden zu sehen.

»Sind sie feindselig?«, flüsterte er.

»Sie wirken eher neugierig.« Ich versuchte, mich zu entspannen, aber die Vorstellung, wieder kämpfen – vielleicht töten – zu müssen, machte mir das Atmen schwer.

Rorik legte die Hand auf Tilarids. Sofort zischte das Schwert erwartungsvoll.

Ich spürte den unbezähmbaren Drang, seine Hand vom Griff des mörderischen Schwertes zu entfernen, bevor es auf dumme Ideen kam. »Vielleicht tun sie uns nichts.«

Rorik rieb sich die Wange. Der Adler auf seiner Hand schlug bei der Bewegung mit den Flügeln.

Wir gingen langsam in die entgegengesetzte Richtung, aber da rief eine Frauenstimme: »Halt, Fremde!«

Ehe ich es richtig mitbekam, lag Tilarids in Roriks Hand, als wäre es ganz von selbst aus der Scheide gehüpft. Rorik blickte es an, als sei auch er überrascht.

»Kommt heraus, damit wir euch sehen können!«, rief ich. »Es gibt keinen Grund, sich zu verstecken.«

Die Antwort war ein kurzes Lachen. »Doch, den gibt es. Ihr habt einen Fingalk, und dein Begleiter trägt ein Ulfberht-Schwert.«

»Steck es weg!«, zischte ich Rorik zu, der mit großer Mühe das bebende Tilarids zurück in seine Schwertscheide drückte.

»Finn, versuch mal, harmlos auszusehen«, sagte ich zu dem Fingalk, der sofort seine spitzen braunen Zähne entblößte, was wohl ein Lächeln darstellen sollte, während seine Augen sich in ein glühendes Orange verfärbten. Der grauweiße Fleck um sein Auge trat deutlich hervor.

Ich seufzte. »Schau einfach zu Boden.«

»Wir tun euch nichts. Du hast mein Wort«, rief ich.

»Ich weiß nicht, was dein Wort wert ist, Fremde.« Die Stimme der Frau war hart.

»Entweder du kommst heraus, oder du lässt uns weitergehen«, sagte ich barsch.

Rorik räusperte sich. »Oder sie schießen uns aus sicherem Abstand einen Pfeil ins Herz.«

Ich hielt mir die Hand vor den Mund. »Ups.«

»Wir brauchen einen Unterschlupf«, sagte Rorik laut. »Wir geben euch Gold dafür.«

»Das Gold können wir auch euren toten, kalten Körpern abnehmen«, kam es düster zurück.

»Na toll«, murmelte ich. »Jetzt lassen sie uns erst recht nicht durch.«

»Ich hab's versucht …«, sagte er.

Jetzt lachte die Frau. »Halt. Hört auf. Wir haben kein Interesse daran, Wanderer zu töten.«

Trockene Äste auf dem Waldboden knackten unter Schritten, und ein Mädchen, dessen Haar einen Ton heller war als meins, kam hinter einem Busch hervor. Sie hielt einen Jagdbogen vor sich, in dem schussbereit ein Pfeil lag. Hinter ihr tauchten ein zweites Mädchen und zwei Männer mit Speeren auf. Ihre Kleidung war mit Pelzstücken besetzt, die eine auffallende Ähnlichkeit mit Monsters Fell hatten. Ich versuchte, nicht weiter darüber nachzudenken.

Rorik hob die Hände als Zeichen, dass er keinen Ärger wollte. Finn schielte zu ihm und kopierte seine Bewegungen. Es sah absurd aus mit den langen Armen und den schlaffen, nutzlosen Flügelhäuten.

Das Mädchen kam direkt auf uns zu, und ich sah, dass ihr Bogen mit Schnitzereien verziert war, ein kompliziertes Muster aus geschwungenen Linien und Ornamenten. Sie war ein kleines Stück größer als ich. Ich rechnete mit dem Üblichen: entweder ignoriert oder gezielt beleidigt zu werden. Der Zauber, der auf mir lag, hatte sich hier in Hrafnheim als besonders wirksam erwiesen.

Aber nichts davon geschah.

Sie streckte mir die Hand entgegen und lächelte.

»Ich heiße Faida.« Sie zeigte über die Schulter auf das zweite, etwas ältere Mädchen im Harnisch. »Das ist Birna.«

Beide grüßten uns mit Handschlag, und wir sahen sie verwundert an.

Roriks Blick flog zwischen ihnen und mir hin und her.

»Ich heiße Rorik, und das hier ist Anne«, sagte er, als er merkte, dass es mir die Sprache verschlagen hatte.

Die Männer stellten sich als Tíw und Styrr vor. Irgendetwas – keine Ahnung, was – sagte mir, dass Tíw in Wirklichkeit der Anführer war, er aber Faida den Auftritt überließ.

»Kommt mit«, sagte Faida. »Wir haben zu essen und zu trinken in Ísafold.«

Rorik und ich wechselten einen Blick. Schließlich zuckte er die Schultern.

»Wir müssen uns sowieso ausruhen.« Er hätte genauso gut *verstecken* sagen können.

»Und wir können Gold gebrauchen«, sagte Birna, aber Faida brachte sie zum Schweigen.

»Wir Ísafolder sind bekannt für unsere Gastfreundschaft«, sagte sie. »Das ist der Grund, warum wir euch einladen.«

Sie schickte Birna einen langen Blick, während Tíw sein Grinsen hinter vorgehaltener Hand verbarg.

Also folgten wir ihnen in das Städtchen.

Birna plauderte lächelnd mit Rorik, während Faida ihn schüchtern musterte. Tíw gesellte sich zu mir.

»Einen dressierten Fingalk sieht man nicht oft.«

»Er ist nicht dressiert.«

»Was ist er dann?« Tíw betrachtete das große Wesen genauer. Finn schwang die Arme und kratzte sich die Stirn über dem weißen Fleck.

Auch ich sah Finn einen Moment lang an, und mir wurde seltsam warm ums Herz. »Er selbst würde wohl sagen, dass er ein Mitglied unserer Herde ist, wenn man uns als solche sehen will.«

»Herde«, lachte Tíw. »So könnte man die Ísafolder auch nennen.«

»Du bist ihr Anführer«, stellte ich fest.

Er strich sich mit der Hand über den dunkelbraunen Vollbart. Mir fiel ein Silberring an seinem Mittelfinger auf.

»Wie kommst du darauf?«, fragte er.

Ich zuckte die Schultern. »Du bist älter als die anderen, du wirkst ruhiger.«

Er wollte etwas sagen, aber ich kam ihm zuvor. »Und du betrachtest sie die ganze Zeit so besorgt.«

Er lächelte in sich hinein, während er seinen Speer als Wanderstab benutzte. Er trug sein Haar lang und offen mit dünnen Zöpfen hier und dort. Ihre Enden wurden von schmalen Goldringen zusammengehalten. Als wir eine Anhöhe hinaufgingen, reichte er mir die Hand.

Ich schüttelte den Kopf, woraufhin er schmunzelte. »Du bist auch die Anführerin von euch dreien.«

»Warum glaubst du das?«

Er deutete mit einem Kopfnicken auf Roriks hochgewachsene Gestalt, die von den Mädchen flankiert wurde. »Weil du ihn vorausgehen lässt, aber die ganze Zeit ein Auge auf ihn hast.«

Ich sagte ihm nichts von dem Verdacht, der in mir keimte –

dass es noch einen anderen Grund gab, warum ich den Blick nicht von Roriks breitem Rücken abwenden konnte. Stattdessen richtete ich meine ganze Aufmerksamkeit darauf, den Hügel hinaufzugehen.

»Dann haben wir zwei ja was gemeinsam.« Rasch überholte ich Tíw und schloss zu Rorik, Birna und Faida auf.

»Ist das dein erster Besuch in Ísafold?«, fragte Birna, und wieder einmal sah ich sie verblüfft an. Ich hatte gelernt, vorsichtig gegenüber denen zu sein, die mich freundlich behandelten, aber sie redete einfach weiter, als ich wortlos nickte.

»Gut, dann werde ich dir alles zeigen. Wir haben so selten Besuch.« Ihr Arm hakte sich bei mir unter, und mit dem anderen zeigte sie auf die Häuser, aber ich hörte nicht richtig zu. Mein Blick ruhte auf unseren verhakten Armen.

»… Frauenhaus«, beendete sie einen Satz, dessen Anfang mir entgangen war. Sie musterte mich kritisch. »Ihr bleibt doch über Nacht, oder? Nimm's mir nicht übel, aber du brauchst wirklich ein Bad.« Sie beugte sich zu mir. »Und dein Mann auch, wenn ich das sagen darf. Er ist hübsch, aber das sieht man vor lauter Dreck gar nicht.«

»Er ist nicht mein Mann«, presste ich hervor.

Bei der Bemerkung drehte Faida uns den Kopf zu.

Leute kamen zu uns, als wir die Häuser erreichten, und Faida zeigte stolz auf uns drei, als seien wir ihre Beute – was wir auf gewisse Art ja auch waren. Aus Türöffnungen und Fenstern folgten uns neugierige Blicke.

Die Männer, die ich sah, hatten Vollbärte und langes Haar. Einzelne Strähnen waren zu dünnen Zöpfen geflochten, deren Enden von kleinen Metallringen zusammengehalten wurden, so wie bei Tíw, aber seine Ringe schimmerten goldener, wie mir auffiel. Die Frauen trugen teils Röcke, teils Hosen in den bekannten Erdfarben und ebenfalls langes Haar, das ihnen offen über den Rücken fiel. Die meisten waren rothaarig oder blond, und ihre Haut war blass mit Sommersprossen. Tíws braune Haarfarbe war eine Ausnahme.

Ein Kind kam auf Tíw zugelaufen und nahm seine Hand. »Weißt du was?«

Tíw schüttelte den Kopf.

»Die Mähne der schwarzen Stute war heute Morgen wieder zu Zöpfen geflochten, aber die ganze Nacht ist kein Mensch bei ihr gewesen.«

Tíw sah den Jungen ernst an. »Dann waren die Elfen heute Nacht wieder da. Wir dürfen es uns nicht mit ihnen verderben.«

»Soll ich ein Brot ins Wäldchen legen?«

Er zog die Augenbrauen zusammen. »Aber nein. Wir opfern nicht. Es ist doch verboten, anderen als Ragnara Opfer zu bringen.«

Ein fragender Ausdruck zeigte sich auf dem Gesicht des Jungen, und eine Frau kam angelaufen und zog ihn weg.

Ich bewegte mich unauffällig hinüber zu Rorik. »Sind wir Gefangene?«

Er blickte sich um und stolperte einen Schritt zur Seite, als Finn sich an ihn drückte. »Alles gut, Finn. Es ist okay. Sie tun uns nichts.«

»Okay«, wiederholte der Fingalk.

Ich hob die Augenbrauen. »Seit wann benutzt du denn Begriffe aus Midgard?«

Er antwortete nicht, sondern wechselte das Thema. »Die Einwohner von Ísafold sind bekannt für ihre Gastfreundschaft.«

»Warum mögen sie mich?«

Rorik zuckte die Schultern.

Birna zog an meinem Arm. »Du sollst rüber ins Frauenhaus. Komm jetzt.«

Wir wurden getrennt.

»Was ist mit Rorik?«

Birna sah mich verwirrt an. »Männerhaus«, sagte sie vorsichtig.

»Und Finn? Unser Fingalk?«

»Oh.« Birna biss sich auf die Lippe. »Er kann im Stall bleiben, bei den anderen Tieren.«

»Warte kurz«, sagte ich und legte meine Hand auf Finns haarigen Arm. »Du kommst zu den Tieren. Du darfst sie nicht fressen.« Ich dachte kurz nach. »Und auch nicht töten oder ihnen überhaupt irgendein Leid zufügen. Du bekommst später etwas zu essen.«

Finns orange Augen wurden rund. »Nicht mit Krik und Nene?«

Ich suchte nach Worten. »Die Ísafolder sind keine Fingalke gewohnt.«

Er legte den Kopf schräg. »Was ist Fingalke?«

»Öhm … äh …« Ich kraulte ihn hinterm Ohr und widerstand dem Drang, meine Arme um seinen stinkenden Körper zu schlingen. »Ich nehme nur schnell ein Bad, und dann komme ich zu dir. Gehst du bitte dorthin?«

Er blickte mir nach, während ich zu einem langen Haus gebracht wurde, das abgewinkelt zur Straße lag. Ich blickte ein paarmal über die Schulter zurück, zwang mich dann aber, durch die Tür zu gehen. Drinnen sah ich eine Menge Liegen an den Wänden stehen. Es roch nach Rauch und Menschen, aber auch ein wenig nach Lavendel und Thymian. Die Frauen waren anfangs zurückhaltend, aber als sie sahen, dass Birna und Faida mit mir sprachen, dauerte es nicht lange, bis sie alle auf mich einstürmten. Ich wurde gekämmt und gewaschen und dann in saubere Kleidung gesteckt. Meine verdreckten Klamotten wurden von Birna weggebracht, mit spitzen Fingern und angewidertem Gesicht.

Am Ende duftete ich nach Fichtennadelseife und war so sauber, wie man es sich nur vorstellen konnte. Ich lehnte es ab, meine Haare flechten zu lassen, sondern fasste sie mit einem Gummiband zusammen, das Faida neugierig beäugte.

»Was ist das?«

Ich tat, als hätte ich sie nicht gehört.

»Ist das aus Miklagard?«

Ich nickte schnell. »Jepp.«

»Kommst du von dort?«

Ich kramte ziellos tief in meinem Rucksack, um mein Gesicht zu verbergen. »Nicht direkt.«

Birna kam von ihrem Ausflug in die Waschküche zurück. »Deine Sachen müssen erst mal einweichen. Ich habe noch nie so schmutzige Kleider gesehen.«

Faida redete munter weiter, während sie ein sauberes Stück Stoff auf einer Liege ausbreitete.

»Woher kommt ihr? Deine Kleider sind merkwürdig zusammengewürfelt. Das Beil ist aus Hibernia. Du redest wie die Leute aus Danheim, Rorik dagegen wie einer aus Sént. Die meisten Fingalke leben in Nórvik oder im Sveareich, und so eine Tasche wie die habe ich noch nie gesehen.« Sie zeigte auf meinen Rucksack, der aus robustem Stoff und Ledergurten gemacht war. Soweit ich wusste, wurden diese Rucksäcke in einer Fabrik in Schweden hergestellt.

Wieder antwortete ich mit unverständlichem Gemurmel.

»Und das da markiert Ragnaras Eigentum.« Sie zeigte auf die Fehu-Rune auf meinem Unterarm.

»Ich habe mir nicht ausgesucht, sie zu tragen«, sagte ich leise.

»Vielleicht möchte Anne nicht darüber reden«, mischte Birna sich mit mahnendem Blick ein.

Faidas Hände strichen mein Nachtlager glatt. Sie erwiderte nichts auf die Zurechtweisung, aber ihr Unterkiefer war angespannt. Dann lächelte sie wieder. »Alle haben ein Recht auf ihre Geheimnisse. Es geht mich ja auch nichts an.«

Es sollte sich zeigen, dass es sie sehr wohl etwas anging.

Wir verkrochen uns für einen Tag in Ísafold, während die übermächtige Wahrnehmung von Ragnara schwächer wurde. Rorik wollte nicht riskieren, nach Sént weiterzugehen, solang ich Ragnara spüren konnte, obwohl ich das Gefühl hatte, auf einer tickenden Zeitbombe zu sitzen. Finn war zuerst unglücklich, dass man ihn in den Stall abgeschoben hatte, aber er freundete sich schnell mit den Pferden und Kühen an, und später am Tag fand ich ihn schlafend mit einer trächtigen Sau im Arm.

Ich stand eine Weile da, betrachtete ihn und schwor im Stillen, dass ich immer alles für ihn tun würde, damit er nicht zu Schaden kam.

Rorik und Tíw machten einen langen Spaziergang, bei dem Tíw ihm von den kargen Ernten und Jagdgebieten erzählte. Wie sich herausstellte, war Tíw nach dem Tod seines Vaters im letzten Winter Großmann von Ísafold geworden. Man hatte ihn gewählt, obwohl die Ísafolder noch nie ein so junges Oberhaupt gehabt hatten.

Ich hatte überhaupt nicht gemerkt, wie todmüde ich war, bis ich meinen Kopf im Frauenhaus auf ein sauberes Kissen legte und erst zwölf Stunden später wieder aufwachte, mordshungrig und ganz steif vom langen Liegen. Ich traf Rorik im Gemeinschaftshaus, und er sah ebenso schlaftrunken aus, wie ich mich fühlte. Sein Haar war gewaschen, und er roch gut.

Schweigend aßen wir Brot und getrocknete Beeren mit Blick auf die flache Ebene, die sich an die Siedlung anschloss.

»Wir waren gestern unten im Barre«, sagte Rorik nach langer Stille. »Tíw hat mir das Wäldchen gezeigt.«

»Wie ist es dort?«

Er schaute hinaus auf die flache Heidelandschaft mit den kleinen, zähen Dornenbüschen. Die Gegend weckte in mir eine Sehnsucht nach Nordjütland. Ich hätte nie gedacht, dass ich die windgepeitschten Weiten und die saubere Luft je vermissen würde. Das Wäldchen war nicht zu sehen, denn es lag in einer tiefen Senke am Ende der Ebene.

»Friedlich«, sagte er und trank einen Schluck Milch aus seiner Tasse. »Tíw sagt, dass es früher ein heiliger Hain gewesen ist, aber jetzt natürlich nicht mehr. Jetzt liegt er brach. Es ist hübsch dort, der Iving läuft vorbei und markiert das Ende von Frón.«

Wir schwiegen wieder eine Weile und genossen die Ruhe. Einige ältere Leute kamen herein. Es waren zwei Frauen und ein Mann, und sie setzten sich mit ihrer jeweiligen Schüssel Grütze an unseren langen Tisch. Eine der Frauen hatte sich ein beiges Tuch locker über die grauen Locken gelegt.

»Heute Morgen waren Fußspuren im Raureif. Die waren nur so groß.« Die Frau ohne Tuch zeigte mit den Händen, wie klein die Abdrücke gewesen waren.

Der ältere Mann verfolgte ihre Gesten. »Waren die Kinder auf dem Feld, bevor wir aufgestanden sind?«

»Das waren keine Kinder. Es fehlen eine ganze Reihe Brombeerpflanzen«, sagte die Frau.

Die andere – die mit dem Kopftuch – machte ein Gesicht, als wollte sie sagen, dass sie genau wusste, woher die Abdrücke stammten.

Rorik rückte näher. »Von welchen Spuren redet ihr?«

Er schlug seinen Ausfrage-Tonfall an. Den leicht beiläufigen, den er benutzte, wenn er Leute aushorchen wollte. Ich hatte ihn durchschaut, aber die drei bemerkten es nicht und erzählten bereitwillig.

»Die kleinen Fußspuren kommen manchmal ganz bis hierherauf«, sagte der alte Mann. »Vor ein paar Tagen waren Abdrücke im Staub der Hauptstraße.«

»Vielleicht Tiere?«, fragte Rorik und trank entspannt noch einen Schluck Milch.

Die Frau mit dem Kopftuch lachte. »Nein, das sind Elfen.«

Ich kicherte. »Elfen?«

Die andere Frau sah mich scharf an, und es war offensichtlich, dass sie es überhaupt nicht lächerlich fand. »Kennt ihr die Geschichten nicht?«

»Nee.«

Rorik nahm seinen Becher und ließ die Milch darin kreisen, als ob Elfengeschichten etwas Triviales wären. »Ich hab hier und da mal was gehört, aber ich weiß nicht, was Mythos und was Wahrheit ist.«

»Das sind alles Mythen. Hier gibt es keine Elfen«, sagte der Mann mit schrägem Blick zu mir und Rorik.

»Doch, hier gibt es auf jeden Fall Elfen!«, mischte sich die Frau mit dem Kopftuch ein. »Sie kommen manchmal aus ihrer Welt Alfheim her.«

Der Mann lachte nervös. »Dann erzähl die Geschichte noch mal, Großmütterchen. Jetzt sind endlich mal Fremde hier, die sie nicht kennen. Aber denkt dran«, sagte er zu uns, »dass es nur ein Märchen ist. Großmutter hat einfach eine blühende Fantasie.«

Die Frau rieb sich die Hände und hob die Schultern. »Die Legende besagt, dass vor über tausend Jahren in Midgard eine Herde Seehunde an die Küste kam. Das war an einem Fjord im Norden des Dänenlandes, an dem Reihe um Reihe Lindenbäume wuchsen.«

»Seehunde?«, fragte ich nach.

»Ja! Seehunde. Aber es waren keine gewöhnlichen Tiere. Es waren Elfen, die an Land gingen. Sie legten ihre Felle in einer Höhle ab und traten in all ihrer Schönheit heraus, tanzten und feierten zwischen den Grabhügeln. Ein Bauer, er war unser Vorfahr, kam an der Höhle vorbei. Er sah die vielen Seehundfelle und fand sie schön. Er wusste nicht, dass sie magischen Wesen gehörten.«

Rorik legte seinen blonden Kopf schräg. »Hat er die Häute mitgenommen?«

Die Frau, die nun merkte, dass sie ein Publikum hatte – mich, Rorik und die beiden anderen Alten –, beugte sich zu uns vor. »Ein Fell hat er genommen.« Sie reckte einen faltigen Finger hoch. »Eins. Das goldenste, schönste und glänzendste. Dann ging er nach Hause. Die Elfen kehrten zurück zur Höhle, schlüpften in die Felle und sprangen wieder in den Fjord. Aber eine Elfe musste an Land zurückbleiben, denn ihr Fell fehlte.«

Ich holte scharf Luft. Die Vorstellung der zurückgelassenen Elfe berührte etwas in mir, auch wenn es nur ein Märchen war.

Die Frau erzählte weiter. »Die Elfe, die so schön wie die Sonne war, ging zum Hof des Bauern. Er fand die nackte Frau in seinem Bett. Er …« Sie wedelte mit den Fingern, und wir mussten lachen. Sie wartete geduldig, bis wir uns beruhigt hatten. »Er hat sie geheiratet!«, verkürzte sie das Ganze mit einem Lächeln.

Schräg hinter unseren Köpfen wurde gekichert, und ich drehte mich um. Es waren noch mehr Leute gekommen, und sie knufften sich gespannt an.

»Sie bekamen viele Kinder zusammen. Das Haar des Bauern wurde grau.« Mit bekümmerter Miene griff sie nach dem grauen Zopf ihrer Freundin. »Aber die Elfe blieb so jung wie in der ersten Nacht. Eines Tages fand ihre Enkelin auf dem Dachboden versteckt ein goldenes Seehundfell. Das Mädchen zeigte es der Großmutter, und die Elfe nahm es ihr aus den Händen, ohne etwas zu sagen.«

Jetzt war es ganz still im Gemeinschaftshaus, alle lauschten gespannt. Ein paar Leute, die plaudernd hereinkamen, wurden schnell zum Schweigen gebracht.

Die Erzählerin blickte in die Runde und machte es spannend, bevor sie weitersprach. »Die Elfe sagte kein Wort. Nicht zu ihrem Mann, nicht zu ihren Kindern oder Enkelkindern. Sie ging einfach zum Fjord, wo sie in das Fell schlüpfte und in den Wellen verschwand, ohne auch nur einen Blick zurück zu werfen.«

Man hätte eine Stecknadel zu Boden fallen hören können. Ein Kind setzte sich auf dem Schoß seines Vaters bequemer zurecht.

»Die Nachfahren des Bauern zogen später nach Freiheim, während der großen Einwanderung. Das ist der Grund«, flüsterte die Frau, »dass wir hier in Ísafold ein winziges bisschen Elfenblut in unseren Adern haben, denn die Elfe ist unsere Ahnmutter. Die Sage berichtet, dass die Elfen immer noch ein Auge auf uns haben, weil wir mit ihnen verwandt sind. Sie wandern des Nachts über die Wiesen und Felder, und manchmal kommen sie bis hierherauf, um unser Leben mit Blütenblättern zu verschönen oder ...«, sie blickte das Kind direkt an, »... vielleicht Zöpfe in die Mähnen unserer Pferde zu flechten.«

Der Junge riss den Mund auf und klammerte sich ans Hemd seines Vaters.

»Elfen können böse werden, wenn man ihnen kein Essen und Trinken gibt. Sie schicken den Leuten Krankheiten und Unglück. Deshalb stellt man ihnen Brot und Bier hin, dann wissen sie, dass wir ihre Freunde sind.«

»Aber das ist doch verboten«, meldete sich eine helle Kinderstimme.

Die Frau sah den Jungen ernst an. »Es ist verboten, genau. Aber was ist schlimmer? Ragnaras Rache oder die der Elfen?«

Einen Moment lang war es still im Gemeinschaftshaus, aber dann brach der Beifall los.

Die Frau verbeugte sich elegant – anscheinend hatte sie die Vorstellung schon viele Male gegeben.

Ich klatschte auch, und neben mir hörte ich Rorik johlen, aber als ich ihn ansah, lag ein nachdenklicher Ausdruck auf seinem Gesicht. Die Menge zerstreute sich, und kurz darauf waren wir wieder allein im Gemeinschaftshaus.

Faida steckte den Kopf zur Tür herein. »Denkt dran, heute Abend gibt es ein Fest. Ihr *müsst* dabei sein.«

Die Mädchen waren ganz aus dem Häuschen. Sie kicherten und wuselten in dem Gebäude umher, das den Frauen vorbehalten war. Ich saß an einem kleinen Tisch und las in Rebeccas Notizbuch, während ich versuchte, das Gequieke um mich herum zu ignorieren.

»Was ziehst du an?« Birna stand plötzlich dicht neben mir. Ihr goldenes Haar war zu einer komplizierten Flechtfrisur aufgesteckt. Verschwunden war der staubige Lederharnisch. Sie trug ein ockerfarbenes Kleid, bestickt mit grünen Blättern.

Ich blickte auf. »Was meinst du?«

»Heute Abend. Zum Fest.«

»Welches Fest?«

Jetzt kam auch Faida an. Sie hob meinen roten Pferdeschwanz hoch. »Ich kann es dir aufstecken.«

Ich zog ihr mein Haar aus der Hand.

»Nicht nötig, danke.« Mit schützendem Griff um mein Haargummi musterte ich das hektische, rotwangige Erscheinungsbild der Mädchen. »Was passiert denn heute Abend?«

Faida setzte sich vor mir auf den Tisch. Sie platzierte – ohne es zu merken – ihren Po mitten auf meinem Buch. Ihr Haar war eine Nuance heller als meins und reichte ihr bis zur Taille. Hier und da zierten einige Korkenzieherlocken die Pracht.

»Anne. Manchmal könnte man glauben, dass du gar nicht aus Freiheim bist.« Sie lachte, und ich senkte rasch den Blick.

Birna ging vor mir in die Hocke und blickte mit neckischem Lächeln um ihren Schmollmund zu mir hoch.

»Heute ist *Hálfa*.« Weil ich sie immer noch verständnislos ansah, wurde sie genauer. »Wir feiern, dass der Winter zur Hälfte vorbei ist.«

»Okay.« Ich versuchte unauffällig, nach dem Buch unter Faidas Hintern zu greifen.

»Alle Mädchen und Frauen machen sich so hübsch wie möglich. Das ist ein besonderer Abend für uns.«

»Weil ihr euch aufbrezeln könnt?« Jetzt zog ich an dem Buch, was Faida veranlasste, den Po anzuheben. Endlich war es sicher zurück in meinen Händen, und ich schlug es zu.

»Du hättest mich auch einfach bitten können, aufzustehen«, maulte Faida, aber die Begeisterung über was-auch-immer-stattfinden-sollte brachte ihr Lächeln wieder zurück. »Es ist nur dieses eine Mal im Jahr.«

»Was ist nur dieses eine Mal im Jahr?« Ich steckte das Buch in meine Jackentasche.

Birna verdrehte die Augen. »Die Frauen können sich den Mann aussuchen, den sie haben wollen.«

Meine Hand verharrte auf halbem Weg in die Tasche. »Braucht ihr dafür einen besonderen Tag?«

Jetzt schlug Faida die Hände zusammen.

»Mädchen sind nicht diejenigen«, sie suchte nach den richtigen Worten, »die den ersten Schritt machen, wenn es um diese Dinge geht.«

»Das ist doch wirklich altmodisch. Und im Übrigen finde ich, dass Bräuche dazu da sind, gebrochen zu werden«, schnaubte ich.

Faida ignorierte mich und sprach weiter.

»Die Männer dürfen heute Abend nicht Nein sagen, weil Hálfa ist. Weil das Leben langsam auf die Erde zurückkehrt. Und da Frauen die Fruchtbaren sind, ist es unser Fest.« Sie stieß ein spitzes *Iiihhh* aus und drehte sich im Kreis. »Ich hab das noch nie mitgemacht.«

»Aber ich.« Birma zuckte vielsagend mit den Augenbrauen. »Also, ich bin nicht den ganzen Weg gegangen, aber ich …

»La-la-la …« Ich hielt mir die Ohren zu.

Da die Mädchen mich erstaunt ansahen, nahm ich die Hände wieder runter. »Ich bin ein bisschen schüchtern, was das angeht.«

»Es ist doch ganz natürlich, dass Frauen und Männer …«

»La-la-la«, wiederholte ich und zog eine Grimasse.

Birna lachte verständnisvoll.

»Folgt ihr allen Jahreszeiten so sklavisch?«, fragte ich.

Jetzt mischte sich Faida ein. »Tagundnachtgleiche und Sonnenwende sind magisch. An diesen Tagen reicht die Natur uns ihre Hand. Zur Sommersonnenwende sind wir der perfekten Welt so nah, wie es nur irgend geht. Die Herbst-Tagundnachtgleiche macht uns winterfest und bewahrt uns vor dem tiefsten Schlaf, und zur Wintersonnenwende sind wir dem Tod so nah, dass wir fast ins Totenreich hineinsehen können.«

Jepp – damit hast du auf jeden Fall recht.

»Hálfa dagegen …« Birna schloss die Augen und genoss einen dünnen Sonnenstrahl, der durchs Fenster hereinschaute. »Das ist der Moment, in dem alles entsteht und Bindungen geknüpft werden. Das ist der Moment, in dem der Zauber der Schöpfung knistert. Ich weiß schon, wen ich haben will.«

»Ich habe mich auch entschieden«, sagte Faida.

»Viel Glück beim Überfall auf ein paar unschuldige Männer.« Ich riss die Augen auf.

Faida versetzte mir einen leichten Stoß gegen die Schulter.

»Du kannst dich nicht drücken.« Als sie meinen warnenden Blick sah, fügte sie schnell hinzu: »Du kommst nicht dran vorbei, dich wenigstens hübsch zu machen.«

Ich gab mich erst geschlagen, als Birna mir mit einem schweren Gewand voller Blumenstickereien drohte. Ich meinte sogar, ein oder zwei Schmetterlinge darauf zu entdecken. Als ich erkannte, dass man mir nicht erlauben würde, das Haus in Hosen zu verlassen – entweder Rock oder gar nichts, neckte Faida –, angelte ich das grüne Kleid, das Luna mir zu Silvester genäht hatte, aus den Tiefen meines Rucksacks. Ich hatte nicht gedacht, dass ich es jemals wieder anziehen würde.

Ein Raunen ging durch die Mädchenschar.

»Es ist nur ein Kleid«, seufzte ich.

Birna strich vorsichtig mit einer Hand über den grünen Stoff. »Woraus ist das?«

Ich zuckte die Schultern. »Seide, glaube ich.«

Wieder ein kollektives Aufstöhnen.

»Was ist?«

Faida riss sich als Erste zusammen.

»Seide ist unglaublich kostbar. Man bekommt sie nur in Miklagard, und selbst da ist sie fast unbezahlbar.« Sie starrte den Stoff an. »Jedenfalls für uns.«

Ich drehte das Kleid in den zarten Sonnenstrahlen, die durch das offene Fenster hereinfielen. Das Aufregendste daran war meiner Meinung nach Lunas kreatives Talent, aber offenbar waren die Mädchen vom Material weit beeindruckter.

»Woher hast du das?« Faida kniff die Augen zusammen.

»Ich hab es geschenkt bekommen.« Bevor die Mädchen weiterfragen konnten, fügte ich hinzu: »Von einer Freundin, die richtig gut nähen kann.«

Faida sagte nichts mehr.

»Zieh es an, zieh es an!« Birna hüpfte aufgeregt.

»Ich warte damit bis kurz vor dem Fest.«

Aber die anderen Mädchen stimmten ein und johlten.

»Anziehen, anziehen!« Sie stampften rhythmisch mit den Füßen und klatschten.

Ich blickte resigniert aus dem Fenster und sah, dass ein paar Männer, unter ihnen Rorik, verstohlen zu uns herüberschauten. Es musste ein ganz schöner Lärm aus dem Frauenhaus kommen. Geräusche, die eher an einen Hühnerhof erinnerten.

Ich trat vom Fenster zurück und zog das Kleid an. Barfuß und immer noch mit zerzaustem Pferdeschwanz stand ich da und breitete die Arme aus. »So … Seid ihr zufrieden?«

Es war ganz still.

Faida trat auf Zehenspitzen hinter mich und zog das Haargummi ab, sodass meine Mähne mir über den tiefen Rückenausschnitt fiel.

Da ertönte ein ohrenbetäubender Schrei, und die Frauen stürzten sich auf mich und begannen plaudernd und lachend mein Haar zu bürsten und zu flechten, meine Augen zu schminken und mein Kleid glatt zu streichen.

Alle meine Einwände gingen in Geschnatter und Gelächter unter.

Ich wurde von einem Mahlstrom aus aufgeregten Mädchen mitgezogen. Eingekeilt zwischen Faida und Birna, landete ich an der langen Tafel, die sich unter Speisen bog. Sie setzten mich zwischen Tíw und Styrr.

Beide Männer hatten sich zur Feier des Tages Vollbart und Haupthaar gekämmt, das wie üblich mit kleinen Metallringen zusammengehalten wurde. Ihre Kleidung war blitzsauber, und sie dufteten nach Fichtennadel.

Der Bart ließ Styrr erwachsen aussehen, obwohl ich ihn höchstens zwei, drei Jahre älter als mich schätzte. Tíw musste noch etwas älter sein, aber nicht viel. Wieder bemerkte ich den Ring an seiner rechten Hand.

Er goss mir Saft ein, und Styrr legte Fleisch und Käse auf meinen Teller.

Weiter hinten am Tisch saß Rorik. Sein langes, helles Haar fiel offen herab, und hier und dort waren Zöpfe eingeflochten und mit Silberringen zusammengefasst, wie es unter den Ísafoldern Sitte war. Auch er trug ein sauberes, dunkelbraunes Hemd, das zu seiner Augenfarbe passte.

Faida saß neben ihm, sie plauderte lächelnd und berührte mehrmals sein Haar und seine Lippen. An seine andere Seite hatte sie die Frau mit dem beigen Kopftuch platziert, die anscheinend ihre Großmutter war. Einmal brachte Faida ihn dazu, an ihrem Handgelenk zu riechen, woraufhin sie ihm etwas ins Ohr flüsterte. Mit einem Finger malte sie das blaue Adler-Tattoo auf seinem Handrücken bis zu den Fingerspitzen nach.

Das versetzte mir einen kleinen Stich, aber ich verzog keine Miene. Ich warf ihm nur mit hochgezogener Augenbraue einen Blick zu, den er mit einem beklommenen Lächeln erwiderte.

Ich konzentrierte mich auf das Essen und blendete die Unterhaltung von Tíw und Styrr aus. Zum Glück saß Birna auf der anderen Seite neben Styrr, und er wandte ihr ziemlich schnell seine Aufmerksamkeit zu, nachdem er gemerkt hatte, dass ich, milde ausgedrückt, nicht interessiert war.

Tíw war hartnäckiger. Er zeigte zu Boden. »Weißt du, was ich unter dem Tisch habe?«

Ich zog die Nase kraus. »Keine Ahnung.«

Er beugte sich zu mir und strich sich mit der Hand über den Bart. Der Silberring an seinem Finger fing die Sonnenstrahlen ein. Er zeigte wieder nach unten. »Schau nach.«

»Äh, ist das dein Ernst?«

»Mach schon«, sagte er und kam noch näher, um uns vor neugierigen Blicken abzuschirmen.

Vorsichtig schaute ich hinunter. Zum Glück war es eine Flasche, die er schwenkte.

»Was ist das?« Meine Mundwinkel wanderten leicht nach oben.

»Das ist Schnaps. Und er ist unglaublich stark.« Er kratzte sich an der Wange. »Gib mal deinen Becher.«

So unauffällig wie möglich trank ich den Holundersaft aus. Dann hielt ich ihm den Becher unterhalb der Tischkante hin, und Tíw goss mir und sich selbst eine ölige, klare Flüssigkeit ein.

Ich schnupperte daran und musste beinahe niesen, als mir der scharfe Alkoholdunst in die Nase stach.

»Ist das nicht verboten?«, flüsterte ich.

Tíw biss sich auf die Unterlippe. »Sehr.«

Weiter hinten am Tisch beobachtete Rorik unser verschwörerisches Geflüster, bis Faida ihn am Ärmel zog.

Vorsichtig nippte ich an dem Schnaps und musste hastig ein- und ausatmen, um nicht zu würgen. Tíw setzte seinen Becher an und leerte ihn in einem Zug, ohne auch nur mit der Wimper zu zucken. Ich gab es auf und hustete. Um es zu überspielen, verbarg ich meinen Kopf an Tíws Schulter.

Er legte seinen Arm um mich und klopfte mir den Rücken. Er ließ den Arm auch anschließend dort, aber niemand schien es zu bemerken.

Niemand außer Rorik.

Das Fest nahm Fahrt auf, und obwohl die Gäste sich nicht anmerken ließen, dass sie Schnaps – oder andere alkoholische Getränke – zu sich nahmen, wurde die Stimmung immer lockerer. Unfassbare Mengen von Speisen wurden auf den Tisch gestellt, alle exotisch und fremdartig für mich. Da gab es kleine, knusprige Kekse mit gesalzenem Fisch, Salate von grünen Sprossen, Eier in Stangenform und Butter, vermischt mit geräuchertem Schinken, die man sich direkt aufs frisch gebackene Brot streichen konnte.

Ein paar schrumpelige Äpfel wurden herumgereicht, und alle bissen davon ab. Als der braune und halb abgenagte Griebsch bei mir ankam, starrte ich verständnislos darauf.

»Beiß ab«, sagte Tíw.

Mein Blick huschte über das üppige Angebot auf der Tafel.

»Da stehen doch schon so viele leckere Sachen«, ich beugte mich zu ihm und flüsterte, »die, na ja … frisch sind.«

Er wich mit dem Kopf ein klein wenig zurück. »Kennst du den Aberglauben nicht?«

Ich schüttelte den Kopf.

Erst sah er mich misstrauisch an, aber dann breitete sich Verständnis auf seinem Gesicht aus. »Das kommt, weil du nicht aus Ísafold bist.«

»Ja, das wird es sein«, sagte ich und räusperte mich.

»Ein Mythos besagt, dass man zu Hálfa einen Apfel vom vorigen Herbst essen soll.«

Ich betrachtete das schrumpelige, halb verspeiste Obst. »Der ist eindeutig vom letzten Jahr.«

Tíw unterbrach mich lächelnd. »Dann bist du im kommenden Jahr vor Unheil geschützt.«

Vielleicht gar keine schlechte Idee.

Meine Zähne sanken in das mehlige, schwammige Fruchtfleisch, bevor ich den Apfel an Styrr weitergab.

Der Saft lief mir aus dem Mund, aber Tíw fing einen Tropfen mit dem Finger auf. Ich bog den Kopf zurück und hielt mir die Hand vor die Lippen, während ich kaute. Wortlos steckte er den Finger in den Mund und leckte den Apfelsaft ab, während er mir tief in die Augen sah.

Mich überkam ein unbändiger Drang, die Tafel zu verlassen,

also stieg ich rückwärts über die Bank und kam auf die Beine. Obwohl ich mich beim Schnaps zurückgehalten hatte, merkte ich, wie der Alkohol in meinem Blut perlte, als ich aufrecht stand. Mir war schwindlig, und ich stolperte hinter eines der niedrigen Häuser. Hier lehnte ich mich an die lehmverschmierte Wand und atmete in tiefen Zügen die kalte Luft ein. Ich stützte mich mit den Händen im Rücken ab und bekam einen Strohhalm zu fassen, der aus der Lehmwand ragte. Ich zog ihn heraus und zerknüllte ihn.

Vor mir lag die flache Ebene, die den Vorgarten der Ísafolder darstellte. Es war, als würde sie abrupt enden. Sich einfach in Luft auflösen. Ich wusste, dass es so aussah, weil das Wäldchen Barre und der Bach Iving in einer tiefen Senke lagen, aber in dem Moment hatte ich das Gefühl, am Rand des Nichts zu stehen.

»Entschuldigung.«

Ich zuckte zusammen. Tíw stand ein Stück entfernt.

»Du musst dich nicht entschuldigen.«

»Doch, muss ich.«

Er ging auf mich zu.

»Ich hatte gehofft …« Er drehte den Kopf und blickte hinaus auf die Ebene. »Du weißt, was ich gehofft habe.«

»Wieso magst du mich überhaupt? Wieso mögt ihr mich alle?« Meine Stimme klang verzweifelter, als ich wollte, und ich knüllte den trockenen Strohhalm noch fester. Jetzt schnitt er in meine Handfläche.

Tíw kam vorsichtig näher.

»Warum sollte ich dich nicht mögen?« Er kratzte sich den Bart. »Du hast eine raue Schale, aber du bist ein guter Mensch. Das ist für alle offensichtlich.«

Ich sah ihn an. »Nein, ist es nicht.«

Er warf mir einen verständnislosen Blick zu.

»Ich bin mit gewissen Zaubern belegt«, erklärte ich. »Sie sitzen fest. Ich habe versucht, sie aufheben zu lassen.« Meine Stimme brach. »Die meisten Menschen finden mich abscheulich. Aber hier …« Ich breitete die Arme aus, während die Worte mir im Hals stecken blieben. »Ihr seid freundlich.«

Völlig unerwartet schallte Tíws Lachen hinaus ins Leere. »Von diesen Dingen merken wir hier in Ísafold nichts. Vielleicht ist es der Tropfen Elfenblut in uns, der bewirkt, dass wir durch Verzauberungen hindurchsehen.«

»Also hasst mich hier niemand?«

»Natürlich nicht.« Er trat ganz dicht an mich heran. »Du solltest hierbleiben. Bei uns.«

Plötzlich musste ich unbedingt meine Füße in den weichen, braunen Pantoffeln betrachten.

Tíws Hand strich über mein Haar.

»Die Mädchen mögen dich. Die Alten mögen dich.« Sein Mund war ganz nah an meinem Ohr. »Ich mag dich.«

Meine Augenwinkel wurden feucht.

So standen wir eine Weile. Ich mit gesenktem Blick auf meine Füße und Tíw mit einer Hand auf meinem Haar und dem Mund an meinem Ohr.

»Ich will dir etwas zeigen«, flüsterte er.

»Ich möchte lieber nicht …«, begann ich.

»Nein, nein. Nichts dergleichen.« Er lächelte. »Heute ist der Tag der Frauen. Ich war zu eifrig. Aber ich möchte dir trotzdem etwas zeigen.«

»Okay, meinetwegen.«

Er ging mit langen Schritten auf sein Haus zu. Wir traten geduckt durch die Tür und standen in einer dämmrigen Stube. Er verschwand im hinteren Zimmer.

»Komm mit!«, rief er.

Ich ging ihm nach und fand mich in seinem Schlafraum wieder.

Er zeigte aufs Bett. »Könntest du mir kurz helfen?«

»Hey«, sagte ich.

»Dabei, es wegzuschieben.«

»Ach so.«

Mit vereinten Kräften rückten wir das schwere Bett weg. Darunter war eine Falltür im Fußboden.

»So etwas hast du wohl noch nie gesehen«, sagte Tíw augenzwinkernd.

»Nee. Garantiert nicht.«

Er zog an der Falltür, und zum Vorschein kam eine kurze Treppe, die in einen Keller unter dem Haus führte.

Er war nicht so tief und düster wie die Krypta unter Odinshöhe, aber dennoch sträubten sich die Härchen an meinen Armen, als wir unter die Erde stiegen.

Schließlich erreichten wir ein Regal, in dem eine kleine Truhe stand. Kaltes Tageslicht fiel von oben auf das Regal. Tíw drückte seinen Ring in eine Vertiefung auf der Vorderseite der Truhe und drehte die Hand, bis ein kurzes Klicken zu hören war.

»Gute Tarnung«, bemerkte ich.

Wieder stieß er sein tiefes Lachen aus, während er den Ring betrachtete, der offenbar gleichzeitig ein Schlüssel war.

»Auch wenn etwas klein und hübsch ist, kann es sehr wichtig sein.« Er zwinkerte mir zu, als er das sagte.

Auf dem Boden des Kästchens lagen ein paar kleinere Gegenstände, eingeschlagen in mürben Stoff. Tíws große Hände wickelten die kleinen Figuren vorsichtig aus und stellten sie in einer Reihe auf das Regalbrett.

Ich betrachtete sie.

Eine stellte einen dicken Mann im Lotussitz mit goldenem Hut dar. Die zweite war ein Mensch mit Elefantenkopf und vier Armen. Die dritte war eine nackte Frau, die ihre Arme hoch in die Luft streckte, und die letzte eine schlanke Männerfigur mit je einem Vogel auf der linken und rechten Schulter. Zwei Wölfe lagen zu seinen Füßen, und ihm fehlte unverkennbar ein Auge.

Tíw wickelte einen letzten Gegenstand aus dem Stoff und reichte ihn mir. Ein silbernes Kreuz, an das eine Person genagelt war. Es war nicht der übliche leidende Jesus, sondern ein aufrechter, willensstarker Mann mit einem berechnenden Zug um den Mund. Er sah aus wie einer, der jederzeit vom Kreuz herunterspringen könnte.

Vorsichtig legte ich das Kruzifix ans Ende der kleinen Reihe.

Tíw stemmte die Hände in die Seiten. »Sie sind sehr alt. Meine Vorväter haben sie aus Midgard mitgebracht.«

»Weißt du, was das ist?«, fragte ich versuchsweise.

Tíw nickte.

»Jetzt ist es ja streng verboten, aber als ich ein kleiner Junge war, hat mein Vater mir von Odin erzählt.« Er rückte den Einäugigen ein Stück nach vorn. »Und von Freyja.« Er schob mir die nackte Frau zu.

»Aber die Übrigen, die gehören zu ganz anderen Religionen«, sagte ich und folgte der längsten Linie des Kreuzes mit dem Finger.

»Vor Ragnara waren sie alle akzeptiert. In Miklagard glaubte man an viele verschiedene Götter. Das war erlaubt, obwohl die meisten hier im Reich dem altnordischen Glauben anhingen.«

Ich drehte den kleinen Buddha. »Aber ist es nicht wahnsinnig gefährlich, sie hier zu haben?«

Tíw sah mich an. Staubkörnchen tanzten in den Sonnenstrahlen, die von oben hereinfielen. »Es ist unser Erbe.«

»Was nicht viel hilft, wenn jemand dahinterkommt. Du darfst mir das überhaupt nicht zeigen.«

Er deutete auf die kleine Silberhand, die an einer Kette um meinen Hals hing.

Ich legte meine Hand darüber. »Die hier? Das war ein Geschenk.«

»Es ist ein Symbol.«

»Es ist nur Schmuck«, wandte ich ein.

Er machte die Augen schmal.

»Du bist keine, die sich herausputzt.« Er zuckte die Schultern. »Aber du kannst natürlich immer sagen, dass du das in Miklagard gekauft hast. Dann hat es nichts zu bedeuten.«

»Warum stehst du da und zeigst darauf? Und zeigst mir lebensgefährliche Sachen?« Meine Stimme wurde ein bisschen schrill.

Tíw legte die Stirn in Falten.

»Weil *du* nicht aus Miklagard bist.« Ich wollte widersprechen, aber er fiel mir ins Wort. »Ich glaube, du bist überhaupt nicht aus Freiheim. Ich glaube, du bist hier, um uns von Ragnara zu befreien, und in dem Fall sollst du wissen, dass die Ísafolder hinter dir stehen.«

Mein Mund öffnete sich, aber ich bekam kein Wort heraus. Gleichzeitig umklammerte ich Hakims Geschenk.

Aus dem Haus über uns waren Stimmen zu hören, und blitzschnell packte Tíw die Figuren wieder in das Kästchen. Er verschloss es und stellte es zurück ins Regal. Dann scheuchte er mich die Treppe hinauf.

Im Schlafraum schob er das Bett mit geübtem Schwung zurück an seinen Platz, während aus der Stube lautes Gelächter kam. Wir steckten die Köpfe aus der Schlafkammer und fanden Birna und Styrr in enger Umarmung. Birna kicherte, und Styrr küsste ihren Hals. Beide schwankten leicht.

Tíws tiefe Stimme dröhnte: »Hat die Frau dich beansprucht, Styrr?«

Styrr bemerkte uns. »Und wie«, keuchte er.

Birna lachte wieder.

Tíw strahlte Autorität aus, und für einen kurzen Moment sah ich ihn als das Oberhaupt, das er für sein Volk war. »Es kann ein Kind dabei entstehen, falls ihr weitermacht.«

Verlegen wollte ich mich davonschleichen. Meiner Meinung nach war das eine sehr private Angelegenheit, bei der weder ich noch Tíw etwas zu suchen hatten, aber Tíw hielt mich zurück.

Eine gewisse Ernüchterung zeigte sich auf Birnas Gesicht.

Auch Styrr richtete sich ein wenig auf.

»Wir passen auf. Wir möchten nur ein bisschen allein sein.« Er schaute kurz zur Schlafkammer. »Seid ihr fertig?«

Ich hielt mir die Augen zu und gab einen peinlich berührten Laut von mir.

Tíw stieß die Tür zum Schlafraum weit auf.

Als ich hinausmarschierte, voller Scham ihret- und meinetwegen, schlüpfte das Paar ins Bett hinter mir.

Tíw kehrte an die Festtafel zurück, während ich über die flache Ebene auf den Barre zulief.

Endlich hatte ich meine Ruhe unten in dem Wäldchen. Hier war es wärmer als auf der Ebene und in der Stadt, und wenige Meter entfernt floss der Bach, der an den Eisenwald grenzte. Nicht weit vom Wasser lag ein Laib Brot.

Ich ließ mich an einem Birkenstamm nieder, und das weiche Moos gab unter mir nach, als ich mich setzte. Ich legte den Kopf zurück und genoss die Stille.

Hoch über mir zogen die Wolken träge über den rosa Abendhimmel, und irgendwo im Wald krächzte ein Vogel, während der Iving leise gluckste.

Zweige und Äste knackten, und Schritte kamen auf mich zu. Ich tastete nach Auka, bis mir einfiel, dass es nicht zu meiner Festkleidung gehörte.

Verdammtes Kleid.

Ich stand auf und wartete gespannt wie eine Feder, während das Geräusch näher kam.

Es war Rorik, der im Wäldchen auftauchte.

»Was ist los?«, rief ich und ging leicht in die Knie, bereit zum Angriff.

»Sie verfolgt mich«, keuchte er. Sein helles Haar war zerzaust, und er blickte über die Schulter zurück.

»Wer verfolgt dich?« Ich schaute in alle Richtungen.

»Faida.«

Ich ließ die Hände sinken. »Faida?«

Wieder blickte Rorik sich um. »Als sie anfing mit ›Ich wähle …‹, bin ich losgerannt.«

Der Bach plätscherte etwas wilder, und eine Brise rauschte durch die Baumkronen.

»Du bist weggelaufen?« Ich unterdrückte ein Lächeln und betrachtete seine breiten Schultern.

Er antworte ernst: »Ja. Aber ich glaube, sie ist mir dicht auf den Fersen.«

»Sag einfach Nein, falls sie dich erwischt.« Ich machte die Augen schmal. »Das heißt, sofern du nicht willst.«

»Ich will nicht«, sagte er schnell. Seine braunen Augen hingen eine Sekunde zu lange an meinem Gesicht. Dann spähte er wieder durch die Bäume. »Aber man darf nicht Nein sagen. Nicht heute.«

Jetzt war Faidas Stimme von Weitem zu hören.

»Natürlich darfst du das.« Ich verschränkte die Arme vor der Brust. »Man kann immer Nein sagen.«

Wieder säuselten die Baumkronen, und mehrere Vögel stimmten ein.

Rorik sah mich verzweifelt an. »Sag, dass du mich wählst.«

»Kommt nicht infrage!«

»Sie kann mich nicht für sich beanspruchen, wenn du es bereits getan hast.«

Ich wich zurück, stieß aber gegen den Baumstamm. »Es muss doch wohl möglich sein, höflich ›Nein danke‹ zu sagen.«

Faidas Stimme kam näher. »Roooориiik?«

»Nicht heute. An diesem Tag liegt Magie in der Luft.« Er sah mich bettelnd an.

Es war sicher Einbildung, aber es fühlte sich an, als ob die Erde unter mir zitterte, als Rorik *Magie* sagte.

»Ihr immer mit eurem Zaubergerede.«

Faida tauchte zwischen den Bäumen auf. Atemlos kam sie auf uns zugelaufen. »Rorik, ich wollte dich doch auswählen.«

Rorik zog mich am Arm. Als ich nicht reagierte, stieß er mir seinen Ellenbogen in die Seite.

»Au!« Ich rieb meine Rippen. »Meiner.« Ich zeigte mit dem Daumen auf Rorik.

Ungläubig sackten ihre Mundwinkel herab.

»Ich dachte nicht, dass zwischen euch was läuft.« Misstrauisch kam sie näher. »Willst du ihn auswählen, oder hast du schon? Kann ich es immer noch zuerst sagen?«

Jetzt trat Rorik mir auf den Fuß.

»Hey!« Ich blickte wütend hoch, aber sein bittender Gesichtsausdruck ließ mich murmeln: »Ich hab ihn ausgewählt.«

»Sag es!«, zischte er mir zwischen zusammengebissenen Zähnen zu.

»Ich wähle Rorik.«

Die Vögel krächzten wieder, und unter mir wogte das weiche Moos.

Faida zog einen ärgerlichen Flunsch.

»Dann viel Glück euch beiden«, sagte sie würdevoll und ging ein paar Schritte rückwärts, bevor sie sich umdrehte und davonlief.

Wir blieben allein zurück. Rorik hielt meinen Arm immer noch fest, und der Boden unter mir drehte sich. Das Wasser des Iving rauschte lauter als vorhin.

»Ich spüre etwas«, flüsterte er. Der Klammergriff um meinen Arm lockerte sich.

Eine Kraft schoss zwischen meinen Beinen hoch.

»Das habe ich nur getan, um dir zu helfen«, sagte ich atemlos. »Ich habe es nicht so gemeint.«

Die Erde pochte, und Roriks Finger fanden meinen Handrücken und strichen sanft darüber.

Ohne zu überlegen, verschränkte ich meine Finger mit seinen.

Etwas an dem hier war bekannt.

Ich hörte das Wasser oder den Wind nicht mehr, aber deren Energie wurde eins mit meinem Körper.

Rorik schubste mich gegen den Birkenstamm. Es war kein harter Stoß, eher ein sanfter Knuff. Die tätowierte Hand fand meine Wange. »Du hast es so gemeint.«

Die Kraft des Baums floss durch mich hindurch und in Rorik hinein. Ein angenehmer, warmer Wind ging vom Adler auf seiner Hand aus.

Hätte ich nicht gewusst, was gerade passierte, hätte ich mich dagegen gewehrt. Ich hätte gesagt, dass die Magie uns gegen unseren Willen beeinflusste, und versucht, sie wegzustoßen. Aber ich kannte den Liebeszauber. Ich hatte ihn schon erlebt und wusste, dass er nur wirkt, wenn man bereits verliebt ist.

Roriks Griff um mein Gesicht wurde stärker, und nun nahm er es in beide Hände. Meine Arme schlangen sich um seinen Körper, und ich spürte durch sein Hemd, wie er sich mit aller Kraft zurückhielt.

»Was passiert hier?«, fragte er. »Sind wir verhext?«

Tilarids bebte wütend in seiner Scheide. Etwas sagte mir, dass das Schwert sich nichts aus Liebe machte.

»Ja«, flüsterte ich und umarmte ihn fester. »Das hier ist Magie.«

Sein Gesicht war jetzt ganz nah an meinem.

»Wie werden wir das Hexenwerk wieder los?« Er zog mich enger an sich und versuchte gleichzeitig, mich wegzuschubsen.

»Wir können nichts gegen die Magie tun, denn sie kommt aus uns selbst«, flüsterte ich und beugte mich vor.

In dem Moment gab er seine Zurückhaltung auf, und unsere Lippen trafen sich in einem wilden Kuss. Mein ganzer Körper explodierte, vor meinen Augen zuckten farbige Blitze. Roriks Finger strichen meinen Hals entlang, und die Berührung schickte noch mehr angenehme Stromstöße durch mich hindurch. Seine Hände glitten über meine Schultern und weiter hinunter.

Sein Kuss wurde tiefer, während er sich enger an mich presste. Das Hemd segelte hinunter aufs Moos, und seine nackte Haut war wie Seide unter meinen Fingern. Die Tattoos waren kleine Erhebungen, und ich stellte mir vor, dass sein ganzer Körper eine einzige große Landkarte war.

Ich weiß nicht, ob wir hinfielen, aber plötzlich lagen wir auf der Erde. Ihre Kraft strömte in uns hinein, und das große Herz klopfte überall.

»Schöpfung«, murmelte Rorik. »Das hier ist Schöpfungskraft.«

Keiner von uns sagte danach noch irgendwas Zusammenhängendes.

Rorik schlief nackt auf dem weichen Moos, aber ich war hellwach. Der Himmel über uns war dunkelblau und übersät mit kleinen, funkelnden Sternen.

Es hätte kälter sein müssen, aber die Kombination aus Magie und Schöpfungskraft machte unser kleines Fleckchen warm und grün. Wenige Meter von uns entfernt glitzerte Reif an den Bäumen, und der Iving plätscherte wieder ruhig und sanft vor sich hin.

Ich betrachtete Rorik genau, denn ich wollte mich an jeden Millimeter von ihm erinnern.

Der größte Teil seines Körpers war von Verzierungen bedeckt, und bei jedem seiner ruhigen Atemzüge bewegten sie sich, als würden sie laufen, kämpfen oder … ich legte den Kopf schräg und musterte ein paar … tanzen. Unwillkürlich wollte ich mit der Hand über die kleinen Narben auf seiner Schulter streichen, aber ich ballte die Faust und zog den Arm zurück. Mit einem Seufzen erhob ich mich und ging ein paar Schritte um unser Nest herum. Ich fand mein Kleid, das ein Stück entfernt lag und von kleinen Eiskristallen bedeckt war. Fröstelnd zog ich es an. Die Kälte machte meinen Kopf ein bisschen klarer.

Wieder betrachtete ich den schlafenden Rorik, und ein Gefühl, das ich kannte, drohte meine Brust zu sprengen. Meine Finger strichen ein einziges Mal über seine Wange, dann drehte ich mich um und lief zurück zu den Häusern.

Es war still und frostkalt in der kleinen Stadt. Sogar die Tiere schliefen angebunden an ihren Pfählen.

Ich schlich mich ins Frauenhaus und sah, dass in den meisten Betten zwei Personen lagen. Männer und Frauen schliefen aneinandergeschmiegt. Faida lag allein, ihr feuerrotes Haar war wie ein Fächer um ihren Kopf ausgebreitet. Mich packte das schlechte Gewissen, als ich sah, dass die Haut unter ihren Augen rot und geschwollen war.

Nachdem ich in meine Alltagssachen geschlüpft war, griff ich mir meinen Rucksack und schlich hinüber zu ihrem Bett. Ich legte mein grünes Seidenkleid vorsichtig neben sie und obendrauf einen Zettel. Ich war nicht besonders gut in Runenschrift, aber ich kritzelte etwas zusammen, das mit ziemlicher Sicherheit an ihren Namen erinnerte.

Dann machte ich mich aus dem Staub.

So leise, wie ich nur konnte, lief ich zurück zum Iving, und ich musste mich mächtig zusammenreißen, um nicht in Roriks Richtung zu schauen, als ich an unserem Platz im Wald vorbeikam.

Für ihn war es das Beste und Sicherste, wenn ich mich so weit wie möglich von ihm entfernte. Ich wollte tun, was ich konnte, damit sich Seréns Vorhersehung, dass er sterben würde, um mich zu beschützen, nicht bewahrheitete.

Ich dachte an Finn, und es zerriss mir fast das Herz. Auch für ihn war es am sichersten, nicht in meiner Nähe zu sein. Hoffentlich konnten die beiden aufeinander aufpassen.

Als ich mit nackten Füßen und den Schuhen hoch über dem Kopf in den Iving sprang, der, genau wie es die Sage erzählte, nicht den Hauch einer Eisschicht trug, schrie ich leise auf.

Am anderen Ufer angekommen, hüpfte ich auf der Stelle, um wieder warm zu werden. Ich setzte mich auf einen Stein und zog Strümpfe und Schuhe wieder an. Die Umgebung auf dieser Seite des Bachs sah nicht viel anders aus.

Eine Unmenge glitzernder Eiskristalle hier unten, und darüber leuchteten die Sterne. Aber ich war jetzt im Riesenland.

Ich stand auf und ging in den Wald hinein. Alles um mich herum glich einer Märchenlandschaft, übersät mit funkelnden Kristallen und überflutet von silbern schimmerndem Mondlicht. Ich wanderte eine Weile vor mich hin und fühlte mich mutterseelenallein.

»Woher kommst du?«, klang es lieblich aus dem Gebüsch.

Ich blickte mich um und griff nach Auka.

KAPITEL 24

Ein Lockenkopf guckte aus dem Gebüsch, das wie Kristallglas glänzte. Er hatte dunkle Kringellocken und große, bernsteinfarbene Augen. Seine Lippen wölbten sich nach oben, als er mich anlächelte, und ich schmolz unter seinem Blick vollkommen dahin.

»Bist du ein Demigott?«, hauchte ich.

Er lachte perlend. »Nein.«

Ich lachte auch. Ich kann es nicht erklären, aber er war so warmherzig und anziehend, dass ich nicht anders konnte. Der Duft von Karamell berauschte meine Sinne. In einem Winkel meines Bewusstseins schrie es, dass hier wieder Zauberei im Spiel war, aber vielleicht floss die Liebesmagie ununterbrochen in meinen Adern, oder aber diese Magie war noch stärker. Meine Hand löste sich von Auka.

Der Junge trat ganz aus dem Gestrüpp und richtete sich auf; er war nicht viel größer als ich. Über dem nackten Oberkörper trug er eine silberfarbene Weste, und über seinen Schultern lag durchsichtiger, changierender Stoff wie ein Umhang. Seine Haut war ebenmäßig und golden, und trotz der Kälte, in der mich mein Atem in Wölkchen umgab, strahlte er in flirrenden, zarten Wogen Wärme aus.

Ohne nachzudenken, strich ich ihm mit der Hand über den Oberarm, der so weich war, wie ich es erwartet hatte.

Er ließ mich gewähren, als sei es das Natürlichste auf der Welt.

»Wer bist du?« Das Lächeln kriegte ich gar nicht mehr von meinen Lippen.

Er beugte sich zu mir, und ich schnupperte abermals seinen Duft, wobei seine Locken mein Gesicht streiften.

»Ich bin Nore. Wer bist du?«

»Anne«, antwortete ich.

Nore trank meinen Duft in großen Atemzügen.

»Was für ein herrlich christlicher Name. Hier vollkommen unüblich.« Er nahm meine Hand, und als sei auch das vollkommen normal, ließ ich es zu.

»Kommst du aus Ísafold? Ich habe dich oben im Dorf nicht gesehen«, fragte ich. Dann wäre er mir bestimmt aufgefallen.

Nore schüttelte seinen schönen Kopf.

»Seit Ragnara in der Gegend ist, geht es uns gar nicht gut, und wir müssen den Menschen näher kommen, als wir sollten, um das zu finden, was wir brauchen.«

Ich kam nicht auf die Idee zu fragen, wen er mit *uns* meinte.

»Ich wurde von all der Liebe angezogen«, erklärte er, obwohl ich immer noch nicht begriff, wovon er redete. »Wo ist dein schöner Freund?«

Wärme pumpte von unseren ineinander verflochtenen Händen meinen Arm hoch und weiter in meine Brust.

»Da drüben.« Ich zeigte zu ihm. »Er ist auf der anderen Seite des Iving.«

»Ich wünschte, ich könnte euch beide mitnehmen.« Nore schüttelte bedauernd seinen Kopf, sodass sich die braunen Locken an sein Gesicht schmiegten. »Aber da drüben ist Menschenland, wohin nur die Mutigsten oder die Frechsten meines Volkes gelangen.«

»Ich kann ihn holen«, bot ich ihm an, bereit, über den Bach zu springen, nur um Nore zu gefallen.

»Nein«, flüsterte er mir ins Ohr und zog leicht an unseren Händen. »Ich will nicht riskieren, dich zu verlieren.«

Ich ging mit ihm, ohne zu fragen, wohin. Es stellte sich heraus, dass das Ziel nicht weit war. Jedenfalls fühlte es sich nicht so an, als wären wir besonders lange unterwegs gewesen.

Wir kamen zu einem Hügel, und Nore zog mich mit sich hinein durch einen langen Gang, der mit Sechsecken ausgeschmückt war. In einigen gluckerte leise eine goldene Flüssigkeit. In anderen befanden sich kleine weiße Halbmonde, die sich drehten. Der Saal am Ende hatte die Form einer Halbkugel, die mit ähnlichen goldenen und weißen Sechsecken ausgekleidet war. Da durch sie das Licht gefiltert wurde, schimmerte der ganze Saal unwirklich.

Frauen und Männer tanzten im Rund, alle in durchsichtigen Umhängen wie Nores. Sie drehten sich so schnell versetzt in Kreisen, dass ich ihnen kaum folgen konnte. Ihre Umhänge flatterten hinter ihnen.

»Was ist hier los?«, fragte ich erstaunt.

Nore schaute die Tanzenden an. »Das ist der Hallinge-Tanz.«

Ich starrte verzaubert hin.

Auf dem Boden stand eine mit reifen Früchten gefüllte Glasschale. An deren Seiten hingen Blumenranken, die einen Duft süß wie Honigmet verströmten. Wir gingen zur Bar, an der eine schwarzhaarige Frau stand. Sie war genauso schön wie Nore, und irgendwie kam sie mir bekannt vor.

»Was willst du trinken? Bier aus Mosekonen oder Salpeterwein?«, fragte Nore, gleichzeitig glitt seine Hand unter mein Haar um meinen Nacken.

»Äh … Bier.« Das andere klang etwas gefährlich. Ich musste besser auf mich aufpassen.

Die Lippen der Bartenderin öffneten sich, und ich stierte sie hingerissen an. Sie stellte mir ein elegant geformtes Glas mit einer schwarzen Flüssigkeit hin. Das Glas sah so ähnlich aus wie die, in denen im Bootsmann auf dem Ball zur Tagundnachtgleiche die Getränke serviert wurden.

Nore, dessen Hand noch immer um meinen Nacken lag, beugte sich zu mir und küsste mich. Dösig ließ ich ihn gewähren, ohne zu bedenken, dass ich erst vor Kurzem Rorik geküsst hatte.

War es erst vor Kurzem?

Neben uns tauchten ständig schöne Wesen auf, um sich Obst aus der Glasschale zu nehmen. Sie machten einen Knicks oder eine Verbeugung und legten mir jedes Mal ihre Hände auf, wenn sie vorbeigingen. Vielleicht bildete ich mir das nur ein, aber mir kam es vor, als würden uns allmählich immer mehr umgeben.

Als Nore mich nach dem Kuss losließ, griff ich zum Trinken nach dem Glas. Eine größere Hand umschloss meine.

Ich schaute zur anderen Seite, und das fühlte sich an, als würde sich mein Kopf wie in Zeitlupe bewegen. Ein Ausruf der Überraschung entschlüpfte meinen Lippen, als ich den Mann hinter mir erkannte.

»Od.«

Er lächelte nicht sanft, wie er es sonst immer tat. Im Gegenteil, er machte ein sehr ernstes Gesicht.

»Was machst du hier?«, fragte ich gedehnt. Sogar meine Stimme zog sich in die Länge wie ein Bindfaden, den ich nicht aufhalten konnte.

Ich kam nicht weiter, weil Od die Hand hob und mir unerwartet eine schallende Ohrfeige verpasste.

Ich schüttelte den Kopf. »Was zur Hölle soll das?«

Er knallte mir noch eine, diesmal auf die andere Wange, und er hielt sich kein bisschen zurück, sodass seine göttlichen Kräfte mir fast den Kopf abgerissen hätten.

»Wach auf, Anne!«, rief er metallisch. Er schimmerte silbern und war wesentlich größer als sonst.

Die dunkle Bartenderin hinter dem Tresen nickte ihm zu.

»Schluss! Hör auf, mich zu schlagen«, protestierte ich und guckte mich nach Unterstützung um. Nore war am nächsten dran und schließlich derjenige, mit dem ich gekommen war, darum knurrte er Od an. Sein Umhang blähte sich hinter ihm und schwirrte schnell hin und her. Und Nore bewegte sich ruckartig um uns herum.

Erst da fiel mir der lange Stachel auf, der aus seinem Rücken ragte.

Was?

Die Farben in den Sechsecken verblassten langsam, und die weißen Halbmonde ploppten aus ihren Zellen und fielen auf den Boden, wo sie sich drehten und wanden. Goldene, zähe Flüssigkeit ergoss sich aus den anderen kleinen Kapseln, und uns strömte ein überwältigend süßlicher und schaler Geruch entgegen.

Ein lautes *Bzzzz* brachte meinen Körper zum Vibrieren, und die anderen Gäste hörten auf zu tanzen und näherten sich.

»Sie gehört uns«, flüsterte jemand. Die Worte klangen eher wie ein Summen als wie eine Stimme.

Einige Mädchen schwebten über uns, und erst jetzt merkte ich, dass sie ausgehöhlte Rücken hatten, die aussahen wie die Rückseite von verrotteten Bäumen.

Od hielt mich ganz fest am Arm, und eine Woge von Göttlichkeit schoss in mich, wobei silberfarbene Lichtkegel von seinen Augen abstanden.

Nore bewegte seine dunklen Lippen. »Sie ist freiwillig hergekommen. Das ist unser Recht.«

»Ich weiß, was die Elfen unter freiwillig verstehen.«

So hatte ich den sonst so sanften Od noch nie erlebt. Auch nicht in der Nacht, als er unausgeglichen und auf Göttlichkeit gehypt zu Hause in Odinshöhe aufgetaucht war.

»Sie gehört uns«, wiederholten die Elfen.

»Ihr dürft sie nicht kriegen.« Od machte mit mir ein paar Schritte rückwärts. Er schob mich hinter seinen Rücken, und nach einem Blick auf die schwirrenden Gestalten ging ich freiwillig mit ihm.

Die Elfen verfolgten uns, jetzt auf allen vieren, mit eingezogenen Köpfen, als hätten sie keine Hälse. Die Umhänge legten sich am Körper wie Flügel an, die sie ab und zu ausbreiteten, sodass sie abhoben. Sie umringten uns, und ich hatte keine Ahnung, wie wir ihnen entkommen könnten.

Od drehte sich um und schüttelte mich.

»Wach jetzt auf!«, fauchte er.

»Was? Ich bin doch wach!«, rief ich und drehte mich um mich selbst, als die Elfen summend von allen Seiten näher rückten. Einige von ihnen besaßen jetzt zusätzliche Beine, und ihre Stachel standen vom Rücken ab.

Nore hielt meine andere Hand immer noch mit einer braunen, knochigen Kralle fest, deren Haut klebrig und kalt war.

»Nutze meine Stärke.« Ods Stimme ertönte dicht neben meinem Ohr, und ohne zu verstehen, wovon er redete, klammerte ich mich an seinen Arm, als ich mental seine Göttlichkeit umarmte. Hatte er mich früher immer mit ihr aufgetankt, so zog ich sie jetzt aus ihm. Endlich konnte ich meine Hand Nores Umklammerung entwinden und mich an Ods Körper festhalten.

Die Erde verschwand unter meinen Füßen, und wir sausten in die Höhe, während das Geheul unter uns zu einem ohrenbetäubenden Brummen und Schwirren in sich zusammenfiel.

Das Letzte, was ich noch hörte, war ein vereinter summender Wutschrei.

KAPITEL 25

Ich hörte wieder surrende Insekten und wäre fast in Panik geraten, bevor mir klar wurde, dass da nur ganz harmlose Bienen flogen. Sonnenstrahlen streichelten mein Gesicht und durchdrangen meine geschlossenen Augenlider; so war ich in sanftes rotes Licht getaucht. Ich lag auf dem Boden, und der Untergrund war warm und weich.

Etwas kitzelte meine Nase, aber was auch immer das gewesen sein mochte, flatterte schnell wieder davon.

Ich schlug die Augen auf und sah Od neben mir im Gras liegen. Er lag auf der Seite und betrachtete mich, eine seiner Hände an meiner Wange. Wasser plätscherte, Vögel zwitscherten, und ich hatte den starken Verdacht, dass uns der Demigott in einen Zeichentrickfilm für Siebenjährige versetzt hatte.

Od lächelte das Lächeln, das meinen Willen außer Gefecht setzte, aber nicht auf die albtraumartige Weise wie Nore. Ods war voller Süße, berauschend.

»Finn. Rorik.« Diese beiden fielen mir zuerst ein.

Od kniff die Augen zusammen, und das war ein deutliches Zeichen, dass er keinen Schimmer hatte, von wem ich redete. »Hast du gut geschlafen?«, fragte er stattdessen. Seine Stimme war wie immer etwas heiser.

Ich stützte mich auf die Ellenbogen.

»Du hast mich geschlagen«, sagte ich vorwurfsvoll.

»Das musste ich. Du standest unter seinem magischen Einfluss.«

»Unter seinem magischen Einfluss?« Ich drehte den Kopf weg, um seine Hand abzuschütteln.

»Seine Magie hat dich in den Hügel gezogen.«

»Was war das für ein Ort?«

»Ein Elfenhügel.«

Jetzt setzte ich mich ganz auf, obwohl mich ein heftiges Schwindelgefühl beinahe wieder umgeworfen hätte. »Ein Elfenhügel.«

Meine Worte hingen kurz in der Luft.

Od reagierte nicht.

Ich blickte mich in der Sommerlandschaft um. Hier war es fruchtbar und saftig grün, und ich erkannte den Iving wieder, die Stelle im Wald, wo ich ein paar Minuten zuvor Nore begegnet war. Wir waren von Eiskristallen umgeben gewesen und hatten im Mondschein gebadet.

»Shit!«

Od erhob sich auf die Ellenbogen, so wie ich es eben getan hatte.

»Anne. Deine Ausdrucksweise«, sagte er sanft.

Ich machte mir nicht die Mühe, ihn anzufahren. Meine Stimme war verzweifelt. »Wie viel Zeit ist vergangen?«

»Ungefähr sechs Monate.« Auch er setzte sich ganz auf.

»Ein halbes Jahr! Ich war nur fünf Minuten auf dem Fest.«

»Du warst in einem Elfenhügel. Die Elfen saugen da drinnen den Menschen die Lebensenergie aus. Eine Herde kann zwischen vier und fünfzig Jahren von einem einzigen Menschen leben. Ihr merkt nicht, wie schnell die Zeit vergeht.«

»Aber …« Als mir klar wurde, wie billig ich mit nur sechs verbrannten Monaten davongekommen war, wäre ich fast noch einmal umgefallen. »Ist Serén okay?«

Od schaute mir direkt in die Augen. Das Blaugrün wirbelte umher, und seine Göttlichkeit drang wie eine starke Unterströmung in mich. »Serén lebt.«

Blitzschnell zählte ich an den Fingern ab. Wenn ich sechs Monate lang weg gewesen war … »Die Hochzeit ist ja bald«, bekam ich heraus. »Dann, wenn Ragnara bestimmt Serén opfern will.«

Scheiße, Scheiße, Scheiße!

»In vier Tagen.« Od strich mir wieder mit der Hand über die Wange, sagte aber nichts mehr. Ich ließ den Gedanken sacken, und mein Puls stieg, als ich mir klarmachte, wie viel Zeit ich verschleudert hatte.

»Was meinst du mit *opfern?*« Obwohl Od noch immer ruhig und sanft sprach, schwang in seiner Stimme jetzt ein gefährlicher Unterton mit.

Ich schaute ins Gras. »Ich glaube, Ragnara will selbst Göttin werden. Wenn sie genügend Leute anbeten, ist es so weit. Räumt sie zuerst Serén und danach mich aus dem Weg, bricht Ragnarök an, und laut Vorhersehung ziehen dann die alten Götter den Kürzeren. Danach hat sie leichtes Spiel. Bei der Gelegenheit macht sie die Möglichkeit zunichte, dass jemand …«, ich sackte zusammen, »… ich in der Zeit zurückgehen und ändern kann, dass sie überhaupt an die Macht kommt.«

Ich dachte, nach mehr als Tausenden von Jahren würde sich Od über nichts und niemanden mehr wundern, aber diesmal war er kurz davor.

»Deshalb also war mein Vater so besessen davon, dass ich dir helfen sollte.«

»Bist du nicht aus freiem Willen gekommen?«

»Ich habe immer einen freien Willen.« Er legte den Kopf schräg. »Mein Wille wurde von meinem Vater und meiner Frau nur in eine bestimmte Richtung gelenkt.«

»Deine Frau? Du meinst Freyja?«

»Sie und Odin arbeiten zusammen. Beide wollen nicht in Vergessenheit geraten.«

»Wenn Ragnarök anbricht, sterben sie.«

Er rieb sich die Stirn. »Ragnarök.« Ods Stimme war kaum mehr als ein Hauch. »Ich habe es immer gewusst, seit Heid es mir erzählt hat, dass der Tag des Weltenbrands kommen wird. Trotzdem zittere ich jetzt, weil es bald so weit ist.«

»Jetzt kündigen alle Vorzeichen es an.«

»Welche Vorzeichen?«

»Die Midgardschlange hat ihren Schwanz losgelassen, auf dem Iving war kein Eis, sogar bei Frost, und Ragnara hat Loki freigelassen.«

»Loki steht auf Ragnaras Seite?«, fragte Od. Ich war mir etwas im Unklaren, ob er verblüfft war oder ob er es schon die ganze Zeit gewusst hatte.

»So könnte es aussehen«, sagte ich.

»Die Riesenwölfe sind Loki treu ergeben.«

Ich zog die Luft scharf ein. »Was? Monster war ihm doch nicht treu ergeben.«

»Der Stammvater der Riesenwölfe ist der Fenriswolf, und dessen Vater ist Loki. Die Wölfe sind wohl am ehesten geneigt, ihm zu folgen. Mit denen gegen uns haben wir keine besonders große Chance.«

»Aber was ist mit Monsters Familie …« Mir versagte die Stimme.

»Sie werden finden, dass Menschen an seinem Tod schuld sind.«

»Ich wünschte, ich könnte wieder mit ihm sprechen«, schniefte ich. Ich hatte nicht einmal gemerkt, dass mir die Tränen liefen.

»Das kannst du.« Ods Miene war ernst.

Ich hörte die Worte. Ich registrierte die Worte. Ich verstand sie nur nicht. Ich konnte nicht einmal eine Frage formulieren.

Od rückte ganz dicht zu mir, und kurz war mir unklar, ob er mich küssen wollte, aber er sagte nur: »Mein Vater hat dich zur Völva ernannt.«

»Okaaay.«

Sein berauschender Atemhauch schlug mir entgegen, als er weitersprach: »Skaldenmet, einem Riesen serviert von einer Völva, wird ihn zurückholen.«

Zuerst war ich unfähig zu sprechen, darum starrte ich ihn nur mit großen Augen an. Ich griff mir an die Schläfen. »Dein Vater hat das gesagt. Da hätte ich längst drauf kommen können.«

Od schaute mich nur an.

»Du hast Skaldenmet«, brachte ich endlich über die Lippen. »Ich kann mich erinnern, dass du Met aus Heidruns Euter hast.«

Od nickte bedächtig. Dann reichte er mir eins von Elias' Fläschchen, doch es war mit einer bräunlichen Flüssigkeit gefüllt, auf der etwas Schaum lag.

Ich nahm es an mich und atmete ein, hustete aber.

»Und er steht im Bann eines Bewahrungszaubers. Er liegt zu Hause in Bens und Rebeccas Scheune.« Meine Worte purzelten durcheinander. »Ich kann ihn zurückholen.« Ich starrte ununterbrochen auf das Fläschchen. Dann hob ich den Kopf.

Ein ganz aufrichtiges Lächeln brachte Ods Gesicht zum Strahlen, und ich schaute schleunigst nach unten, damit er mich nicht mit Demihypnose paralysierte.

»Wenn die Riesenwölfe kurz davor sind, sich gegen uns zu wenden, dann sollen sie wissen, dass ich ihn zurückholen kann und will.« Schon war ich aufgestanden, um mich auf den Weg in den Eisenwald zu machen. »Monsters Familie muss wissen, dass er wieder gesund wird.«

Ods schöne Finger hielten meine fest.

»Da ist etwas, was ich dir zuerst sagen muss.« Ich nahm wahr, dass er noch mehr schlechte Neuigkeiten hatte.

»Was?«, flüsterte ich. Ich konnte sehen, dass es etwas Schlimmes war, und wollte es nicht hören, doch Od sprach gnadenlos weiter.

»Ísafold wurde von Ragnara angegriffen, gleich nachdem du verschwunden warst. Es gab Tote und Verletzte. Und sie nahmen einige Ísafolder gefangen.«

»Warum?« Ich blieb stehen. »Ach so. Sie haben nach mir gesucht.« Ich legte mich wieder auf die Seite, drehte den Kopf, blieb kurz so und schaute in den sommerlich blauen Himmel, wo die Vögel unbeschwert umherflogen.

»Ja. Sie haben nach dir gesucht, aber auch Beweise für Gottesanbetung im Keller unter dem Haus ihres Anführers gefunden.«

Ich barg mein Gesicht in den Händen. »Ist Tíw tot?«

»Er wartet auf seinen Prozess in Sént. Ragnara hat auch ein paar entkommene Religiöse aus Miklagard gefangen genommen.«

Ich stöhnte in meine Hände und rief mir Taliahs orientalische Tattoos in Erinnerung.

Alle waren in Sént. Meine Schwester, die Ísafolder und die Gläubigen aus Miklagard.

»Ich hole sie da raus«, schwor ich. »Ich besorge Hilfe, und wir holen sie da raus.«

Ods Gesichtsausdruck war nicht zu enträtseln. Ich wusste nicht, ob er mich für verrückt oder heldenhaft hielt. Bestimmt beides.

»Woher wusstest du, wo ich war?«, fragte ich.

Od blickte in den Eisenwald. Die Stämme und das Laub schimmerten silbern. »Elfen stehen in meinen Diensten. Es gehen Gerüchte um, wenn sie einen Menschen einfangen. Sie legen weite Wege zurück, um zu schmarotzen.«

Ich biss mir auf die Unterlippe.

»Hatte Mjödwitnir gepackt?« Mir war die kleine schwarzhaarige Frau eingefallen, die in der Bar im Bootsmann arbeitete.

Od schaute mir wieder in die Augen. »Sie war schon abgereist.«

Ich gab ein kleinlautes *Hä* von mir. »Darum kam mir also die Bartenderin im Hügel so bekannt vor.« Ich griff mir in die Haare und stellte fest, dass sie viel länger geworden waren.

»Sie war ehrlich oder loyal genug, um Elias zu erzählen, was dort vor sich ging. Ich habe es vor einem Monat erfahren. Ich bin auch mehrere Wochen in dem Hügel gewesen.« Od stand auf und reichte mir die Hand. »Dein Riesenkristall hat mich zu dir geführt.«

Mads, da hast du mir ein verrücktes Geschenk gemacht.

Ich schnaufte vor Wärme. »Ich ziehe mich lieber um, bevor ich einen Hitzschlag kriege.«

In der Hocke kramte ich in meiner Tasche nach Unterwäsche und der Hose, die ich einmal von Aella bekommen hatte. Ich hielt mich nicht lange mit Formalitäten auf, sondern zog mich in Ods Anwesenheit um. Als ich den Wollpullover abstreifte, trat er dicht zu mir und streckte die Hand nach meiner Brust aus.

»Was tust du?«

Seine Hand näherte sich der knotigen Narbe.

»Ach, die.« Mir wurde etwas klar. »Warst du dabei, als mir die verpasst wurde?«

»Ja.«

»Weißt du, warum ich in Ragnaras Händen heilte?« Meine Hand landete auf Ods, und durch seine gespreizten Finger fühlte ich das unebene Gewebe der Narbe.

Er verzog den Mund. »Ich habe eine Vermutung, aber …«

Ich ließ ihn los und wich zurück, worauf sein Arm nach unten fiel. »Den Gesichtsausdruck kenne ich.«

»Es ist privat, was jemand *ist*.«

Unter normalen Umständen hätte ich ihn angeschnauzt, aber eigentlich kapierte ich im Nachhinein die Regel. Darum guckte ich mich um. Feuchtigkeit und Wärme dampften mir entgegen, und die Schmetterlinge umschwärmten uns. Wo wir standen, wuchsen Büsche, Gras und Bäume in allen Grün-Schattierungen, doch wenige Meter tiefer im Wald bekamen die Bäume eine eisenartige Glut. Knarrende und klagende Töne drangen an meine Ohren.

»Was jetzt?«

Od lächelte sanft. »Ich kann dir nur anbieten, dich zum nächsten Übergang zu begleiten, damit du nach Hause nach Midgard kommst. Ich kann dich auf dem Weg beschützen und mit göttlicher Kraft aufladen, damit du, wenn du nach Hause kommst, stark und voller Energie bist.«

»Ich will in den Eisenwald.« Mein Herz setzte einen Schlag aus, als ich hineinstarrte. »Die Wölfe müssen jetzt gewonnen werden, bevor es zu spät ist.«

Auch Od schaute zwischen die nackten, verdrehten Zweige. »Ich kann nicht mit dir da reingehen. Wenn du diesen Weg wählst, musst du das allein machen.«

Bum-bum ... Sich mit einem überirdischen, schönen Demigott auf den Weg machen oder allein in einen dunklen Wald mit menschenfressenden Wölfen weiterziehen.

»Ich gehe in den Wald«, beharrte ich.

Od hielt meinen Blick fest. Und kurz fürchtete ich, er würde mich von meinem Entschluss abbringen, aber er kam vorsichtig ganz nahe zu mir und drückte seine Lippen auf meine Stirn.

Mit geschlossenen Augen nahm ich die Woge von reiner Liebe auf. Ich weiß nicht, wie lange wir so dastanden, aber als ich die Augen aufschlug, war Od weg und die Dämmerung angebrochen. Bevor ich den Mut verlor, machte ich entschlossene Schritte zwischen die metallischen Stämme.

Es kam mir so vor, als bewege ich mich aus Farbe ins Schwarz-Weiße. Die Erde war unterschiedlich grau schattiert, und sogar der Himmel über mir bekam einen merkwürdig farblosen Ton. Die Blätter an den Büschen und Bäumen waren dunkel. Ein kleiner Bach sah aus, als fließe darin Quecksilber. Hier gab es keine Düfte, und die Geräusche meiner Schritte waren gedämpft. Noch nicht einmal meine Hellsichtigkeit fing etwas aus der Umgebung ein.

Ich warf meine Spezialgabe aus, aber hier war es schallend leer, weil ich mich in einem Vakuum befand.

Shit! Ich hatte ein halbes Jahr verloren. Mir drehte sich der Magen um. Wäre ich eine Minute länger auf dem Fest geblieben, wäre mir die Möglichkeit abhandengekommen, den Tod meiner Schwester abzuwenden. Ich schüttelte mich und blendete das Entsetzen aus. Zum Nachdenken hatte ich einfach keine Zeit – schon gar nicht jetzt. Dennoch hörte ich in meinem Inneren Finns schwaches *Bräääa* und sah Roriks Lächeln in der Abendsonne. Beinahe hätte ich ein Gebet zu den Göttern geschickt, an die ich nicht glaubte, mit der Bitte, dass sie wohlauf sein mögen.

Da war ein dumpfer Laut zu hören.

Leise, aber mit so viel Kraft, dass die Erde unter mir summte, hörte ich etwas: ein anhaltendes und drohendes Knurren.

»Willst du nicht mal einatmen?«, fragte ich zwischen die Bäume, wo es jetzt vollkommen dunkel war.

Etwas leuchtete zwischen den Stämmen. Es kam von einem Paar Augen, die so weit auseinanderstanden, dass ich mich nicht traute, mir vorzustellen, wie groß das dazugehörige Wesen wohl sein mochte.

Ein leises Geräusch, gefolgt vom Knacken zerbrechender Äste, war ein Warnsignal, dass sich die Pfoten eines schweren Tiers auf mich zubewegten. Als die Riesenwölfin aus dem Dickicht trat, rang ich nach Luft.

Sie war so groß wie Monster, aber etwas dünner. Sie hatte vollkommen schwarzes Fell und spitzere Ohren. Die Borsten standen ab, die Zähne waren gebleckt, und trotz ihrer Größe merkte ich, dass sie mehr Angst als Wut empfand.

Sie schnappte sabbernd in die Luft.

Okay, sie ist hauptsächlich wütend.

Allen Impulsen zum Trotz trat ich nicht den Rückzug an. »Wer bist du?«

Die Wölfin antwortete nicht, doch das Unheil verkündende Rumoren in ihrer großen Brust verstummte ebenfalls nicht.

»Ich bin Anne. Ich habe Neuigkeiten über Etunaz.« Zitternd atmete ich ein. »Und meine Schwester ist hier gewesen. Sie gleicht mir aufs Haar.«

Die Wölfin näherte sich so langsam, dass ich all meinen Willen zusammennehmen musste, um stehen zu bleiben. Mit ihrer Schnauze kam sie ganz nah an meinen Hals und schnupperte an mir. Mir brach der kalte Schweiß aus, und in meinem Kopf hörte ich ein Knirschen, wie es ertönte, als Monster Geiri fraß. Aber ich ließ sie gewähren, ohne auch nur einen Millimeter zurückzuweichen, nicht einmal als ihre scharfen Eckzähne meine Halsschlagader streiften.

Am Ende sprach die Riesenwölfin.

»Es gibt keine Neuigkeiten über Etunaz«, sagte sie aus tiefster Kehle. »Er ist tot.«

»Das kann ich ändern«, entgegnete ich kurzatmig. »Ich *will* es ändern. Er ist mein Freund.«

»Wer sagt, dass ich auf Etunaz' Seite bin?« Wie um ihrer Pointe Nachdruck zu verleihen, schnappte die Wölfin dicht an meinem Hals in die Luft.

Damit hatte ich nicht gerechnet. Monster hatte mir nie erzählt, dass es mehrere Gruppen von Riesenwölfen gab. Weil ich nicht wusste, um welche es hier ging, trat ich mir mental selbst in den Hintern, weil ich nicht allzu viel über Hrafnheim wusste. »Wenn du mich fressen willst, dann tu's. Wenn nicht, dann lass uns reden.«

Die Wölfin schnaufte, bevor sie sich sammeln konnte. »Wir sind Gefährten; ich habe mit eigenen Augen gesehen, wie Etunaz gefoltert wurde. Er kann das nicht überlebt haben.«

»Das hat er auch nicht. Er ist in meinen Armen gestorben«, sagte ich geradeheraus.

Die Wölfin winselte.

Ich hob einen Finger. »Aber ich habe rausgefunden, dass ich ihn zurückholen kann, wenn ich ihm Skaldenmet einflöße. Er ist bei Hexen, und die haben ihn mit einem Bewahrungszauber belegt. Wenn du mir hilfst, kann ich zurück nach Midgard und ihn wieder zum Leben erwecken.«

Die Wölfin kniff die grauen Augen zusammen, als müsse sie sich anstrengen, um mir zu folgen.

Ich sprach langsamer. »Es stimmt. Ich würde mein Leben nicht aufs Spiel setzen, indem ich in den Eisenwald gehe, wenn es nicht stimmen würde.«

Die Wölfin dachte gründlich darüber nach. »Das ist ein gerechter Handel.«

Ich atmete aus.

»Du stinkst nach Elfen.« Sie schnupperte wieder. »Und nach Demigott.« Mit einem hundeartigen Räuspern schnaubte sie. »Warum?«

Mein Herz setzte einen Schlag aus, weil das Schnauben wie das von Monster klang.

»Ich habe mich in einen Elfenhügel verirrt.« Ich bemühte mich, meine Stimme empört klingen zu lasen.

Dem Tier blieb das Maul offen stehen, und ich konnte eine Reihe messerscharfer Zähne sehen. Eine große, feuerrote Zunge lag in der Mitte.

»Es ist praktisch, Elfen hier wohnen zu haben. Sie fangen unerwünschte Besucher.« Sie lachte heiser. »Wie bist du ihnen entkommen?«

»Aus dem Grund rieche ich nach Demigott.«

»Hnnnhh«, schnaubte die Wölfin. »Die Demigötter sind unsere Feinde. Riesen und Götter bekämpfen sich seit einem Jahrtausend.«

Ich ging nicht darauf ein. Das hatte nichts mit mir zu tun, aber plötzlich verstand ich Monsters Widerwillen, als Od in der Nacht zu Hause in Odinshöhe aufgetaucht war.

»Willst du mich nun fressen oder nicht?«

Mit gerümpfter Nase knurrte sie. »Du stinkst zu sehr.«

»Dann hör auf, mich zu dissen.« Ich legte ihr, ohne nachzudenken, eine Hand auf die Schnauze. So machte ich das immer bei Monster, wenn ich ihn stoppen wollte, aber beim Blick in die bedrohlich funkelnden Augen erstarrte ich in der Bewegung.

»Lass mich los.« Die Wölfin zitterte vor Wut, und ihre Stimme war noch nasaler als vorher, weil meine Hand ihre Nase umschloss.

Langsam zog ich die Hand zurück. »Sorry.«

»Sorry?« Sie schüttelte den Kopf. »Komm«, schnauzte sie, aber an einer Stelle tief in ihren grauen Augen sah ich Erheiterung. Eine Erheiterung, die ich kannte.

Wir durchquerten den grauen Wald.

Riesenwölfe sind anscheinend keine guten Small-Talker, und ich musste über vieles nachdenken, darum schwiegen wir. Die Wölfin reichte mir bis zur Achselhöhle, und ab und zu drehte sie mit funkelnden Augen den Kopf zu mir um. Wenn ich auf gefallene Blätter trat, merkte ich, dass sie scharf wie Rasierklingen waren.

Tief im Wald entdeckte ich zwischen den Bäumen Flammen. Schatten, die aussahen wie Ungeheuer mit langen Ohren, spitzen Zähnen und großen Klauen, tanzten. Ich überlegte noch, wie die Wölfe ein Feuer mit den Pfoten entzündet haben mochten, als ganz andere Schatten auf den Boden fielen. Sie waren groß, schlank und hatten am meisten Ähnlichkeit mit Aliens.

»Was …?«, konnte ich gerade noch hauchen, als die Auren, die zu den Besitzern der Schatten gehörten, mich streiften. Die eine war deutlich, freundlich und ein bisschen traurig, und die andere Aura war wie ein knatternder, kreativer Güterzug.

Ich schnappte panisch nach Luft.

Das Gedicht. Die Weissagung der Völva, der Seherin.

Und fütterte dort Fenrirs Geschlecht.
Von ihnen allen wird eins das schlimmste:
Des Mondes Mörder übermenschlicher Gestalt.

Einer der Riesenwölfe würde den Mond verschlingen.

»Luna!«, schrie ich.

KAPITEL 26

Schneller, als ich gucken konnte, war ich von sieben riesigen Wölfen umringt.

»Wenn ihr Luna aufgefressen habt«, schrie ich, »dann …« Ich konnte ihnen nicht überzeugend drohen, und mir war klar, dass ich in größter Gefahr schwebte, denn die Wölfe betrachteten mich mit angelegten Ohren.

Bevor ich mehr sagen konnte, wurde ich an einen Stamm gedrückt. Ein Rausch von Korkenzieherlocken umschloss mich. Da waren oranger und lila Stoff und eine lange, rote Kette. Obwohl Luna in Hrafnheims Getriebe geraten war, schimmerte ihr Stil deutlich durch.

Beim Wiedersehen mit ihr wäre ich am liebsten cool geblieben, aber beim Anblick meiner besten Freundin blieb mir die Luft weg. Heftiges Weinen schob sich durch meinen Hals nach oben, und ich drückte sie an mich. Wir landeten verknäult auf der Erde, umgeben von einem erstaunten Rudel Riesenwölfe.

Mit beiden Zeigefingern wischte ich mir die Augen. »Was machst du in Hrafnheim?«

Luna stelle eine Gegenfrage: »Wo bist du gewesen?«

»Ich bin genau genommen hier gewesen.«

Luna, die aussah, als würde sie ihren Ohren nicht trauen, umfasste mein Gesicht. »Wir haben nach dir gesucht. Mads' Kristall hat uns verraten, dass du hier warst, aber du warst trotzdem nicht hier. Vor einem Monat sind wir losgezogen.«

»Wir?«

Eine große Gestalt stand auf der anderen Seite des Feuers.

»Mads!«

Er kam langsam mit vorsichtigen Schritten näher.

Ich blickte von einer zum anderen. »Ich freue mich, euch zu sehen, aber ihr seid ja total wahnsinnig. Hier ist es viel zu gefährlich für euch.«

Luna blinzelte nicht mit ihren großen Augen. »Wir mussten fliehen.«

Ich machte den Mund auf. »Fliehen? Wovor?«

Luna nahm meine Hand. »Ragnaras Leute haben angegriffen.«

»Wer?«

»Die Demiblut-Berserker.«

»Shit!«

»Meine Eltern haben gekämpft, konnten uns aber nicht beschützen; darum haben sie mich und Mads hierhergeschickt. Wir sind nach Østergaard runtergelaufen.«

»Geht es Ben und Rebecca gut?«

»Mathias hat gemeinsam mit ihnen gekämpft, und mit seinen Kräften müssten sie mit den Berserkern fertiggeworden sein.« Tränen füllten ihre großen Augen. »Aber ich weiß es nicht.«

Mads ging in die Hocke. Bei uns beiden waren Umarmungen nicht üblich, aber wir hielten uns bei den Händen. »Tut gut, dich zu sehen«, sagte er.

»Du scheinst dich«, ich suchte nach der passenden Formulierung, »wohlzufühlen?«

»Ich bin bei meinen Gefährten. Sie haben mich sofort akzeptiert.«

Die Wölfe um uns hatten sich hingesetzt, und einer flöhte sich.

Ich zog seine Hände näher zu mir. »Du gehörst aber auch zu uns. Daran darfst du nie zweifeln.«

Wieder lächelte er. »Das weiß ich, Anne. Aber hier …« Er breitete seine langen Arme aus. »Hier unter anderen Riesen kann ich sein, wie ich bin.«

Er sah größer aus. Das lag daran, dass er nicht mehr den Kopf einzog und die Schultern krümmte.

Luna pustete eine störrische Locke weg. »Mein Vater hätte Frank fast umgebracht.«

»Frank?« Ich musste kurz die Augen zumachen. »Ach ja, er ist ja bereits vor Monaten abgereist. Was ist passiert?«

Luna hob eine schlanke Hand. »Ich bin dazwischengegangen. Also, ich bin immer noch total sauer auf ihn, weil er dich erwürgen wollte. Aber wenn du ihm vergeben kannst, dann respektiere ich das.«

»Er konnte nicht anders handeln.«

Luna spitzte die Lippen. »Frank hat zwei Mädchen getötet.«

Ich befühlte ein nadelspitzes Blatt, das wie aus poliertem Eisen aussah. »Gewissermaßen hat Ragnara das getan. Und Frank ist verantwortlich für Halfdan, der nichts davon hat, wenn der einzige Erwachsene, den er noch hat, im Gefängnis sitzt oder tot ist. Es macht Tenna und Belinda auch nicht wieder lebendig, wenn er bestraft wird.«

Luna reagierte nicht.

»Was ist mit Halfdan?«

Sie zuckte die Schultern. »Er geht in Ravnssted in den Kindergarten.«

»Dann erfährt er wohl am besten all das nie ...« Ich biss mir auf die Zunge, weil mir einfiel, dass meine Eltern und deren Freunde zu genau der gleichen Einschätzung gekommen waren, als ich ein Kind war. Ich holte tief Luft und schwor laut: »Ich verspreche, sofern ich das hier überlebe, erzähle ich ihm alles, wenn er groß genug ist. Alle haben das Recht, ihre eigene Geschichte zu kennen.«

»Was ist passiert, nachdem du aufgebrochen bist?« Luna riss die Augen auf.

»Ich bin losgezogen, um Serén zu finden. Jetzt bin ich mir so gut wie sicher, dass Ragnara sie auf Prinz Sverres Hochzeit opfern will. Wir müssen rausfinden, wie wir sie befreien können.« Ich sprach widerwillig weiter. »Aber ich habe rausgekriegt, dass Ragnara etwas Größeres vorhat.« Ich erzählte ihnen, was ich mir auf der Reise überlegt hatte. Von der Anbetung, dem Religionsverbot und Ragnaras Plan, Göttin zu werden.

Meine beiden Freunde starrten mich nur stumm an.

»Ich muss so schnell wie möglich nach Sént«, endete ich.

»Ihr werdet gegessen.« Die Wölfin, die mich gefunden hatte, stand plötzlich vor uns.

»Was?«, stotterte ich.

»Ich meine, ihr werdet etwas essen.« Ihr riesiges Maul zog sich zurück, und weil ich Monster kannte, wusste ich, dass sie grinste.

Im späteren Verlauf der Nacht, als die Wölfe schliefen und auch Mads sich auf der anderen Seite des Feuers hingelegt hatte, blieb ich noch sitzen und starrte in die Flammen. Es fiel mir schwer, mich an die feuchte Sommerhitze zu gewöhnen, die mich hier in der Nacht umgab. Mein Körper war noch auf Winterkälte eingestellt, und ich musste ihn zwingen, das zu begreifen. Außerdem kam es mir vor, als ob mich meine Seele nicht einholen wollte. Sie war immer noch vor sechs Monaten mit Rorik im Wald.

Luna, die offensichtlich auch nicht schlafen konnte, setzte sich neben mich.

»Was stimmt nicht?« Sie kratzte sich in ihren Locken.

»Alles. Aber haben wir das nicht besprochen?«

Sie schaute mich an. »Anne. Irgendetwas mit *dir* stimmt nicht. Etwas anderes als Ragnarök. Etwas Ernsteres.«

»Was gibt es Ernsteres als den Untergang der Welt?«

»Ich kenne dich.« Sie sprach leise. »Du willst es nicht zugeben, aber dich belastet etwas.«

Ich seufzte. »Varnar.«

Sie wartete, dass ich weitersprach, doch ich schwieg. Dann runzelte sie die Stirn. »Varnar hat dir das Herz gebrochen. Aber das wusste ich schon. Da ist noch mehr passiert.«

Ich schaute zum Himmel, wo eine Orgie aus flimmernden Punkten zu sehen war. »Ich habe einen anderen kennengelernt.«

Ein Grinsen breitete sich auf ihren Lippen aus. »Das ist doch gut.«

Ich schüttelte den Kopf. »Nein, das ist nicht gut. Serén hat gesehen, dass es ihn das Leben kosten wird, wenn ich in seiner Nähe bin. Darum musste ich ihn verlassen.«

»Und jetzt vermisst du ihn.«

Ich zuckte mit den Schultern. »Ja«, gestand ich.

»Kennen wir andere, die jemanden verließen, um auf diejenige aufzupassen?«, überlegte Luna mit einem Finger unter dem Kinn.

Ich schüttelte mich. »Varnar.«

Ihre Augenbrauen fuhren hoch. »Ich habe es dir schon hundert Mal zu erklären versucht, aber du wolltest es einfach nur als Ablehnung auffassen.«

Ich legte die Stirn auf die Knie, und Luna strich mir über den Rücken.

»Was ist mit Varnar? Bist du über ihn hinweg?«

Ich drehte mein Gesicht, ließ aber die Wange auf den Knien liegen. Das Sprechen fiel leichter, wenn ich wie eine Kugel zusammengerollt war. »Ich bin in beide verliebt.«

»Erzähl mir von dem anderen.«

»Er heißt Rorik, und er ist …« Ich brach ab, bevor mir das Wort *Heiler* entschlüpft wäre. »Pfui. Man spricht nicht über die Gaben anderer. Ich vergesse es immer wieder. Ich habe ihm auch von euch erzählt.«

»Schon okay. Wenn du dich auf ihn verlässt, verlasse ich mich auf dich.« Ihre warme Hand mit dem elektrischen Vibe glitt meinen Rücken hinunter. »Wie ist er?«

»Rorik versucht, alles in Ordnung zu bringen, obwohl das hier kein Männer-Ideal ist. Er kommt sich immer fehl am Platz vor, weil sich Männer prügeln sollen, und das will er einfach nicht. Er hat in mir einiges an die richtige Stelle gerückt. Etwas, das in meiner Kindheit zerbrochen war.«

»Dann tut er dir also gut.«

Ich schaute nach unten. »Aber das tut Varnar auch. Ihn verstehe ich, weil wir uns gegenseitig aneinander erinnern. Und ich verstehe ihn noch besser, seit ich seinen Hintergrund kenne.«

»Du liebst beide«, stellte Luna fest.

»Man kann sagen, ich liebe Rorik *wegen* etwas. Varnar liebe ich *trotz* etwas.«

»Hmm.« Auch Luna blickte zum Himmel. »Schwer zu sagen, welche der beiden Arten zu lieben schwerer wiegt.«

Ich richtete mich aus meiner gekrümmten Stellung auf. »Ist egal. Ich bin mit keinem von den beiden zusammen.«

Luna zog mich hinunter in eine liegende Stellung und legte sich hinter mich, einen Arm um meine Taille. »Versuch zu schlafen. Du musst dich ausruhen.«

Sie hatte recht. Ich brauchte Schlaf. Träume. Ich wusste ganz genau, wozu Träumen gut war.

Seemoor sah noch so aus wie bei meinem letzten Besuch, abgesehen davon, dass Nacht herrschte und ein Heer aus Geistern auf den Wegen und Hügeln kribbelte und krabbelte.

Ich hatte keine Ahnung, ob ich das Richtige tat, aber ich versuchte, es so zu machen, wie Taliah es gesagt hatte. Nach Justines Aura oder Lebensfaden tastend, oder wie auch immer ich es nennen sollte, drehte ich mich trippelnd um die eigene Achse. Plötzlich bemerkte ich eine lang gezogene Aura, die ich kannte. Ich ergriff sie mental und zog daran.

»Justine!«, rief ich. »Justine.« Ich folgte dem Verbindungsfaden.

Seemoor in Nordjütland antwortete mir mit Glucksen und rauschendem Laub, als die Geister murmelten. Turmhohe Tannen schwankten, und der Duft von Moor und Erde stieg mir in die Nase.

Ich zwängte mich an den vielen Gespenstern vorbei. Als ich den Kopf drehte und auf einen Abhang blickte, gruben sich mir kreidebleiche Finger entgegen. Ein Körper durchbrach die Erdkruste und krabbelte an die Oberfläche.

Ich rannte los.

»Justine!«, schrie ich wieder, jetzt fast verzweifelt, als ich versuchte, dem mentalen Leitfaden zu folgen.

Die Gespenster hatten mich entdeckt. Ihre phosphoreszierenden Augen waren auf mich gerichtet, und sie stellten sich in einem Halbkreis auf, um mir den Weg zu versperren.

»Lebendig«, sagte eins.

»Warm«, sagte ein anderes.

Ich stand mit dem Rücken zum Meer, als sie mit kleinen Schritten auf mich zukamen.

»Holt Luft.« Eine graue Hand streckte sich nach mir aus.

Vielleicht sollte ich die Mission abbrechen. Vielleicht müsste ich jetzt aufwachen. Aber in der Schar entdeckte ich braune Locken. Der kleine Junge betrachtete mich neugierig. Er war voller Dreck, seine Kleidung zerlumpt, und seine Füße waren nackt.

»Hallo. Ich kenne dich. Du bist der Myling.« Ich war ihm schon einmal über den Weg gelaufen, als ich mit Elias Justine besucht hatte.

Der Junge legte einen schmutzigen Zeigefinger an die Lippen und brachte die anderen Gespenster zum Schweigen, und sie unterließen ihr unangenehmes Reden und die Schritte in meine Richtung, sahen mich aber weiter an.

»Ich will mit Justine sprechen«, sagte ich dem Jungen so ruhig wie möglich.

Er kam ganz dicht zu mir. Die Spitze des Lockenkopfes reichte mir nur bis zur Hüfte. Er hatte kein Wort gesagt, als ich letztes Mal in Seemoor war, öffnete jedoch jetzt den Mund.

»Hilf mir ins Totenreich«, sagte er so hell wie eine pfeifende Flöte.

»Oh.«

»Ich wurde nicht richtig losgeschickt«, fuhr er fort. »Sie haben mich einfach nur ins Moor geworfen. Du kannst es. Du bist jetzt eine Völva.«

Mir fehlten die Worte. »Hol Justine. Dann mache ich, was ich kann, wenn ich wieder zu Hause in Nordjütland angekommen bin.«

Wenn ich denn zu Hause ankomme.

Der Junge nickte, sodass die nassen Locken um sein Gesicht wippten. Er nahm mich bei der Hand. Seine Finger waren eiskalt, aber ich hielt ihn fest. Dann zog er mich durch die Schar der Gespenster, die uns stumm nachblickten.

Schnell fand er die Höhle, die wieder ganz verborgen war. Ich musste mich zusammenreißen, bevor ich mich so kurz nach meinem Aufenthalt im Elfenhügel wieder unter die Erde begab. Mit einem Schnauben erinnerte ich mich daran, dass es hier keine Elfen gab und das hier außerdem nur in einem Traum passierte. Dennoch zitterte ich, als der Myling mich durch den Gang zog, und peinlich berührt klammerte ich mich an den toten Jungen.

»Kleine Seherin«, ertönte Justines raue Stimme. »Du besuchst mich in einem Traumbild. Deine Gaben werden stärker.«

»Ja«, sagte ich außer Atem und erleichtert, dass meine Traumkommunikation überhaupt funktionierte. »Ich will etwas wissen.«

Justine trat aus den Schatten und zog den abgetragenen Schal fester um die Schultern. Der Raum, in dem wir uns befanden – Meeresboden hatte sie ihn genannt –, war grünlich und verraucht. Flammen flackerten über die Wände, aber ein Feuer konnte ich nirgends entdecken. Justine sah grau und durchscheinend aus.

»Weißt du, ob meine Freunde Mathias, Ben und Rebecca den Angriff der Berserker überlebt haben?«, fragte ich.

Justine kniff die Augen zusammen und kaute auf der Innenseite einer ihrer Wangen. »Die Hexen sind am Leben, und der Demigott ist so frisch und munter wie immer.«

Ich konnte es kaum erwarten, Luna davon zu erzählen.

Justine hielt eine runzelige Hand mit pergamentdünner Haut hoch. Sie legte ihren Kopf schräg. »Aber die Berserker haben den Hexen etwas *gestohlen.*«

Ich trat einen Schritt vor. »Was haben sie gestohlen?«

Sie lauschte in die Leere. Stand sie irgendwie in Kontakt mit Ben und Rebecca?

»Nein, die Berserker haben nicht *etwas* gestohlen. Sie haben *jemanden* gestohlen. Jemanden, von dem Ragnara befürchtet, dass er dir in die Hände fällt.«

»In meine Hände.« Wie eine Irre schaute ich auf meine Handflächen und spitzte die Lippen. »Wer? Ohhhh …« Mit einem Mal kribbelte Angst auf meiner Haut. »Nein.«

Justine flackerte. Furcht beeinträchtigte meine Konzentration.

»Verrate es mir«, bat ich sie. »Ist es …?«

Aber der Verbindungsfaden zu Justine wurde gekappt, und ich sauste an die Oberfläche, wo ich noch immer an Luna geschmiegt erwachte.

»Monster«, flüsterte ich. »Monsters Körper.«

KAPITEL 27

Am nächsten Morgen begleitete uns die schwarze Riesenwölfin zurück zum Iving. Wieder studierte ich die metallenen Blätter, die grau schimmernden Rinden und die vollkommen weißen Ascheflocken, die in den Sonnenstrahlen tanzten; doch diesmal tat ich es, um der Wölfin nicht in die Augen zu schauen. Die Nachricht, dass Ragnara Monsters Leichnam gestohlen hatte, war kaum zu ertragen; und ich hatte beschlossen, es für mich zu behalten.

Ich musste mich an die Lüge halten, dass ich ihn wieder zum Leben erwecken würde. Wenn ich seinen verzauberten Körper aufspüren könnte, dann würde es mir womöglich gelingen.

»Habt ihr euch zusammengeschlossen?«, fragte ich.

Die Wölfin knurrte. »Was meinst du damit?«

»Kämpfen alle Riesenwölfe zusammen?«

Sie schnaubte. »Wir bestehen aus zwei Stämmen. Etunaz' Vater ist unser König. Wir sehen uns nicht so häufig, außer bei den Versammlungen, an denen unser aller Mutter teilnimmt.«

Ich kniff die Augen zusammen. »Wer ist eure Mutter?«

Die Wölfin zog die Lefzen hoch und runter.

»Die Urgraue.« Dann keuchte sie. »Ich bin ihr nie begegnet, weil ich zu jung bin.«

Ich musterte sie. »Du siehst nicht besonders jung aus.«

Sie lachte genauso heiser, wie Monster es immer getan hatte. »Frag meinen Vater, wenn du ihn wieder zum Leben erweckt hast. Für ihn bin ich noch ein Welpe.«

Ich blieb stehen, sodass Luna mir fast in den Rücken gelaufen wäre. »Ach. Du bist …?«

Die Wölfin streckte den einen Vorderlauf vor und vollführte eine elegante Verbeugung. »Rokkin. Tochter von Etunaz und Boda.«

Fuck!

Ich schloss die Augen. »Ich muss dir was sagen.« Widerwillig teilte ich Rokkin den Diebstahl durch die Berserker mit. Sie hatte das Recht, über das Schicksal ihres Vaters Bescheid zu wissen. Oder … Als ich ihren Gesichtsausdruck sah, wünschte ich, ich hätte den Mund gehalten.

Rokkin senkte den Kopf, bleckte die weißen Zähne, und ihre Nackenhaare stellten sich auf. »Gestern hast du gesagt, dass du ihn zurückholen kannst.«

»Erst heute Nacht habe ich erfahren, dass er weg ist. Ich dachte auch, ich könnte ihn zurückholen. Es tut mir so leid, aber wir werden zusammenarbeiten, sonst bricht Ragnarök an.« Ich versuchte, Rokkin die Hand auf den Kopf zu legen, doch sie schnappte nach mir. Das war eine Warnung. Mir war klar, dass sie mir beim nächsten Mal den Arm abbeißen würde. Ich behielt meine Finger bei mir. »Darf ich mit deiner Mutter sprechen?«, fragte ich leise. Monster hatte von seiner Gattin erzählt, und ich hatte die Vermutung, dass sie auf mich hören würde.

»Mit meiner Mutter«, brummte Rokkin.

»Ja, mit deiner Mutter.«

»Wir können nicht mit ihr sprechen.«

»Warum nicht?« Diskret machte ich einen Rückwärtsschritt.

»Eskild hat sie gefangen, als sie versucht hat, deine Schwester zu beschützen. Mein Vater ist tot, und meine Mutter könnte genauso gut schon tot sein.«

Oh. Boda war mit all den anderen in Sént.

»Das tut mir so leid«, flüsterte ich.

»Sie sind euretwegen weg. Wegen der Menschen und Götter.«

Die letzten Worte kamen voller Hohn. Sie trottete bedrohlich auf mich zu und erinnerte mich an eine große, bissige Löwin.

Luna, Mads und ich wichen noch weiter zurück, als Rokkin uns mit gesenktem Kopf anschaute. Sie knurrte drohend.

Ich konnte nichts mehr sagen, weil ich ihre Wut nachvollziehen konnte.

Sie klang, als hätte sie sich wieder etwas im Griff.

»Der einzige Grund, warum ich euch am Leben lasse, ist der Riese.« Sie deutete mit der Schnauze auf Mads. »Wenn ich euch hier noch einmal sehe, dann fresse ich euch, ohne zu fragen. Das gilt auch für deine Schwester.«

»Hör mal …«, begann ich, wurde aber unterbrochen, als Rokkin mit einem Satz ihre Pfoten auf meine Brust pflanzte, mich rücklings umstieß und zu Boden drückte.

Ihre Schnauze war dicht vor meiner Nase, und die messerscharfen Zähne streiften meine Oberlippe.

»So zart«, sagte sie. »So lecker.«

»Monster hat gesagt, dass er überhaupt kein Menschenfleisch mag«, flüsterte ich.

»Mein Vater«, knurrte Rokkin, »hatte einen seltsamen Geschmack. Ich liebe Menschenfleisch. Vergiss das nicht.«

Rokkin leckte mir über die Wange, bevor sie von meiner Brust sprang und auf den Wald zulief.

Mit Herzklopfen blieb ich liegen.

Luna und Mads waren sofort da, um mir aufzuhelfen. Ich stöhnte.

»Zur Hölle! Ich dachte gerade, wir hätten sie auf unserer Seite.«

Was ich nicht laut aussprach, war fast noch schlimmer, nämlich die Hoffnung, Monster zurückholen zu können, wieder zu verlieren.

Wir gingen weiter und kamen zum äußersten Rand vom Eisenwald. Das Tal, wo ich mit Od gelegen hatte, bedeckte ein Teppich aus grünem Gras, und dahinter lag der blau funkelnde Iving. Von hier aus glich der Fluss eher einem großen See, weil er eine Kurve beschrieb.

Als wir Ísafold passierten, sah ich, dass von mehreren Häusern nur noch fast ganz niedergebrannte Ruinen übrig geblieben waren, aber der Wiederaufbau war in vollem Gang. Ich konnte Furcht und Aggression bis zu mir spüren, und flüchtig sah ich Soldaten zum Dorf laufen. Rufe und Schreie schwirrten durch die Luft.

Ich schüttelte den Anblick ab und verdrängte das Bedürfnis, hinterherzulaufen. Alle, die mir nahekamen, schwebten offenbar in Lebensgefahr. Am besten verschwand ich schleunigst aus Ísafold und dem Eisenwald.

Es dauerte mehr als einen halben Tag, bis wir Ván erreichten, wo Sént lag.

Wir besprachen unterwegs, wie wir Serén befreien könnten. Mein Vorschlag bestand darin, dass ich mich ins Dorf schlich, um anschließend einzuschätzen, wie meine Schwester befreit werden könnte. Vielleicht würde ich nahe genug an sie herankommen, dass wir die Vergangenheit verändern konnten, sodass nichts von all dem Durcheinander geschehen wäre.

Das Reich Ván lag genau nördlich von Frón, und wir waren eindeutig nicht mehr weit von Ragnaras Hauptstadt entfernt. Luna und ich ließen Mads vorausgehen, als würde er unsere kleine Schar anführen, und immer wenn wir an jemandem vorbeikamen, zogen wir die Köpfe ein. Zum Glück begegneten wir niemandem, der uns belästigte.

Luna band ihre jetzt ganz schwarzen Locken mit einem Gummiband zusammen. Ihr Haar hatte wieder seine ursprüngliche Länge erreicht, nachdem ein Berserker sie auf meinem Hofplatz angezündet hatte. Es war fast, ich zählte es an den Fingern ab, *fünf, sechs, sieben Monate* her, dass ich sie gesehen hatte. So fühlte es sich für mich aber nicht an.

»Was passiert eigentlich mit deiner Haarfarbe?« Ich strich über die ungleichmäßigen Wellen. »Du hasst doch schwarzes Haar.«

Ihre Augen verfinsterten sich. »Das tue ich auch. Aber ich wusste, dass ich die ultimative Farbenergie nutzen muss, so, wie die Situation ist.«

Meine Augenbrauen zogen sich zusammen. »Die ultimative Farbenergie?«

Sie überhörte meine Belustigung in der Frage. »Ja. Überleg doch mal, wie lange du dich durch Schwarz am Leben gehalten hast, bevor wir dich fanden.«

Mads blickte über seine massive Schulter. »Sie hat recht.«

»Ja«, flüsterte ich. »Das stimmt.«

Die Umgebung veränderte sich, je weiter wir nach Ván hineindrangen. Hier waren die Wege besser und gepflegter, kräftigere Mauern umgaben die Dörfer, und auf Wagen, die wir sahen, schimmerte frisch aufgemalt Ragnaras unverwechselbare Rune. Die Kleidung der Leute war bunt, und die Häuser trugen einen weißen Kalkanstrich.

Die starken Farben taten fast schon in den Augen weh nach den Monaten in den farblosen, verarmten Gegenden von Hrafnheim.

Hier hatte man es nicht wie in anderen Regionen nötig, sämtliche Stummel und Stücke von allem wiederzuverwenden. Ich vermutete, dass Ván, trotz Ragnaras Ruhm von der gerechten Verteilung der Güter, mehr an sich raffte als die anderen Gegenden.

Schweigend zogen wir weiter, machten aber halt, als wir zu einer breiten Mauer mit einem eisernen Tor kamen. Ich betrachtete die hohe Palisade, die aus geöltem Holz erbaut worden war. Jeder Balken lief in eine gewaltige Spitze aus.

»Gibt es einen Weg außen herum?« Luna reckte den Hals, doch die Mauer erstreckte sich mehrere Kilometer in beide Richtungen.

Ich holte das Notizbuch hervor und blätterte zur Karte.

»Ja, aber das ist ein Umweg. Da drüben liegt eine ziemlich große Stadt. Ripa.« Ich zeigte auf die Stelle. »Die Mauer läuft ganz herum. Es ist eindeutig am schnellsten, sie zu durchqueren.«

Mads legte den Kopf in den Nacken und musterte die Spitzen. Mein Blick fiel auf das Tor, das sich gerade öffnete. Ein Wagen ratterte heraus. Die Ladefläche war leer, und ein Mann saß auf dem Bock.

»Hier gehen bestimmt Lieferungen rein und raus«, sagte ich, als noch ein Fuhrwerk, aber in entgegengesetzter Richtung, am ersten vorbeirollte. Dessen Ladefläche stand voller Kisten. Ich schaute Luna an. »Wie stark bist du eigentlich im Hypnotisieren geworden?«

Die arme Frau saß, aus dem offenen Mund sabbernd, auf einem Baum. Sie starrte selig lächelnd ins Leere. Etwas weiter entfernt stand ihr bunt gestrichener Wagen, der nach frischem Holz duftete.

Luna musterte sie kritisch. »Sie hat wohl etwas zu viel abgekriegt.«

Wir hatten sie einen Kilometer vor dem Tor angehalten, wo Luna sie mit Überredungszauber eingenebelt hatte.

»Wird sie wieder wie vorher?« Mads schloss behutsam ihren Mund.

»Ja, ja.« Luna kramte im Wagen und fand eine Decke, die sie der Frau umlegte. »Morgen wacht sie wieder auf. Ich habe sie noch mit einem anderen Zauber belegt, damit niemand sie sehen kann.«

»Aber wenn sie aufwacht, ist ihr Wagen weg!« Ich breitete die Arme aus. »Ich bin nicht hergekommen, um jemandem Schaden zuzufügen.«

Ohne nachzudenken, rieb ich mir den Oberarm, wo die Brandmale saßen.

Mads brummte: »Willst du da rein oder nicht?«

Ich drehte mich halb um meine eigene Achse.

Mads kletterte auf den Kutschbock, und der Wagen knackte unheilvoll. Luna und ich sprangen hinten zwischen Kisten mit Eiern, Blumen und Kornsäcken auf. Mads ergriff die Zügel, woraufhin wir einen kleinen Satz nach vorn machten und ins Schlingern gerieten, bis er das Gefährt unter Kontrolle hatte. Luna und ich klammerten uns an den Seiten fest, und ich stützte einen Stapel Kisten ab, damit sie nicht umfielen.

»Du bist im Fahren ziemlich geschickt«, sagte ich, als es Mads gelang, den Wagen schnurgeradeaus zu lenken.

Er lächelte. »Irgendwelche Vorteile muss es doch haben, wenn man in der tiefsten Provinz im dunklen Jütland aufwächst.«

An der Toreinfahrt wurden wir von ein paar Wachleuten angehalten, die mehr als des Lebens überdrüssig aussahen. Die Soldatin, die eine einfache Uniform mit der eingestickten Fehu-Rune auf dem Rücken trug, überprüfte gleichgültig die Waren. Ihr Blick ruhte kurz auf Luna und gar nicht auf mir.

Ausnahmsweise flüsterte ich einen stillen Dank an meinen Abstoßungszauber.

Die Wachfrau winkte uns durch.

Vorsichtig atmete ich aus, als der Soldat in ihren Papieren blätterte. »Die Waren sollen hoch zum Großmann. Er gibt heute Abend ein Fest wegen einer Versammlung zu Prinz Sverres Hochzeit.«

Schon beim Wort *Hochzeit* krampfte sich mir der Magen zusammen.

Mads knallte mit den Zügeln.

»Danke für die Hilfe.« Er fuhr wieder los, bis der Weg sich nach ein paar Metern gabelte. »Welchen nehmen wir?«

»Keine Ahnung.« Ich fuhrwerkte wie wild mit der Karte herum, doch darauf war keine detaillierte Beschreibung von Ripa eingetragen.

»Such dir einen aus und vertraue darauf, dass es der richtige ist. Die merken, dass wir keinen Schimmer haben, wo wir sind, wenn wir stehen bleiben«, schnaubte Luna.

»Das fällt ihnen auch auf, wenn wir den verkehrten Weg nehmen«, sagte ich angespannt.

Entschlossen steuerte Mads nach rechts.

Nichts passierte, und wir fuhren ein ordentliches Stück.

»Halt!«, rief die Soldatin. »Ihr fahrt den falschen Weg.«

KAPITEL 28

Wir hielten an, und Luna fluchte leise.

»Kennt ihr euch hier nicht aus?«, ertönte die Stimme vom Tor.

Mads drehte sich zur Soldatin um und guckte sie mit seinem dümmsten Gesichtsausdruck an. Er zog zu Hause in Ravnssted genau die gleiche Grimasse.

»Nein, wir sind vorher noch nie hier gewesen«, brummte er.

Ich saß stocksteif auf dem Boden der Ladefläche, als sich die Schritte der Soldatin näherten. Langsam streckte ich mich nach Auka aus. Neben mir knisterte die Energie in Lunas Händen.

Jetzt war die Wachsoldatin ganz am Wagen angekommen, und ich sah aus dem Augenwinkel, dass sie die Hand auf den Rand legte.

Mit meinen Fingern berührte ich Auka, aber die Soldatin durchkreuzte zum Glück meine Pläne.

»Meine Wache ist gleich zu Ende, und ich will auch hinunter zum Hauptsitz. Lasst mich mitfahren, dann zeige ich euch den Weg.« Der Wagen neigte sich, als sie aufstieg.

Ich widerstand der Versuchung, mich umzuschauen.

»Das mit heute Abend ist eine spannende Sache«, begann sie, als Mads den Wagen wendete.

»Was?«, fragte Mads.

»Weißt du das denn nicht?« Ihre Stimme klang erstaunt. »Aus Sént sind Anweisungen gekommen. Wir sind die Ersten, die das neue Ritual ausprobieren sollen.«

»Ach, nee«, murmelte Mads. »Wir kriegen nicht so viele Neuigkeiten mit.«

»Wir wissen auch nicht, was es damit auf sich hat, aber wir sollen für Ragnara etwas erledigen.«

Mads murmelte gut gelaunt vor sich hin.

Die Soldatin saß auf dem Kutschbock neben ihm, und die große Rune auf ihrem Rücken schwebte unmittelbar über meinem Kopf.

»Hast du gehört, was die mit den Gefangenen vorhaben?«

»Was haben sie vor?« Mads sprach zwar in dem jovialen Ton weiter, aber ich konnte ihm anhören, dass er angespannt war.

»Prinz Sverre hat gebeten, dass zu seiner Hochzeit Strafen vollzogen werden.«

»Wie kann man sich so was wünschen«, flüsterte ich Luna zu. »Wenn ich ihm je über den Weg laufe, dann erwürge ich ihn.«

»Was sagt ihr da unten?«, fragte die Soldatin.

»Nichts«, antwortete Luna, als sie ihre Finger mit meinen verflocht. »Welche Strafe?«

»Sie kommen in die Arena«, antwortete die Soldatin.

Ich presste die Hand auf den Mund, um einen Schrei zu unterdrücken.

»Bist du bei der Hochzeit dabei?«, fragte Mads, wohl um sie abzulenken.

Die Soldatin atmete hörbar aus.

»Ich habe Eintrittskarten gekauft. Für die erste Reihe. Erst gucken wir die Hochzeit, und dann kommt der Kampf.« Sie holte Luft. »Als ich zuletzt einen Gladiatorenkampf gesehen habe, hatte ich Blutspritzer auf der Kleidung, so nah dran war ich.«

»Gladiatorenkampf?« Mads' Stimme klang jetzt etwas dünner als vorher.

Zum Glück kamen wir am Haus des Großmannes an, das am Rand von Ripa stand.

Die Soldatin sprang ab, und Mads verabschiedete sich so höflich, wie er konnte, von ihr, als sie ein paar Blumen in die Tasche steckte und durch eine Tür verschwand.

»Für Ragnaras Anfarwol«, sagte sie über die Schulter.

»Anfarwol«, wiederholte Mads leise.

Unser kunterbunter gestohlener Wagen stand mit uns mitten auf dem Hofplatz.

»Wie kommen wir hier weg?« Luna traute sich nicht, den Kopf umzudrehen.

»Vielleicht merkt ja niemand was, wenn wir genauso schnell wieder verduften«, sagte ich.

In dem Augenblick rief ein Mann.

»Endlich. Wir warten schon auf diese Lieferung.« Er blieb stehen. »Wo ist Gunnbritt?«

»Öhm.« Mads zog seine Stimme in die Länge. »Sie musste noch bleiben.«

»In Laxdæla?«

»Ja. Genau. In Laxdæla.«

Der Mann, der grobe, aber saubere Kleidung ohne Löcher trug, rieb sich die Hände.

»Na, dann legt mal mit dem Abladen los.« Er klatschte in die Hände. »Die Feierlichkeiten fangen bald an.«

Mads führte das Pferd zu der Tür, die offensichtlich der Kücheneingang war, und Luna und ich machten uns daran, die Kisten und Säcke ins Haus zu tragen.

»Ob das wohl eine gute Idee ist?«, fragte ich, als ich an ihr vorbeiging, den Kopf unter einem Getreidesack verborgen.

»Wir kommen noch nicht weg«, flüsterte sie. »Wenn der Wagen leer ist, hauen wir ab.«

Mads, der fünf Kisten aufeinandergestapelt tragen konnte, verringerte schnell die Menge an Lebensmitteln auf dem Wagen, darum ging ich davon aus, dass wir bald verschwinden konnten.

Versteckt unter zwei Getreidesäcken, prallte ich gegen jemanden und murmelte eine Entschuldigung, ehe ich weitereilte.

»Ganz ruhig.« Jemand lachte. Es war eine Männerstimme, dessen Besitzer ich wegen des Leinensacks auf meinem Kopf nicht sehen konnte. »Die Haare brennen ja wie Feuer«, meinte er.

Ich schaute hoch, und unwillkürlich rümpfte der Mann die Nase, als er mein Gesicht sah.

Seine Lederhose saß hauteng und ähnelte Beinkleidern, die ich in Hibernia gesehen hatte. Seine halblangen braunen Haare waren geflochten und mit kleinen Ringen zusammengefasst wie in Frón, obwohl sein Hemd mit den orientalischen Stickereien offensichtlich in Miklagard angefertigt worden war. Er hatte auf seinen Wangenknochen einen Haufen tätowierter Schuppen, aber ein anderes Tattoo am Hals glich der Schlangenbrut auf Bens und Rebeccas Haus, abgesehen davon, dass eine der Schlangen größer und offenbar dabei war, einen Menschen aufzufressen. Tief zwischen den Schlangen war ein gelber Halbmond. Der Mann hatte leicht schräge Augen wie Aella und hohe Wangenknochen wie Varnar. Ein dunkler Oberlippenbart war nach oben gezwirbelt, und als er einen Schritt zurückwich, bewegte er sich wie ein selbstbewusster Rockmusiker. Ich kannte den Halbmond auf seinem Hals von dem Skalden, dem ich mit Rorik begegnet war.

Die Oberlippe hatte der Mann hochgezogen, während er mich ansah, aber sein Gesichtsausdruck veränderte sich, als Luna hinter mir zum Vorschein kam.

»Die letzte Kiste«, sagte sie und wischte sich die Hände ab.

Es fehlte nur noch, dass der Mann sich die Lippen leckte. Er trat einen Schritt zurück und verbeugte sich, wie auch Elias es ein paarmal gemacht hatte. Wenn Elias es tat, sah es beinahe spöttisch aus, aber diesmal wirkte es ernst.

Mads kam zu uns, und als er den Mann erblickte, schob er seine große Brust vor und ballte die Fäuste.

»Was seid ihr denn für ein Haufen?« Die Stimme war neugierig.

Niemand von uns antwortete.

»Also noch mal von vorn. Ich heiße Tryggvi.«

»Ach was«, sagte ich und drehte mich um. »Machen wir, dass

wir hier wegkommen«, flüsterte ich aus dem Mundwinkel den anderen zu.

Auch sie machten auf dem Absatz kehrt, und wir marschierten los, doch Tryggvi überholte uns.

»Ihr seid nicht von hier?« Er trabte rückwärts.

»Du auch nicht«, sagte ich.

Tryggvi, der nach wie vor unverhohlen Luna anglotzte, wandte sich mit einem scharfen Blick zu mir. Dann erschien ein Lächeln auf seinem Gesicht. »Ich bin hier zu Gast. Aber ich begleite einen *Ehrengast.*«

»Super für dich«, knurrte ich und ging schneller.

»Ihr dürft nicht gehen«, jammerte Tryggvi. »Ich halte das nicht aus, wenn ihr geht.« Er sah Luna an, und ganz eindeutig war klar, wen er mit *ihr* meinte.

»Wir haben nur das Essen geliefert«, erklärte sie abweisend. »Wir müssen zurück nach Ørreddelle.«

»Laxdæla«, korrigierte Mads schnell.

Tryggvi schaute Mads misstrauisch an, wandte sich dann aber wieder Luna zu. »Du schöne, dunkle Maid. Bist du eine Prinzessin aus Miklagard?«

»Hä?« Luna legte den Kopf schräg.

»Du … ich meine, *ihr* müsst zum Fest bleiben. Ich bitte dich.« Mit einer theatralischen Geste fiel Tryggvi vor Lunas Füßen auf die Knie. Er betastete ihr orange-grünes Kleid und küsste am Ende ihre lila Pantoffeln.

Sie machte einen Satz zurück und schüttelte abwechselnd die Füße.

Wir erregten langsam Aufsehen, und Leute reckten ihre Hälse nach uns. Jemand lachte, und ich hörte eine Stimme sagen: »Mal sehen, was Tryggvi jetzt macht.«

»Lass das«, fauchte Luna. »Hoch mit dir!«

Er schaute unter seinen langen Wimpern hervor. »Bleibt ihr?«

Sie zerrte ihn am Arm. Seine Hand, die Ringe beschwerten,

schloss sich um ihre und zog sie hinunter, sodass sie, statt ihn auf die Beine zu bekommen, vor ihm auf den Knien landete, wobei er sich an sie klammerte.

»He.« Mads packte die Hände der beiden. »Das ist nicht mehr lustig.«

»Lustig!« Tryggvis Handrücken landete auf der Stirn, und er warf mit geschlossenen Augen den Kopf in den Nacken. »Das hier ist nicht lustig. Das ist tragisch. Ich springe bei Sverresborg von den Klippen und lasse mich von Jörmungandr fressen, wenn ich nicht mehr Zeit mit der dunklen Prinzessin verbringen darf.« Eines seiner Augen öffnete sich einen Spaltbreit. »Zum Glück ist der Weg ins Sveareich weit, und vielleicht bringen mich die hübschen Frauen von Frón unterwegs dorthin auf andere Gedanken.« Er zwinkerte einer Frau zu, die näher gekommen war, und sie lachte schrill.

Mehrere scharten sich um uns und verfolgten die Show mit Gelächter und Zurufen.

Tryggvi drehte sich wieder zu Luna um. »Wenn du es ablehnst zu bleiben, dann sterbe ich vor Kummer.« Er wandte sich appellierend ans Publikum. »Ich STERBE.«

Eine Stimme sagte: »Ach was«, und eine andere rief Luna zu: »Merkst du nicht, was du ihm antust?«

Seine beringten Finger griffen nach dem Halsausschnitt seines Hemdes, und kurz glaubte ich, er würde es aufreißen.

»Ich weiß nicht, was du erwartest, aber ich habe eine Liebe«, entgegnete Luna in breitem Jütländisch.

In der Menge keuchte jemand, aber nur leise, um keine Aufmerksamkeit auf sich zu lenken.

Tryggvi hielt in der Bewegung inne und musterte Mads von oben bis unten. »Den da?«

Luna schüttelte den Kopf.

Tryggvi schaute mich entsetzt an. »*Die* da?« Er entblößte die Zähne zu einer Grimasse. »Das ist doch streng verboten.«

»Sie ist nur meine Freundin«, erklärte Luna.

Tryggvis Blick klebte nach wie vor an mir, und offensichtlich konnte er es nicht fassen, dass jemand mit mir befreundet war.

»Ist deine Liebe … gefährlich?«, fragte er Luna.

Mir fielen Mathias' knochenzerbrechende Finger und sein zerstörerisch dampfender Atem ein.

Lunas breite Lippen verzogen sich zu einer Schnute. »Nein, er ist sehr süß.«

»Dann besiege ich ihn im Zweikampf!«, rief Tryggvi wild entschlossen. Er war aufgestanden und schlug mit zum Publikum erhobenen Armen einen Bogen um sich. Er sprach offensichtlich eher zu ihnen als zu Luna.

Ich stieß sie an.

»Aber«, sagte sie schnell, »mein Liebster kann fürchterlich wütend werden, und dann hat er richtig viele Kräfte.« Sie stand wieder auf.

»Ist er ein Riese?« Tryggvi verdrehte die Augen.

»Neeee.« Lunas Blick flackerte zu Mads, der zu Boden guckte.

»Ist er ein Elf?« Tryggvi kaute Nägel – übertrieben, sodass es auch in der hintersten Reihe alle mitbekamen.

Luna schüttelte den Kopf und konnte sich ein Grinsen nicht verkneifen, und wieder ertönte ein »Ach was« von hinten.

Ich persönlich fand an Elfen überhaupt nichts komisch.

»Ist er …« Tryggvi zuckte mit den Augenbrauen. »Hexer?«

»*Uhhh!*«, heulte jemand.

Luna ballte die Fäuste. »Nein, aber ich kenne andere, die welche sind. Also, mein Liebster ist ein …« Das Ende des Satzes brach ab, als Mads und ich ihr die Hände auf den Mund legten.

Es war vollkommen still. Tryggvis Grinsen erstarrte, und er stierte uns an. Verschwunden war die Neckerei des Schauspiels.

»Wir bleiben«, schnaubte Mads und grinste die Herbeigelaufenen dämlich an. »Wir bleiben zum Fest.«

Tryggvi fasste sich wieder und drehte sich zur Volksmasse um.

»Allen hier ist jetzt klar, diese Frau gehört einem …« Er legte eine Kunstpause ein. »Troll.«

Ein Mann in der Menge nickte verständnisvoll. »Na klar. Darum kann sie andere nicht küssen. Sie werden zu Stein.«

Eine Frau trat einen Schritt zurück, als ob Luna vorhätte, ihr einen Schmatzer auf die Lippen zu drücken.

Tryggvi stellte sich mit dem Rücken vor uns und streckte nach hinten eine Hand aus, um uns zu verstehen zu geben, dass wir den Mund halten sollten. Er räusperte sich und leitete damit das *grand finale* ein.

»Somit sind wir am Ende meiner Suche nach der dunklen Maid angekommen. Ich habe die Erlaubnis – wenn auch nur für einen Abend –, an ihrer Seite zu sitzen am ehrenwerten Tisch des Großmannes. Ihre Bewacher«, er zeigte auf mich, »sind ein hässliches Weib …«

Ich verdrehte die Augen, als die Leute »Iiiih!« und »Ja, ist die widerlich!« riefen.

»… und ein … äh … sehr großer Mann.« Er schielte zu Mads und machte ein Theater daraus, wie sehr ihm seine Größe Angst machte. »Ich kann die Prinzessin nicht berühren, noch nicht einmal ihre Flügel der Liebe mit meinen streifen.« Mit einem Finger strich er sich über die Unterlippe. »Und ich kann einfach nicht«, er hustete und vollführte gleichzeitig eine freche Stoßbewegung mit dem Unterleib, sodass die Leute vor Lachen grölten. »Aber ich kann ihre Gesellschaft genießen, bis die Nacht anbricht und sie sich wieder in die Gewalt des Trolls begeben muss.«

Tryggvi verbeugte sich, und die Leute klatschten. Er winkte ihnen bis zur letzten Reihe zu und verbeugte sich abermals.

Kurz darauf gingen alle wieder ihrer Wege. Wir blieben zurück, und aus Lunas Augen schossen Blitze.

Tryggvi beugte den Nacken. »Ich habe mindestens einen Auftritt am Tag.«

»Das mag für dich gut sein, aber vielleicht wollen wir bei deiner Vorstellung nicht mitmachen«, nörgelte sie.

Unter Tryggvis spitzem Oberlippenbart war nicht einmal ein winziges Lächeln zu erahnen. »Das ganze Leben ist eine einzige lange Vorstellung. Der Tod allerdings auch.«

Ich stemmte die Hände in die Seite. »Ist gut jetzt. Fino. Aber nun gehen wir wirklich.«

Tryggvi schaute mich an und schüttelte sich. »Du bist wirklich hässlich.

»He!«, sagte Mads.

Tryggvi grinste, doch diesmal war es nicht gespielt. »Ihr habt versprochen, zu bleiben. Alle haben das gehört, und glaubt mir, wenn es was gibt, was diese Trottel hier im Auge behalten, dann sind das fremde Gesichter.«

»Das ist nicht unser Problem«, erklärte ich.

Tryggvi zuckte mit den Schultern. »Das wird es aber, wenn sie anfangen, nach euch zu suchen. Es macht keinen guten Eindruck, wenn man eine Einladung zum Fest beim Großmann bekommt und dann nicht auftaucht. Und ihr seid«, er schaute uns eine nach dem anderen an, »ziemlich leicht wiederzuerkennen.«

Ich warf den Kopf mit einem Stöhnen zurück.

»Na, kommt schon.« Tryggvi scheuchte uns mit sich. »Ihr habt doch nichts zu verbergen. Oder doch?«

»Bist du Skalde?«, fragte Luna Tryggvi, als wir uns auf einem kurz geschnittenen Stück Rasen neben dem Haus zum Essen niederließen. Der Sommerabend war in einen orangen Schimmer getaucht, und hauchdünn beschlugen die Gläser und Teller, die wir am großen Büfett gefüllt hatten, das am Ende der Langtische stand. Sie bogen sich unter Fleisch, Brot und Früchten, und ich konnte den Gedanken an die bis auf die Knochen abgemagerten leprakranken Kinder vor den Toren von Sverresborg nicht ausblenden. Tatsächlich sah es, als ich den Gedanken zu Ende dachte, auch genau so in meiner Welt aus. Einige stopften sich mit mehr voll, als ihnen guttat, wogegen andere – bei Weitem die meisten – im Grunde nichts hatten.

Auf dem Boden daneben stand ein abgedecktes hohes Gebilde. Das war in der Dämmerung nur schwer zu erkennen. Helles Sackleinen umflatterte es, und die orangen Strahlen durchdrangen den Stoff hier und da und enthüllten etwas, was Ähnlichkeit mit knotigen schwarzen Armen hatte. Wir waren überall umgeben von Lachen und Plauderei. Ich schirmte mich wie eine Verrückte ab, als die Gefühle der vielen Menschen meinen Sinn angriffen.

Der Großmann, der zwar älteren Datums war, aber geistig jung geblieben zu sein schien, erhob sich am Ende des Langtisches und hielt eine Rede. Seine junge Ehefrau stand mit einem wachsamen Blick in seine Papiere neben ihm. Der Großmann zeigte auf die kleinen Körbe, mit denen Soldaten an den Tischen herumgingen.

»Heute Abend sammeln wir«, verkündete er, »zu Ehren von Prinz Sverres Ehe mit Ingeborg. Es wird erwartet, dass alle eine Silbermünze oder mehr spenden.«

Ein Korb wurde zwischen uns geschoben, und die Soldatin, die bei uns mitgefahren war, schaute sich ermahnend um.

Luna suchte schnell ein paar Münzen heraus. Sie war zum Glück besser vorbereitet auf die Reise als ich, die ich noch nicht einmal mehr dänisches Geld hatte.

Der Großmann blätterte in seinen Bögen, und seine Frau zeigte ihm die Stelle, wo er weitermachen musste.

»Und dann sind neue Anweisungen aus Sént gekommen. Wir sind zum Glück die Ersten, die Ragnaras Gnade und Gerechtigkeit genießen.« Er deutete auf das abgedeckte Gebilde weiter hinten. »Wir wollen uns alle erheben.«

Die Leute standen auf. Wachsam trippelten wir näher an das verhüllte Ding heran. Die Ehefrau forderte uns mit einer Handbewegung auf, uns rundherum aufzustellen. Als wir uns zu einem Kreis versammelt hatten, trat der Großmann mit seiner Frau in die Mitte.

Er musterte den Stoff über dem Gebilde und fand ein Band, das mit einer Schlange bestickt war. Er richtete sich auf, und es wurde vollkommen still.

Die Leute hielten die Luft an, als sich eine merkwürdige Stimmung ausbreitete.

Dann zog der Großmann an dem mit der Schlange bestickten Band.

Der Stoff flatterte davon, und im Kreis war zu hören, wie die Leute nach Luft schnappten. Der jetzt flammend rote Sonnenuntergang trug zu dem überirdischen Eindruck bei.

Ein Baum war enthüllt worden, als der Stoff hinabgeglitten war, doch er war nicht braun, grün und lebendig. Nein, er war hart und glatt, als hätte er jahrelang im Moor gelegen.

Ich brauchte eine Weile, um zu begreifen, warum er so seltsam aussah, aber schließlich stellte ich fest, dass er auf dem Kopf stand, also war die Krone in der Erde vergraben, und die Wurzeln breiteten sich über unseren Köpfen aus. In der Mitte des Stamms war Ragnaras schiefe Fehu-Rune eingeritzt.

»Künftig wird er hier stehen. Dieser Fehu.«

Ich bekam an Armen und im Nacken Gänsehaut.

»Die Fehu-Bäume werden in Freiheim in der Nähe aller stehen. In diesem Augenblick werden sie in allen Städten des Reiches aufgestellt. Das wird zu Prinz Sverres Hochzeit durchgeführt. Ihr sollt Trost und Rat bei unserem Fehu finden. An Mittsommer und Mittwinter werden wir hier Opfer darbringen.«

Eine kalte Hand glitt meinen Rücken hoch, als er das Wort *Opfer* aussprach. Ragnara war dabei, ihren Plan in die Tat umzusetzen.

Ein Mann und eine Frau in langen weißen Mänteln mit Runenzeichen darauf traten in den Kreis. Sie hatten Ähnlichkeit mit den Hirten, die ich vorher schon einmal gesehen hatte, doch ihre Bekleidung war uniformartiger geworden in den sechs Monaten, die ich im Elfenhügel verbracht hatte. Um den Hals trugen sie dicke, gekordelte Goldbänder wie dicke Panzerplatten, und ihr Gesichtsausdruck war steif und feierlich. Der Mann führte ein Schwein im Schlepptau. Das Tier grunzte und blickte sich verwirrt um. Es trug eine gemalte Rune auf der Stirn.

»Die Hirten helfen bei den Ritualen.« Der Großmann trat mit erhobenen Armen zurück.

»Ragnara begann ihr Leben als Sklavin.« Die Hirtin zeigte auf die Rune auf dem Baum. »Ragnara opferte sich, damit wir alle jetzt frei leben können. Mit diesem Zeichen und bei diesem Baum werden wir ihres Opfers gedenken.« Ihre Hand strich über das Zeichen. »Für Ragnaras Anfarwol«, sagte sie deutlich.

Einige wiederholten die Worte für sich. »Für Ragnaras Anfarwol. Für Ragnaras Anfarwol.«

Die Nackenhärchen stellten sich mir auf. Den Tonfall, in dem die Worte heruntergeleiert wurden, kannte ich noch aus meiner Zeit bei der freikirchlichen Pflegefamilie. Die Leute flüsterten angespannt. Die vielen Jahre, in denen Glaube und Anbetung verboten gewesen waren, hatten eine Leerstelle hinterlassen, die danach schrie, gefüllt zu werden.

»Jetzt ist es an der Zeit, etwas zurückzugeben. Einen ehrfürchtigen Dank an Ragnara.« Die Stimme der Hirtin war stechend grell. »Wir werden ihr unsere Treue bezeugen.« Sie breitete die Arme aus, die Handflächen nach oben. »Ihr tretet an diesen Fehu.« Sie trat an den Baum und neigte den Kopf, die Arme nach wie vor ausgebreitet. Der andere Hirte stellte sich hinter sie, noch immer mit dem Ferkel im Schlepptau. Schnell band er einen Strick um die Hinterläufe des Tieres, das vor Schreck schrie.

Ich entdeckte das Messer in seiner Hand.

Ohh …

Geschickt warf er den Strick um eine Wurzel und zog daran, sodass das Schweinchen am Ende kopfüber hing. Es wand sich und quiekte ununterbrochen, und ich musste mich zusammenreißen, um mir nicht die Ohren zuzuhalten.

Vor ihm stand auf einem kleinen Altar eine Schale mit einem Reisigbündel; die Schnauze des Schweins fest im Griff, zog er daran, damit dessen Bauchseite gestreckt war. Die Vorderbeine zappelten in der Luft, doch der Hirte wirkte sehr routiniert.

Das Schwein konnte gerade eben noch einen verschreckten Schrei ausstoßen, bevor ihm der Hals durchgeschnitten wurde. Der Schrei des Schweins ging in einem furchtbaren Gurgeln unter. Der weiße Umhang des Hirten färbte sich an der Schulter rot, als große Spritzer auf dem Stoff landeten. Die Menge erschauderte und keuchte. Ein einzelnes leises Kreischen erklang, doch dann war es ganz still. Der Hirte hielt die Schale unter das Schwein und fing das plätschernde Blut auf. Die Hirtin, die unbeweglich mit dem Rücken zum Drama gestanden hatte, griff nach hinten und ergriff das Reisig, das jetzt von roter Flüssigkeit bedeckt war. Sie nahm es aus der Schale, und das Blut lief ihren Arm hinab, sodass sich auch ihr weißer Umhang verfärbte.

Die theatralische Vorstellung wirkte perfekt. Gereizte, furchtsame und eifrige Auren trafen mich von allen Seiten, und nur weil ich mich verkrampft an Lunas Hand festhielt und in Elias' Unterricht gelernt hatte, mich zu schützen, hielt es mich noch auf den Beinen.

Die Hirtin wischte mit dem triefenden Reisig über das Fehu-Zeichen auf dem Baumstamm.

»Mit Blut ehren wir Ragnara«, rief sie. Das Nasse sah schwarz aus, als es auf dem ebenholzfarbenen Baumstamm glänzend hinablief.

Ein Raunen ging durch die Versammlung, als die Fehu-Rune auf dem Baum leicht aufglühte. So, als ob der Baum lebendig sei.

Die Hirtin blickte einen Mann im Kreis an und forderte ihn mit einer Handbewegung auf, näher zu treten.

Mit weit aufgerissenen Augen schlich er vor und nahm das Reisigbündel in Empfang. Dann tauchte er es ein und fuhr damit über den Stamm und das Zeichen. Als das Blut lief, flammte die Rume noch mehr auf.

»Mit Blut ehre ich Ragnara«, flüsterte er.

Die Hirtin reichte ihm ein Trinkhorn, das er an die Lippen setzte.

»Für Ragnaras Anfarwol«, leierte sie herunter.

Der Mann trank einen großen Schluck, setzte das Horn aber schnell ab und schaute hinein. Er leckte sich prüfend die Lippen.

Ein Neuer trat vor, vollzog das Ritual mit den gleichen Worten und nahm einen Schluck aus dem Horn, gefolgt von der Formel »Für Ragnaras Anfarwol«. Dann war die Nächste an der Reihe, eine nach dem anderen aus dem gesamten Kreis. Als wir dran waren, gab es kein Entkommen.

Nicht zum ersten Mal wurde ich dazu gezwungen, religiöse Worte von mir zu geben und rituelle Handlungen zu vollziehen, darum wusste ich, dass es nur darauf ankam, im Kopf *Crap, crap, crap* zu singen, wenn man es durchzog. Oder das war jedenfalls mein Trick.

Ich kopierte die anderen.

Die Rune glühte nicht, aber das schien niemandem aufzufallen.

Ich setzte das Horn an den Mund und zuckte zusammen, als ich feststellte, dass das Getränk darin süß und nach Alkohol schmeckte. Ich schaute es mir näher an und machte einen kleinen Satz, als ich das in die Seite eingeritzte Zeichen entdeckte. Es war das schiefe F, das alle getöteten Mädchen in Midgard trugen. *Ansuz*. Das bedeutete auf Altnordisch Gott. Ich gab es schnell weiter.

Danach vergoss auch Mads Blut, murmelte undeutlich die Worte und trank aus dem Horn, aber als Luna an die Reihe kam, waren ihre großen Augen leer. Sie war die Letzte im Kreis.

»Ich kann nicht«, flüsterte sie und schüttelte den Kopf. »Ich glaube doch an was anderes.«

Alle warteten und schauten sie an.

»Na los«, zischte ich mit zusammengekniffenen Lippen, wobei ich sie nach vorn schob.

»Nein.« Sie schüttelte wieder ihren Lockenkopf.

Die Leute fingen an zu tuscheln, und der Hirte machte einen

Schritt auf uns zu. Das Messer funkelte noch in seiner Hand. Am Baum hinter ihm hing das verblutete Schwein.

»Mach es einfach«, zischte ich ihr zu. »Das hat nichts zu bedeuten, wenn du es nicht so meinst.«

Sie schaute mich an. »Das hat was zu bedeuten, Anne. Merkst du das denn nicht?«

Verzweifelt schaute ich den blutbespritzten Hirten an.

»Sie ist überfordert«, sagte ich zu ihm. »Lass ihr noch einen Augenblick Zeit.«

Der Hirte blieb stehen und zuckte nicht mit der Wimper, als er uns musterte.

»Komm schon, Luna«, bat ich. »Tu es für mich.«

Große Tränen kullerten ihr über die Wangen. »Für dich?«

Ich nickte heftig.

»Wenn du im Kopf *Crap* sagst, hat es keine Bedeutung.« Meine Stimme war kaum zu hören. »Bei mir funktioniert das.«

Sie schaute mir mit so viel Vertrauen in die Augen, dass mein Herz überquoll. Dann trat sie einen Schritt vor und ergriff das glitschige Reisig.

Ich atmete aus und konnte sehen, dass es Mads neben mir auch tat. Luna führte die Handlung perfekt aus, und ich seufzte erleichtert auf, als sie fertig war.

»Für Ragnaras Anfarwol«, sagte sie deutlich.

Super. Braves Mädchen.

»Crap!«, brüllte sie zum Abschluss.

Ups!

Es war vollkommen still.

Luna guckte sich lächelnd um. Sie hatte einfach nicht gemerkt, dass sie es laut ausgesprochen hatte. Mads und ich sahen uns erschrocken an, als der Hirte das Messer in Richtung ihres Rückens hob.

»Das ist eine Huldigung!«, rief ich. »In Særland ist das Wort eine Ehrbezeugung. Ein Zeichen der Unterwerfung.«

»Crap«, murmelte jemand im Kreis.

»Crap«, stimmte ich ein.

Einer nickte. »Crap, crap, crap.« Er klatschte im Takt und sah total high aus.

»Craaap!«, schrie Tryggvi und führte auf der Stelle ein Tänzchen auf.

Mads hob die Arme in die Luft, und bald grölten alle den Kraftausdruck, dessen Bedeutung zum Glück niemand in dieser Welt kannte. Es schien, als ob die Ekstase über das Ritual, die Tötung, das Opfer und das Blut hinausgeschrien wurde. Kurz nahmen die Hirten Blickkontakt auf, zuckten dann die Schultern und stimmten ein.

Luna lief zurück in den Kreis, und ich fing sie in einer weiten Umarmung ein.

Die Stimmen verhallten, und die Leute blieben stehen, atmeten aus, mit rosigen Wangen und begeistert. Der Großmann sprach abschließende Worte, die niemand richtig zur Kenntnis nahm. Dann winkte er uns zurück an den Tisch.

Mit heftig im Hals pochendem Puls kehrte auch ich zurück. Luna und Mads gingen direkt hinter mir, beide mit beunruhigten Mienen, und uns allen war nach Abhauen zumute. Wir drückten uns ein Stück abseits vom Tisch herum, doch Tryggvi scheuchte uns auf unsere Plätze.

»Du wolltest mich vorhin etwas fragen.« Er klimperte mit seinen langen Wimpern in Lunas Richtung.

»Was?« Sie war abwesend und schaute nach unten auf ihre Hände, an denen Schweineblut klebte.

»Du wolltest wissen, ob …« Er machte mit der Hand eine kreisende Bewegung.

»Ach so. Bist du Skalde?« Ihre Stimme zitterte.

»Ob ich Skalde bin?« Tryggvi war eindeutig froh über das Thema und zwirbelte seinen Oberlippenbart, sodass die Enden noch spitzer ausliefen. Als er damit fertig war, zeigte er auf den tätowierten Mond unter der Schlange auf dem Hals. »Du weißt doch, dass dieser Mond das Zeichen der Skalden ist.«

»Mhmm«, antwortete Luna schnell.

Tryggvi betrachtete sie. Dann zuckte er die Schultern. »Ich werde dafür entlohnt, dass ich mit Neuigkeiten durch ganz Freiheim fahre, sogar in die abgelegensten Gegenden. Im ganzen Land gibt es keinen Winkel, den ich nicht schon besucht habe.«

»Ich wollte schon immer mal einen Skalden kennenlernen«, behauptete Luna. »Die führen ein Leben voller Abenteuer.«

»Und ich wollte schon immer einmal ein wunderschönes dunkles Mädchen kennenlernen.« Tryggvi zuckte mit den Augenbrauen.

Luna ignorierte ihn. »Was genau kannst du?«

Sein Lächeln verriet, dass Tryggvi die Rolle des Ersten Liebhabers bloß spielte,, dass jedoch der Stolz auf seinen Beruf echt war. »Ich kann mehrere Tage lang Sagas und Gedichte rezitieren. Und ich kann alle Gesetze aufsagen, aber das ist wirklich langweilig.«

Mads rückte näher. »Schreibst du auch?«

Tryggvi breitete elegant die Arme aus. »Selbstverständlich. Das ist sehr schwierig.«

»Muss man da denn nicht bloß reimen?«, fragte ich. »*Herz – Schmerz* und so weiter?«

Tryggvi schnaubte verächtlich, doch ich wusste nicht, ob er es wegen meiner Abstoßungszauber oder wegen meines Kommentars tat. »Das zu lernen dauert Jahre.«

»Okay, okay … Ich wollte deinen Beruf nicht abwerten.« Ich schielte zu Luna, die offensichtlich gern mehr hören wollte. Und vielleicht würde ich eine kleine Hilfe für die Weissagungen erhalten, bei denen ich erst im Nachhinein erkannt hatte, dass sie jede Menge Antworten enthielten. »Wärst du so lieb, zu erzählen, wie du ein Gedicht schreibst?«

Tryggvi machte immer noch ein beleidigtes Gesicht. Doch dann übermannte ihn die Liebe zum Skalden-Beruf. »Wenn ich gebeten werde, ein Gedicht zu verfassen, dann beginne ich mit einer Aussitzung.«

»Mit einer was?«

»Ich sitze unter einem Gehängten, wenn ich das Glück habe, dass gerade einer in der Nähe ist.«

»Igitt! Also ein Hingerichteter?« Lunas Schultern fuhren hoch.

Tryggvi zog die Augenbrauen kraus. »Ja, natürlich. Aber ich treffe es nur selten so gut. Normalerweise sitze ich bloß auf einem Grab oder an einer Weggabelung.« Er zeigte den inzwischen dunkel gewordenen Weg hinunter, der zum Tor führte. »Gleich da unten ist eine Weggabelung. Dort saß ich, sodass ich das Gedicht für den heutigen Abend schreiben konnte.«

Mads gönnte sich einen Schluck Saft. »Was machst du, wenn du da rumsitzt?«

»Ich lasse die Poesie zu mir kommen.«

»Wie das?«, fragte Luna.

Tryggvis schräge Augen wurden noch schmaler. »Sag mal, wisst ihr denn gar nichts über die Skalden-Kunst?«

Ich schüttelte den Kopf.

»Wir leben sehr abgeschieden«, schob Mads schnell hinterher.

»Ja, das müsst ihr wohl.« Tryggvi legte eine Denkpause ein, als er uns drei anschaute. Dann zog er die Mundwinkel nach unten zu einer Was-weiß-ich-Grimasse. »Das ist eine Kunst, die weit zurückreicht. Ganz zurück in die andere Welt. Poesie ist ein Rätsel, das gelöst werden will. Nichts darf wortwörtlich verstanden werden. Die Strophen sind voller Metaphern.«

»Metaphern?«

Tryggvi streckte seine langen, beringten Finger nach einem Teller mit Kuchen aus. »Hier ist ein Beispiel. Sagen wir einmal, ich soll etwas über ein Schiff schreiben, dann würde ich das Wort *Schiff* nie verwenden. Ich würde *Der Midgardschlange Fang* schreiben oder, wenn es um ein Kriegsschiff geht, *Bezwinger fremder Küsten*. Was auch immer das Schicksal des Schiffes ankündigt.«

Ich machte große Augen. »Hast du hellseherische Fähigkeiten?«

Unwillkürlich fuhr ich meine mentalen Barrikaden hoch, bis mir einfiel, dass ich es normalerweise merkte, wenn Leute hellsehen konnten.

Tryggvi lächelte. »Nein. Aber vielleicht besagt es eine alte Weissagung oder ein Gerücht. Oder vielleicht denke ich mir das nur aus. Man kann das Schicksal beeinflussen, wenn man mit Überzeugung vorbringt, dass etwas passieren wird.«

Hmm.

Tryggvi, der gerade ein großes Stück vom Kuchen abgebissen hatte, kaute den Mund leer. »Hört euch das mal an:

Sie sah im starrenden
Strome waten
Meuchelmörder
und Meineidige,
Und die andrer Liebsten
ins Ohr geraunt.
Da sog Nidhögg
entseelte Leiber,
Der Menschenwürger:
Was wisst ihr noch mehr?

Östlich saß die Alte
im Eisenwald
Und fütterte dort
Fenrirs Geschlecht.
Von ihnen allen
wird eins das schlimmste:
Des Mondes Mörder
übermenschlicher Gestalt.

In meinem Kopf gab es einen heftigen Knall, als die prophetischen Worte mich erreichten, und ich wäre fast hintenüber von der Bank gekippt.

Luna legte mir diskret eine Hand auf den Rücken, um mich zu stützen.

»Woher kommt das?«, fragte sie, obwohl sie ganz genau wusste, dass es aus der Weissagung der Seherin stammte.

Tryggvi zuckte die Schultern. »Keine Ahnung. Das ist aus der alten Welt. Aber der Witz ist, dass es nicht zu verstehen ist. Was für Männer sind Meineidige? Von welcher Liebsten ist die Rede? Und wer raunt ihr was ins Ohr?« Er legte neckisch einen Arm um Luna. »Vielleicht geht es um dich und mich.«

Sie schob ihn mit einem beklommenen Grinsen weg.

»In dem Gedicht ist später auch die Rede von Wölfen und Schlangen. Aber die können wie gesagt als Bilder für was anderes stehen, und wir werden nie wissen, wofür, denn der Verfasser ist schon längst tot.«

Aus Versehen rutschte mir ein lautes »Hä?« raus.

Mads übertönte mich mit seiner tiefen Stimme. »Was ist mit deiner eigenen Poesie?«

Wieder zwirbelte Tryggvi die Spitzen seines Oberlippenbartes. »Außer dass ich die Regeln für den Aufbau von Gedichten und Reimen einhalten muss, gehört es zur ersten Pflicht eines Skalden, immer am Rande des Anstößigen zu balancieren. Ein Skalde läuft täglich Gefahr, seinen Kopf zu verlieren. Wir können uns erlauben, mehr als andere zu sagen – das habt ihr da drüben auf dem Vorplatz wohl schon gemerkt –«, sein Daumen zeigte zu der Stelle, »bei Durchschnittsmenschen geht das. Aber wenn ich über die Mächtigen spreche und zu ihnen, dann kann das ins Auge gehen. Ich habe schon viele Skalden gekannt, die das Maß überschritten haben.« Er mimte eine Schlinge um den Hals und streckte die Zunge aus dem Mund. Dann ruderte er mit den Händen. »Doch das Risiko gehört zum Beruf.«

»Das klingt aber spannend«, meinte Luna.

»Guckt mal zu«, sagte Tryggvi und tupfte sich den Mund mit einer Serviette ab. Er stand auf und klatschte in die Hände. Es herrschte Lärm und Lachen, aber es wurde still, als Tryggvi auf den Tisch stieg. Die, die von ihm nichts mitbekommen hatten, wurden von ihren Nachbarn am Langtisch zur Ruhe ermahnt.

»Wir hören uns nur noch das hier an«, flüsterte Luna, »danach hauen wir ab.«

»Leute. Brave Männer und«, er verbeugte sich und guckte in alle Richtungen, »schöne Frauen.«

Es ertönte ein *Uiii* und einige kicherten.

»Ich möchte Strophen aus der Harald-Schönhaar-Saga vortragen. Harald war der größte Krieger in der anderen Welt. Als Jüngling war Harald aufs Kämpfen versessen. Als die Schlacht kam, erhielt er die Herrschermacht. Doch er beendete sein Leben ohne Macht auf dem Strohlager.«

Tryggvi rezitierte ein Gedicht über Harald, der schon im Alter von zehn Jahren der schönste Mann in ganz Norwegen gewesen war. Ich saß wie verzaubert da, als ich jedem seiner Worte lauschte, und Luna und Mads beugten sich vor.

Außen will das Julbier,
wenn er herrscht, trinken
der hochstrebende Herrscher
und Heerkampf beginnen;
früh schon missfiel's ihm,
am Feuer zu sitzen,
der warme Weibersaal
und weiche Daunenhandschuh.

»Es gibt Krieg«, flüsterte Tryggvi, aber es war so still, dass alle ihn hören konnten. »Und Harald und seine Männer ziehen in die Schlacht. Sie werden um Leben und Ehre kämpfen.«

Die Geschichte war so fesselnd, dass ich Ort und Zeit vollkommen vergaß. Tryggvi stolzierte auf dem Langtisch auf und ab, sprang hin und her über eine Schüssel oder einen Blumenstrauß, während er Gedichte vortrug. Einmal schnappte er einem Mann den Becher aus der Hand und trank ihn restlos aus. Er legte wieder mit der Rede los, hielt mit einem gespielten Hustenanfall inne und schnüffelte mit entsetztem Gesicht an dem Becher, und alle lachten.

Der Mann breitete mit einer Unschuldsmiene die Arme aus.

»Ts, ts.« Tryggvi zeigte auf den Mann, und das Publikum lachte wieder. Er warf den leeren Becher, den der Mann auffing. Dann kehrte Tryggvi zum Gedicht zurück, das bei einer blutrünstigen Beschreibung von Kampf und Krieg angekommen war:

Der Axt Hiebe waren hart, und am Himmel schwirrten Speere
Der Klingen Klang war laut bei des Königs Schwertschlag
Manch mutiger Krieger traf Goten im Kampf
Als ein Gesang vom Sieg summte durch den Lärm

Es wurde gejohlt und geschrien, als Harald endlich den Thron errang. Sogar Mads klopfte auf den Teller, und Luna klatschte.

»Aber«, seufzte Tryggvi, »nichts währet ewig. Harald starb als Greis im Bett, umgeben von seinen Kindern, ohne Macht, ohne Schönheit und ohne Kraft. War er glücklich?« Tryggvi zuckte mit den Schultern. »Oder war er ehrlos? Urteilt selbst.«

Er rundete seinen Vortrag mit Verbeugungen zu allen Seiten hin ab, und eine Flut aus Händen klatschte Beifall.

Eine Zeit lang hielt der Applaus an, doch Tryggvi forderte abermals zum Schweigen auf.

»Jetzt zu einem Gedicht aus meiner eigenen Feder.« Er vollführte einen kecken Luftsprung auf den Brettern des Tisches, und einige schoben lachend ihre Becher beiseite.

»Es handelt sich um ein Huldigungsgedicht auf einen bald gebundenen Mann, unser aller Prinz Sverre.« Als er das Wort *gebunden* aussprach, legte er die Handgelenke aufeinander und streckte die Arme über den Kopf.

Die Leute lachten wieder, diesmal aber verächtlich.

»Was! Das ist doch unser ehrwürdiger Prinz, von dem wir hier reden.« Tryggvis Stimme triefte vor Sarkasmus.

Ich teilte seine Ansicht. Mit etwas Glück würde ich ihm nie begegnen. Also, Glück für ihn.

Mit der Meinung war ich nicht allein, denn Widerwillen flog mir entgegen, aber niemand sprach es laut aus, und die Wächter, die an den Wänden entlang standen, traten unruhig von einem Bein aufs andere.

Tryggvi räusperte sich.

Wir sind heut Abend versammelt einem Manne zu Ehren,
bereichert mit unfassbaren Schätzen,
einem Schoß entschlüpft, um einen anderen zu begehren.
Er liebt Mama, aber nu' ist Schluss mit Schmatzen.

Ein leises *Uhuuu* ertönte, und Tryggvi öffnete den Mund, um etwas zu sagen, beließ es aber bei einem frechen Grinsen. Er breitete die Arme aus, wie um anzudeuten, dass er für die Situation des Prinzen nichts konnte.

Macht gehört nie diesem Manne
Denn Mama ist zu unsterblich
Was für eine Schande
Sondern vergnügt sich fleischlich
Mit der holden Ingeborg

Tryggvi machte ein paar damenhafte Schritte, spitzte den Mund und ließ den Kopf hängen.

Sie ist schön und tüchtig.

Er legte einen Finger an die Schläfe.

Doch gewiss nicht so klüglich.

»Nein, das ist sie gewiss nicht«, ertönte eine Frauenstimme. »Wenn sie den Prinzen heiraten will.«

»Wer hat das gesagt?« Die Wächter reckten die Hälse, um die Schuldige auszumachen, konnten sie jedoch nicht finden.

Tryggvi klappte die Kinnlade runter, und ein fieses Grinsen umspielte seine Mundwinkel. Er wartete, bis es einigermaßen still war. Dann flüsterte er:

Sverre will in der Hochzeitsnacht
stehen recht
Und er wird suchen sein Schwert

Als Tryggvi *Schwert* aussprach, zuckte er mit den Brauen auf und ab, und die Leute gluckstcn. Er machte große Augen und einen Schmollmund. Dann beugte er sich nach unten und kniff die Augen zu einem Strich zusammen, wie um etwas sehr Kleines zu betrachten.

Jetzt brüllten alle vor Lachen, und sogar Luna wischte sich die Augen.

Das Schwert, das sein Ziehvater zu Unrecht geraubt
Hat dieser vor ihm hoffentlich fleißig gebraucht
Falls Ingeborgs Unschuld so weiß sei wie Schnee
zieht nicht Prinz Sverre das Schwerte
Denn es ist das Schwert, das ziehet ihn.

Tryggvi vollführte eine sehr anstößige Bewegung, die deutlich machte, was seine Metapher zu bedeuten hatte. Dann lief er auf dem Tisch entlang, als würde ein unsichtbares Band an seinem Becken ziehen.

Auch ich grinste und versteckte den Kopf hinter den Händen.

Aus eignem Willen steht das Schwert stramm und spitz.

Wieder ruderte Tryggvi mit dem Unterarm, den Ellenbogen im Schritt platziert, und mir entschlüpfte ein *Ajjj*.

Tryggvi kam zum großen Abschluss. Er reckte die Nase in die Luft, und sein schwarzes Haar fiel ihm wie ein Fächer vom Hinterkopf, was ihm das Aussehen eines krähenden Hahns verlieh.

Er brüllte:

Tilarids!

KAPITEL 29

Alle schrien vor Lachen, ich hingegen saß wie versteinert da. Neben mir lachte auch Mads, bis Luna ihn mit dem Ellenbogen in die Seite stieß.

Meine Lippen waren gefühllos.

Tilarids?

Ich blickte mich nach jemandem um, der oder die mein Entsetzen teilte, doch in der ausgelassenen Stimmung lachten die Leute nur noch lauter.

Tryggvi hüpfte mit einem fixen Sprung vom Tisch und vollführte eine übertriebene Verbeugung vor dem Publikum, das in die Hände klatschte. Er begab sich zum Tisch mit den Speisen und Getränken, wie um anzuzeigen, dass seine Arbeit jetzt getan war.

Ich polterte rückwärts von der Bank, als die Leute sich zuprosteten.

»Lass uns jetzt verschwinden, Anne«, flüsterte Luna, aber ich reagierte nicht auf sie.

Auf zitternden Beinen ging ich Tryggvi hinterher und hielt ihn am Arm fest.

»Guck sie dir an.« Er griff sich eine überreife Pflaume. »Ich hatte sie in meiner hohlen Hand.«

Mit einem Druck zerquetschte er die Frucht, sodass ihm der Saft den Arm hinablief.

»Heißen viele Schwerter Tilarids?« Ich war ein wenig außer Atem. »Ist das ein üblicher Name für ein Schwert?«

Tryggvi leckte etwas Saft vom Handgelenk ab. »Was?«

»Sag schon! Ist es ein üblicher Name?« Vielleicht erhob ich die Stimme, aber niemandem außer Tryggvi fiel es auf.

Er schaute mich erstaunt an. »Nein. Der ist ganz einzigartig. Niemand sonst würde sich trauen, diesen Namen zu verwenden.«

Er schlug seine kreideweißen Schneidezähne in einen Apfel, sodass die Schale mit einem Knall aufplatzte.

»Und Tilarids heißt Prinz Sverres Schwert?«

Tryggvis Schultern zuckten. »Eskild stahl es einem anderen. Er schenkte es dem Prinzen zur Verlobung.«

»Wem hat Eskild das Schwert gestohlen?« Verzweiflung verwandelte meinen Magen in einen harten Knoten. »Jemandem, der Rorik heißt?«

Tryggvi schüttelte den letzten Saft vom Arm. »Keine Ahnung. Ich weiß nur, dass der ursprüngliche Besitzer des Schwertes ein grausames Schicksal erlitt. Irgendwas mit Folter und Eingeweiden überall.«

Mein Gesicht fühlte sich wie erfroren an, als in meinem Kopf Vorstellungen herumschwirrten, was Rorik zugestoßen sein mochte. Meine Fantasie ließ nichts aus, und eine Möglichkeit war schrecklicher als die andere. Ich zwang mich zur Ruhe.

»Erzähl mir von Prinz Sverre.«

Tryggvi kratzte sich mit Zeigefinger und Daumen durch seinen Schnäuzer die Oberlippe. Der gelbe Halbmond auf seinem Hals stand mitten in der Schlangenbrut.

»Ich nehme den Prinzen auf den Arm. Ragnara ermuntert dazu, damit es nicht heißt, Sverre sei für sie eine Bedrohung.«

Mit der flachen Hand auf dem Solarplexus drehte ich mich um und steuerte auf das Kornfeld auf der anderen Seite der Rasenfläche zu. Jetzt war das zuvor goldene Getreide in düstere Dunkelheit versunken. Wenn Rorik noch am Leben war – beim bloßen Gedanken, er könnte tot sein, liefen mir eiskalte Schauer über den Rücken –, dann würde ich im Notfall den Prinzen schlachten, um ihm zu helfen. Vielleicht, so dachte ich fieberhaft nach, war er schon tot, weil er mich beschützen wollte, genau wie Serén es vorausgesehen hatte.

Dann musste ich mich erst einmal auf die Erde setzen, weil meine Beine mich nicht mehr trugen.

Der Boden war klamm und dunkel, und die Insekten pfiffen. Die Erde war feucht, und Nässe durchdrang meine Hose, aber das war mir egal. Ein strenger Geruch nach Stroh kroch zu mir, aber ein Vakuum umschloss mich und lähmte meine Sinne.

»Rorik ist vielleicht tot«, murmelte ich und atmete ganz tief Sauerstoff ein, bekam aber trotzdem keine Luft. Bilder bombardierten mich, wie er im Sonnenuntergang bei Ísafold lächelte, mit Finn herumalberte und wie er Halfdan heilte. Ich legte die Hände auf die Augen, als ich wieder merkte, wie er meine psychischen Wunden geheilt hatte.

Jemand näherte sich.

Tryggvi war mir gefolgt. Er setzte sich neben mich in das kurz gemähte Gras und blickte in die Mauer aus Getreidehalmen.

»Kennst du das Schwert von früher?«, fragte er leise.

Ich antwortete nicht. Es war mir unmöglich, auch nur eine einzige Silbe herauszupressen.

»Vielleicht hat Tilarids einen deiner nächsten Angehörigen getötet.« Tryggvis Stimme war sanft. »Es hat viele gefällt, wenn man den Gerüchten glauben darf.«

»Ich kenne …« Wieder blieben mir die Worte im Hals stecken, und Brechreiz machte sich in der Kehle breit.

»Stimmt es, dass die Klinge ganz und gar mit Runen bedeckt ist?«

Ich schaute ihn an, ohne die Worte entschlüsseln zu können. Mein Gehirn wollte überhaupt nichts verstehen.

Tryggvi schaute zu Boden. »Nicht besonders viele sind dicht genug rangekommen, um die Runen zu sehen, und noch am Leben, um davon erzählen zu können.« Er legte eine Pause ein. »In der kurzen Zeit, als Tilarids Eskild gehörte, gab es viele, die die Runen aus nächster Nähe gelesen haben.«

Mein Magen krampfte sich zusammen bei dem Gedanken an das fürchterliche Schwert in falschen Händen.

»Das war eine Metapher, falls du im Zweifel bist«, erklärte Tryggvi. Er drehte den Kopf, und abermals fing der kleine Mond auf seinem Hals in der Dämmerung das allerletzte Licht ein.

Ich stand auf, krümmte mich aber vor Magenkrämpfen. Zitternd stand ich vorgebeugt und schaute auf die Erde. Tryggvi war auf die Beine gekommen und legte mir eine Hand auf den Rücken. Die harten Ringe drückten sich durch das Hemd in meine Wirbelsäule.

»Wo ist sie?«, ertönte Lunas Stimme auf der anderen Seite des Rasens.

»Eben war sie noch hier«, antwortete Mads. »Anneeee …!«

Tryggvi flüsterte etwas.

Ich versuchte zu antworten, dass ich nicht hören könne, was er sagte, als mir klar wurde, dass er gar nicht mit mir sprach. Zu spät bekam ich mit, dass sich jemand anschlich.

Tryggvis Hand legte sich mir auf meinen Mund und erstickte meine Proteste.

»Ich habe sie«, rief er, und eine Soldatin warf sich auf mich. Es war die Wächterin, die mit uns durch Ripa gefahren war. Ich schlug und trat um mich, war aber zu unvorbereitet, und der Schock lähmte mich noch. Schnell fesselten sie meine Hände.

»Dein Gesicht habe ich schon häufig gesehen, Serén«, flüsterte Tryggvi mir ins Ohr. Seine Hand hatte er noch immer auf meinen Mund gepresst, und ein besonders scharfer Ring am kleinen Finger bohrte sich mir ins Kinn. »Es will mir nicht in den Kopf, warum du nicht abgehauen bist, als du mich gesehen hast.«

Mir gelang es, ihm mit einem Kopfnicken eine aufs Maul zu geben, und er stieß einen Schrei aus. Er spuckte Blut und zog einen abgebrochenen Zahn aus dem Unterkiefer. Wütend hielt er sich mit der einen Hand die Wange und beguckte den Zahn in der anderen. Dann warf er ihn im hohen Bogen weg.

»Scheiß drauf. Ich werde mit Reichtum und Ehre belohnt, wenn ich dich wieder bei Ragnara abliefere.«

Ich wurde auf eine Ladefläche geworfen, und ein Wagen rumpelte mit einem gewaltigen Ruck los, sodass ich hin und her kullerte. Meine Hände und Füße waren so stramm gefesselt, dass ich mich nicht abstemmen konnte, darum knallte mein Kopf gegen ein Brett. Hinter uns wurde Ripa immer kleiner.

»Anne?« Lunas Stimme wurde schnell leiser.

Schwere Schritte verrieten mir, dass Mads hinter uns herrannte. Jetzt konnte ich seine großen Umrisse sehen. Er holte den Wagen ein. Etwas knirschte, und ich erkannte darin das Geräusch eines Bogens, der gespannt wurde, während Tryggvi in halsbrecherischem Tempo den Wagen lenkte und mein Kopf auf den Boden schlug.

Mads gelangte zu mir, doch weil ich auf der Seite lag, konnte ich nur seinen Bauch sehen.

»Anne.« Seine Stimme war angespannt, und er stieß einen halb erstickten Laut aus, als er vor dem Pfeil, den die Soldatin abgeschossen hatte, in Deckung ging. Er schwirrte knapp an ihm vorbei.

Ein Krachen war zu hören, als eine von Lunas Energiekugeln ein Rad traf. Der Wagen schlingerte. Tryggvi sprang auf die Ladefläche und landete vor mir. Jetzt lenkte die Soldatin.

Energie knisterte in Tryggvis Handflächen. Er kniff die Augen zusammen und peilte eine Stelle hinter Mads an.

Mads machte einen Ausfallschritt gegen Tryggvis Knie, sodass dessen Beine einknickten und er auf die Seite fiel, als er Magie auf Luna abfeuerte.

Jetzt hing Mads halb auf der Ladefläche, als der Wagen weiter vorwärtsrumpelte.

Ein Stamm am Straßenrand wurde in der Mitte von Tryggvis Energiekugel gerammt und mit einem flammenden Getöse in tausend Stücke zersplittert. Als der Wagen weiter vorandonnerte, kamen wir immer tiefer in den Wald, der auf der anderen Seite von Ripa lag.

Tryggvi sammelte wieder Energie, indem er sich die Hände rieb. Diesmal zeigte er mit den Händen auf Mads, der sich am hinteren Ende das Wagen festklammerte.

»Putz den Frostriesen weg!«, brüllte die Wachsoldatin.

Ich warf mich herum, sodass Tryggvi, der immer noch halb kniete, auf die Ladefläche fiel und auf mir landete. Ich schlang meinen Körper um ihn und konnte ihn schubsen, sodass seine Arme sich von meinen Freunden abwandten, woraufhin sie leider direkt auf mein Gesicht zeigten. Die glühenden Hände schwebten genau vor meiner Stirn, und Tryggvi starrte mich so wütend an, dass ich sicher war, er wollte meinen Kopf absprengen. Ich kniff die Augen zu und wartete auf den Knall. Der kam, traf aber nicht mich. Stattdessen ertönte ein Rufen und ein Klatscher, als Mads zu Boden ging.

Ich öffnete die Augen und sah, dass Tryggvi einfach den hinteren Teil des Wagens abgesprengt hatte. Der glühte und qualmte, und vom Geruch von verbranntem Holz bekam ich Husten. Tryggvi knirschte mit den Zähnen. Seine Haare standen zu allen Seiten ab, und der vorher so glatte Schnurrbart war struppig.

»Du bist ein Zauberer?«, bekam ich flüsternd heraus.

»Das sind doch alle Skalden«, keifte er. »In Sént kanntest du alle unsere Geheimnisse. Manchmal wusstest du sogar, was wir vorhatten, bevor wir selbst es wussten. Aber jetzt begreifst du gar nichts.«

Da hatte er vollkommen recht.

»Ist doch klar«, zischte Tryggvi, »dass der Kämpe ein Riese ist, und die Gaben deiner kleinen Hexenfreundin sind so schlecht versteckt, dass sie sich genauso gut ein Schild um den Hals hätte hängen können.«

Der Wagen donnerte weiter, und mein Hinterkopf tippte immer wieder auf den Boden.

»Was wird passieren?«, schrie Tryggvi und schüttelte mich. »Du musst ein Ass im Ärmel haben, wenn du ganz entspannt ausgerechnet hierherstolziert kommst.«

Irgendwo hinter uns riefen Mads und Luna.

»Was wird passieren?«, wiederholte Tryggvi und verpasste mir einen Faustschlag ins Gesicht. Das Krachen in meinem Kopf war ohrenbetäubend, und vor meinen Augen blinkten Punkte. »Was passiert da?«, schrie er und schlug immer wieder zu.

»Ich weiß es nicht!«, rief ich zurück und versuchte, meine gefesselten Hände zum Kopf zu heben.

Tryggvi sah mich an, als in seinem Gesicht abzulesen war, dass er begriff. Seine Hand war noch zu einem Schlag erhoben, und die Ringe an seinen Knöcheln glänzten.

Ich presste den Mund zu als Zeichen, dass ich nicht antworten wollte, und er hämmerte mir seine beringte Faust an die Schläfe.

Mein Bewusstsein flackerte, und Tryggvi bewegte seine Hände zu meinem Bauch, den er mit Fausthieben bearbeitete.

»Das ist dafür, dass du mich dabei aufgehalten hast, deine Freunde zu kriegen«, hörte ich durch das Geheul. »Und das hier ist für meinen Zahn.« Er schlug mich wieder.

Als Letztes sah ich seine erhobene geballte Faust, die auf meine Nase Kurs nahm. Die Ringe funkelten, und mit gefesselten Händen konnte ich nichts weiter tun, als meinen Kopf wegzudrehen.

Große, weiche Schritte waren neben dem Wagen zu hören.

Die Faust sauste auf mich zu, doch kurz bevor sie auftraf, ertönte ein dumpfes Gebrüll, als zeitgleich Krallen mit einem *Ratsch* auf dem landeten, was von der Ladefläche noch übrig war.

Ein gigantisch großes Gebiss schloss sich um Tryggvis Unterarm, und ich schaute weg, als das Knacken ertönte.

Tryggvi jaulte auf, als seine Hand auf meinen Brustkorb fiel, gefolgt von einem großen Strahl warmer Flüssigkeit.

Ich guckte in dem Moment hoch, als sich Rokkins Maul um

Tryggvis Hals schloss, und erhaschte den tätowierten Mond, begraben in der Schlangenbrut mit der menschenfressenden Schlange, bevor die große Schnauze ihn ganz verschluckte.

Tryggvi kam nicht noch einmal zum Schreien.

TEIL IV

DER FALL DER SIEGESGÖTTER

Grässlich heult Garm
vor der Gnipahöhle,
die Fessel bricht
und Freki rennt.
Viel weiß die Weise,
sieht weit voraus
der Welt Untergang,
der Asen Fall.

Völuspá
(Die Weissagung der Seherin)
10. Jahrhundert

KAPITEL 30

Der Wagen schlingerte zum Straßenrand, wo er wegen des gebrochenen Rades in den Graben kippte. Auf dem Kutschbock machte sich ein anderer Wolf über die Soldatin her, und ich hörte einen Schrei, gefolgt von einem Knacken. Zum Glück konnte ich nicht sehen, was ablief. Rokkin blaffte ein paar Befehle, und die Last von Tryggvis sterblichen Überresten verschwand von meinem Brustkorb. Ein Schleifgeräusch verebbte langsam zwischen den Bäumen.

Die schwarze Wölfin saß neben mir in dem schräg liegenden Wagen und betrachtete mich aus glänzenden Augen.

Mads und Luna holten uns außer Atem ein.

Der zusammengebrochene Wagen, dessen hinterster Teil noch qualmte, war vollkommen mit Blut verschmiert, aber die beiden fassten sich schnell wieder. Als Luna mir die Fesseln abnahm, schauten Mads und Rokkin sich an.

Als ich endlich befreit war, vergrub ich den Kopf in Rokkins Fell und umschlang ihren Hals, total gleichgültig, dass sie an Umarmungen nicht gewöhnt war.

»So, so«, sagte sie unangenehm berührt, legte aber am Ende ihr Kinn, das ganz nass war – eine Tatsache, die ich beschloss zu ignorieren –, auf meine Schulter.

Zwischen den Bäumen knurrte jemand: »Sie sind jetzt weg.«

Brechreiz rumorte in meinem Magen, aber ich bekam ihn in den Griff.

»Wir müssen hier weg.« Der Klang von Rokkins heiserer Stimme, die mich an Monsters erinnerte, versetzte mir einen Stich ins Herz. Ich fasste mich wieder, stand auf und sprang von den traurigen Trümmern des Gefährts.

Luna stützte mich. »Du hast im Gesicht überall blaue Flecke.«

»Das macht nichts.« Ich stöhnte, als ein Schmerz im Bauch verriet, wohin Tryggvi geboxt hatte.

Luna fuhr mit den Fingern an meiner Schläfe entlang. »Nichts? Du hast da eine Schnittwunde.«

Ich fegte ihre Hand weg. Meine Beine zitterten, doch ich tat alles, damit es nicht auffiel, als wir langsam zwischen die Bäume und fort vom verunglückten Wagen liefen. Einige Zeit wanderten wir voran, und ich stellte fest, dass ich in der Gruppe noch die Unauffälligste war, und das wollte viel heißen.

Endlich hatten wir uns ein gutes Stück vom Tatort entfernt, und ich drehte mich zu Rokkin um.

»Was macht ihr hier?«, fragte ich. »Es ist megagefährlich, wenn ihr eingefangen werdet. Dein Vater …«

»Danke gleichfalls«, grinste sie.

Ich musste mich beherrschen, um sie nicht wieder zu umarmen, weil sie mich so sehr an Monster erinnerte, dass es fast nicht auszuhalten war.

»Vielen Dank, dass du mir das Leben gerettet hast«, sagte ich. »Darüber freue ich mich total. Aber du bist hier in Ván. In der Nähe von Ragnara. In der Nähe von Sént.«

»In der Nähe der Leichname meiner Mutter und meines Vaters. Vielleicht können wir sie rausholen«, wurde Rokkin konkret.

»Wir?« Diese Frage konnte ich mir nicht verkneifen.

Sie betrachtete mich mit stoischer Ruhe.

»Ich habe darüber nachgedacht, nachdem ihr aufgebrochen wart.« Sie legte eine kurze Pause ein. »Du siehst über ethnische Grenzen hinweg. Du bist mit einer Hexe und einem Demigott befreundet.« Sie schaute zu Mads. »Und mit einem Riesen.« Ihre grauen Augen suchten wieder meine. »Dein schlimmster Feind ist ein Mensch.«

»Aber …«

»Willst du unsere Hilfe oder nicht? Hast du mich nicht aus dem Grund im Eisenwald aufgesucht?«

»Nein«, widersprach ich. »Ich habe euch aufgesucht, um zu verhindern, dass ihr zum Feind überlauft. Ich habe dich nie darum gebeten, dein Leben aufs Spiel zu setzen, indem du in die Nähe von Sént kommst.«

Rokkin schnaubte. »Das ist unsere Entscheidung. Das hat nichts mit dir und deiner Schwester zu tun.«

»Aber es ist unsere Schuld«, flüsterte ich. »Wenn wir nicht …« Meine Stimme versagte. »Deine Eltern.«

»Das ist Ragnaras Schuld!«, knurrte Rokkin beleidigt.

Ich seufzte mit bebendem Atem.

Rokkin schaute zurück auf ihr Rudel, zu dem außer ihr noch sechs weitere Riesenwölfe gehörten. Einige waren schwarz, andere grau, und ein einziger großer Wolf war ganz weiß. Alle hatten sich zum Warten hingesetzt, während wir uns unterhielten.

»Was ist dein Plan?«, fragte Rokkin.

»Och …«

»Du hast doch einen Plan, oder?« Sie blinzelte nicht, als sie mich betrachtete.

Ich wand mich.

»Ich wurde etwas aufgehalten.« *Circa sechs Monate.* »Der Plan ist noch nicht bis ins letzte Detail durchdacht.«

»In drei Tagen ist die Hochzeit«, sagte Rokkin, als sie die buschigen Augenbrauen senkte, die sie ganz bestimmt von Monster geerbt hatte.

Ich hob vom Waldboden ein Blatt auf und studierte es, um zu vermeiden, ihrem kritischen Blick zu begegnen.

»In groben Zügen ist der Plan, dass ich nach Sént gehe, meine Schwester hole, meine Freunde und Verbündeten befreie und den

Leichnam deines Vaters finde, damit ich ihn wieder zum Leben erwecken kann.«

»Du willst also mit deinen beiden Freunden den Hauptsitz des Regimes angreifen?«, erkundigte sich Rokkin trocken.

»Ich habe eigentlich vor, Luna und Mads bald abzuhängen.« Ich schaute weg. »Ich will nicht, dass sie zu Schaden kommen.«

Rokkin atmete mit hängender Zunge. Dann schmatzte sie mit kaum verborgenem Sarkasmus. »Ich sage es mal mit anderen Worten: Du eroberst im Sturmlauf die Herrschermacht im Alleingang?«

»Ich dachte da eher an einen heimtückischen Angriff im Schleichgang.«

»Dann ist ja gut, dass wir gekommen sind«, stellte Rokkin fest.

»Ja.« Die Untertreibung des Jahrhunderts.

»Da wir schon mal hier sind«, sagte Rokkin, eindeutig in dem Versuch, elegant meinen Plan zu überspringen – oder mangels eines solchen –, »wie wollen wir es angehen?«

»Die Widerstandsbewegung hat nicht weit von Sént entfernt ein Lager, Haraldsborg. Sie müssen informiert werden, dass ich auf dem Weg nach Sént bin, aber da nur noch drei Tage bleiben, schaffe ich nicht beides.«

»Was weißt du über Varnars Heer?«

Mein Magen machte einen Sprung bei der bloßen Erwähnung seines Namens. *Moment mal!* Ich legte den Kopf schräg. »Varnar ist tot.«

Sie lachte heiser. »Ich weiß genau, dass meine Gefährten ihn nicht aufgefressen haben. Das hätte sich herumgesprochen.«

Ich konnte mir ein Lächeln bei der Vorstellung von den gewaltigen Wölfen, die Klatsch und Tratsch austauschten, nicht verkneifen. Dann wurde ich wieder ernst.

»Ich weiß nur, dass sich die Aufständischen in Haraldsborg nahe Sént aufhalten. Die Burg ist kreuz und quer mit Zaubern belegt, sodass Ragnaras Soldaten nicht reinkommen können. Die

Aufständischen müssen dazugerufen werden, damit sie zur Hochzeit bereitstehen. Ragnara hat vor, sich dort zur Göttin zu erheben, und ich habe vor, das zu verhindern, aber zusätzliche Rückendeckung von der Widerstandsbewegung wäre gut.«

»Wir stehen auch hinter dir«, erklärte Rokkin schwülstig. »*Mein* Rudel auf jeden Fall«, fügte sie weniger selbstsicher hinzu und blickte zu ihren sechs Gefährten.

»Ich will auch nicht, dass ihr verletzt werdet«, klagte ich. »Meine Fresse, wie anstrengend, jemanden gernzuhaben.«

Ich warf das Blatt hoch in die Luft, aber es kreiselte langsam zu Boden.

»Meine Eltern glaubten an dich und deine Schwester«, sagte Rokkin. »Darum glaube ich auch an euch.«

Nach meiner Unterhaltung mit Rokkin fanden wir im Wald ein ungestörtes Plätzchen für alle. Mads sammelte Steine, die er in Kristalle zerdrückte. Dann legte er sie um unser Lager. Sie leuchteten rot, weil Mads in unserer Nähe war. Ich schaute mich nach den Wölfen und Luna um.

»Es ist so cool, dass du das hier kannst«, sagte ich zu ihm.

Er zog abwehrend die Schultern hoch.

»Du bist so zäh.« Luna umarmte ihn, sodass er beinahe das Gleichgewicht verloren hätte.

»So, so«, brummte er und klopfte ihr auf den Rücken, bevor er schnell in die andere Richtung verschwand und weitere Kristalle auf dem Boden verteilte.

»Was ist mit ihm?« Luna kratzte sich die schwarzen Locken.

Ich gab keine Antwort.

»Ich kann jetzt Zaubereien durchführen«, sagte sie stolz. »Meine Mutter hat mir beigebracht, wie man Schutzzauber macht.«

Sie fuchtelte mit den Armen in der Luft herum und murmelte etwas auf Altnordisch. Blaue Blitze knisterten um uns und legten sich in Form einer Kuppel über unser Lager.

Ich trat etwas beiseite, denn das Energiefeld um sie herum flackerte instabil, und ich konnte mich noch sehr deutlich daran erinnern, wie mich Védis mit ihrer ungezähmten Magie beinahe umgenietet hätte.

Als Luna, ohne nennenswerte Unglücke zu verursachen, fertig war, reinigte sie meine Wunde.

»Wenn wir doch nur eine Heilerin hätten.« Sie betupfte meine Schläfe mit einem feuchten Tuch.

Mein Magen krampfte sich zusammen. »Ja, wenn.«

»Oder wenn Elias hier wäre«, fügte sie hinzu.

»Da bin ich nicht ganz deiner Meinung«, widersprach ich und stöhnte.

Sie atmete aus Sympathie ein. »Mein Vater kann Leute hypnotisieren, damit sie von ihren Schmerzen nichts merken. Ich bin mir fast sicher, dass ich das rausfinden kann.«

Fast?

»Ähm … Ich glaube, dass ich auch so damit klarkomme.« Ich schob ihre Hand weg. »Das heilt bestimmt von selbst.«

»Wir sollten lieber ein bisschen schlafen«, fand sie. »Ich gehe davon aus, dass wir morgen früh unseren Weg nach Sént weiter fortsetzen.«

Ich guckte lange einen Baumstamm an, sodass sie meinen Blick nicht einfangen konnte.

»Ja, gute Idee, ein bisschen zu schlafen«, meinte ich.

Meine Freunde und die Wölfe schliefen. Oder besser gesagt: Meine Freunde und *die meisten* Wölfe schliefen. Rokkin und der weiße Wolf, der Vale hieß, waren wach.

Wir entfernten uns ein Stück vom Lager.

»Du erklärst das morgen Luna und Mads?«, fragte ich Rokkin und stöhnte. »Die werden sehr sauer sein!«

Rokkin schnaubte. »Ich würde am liebsten mit dir gehen.«

»Ich will nur rausfinden, wo in Sént meine Schwester steckt.

Ich glaube, ich kann Seréns Aura spüren, wenn ich nahe genug bin.«

»Mein Vater hätte dich nicht verlassen. Ich …«

»Nope!« Meine Hand legte sich wieder auf ihre Schnauze, und der weiße Wolf gab einen überraschten Laut von sich, weil ich sie ohne Weiteres berührte.

»Du wirst die Aufständischen finden und ihnen alles erklären. Du weißt am meisten. Und passt gut auf Luna und Mads auf. Ich *will* nicht, dass ihnen etwas zustößt.« Ich sprach nicht laut aus, dass ich einen weiteren Verlust nicht verkraften würde.

»Was, wenn die Widerstandsbewegung uns nicht glaubt?«, fragte Rokkin.

Ich erschauderte bei dem Gedanken, dass die Widerstandsbewegung durch einen unglücklichen Umstand die Wölfe schlachtete – oder umgekehrt.

»Wenn Probleme auftauchen, dann sag Varnar …« Ich biss mir kräftig auf die Lippe. »Sag ihm, dass Ahen Drualus euch geschickt hat.« Ich ließ Rokkins Schnauze los, und sie rümpfte ein paarmal die Nase.

»Ahen Drualus?«

»Sag es einfach.«

Sie schnupperte, als würde sie etwas wittern, und richtete ihre großen Augen auf Vale. »Ich kann mich auf dich verlassen.«

Unklar war, ob es als Frage, Feststellung oder Drohung gemeint war. Vale schien es als alles drei zu verstehen.

»Ich beschütze sie mit meinem Leben«, sagte er noch tiefer, als selbst Monster es vermocht hätte.

Der kreideweiße und der kohlschwarze Wolf schauten sich kurz an.

Rokkin akzeptierte es.

Eine Sekunde starrten wir uns gegenseitig in die Augen. Dann drückte ich sie an mich und schnupperte an ihrem Fell.

»Pass auch auf dich auf!«, flüsterte ich.

Für mich war es ungewohnt, die Überschwängliche zu sein, aber Rokkin war offenbar dabei, sich an den Kontakt mit Menschen zu gewöhnen, und ließ mich machen. Sie atmete sogar in meine Haare, wie Monster es immer getan hatte, und davon stiegen mir Tränen in die Augen. Wir blieben eine Weile so stehen, bevor ich sie wieder losließ und ihr den Rücken zukehrte. Vorsichtig hob ich meine Tasche auf; Luna hatte glücklicherweise daran gedacht, sie aus Ripa mitzunehmen. Vale trottete hinterher, und wir hatten das Lager bald weit hinter uns gelassen.

Jetzt, da ich neben ihm lief, merkte ich, dass er noch größer als Monster war.

»Spring auf«, brummelte er.

»Was?«

Er blieb stehen. »Willst du morgen Abend erschöpft in Sént ankommen oder in ein paar Stunden bei Morgendämmerung?«

»Na, wenn du mich so nett bittest.« Ich schaute seinen breiten weißen Rücken an. Seine Schultern reichten mir bis zur Brust.

Fuck, er war groß!

»Wie komme ich rauf?« Zur Probe legte ich meine Hand auf ihn. Er legte sich hin, damit ich aufsteigen konnte. Keiner von uns sprach aus, was wir beide dachten. Ein Riesenwolf kniete vor einem Menschen.

»Danke«, flüsterte ich. Ich hoffte, ihm war klar, wie viel das Wort bedeutete.

»He«, war hinter uns zu hören, und Vale nahm Angriffshaltung ein, sodass ich mich an seinem Fell festklammern musste.

Luna und Mads tauchten aus dem Gebüsch auf.

Crap!

»Hast du gedacht, du kannst einfach so abhauen?«

»Och … Das dachte ich tatsächlich.« Ich starrte sie an. »Ihr müsst nach Haraldsborg.«

Sie verschränkte die Arme. »Wir kommen mit dir.«

»Das ist zu gefährlich«, protestierte ich.

»Ja, das ist scheißgefährlich«, sagte Mads. Seine tiefe Stimme brummte. »Darum sollst du das Risiko nicht allein auf dich nehmen.«

»Unter keinen Umständen!«

Luna lief an meine Seite. Sie musste sich strecken, um an mich, die ich auf Vales Rücken saß, heranzureichen. Sie umfasste meine Taille mit den Armen und schickte die bisher größte Ladung von Überredungszauber in meinen Körper.

»Aua, echt jetzt. Das ist unfair.«

»Und abhauen nicht?«, konterte Luna an meinem Bauch.

Vollkommen unfähig, ihrer Magie etwas entgegenzusetzen, beugte ich mich nach unten und umarmte sie.

»Du wirst uns nicht los«, flüsterte sie. »Du bist meine beste Freundin, Anne.«

Sie ließ mich los und ging zu Mads. Mit der Oberseite ihres Kopfes reichte sie ihm bis zur Brust.

»Darf ich …?«

Er guckte nach unten und nickte mit seinem breiten Grinsen. Er kehrte ihr den Rücken zu, und sie kletterte hoch.

»Seid ihr fertig?« Sie schlang die Arme um Mads' Hals.

Als Antwort verbeugte sich Vale, und wieder musste ich mich in seinem Fell festklammern.

»Wir sind fertig«, dröhnte seine Stimme.

Dann sausten wir los, und ich schloss meine Augen, teils, weil sie vor Tränen durch den pfeifenden Wind brannten, teils, um mich nicht aus Angst davor zu erbrechen, Bäume zu torpedieren oder in die Bäche zu fallen, die Vale mit langen, eleganten Sprüngen überwand.

Hinter uns konnte ich hören, wie Mads Äste zerbrach und schwer atmete, und ein einfaches *Huiii* von Luna. Als ich mich endlich traute, den Kopf umzudrehen, um sie anzuschauen, sah ich, dass Mads unbeschwert und graziös lief. Da war nichts mehr von dem ungeschickten Hünenjungen aus Ravnssted an ihm zu entdecken. Er erinnerte wirklich mehr an Vale als an einen Menschen.

Ich hielt mich am Wolf gut fest und verbarg mein Gesicht in seinem langen Fell. Ich stellte mir vor, es sei Monster, doch Vales Fell war viel weicher, und es fühlte sich an, als säße ich auf einem Lammfell.

Der Wald flimmerte vorbei, und am Ende bekam ich nur noch den Duft von Blättern und fruchtbarem Boden mit.

Erst in den Morgenstunden kamen wir in Sént an. Wir standen am Rand eines Waldes und schauten zur Stadt, die auf der anderen Seite einer roten Ebene lag. Die Sonne wärmte bereits die Umgebung, und ich schwitzte in meiner dünnen Kleidung. Ich stieg von Vale ab und sah, dass sein Fell nass war, wo ich gesessen hatte. Der seidenweiche Pelz war unordentlich, und er schüttelte sich, damit die Haare wieder an ihren Platz fielen. Als er den Hals reckte, bekam ich ein Ziehen im Bauch, weil er so hübsch war.

Luna glitt auch von Mads' Rücken und wischte ihre bunt schillernde Kleidung ab, als Mads den Nacken dehnte und im grünen Wald umherspähte.

Ich hatte zwar schon im Lager eine frische Bluse angezogen, doch Tryggvis Blut hatte an manchen Stellen auch meine Hose getränkt. Jetzt war es getrocknet, und die rauen Kleckse kratzten an meinen Beinen. Vale hatte braune Flecken auf dem Rücken, aber er leckte sich sauber.

»Gut, ich habe auch was vom letzten Rest des Mannes abgekriegt«, sagte er. Die ersten Worte, die er nach vielen Stunden sagte.

Ich sank zu Boden.

Schön, ja, aber auch ein lebensgefährlicher, menschenfressender Riesenwolf.

Was sagte es wohl über mich aus, dass er auf meiner Seite war?

Wir duckten uns hinter ein paar Büsche und betrachteten die Stadt.

Näher als Sént würde ich in Hrafnheim keiner Großstadt kommen. In ihrer Mitte erhob sich ein Schloss mit vier Türmen. Sicher Schloss Königsburg. Es war aus grünem Stein erbaut, jeder Turm hatte eine andere Farbe: Grau, Schwarz, Rostrot und Weiß. Die Luft vor einem der Türme schien zu zittern. Vor dem weißen. Ich kniff die Augen zusammen.

Von dort ging eine Vibration aus. Sowohl eine Anziehung als auch ein Schub, als sei ich einer von zwei Magneten, die sich nacheinander sehnten und abstießen. Als ob eine gewaltige Aura pulsieren würde.

Eine gewaltige Aura. Oder bloß eine, die für mich gewaltig war.

»Sie ist da drinnen«, sagte ich laut. »Sie lebt.«

Die Erleichterung war fast mit Händen zu greifen, und ich musste mich an einem Stamm abstützen, um nicht seitwärts auf den Waldboden zu fallen.

Lunas warme Hand strich mir über den Rücken.

»Wir finden sie«, flüsterte sie. »Wir finden deine Schwester. Sie wird genauso sehr meine Freundin wie du.«

Die Aura antwortete wieder mit einem Blinken, doch meine Schwester war offenbar immer noch außerstande, richtig mit mir zu kommunizieren.

Kaltes Wasser im Blut. Du kannst gut einen klaren Kopf bewahren, Anne, ermahnte ich mich.

Ein schmaler Streifen roter Tonerde verlief zwischen den Bäumen, wo wir uns versteckten, und der Stadt, was uns das Anschleichen dorthin erschweren würde. Mein Blick wanderte über die Mauern, um Schwachpunkte, unbewachte Stellen und anderes zu entdecken, das uns nützen könnte.

Während die anderen Städte, die ich in Hrafnheim gesehen hatte, norwegischen oder färöischen Ortschaften glichen (das war bloß geraten, denn außer meiner Reise in dieses Paralleluniversum war ich von Ravnssted noch nie weiter weg als bis Hjørring oder Aalborg gekommen), entsprach Sént mit dem Wallgraben um eine hohe Mauer meiner Vorstellung von einer mittelalterlichen Stadt. Die Gebäude dahinter waren viereckig, und in der Mitte, hoch über allem erhoben, stand das Schloss. In einem Einschnitt in der Stadtmauer machte ich ein zertrümmertes Gebäude aus, das einmal sogar das Schloss überragt hatte. In einem Aufblitzen der Vorzeit sah ich einen Leuchtturm deutlich hervortreten. Dann flatterte die Vision fort, und ich betrachtete wieder die Ruine.

Das Stadttor an dem einen Ende war geschlossen, ich dachte aber darüber nach, ob man an der Stelle in die Stadt gelangen konnte. Womöglich könnte ich mich wieder unter einem Tuch verstecken. Ich kramte in der Tasche nach dem grünen Stück Stoff, das Rorik mir gegeben hatte. Kurz hielt ich es in der Hand und strich mit dem Zeigefinger darüber. Ich befühlte das Gewebe, wobei die Sehnsucht in mir stach, und wollte es mir gerade um den Kopf binden, als eins der Tore in der Stadtmauer aufgeschoben wurde. Ein Wagen rumpelte nach draußen. Ich bohrte mich tiefer in den Waldboden hinter dem Gebüsch.

»Was ist da los?«, flüsterte Luna.

»Pssst.«

Ein kleiner Trupp Soldaten war auf dem Wagen, und sie nahmen direkten Kurs auf unser Versteck. Ragnaras Rune war knallrot auf die Seite des Holzes gemalt.

Als sie näher kamen, erkannte ich den Mann auf dem Kutschbock. Da saß einer von denen, die mich in der ersten Nacht in Hrafnheim aufgehalten hatten. Zu meiner Freude stellte ich fest, dass seine Nase unnatürlich platt war, und ihm fehlte die Spitze des Ohrläppchens. In dem Mann dahinter erkannte ich Knut. Er hatte Monster gefoltert. Dort standen auch ein paar andere Soldaten, die mir fremd waren. Auf der Ladefläche entdeckte ich eine gefesselte Gestalt, die zusammengekauert mit so einer Art von Hut dasaß, wie Luna einen getragen hatte, als die Berserker sie auf dem Hof vor Odinshöhe gefangen genommen hatten.

Sie schnappte neben mir nach Luft.

Ich entdeckte einen Mann, der keine Uniform trug.

»Die Magie knistert um ihn«, flüsterte Luna. »Das ist ein Zauberer.«

Eine ebenso vertraute wie verschleierte Aura erreichte mich von dem Wagen, und ich konnte noch *Serén* denken, doch die breiten Schultern verrieten, dass dort nur ein Mann war.

Der Wagen hielt an, und Knut schaute geradewegs zum Gebüsch, hinter dem wir versteckt lagen. Mit einem Stöhnen drückte ich mich ganz flach auf den Boden.

Dann rief er: »Du ergibst dich und kommst freiwillig mit uns.«

Sonst war niemand in der Nähe, doch er konnte unmöglich wissen, dass wir dort lagen. So ruhig wie möglich machte ich Auka los.

Neben mir bleckte Vale die Zähne, und Mads' Augen funkelten bedrohlich.

»Thorastochter«, rief Knut, »ich weiß, dass du da bist!«

Mein Puls donnerte, und kalter Schweiß brach mir auf der Stirn aus.

Woher zur Hölle wusste er, wo ich war?

»Thorastochter«, keifte er wieder, »ergib dich jetzt!«

Dann kam es zu einer Pause, in der nur ein paarmal ein Knarren vom Wagen zu hören war. Der Mann mit dem halben Ohrläppchen zog sein Schwert und zeigte auf die gefesselte Person ganz hinten im Wagen.

Wer war das?

Knut sprang hinunter. Seine Stiefel schlurften über die rote, ausgetrocknete Erde. Er nickte dem Mann mit dem Schwert zu, der der Person mit der aufgesetzten Kapuze in den Hals stach. Ein dünner roter Streifen breitete sich auf der Kapuze aus, wo sie den Hals des Mannes bedeckte.

Ein Soldat riss die Hände des Gefesselten brutal hoch, und mir wurde am ganzen Körper kalt. Ein tätowierter Adler flatterte auf seinem einen Zeigefinger und Daumen. Ich holte schneidend Luft und stellte mich halb hin, zwang mich aber wieder nach unten.

Kaltes Wasser im Blut und bewahre einen klaren Kopf.

Knut rief wieder.

»Thorastochter!« Er zog die Kapuze ab. »Es ist deine Entscheidung.«

Ich stöhnte und drückte Auka an mich, als Rorik ins spärliche Sonnenlicht blinzelte. Dann scannte er die Bäume mit verzweifelter Miene.

»Die haben meinen Riesenkristall gesehen«, rief er. »Darin konnten sie erkennen, dass du in der Nähe bist. Halte dich fern.«

»Entscheide dich«, rief Knut. »Wir lassen ihn leben, wenn du dich ergibst.«

Kaltes Wasser im Blut und … Ich robbte mich einen Millimeter näher heran.

»Nein«, bat Rorik und erschien abermals bruchstückhaft zwischen den Bäumen. »Das darfst du nicht. Sie verfolgen dich sowieso. Für sie ist es nur bequemer, wenn du von selbst rauskommst. Hau ab, solange noch Zeit ist.«

Kaltes Wasser …

»Ist das Rorik?«, flüsterte Luna.

Ich nickte gequält und wischte mir die Augen mit dem Ärmel ab. »Kannst du was machen? Eine Beschwörung werfen oder so?«

Ihre Stirn runzelte sich, als sie sich konzentrierte. Dann schüttelte sie den Kopf.

»Sie sind von einem Zauber umgeben.« Sie hob die Finger und stach in die Luft, zog aber die Hand zurück, als hätte sie einen Stromschlag abbekommen. »Verdammt«, japste sie. »Ich bin nicht gut genug, um ihn zu durchdringen.«

Auf der Ladefläche leuchteten die Augen des Zauberers jetzt noch gelber als vorher.

Ich sah wieder Rorik an.

Sein weißes Haar schimmerte in der Sonne, und seine dunkelbraunen Augen suchten nach mir. Ich strengte mich an, zu erkennen, ob er zerschrammt oder übel zugerichtet war, er sah aber einfach nur unglücklich aus. Sie hatten ihn in eine Kluft mit Ragnaras Rune gesteckt, damit man wusste, dass er in Ragnaras Gewahrsam war. Er war einigermaßen unversehrt, und er lebte; aber die schwache Erleichterung wurde abgelöst von einem Schauder, als mir klar wurde, dass Seréns Prophezeiung kurz davor war, sich zu erfüllen. Sie hatte Rorik und mich in diesem Sommer bei einem Wald gesehen, und er würde sterben, weil er mich beschützte.

Kaltes … Ich biss mir fest auf die Lippe. *Unter keinen Umständen! Nicht noch mehr durften meinetwegen sterben!*

Knut drückte das Schwert weiter auf Roriks Hals. Die Klinge ruhte auf der Haut.

»Geht nach Haraldsborg«, befahl ich Luna, Mads und Vale.

»Anne«, protestierte Mads. »Du gehst nicht zu denen da.«

Ich bedachte ihn mit einem Blick, den er wohl für mich typisch gefunden hätte. Dann wandte ich das Gesicht von meinen Freunden ab.

»Los mit euch! Ich schaffe das.« Mit klarer und lauter Stimme rief ich: »Halt!«

Das blutige Schwert blieb, wo es war. Jetzt glänzte die gesamte Vorderseite von Roriks hellem Hemd.

Ich hob das Laub so an, dass ich mich unter einem Zweig ducken konnte.

»Anne.« Luna wollte mich packen, doch ich entschlüpfte geschickt ihrem Zugriff, damit mich ihr Überredungszauber nicht erreichen konnte.

»Nein«, rief Rorik. »Lass das!«

Aber ich betrat die Ebene.

Als er mich sah, schnappte er nach Luft, und mir wurde klar, dass er mich ein halbes Jahr lang nicht gesehen hatte. Ich lächelte mit Tränen in den Augen und hielt seinen Blick fest.

Ich kam bei den Soldaten auf der roten Ebene an.

»Anne«, flüsterte Rorik. »Das sollst du nicht für mich tun.«

»Ich habe es so satt, dass alles unerschütterlich vorherbestimmt ist«, sagte ich zu ihm. »Ich muss versuchen, das Schicksal zu verändern.«

Roriks braune Augen funkelten in der Sonne, die jetzt etwas über dem Horizont stand. Sehnsucht und Sanftmut strahlten sie aus.

»Nicht noch mehr sollen meinetwegen sterben.« Ich konnte merken, dass ich feuchte Augen bekam. »Schon gar nicht du.«

Ich hob Auka als Zeichen, dass ich mich ergab, und ging ein paar Schritte auf Rorik zu, der aussah, als wolle er etwas sagen.

Langsam entfernte Knut das Schwert von Roriks Hals, wobei der andere Soldat ein paar Schritte auf mich zu machte. Er stellte sich hinter mich und sicherte meine Hände.

Ich dankte den Göttern, an die ich nicht glaubte, dass die anderen im Gebüsch blieben. Die Männer wussten nicht, dass meine Freunde dort waren.

Der Soldat fesselte mich, wobei mein Herz hämmerte. Mir waren die Folgen vollkommen egal. Es war mir gleichgültig, dass ich jetzt in Ragnaras Gewalt kam. Wenn ich nur Rorik retten konnte. Kein einziges Wesen sollte mehr sterben, damit ich leben konnte.

»Lasst ihn gehen. Er hat für euch keinen Wert mehr.«

Knut betrachtete mich einen Augenblick unbewegt. Dann richteten sich seine Augen auf Rorik.

»Keinen Wert mehr.« Seine Mundwinkel glitten zu einem Lächeln hoch. »Ragnara meint auch nicht, er sei noch länger von Wert. Er hat sie verraten. Sie hat gesagt, er soll bestraft werden.«

»Du hast versprochen, ihn freizulassen.«

»Versprechen gegenüber Feinden zählen nicht.«

Was?

Knut befingerte immer noch sein Schwert.

Jeder Muskel in meinem Körper zitterte.

Dann hob Knut das Schwert und führte den Arm zurück.

Ich warf mich nach vorn, als mir klar wurde, was er vorhatte, wurde aber von den Fesseln zurückgehalten.

Knut schwang das Schwert nach vorn, und ich sah es wie in Zeitlupe, als er das Schwert Rorik in die Brust rammte.

KAPITEL 31

Ich warf mich wieder nach vorn, wurde aber von dem Soldaten zurückgerissen. Dann schrie ich. All meinen Schmerz darüber, dass ich das Schicksal nicht beeinflussen konnte, brüllte ich heraus. Knut zog das Schwert zurück, und Blut spritzte aus Roriks Brust.

Er brach vor mir zusammen.

Vale kam mit einem *Grooaaw* aus dem Gebüsch auf Knut zugerannt.

Nein!

Bei Ripa hatte ich mit dem Rücken zum Geschehen gelegen, sodass ich nicht sehen konnte, wie effektiv die Todesmaschine Riesenwolf war. Diesmal bekam ich alles mit.

Luna und Mads folgten ihm und stürzten sich auf die Soldaten.

»Haut ab!«, rief ich, als ich an meinen Fesseln zerrte. »Ich habe gesagt, ihr sollt abhauen.«

»Denkste«, antwortete Luna, und Energiekugeln schossen aus ihrer Hand, prallten jedoch an einer unsichtbaren Wand ab, als würde die Soldaten ein unsichtbarer Schild umgeben.

Der Zauberer hob die Hände in Lunas und Mads' Richtung und feuerte einen blauen Strahl ab. Sie warfen sich je in eine Richtung, und der Strahl sauste zwischen ihnen durch.

Rorik lag am Boden, wobei sich die rote Lache immer weiter um ihn ausbreitete. Er riss die Augen auf, als er den riesigen weißen Wolf sah. Der Fleck versickerte in der Erde, und die harte, lehmige Oberfläche färbte sich noch dunkler rot. Plötzlich zog die ganze Ebene feucht rot an meinem inneren Auge vorbei.

Der Zauberer zappte wieder und fror Mads ein, der stocksteif wie eine Steinsäule dastand. Nur seine Augen waren vor Verzweiflung weit aufgerissen.

Luna versuchte, eine weitere Energiekugel abzuschießen, doch die wurde ihr direkt ins Gesicht zurückgeworfen, sodass sie umfiel, von ihrer eigenen Magie k. o. geschlagen.

Vales weißes Fell hatte auch die Farbe gewechselt und stand in dicken, nassen Büscheln ab.

Die sterblichen Überreste von Knut lagen in Einzelteilen am Boden; voller Entsetzen stellte ich jedoch fest, dass er nicht tot war. Er streckte sich nach seinem Schwert aus, das ihm aus der Hand gefallen war, doch Vales Pfote, die so groß war wie ein Teller, stellte sich auf die Klinge. Als Knut entkräftet an dem Knauf zog und dafür seinen zerstörten Körper etwas anhob, senkte Vale den Kopf und schob ihn direkt vor Knuts.

»Du hast meinen Prinzen getötet, Etunaz«, sagte er mit tiefer Stimme und machte sein blutiges Maul auf, sodass die scharfen Zähne in der Morgensonne blitzten. »Rache!«

Ich drehte den Kopf weg.

Ein anderer Soldat schlug mir kräftig auf den Hinterkopf, als die Letzten ihre Speere auf Vale richteten.

Ich sank auf die Knie, und für den Bruchteil einer Sekunde bekam ich Blickkontakt mit Rorik.

»Ich finde dich«, flüsterte er und griff sich an die Brust. Zähe Flüssigkeit quoll zwischen seinen mit dem Adler tätowierten Fingern hervor, und für einen Augenblick sah der Vogel aus, als würde er Blut spucken. Die Wirklichkeit wogte um mich, und nur in der Mitte meines Sichtfeldes war ich in der Lage, Rorik zu fokussieren.

Vales graue Augen richteten sich auf mich, als alles Blut um uns floss. Seine Nasenlöcher blähten sich.

»Es ist …«, konnte er noch sagen, bevor ein Speer in seine Seite glitt.

»Nein!«, schrie ich.

Luna lag am Boden, und Mads stand unbeweglich da.

Vale knurrte Furcht einflößend und drehte sich zu dem Soldaten um, der Speer hing aus seiner Flanke. Nicht mehr viel Fell war noch weiß.

»Anne, sie betrügen dich«, knurrte er. »Sie …«

»Was?« Ich schüttelte den Kopf, um am Bewusstsein festzuhalten, doch der Soldat verpasste mir noch einen Schlag.

Dann wurde mir schwarz vor Augen.

Den einen Augenblick war ich noch auf der Ebene, im nächsten Moment in einem kalten Korridor, in dem Schritte widerhallten. Irgendetwas piepte und brummte, ich konnte es aber nicht lokalisieren.

Vale? War er am Leben? Was war mit Luna und Mads?

Das Geräusch verschwand in einen anderen Gang, und jetzt umgab mich nur Getrampel.

Ich hatte das Gefühl, getragen zu werden, wobei Leute um mich herum redeten. Ihre Stimmen hörten sich verzerrt wie aus Lautsprechern an. Scheppperndes Eisen und ein metallisches Kreischen verrieten mir, dass Scharniere aufschwangen.

Etwas rasselte, die Scharniere schrien wieder, und ich wurde mit einem kalten Seil festgebunden. Magische Elektrizität knisterte, und die Fessel um mein Handgelenk zog sich zu.

Ich wusste nicht, ob ich lag oder saß. Ich fühlte nur eine kratzige Unterlage, kalte Fliesen und Metall, das an meinen Händen scheuerte. Die Tür quietschte wieder, und es war erholsam leer um mich.

Dann ließ ich mich abermals von Hoffnungslosigkeit und Dunkelheit verschlucken.

Am Ende konnte ich die Bewusstlosigkeit nicht mehr festhalten, obwohl ich am liebsten zusammengerollt in meinem Eckchen liegen bleiben wollte. Die Hände stramm auf den Rücken gefesselt und mit einem dicken Seil an der Wand festgebunden, schrien meine schmerzenden Muskeln, und das schob mich am Ende in einen wachen Zustand.

Ich blinzelte und blickte mich um.

Gitter. Gelbgrüne Ziegel und Matten auf dem Boden.

Gesprächsfetzen erreichten meine Ohren, aber in meiner kleinen Zelle waren wir nur zu dritt. Die beiden anderen waren nicht gefesselt. Nur wenig Tageslicht drang durch ein winziges Fenster ganz oben unter der Decke zu uns hinab, und ich hörte im Dunkeln leises Wimmern.

Der große Vibe, der von Serén, sauste überall herum, so als wenn man gleich in Ohnmacht fallen würde.

Wooosh … Woooosh …

Ich streckte mich nach Luna und Mads aus und stellte fest, dass sie irgendwo hier unten waren. Wenigstens waren sie am Leben.

Ich lehnte mich an die kalte Ziegelwand.

Meine beiden Zellengenossen und ich waren nur durch Eisenholme vom Rest des Verlieses getrennt. Ein Mann lag auf dem Boden unserer Zelle und sah nahezu tot aus. Ich konnte nicht zu ihm gelangen, weil ich angebunden war, und selbst wenn ich es gekonnt hätte, hätte ich nicht gewusst, wie ich ihm hätte helfen sollen.

Meine Zellengenossin war eine breitschultrige Frau, deren untere Gesichtshälfte zum Großteil ein schwarzer Schatten bedeckte. Sie rollte sich neben dem Mann zusammen. Etwas an ihr war mir vertraut, und ich gab mir Mühe, mich zu fokussieren, doch mein Sichtfeld war dabei zu verschwimmen. Ich riss die Augen auf, als ich endlich merkte, wer sie war.

»Gytha! Was machst du hier?«

Sie schaute mich an, und trotz der Schrammen und des Drecks umspielte ihr Gesicht Wärme.

»Es tut mir leid, dich hier anzutreffen, Thorastochter. Seit unserer letzten Begegnung ist einiges den Bach runtergegangen.« Sie hatte keinen Schatten auf der unteren Gesichtshälfte. Schon seit Monaten konnte sie keinen Zugang mehr zu Wasser, Seife und Rasierzeug gehabt haben. Womöglich schon nicht mehr, seit sie in Hibernia war.

»Sie haben dich meinetwegen gefangen genommen.« Ich holte unglücklich tief Luft. »Vergib mir. Oh … vergib mir.«

Sie hatte an Hals und Wangenknochen Blutergüsse. Dort, wo das Hemd durchlöchert war, konnte ich Schrammen und Flecken sehen.

»Sie haben mich nach dir *ausgefragt*.« Sie zog den zerlumpten und schmierigen unteren Teil fest um sich. »Sie haben mich verhaftet, weil ich nicht vorschriftsmäßig lebe.«

»Ob wir wohl durch Zufall in einer Zelle gelandet sind?«

Sie kniff die Augen zusammen. Weil sie jetzt nicht geschminkt waren, sahen sie grimmiger aus. »Nichts ist Zufall.«

Der schlafende Mann stöhnte, und sie legte ihm eine verdreckte Hand auf die Stirn.

»Er glüht vor Fieber«, murmelte sie.

Ich schaute Gytha an, gekrümmt und übel zugerichtet auf dem Boden in der schmuddeligen Zelle.

»Wo ist Rorik?«, fragte sie. »Ihn konnte ich gut leiden. So schön und feurig.«

»Er …« Ich holte tief Luft, um nicht in Tränen auszubrechen. Meine Überzeugung, dass ich nach der Tötung von Monster keine Trauer mehr in mir hatte, wurde gewaltig Lügen gestraft. Ich hatte keine Ahnung, was mit Luna und Mads passiert war, außer dass sie hier irgendwo im Verlies steckten.

Alles war schiefgegangen, und das Ganze war meine Schuld.

Gytha nahm meine Verzweiflung wahr und kroch zu mir. Sie war nicht angebunden, sodass sie sich in der zehn Quadratmeter großen Zelle frei bewegen konnte. Ihre starke Hand, die blutverkrustet war, landete auf meiner Wange. »Ist dein Gefährte jetzt im Totenreich?«

Unter ihrer Fürsorge kippte ich um. Mit zusammengebissenen Zähnen nickte ich.

»Rorik ist tot.« Ich konnte mich auch gleich daran gewöhnen, es laut auszusprechen, doch meine Unterlippe zitterte.

Durch die Eisenstangen konnte man in die anderen Zellen gucken. In der gleich neben unserer saßen ein paar Männer. Die anderen Verschläge verloren sich in Schatten; ich konnte aber Reden und Husten hören, und unter Seréns gewaltiger Aura begannen weniger kräftige zum Vorschein zu kommen. So mitgenommen, wie mein Gemüt war, fiel es mir schwer, mich von ihnen abzuschirmen, doch ich versuchte mit aller Macht, mich an Elias' Anweisungen zu erinnern. Ich schnüffelte und rümpfte die Nase vom starken Gestank der Menschen. Das half tatsächlich. Obwohl ich kurz davor war, mich zu erbrechen, konzentrierte ich mich auf Schweiß, Urin und ungewaschene Haut.

Der eine Mann kam an die Gitter und guckte uns an. »Wer bist du?«

»Halt den Mund«, schnauzte Gytha. »Siehst du nicht, dass sie unglücklich ist?«

»Wir sind hier alle unglücklich.« Er lehnte sich so weit zu mir, wie es die Gitter zuließen. »Was hast du gemacht?«

Langsam schaute ich durch dicke rote Büschel hoch. »Ich hatte vor, Ragnara und Eskild umzubringen.«

Unser Nebenmann schnappte nach Luft. »Auf dich wird der schlimmste Tod warten. Der allerschlimmste.«

»Ruhe!« Gytha schlug durch die Gitter nach ihm, doch er sprang zurück und außer Reichweite ihrer langen Arme.

»Tot ist tot«, sagte ich. »Das Ergebnis ist dasselbe.«

Ich fühlte mich bei Weitem nicht so mutig, wie ich mich anhörte.

Der Mann sprach weiter, als hätte er mich einfach überhört. »Es gibt Erwürgen durch die Garrotte, Verbrennen, Häuten bei lebendigem Leib, die Folterbank …«

Angst, Wut und Frust überall um mich herum, verbunden mit meiner Trauer über viel zu viele Tötungen, bombardierten mein Gemüt, und alles drehte sich im Kreis. Ich schaute auf den schmutzigen Boden und holte ein paarmal tief Luft.

In den anderen Zellen saßen Leute aus Ísafold, und in mir lief ein Film mit allen fürchterlichen Ereignissen ab. Ich stieß ein entsetzliches Schluchzen aus, als ich die toten und sterbenden Menschen und brennenden Häuser sah.

Alles meine Schuld.

Über das Unglück hinaus waren mir die vielen verzweifelten Menschen um mich und meine Hoffnungslosigkeit zu viel. Alles fing an, sich aufzulösen.

Da es keinen Fluchtweg gab, konnte mein Kopf als einzige Möglichkeit, zu entkommen, nur wieder auschecken.

Als ich die Augen aufschlug, war es heller in der kleinen Zelle. Ich schätzte, es war ungefähr Mittag, doch das war schwer zu beurteilen. Ich streckte mich und wunderte mich, dass ich nicht fror und mein Kopf auf etwas Weichem lag. Ich setzte mich auf, und die Kette rasselte leise hinter mir.

Auf mir lag eine große, weiche Decke, und unter meinem Kopf hatte ich ein Kissen gehabt.

Was?

Ich blickte mich um. Neben meiner Matte standen ein Becher mit Wasser und ein Teller mit Essen.

Gytha kroch zu mir. »Du bist wach. Das ist Folter, wie gut das Brot duftet. Iss es schnell, damit nicht alle im Verlies der Duft quält.«

»Wer hat das gebracht?« Ich war immer noch fertig.

Gytha zuckte die Schultern. »Ein Wachmann.«

Aus der Zelle neben uns ertönte ein Aufschrei. Unser Gefängnisnachbar hing zwischen den Gitterstäben und leckte sich den Mund. »Gib mir was zu essen.«

Ich stand auf, und obwohl Gytha weder nach meinem Teller griff noch nach meiner Decke, bedachte sie sie mit langen Blicken.

»Warum nimmst du es nicht einfach? Du weißt doch, dass es mir lieber ist, dass du es bekommst.«

»Gib es mir«, kläffte der Mann in der anderen Zelle wieder, ich ignorierte ihn aber.

Gytha schüttelte den Kopf mit einem widerspenstigen Zug um den Mund.

»Gib ihm ein bisschen Wasser und leg ihm die Decke über.« Ich zeigte mit dem Fuß auf den nach wie vor bewusstlosen Mann.

Das brachte Gytha zu einer Entscheidung. Sie nahm das Bettzeug, krabbelte zu dem Mann und schob ihm das Kissen unter den Kopf und deckte ihn zu.

Ich kniff die Augen zusammen. »Kennst du ihn?«

Gytha flößte dem Mann vorsichtig ein paar Tropfen ein.

»Nein«, antwortete sie. »Aber er leidet.«

Ich wartete darauf, dass sie noch mehr sagte, doch sie schwieg.

Der Mann schlürfte das Wasser instinktiv. Gytha gab ihm mehr, und wieder schluckte er etwas. Ich konnte beinahe sehen, wie seine Lebensnerven ein wenig stärker glühten. Gytha legte seinen Kopf wieder aufs Kissen.

»Iss selbst was«, forderte ich sie auf, doch obwohl ich versuchte, Gytha zu überreden, alles aufzuessen, brach sie nur etwas Brot ab und reichte den Rest dem Mann in der Nachbarzelle.

»Danke«, murmelte er, als sie jeweils an einem Ende das Brot festhielten.

Gytha legte den Kopf elegant schräg.

»Danke gleichfalls, guter Mann«, antwortete sie voller Würde, ehe sie losließ. »Nimm ein Stückchen und verteile den Rest an die Kränkesten und Jüngsten.«

Das Wasser behielt sie und gab davon im Minutentakt dem Mann.

Seine Atmung verbesserte sich ein wenig, doch er erlangte das Bewusstsein nicht wieder.

Die Stunden vergingen damit, dass ich auf und ab lief, so weit es die Kette erlaubte. Eigentlich hätte ich etwas Sinnvolleres machen sollen, jetzt, da ich auf mein Todesurteil wartete; doch ich verbrachte die Zeit damit, an das Essen zu denken, auf das ich Appetit hatte. Rebeccas Zimthühnchen, Franks Burger, Milas' Fritten und sein Eis-Dessert mit Schlagsahne und Schokosoße. Mir lief das Wasser im Mund zusammen, und mein Magen knurrte.

Seltsamerweise dachte ich auch an Nordjütland. Zum ersten Mal war ich zu Bewegungslosigkeit verdammt, und jetzt flogen meine Gedanken nach Hause.

Nach Hause.

Ich hatte nie über meine Gegend nachgedacht, als ich dort wohnte, aber jetzt, an diesem fremden Ort mit seinen unbekannten Gerüchen und Geräuschen, erinnerte ich mich die ganze Zeit an Ravnssted und Umgebung. Ich sehnte mich nach dem feuchten Westwind, den flachen Weiten und dem unaufhörlichen Rauschen des Meeres, dem das Leben von uns Menschlein vollkommen gleichgültig ist. Ich vermisste die Lage von Odinshöhe mit Blick über die raue Landschaft; und beim Gedanken, an einem kalten Wintertag in die Wärme vom Frank's zu kommen, bekam ich Heimweh.

Nach ein paar Stunden, als sich allmählich die graue Dunkelheit in den Zellen sammelte, stöhnte der schlimm zugerichtete Mann und blinzelte mit dem Auge, das nicht von einer dicken Schorfkruste geschlossen war.

Ich kniff die Augen zusammen, als ich den Mann ansah. Irgendetwas an ihm war … nicht vertraut. Ich war ihm vorher noch nie begegnet, aber …

Er guckte sich um, und sein Blick landete auf mir. Er kniff das Auge zusammen und bewegte die aufgesprungenen Lippen lautlos im Schock.

»Serén«, flüsterte er. »Serén. Du bist am Leben. Ich habe versucht, dich in meinen Träumen zu finden, doch du bist mir verborgen.«

Ich stand auf, und die Kette rasselte hinter mir.

»Ich bin zerschunden«, flüsterte er, »aber ich bin es, Bork.«

Ach so. Bork war Seréns Ziehvater. Er hatte als Ragnaras hellseherischer Ratgeber fungiert, wurde aber des Verrats überführt. Nun saß er offensichtlich die Strafe ab, die Ragnara über ihn verhängt hatte.

Er nahm nicht wahr, dass ich genauso gefangen war wie er, wenn auch in einer etwas besseren Verfassung. Obwohl seine hellseherischen Fähigkeiten um ihn flatterten, war er zu mitgenommen, um zu begreifen, dass ich nicht meine Schwester war.

»Man stelle sich vor, mir ist gestattet, dich wiederzusehen, Serén«, weinte er. Tränen liefen ihm aus dem intakten Auge. »Ich habe versucht, das Geheimnis zu wahren. Ich habe es versucht. Sogar als sie mir das Auge nahmen.« Er hob eine ausgerenkte Hand zur Augenhöhle. »Es ist eine Verhöhnung Odins, dass sie Augen ausstechen.« Er atmete zitternd ein. »Ich habe es selbst ersonnen.« Seine Stimme erlosch in einem groben Husten. »Ich habe nichts verraten, aber sie haben mir eine Droge verabreicht.« Er hustete wieder. »Die hatten sie vom Braumeister. Dann habe ich ihnen alles erzählt.«

Stjörna!

»Was wollten sie wissen?« Eine Mischung aus starkem Willen und einer etwas zu kurzen Kette hielt mich zurück.

»Sie wollten die Bestätigung, dass Thora deine Mutter ist. Sie fragten, wer du seist.« Er wand sich. »Ich wusste, dass du bei den Riesenwölfen im Eisenwald bist, und das habe ich Eskild gesagt.« Er wimmerte leise. »Vergib mir.«

Ich öffnete den Mund, um etwas zu sagen, aber er stöhnte wieder. Tief in ihm blinkte es auf, und ich sah seine Vision. Es war wie damals, als ich mit Justine aus Seemoor zusammen war. Ich hatte das Gefühl, als würde ich zwischen zwei Spiegeln stehen und unendlich viele Widerspiegelungen sehen. Die Zeit war eine große Fläche, die zugleich sowohl festgelegt als auch ständig in Veränderung war.

Meine Mutter gab Bork ein Säuglingsmädchen. Sie war entkräftet und schaute ihn eindringlich an, wie um sich zu vergewissern, dass er Wort hielt. Das Baby in seinen Armen hatte ein Krönchen aus dünnen roten Haaren. Es umfasste seinen rauen Finger und schmatzte im Schlaf, und sein Herz schwoll an. Der Anblick meiner Schwester, wie sie als Kind lächelte, sauste zu mir. Wir glichen uns wie ein Ei dem anderen, obwohl das Lächeln ungewohnt war.

Vielleicht hatte ich auch gelächelt, als ich noch jünger war, konnte mich aber nicht mehr erinnern.

Bork lief hinter Serén her wie beim lustigen Fangenspielen. Ich sah, wie sie mit geschlossenen Augen dasaß und sich darauf konzentrierte, ihm etwas zu senden, was er einfing. Beide rissen die Arme hoch, wenn es gelungen war. Danach blendete die Vision über in Krieg, Blut, Schmerz und Tod. Wie da, als ich Ausschnitte aus der Weissagung der Seherin las, hörte ich entsetzliche Schreie und hatte das Gefühl, in einem Fahrstuhl zu stehen, der sich auf Schussfahrt abwärts befand. Dann fing ich seinen Blick auf sich selbst hier auf dem Boden liegend ein. Er wusste sehr gut, was auf ihn zukam. Womöglich hatte er es schon jahrelang gewusst oder die Möglichkeit gekannt. Ich stöhnte, als ich merkte, wie Eis meine Arme und Hände einkapselte. Es knisterte und knackte in meinen Ohren, und ich musste mich schütteln, um die Kälte loszuwerden.

Er murmelte leise. »Fimbul. Er kommt, wenn du von Ragnara getötet wirst.«

»Und wenn Fimbul kommt?«

»Auf den Fimbulwinter folgt Ragnarök. Der Untergang der Welt.«

Ich machte ein paar Schritte auf ihn zu, doch die Kette hielt mich zurück. »Wo? Welche Welt?«

Bork rutschte auf seinem Lager hin und her. »In dieser. Der anderen. Beiden. Vielleicht. Das ändert sich die ganze Zeit. Ich kann es nicht sehen.«

Er wimmerte, als das Bild meines eigenen toten Gesichts an ihm vorbeiflimmerte. Es lag auf dem Waldboden, und dahinter erkannte ich schemenhaft Odinshöhe. Trotz allem sah es nicht so aus, als hätte sich die Zukunft vorgestellt, mich hier und jetzt sterben zu lassen.

»Ich kann zu viel sehen«, sagte er verzagt.

»Er hat nicht mehr lange«, meinte Gytha.

»Vergib mir«, stöhnte Bork. »Vergib mir, Serén.«

»Ich weiß nicht, ob ich es kann.«

Bork machte sein eines Auge auf und schaute mich an. Und ich biss mir auf die Lippe, bis ich Blut schmeckte. Seine Aura flackerte und wurde fast durchsichtig.

Ich atmete aus.

»Ich vergebe dir.« Mit diesen Worten rollte mir ein riesengroßer Stein vom Herzen.

Bork schloss das Auge und atmete lange aus. Er holte nicht wieder Luft, und für einen Augenblick dachte ich, er sei tot, doch er war nur wieder bewusstlos.

»Ich vergebe dir«, flüsterte ich wieder.

Ich. Vergebe.

Ich kroch auf meine Matte zurück, wo ich mich hinsetzte und mit leerem Blick vor mich hin starrte. Zuerst waren meine Hände, dann meine Arme und am Ende meine Schultern davon gefühllos geworden, dass sie hinter meinen Rücken gezwungen wurden. Mit etwas Glück wäre ich vollkommen gelähmt, wenn sie mich für die Hinrichtung oder Folter holen kamen. Wahrscheinlich für beides. Obwohl ich versuchte, den Gedanken auszublenden, hallten die Worte unseres Nachbarn in meinem Kopf wider.

Erwürgen mit der Garrotte, Verbrennen, Häuten, Folterbank.

Von den drei letzten Methoden hatte ich schon gehört. Die erste kannte ich nicht, aber die klang auch nicht gerade nach einem Vergnügen. Ich rutschte seitlich an der Mauer nach unten und schloss die Augen in dem zunehmenden Tageslicht.

Gytha wich Bork nicht von der Seite. Sie sprach mit ihm, obwohl ich bezweifelte, dass er sie hörte. Seine Gesichtsfarbe schlug in wächsern gelb um, doch Gytha fütterte ihn weiterhin mit Wasser und Brotkrümeln.

Ich zuckte heftig zusammen, als mir jemand über die Wange strich. Ich war offenbar wieder an die kalte Ziegelwand gelehnt im Sitzen eingeschlafen. Ich drehte meinen Körper und schmiegte mich an die warme Hand. Sie fühlte sich so vertraut und geborgen an.

Durch den kleinen Fensterspalt erahnte ich spärliches Morgenlicht.

»Anne.«

Mein Name klang wie eine Liebkosung, und ich hob meinen Kopf der Stimme entgegen.

»Ich bin gekommen, um dich zu holen.«

»Du kannst mich nicht retten. Du konntest noch nicht einmal dich selbst retten.«

»Ich kann es versuchen.« Ein Lächeln lag in der Stimme, die so herzzerreißend vertraut war.

»Du bist doch weg.« Selbst im Halbschlaf merkte ich, wie mir die Tränen liefen.

»Pschscht.« Der Ton war zärtlich. »Ich hole dich hier raus. Du kommst mit mir.«

Der Tod saß mir jetzt schon seit einem Jahr im Nacken, aber die Botschaft direkt von einem Geist zu erhalten, war fast zu viel des Guten. Dann übernahm die Vernunft mein Gehirn und schlug Schlaf und Traum in die Flucht. Meine Augen flogen auf, und ich guckte direkt in Roriks warme braune Augen.

»Hast du dich zum Poltergeist upgegradet? Warum bist du nicht hinübergegangen?« Die Worte kamen aus meinem Mund gepurzelt.

Er saß in der Hocke vor meinem Lager.

»Rorik«, sagte ich wieder. Versuchte es. »Du bist weg.«

»Du hast recht. Rorik ist jetzt weg.«

»Hinübergegangen. Du gehörst nicht hierher.«

Ich kramte im Gedächtnis, damit mir wieder einfiel, wie man Geister ins Totenreich schickte. »Dein Kampf ist ausgefochten«, versuchte ich es. »Ich werde auch bald kommen. Allerspätestens zum Winter.«

»Ich will nirgendwohin«, sagte Rorik sanft.

Er wäre am besten nicht hier, wenn … Ich brachte es immer noch nicht fertig, diesen Gedanken zu denken. Ich musste ihn auf die einzige Art wegschicken, die ich kannte, darum atmete ich tief ein.

»Du bist tot«, sagte ich und ließ meinen Tränen freien Lauf. Ich schmiegte mein Gesicht in seine Hand. Ich wollte ihn berühren. Bloß ein letztes Mal. »Du bist tot, du bist tot, du bist tot.« Jetzt weinte ich laut. »Ich habe es mit eigenen Augen gesehen. Dir hat man ins Herz gestochen.«

Doch er flackerte nicht. Er starrte mich nur aus seinen braunen Augen an, und die Hand, die mein Gesicht hielt, war warm und fest.

Ich blinzelte ein paarmal und fokussierte ihn. Ich hatte Mühe, mich aufzusetzen, und er ließ meine Wange los. Ich stellte fest, dass Gytha mit weit aufgesperrten Augen am anderen Ende der Zelle an die Wand gedrückt dasaß. Sie hielt sich mit einer breiten Hand den Mund zu.

Wieder starrte ich Rorik an. Vertraut … und dennoch.

Er war sauber. Und er trug wieder Militärkleidung. Ragnaras Abzeichen stach deutlich auf seinem Hemd hervor. Das helle, fast weiße Haar lag in glänzenden Wellen über seinen Schultern. Tilarids hing an seiner Seite, und das Schwert dünstete Wonne und Siegesfreude aus.

»Rorik?«, fragte ich vorsichtig.

Er schüttelte den Kopf. »Ich bin nicht Rorik. Das war nie mein Name. Ich heiße Sverre.«

KAPITEL 32

Einen Augenblick lang starrte ich ihn an. Mein Gehirn wollte seine Worte nicht akzeptieren. »Ich habe dich sterben sehen.«

Er klopfte sich mit der freien Hand aufs Herz.

»Du hast mich bluten sehen.« Da ich ihn nach wie vor verständnislos anschaute, sprach er weiter: »Ich bin Heiler, also habe ich mich selbst geheilt. Knut kannte meinen Makel, und er quält und erniedrigt mich damit. Ragnara gab ihm den Befehl, mich zu bestrafen. Ich weiß nie, wann es so weit ist. Für mich war es die größte Qual, dass du mich sterben sahst, ohne dass ich es dir erklären konnte.«

Mir verschlug es die Sprache, als seine Worte bei mir ankamen.

»Die ganze Zeit«, flüsterte ich dann. »Du hast mich die ganze Zeit belogen.«

Ich rappelte mich auf.

Auch er erhob sich langsam.

Dann flüsterte ich: »Verräter!«

Er wankte, erlangte aber schnell sein Gleichgewicht zurück, stand ganz auf und türmte sich über mir auf. »Warum bin ich ein Verräter?«

»Du hast mich belogen. Und alle anderen. Du hast gelogen darüber, wer du bist.« Die Wut machte meinen Kopf klarer. Aus purem Frust knallte ich den Hinterkopf an die Wand hinter mir.

Rorik, *ach nein*, Sverre machte einen Schritt auf mich zu und hob die Hände, blieb aber von sich aus stehen.

»Auf unserer ganzen Wanderung. In Ísafold …«

Hass müssen meine Augen versprüht haben, denn er machte einen Schritt rückwärts und legte eine Hand auf den Schaft von Tilarids. Dann fasste er sich. »Du bist von *mir* weggelaufen. Was glaubst du wohl, wie das war, beim Aufwachen festzustellen, dass du weg warst? Ich habe nach dir gesucht. Finn war unglücklich. Er weinte und suchte, aber du warst wie vom Erdboden verschluckt.«

»Finn«, flüsterte ich. »Wo ist er?«

»Bei den anderen Fingalken im Stall.«

»Er weiß doch nicht einmal, was ein Fingalk ist.«

»Das oder ihn töten«, schlug Rorik zurück. »Sollte ich ihn erschlagen? Unseren …«

»Unseren was?«

Rorik schaute mich lange an. »Ich konnte durch meinen Riesenkristall merken, dass du nicht tot warst; da blieb mir nur die Schlussfolgerung, dass du mich verlassen hast. Und dass du die ganze Zeit vorgehabt hast, mich zu verlassen. *Du* hast gelogen, und *du* hast mich verlassen.«

»Ich dachte«, begann ich, geriet aber ins Stocken, als mir etwas dämmerte. »Warst du dort, als Ragnara Ísafold angegriffen hat?«

Ich konnte im Gesicht des Prinzen Schmerz erkennen, bevor er seine Gefühle wieder beherrschte. »Sie haben nach dir gesucht, aber sie haben mich gefunden. Wenigstens konnte ich meine Mutter überreden, ihnen zu einem gerechten Prozess zu verhelfen. Denen, die überlebt haben.«

»Ragnara ist deine Mutter.« Die Feststellung hing kurz in der Luft.

»Sie ist sehr wütend auf mich, weil ich in Norvík abgehauen bin. Ich stehe unter fast ständiger Bewachung von Soldaten.«

»Aber …«

»Die Soldaten haben dich durch meinen Riesenkristall aufgespürt. So konnten sie dich gefangen nehmen. Ich habe versucht, ihn wegzuwerfen, aber sie haben mich entdeckt.«

Ich schüttelte den Kopf.

»Sie konnten doch nicht sehen, dass ich es war. Ich glaube dir kein Wort.«

»Sie konnten sehen, dass jemand, den ich gernhatte, in der Nähe war, und dann haben sie Verdacht geschöpft.«

Ich schaute ihn verständnislos an.

»Ich habe vorher noch nie jemanden gerngehabt«, sagte er leise. Sein Gesicht sah zwar ehrlich aus, aber ich wusste nicht so genau, ob er nicht doch log.

»Du hast dich angehört wie mein Beschützer«, flüsterte ich.

»Und ich bin ein lausiger Beschützer.«

»Was wolltest du damit erreichen? Mit mir unterwegs zu sein?«

»Ich kann dieses Reich viel besser regieren als meine Mutter.« Das Wort *Mutter* sprach er wie einen Kraftausdruck aus. »Ich kenne das Volk. Ich will nur das Beste für alle. Doch die verfluchte Heiler-Gabe steht mir im Weg. Niemand wird einem zauberkundigen Mann folgen.«

Das Verstehen drang zu mir vor. »Das war es, was ich in deiner Vergangenheit ändern sollte. Ich sollte dir die Heiler-Gabe nehmen.«

Er nickte.

Ich zog die Augenbrauen kraus.

»Die musst du schon vor deiner Geburt gehabt haben.« Ich wollte noch etwas sagen, beherrschte mich aber und sah an mir nach unten auf die Narbe, die unter dem Rand des Pullovers hervorlugte. Plötzlich ergab alles einen Sinn, warum ich von der ersten Sekunde an das Gefühl gehabt hatte, dass ich ihn kannte. *Ich bin ihm früher schon einmal begegnet. Ich bin ihm begegnet, bevor wir überhaupt geboren wurden.*

Vor mir hatte Sverre den gleichen Gesichtsausruck wie ich.

»Ich habe dich wiedererkannt«, murmelte er. »Ich dachte, das liegt daran, dass du Serén so sehr ähnlich siehst, aber ich habe dich schon immer gekannt.« Er trat ganz dicht zu mir, und ich drückte mich an die Wand. Er beugte sich über mich und streckte die Hand aus. Abwesend fuhr er mit einem Finger die Narbe entlang.

»Das warst *du* damals«, sagte ich. »Darum bin ich geheilt. Darum heilte meine Mutter, als Ragnara uns berührte. Sie war schwanger mit dir.«

»Du warst die Erste«, flüsterte er. »Dein Leben war das erste, das ich gerettet habe. Vielleicht warst es sogar du, die meine abscheuliche Gabe geweckt hat.«

»Wenn ich dir deine Gabe nehme, dann wäre ich damals gestorben«, sagte ich. »Willst du das?«

»Nein, Anne. Nein, das will ich nicht.«

Wir schwiegen, als wir den Gedanken zu Ende dachten.

»Seltsam, dass wir uns begegnet sind, als ich nach Hrafnheim gekommen bin. Von all den Menschen im ganzen Reich musste ich ausgerechnet dir über den Weg laufen.«

Rorik stand der Mund offen.

»Deine Schwester«, bekam er schließlich heraus. »Deine Schwester hat das vor vielen Jahren gesagt.«

»Was hat Serén gesagt?«

»Dass mein Schicksal geändert werden kann, wenn ich kurz vor meiner Hochzeit nach Norvík gehe.« Er senkte den Kopf. »Ich wollte um jeden Preis mein Schicksal ändern, doch es stellte sich heraus, dass das Schicksal mich verändert hat.«

Ich wollte wegrücken, doch ich war an der Wand festgekettet.

»Verschwinde«, sagte ich leise. »Hau ab.«

Doch er ignorierte mich. »Ich will mit dir zusammen sein.«

»Warum sollte ich dir das glauben?«

Ein Hauch von Verletzung huschte über sein Gesicht, bevor er die Fassung zurückerlangte. »Kannst du das nicht fühlen?«

»Ich verlasse mich nicht auf meine Gabe, um jetzt etwas zu fühlen, Rorik.« Ich biss mir fest auf die Lippe. »Sverre! Wie kommst du eigentlich auf den Namen Rorik?«

Er schloss die Augen. »Den habe ich aus der Luft gegriffen. Im

Heer gab es einen Rorik. Er steht jetzt in Diensten deiner Mutter. Ich habe seinen Namen angenommen.«

»Warum hast du nicht gesagt, wer du bist?«

Er schaute nach unten. »Ich wusste, dass unsere gemeinsame Zeit abgelaufen wäre, sobald du die Wahrheit erführest.«

»Da liegst du vollkommen richtig.«

Rorik – *Sverre, zur Hölle* – seufzte.

»Ich kann helfen.« Letzteres presste er durch zusammengebissene Zähne. »Wir stehen auf derselben Seite.«

Einen Augenblick lang starrte ich ihn verständnislos an. »Das tun wir nicht.«

Wieder kam er mit seinem Mund ganz dicht an meine Wange. »Ragnara ist nicht im Schloss. Wenn sie es wäre, dann wärst du jetzt tot. Sie ist auf dem Weg hierher, ich muss dich also so schnell wie möglich von hier wegbringen. Ich wollte schon früher zu dir, aber ich konnte mich nicht loseisen. Ich konnte nur Essen und Decken hier runterschicken.«

Mein Puls beschleunigte sich. »Weiß Ragnara, dass ich hier bin?«

Er nickte ernst, und das helle Haar leuchtete um seinen Kopf, und der Duft von Lavendel stieg mir in die Nase.

Ich wagte nicht daran zu denken, wie ich selbst roch.

»Ich bringe dich jetzt raus«, beharrte Rorik. »Es dauert nicht mehr lange, bis sie hier ist.«

Zum Teufel, Anne, er heißt Sverre.

»Ich traue dir nicht«, entgegnete ich kurz.

»Hast du eine Wahl?«

»Oh ja. Ich kann mich entscheiden, mich so weit wie möglich von dir fernzuhalten, und wenn du mich mitschleppst, sträube ich mich bei jedem Schritt und verrate, was du vorhast.« Ich klirrte demonstrativ mit der Kette hinter meinem Rücken. »Aber du hast mich irgendwie GEFANGEN.«

Langsam und kontrolliert atmete er ein. »Ich schmuggele dich in meine Gemächer. Da kannst du wohnen, ohne dass meine

Mutter oder Eskild es rausfinden. Ingeborg ist mir egal. Wir beide können …«

Ich starrte ihn an. »Wir beide können *was*?«

Die Worte blieben ihm auf der Zunge liegen.

»Du glaubst, du hast alles im Griff, oder?«

Er sagte nichts.

Ich konnte nicht blinzeln, darum glotzte ich ihn an. »Was ist mit den anderen? Mit den Ísafoldern, Monsters Frau, mit denen aus Miklagard?«

»Meine Mutter wollte sie auf der Stelle umbringen, aber ich habe auf der Arena bestanden, um Zeit zu gewinnen. Als Hochzeitsgeschenk. Ich hoffte …« Er grinste verbittert. »Ich weiß nicht, was ich hoffte. Vielleicht auf göttlichen Beistand. Das hat sich gerächt.«

»Was meinst du damit?«

»Dort wird ein Gladiatorenkampf stattfinden. Das ist eine Demonstration, wie eine Schlacht zwischen ihr und der Widerstandsbewegung ablaufen wird. Das wird mit Spannung erwartet, weil jetzt zwei Riesenwölfe dabei sind. Ein weißer und ein schwarzer. Wenn die Gefangenen gewinnen, werden sie auf freien Fuß gesetzt.« Er wedelte mit einer Hand. »In Wahrheit geht es nur um Unterhaltung der Massen.«

Kurz war ich außer Atem. »Ihr habt Vale gefangen? Er hat überlebt?«

»Vale?«, stutzte der Prinz.

»Der weiße Wolf.«

»Wollte der dich nicht fressen? Ich dachte, der sei dein Feind.«

»Er hat mich beschützt, du Trottel!«, schrie ich. Noch jemand sollte meinetwegen sterben. Ich widerstand dem Drang, den Hinterkopf wieder an die Ziegelwand zu schlagen.

Sverre stierte, als er seinen Irrtum einsah, doch er fasste sich wieder.

»Anne, lass mich dir helfen«, sagte er eindringlich.

Hinterm Rücken ballte ich die Fäuste und wünschte mir aus ganzem Herzen, ich hätte ihn schon bei unserer allerersten Begegnung umgebracht. Jetzt hielt mich die Eisenkette sicher an der Wand fest.

»Du kannst mir helfen, indem du all die anderen Gefangenen befreist«, sagte ich und sprach jedes Wort klar und deutlich aus. »Auch meine Freunde Luna und Mads.«

»Sie ...« Er geriet ins Stocken. »Die kann ich nicht retten.«

Mein Kopf kippte zur Seite, als ich den Mann ansah, den ich so gut kannte, der aber zugleich ein vollkommen Fremder war.

»Ich kann es nicht«, wiederholte er verzweifelt. »Ich habe sogar Zweifel, ob ich wenigstens dich retten kann.«

Ich riss die Augen auf und schüttelte den Kopf. Bei der Bewegung kniff es in meiner Haut, und mir wurde klar, dass der Schnitt von Tryggvis Faustschlag gegen meine Schläfe noch immer da war. Zugleich verriet mir ein dumpfer Schmerz im Hinterkopf, wohin der Soldat mich geschlagen hatte. Ich strengte mich sehr an, mich nicht zu krümmen. »Du bist doch unfähig.«

Er straffte die Lippen. »Ich werde alles tun, um dich zu retten, obwohl ich den anderen nicht helfen kann.«

»Dein Plan hat nur ein klitzekleines Loch«, sagte ich langsam.

»Welches?«

»Alle Gefangenen – unsere Freunde – meine besten Freunde – werden in Stücke gerissen!« Ich gab mir keine Mühe, meine Stimme zu mäßigen. Im Grunde schrie ich es ihm direkt ins Gesicht und warf mich, vom Klirren der Kette begleitet, in seine Richtung.

»Das ist für mich die einzige Möglichkeit, dich und deine Schwester zu retten«, rief er zurück. »Meine Mutter will sie zu meiner Hochzeit opfern.«

Unsichtbare Ameisen krabbelten über meinen Körper.

Er senkte die Stimme. »Dich und Serén. Ihr seid es, auf die ich mich konzentriere. Ich kann nicht alle retten. Und ist nicht Serén für dich am wichtigsten?«

Ich schaute ihn eiskalt an. »Und du brauchst immer noch uns beide. Wenn du gern König werden willst, dann willst du die Vergangenheit und die Zukunft auf deiner Seite haben.«

Plötzlich waren seine Augen berechnend. Es war nur ein Funken, aber mir fiel er auf.

»Dann musst du auch mir helfen.«

»Ich bin doch unfähig. Du hast mich verlassen, als ich für dich nicht mehr nützlich war.«

Ich unterbrach ihn: »Ich habe dich verlassen, um dich zu beschützen. Dich und Finn.« Meine Stimme brach. Scheiße. Ich konnte die Tränen nicht mehr unterdrücken. Ich schaute nach unten und atmete zitternd ein. Dann zwang ich mich, mich zu fokussieren. »Wie willst du an meine Schwester rankommen?«

Sverre kniff die Augen zusammen. »Ich habe das ganze Schloss und einen Großteil der Stadt nach ihr abgesucht. Ich kann sie einfach nicht finden.«

»Ich kann sie fühlen. Ich weiß, wo sie ist.«

»Wenn du sie fühlen kannst, dann kann ich sie finden.«

Ich machte einen Schritt vor, wurde aber von der Kette aufgehalten. »Dann lass sie uns jetzt finden.«

»Ich kann mich im Schloss nicht frei bewegen. Das müssen wir machen, wenn alle mit etwas anderem beschäftigt sind.«

»Mit etwas anderem?«

Er räusperte sich. »Mit den Vorbereitungen für die Hochzeit.«

»Was willst du als Gegenleistung dafür haben, dass du mir hilfst? Mir und Serén.«

Er sah mich erstaunt an. »Dass du lebst.«

»Was. Willst. Du. Haben?« Jedes der Worte kam wie ein Peitschenschlag.

Er blickte zu Boden. »Lass mich nachdenken.«

Da wurde mir klar, was ich tun musste, um alle zu retten.

Fast alle.

KAPITEL 33

Der Prinz gab mir das grüne Tuch.

»Du musst dich bedecken«, sagte er leise.

Ich wickelte mich ein, sodass nur noch meine Augen zu sehen waren.

Gytha strich Bork über die Stirn. Sie kam mit uns, weil wir es nicht ertrugen, sie hier im Verlies zurückzulassen.

Bork öffnete sein gesundes Auge, und zur Abwechslung machte er den Eindruck, als sei er klar im Kopf. Erschöpft hob er die Hand und ergriff Gythas. Dann fiel sie erschlafft zu Boden, und er schloss das Auge.

Gytha erntete wegen ihres langen Haars, ihres zerrissenen Kleids und ihres Barts jede Menge Zurufe, und ich biss die Zähne zusammen, um es zu unterlassen, darauf Entgegnungen zu pöbeln. Gytha hätte sich ducken und wegschauen können, doch hocherhobenen Hauptes sah sie jeder einzelnen Person, die ihr etwas zurief, direkt in die Augen. Ich versteckte meinen Kopf im Tuch und guckte auf den Ziegelboden des Korridors.

Sverre ging voran und sah selbstsicher aus, doch ich spürte seinen panischen Vibe. Endlich kamen wir nach einer nervenaufreibenden gefühlten Ewigkeit an einem abgelegenen Flügel an, und er führte uns in eine Wohnung, die größer war als das gesamte Gelände von Odinshöhe.

»Heute Abend komme ich wieder«, erklärte er. »Nutzt bis dahin die Zeit zum Essen und Ausruhen.« Er machte kehrt und ging zur Tür hinaus.

Ich blickte mich um.

Die Zimmerdecken waren hoch, weiche Teppiche lagen auf dem Boden, und ein Riesenbett stand in jedem der beiden Räume. Alle Möbelstücke waren mit farbenfrohen Seidenstoffen aus Miklagard drapiert, die mit verschlungenen Mustern und Tier-Ornamenten bedruckt und bestickt waren. Bett, Tisch und Schrank waren aus geschnitztem Holz und hatten Ähnlichkeit mit etwas, das ich anderswo in Hrafnheim schon gesehen hatte. Bei einem Blick in das Zimmer mitten in der Wohnung kam eine riesige Wanne mit warmem Wasser, taubenblauem Klinkerboden und Tiegeln mit duftenden Seifen und Ölen zum Vorschein. Ich sehnte mich danach, ins Wasser einzutauchen und mich zu waschen.

Beim Anblick einer Schale mit frischem Obst auf dem großen Tisch in der Zimmermitte lief mir das Wasser im Mund zusammen. Der Kontrast zwischen Gytha in ihren verdreckten Lumpen und dieser Umgebung hätte nicht größer sein können. Sie schaute sich in dem Überfluss um.

»Allein schon mit einem Bruchteil könnte man alle in Dyflin ein Jahr lang ernähren«, murmelte sie.

»Das ist ungerecht.« Ich schlang die Arme um meinen Körper. »Aber so ist das auch in der Welt, aus der ich komme. Die Reichen sind Schmarotzer.«

Gytha klopfte mir auf die Schulter. »Noch ungerechter ist es, wenn es vergeudet wird. Hungrig und runtergekommen gewinnst du keine Schlacht.«

Ich musste grinsen. Das letzte Mal war schon so lange her, dass es in meinen Mundwinkeln total wehtat.

Gytha schob mich in das luxuriöse Badezimmer.

Als ich auf den blauen Klinkerboden guckte, erstarrte ich. Dort lag ein Schaltknopf, der sehr vertraut aussah, obwohl er aus Metall in feinen Wölbungen gegossen war, die Muschelschalen ähnelten.

Gytha musterte ihn. »Was in aller Welt ist das denn?«

Ich legte zur Probe den Hebel um, und sofort badeten wir in Licht von oben.

Gytha floh beinahe panisch aus dem Zimmer.

»Das ist nur Elektrizität«, erklärte ich verwundert und betrachtete die Lampe an der Decke. An ihr funkelten Kristalle und Gold. In der Mitte saß eine Glühbirne.

Gytha kam zurück und schaute auch nach oben. »Ist das Zauberei?«

»Nein. Das ist aus meiner Welt. Elektrizität gibt es dort überall, aber hier in Hrafnheim habe ich sie noch nicht gesehen.«

Gytha zuckte zusammen, weil ich den verbotenen Namen ausgesprochen hatte, schlug aber schließlich mit ihrer großen Hand in die Luft.

»Alles, was wir machen, verstößt ohnehin gegen das Gesetz. Hrafnheim!«, rief sie zur Birne. Davon schien sie übermütig zu werden. »Hrafnheim!«, rief sie wieder leicht keuchend. Dann drehte sie an einem Hahn an der gefüllten Badewanne, und heißes Wasser floss heraus. »Ist das hier auch aus deiner Welt?«

»Ja. Aber fließendes Wasser ist schon vor Hunderten von Jahren erfunden worden.« Ich dachte nach. »Zu Hause hatten das aber lange Zeit auch nicht alle.«

»Die Machthaber haben die Bequemlichkeiten immer schon besessen, aber dem Volk vorenthalten. Ragnara ist ganz genauso wie die alten Könige.«

Ich stimmte ihr mit einem leichten Nicken zu.

Gytha zwang mich, die zerrissenen, schmutzigen Kleider auszuziehen und dann ins Wasser zu steigen. Sie wusch sich ebenfalls und zögerte kurz, als sie ein Rasiermesser entdeckte, das auf dem Rand des Waschbeckens lag. Ihre Finger strichen darüber, und ich fluchte bei dem Gedanken, dass Sverre es dorthin gelegt hatte. Genau in diesem Augenblick hatte ich absolut keine Lust, ihn zu mögen.

Ich spülte meine Haare, und Gytha massierte gut duftendes Öl in ihre Locken. Sie stand kurz mit einem umgeschlungenen Handtuch da und betrachtete die Klinker, in deren Ton Ragnaras Symbol geprägt war. Sie drehte ihren Arm und besah sich das Brandmal, das damit identisch war.

Ich guckte auf meinen Unterarm, wo Gustaf mich mit dem gleichen Zeichen markiert hatte.

»Widerlich, wie sie diese Rune zur Schau stellt«, fand ich, als ich im warmen Wasser trieb und den Arm drehte, damit ich meine Tätowierung nicht sah. »Ich kann gut verstehen, wenn du dessen Anblick überall nicht erträgst.«

»Sie hat uns freigelassen«, flüsterte Gytha. »Ganz egal, was seitdem passiert ist, Ragnara hat die Sklaven freigelassen.«

Ich drehte den Kopf. »Da unten im Verlies warst du nicht frei. Bist du jetzt frei?«

»Ich lebe verkehrt.« Als ich zum Protest ansetzen wollte, schnitt sie mir das Wort ab. »Oder *sie* meint, dass ich verkehrt lebe.«

Wir sagten beide kein Wort mehr, bis wir ins Zimmer zurückkehrten. Unsere Kleider waren verschwunden. Stattdessen lagen saubere Klamotten auf den Betten. Für mich gab es eine weite blaue Hose, ein weiches weißes Hemd und feine, ornamentierte Pantoffeln. Abermals musste ich wegen der überwältigenden Farbenpracht in Sént die Augen zukneifen.

Für Gytha waren ein rotes Kleid und ein Schal bereitgelegt worden, und sie zog sich sofort an. Ich betrachtete misstrauisch meine bunt schillernde Kleidung.

In dem Moment betrat eine kleine Gestalt den Raum. Sie wurde von einer Schüssel mit dampfendem Essen verdeckt: große Fleischstücke, gekochtes Gemüse und eine grüne, köstlich duftende Soße.

Als sie alles auf dem Tisch abstellte, rief ich aus: »Merit!«

Das Mädchens hatte Farbe bekommen, die Wangenknochen traten nicht mehr so stark hervor, dass sich unter der Haut der Schädel abzeichnete, doch die Nase war weiterhin schief, wo die

Lepra sie beschädigt hatte. Fort waren die zerschlissenen Fetzen, stattdessen trug sie ein helles Kleid.

»Oh«, rief sie aus. »Du bist auch hier!«

Ich schüttelte den Kopf. »Was machst du denn hier?«

Merit kratzte sich an der Wange, wo eine Narbe verriet, dass sie von der Krankheit fast zerfressen worden wäre. »Der Prinz hat uns erlöst.« Merit machte auf dem weichen Teppich einen Hüpfer. Einer ihrer Schuhe war deutlich kleiner als der andere. »Meine Brüder sind auch hier. Wir gehen zur Schule.« Sie nickte stolz. »Die anderen wurden nach Ripa geschickt.«

Ich hatte Mühe einzuschätzen, wie das mit Sverres Plänen vereinbar sein mochte.

»Du hast gut für dich behalten, dass er Prinz ist.« Sie lächelte mir zu, und obwohl sich die eine Seite ihres Mundes steif zurückzog, spiegelten ihre Augen Bewunderung wider.

»Ich habe erst kürzlich rausgefunden, dass er Prinz ist.«

»Ohhhh …« Merits narbenlose Wange errötete. »Deine Gefühle für ihn haben also nichts mit seiner Herkunft zu tun?«

»Welche Gefühle?« Meine Augenbraunen kräuselten sich.

Merit tippte mir auf die Schulter. »Das sehen doch alle, dass ihr verliebt seid. Hihi – wie romantisch!«

»Das ist nicht romantisch«, widersprach ich energisch.

Doch Merit unterbrach mich: »Der Prinz ist so gut und edel. Und so schön.« Letzteres flüsterte sie. »Für ihn würde ich alles tun.«

Ach – so ist das also, so passt es ihm in den Kram.

Laut sagte ich kein Wort, sondern fragte stattdessen: »Wo sind unsere Klamotten?«

Sie schaute mich erstaunt an. »Weggeschmissen. Die fielen ja schon fast auseinander.«

Die Jacke meiner Mutter war das einzige Kleidungsstück, das ich gern behalten wollte, und die war mit meiner Tasche in der Hektik des Gefechts abhandengekommen, doch ich fühlte mich verletzlich, weil ich nur in ein Handtuch gewickelt und mit Haaren, die die schönen Teppiche nass tropften, dastand. Da sah ich, dass sich Gytha übers Essen hermachte.

Merits Köpfchen wippte, und sie lächelte, als sie sich rückwärts zur Tür bewegte.

»Ich freue mich so, dass er dich gefunden hat. Der Prinz hat monatelang nach dir gesucht.« Dann wurde sie wieder ernst. »Ich weiß zwar, dass er morgen Ingeborg heiraten wird, aber vielleicht hat Ingeborg nichts dagegen, dass …« Sie unterbrach sich. »Lebe wohl«, sagte sie mit einer leichten Verbeugung und ging ihrer Wege.

Ich schaute ihr nach, als sie sich entfernte. Dann seufzte ich und zog die Sachen an.

In Gythas Zimmer nahm ich mir auch von dem Essen. Ich merkte, wie ausgehungert ich war, und noch ehe ich wusste, wie mir geschah, genehmigte ich mir etliche Mundvoll vom Essen und Trinken. Als mein Magen gefüllt war, fielen mir allmählich die Augen zu.

Meine Schultern fest gepackt, führte mich Gytha zu dem großen, weichen Bett.

»Du erinnerst mich sehr an deine Mutter«, hörte ich Gytha in meinem Dämmerzustand sagen. »Lass deinen Zorn ausnahmsweise einmal los. Dann hast du Kräfte zum Weiterkämpfen.«

Sie schob mich unter die Decke, und ich schlief schon, noch bevor ich aufs Kissen fiel.

Sobald ich die Augen geschlossen hatte, schlug mir der saure Gestank von Tieren, Blut und Angst entgegen. Ich versuchte, mich umzuschauen, konnte es aber nicht.

Das hier war vertraut.

»Serén?«, rief ich. Der Name schoss zwischen meinen zusammengebissenen Zähnen wie ein Spritzer heraus.

Ich sah die Vision seitlich und spannte alle Muskeln an, um mich zu bewegen, konnte jedoch nicht einmal mehr mit den Augen rollen.

Das hier kam nicht von Serén. Ich konnte sie einfach nicht spüren. Jetzt kannte ich endlich ihre Aura, und die war nicht hier.

Der Sand reflektierte die Sonne mit stechenden Strahlen, und obwohl der Sand leuchtend weiß war, hatte er hier und da nasse Flecken.

Dunkelrote Flecken.

Eine tätowierte Hand lag direkt vor meinen Augen, aber ich konnte nicht sehen, ob sie zu einem Körper gehörte, in dem ich war, weil mein Sichtfeld verschwamm. Etwas an den dunklen Strichen auf der Hand war vertraut.

Hitze durchströmte mich, und die ganze Seite, die nach oben zeigte, schmorte in der Sonne.

Es war der Traum, den ich gleich nach meinem Geburtstag zu Hause in Ravnssted gehabt hatte.

Der unterste Teil einer Säule lag direkt in meinem Sichtfeld. Ich fokussierte meinen Blick in weitere Ferne, und ich sah eine Zuschauerreihe nach der anderen, die sich nach oben erstreckten, immer weiter himmelwärts. Die Mauer aus Menschen war in einem Halbkreis um mich angeordnet. Auf allen Plätzen saßen Leute, doch niemand sagte ein Wort. Sie starrten bloß atemlos auf etwas rechts von mir.

Eine Arena.

Das Knirschen wurde lauter, und ein Paar feine Frauenfüße gingen mit einem merkwürdigen Steinrock, der um die Fesseln raselte, an mir vorbei.

Die Füße entfernten sich weiter von mir. Ich konnte ihnen nicht folgen, hörte aber, dass sie stehen blieben. Jetzt holte jemand schluchzend und ängstlich Luft.

Nein.

Die Stimme über meinem Kopf wiederholte es.

»Nein«, bettelte sie. »Nein.«

Ich kannte die Stimme.

Die gewaltige Menschenmenge holte kollektiv Luft.

»Da ist sie«, wurde geflüstert. »Das ist Thora Todesbluts Tochter.«

Serén oder ich?

»Thorastochter hat sich mit Verschwörern eingelassen, und sie unterstützt den Widerstand gegen uns.« Die Stimme war hell und hörte sich an wie die eines Kindes. »Das ist unser Geschenk ans Volk, euch von ihren Verschwörungen zu befreien.«

Jemand oder etwas wurde hochgezogen. Vom Würgegeräusch stellten sich mir die Haare auf den Armen auf.

Die Leute in den Rängen brüllten vor Begeisterung.

»Seht nur, wie sie baumelt«, rief jemand. »Zunge raus, Zunge raus …«

Metall, das aus einem Futteral gezogen wurde, pfiff.

Darauf folgte das Geräusch von etwas Hartem, das sich in Fleisch bohrte.

Wieder schnappten die Zuschauer nach Luft.

Blut ergoss sich auf mich.

Eine knallrote Haarlocke fiel leise herab und landete als Kringelchen vor mir im Sand.

Ich blinzelte und stellte fest, dass ich in eine Decke eingewickelt war und mich unter dem Kissen zusammengerollt hatte. Doch mit einem verzweifelten Luftholen konnte ich es weghieven und setzte mich in dem dunklen Zimmer auf. Mit den Fingern wischte ich mir über den Mund, an dem natürlich kein Blut klebte. Die Frage war bloß, wie lange noch.

Sverre saß am Fußende und starrte mich an. Er zuckte erschrocken zusammen, als ich ihm unvermittelt in die Augen schaute.

Instinktiv wollte ich mich in seine Arme werfen und Trost suchen vor der grauenvollen Vision, die aller Wahrscheinlichkeit nach morgen Wirklichkeit werden würde, doch ich bekam meine hektische Atmung wieder in den Griff.

»Was machst du hier drinnen?« Ich hielt drohend das Kissen vor mich.

Er musste grinsen. »Willst du mich mit dem da überfallen?«

»Mit bloßen Fäusten, wenn es sein muss.«

Er hörte auf zu lächeln, was auch das Beste war, denn ich konnte es nicht ertragen. Er ähnelte zu sehr Rorik. Er ähnelte *sich selbst*.

Ich rieb mir die Augen.

»Meine Schwester«, begann ich, schloss die Augen und sah vor mir, wie die rote Haarsträhne vor mir hinabsegelte.

»Sag, wo sie ist.«

Kurz schwieg ich.

»Du hast noch keinen Preis genannt«, antwortete ich.

Er zögerte.

»Ich habe darüber nachgedacht. Ich will nicht, dass du meine Heiler-Gaben entfernst, denn dann tötest du dich selbst, bevor du geboren wurdest. Du könntest Ingeborg entfernen, aber sie hat nichts getan.« Er wollte mir nicht in die Augen schauen. »Dann habe ich mir überlegt zu bitten, wir wären uns nie begegnet, oder wenigstens, dass du das entfernst, was in Ísafold passiert ist.«

Meine Stimme war belegt. »Dann entferne ich das ja auch von mir.«

Er sah mich eindringlich an. »Wünschst du dir das? Wenn du das willst, machen wir das.«

»Wünschtest du, wir hätten es sein gelassen?«

Er schüttelte den Kopf.

»Ich auch nicht.« Allem zum Trotz, was geschehen war, wünschte ich mir nicht, diese Erinnerung aus dem Gedächtnis zu tilgen. »Was willst du dann als Gegenleistung haben?«

»Ich will dich nur frei gehen sehen. Auch obwohl ich dich nicht bekommen kann, weiß ich dann wenigstens, dass du in einer anderen Welt am Leben bist.«

Ich hätte wohl *Danke* sagen sollen oder dass ich auch gern wollte, dass er am Leben war, wenn auch ohne mich in einem abgespacten Paralleluniversum, doch die Worte blieben mir im Hals stecken, weil ich wusste, dass es so weit nicht kommen würde.

»Lass uns meine Schwester finden«, sagte ich stattdessen. Ohne nachzudenken, sprang ich aus dem Bett. »Jetzt!«

Der Prinz blieb auf der Bettkante sitzen.

»Was?«

»Es ist mitten in der Nacht. Morgen früh während der Wachablösung holen wir sie.«

Warten. Nicht gerade meine Stärke.

»Ich werde morgen heiraten«, flüsterte Sverre.

»Ja«, war das Einzige, was mir über die Lippen kam. »Aber das verpflichtet zu nichts, wenn ihr dazu gezwungen werdet, oder? Ich glaube nicht an die Ehe. Man besitzt einander nicht, weil man verheiratet ist, und man liebt einander nicht weniger, wenn man es nicht ist.«

Er ließ die Worte auf sich wirken. »Du hast recht. Ich bin nicht mit dem Herzen bei der Sache. Mein Herz ist ...«

Ich konnte es nicht aushalten. Nicht jetzt.

»Ich habe den ganzen Tag verschlafen«, sagte ich abrupt.

Sverre machte den Rücken gerade. »Das hattest du nötig.«

»Die im Gefängnisverlies haben das viel nötiger«, keifte ich. »Die da unten sind auch deine Freunde.«

Er schaute auf die Decke hinunter.

Ich legte den Kopf in den Nacken. »Ich habe Merit getroffen.«

Sverres Gesicht erstrahlte in einem Lächeln, das vollkommen echt aussah.

»Merit ist großartig.« Das Lächeln erlosch, als er meine kritische Miene sah.

»Sie betet dich an?«

»Na und?«

»Du machst bei den Kindern Gehirnwäsche.«

»Ist das nicht besser, als dass sie an Hunger und Krankheit sterben?«

»Als Eskild und Ragnara damals die Kinder aus dem Bronzewald herbrachten, machten sie da mit ihnen nicht das Gleiche?«

Sverre suchte nach Worten. »Ragnara hat die Kinder aus dem Bronzewald benutzt, um aus ihnen Krieger zu machen. Sie waren die Ersten, die sie bedingungslos anbeteten. So kam sie vielleicht sogar durch sie auf die Idee, dass Anbetung sie verändern könne.«

Ich legte den Kopf schräg und ließ ihn den Gedanken zu Ende denken.

»Aber sie liebte sie. Das tut sie immer noch, besonders Varnar.« Er schaute zum Glück nach unten, denn den Namen aus seinem Mund zu hören brachte meinen Magen zum Hüpfen. »Varnar war all das, was ich nicht war«, sagte Sverre. »Er war Krieger, gut im Prügeln und abgeklärt genug zum Töten.«

Meine Lippen blieben aufeinandergepresst, und ich wurde immer froher, dass ich nie verraten hatte, dass und wie gut ich Varnar kannte. Ich stellte mir vor, was für Rivalen die beiden Jungen gewesen sein mussten. Beide mit unterschiedlichen und so großartigen Eigenschaften. Ich schielte vorsichtig hoch. Varnars Fähigkeiten als Krieger galten hier in Hrafnheim als einzigartig, aber Leben retten zu können … meine inneren Verletzungen heilen zu können.

Ich zog die Schultern hoch und stöhnte, als ein stechender Schmerz mir durch den Rücken schoss. Das Angekettetsein an einer Wand hatte meinen Körper steif und empfindlich gemacht.

Rasch flog Sverres Hand auf mich zu, doch er ließ sie wieder fallen.

Ich tat, als hätte ich es nicht bemerkt.

Sverre strich die Decke mit der flachen Hand glatt.

»Ich habe was für dich.« Er hob etwas vom Boden auf.

»Meine Tasche!«

»Die lag im Wald vor dem Ende von Vigrid.«

»Vigrid?«

»Die rote Ebene um Sént.« Dann holte er Rebeccas Notizbuch heraus.

»Du hast in meinen Sachen gewühlt!«

»Es ist so spannend.« Er durchblätterte die handbeschriebenen Seiten mit Zeichnungen und Eintragungen. »Hier stehen Dinge über das Reich, von denen ich keine Ahnung hatte. Die Religion, die Wesen und die Einwanderung. Was für ein Glück, dass die Hexe an vielen Stellen in Runen geschrieben hat. Die anderen Zeichen«, er trommelte auf einer Seite mit alltäglichen Wörtern, »verstehe ich nicht.«

»Ich hatte es hauptsächlich wegen der Karte mitgenommen.«

»Wie kannst du es nicht gelesen haben? Es ist doch ausschlaggebend für unser Reich.«

»Ich hatte keine Zeit, es zu studieren. Aber«, ich atmete langsam aus, »du hast wirklich recht. Ich hätte es besser lesen müssen.« Mir tat etwas in der Stirn weh, und ich hob die Hand und rieb die Stelle, bis mir klar wurde, dass der Schmerz von meinen fest zusammengezogenen Augenbrauen kam. Ich zwang mich, mich zu entspannen. »Behalt es. Es ist dein Reich. Es sollte dir gehören.«

»Danke, Anne.« Sverres braune Augen klebten an meinem Gesicht.

»Ich werde die Gefangenen freilassen! Allesamt!«

Ein schwaches Lächeln wärmte sein Gesicht. »Hätte das jemand anders gesagt, hätte ich es nicht geglaubt, aber dir … du bringst das Unglaublichste fertig.«

Mitgefühl und echte Liebe brachten mich dazu, das zu sagen, was ich ganz tief in mir fühlte. »Mir fehlt Rorik. Er fehlt mir ganz einfach so sehr.«

Sverres Hand fand meine im Halbdunkel. Der Adler flatterte mit den Flügeln, und er fühlte sich warm und vertraut an.

»Mir fehlt es auch, Rorik zu sein«, sagte er leise.

Eine Weile saßen wir bloß Händchen haltend da, ohne ein Wort zu sagen.

Sverres Stimme war kaum zu hören: »Anne …«

Ich legte mich hin und zog ihn mit. Seinen Körper an meinem zu spüren, ließ mich entspannen. Seine heilenden Kräfte schlängelten sich in mich und heilten meine Trauer und Furcht. Es war, als würde ich mich an eine behagliche, warme Fläche schmiegen, die meine verkrampften Muskeln glättete.

Er küsste mich behutsam, und ich akzeptierte es. Trotz des Betrugs, trotz der Lüge, trotz allem. Sanft legte er seine Hände um mein Gesicht und hielt es fest.

Ich ließ ihn gewähren, beugte mich vor und glitt mit meinen Händen um seinen vertrauten Körper. Ich zog meine Lippen für einen Augenblick zurück.

»Leb wohl, Rorik«, flüsterte ich, wobei mir ein kalter Schauer über den Rücken lief. Dann drückte ich meinen Mund auf seinen und küsste ihn wieder.

Später, als Sverre schlief, halb zugedeckt und mit meiner Hand in seiner, fuhr ich mit meiner freien Hand über die Narben auf seinem nackten Oberarm. Auf seiner Brust war ein hellroter Schnitt an der Stelle, wo Knut ihn am Vortag gestochen hatte. Meine Fingerspitzen glitten langsam daran entlang.

Dann entwand ich meine Hand und schlüpfte leise aus dem Bett.

»Allvater«, rief ich leise, wie Od es mir beigebracht hatte. »Allvater, ich habe etwas für dich.«

KAPITEL 34

Als ich die Augen wieder aufschlug, war es schon Morgen, und Sverre lag neben mir und starrte mich an. Seine tätowierte Hand ruhte an meiner Wange, und seinen nackten Oberkörper, der unter der Bettdecke hervorlugte, zierte ein verschlungenes Muster aus Tieren, Menschen und Schnörkeln.

Heute ist die Hochzeit.

Ganz vorsichtig schob ich seine Hand weg, stand auf und guckte aus dem Fenster.

Drehte ich den Kopf ein wenig, konnte ich Schloss Königsburg aufragen sehen. In der hintersten Ecke sendete der weiße Turm gewaltige Pulsschläge aus. Im Vergleich zu den hohen Mauern kam ich mir wie eine winzige Ameise vor.

Der Prinz stellte sich hinter mich und legte die Arme um mich. Die Haut seines Brustkorbs war warm an meinem Rücken, und er gab mir einen Kuss ins Haar.

Ich klammerte mich an den Augenblick, bevor er mich wieder losließ.

Er nahm etwas, das er mir übers Haar legte.

Es war das grüne Tuch, das er mir auf unserer Reise geschenkt hatte. Behutsam wickelte er es mir um den Kopf. »Wenn du dich in den Stoff hüllst, können wir unauffällig durchs Schloss kommen.«

»Okay.«

Rorik – *oh crap! Sverre* – zog sich an.

Er wollte meine Hand nehmen, doch ich bohrte die Fersen in

den weichen Teppich und zog den Arm an mich. »Was machst du da?«

»Wir müssen …« Er befreite den Hals durch ein Räuspern.

»Hmm«, sagte ich. »Die sind es also gewohnt, dass du frühmorgens mit immer wieder anderen Frauen rumläufst.« Er machte ein peinlich berührtes Gesicht, und ich verdrehte die Augen. »Es geht mich nichts an, wie du deine Stellung bisher ausgenutzt hast«, fügte ich hinzu. »Wenn es für uns von Vorteil ist.«

Mit einem Seufzer ergriff ich seine Hand, die sich ziemlich angenehm um meine schloss.

»Wo wollen wir hin?«, flüsterte er mir zu.

»In den weißen Turm.«

Er hielt im Gehen inne. »In Eskilds Wohnung.« Er schaute zur Decke im Korridor, der weiß gekalkt und mit feinen Zeichnungen bedeckt war. »Dort habe ich nicht gesucht. Eskild hat sonst nie Gefangene.«

Wir gingen durch den hübsch gestalteten Gang, den feine Schnitzereien, Vergoldungen und Wandteppiche mit vielen Details zierten.

»Ich muss dich um etwas bitten. Ich habe nichts mehr als Gegenleistung anzubieten.« Ich musste die Worte hervorpressen.

Sverre schaute mich an. »Anne. Für dich würde ich alles tun, sofern es in meiner Macht steht.«

»Ich glaube, deine Mutter hat die Leiche meines besten Freundes.«

Bei meinen Worten rümpfte er die Nase. »Eine Leiche?«

»Etunaz«, erklärte ich.

»Ahaaa.« Sverre schien immer noch nicht zu begreifen, wovon ich sprach.

»Er ist mit einem Bewahrungszauber belegt. Oder er war es, als ich es zuletzt gecheckt habe.« Ich umklammerte das Fläschchen in meiner Tasche, das den Skaldenmet enthielt, den Od mir gegeben hatte. »Weißt du, wo sein Körper sein könnte?«

Ich hielt den Blick gesenkt, während wir so schnell wie möglich gingen.

»Er ist wohl noch im Schlafgemach meiner Mutter«, flüsterte er aus dem Mundwinkel. »Dort bewahrt sie ihre Trophäen auf. Du kannst da nachgucken, wenn alle beschäftigt sind.«

»Womit beschäftigt sind?« Ich blieb stehen, und er kam mit einem Ruck auch zum Stillstand, weil unsere Finger miteinander verflochten waren.

»Mit der Hochzeit. Dann sind alle vor Ort.« Sein Blick fiel ebenfalls auf unsere verschränkten Hände.

Ich zwang mich, meine Stimme ruhig klingen zu lassen. »Aber dann musst du doch auch vor Ort sein.«

»Aber *du* nicht.«

Ich sagte leise: »Was wird bei der Hochzeit ablaufen?«

Er kniff die Augen zusammen, als hätte ich ihn gezwickt.

»Ingeborg und ich werden in der Arena getraut, wo es hinterher Unterhaltung gibt.« Er sprach das Wort *Unterhaltung* mit verzogenem Gesicht aus. »Anschließend soll das Volk meine Mutter anbeten. Die Hirten in allen Ecken und Enden von Freiheim sorgen dafür, dass alle bei ihren Fehu-Bäumen opfern.«

Mir wurde im ganzen Körper kalt, ich ging aber trotzdem weiter, als ich merkte, dass uns ein paar Diener neugierig musterten.

»Meine Mutter hat einen großen Fehu-Baum in der Arena. Der hat Verbindung zu allen anderen im Reich«, erklärte Sverre, als wir weiterliefen.

Sie wollte als Krönung ihres Werkes meine Schwester opfern, wenn meine seltsame Traumvision stichhaltig war, und somit das letzte Hindernis aus dem Weg räumen. Das letzte Hindernis außer mir natürlich. Sie wollte Göttin werden, allmächtig sein und die Macht besitzen, um uns alle zu vernichten.

Ich ging schneller, wobei ich mich auf Seréns pochende Aura konzentrierte.

Menschen eilten vorbei, ich duckte den Kopf in dem Tuch.

Sverre sah selbstgefällig und verärgert aus, und obwohl die Leute, denen wir begegneten, es nicht wussten, flackerten ihre Auren vor Widerwillen. Doch ich musste zugeben, dass es praktisch war, dem verrufenen Prinzen zu folgen. Niemand würdigte mich eines weiteren Blickes, weil alle ein Auge auf ihn hatten.

Je mehr wir uns dem weißen Turm näherten, umso heftiger wogte Seréns Energie gegen mich. Am Ende musste ich mich vorwärtsschieben.

Sverre schaute mich erstaunt an. »Warum schnaufst du?«

»Ich kann sie spüren«, antwortete ich mit zusammengebissenen Zähnen. »Stark.«

»Vielleicht ist es schwierig für Vergangenheit und Zukunft, sich zu treffen«, überlegte er.

Wir betraten den Turm und stiegen eine Wendeltreppe hoch.

»Wo ist sie?«

»Weiter oben«, stöhnte ich und kämpfte mich voran.

Irgendwann wurde ich einfach von der Energie umgestoßen und rutschte ein paar Stufen hinab, doch Sverre half mir hoch.

Plötzlich ertönten über uns Schritte auf der schmalen Treppe. Sverre schob mich in eine Nische und drückte mich an die Wand.

»Was machst du hier, Prinz?« Allein schon der Tonfall klang wie ein Vorwurf.

»Mich von neugierigen Blicken fernhalten.« Eine Pause entstand. »Eskild.«

Eskild.

Mein Herz schlug entsetzt einen Flickflack. Zugleich stieß mir Seréns gewaltige Aura in die Seite, sodass ich meine Nägel in die Steinwand hinter mir krallen musste, um mich auf den Beinen zu halten. Ich drückte den Kopf in den Stoff, doch zum Glück würdigte Eskild mich keines Blickes.

Ich durfte nicht vergessen, mich bei Ben für die Zaubereien zu bedanken; es war riesengroßes Glück, dass es Védis nicht gelungen war, sie aufzuheben.

Den Blick hielt ich gesenkt, aus dem Augenwinkel aber erblickte ich stahlgraues Haar und einen sehr großen, breitschultrigen Mann. Er sah stark und grob aus und trug eine einfache Lederbrünne, die bei jeder Bewegung knirschte.

Mir brach ein Nagel an der feuchten Steinwand ab, als ich zur Seite gedrückt wurde.

»Du wirst in weniger als einer Stunde eine andere heiraten«, sagte Eskild kalt.

»Umso mehr Grund, die Zeit ordentlich auszunutzen«, lachte Sverre, und ich biss die Zähne zusammen. Seine starke Hand stemmte sich gegen mich, weil er merkte, dass ich ihm langsam wegrutschte.

Ich zwang mich, nicht zu keuchen, als noch ein Nagel abriss und es bis ins Nagelbett brannte.

»Dein Mädchen stöhnt wie eine läufige Hündin«, meinte Eskild, und obwohl ich dachte, dass ich ihn nicht noch mehr hassen könnte, gelang es mir trotzdem.

Ich starrte intensiv zu Boden.

»Lasst euch nicht erwischen«, rundete er das Gespräch ab und trabte die Treppe weiter nach unten. »Deine Mutter kommt bald an. Wir sehen uns nachher in der Arena.«

Stiefel und Stimme erzeugten ein Echo im Turm.

»Was für ein …«

»Ja, ja«, sagte Sverre. »Machen wir, dass wir weiterkommen.«

Bei der Vorstellung, dass Ragnara unterwegs war, bekam ich Schnappatmung.

Wir erreichten die Turmspitze, doch jetzt konnte ich mich kaum noch voranquälen. Ein starker Windstoß pustete mich aus dem Gleichgewicht, und Sverre hielt meinen Arm fest. Am Ende hob er mich hoch, ging dabei aber fast in die Knie.

»Du wiegst mehr als Blei«, schnaufte er, als er sich mit beschwerten Schritten vorwärtsbewegte.

»Ich glaube, diese Tür ist es.« Ich zeigte auf eine geschnitzte

Holztür, über der ein großer Bolzen angebracht war; doch sogar das Anheben der Hand war schon fast unmöglich.

Der Prinz setzte mich ab und ging zur Tür, plötzlich unbeschwert.

Ich landete flach auf dem Bauch und wurde ein paar Meter in den Gang hinuntergeschoben, bevor ich mich an einem eisernen Dorn, der aus der Wand ragte, festhalten konnte.

»Hol sie«, sagte ich. »Bring sie in Sicherheit. Ich komme nicht näher ran. Versteck sie in meinem Tuch. Wir ähneln uns wie ein Ei dem anderen. Niemand wird es merken.«

Sverre kam mit federleichten Schritten zu mir zurück, während ich mich an dem Eisendorn festklammerte, die Beine in den Boden hinter mir gestemmt.

Der Gang erstreckte sich an der Treppe vorbei.

Er nahm den Stoff von meinem Kopf ab und zögerte kurz. Dann legte er mir seine tätowierte Hand auf die Wange.

»Ich schicke Meret. Gemeinsam könnt ihr nach Etunaz suchen.« Dann lief er zur Tür, zugleich hielt ich mich stärker fest.

Gerade dachte ich, er könne unmöglich hindurchgehen, da zog er Tilarids, und das Schwert durchschnitt den Eisenbolzen, als sei er weich wie Butter. Als er die Tür öffnete, traf mich eine gewaltige Druckwelle, sodass ich mich nicht mehr festhalten konnte. Meine Finger rutschten von meinem Halt ab, und ich donnerte flach auf dem Bauch liegend den Gang entlang und landete an dessen Ende, wo ich an die Stirnwand gedrückt liegen blieb.

Ganz hinten kam Sverre mit einem Mädchen in meinem grünen Tuch heraus. Er hatte alle Mühe, sie mitzuziehen, und ich wusste, dass das am Druck zwischen uns lag.

Ich rollte mich zu einer Kugel zusammen, und irgendwie gelangten sie zur Treppe.

Das Mädchen schaute den Gang entlang, und ich spürte, dass ich den Kopf einziehen sollte, doch ich starrte ihren Rücken an, als sie ein paar Stufen nahm.

Zum allerersten Mal sah ich sie.

»Anne«, rief sie, doch ihre Stimme wurde beinahe von dem Wind verweht, der von uns selbst ausging.

»Serén!«, schrie ich, doch Sverre zerrte sie vorwärts.

Je weiter sie sich entfernte, umso mehr nahm der Druck ab, und ich konnte mich entspannen.

Ich wiederholte für mich immer wieder: »Meine Schwester ist am Leben, meine Schwester ist am Leben, meine Schwester ist am Leben …«

Eine finstere Aura überspülte mich, und es fühlte sich an, als wolle mich eine unsichtbare Riesenhand erwürgen. Ragnara musste im Schloss angekommen sein. Meine Brust brannte dort, wo sie mich als Baby erdolcht hatte.

Ich schloss die Augen. »Meine Schwester ist am Leben, meine Schwester ist am Leben …«

»Anne!«

Das Gesicht vor mir verschwamm, und eine kleine Hand rüttelte mich.

Verwirrt drehte ich den Kopf. Ich musste in Ohnmacht gefallen sein, als Ragnaras gewaltige Aura näher gekommen war. Die war überall, und ich räusperte mich laut und japste nach Luft.

Merit saß in der Hocke vor mir.

»Die Hochzeit ist in vollem Gang.«

Mein Magen schlug einen Purzelbaum. »Wirklich?«

Sie nickte, und draußen hörte ich rhythmisches Brummen.

»Ist meine Schwester in Sicherheit?« Meine Stimme klang seltsam heiser, und erst jetzt merkte ich, wie ausgetrocknet mein Mund war.

»Ja. Sie ist in deinen Gemächern.« Merit lachte ihr kurzes, perlendes Lachen. »Ich hielt sie zuerst für dich.« Sie nahm meine Hand und zog daran. »Ich bringe dich zu …«, sie senkte ihre helle Stimme, »… zu Ragnaras Kammer.«

Ich stand entschlossen auf, und sie reichte mir eine Haube, die ich aufsetzen konnte, um meine Haare zu verstecken.

Merit ging voraus, führte uns die Treppe hinab und weiter ins Innere des Schlosses. Irgendwo schob sie mit ganzer Kraft eine große, ächzende Tür auf. Irgendetwas verriet mir, dass wir uns jetzt Ragnaras Räumlichkeiten näherten; denn die Schatten wurden tiefer, und ein schwerer Vibe aus Misstrauen sickerte durch diese Mauern. Alles stand in Reih und Glied da, und hier herrschte totaler Verzicht auf Dekoration. Mit einem Ziehen im Bauch begriff ich, dass ich diesen Ort ebenso einrichten würde – also, wenn ich eine geisteskranke, diktatorische Alleinherrscherin in einem großen Schloss wäre.

Die geöffneten Fenster gingen zum Mittelpunkt des Schlosses hinaus. Ich spürte, dass ein großer Platz das Zentrum bildete. Oder eine Arena. Ragnaras Aura quoll durch die Fenster herein.

Ich blieb an einer Wand stehen, wo ein Halseisen in einem geschnitzten Holzrahmen hing. Darunter war eine kleine Tafel mit Runenzeichen angebracht, die ich aber nicht lesen konnte. Vorsichtig berührte ich mit den Fingerspitzen das kühle Metall.

Die Vision einer kleinen, dunkelhaarigen Frau, deren Augen denen von Rorik ähnelten, erreichte mich. Sie trug diese Kette um den Hals, ihr Gesicht war von mit Staub vermischtem Blut bespritzt, und sie stand vor Sént am Ende der Ebene Vigrid, unweit der Stelle, wo ich mich mit Vale versteckt hatte. Rauchsäulen stiegen aus Sént auf, und zertrümmerte Statuen übersäten die Erde. Eine aus einem geschnitzten Stück Holz lag zersplittert mit dem Gesicht gen Himmel da. Der Figur fehlte unübersehbar ein Auge.

Eskild stand hinter der Frau und drehte die Kette mit einer Zange auf. Sie reckte das Metall mit einem ausgestreckten Arm über den Kopf. An ihrem Hals befand sich eine tiefe Scheuerwunde, wo das Halseisen gesessen hatte.

»Ich schwor«, rief sie, »meine Sklavenfesseln erst abzunehmen, wenn wir die Tyrannen niedergerungen haben.«

Auf der Ebene standen Tausende von Menschen, alle schmutzig, und einige von ihnen in gleichen Fesseln. Ein vereintes Kampfesgebrüll entstieg ihren Kehlen.

»Freiheit!«, schrie die Frau, die Ragnara sein musste, und trotz allem gelang es mir nicht, mich dem Sog des Siegestaumels zu entziehen. Die vielen Menschen stimmten ein und huldigten ihr. »Freiheit von Unterdrückung, Freiheit von Göttern und Freiheit von Sklaverei. Ich lasse euch frei.«

Die Welle der Anbetung traf sie, als das Volk immer wieder ihren Namen rief.

»Ragnara, Ragnara, Ragnara!«

Sie schnüffelte. Ihre Augenlider glitten halb zu, und plötzlich flammte in ihrem Gesicht der Hunger nach noch mehr Macht auf.

»Ragnara, Ragnara, Ragnara!« Die Woge der Menschenkraft überspülte sie.

»Anne, komm doch.« Merits kleine Hand zog an mir, und meine Finger glitten von dem eingerahmten Halseisen ab, und damit flatterte die Vision von Ragnaras Vergangenheit fort.

»Ragnara, Ragnara, Ragnara!«, ertönte es durch ein offenes Fenster. Das Volk huldigte da draußen seiner Königin.

Ich blickte mich verwirrt um, als Merit mich wegzog.

Im Gang war es vollkommen leer. Alle mussten sich in der großen Arena versammelt haben. Und uns begegnete niemand außer ein paar Dienern, die nicht einmal in unsere Richtung schauten.

Wir näherten uns dem Kern des Schlosses, und durch ein geöffnetes Fenster hörte ich nun die Menge draußen noch deutlicher.

»Für Ragnaras Anfarwol.«

Ich konnte mir einen Blick nach draußen nicht verkneifen, und mir entfuhr ein Schrei, als ich auf die riesige Manege hinabschaute, die sich dort erstreckte. Mauern, die gen Himmel ragten. Ränge, die Tausenden Menschen Platz boten, umschlossen den runden Platz. In der Mitte die gleiche Art Baum aus fast schwarzer Mooreiche, die ich in Ripa gesehen hatte; doch dieser Baum war fünf Mal so groß. Ein Kreis von Hirten umstand ihn, und vom Stamm triefte schwarze Flüssigkeit. In den Ästen hingen tote Tiere: Schweine, Hunde, Ziegen und Schafe. Ich konnte die Wolle, die Ausscheidungen und das Stroh bis zu mir nach oben riechen. Es war der gleiche Gestank wie in meinem Traum vergangene Nacht, und die Arena war dieselbe wie in der Vision. Ich war mir ziemlich sicher, dass ich den Ablauf dessen verändert hatte, was ansonsten vorherbestimmt war.

Soldaten bewegten sich zwischen den Zuschauern.

»Sie suchen nach dir«, meinte Merit. »Ragnara weiß, dass du hier irgendwo bist und dass deine Schwester befreit wurde.«

Mein Magen drehte sich mir vor Angst um, als ein Soldat eine rothaarige Zuschauerin am Kragen packte und sie musterte. Er schüttelte den Kopf und ließ sie wieder los.

Am anderen Ende der Arena befand sich eine Tribüne, wo mir zuallererst Rorik – *nein, Sverre* – ins Auge fiel. Neben ihm stand eine kleine Person, die ich nicht deutlich erkennen konnte, wozu ich auch gar keine Lust hatte. Sie trug ein blaues Kleid, und an ihr funkelten von Kopf bis Fuß Goldfäden und Edelsteine. Sie standen zwar weit entfernt, ich meinte aber erkennen zu können, dass er und sie die Schultern hängen ließen.

Schräg hinter Sverre stand Eskild, die Hand am Schwert. Während alle anderen wie gebannt den schwarzen Baum in der Mitte der Arena anstarrten, dessen Wurzeln in die Luft ragten und dessen Krone im Boden vergraben war, fegten seine Blicke über die Zuschauerreihen, wo die Soldaten nach mir suchten.

Ich duckte mich, als ich kurz das Gefühl hatte, dass sein Blick auf mich gefallen war. Vorsichtig schaute ich wieder hoch, und jetzt guckte er in eine andere Richtung.

Eine schwarzhaarige Frau saß vor den anderen. Sie war so klein, dass ich sie zuerst übersehen hatte. Doch als die Hirten mit der alten Leier »Ragnaras Anfarwol, Ragnaras Anfarwol« begannen, flatterten kleine Fetzen von deren Auren zu der kleinen Gestalt.

Sie wuchs ein Stückchen mit jedem Fetzen, der an ihr hängen blieb. Oder sie wuchs zwar nicht physisch, aber ihre Aura tat es.

Die Fehu-Rune auf dem Baumstamm glühte, wie ich es in Ripa schon beobachtet hatte.

Mein Herz hämmerte heftiger. Jetzt würde sie versuchen, sich zur Göttin zu erheben.

Ihr Vibe pulsierte schon im Einklang mit Svidurs Takt, und ich wagte nicht daran zu denken, wie viel Energie diese Schwingung bekäme, wenn das Volk im gesamten Reich ihr Opfer darbringen würde. Wenn mein Plan aufging, konnte sie Serén trotzdem nicht opfern, weil wir sie jetzt weggeschafft hatten.

Ich hatte genug gesehen und zwang mich weg vom Fenster.

»Beeil dich«, piepste Meret. Ihr schiefer Mund verzog sich, doch sie schüttelte es ab und zeigte auf eine Tür, vor der fünf Warägergardisten Wache hielten. »Der Prinz meinte, du wirst spielend mit denen fertig.«

Als Antwort krempelte ich die Ärmel hoch.

Ich bin nicht stolz auf meine Tat, weil sich die drei Männer und zwei Frauen bestimmt nicht darum gerissen hatten, Ragnaras Schlafzimmer zu bewachen. Und ich bemühte mich, niemanden umzubringen. Das gelang mir, doch zwei von ihnen würden noch am nächsten Tag schreckliche Kopfschmerzen haben. Ich stieg über die schlaffen Körper und machte vorsichtig die Tür auf.

Ich zitterte. Vielleicht war Monster da drinnen. Ich holte die Flasche mit Skaldenmet heraus, bevor ich überhaupt nur einen Fuß in das Zimmer gesetzt hatte.

»Unglaublich«, stöhnte Merit. »Das hat keine zwanzig Atemzüge gedauert.«

Ich schickte einen stillen Dank an Varnars Übungsstunden, die aus mir eine echte Kampfmaschine gemacht hatten, doch nachdem ich nur wenige Schritte in den Raum gesetzt hatte, blieb ich mit einem Aufkeuchen stehen.

Monster lag schräg hinter dem Bett auf dem Boden.

Yes!

Er war da. Ich wollte ihn retten. Ihn wieder zum Leben erwecken. Ich zog den Stöpsel aus der Flasche. Ich wollte meinen besten Freund wieder zurückhaben. Er war … Ich schaute näher hin.

Was?

Monster sah seltsam löcherig aus, und mit Schrecken begriff ich, dass da nur sein Fell war, das mit von sich gestreckten Pfoten und buschigem Schwanz auf dem Boden lag. Seine Ohren waren geknickt, und seine Augen waren durch Glasperlen ersetzt worden, die ins Leere starrten.

Mein Herz hämmerte, und wäre das gewaltige Ziehen vom Adrenalin nicht gewesen, das mich durchbrauste, wäre ich auf der Stelle umgefallen.

Röchelnd holte ich Luft und hielt mich an Merit fest, die mir beruhigend über den Rücken strich, als meine Knie drohten, unter mir nachzugeben.

»Ist er das?«, fragte Merit schüchtern.

Mir verschlug es die Sprache. Wie konnte von Monster nur ein Fell übrig bleiben?

»Ja«, bekam ich schließlich schluchzend heraus. »Das ist er.«

Ich hyperventilierte, und meine Stimme wollte mir nicht gehorchen, obwohl ich versuchte, etwas über die Lippen zu bringen. Ich kniete mich hin und streichelte mit einer Hand über Monsters weiche Stirn. Ich war zu spät gekommen.

Mit zitternden Händen konzentrierte ich mich auf Monsters Maul. Die scharfen Zähne waren gebleckt. Als sei er im Brüllen erstarrt. Die großen Verletzungen waren verschwunden, und er war in einem besseren Zustand als beim letzten Mal, als ich ihm begegnet war – natürlich ganz abgesehen davon, dass er jetzt ein Bettvorleger war.

»Anne?«, erklang eine Stimme hinter mir. Sverre kam außer Atem ins Gemach.

Ich drehte mich um. Ohne ein Wort stürzte ich mich auf ihn und trommelte mit geballten Fäusten auf ihn ein. Ich schluchzte wütend, als ich ihn bearbeitete.

Er warf einen Blick über die Schulter. »Die Truppen meiner Mutter sind unterwegs. Sie haben schon deine Schwester gefangen genommen.«

Ich schrie meinen Frust hinaus.

»Die Kämpfe beginnen gleich«, fuhr er schnell fort. »Deine Freunde aus Midgard müssen auch in die Arena.«

Oh nein. Luna und Mads.

Merit machte auf dem Absatz kehrt.

Ich musterte Sverre. Den Prinzen. Das nahezu weiße Haar war zerzaust, aber das goldene Band um seine Stirn hielt es an Ort und Stelle. Die dunkelbraunen Augen, die ich so gut kannte, leuchteten fieberhaft.

Es gab keinen anderen Ausweg.

Meine Augen flackerten zu einem Ring aus geflochtenen Strohhalmen, der an seinem Finger saß und den einen Flügel des Adlers umkränzte. Ich öffnete den Mund.

»Allvater«, rief ich. »Komm und hol dein Hangadrott.«

Alles fror ein. Auch die Zeit. Sverre brach mitten in einem Wort mit geöffneten Lippen ab, Merits Haar stand beim Umdrehen wie ein Wedel hinter ihr ab. Sogar die Staubkörner blieben in der Luft hängen. Sverre hatte den einen Fuß angehoben, als er in einer unnatürlichen Stellung erstarrte.

Ich wandte mich um, und als ich mich einmal um meine eigene Achse gedreht hatte, wäre ich fast mit Svidur zusammengestoßen, der direkt vor mir stand.

»Kleine Seherin«, sagte er heiser. Sein Atem ging schwer. »Hast du für mich, was du mir versprochen hast?«

Ich wich leicht zurück. »Du wirst alle Gefangenen befreien, wie du es mir versprochen hast.«

Svidur dehnte den Nacken und wurde ein paar Zentimeter größer. Er musterte mich von Kopf bis Fuß. »Ich kann sie retten«, sagte er fast gleichgültig. »Und dich und deine Schwester. Meine Raben«, schnurrte er einschmeichelnd und tätschelte meine Wange.

Ich schlug seine Hand weg, woraufhin er knurrte. Wäre ich nicht so verzweifelt gewesen, hätte ich mich erschrocken.

»Die Gefangenen, Luna, Mads, Gytha, Finn und meine Schwester«, sagte ich. »Wir hatten eine Abmachung.«

Jetzt schaute Svidur mich direkt an. Sein Auge brannte, und das leere Loch auf der anderen Seite war unendlich tief.

»Was für eine Fülle von Forderungen.« Für seine unterschwellige Belustigung hätte ich ihn gern wieder geschlagen, hielt mich aber zurück.

Mit zitternder Stimme zeigte ich auf den erstarrten Sverre. »Er ist königlichen Geblüts.«

»Und du opferst ihn mir?«, flüsterte Svidur und leckte sich die Lippen. »Gibst du mir Hangadrott?«

»Wenn du dafür bezahlst.«

Svidur ließ abermals seine feuerrote Zunge über die wohlgeformten Lippen gleiten. »Kriege ich sein Blut?«

Ich überhörte den unangemessenen Tonfall. »Du kannst mit ihm machen, was du willst.«

Svidur atmete hörbar aufgeregt ein.

»Das ist der Deal, den ich anbieten kann.« Meine Hände ballten sich zu Fäusten.

Kurz sah er mich an. Nicht wütend. Eher neugierig, als sei ich ein exotisches Tier, von dem er nicht wusste, wie es reagieren würde.

»Wir haben einen Handel geschlossen«, bestätigte er. »Ich stehe zu meinem Wort.«

»Wie ein wahrer Wikinger gesprochen«, sagte ich nach einem heftigen Ausatmer. »Dann nimm ihn.« Ich zeigte auf Sverre, wandte aber den Kopf ab. »Und mach, was du versprochen hast.«

»Ich werde nichts machen, bevor du mir das Opfer gegeben hast.«

»Ja, aber da steht er doch.« Ich wedelte mit den Händen in Sverres Richtung, unterließ es aber weiterhin, ihn anzugucken.

Ein trockenes Lachen umhüllte mich, und als ich nach unten sah, hielt ich ein Schwert in der Hand. Nicht irgendein Schwert. Tilarids. Wie war es vom Futteral an Sverres Gürtel in meine Hand gekommen?

»Nein«, flüsterte ich. »Das kann ich nicht.«

»Das ist der Deal, den *ich* anzubieten habe.«

Ich schloss die Augen. In meiner Hand zitterte Tilarids voller Erwartung. Immer noch ohne ihn anzusehen, ging ich auf ihn zu … ich holte tief Luft.

Sverre starrte noch immer vor sich hin, ohne zu ahnen, dass ich mit einem scharfen Schwert vor ihm stand. Mein Atem bebte wieder, als ich ihm die Klinge an den Hals setzte. An Roriks Hals. Ich biss mir auf die Lippe.

Nicht Rorik. Sverre. Das ist Prinz Sverre.

Ich spannte die Muskeln an und holte mit der Hand aus, bereit, ihm den Hals durchzuschneiden.

Rote Tropfen liefen über Tilarids Runen und über meine Finger.

KAPITEL 35

»Halt, Anne!«

Ich schaute mich um. Niemand sonst hatte die Kammer betreten.

»Halt!«, ertönte es wieder, und diesmal konnte ich hören, dass die Stimme aus meinem Kopf kam.

Serén.

Meine Hand fror ein in dem vorher schon erstarrten Vakuum. Obwohl der Schnitt noch nicht tief war, tropfte Blut auf den Boden.

Tropf, tropf, tropf …

Serén sprach so schnell, dass sie sich beinahe in den Worten verhaspelte. »Töte ihn nicht.«

Ich senkte Tilarids ein wenig. »Du unterbrichst etwas«, stieß ich zwischen zusammengebissenen Zähnen hervor.

Svidur trat mit verzweifeltem Gesichtsausdruck näher.

»Töte ihn.« Sein Blick strebte zum Korridor und der Arena auf der anderen Seite. »Töte ihn. Dann werde ich wieder genauso stark wie früher.«

Ich hob Tilarids erneut an, doch durch einen gewaltigen, unsichtbaren Schlag flog das Schwert aus meiner Hand. Es klirrte zu Boden, wo es liegen blieb und bissig sirrte.

»He!«

Svidur machte einen wütenden Schritt vorwärts.

»Das darfst du nicht tun.« Serén sprach in meinem Inneren. »Ich kann sehen, dass die Tat zum Untergang führen würde.«

»Es scheint unter all den Umständen langsam ziemlich unvermeidbar zu sein«, japste ich und kniete mich hin, um Tilarids wieder aufzuheben. »Seid ihr nicht alle auf dem Weg in die Arena? Und ich weiß, wie das endet.«

Svidur drehte den Kopf.

»Ich kann dich hören, Rabe«, sagte er. Er sprach zu Serén.

Ich war von der ruhigen Stimme meiner Schwester beeindruckt.

»Du kannst Hangadrott nicht kriegen, Odin.«

Ich krümmte mich, als sie seinen wahren Namen aussprach.

»Das ist mein Recht«, knurrte er. »In früheren Zeiten strömten die Opfer nur so zu mir. Die Menschlein waren mehr als versessen darauf, mich mit Blut zu überschütten.«

»Zeiten ändern sich«, erklang Seréns klare Stimme in meinem Kopf. »Glaube mir, meine Schwester und ich wissen es.«

Wieder knurrte Svidur. »Ich hätte euch niemals Hellsichtigkeit verleihen dürfen.«

»Ich wünschte, du hättest es nie getan«, konterte ich.

Er reagierte nicht, sondern machte mit den Fingern eine Bewegung, und Tilarids war wieder in meiner Hand. Fast ohne meinen Willen zeigte ich mit der Klinge auf Sverres Hals.

Serén richtete ihre Aufmerksamkeit auf mich. »Anne. Mach dich nicht zur Mörderin.«

»Das bin ich schon«, flüsterte ich. Plötzlich brannte eine meiner Schultern. »Früher hast du einmal gesagt, Sverre sei für mich gefährlich.«

»Er ist sehr gefährlich für dich … gefährlich für uns alle. Wenn du ihn umbringst. Mir ist klar geworden, dass so meine Vorhersehung gedeutet werden musste. Ich hatte sie missverstanden.«

»Gedeutet?« Hysterie färbte meine Stimme. »Stehe ich jetzt gerade hier mit einem altnordischen Gott bei einem Menschenopfer, weil du eine Vorhersehung falsch gedeutet hast?«

In meinen Händen zitterte Tilarids, und jetzt musste ich all meine Kräfte aufbringen, um es zurückzuhalten.

»Die Dinge haben sich verändert.«

»Innerhalb einer halben Stunde?«, rief ich schrill.

»Wir sind auf dem Weg in die Arena«, sagte Serén.

»Ragnara will mich meines einen Raben berauben!«, brüllte Svidur und wuchs. »Sie will mir *meine* Macht nehmen!« Der Ton war noch unmenschlicher als bei den Gelegenheiten, bei denen Mathias aus tiefster Kehle metallisch geschrien hatte, und er hob die Hände, die jetzt die Größe eines Fahrradreifens angenommen hatten. Sein Gesicht schwebte hoch über mir. »Töte ihren Sohn, töte ihn! Und rette dich.«

»Anne«, sagte Serén mit Nachdruck.

Ich fokussierte einen Blutstropfen, der aus Sverres Hals ausgetreten war. Weil die Zeit ausgeschaltet war, dauerte es mehrere Sekunden, bis er mit einem Platschen auf den Boden fiel.

»Bloß ein Schnitt«, flüsterte ich. »Nur eine kleine Bewegung in meinem Handgelenk. Svidur rettet uns alle. Er schickt dich und unsere Mutter nach Hause, und mit Elias' Hilfe bekommen wir unseren Vater zurück.« Meine Worte waren kaum hörbar. »Wir können eine Familie werden.«

»Nicht so eine.« Seréns Stimme schlich sich in meinen Kopf.

Ich dimmte sie aus und umklammerte das Schwert noch etwas fester. »Es ist nur Stahl durch Luft und Blut. Sonst nichts.«

Tilarids' Metallknauf lag kühl in meiner Hand. Verlockend. Das Ganze war gleich vorbei. Ich konnte meine Eltern mit Serén und mir von Odinshöhe aus winken sehen.

»Vertrau mir«, sagte Serén. Ich hörte an ihrer Stimme, dass sie den Tränen nahe war.

Ich hielt in der Bewegung inne.

»Du darfst Sverre nicht töten.«

»Er hat mich betrogen. Er hat mich belogen.«

»Wenn du ihn opferst, bist du kein Fünkchen besser als Ragnara.«

Ich atmete kräftig ein und aus. »Du hast recht. Du hast immer recht.« Ich weinte beinahe bei dem Gedanken über das, was ich fast getan hätte. Ich schaute Svidur an. »Das wird nichts.« Ich ließ Tilarids los. Das Schwert fiel scheppernd zu Boden, und diesmal blieb es dort liegen.

Zorn glühte in Svidurs Gesicht. Göttliche Raserei und die Hitze, die er ausstrahlte, brachten mich zum Schwitzen.

»Kleine Seherin«, sagte Svidur. »Das wird dich ein anderes Leben kosten. Das wird dich teuer zu stehen kommen.«

Dann zog er sich in die Schatten zurück und war weg.

KAPITEL 36

Um uns lief die Zeit wieder an.

Merits Haare landeten auf ihren Schultern, und sie spurtete los. Sverre vollendete seinen Schritt vorwärts und schaute Tilarids erstaunt an, das auf den Boden geworfen dalag. Er griff sich an den Hals, wo frisches Blut aus der schmalen Wunde trat.

»Was?«

Ich stand stöhnend etwas von ihm entfernt. Sein Blut klebte an meinen Händen. Aber er war am Leben.

Sverre sah von meinen Fingern zu Tilarids, schüttelte aber den Kopf.

»Jetzt«, sagte er und steckte gleichzeitig Tilarids ins Futteral zurück. »Wir müssen weg.«

Draußen im Gang rannten wir los.

»Hier rein.« Sverres Stimme war angespannt, und er tastete hinter sich nach meiner Hand, damit er mich in einen Nebenflur ziehen konnte.

Ich bohrte die Absätze in den Boden.

»Wie können wir helfen?« Meine Augen rissen sich von der schmalen roten Schnittwunde an seinem Hals los. Hätte ich ihn durchtrennt, wären wir alle jetzt in Sicherheit.

»Wir können nichts tun. Ich bringe dich weg.«

»Meine Schwester ist da unten. Meine beste Freundin. Ich muss ihnen helfen.«

Sverre dachte einen Augenblick nach, änderte die Richtung und manövrierte uns zu einer Treppe. Er führte uns nach unten, und wir standen vor einer Tür. Als er sie aufgeklinkt hatte, schlug uns von draußen das Gebrüll der Menschenmenge entgegen.

Wir waren im untersten Bereich der Arena. Im Laufgang, der sich um den kreisrunden Platz zog, dessen Mitte der abstruse Baum mit seinen blutigen Früchten zierte. Der Gestank von Tieren, Blut und Angst strömte mir entgegen. Genau wie in meinem Traum.

Die Zuschauer, es mussten Tausende sein, schrien wie wild Anfeuerungen. Nur ein Gitter trennte uns von der mit Sand bestreuten Manege, und über uns verliefen die Mauern mit den Zuschauerplätzen. Ich legte den Kopf in den Nacken.

Hoch, hoch, hoch.

Immer noch liefen Soldaten dort oben herum und suchten – bestimmt nach mir. Ich zog die Haube tiefer ins Gesicht.

Mein Blick wanderte über die Zuschauer und suchte nach Menschlichkeit, doch ich konnte nur vor Blutdurst verzerrte Gesichter entdecken. Ich war vorher noch nie in der Nähe von so vielen Menschen gewesen, und unter ihrem Eindruck ging ich fast in die Knie. Ich sah ihre Erinnerungen, spürte ihre Gefühle, und vor allem krachte die kollektive Begeisterung über den bevorstehenden Kampf in mich hinein. Über allem herrschte Ragnaras gewaltige Aura. Ich schirmte mich mehr denn je ab und wünschte inständig, ich hätte das Fläschchen mit Kornrade aus meiner Tasche bei mir. Aus meiner Tasche, die in Sverres Gemächern lag. Das Einzige, was ich dabeihatte, war Auka.

Ich schaute zur kleinen Tribüne, wo Sverres Stuhl leer klaffte. Ingeborg saß in ihrem schönen blauen Kleid daneben und sah verloren aus. Mir tat das Mädchen leid, das die Hände ringend ausharren musste. Ragnara – ich erschauderte, als ich sie endlich deutlich sah – hatte auf einem geschnitzten Thron ganz vorn Platz genommen. Ich zitterte nicht, weil sie Furcht einflößend war, sondern weil sie so klein und zart wirkte. Ich konnte kaum nachvollziehen, dass diese Person – die künftige Göttin – so schreckliche Dinge verbrochen hatte. Und dennoch.

Ihr wilder Vibe hatte auf mich die Wirkung wie dicker schwarzer Rauch. Ich würgte ein paar Huster hervor.

Ragnaras langes dunkles Haar war gelockt und aufgesteckt, und ihr Kleid war aus schwarzem Stein gemacht, der in der Sonne funkelte. Wie eine harte, warme Schale, die sie unmöglich tragen konnte, ohne sich vorwärtszuschleppen. Doch sie saß ruhig da, und das Steinkleid schien nicht mehr zu wiegen als eine Feder. Ihr Gesicht war hübsch, mehr aber auch nicht. Nicht überirdisch schön oder unangenehm beeindruckend. Bloß ein Durchschnittsgesicht mit einer gleichgültigen Miene. Die Augen – mein eigener Blick flackerte zu Sverre –, die Augen waren vertraut. Dunkel und wach. Sie passten viel besser zu ihrem goldenen Teint und schwarzen Haar als zu Sverres fast weißen Locken.

Ragnara saß steif wie eine Statue, vollführte aber eine kleine Bewegung mit der zierlichen Hand, die die Tausende von Menschen zur Mäßigung aufforderte. Es wurde ganz still, und nur die Seile, an denen die toten Tiere baumelten, knarrten leise, als sie sich drehten.

Sie erhob beim Sprechen nicht die Stimme. Sogar nur mit ihren aufkeimenden Kräften trug die helle Stimme ganz hinauf zu den obersten Rängen.

»Jemand«, ertönte das feine Stimmchen, »hat sich an uns vergangen.«

Ich weiß nicht, ob sie mit *uns* im Pluralis Majestatis sprach – über sich in der Mehrzahl – oder ob mit *uns* das Volk gemeint war.

»Jemand macht die Freiheit zunichte, für die wir gekämpft haben.«

Wieder *wir*. Redete sie von sich oder von allen Menschen?

»Wir werden alles unternehmen, um in Frieden zu leben. Darum sind wir gezwungen, die Verantwortlichen zu bestrafen.« Ein kurzes Zucken ihrer dunklen Augenbrauen zeigte, dass es sie schmerzte. Vielleicht. Oder vielleicht freute es sie. Ohne zurückzublicken, hob sie die Hand, und Eskild mit seinem stahlgrauen Haar erhob sich. Eines seiner Augen war hellblau. Das andere war schwarz.

Eskild Schwarzauge.

Im Gegensatz zu Ragnara war er wirklich unheimlich in seiner nicht prunkvollen Lederkluft, die überall mit Eisenschnallen bestückt war. Mit Schnallen, in denen Messer, Schwerter und ein Speer steckten. Als einzigen Schmuck trug er Ragnaras Rune, die ins Leder auf seiner Schulter geprägt war. Er trat einen Schritt vor, und diese Bewegung drückte seine ganze Autorität aus. Seine ganze Macht und Willenskraft. Und selbst wenn die Welt unterginge, würde er Ragnara nicht von der Seite weichen.

»Öffnet die Tore!« Die Stimme klang wie ein Peitschenknall.

Eskild setzte sich wieder, und ein tiefer, metallischer Laut wirbelte die gewölbte Mauer der Arena entlang. An dem einen Ende ging ein Tor auf, und eine kleine Schar wurde hereingescheucht.

Unwillkürlich hielt ich mich am Gitter fest, denn ich erkannte sie.

Da kam Taliah. Sie war leicht zu erkennen an ihren orientalischen Tätowierungen, die sich vom Hals bis zu den Fingerspitzen erstreckten. Wie einen *Schlag* fühlte ich ihre Hellsichtigkeit, und da hob sie auch schon den Kopf, als ob sie mich spürte. Sie trug einen schiefen Speer.

Luna trat heraus, und ich musste mich zusammenreißen, um nicht ans Gitter zu hämmern. Sie hielt einen Bogen in der Hand, auf dem ein Pfeil lag. In einem Köcher an ihrer Hüfte steckten zwei weitere Pfeile.

Bloß zwei Pfeile!

Mein Herz rutschte ab, als ich sah, dass sie die Hände bewegte, um magische Energie zu sammeln. Es passierte nichts. Jemand musste ihre Gaben gefesselt haben. Ihre bunt schillernden Kleider waren verdreckt und zerrissen, doch sie schien mit heiler Haut davongekommen zu sein. Unverletzt, aber nur vorerst.

Taliahs rothaariger Freund tauchte auf, an Tíw gefesselt. Der Rothaarige hob den Streithammer gegen einen unsichtbaren Feind. Ich schaute Tíw an. Jemand hatte sich die Mühe gemacht, Tíws braunes Haar zu kämmen und mit goldenen Ringen zu verzieren, wie damals, als ich ihn in Ísafold sah. Er steckte in sauberen Kleidern und glich einem vorzeitlichen keltischen Volkshelden. Tíw drückte trotz seiner unvorteilhaften Stellung, an den Rothaarigen gefesselt, den Rücken durch. Er hatte ein Schwert. Verrostet und schief mit einer stumpfen Klinge, doch so hatte er wenigstens etwas, womit er sich verteidigen konnte.

Die Volksmenge auf den Zuschauerplätzen durfte sich die Gefangenen geraume Zeit angucken. Flüche wurden gerufen und in die Mitte des runden Bauwerks gespuckt.

Luna schaute sich suchend um.

Da ertönte ein Rumoren wie ferner Donnerhall. In der undurchdringlichen Dunkelheit in der Öffnung leuchtete ein Paar grauer Augen. Eine riesige Wölfin schritt mit gebleckten Zähnen und angelegten Ohren nach draußen. Sie war rabenschwarz wie Rokkin und genauso groß, aber etwas breiter.

Den Leuten blieb beim Anblick der Wölfin die Luft weg, die Monsters Frau Boda sein musste.

Hinter ihr folgte Mads, und neben der Wölfin war deutlich zu erkennen, dass er dem Riesengeschlecht ebenso wie dem der Menschen angehörte. Er sah die Zuschauer wütend an, und zum ersten Mal konnte ich sehen, wie furchteinflößend mein Schulfreund vom Gymnasium war.

»Die Bestien stürzen sich auf die anderen Gefangenen«, rief jemand. »Riesen fressen ja alle Menschen in ihrer Nähe. Zieht den Ungeheuern sofort die Haut ab.«

Boda schaute nach oben und starrte dem Sprecher direkt in die Augen. Ihr Gesichtsausdruck verhieß dem Mann ein grausames Schicksal, aber er grinste bloß.

Hinter Boda und Mads schritt Vale. Er humpelte ein wenig, und seine eine Seite war braun von altem, geronnenem Blut, wo er von Sverres Leuten verletzt worden war.

»War's das jetzt?«, fragte ich außer Atem, als meine Augen über die Gefangenen fegten.

Aber noch eine weitere Person kam heraus, und mit Herzklopfen sah ich, dass es Gytha war.

Ein schadenfrohes, brüllendes Gelächter stieg von den Zuschauerplätzen auf, und ohne nachzudenken guckte ich zu Ragnara, die nicht eine Miene verzog. Sie hatte im Großen und Ganzen alle versammelt, die ich in dieser Welt kannte, einschließlich einiger aus Midgard, und plötzlich fühlte ich, dass der ganze Auftritt nur mir zu Ehren stattfand.

»Weibermann!«, rief jemand Gytha nach.

»Du kriegst, was du verdienst«, ertönte es aus einer anderen Richtung. »Was für eine Schande! Pfui!«

Sverre hielt sich am Eisennetz fest, als Gytha herauskam und versuchte, sich so würdevoll wie möglich aufrecht zu halten. In der Hand hielt sie ein kleines Messer, das nicht so aussah, als würde es sich für mehr als zum Schneiden von Kräutern eignen.

Sverre suchte in dem Gitter fieberhaft nach einer Öffnung, doch es war glatt und stabil. Seine Hände erstarrten und blieben vor Entsetzen erhoben, als die letzten Gestalten in die Arena schlurften.

Es waren Merit, ihre Brüder und die vier Kinder aus Miklagard. Merit hatte die Arme um die beiden zitternden Jungen gelegt, und sie blickte sich flehend um. Ihre kleine, schiefe Nase war deutlich zu erkennen, und die vernarbte Haut auf der Wange fing das Licht ein. Die Kinder, Merit und ihre Brüder wurden in die Mitte der Schar aus Gefangenen geschubst. Die Erwachsenen bildeten einen Kreis um die Kinder.

Das Publikum brüllte gespannt, und vereinzelt ertönten *Buh*-Rufe, aber es gab auch einige, die sich still verhielten. Bestimmt nicht alle hießen den Anblick von Kindern in der Arena gut.

»Lass die Kinder gehen«, bat der Rothaarige Ragnara. Seine Stimme zitterte vor Angst. Nicht um seiner selbst willen, sondern um der Kinder willen.

Sie guckte nicht einmal in seine Richtung.

»Ich bitte dich.« Er sank auf die Knie und streckte die nicht angekettete Hand vor. Der Hammer landete mit einem dumpfen Aufprall im Sand.

Nachdem sie unter sich ein paar Blicke ausgetauscht hatten, verneigten sich alle Erwachsenen vor Ragnara. Sogar Boda und Vale legten sich hin, doch ihre Zähne blieben gebleckt. Alle Waffen wurden als Zeichen der Unterwerfung im Sand abgelegt.

»Lass die Kinder frei«, sagte der Rothaarige wieder.

Jetzt lief Sverre zur Tribüne, wo Ragnara, Eskild und Ingeborg saßen, doch dort trennte sie ein Gitter voneinander. Er schaute seine Mutter an.

»Nicht die Kleinen!«, rief er. »Ich tue alles.«

Hinter Ragnara sah ich, wie Ingeborg ihren frischgebackenen Ehemann mit einem undeutbaren Blick bedachte.

Langsam drehte Ragnara den Kopf. Die dunklen Locken glitten über das Steinkleid. In ihrem Gesicht waren keine Gefühlsregungen zu erkennen, als sie ihren Sohn anschaute. Wieder suchten ihre Augen den großen Fehu-Baum mit seiner blutigen Last auf, als zöge er an ihr. Dann guckte sie den Laufgang entlang.

Ich duckte mich hinter einen Pfeiler, wusste aber nicht, ob sie mich gesehen hatte. Vielleicht wirkten die Zaubereien auch bei ihr.

»Ragnara, Ragnara, Ragnara!«, riefen die Zuschauer.

Jetzt erhob sich Ingeborg auf wackelige Beine. Sie lehnte sich zu Ragnara und sagte ihr etwas ins Ohr.

Ragnaras Augenbrauen senkten sich ein wenig, doch sie blieb eine Reaktion schuldig.

Ingeborg versuchte es wieder, aber Eskild legte ihr seine große Hand auf die Schulter und drückte sie zurück auf ihren Platz.

Ragnara lehnte sich ein bisschen nach hinten und sagte etwas zu ihm, woraufhin er einigen Soldaten ein Zeichen gab und den Laufgang hinunter zeigte, dorthin, wo wir standen.

Ich schaute wieder in die Arena, während sich die Soldaten durch die Volksmenge zu uns vordrängelten. Zum Glück hatten sie zwischen den vielen ausgelassenen Leuten Probleme, voranzukommen.

Das Tor am anderen Ende ging langsam auf, und die Angeketteten ergriffen ihre Waffen im Sand. Sie stellten sich in einem Kreis auf, die Kinder in der Mitte. Boda und Vale standen vor ihnen, durch die langen weißen, gebleckten Zähne knurrend.

Seltsame Geräusche drangen aus dem geöffneten Tor. Es hörte sich an wie Leder auf Knochen. Ein flatterndes Stöhnen, begleitet von einer Flut von roten, leuchtenden Punkten. Sie strebten zum Sonnenlicht.

»Brräää …«

Mir blieb die Luft weg. Das waren Fingalke. Sie mussten zu Ragnaras Heer von Fingalken gehören. Zehn riesige, rotäugige Fingalke flatterten mit ihren unbrauchbaren Flügeln und sahen die zusammengerückten Gefangenen am anderen Ende der Arena an. Die affenähnlichen Gesichter mit den roten Augen und buschigen Ohren wurden gedreht, als sie die Beute betrachteten.

Soldaten stachen sie mit kurzen, scharfen Stäben vorwärts. Mehrere von ihnen hinterließen blutige Verletzungen an den Rücken und langen Armen der Fingalke, und einzelne Stäbe blieben unter ihrer Haut stecken, wo sie in seltsamen Winkeln abstanden. Die Fingalke knurrten jedes Mal, wenn sie einen Stich abbekamen. Die Wachleute ließen sie beim großen schwarzen Baum anhalten, wo sie zur Spitze hinaufschnüffelten, und einer machte den Mund auf und schlabberte tropfende Blutsfäden von einem Opferlamm.

Ein einzelner Fingalk blieb zurück und guckte sich verwirrt um.

Ich fühlte, dass mein Herz gleich zersprang, und Sverre schaute von seinem Standpunkt im Laufgang unglücklich zu mir.

Draußen in der Arena unter den anderen Fingalken bewegte sich Finn mit dem runden grauweißen Fleck um das eine rote Auge auf schlurfenden großen Füßen vorwärts.

Er blickte sich um, und seine Nasenlöcher blähten sich.

»Nene!«, rief er und machte ein paar Schritte in meine Richtung. Seine roten Augen flackerten, als er schnüffelte. »Krik?«

Ein Soldat stach ihm einen spitzen Stock in den Rücken.

Instinktiv fuhr Finn herum und fauchte den Soldaten an, wobei sich seine Augen tiefrot färbten.

Durch die Zuschauerränge ging ein Raunen beim Anblick des wütenden Fingalks, der einen Kopf größer war als die anderen.

Ob er rein zufällig dort war oder um Sverre zu quälen, wusste ich nicht, aber in diesem Augenblick war es mir egal, ob Ragnara mich gefangen nahm. Ob Eskild mich umbrachte oder ob die neun anderen Fingalke mir bei lebendigem Leib die Haut abzogen. Ich wollte da rein. Ich wollte hinein zu den Kindern, den Wölfen, meinen Freunden und zu Finn. Ich weinte vor Wut und lief andersherum, um einen Weg hinein zu finden.

Eskild fing meine Bewegung ein, denn er hob den Kopf wie ein Hund, der Wild witterte. Er rief den letzten Soldaten auf der Tribüne einen Befehl zu, und sie bewegten sich auch hinunter zum Kampfplatz.

Sverre kam entgegengelaufen. »Ich wusste nichts davon«, rief er. »Nicht das mit den Kindern.«

Gleichzeitig krochen die Fingalke näher an die Gefangenen heran, die ihre mickerigen Waffen hoben und sich in Kampfposition hinstellten. Boda hatte das Nackenfell gesträubt und knurrte die fürchterlichen Wesen an.

Immer, wenn Finn versuchte, sich von seinen Artgenossen zu entfernen, stieß ihn ein Wachmann zurück in die Herde. Am Ende lief übel riechendes Blut über Finns Rücken. Ein spitzer Stock blieb in seinem Schenkel stecken.

Sverre und ich liefen weiter um die Arena, und mit Händen

und Augen suchten wir nach einem einzigen kleinen Durchlass in dem Gitternetz.

In der Arena gingen zwei Fingalke zum ersten Angriff über. Der eine schnappte nach Taliah, aber sie schlug mit dem Speer nach ihm. Zur gleichen Zeit stürzte sich der andere Fingalk auf Merits einen Bruder, aber Tíw hackte ihm mit dem Schwert in die Seite. Das Geräusch von splitternden Knochen und der Gestank vom verletzten Fingalk strömten zu uns.

Der Pöbel johlte.

Während Sverre und ich den Zaun absuchten, merkte ich, dass etwas näher kam. Es war ein pulsierender und gewaltiger Vibe, der mich fast rückwärtsdrückte.

»Serén?« Ich rief laut, doch sie antwortete nicht.

In der Arena hatte sich ein anderer Fingalk auf Boda gestürzt, das dauerte jedoch nur wenige Sekunden, bis ihre scharfen Zähne ihn zerrupft hatten. Er lag in Stücke gerissen wie ein von innen nach außen gewendeter Teddybär da, als sie sich den nächsten vornahm.

Die Zuschauer rasten im Blutrausch.

Mads zerschmetterte den Kopf eines Fingalks mit geballter Faust. Sein Haar klebte ihm an der Stirn, als er seine starken Hände schwang.

Die Volksmenge johlte vor Nervenkitzel.

Ich hielt es langsam tatsächlich für möglich, dass sie gewannen. Die Kinder in der Mitte drehten sich um die eigene Achse. Die Kleinsten weinten, und Merit legte schützend die Arme um sie, während Vale und Boda im Alleingang vier Fingalke töteten.

Jetzt waren nur noch zwei Fingalke übrig – drei, wenn man Finn mitzählte; aber er machte einen so unbeholfenen und desorientierten Eindruck, dass ich am meisten um sein Leben fürchtete.

Ich erkannte den Zorn in Tíws und die Verbissenheit in Taliahs Gesicht. Sogar Luna sah konzentriert aus und feuerte einen Pfeil ab, der sich in die Brust eines Fingalks bohrte. Die Riesenwölfe bissen knurrend um sich, und in der Mitte standen die Kinder.

Eskild war zurück auf die Tribüne gesprungen und rief wieder etwas. Das Fünkchen Optimismus, das bei mir aufgekeimt war, verflog, als weitere zehn Fingalke auf großen Füßen platschend hereinliefen. Sie stürzten sich in den Kampf, und ein paar Minuten lang bekam man nicht mit, was ablief.

Zur gleichen Zeit hatten sich die Soldaten durchs halbe Publikum gedrängelt.

Lunas letzter Pfeil bohrte sich in eine Schulter, doch ein anderer Fingalk schnitt ihr beinahe mit seinen langen Klauen in die Brust. Im letzten Augenblick warf sich Gytha dazwischen und stach ihr kleines Messer dem Fingalk in den Hals. Der gurgelte, drehte sich aber um, fuhr Gytha mit seinen messerscharfen Fingern über die Wangen, sodass sie zu Boden fiel, die Hände vors Gesicht geschlagen.

Überall war Blut und Matsch, und die Zuschauer johlten. Taliah hatte einen breiten Schmiss auf der Wange. Tíws Widerstand wurde behindert, weil er an einen anderen gefesselt war.

Ein Fingalk sprang Taliah auf den Rücken und schloss seine Klaue um ihre Kehle. Sie fuchtelte mit ihrem Speer, konnte ihn damit aber nicht treffen.

Ich war nicht in der Lage, den Schrei zu unterdrücken, der aus meinem Mund gellte. Das war jetzt auch egal. Eskild und die Soldaten hatten mich ohnehin schon entdeckt. Ich schob die Haube vom Kopf, sodass meine rote Mähne über meine Schultern floss.

Taliah fiel vor dem großen Baum auf die Seite, die Arme von sich gestreckt. Sie bewegte sich kraftlos, als der Fingalk weitersprang.

»Du musst weg, Anne«, bat Sverre. »Jetzt oder nie.«

»Ist mir scheißegal!«, schrie ich. »Finn, Luna und Mads. Wenn sie trotzdem sterben, ist das alles egal. Ich muss da rein.«

Er nickte, und wir spurteten weiter um die Arena, vom Kampf bloß durch ein stabiles Netz getrennt. Ich hämmerte darauf ein, um einen Weg hineinzufinden. Ich entdeckte ein winziges Loch, doch wieder traf mich eine Welle von Seréns Energie.

Ich hackte mit Auka auf das Gitter ein. Neben mir merkte Sverre, was ich tat, und schlitzte mit Tilarids das Eisengitter auf. Mal schnitt, mal zog er an der Öffnung, die langsam – viel zu langsam – immer größer wurde.

Drei Fingalke hatten sich die Kinder in der Mitte ausgesucht, schnappten und bissen, um zu ihnen vorzudringen. Mads und Luna taten alles in ihrer Macht Stehende, doch das Tor ging auf und vier große Gestalten kamen herein. Ein Raunen ging durchs Publikum, als sie sahen, dass es sich dabei um Berserker in knapper Lederkluft und mit langen, verfilzten Haaren handelte.

Von den Rängen wurde gerufen: »Sind die Berserker jetzt auf unserer Seite?«

»Ragnara hat starke Verbündete.«

»Das ist der beste Gladiatorenwettkampf, den ich je gesehen habe.«

Ich hämmerte auf das Netz ein und behielt eine Frau mit wilden Haaren, braunen Zähnen und einem Messer im Auge, das noch größer war als das des Wilden. Zum Glück schienen die Berserker kein Demiblut genommen zu haben, doch sie stürzten sich trotzdem furchtlos in den Kampf, und obgleich die Gefangenen sie zurückschlugen, konnte ich am Ende sehen, dass alle Anstrengungen aussichtslos waren. Luna hatte Taliahs Speer aufgehoben, um sich und die Kinder jetzt damit zu verteidigen.

Ein Fingalk vollführte einen riesigen Ausfallschritt auf Tíw zu. Wenn der ihn fällen würde, wäre der Weg zu den Kleinen frei. In dem Augenblick kam es in Finns Hirn zu einem Kickstart. Er meckerte und glitt näher, obwohl er sich im Hintergrund gehalten hatte.

Nein, Finn, dachte ich. *Du darfst unsere Freunde nicht umbringen.*

Doch er nahm Kurs auf den einen Fingalk, der im Begriff war, Tíw zu Fall zu bringen. Ich sah es, hatte aber Zweifel, ob Tíw es auch mitbekam.

Finn flatterte mit den Flügeln, und alle schrien, als er vom Boden abhob. Niemand glaubte, dass Fingalke fliegen konnten, doch Finn erhob sich über den blutigen Schauplatz und schwebte über allen.

Tíw schaute hoch. Er hatte eine Sekunde, um zu entscheiden, ob er Finn oder den Fingalk vor sich aufspießen sollte. Gleichzeitig lief ein anderer zu der Seite, wo er mit dem Rothaarigen zusammengebunden war.

Tíw kniff die Augen zusammen, und ich nahm wahr, dass er Finn anschaute und den grauweißen Kreis um sein Auge fokussierte. Dann drehte er sich um und rammte die Schwertklinge dem stehenden Fingalk in die Flanke. Den anderen Arm, der angekettet war, platzierte er zwischen seinen Nebenmann und den angreifenden Fingalk, um ihn zu schützen. Ein Schmerzensschrei erreichte mich, als sich die Krallen des Fingalks durch Knochen und Fleisch bohrten und Tíws Arm in zwei Teile rissen. Aber das gab Finn die Möglichkeit, sich umzudrehen und mit dem Schwanz zu peitschen, wodurch einige Fingalke und zwei der Berserker zu Boden stürzten. Ragnara hatte sich erhoben. Eine kleine Bewegung mit ihrem Handgelenk ließ wieder Stille einkehren. Eskild kläffte etwas, und die Fingalke und Berserker erstarrten.

Die Gefangenen waren außer Atem, und die Riesenwölfe knurrten. Eines von Vales Beinen trug ihn nicht mehr, und die Wunde an seiner Seite war aufgeplatzt und blutete. Mads rieb sich die großen Fäuste, und Lunas Locken standen in alle Richtungen ab.

Ragnaras spröde Stimme ertönte.

»Es gibt eine Änderung. Oder …« Ihre Mundwinkel hoben sich. Zum ersten Mal sah ich ein Lächeln auf ihrem Mund, und plötzlich war sie Furcht einflößend. Sodass-einem-das-Blut-in-den-

Adern-gefror-alles-überwältigend-Furcht-einflößend. Sie sprach mit ihrer Kinderstimme weiter: »Es handelt sich eher um einen Zusatz. Wir haben nämlich beide Töchter von Thora Todesblut gefangen genommen.«

Ein gewaltiges Zischen durchlief die Zuschauerreihen, und ich blickte mich ratlos um.

Beide?

Die Soldaten waren fast unten bei uns angekommen, doch ich war nicht gefangen – noch nicht. Wahrscheinlich war sie sich ganz sicher, dass sie mich gefangen nehmen würde, sodass sie sich traute, es der ganzen Welt zu verkünden.

Wieder bebte die Erde unter mir. Serén war ganz in meiner Nähe.

Ein Tor ging auf, diesmal ganz weit entfernt von uns, und eine kleine Gestalt mit feuerroten Haaren in einem grünen Kleid wankte, von einem Soldaten eskortiert, in die Arena.

»Serén?«

Doch von ihr ging keine Welle aus. Keine Energie, die mich umpustete.

Mein Herz rutschte dennoch ab, als ich Faida erkannte, die auf der Hálfa-Feier in Ísafold versucht hatte, Rorik zu verführen.

Sie sah mit dem dicken Strick um den Hals verloren aus. Ich konnte den Anblick fast nicht ertragen, als ich sah, dass sie mein grünes Kleid trug, das ich ihr in bester Absicht gegeben hatte.

»Nein«, flüsterte ich.

Auch Sverre sah Faida entsetzt an, und Tíw schrie.

Faida blinzelte ins grelle Sonnenlicht, als fiele es ihr schwer, sich zu orientieren. Als sie die Zuschauer entdeckte, zog sie die Augenbrauen kraus. Dann erblickte sie die Fingalke, die zwischen ihr und den versammelten Gefangenen standen, und riss die Augen auf.

Ein paar halbherzige *Buh*-Rufe kamen von den Zuschauerrängen, und Faidas verwirrter Kopf drehte sich in deren Richtung.

Ragnara wusste sehr genau, wie ich und meine Schwester aussahen. Sie wusste, dass es keine von uns war. Faida spielte die Rolle der einen von uns, ohne es zu wissen.

»Warum hat sie dein Kleid an?«, hauchte Sverre.

»Ich habe ihr das Kleid geschenkt. Nach der Nacht in Ísafold, als wir …« Ich konnte nicht weitersprechen. »Ich hatte ein schlechtes Gewissen.«

Rorik schaute wieder Faida an.

Ohne nachzudenken, rief ich: »Ich bin hier. Nehmt mich. Ihr habt die Falsche erwischt.« Doch meine Worte gingen im Lärm von den Zuschauerplätzen unter.

Ragnaras Augen wanderten von mir zu Eskild, und seine schnarrende Stimme rief einen Befehl.

Die Fingalke stellten sich zwischen Faida und die Gefangenen, und obwohl die versuchten, sie zu erreichen, gelang es ihnen nicht.

Ragnara stand langsam auf und stieg hinab in die Arena. Mit langen Schritten ging sie an unseren Freunden vorbei.

Die Zuschauer tuschelten. »Das nenne ich Mut.«

Ragnaras Sandalen knirschten auf dem Sand, und das Steinkleid rasselte an ihr. Sie passierte Taliahs unbeweglichen Körper und baute sich auf der anderen Seite ihres Kopfes auf.

Ich stöhnte, als ich die Absicht erkannte. Mein Traum. Den hatte ich durch Taliahs Augen gesehen, und die tätowierte Hand gehörte ihr. Sie musste in diesem Moment, als ihre letzte Tat, versuchen, mir die Vision in der Zeit zurückzuschicken.

Ich verfluchte mich, dass ich das nicht begriffen hatte. Hätte ich gewusst, dass Ragnara Faida in dem Spiel benutzen würde, hätte ich um Ísafold, das Fest und das unschuldige rothaarige Mädchen einen ganz großen Bogen gemacht.

Faida holte schluchzend und verängstigt Luft.

»Nein!«, schrie ich.

»Nein«, bat sie. »Nein.«

Die gigantische Menschenmenge holte kollektiv Luft.

»Das ist sie«, wurde geflüstert. »Da ist Thora Todesbluts Tochter.«

»Thorastochter hat sich mit Verschwörern eingelassen«, sagte Ragnara, »und sie unterstützt den Widerstand gegen uns. Unser Geschenk ans Volk ist es, euch von ihren Verschwörungen zu befreien.«

Der Soldat warf das Ende des Stricks über einen Ast, der in Wirklichkeit eine Wurzel an dem großen schwarzen Baum war. Er zog sie hoch.

Faida zappelte und röchelte, und ihre Füße befanden sich unmittelbar über Taliahs unbeweglichem Kopf.

Ich trommelte gegen das Gitter, neben mir rüttelte Sverre mit aller Kraft daran. Das Gitter musste mit einem Zauber belegt worden sein, sonst wären wir schon längst hindurchgekommen.

Die Zuschauer brüllten vor Begeisterung.

»Seht nur, wie sie baumelt«, rief jemand. »Zunge raus, Zunge raus …«

Ragnara zog schnell das Schwert des Soldaten aus dem Gürtel und rammte es Faida in den Rücken.

Wieder schnappten die Zuschauer nach Luft, als Blut auf Taliahs Körper plätscherte.

Faida hing jetzt still da, und Ragnara zog das Schwert heraus. Mit der Bewegung schnitt sie ein Löckchen von Faidas rotem Haar ab.

Es war mäuschenstill in der Arena, als es an Faidas totem Körper entlangschwebte und als Kringelchen im Sand landete.

Die Leute starrten Ragnara an. Einige voller Bewunderung, andere voller Angst. Aber von allen flatterten kleine goldene Fetzen. Anbetung, ob nun aus Liebe oder aus Furcht.

Ragnaras Aura wuchs mit jedem Fetzen, der bei ihr ankam.

Wenn ich Ragnara vorher schon gehasst hatte, war es ein diffuses Gefühl gewesen. Unterentwickelt. Ich konnte sie mir nicht vorstellen, und sie war eher ein Begriff als ein Mensch aus Fleisch und Blut. Jetzt hasste ich sie aus ganzem Herzen.

Eskild kläffte wieder, und mit Faidas Blut an den Händen schritt Ragnara in aller Ruhe zurück zu ihrer Tribüne.

Gleichzeitig durchbrachen wir das Gitternetz, doch die Soldaten hatten sich endlich zu uns nach unten durchgedrängelt und griffen mit erhobenen Schwertern an. Sverre drehte sich zu ihnen um und holte mit Tilarids aus. Das Schwert war zum Glück effektiv genug, um mir die Möglichkeit zu geben, das Netz zur Seite zu biegen.

Die Gefangenen befanden sich weiterhin in hoffnungsloser Unterzahl, doch der Rothaarige kämpfte jetzt besser, weil er nicht mehr an Tíw gefesselt war. Er benutzte die tropfende Kette als Metallpeitsche. Das Blut strömte aus Tíws halbem Arm, aber er schwang weiter das Schwert um sich.

»Hol die andere Schwester!«, rief Ragnara, und Serén wurde in die Arena geschubst.

Ein gewaltiger Druck traf mich, und sie schaute instinktiv in meine Richtung.

Als sich unsere Blicke trafen, schwappte die Zeit um mich, und eine Explosion war zu hören.

Okay, Zeit ist wirklich eine gewaltige Größe.

Serén und ich flogen in verschiedene Richtungen, als die Wand vor mir einstürzte.

Anne, ertönte es in meinem Kopf.

Serén! Können wir die Vergangenheit verändern?, dachte ich verzweifelt. *Können wir all das ungeschehen machen?*

Versuch's.

Ich weiß nicht, wie.

Wir sahen uns an, und noch immer herrschte Getöse. Ein ordentliches Stück von der Mauer hinter mir löste sich einfach in eine Staubwolke auf, und Sverre schirmte sein Gesicht mit der Hand ab, als Steinchen und Mörtel auf ihn herabregneten. Ein Soldat wurde von einem umherfliegenden Ziegelstein getroffen und ging zu Boden.

Das hier ist nicht passiert, befahl ich der Zeit und sah meine Schwester an.

Es krachte, als sich ein Krater vor meinen Füßen auftat. Ein großes Loch klaffte vor mir, und ich wäre fast hineingefallen.

Es funktioniert nicht. Wir bringen nur alles zur Explosion. Sogar im Inneren meines Kopfes konnte ich hören, dass Serén verzweifelt war.

Vielleicht müssen wir uns gegenseitig berühren, damit es funktioniert, dachte ich und versuchte wieder, mich vorwärtszuschieben, während ich sie anschaute, wurde jedoch schnell rückwärtsgedrückt.

Das Gitter ins Innere der Arena bog sich mit metallischem Kreischen ganz zurück.

Ich ging in die Knie, das verdrehte Eisen wie ein Bogen über mir. Instinktiv schaute ich zu Ragnara.

Staunen huschte über ihr Gesicht. Zum ersten Mal hatte ich bei ihr Gefühle gesehen. Womit auch immer sie gerechnet hatte, das hier war es ganz bestimmt nicht.

Noch einmal schickte ich meinen Gedanken fieberhaft zu Serén. *Wir müssen uns allesamt nach draußen sprengen.*

Wir standen beide wankend auf und sahen uns an. Als sich unsere Blicke trafen, spürte ich ein heftiges Ziehen, und ich glaubte nicht, dass das nur an unserer Hellsichtigkeit lag. Es war eher so, wie mit der fehlenden anderen Hälfte wieder vereint zu werden.

Krawumm!

Die Mauer hinter mir fiel in sich zusammen, und der Weg nach draußen war frei. Ganz nach draußen. Hinter Häusern und anderen Gebäuden sah ich Vigrid – die rote Ebene, und noch besser war es, dass ich auch Wölfe und Menschen sah, die durch das Loch hereinströmten.

Rokkin und ihr Rudel rannten in die Arena und schlugen die Zähne in die Fingalke und die Soldaten, die zu ihrem Unglück versuchten, gegen sie zu kämpfen. Die Menschen, die wohl zu den Aufständischen gehörten, liefen auch schreiend und die Waffen schwingend durch das Loch herein und stachen wild um sich.

Mit einem Seufzer der Erleichterung sah ich, dass sich Finn flatternd über dem Kampfgeschehen in der Luft hielt.

Immer wenn Serén und ich einander ansahen, sprengten wir neue Löcher in die Mauer und wurden auf den Boden geknallt. Aber jedes Mal standen wir wieder auf und schauten uns abermals an.

Es dauerte nicht lange, die Fingalke niederzuringen. Eskild stürzte sich mit einem Sprung in den Kampf, wohingegen die Warägergarde Ragnara zum Schutz umstellte. Blitzschnell wurden die Gefangenen und die Kinder zusammengetrieben und durch das Loch in der Mauer gescheucht.

Jemand zog Luna und Mads mit sich.

Vale humpelte blutend vorwärts, und Tíw wurde, zusammengebrochen und in Strömen blutend, davongeschleppt. Er würde nicht mehr lange durchhalten, doch trotz allem wollte er in Freiheit sterben.

Sverre lief ihnen voraus.

»Rorik«, flüsterte Tíw.

»Das ist Prinz Sverre«, erklärte eine Aufrührerin angewidert. Sie hob ihren Speer gegen ihn, aber der Rothaarige hielt sie davon ab.

»Was willst du?«, fragte er Sverre.

»Mir egal«, meinte der Prinz. Er schien das hauptsächlich zu sich selbst zu sagen. Er umklammerte den Armstumpf von Tíw, und ein Sturzbach floss über seine Hände. »Jetzt kommt es auch nicht mehr darauf an.«

Die Aufständischen konnten ihn nur staunend anglotzen.

»Lass ihn machen«, bekam ich heraus.

Sverre sah konzentriert aus, als sich Zufriedenheit auf seinem Gesicht ausbreitete. Er ließ Tíw los und lehnte sich außer Atem an die Mauer. Tíws halber Arm war am Ende mit neuer, rosa Haut geheilt.

Sie schleppten ihn weiter, und jemand zog mich an der Schulter, aber ich entwand mich.

Serén war weg, bevor ich merkte, dass der Druck in Richtung Wald verebbt war. Ich atmete aus. Sie war entkommen. Sie hatte überlebt. Ich wäre ihr gern gefolgt, blieb aber stehen.

Der Baum.

In der Mitte der Arena stand die riesige schwarze Eiche. Faida hing dort mit den toten Tieren an den in die Luft ragenden Wurzeln. Der Stamm glänzte feucht, die Fehu-Rune glühte, und ich fokussierte sie.

»Hat der Baum Verbindung zu allen anderen heiligen Bäumen in Hrafnheim?«, fragte ich Sverre.

Er hatte die Augen immer noch geschlossen, nickte aber.

»Wir müssen ihn zerstören.« Ich hatte es in dem Moment begriffen.

»Was?« Jetzt öffnete Sverre die Augen. Auf seiner Stirn funkelten Schweißperlen.

»Wenn wir ihn zerstören, kann er keine Verbindung zu den anderen aufnehmen. Er ist so was wie der Server in einem großen Computer-Netzwerk.«

»Ein was?« Er richtete sich auf.

Ich lief ganz in die Manege, die mit zerstückelten Fingalken übersät war und mit Menschen, die nicht mehr am Leben waren.

Gytha kam mit vier langen Kratzspuren im Gesicht zu uns.

Wir drei bewegten uns entgegengesetzt zu den Aufständischen. Auf den Zuschauerplätzen herrschte Chaos. Einige versuchten zu flüchten, während andere atemlos vor sich hin starrten.

Ich nahm direkten Kurs auf den Baum. Der Gestank von den Tieren stach mir in die Nase. Ich befingerte Auka, das im Vergleich zum massiven Stamm winzig wirkte.

Zwei Personen stellten sich uns in den Weg, kurz bevor wir ihn erreichten. Ragnaras Kleid gab hohle *Klonk*-Töne von sich, als die schwarzen Steine aneinanderklirrten. Sie war so klein, dass sie mir nur bis zur Schulter reichte. Eskild war größer. Er und Sverre sahen sich direkt in die Augen.

Für einen eiskalten Augenblick schloss Ragnaras finsterer Blick meinen ein. Die bedrohliche Finsternis fühlte sich wie eine Hand an, die meine Kehle packte.

Ich sah ihre Kindheit als Sklavin, den Kampf gegen die Machthaber, die Geburt von Sverre und die achtzehn Jahre als Herrscherin. Als ich schon fast Mitgefühl für sie empfand, sah ich ein Messer in ihrer Vergangenheit. Es besaß einen giftgrünen geschnitzten Schaft in Form einer Schlange, die in ihrer Hand lag. Das Messer stach in der Vision immer wieder auf den Bauch meiner Mutter ein und anschließend in meine Babybrust.

Instinktiv krümmte ich mich und griff mir an die Brust. Sie ging direkt auf mich zu, und ich bekam vor Angst ein Ziehen im Bauch.

Gytha stellte sich dazwischen.

Ich schüttelte den Kopf, um damit fertigzuwerden, aber Ragnaras Blick war schon zu Gytha gewandert, an der das zerrissene Kleid die Rune auf ihrem Oberarm offenbarte. Die Rune, die verriet, dass auch sie einmal Sklavin gewesen war.

Mir wurde klar, dass einige Zuschauer weiterhin zuguckten. Auf den Rängen war es vollkommen still.

Gytha lächelte atemlos.

»Befreierin der Sklaven«, flüsterte sie. »Du …«

Doch Ragnara hatte schon mit dem Messer ausgeholt. Sie zog die Hand zurück, und zuerst sah Gytha nur erstaunt aus. Sie blickte Ragnara voller Bewunderung an, doch dann ging sie in die Knie. An ihrem Hals klaffte eine riesige Wunde.

Die Zuschauer schrien.

Sverre guckte von der blutenden Gytha zu seiner Mutter. Er fiel auf die Knie und legte seine Hände auf Gythas Hals, um sie zu heilen. Gerade noch rechtzeitig gelang es ihm, die Wunde zu schließen, und Gytha kam hustend auf die Knie.

Sverre hob das Gesicht zu seiner Mutter. Er zitterte vor Wut. »Das ist meine Freundin.«

Ragnara zeigte mit dem Messer auf ihren Sohn. »Kein Wort mehr.«

Sie starrte mich an. »Endlich, Thorastochter. Endlich.« Sie hob die Klinge abermals, doch Sverre kam wieder auf die Beine und packte das Handgelenk seiner Mutter.

»Du darfst nicht ...«

»Ich darf die Seherin nicht töten? Muss ich dich um Erlaubnis fragen?« Ragnara legte den Kopf schräg.

»Sie hat nichts getan.«

»Ihre Eltern sind schuld daran«, sagte sie leise, sodass nur wir, die dicht bei ihr standen, es hören konnten. »Ihre Eltern und deren Freunde. Der sanfte Od.« Sie zog vor Ekel die Oberlippe hoch. »Sogar er hat einmal Ketten getragen. Sie haben mich zu dem hier getrieben.«

Sie zeigte auf sich, aber mir war nicht klar, ob sie die göttlichen Kräfte, das schöne Kleid oder das grüne Messer meinte.

»Was?«, staunte ich. »Was ist damals passiert? Was haben mein Vater und meine Mutter getan?«

»Frag sie!«

»Sie hat nichts getan«, bat Sverre.

Ragnaras braune Augen wanderten zu mir. »Ich töte sie für das, was sie *tun wird.*«

Doch Sverre hielt sie nur noch kräftiger am Handgelenk fest. »Nein!«

»Du bist Prinz«, flüsterte Ragnara. »Nicht der Sohn, den ich hätte haben sollen; aber vielleicht bist du noch zu etwas nütze.« Sie hob das Messer. »Hangadrott!«, rief sie.

Die Zuschauer sogen alle für einen gewaltigen Seufzer gleichzeitig Luft ein, als Ragnara abermals die Klinge vorschob.

»Bräääa …«

Finn war plötzlich da. Er stürzte sich auf sie und schlug seine Klauen in Ragnaras Brust. Seine Augen waren dunkelrot bis beinahe schwarz.

Sein Schlund öffnete sich, und er biss sie in den Hals.

KAPITEL 37

Die vielen Tausend Zuschauer schienen nicht einmal Luft zu holen, als sich Finns scharfe Zähne um Ragnaras Hals schlossen und sich seine Krallen tiefer in ihren Brustkorb bohrten.

Als ich ihre Aura betrachtete, sah ich, dass kleine Fetzen aus Energie zurück zum Volk gezogen wurden, das zuguckte, aber sie flackerte nicht, obwohl die Klauen eines Fingalks ihren kleinen Körper durchdrangen.

Eskild ließ mich los, zog sein Schwert und rammte es Finn einfach in den Rücken.

»Neeein!«, schrie ich. »Finn, Fiiiinn!«

Finns großer Körper erschlaffte und fiel mit einem dumpfen Laut zu Boden. Seine Krallen rutschten aus Ragnaras Körper, und Eskild presste beide Hände auf ihren Brustkorb. Sein Schwert fiel in den Sand.

»Nene«, stöhnte Finn.

Ich drückte seine braune, zerschundene Hand, doch deren Kräfte erloschen in meiner.

Er schaute zu Sverre hoch. »Krik.«

Dann schloss er die Augen, deren Farbe aber noch in Bernsteingelb umschlagen konnte, als er uns anschaute.

Der Gestank von Fingalk-Blut breitete sich aus, doch er lag ganz reglos da.

»Finn«, flüsterte ich.

»Ich kann Fingalke nicht heilen«, sagte Sverre mit zitternder Stimme.

Seit Monsters Tod war mir schmerzlich bewusst, dass einige Lebewesen für Heilung nicht empfänglich waren.

Vor uns richtete sich Ragnara auf. Sie wischte sich Schultern und Hals mit einem Ausruf der Verärgerung ab.

»Was zur Hölle ist das?«, wunderte ich mich.

Sie machte einen Schritt auf mich zu, und diesmal glühten ihre Augen vor Triumph.

Unsterblich. Ragnara war doch unsterblich.

In der Aufregung hatte ich das vollkommen vergessen.

Sverre starrte immer noch entsetzt auf Finn. Dann erhob er Tilarids gegen Eskild.

Ragnara zeigte mit dem Messer auf mich.

»Du!« Ihre Stimme war hell und klang wie die eines kleinen Mädchens. Ihre dunklen Augen hielten meine fest, und das eine Wort, das sie gesagt hatte, kroch mir bis ins Mark und übernahm all meine Willenskraft.

Auka plumpste auf die Erde, ich verlor die Bewegungsfähigkeit und schaute sie nur an. Ihre Hand, in der sie den giftgrünen Schaft hielt, bewegte sich auf mich zu, ich nahm aber nicht einmal Angst wahr. Ein Einfluss, der sehr dem durch Svidur glich, übernahm meinen Willen. Ich sah nur noch ihre Augen und die kleinen goldenen Fetzen um sie.

Eskild und Sverre kämpften gegeneinander, es war jedoch offensichtlich, dass Eskild viel besser als Sverre war. Tatsächlich kämpfte er sehr ähnlich wie Varnar.

Ich kniete mich hin und streckte mich kraftlos nach Auka aus, doch Ragnara stellte ihren Fuß auf meine Hand, und im Kopf hörte ich Varnar.

Du darfst nicht zu Boden gehen. Du darfst deine Waffe nicht verlieren.

In beidem hatte ich versagt.

Sverre sah mich am Boden unter Ragnaras Fuß festgehalten und Auka außer Reichweite. Trotz Ragnaras geringer Körpergröße war sie bärenstark, und ich konnte mich unter ihr nicht losreißen. Außerdem nahm ich kaum mehr wahr als die braunen Augen, die mich aufforderten, still liegen zu bleiben.

»Anne!«, schrie Sverre.

Ich konnte den Kopf nicht in seine Richtung drehen.

»Anne!«

Endlich war ich in der Lage, den Kopf zur Seite zu drücken, und mein Blick traf den des Prinzen. Ragnaras Augen so ähnlich, aber in der Tiefe schimmerte Liebe.

Davon bekam ich einen etwas klareren Kopf, konnte aber immer noch nicht freikommen.

Sverre schien eine Entscheidung zu treffen und warf mir Tilarids zu, wodurch er Eskilds Angriff schutzlos ausgeliefert war. Er schnappte sich Auka und vermochte Eskilds Attacke zu parieren.

Ich fing das Schwert auf, dessen Zorn in mich schoss. Das Gefühl trieb mich an, wenigstens halb aufzustehen, obwohl mein Arm nach wie vor unter Ragnaras Fuß eingeklemmt war; doch ich erhob Tilarids gegen Ragnara, und das Schwert – eher als ich – wehrte ihren Ausfall mit dem Messer ab. Am Ende sah ich nur neongrüne Blitze aus dem Schaft schießen, wenn sie damit zustach.

Finn konnte sie nicht töten, aber vielleicht konnte ich es. Die Prophezeiung besagte jedenfalls, dass ich es könne.

Ich holte mit Tilarids in voller Tötungsabsicht aus, und auf wundersame Weise traf das Schwert ihre Brust.

Es ging durch Stein und Bein, und schwarze Brocken regneten auf die Erde. Es vibrierte bis hinauf in meine Arme, als es bei ihr Fleisch und Knochen durchtrennte.

Ich *konnte* sie töten. Ich konnte …

Doch sie richtete sich auf, und die Wunde in ihrem Oberkörper schloss sich.

Oh crap!

Ich strengte mich an, klar zu denken, als sie abermals mit dem Messer ausholte wie eine halb nackte Furie. Ich konnte sie doch nicht besiegen, auch nicht wenn ich ihr noch einen Hieb versetzte.

Der Baum!, dachte ich wieder. *Anbetung. Opferung.* Ich schaute zur pulsierenden Rune auf dem großen Stamm. Dann hob ich ein letztes Mal Tilarids und warf das Schwert.

Mit einem lauten Zersplittern bohrte sich die Klinge in die glühende Fehu-Rune.

Ragnara fasste sich an den Bauch, als hätte ich sie getroffen.

Flammen brachen um Tilarids aus, und bald leckte das Feuer am Baum empor. Die trockene Eiche brannte wie Papier.

Eskild wich mit den Armen um seine Königin zurück, doch alle sahen sie nackt und entsetzt darüber, den großen Baum brennen zu sehen.

Sverre hatte Tränen in den dunklen Augen. Er nahm Finns behaarte Hand, während der große Baum hinter uns in Flammen stand.

Ragnara und Eskild drehten sich um und liefen auf das Tor zu, durch das die Gefangenen den Kampfplatz betreten hatten; Sverre und ich blieben allein mit dem brennenden Baum neben dem leblosen Finn in der Arena zurück.

Von einem Krachen zuckte ich zusammen. Es kam vom Baum, der in der Mitte zerbrach. Zunächst hing der obere Teil noch an ein paar Fasern, doch schließlich riss er ganz ab und fiel in einer Wolke aus Glutfunken zu Boden. Unter ihm schien ein elektrischer Strom in der Erde zu pulsieren, und ich vermutete, dass das mit der Verbindung dieses Baums mit den anderen Fehu-Bäumen in Hrafnheim zu tun hatte.

»Anne«, sagte Sverre.

Ich sah seine breiten Schultern, die deutlichen Tätowierungen und die Narben auf den nackten Armen. Sein nahezu weißes Haar schimmerte im Sonnenschein mit dem Goldband um die Wette, aber der geflochtene Ring an seinem Finger war längst verloren gegangen.

Ich schaute auf Finn hinunter, der mit geschlossenen Augen und dem Kopf auf Sverres Bein dalag. Seine braune Hand mit den scharfen Krallen war erschlafft.

Schluchzend holte ich Luft. »Ist er tot? Ich kann Fingalk-Auren nicht sehen.«

»Fast.« Sverre legte seine Hand auf Finns Brust.

»Komm mit«, bat ich.

Er versuchte Finn anzuheben, doch der Fingalk piepte herzzerreißend.

»Ich kann ihn nicht bewegen, und er soll nicht einsam sterben.«

Ich betrachtete die beiden, wie sie da saßen.

»Lauf«, befahl Sverre. »Die verfolgen dich wieder, wenn du nicht schnellstens von hier verschwindest.«

Ich beugte den Kopf ganz zum Fingalk hinunter. »Ich liebe dich, Finn.«

Er reagierte mit einem leisen Atemstoß.

Sverre guckte hinter mich und nickte jemandem zu.

Wer auch immer es war, fasste mich bei meiner Schulter, und eine Frauenstimme flüsterte mir ins Ohr: »Weg hier, Anne.«

Ich kam nicht dazu, stutzig zu werden, dass die Person meinen Namen kannte.

»Du stehst hier wie auf dem Präsentierteller.«

Sverre guckte zu den vielen Zuschauern hoch und sah dann mich wieder an.

»Du musst weg.« Er schob mich, und die Person hinter mir zog mich.

Ich ging ein paar Schritte rückwärts und schaute ihn ein letztes Mal an, bevor ich mich umdrehte und losrannte. Die Frau zog mich aus der Arena, durch Gassen und Straßen und hinaus an der Ecke der Stadtmauer, wo der Leuchtturm einmal gestanden hatte. Alles flimmerte an mir vorbei, und ich nahm nicht besonders viel wahr, denn Bilder von Faida, Taliah und Finn bombardierten mich.

Endlich tauchten wir in den Wald vor Sént ein, und die Frau zerrte mich hinter einem Busch nach unten.

Ich wachte auf und schlug instinktiv um mich, doch meine Faust traf eine Handfläche. Ich starrte direkt in ein Paar aufgerissene Augen in einem schmalen Gesicht, das dunkle Locken einrahmten. Einige weiße Haare waren in den schwarzen Kringeln auszumachen. Die Frau schaute mich forschend an.

Ich kannte sie von verschiedenen Visionen.

»Du bist …« Ich konnte den Satz nicht beenden. »Du bist …«

ZISCH!

Die Frau warf ein Messer dicht an meinem Ohr vorbei, und es grub sich in einen Brustkorb gleich hinter mir. Der Soldat fiel röchelnd nach vorn um.

Mir war schlichtweg nicht aufgefallen, dass uns jemand verfolgt hatte. Wieder starrte ich die Frau an, deren eigensinniger Zug um den Mund an mich erinnerte.

Sie packte meinen Arm, und ehe ich es mitbekam, rannten wir wieder rasend schnell zwischen den Stämmen hindurch. Ich versuchte, von Thora nur einen kleinen Funken zu erhaschen, als hinter uns Pfeile pfiffen und Rufe ertönten. Sie zog mich hinter einen Stein, wo wir mit dem Rücken an die kalte Fläche gedrückt dasaßen. Sie pfiff leise auf den Fingern und machte ein Zeichen Richtung Gebüsch.

Ich konnte niemanden entdecken, ging aber davon aus, dass sich ihre Leute dort versteckt hatten. Wenn nicht, hatte meine Mutter den Verstand verloren.

Sie schaute mich durchdringend an.

Ich konnte *spüren*, dass ich sie kannte. Spüren, dass wir viele Monate einen Körper geteilt hatten. Dass ich von ihr abstammte. Ich streckte mich ihr entgegen.

Wenn ich eine liebevolle Umarmung und sanfte Worte erwartet hätte, wäre ich enttäuscht worden, denn als sie den Mund aufmachte, klang ihre Stimme wie meine eigene, nur barscher.

»Ich räche deinen Vater, vernichte Ragnara und Eskild, und dann komme ich zu dir und Serén zurück.«

Ich schaffte es nicht, zu antworten, also starrte ich sie nur an.

Sie wedelte entschlossen mit der Hand in der Luft herum. »Bleib hier. Einer meiner Männer kommt zu dir.« Sie drückte mir Auka in die Hände. Das Beil hatte sie offenbar mitgenommen. »Kämpf, Anne«, ermahnte sie mich. »Du lebst trotz aller Widrigkeiten. Weiter so.«

Dann schoss sie in einem Wirbel aus dunklen Locken davon und stürzte sich in den Kampf, der ein gutes Stück hinter uns im Gang war.

Ich blieb mit offenem Mund sitzen.

»He …«, flüsterte ich, »… Mutter.«

Jemand setzte sich neben mich.

»Die anderen kümmern sich um die Verfolger. Ich soll dich nach Haraldsborg bringen.« Der junge Mann wedelte mit einer Hand vor meinen Augen herum. »Du bist ganz weggetreten.« Er schnipste. »Wach auf.«

Ich schüttelte den Kopf. »Ich bin startklar.«

Sein blondes Haar war im Nacken zusammengefasst, und er ging mir mit festen Schritten voraus.

»Es ist nicht so weit«, erklärte er über die Schulter. »Das Hauptquartier liegt da drüben.«

Er war ungefähr achtzehn Jahre alt, und trotz seines selbstsicheren Auftretens zitterte er vor Stolz, dass Thora mich ihm anvertraut hatte.

Wir gingen eine Weile schweigend, während mein Gehirn rotierte.

»Wie heißt du eigentlich?«, fragte ich.

Seine Stiefel knackten in den saftig grünen Ästen unter unseren Füßen. Der Wald war üppig, über uns der Himmel blau, und die dunklen Vögel zogen ihre Bahnen. Die Sommerhitze wogte um uns.

Er drehte den Kopf.

»Ich heiße Rorik.«

KAPITEL 38

»WIE heißt du?«

Er sah mich verständnislos an. »Rorik«, wiederholte er.

Ich hielt ihn am Arm fest. »Seit wann heißt du so?«

Er strich sich ein loses Haar hinters Ohr. Es war bei meiner heftigen Bewegung aus dem Lederband gerutscht.

»Seit meiner Geburt.« Er dachte nach. »Eigentlich schon länger. Der Name wird in meiner Familie vererbt.«

Ich drehte mich nach hinten und spähte zwischen die Bäume.

Scheiße, Scheiße, Scheiße.

»Verschwinde von hier«, sagte ich nervös.

»Nein. Varnar und Thora musste ich versprechen, dass ich dich mit meinem Leben beschütze.«

Mir war zum Weinen. »Du willst nicht abhauen?«

Rorik – der richtige Rorik, dessen Namen Sverre geklaut hatte – schaute sich auch um. »Hier ist niemand. Was ist mit dir los?«

Das Ganze passte. Serén hatte mich in einem Wald mit Rorik gesehen. Sie hatte es als einen unabänderlichen Teil der Zukunft gesehen. Sie hatte nur den richtigen Rorik gesehen und ich ihn fälschlich für Sverre gehalten. Serén hatte ihn sterben sehen, als er mich beschützte. Wieder bekam ich kaum Luft, und meine Augen flackerten zu dem Burschen an meiner Seite.

»Du musst mich nicht beschützen«, rief ich und rannte vor ihm weg. »Lauf in eine andere Richtung.«

Rorik folgte mir und stieß Stöcke und Zweige aus dem Weg, um mich einzuholen.

»Bleib stehen!«, rief er.

Ich versuchte zu entkommen und ließ einen biegsamen Ast auf ihn zurückschnellen, um ihn zu verscheuchen.

»Lass das!«, rief er. »Was in aller Welt tust du? Varnar wird wütend, wenn ich dich entwischen lasse.«

»Varnar ist immer sauer auf mich«, rief ich zurück. »Das werde ich überleben.«

Aber genau jetzt ist das Risiko groß, dass du es nicht tust.

»Halt!«, schrie er weit hinter mir, war aber auf mein magisches Teflon nicht vorbereitet.

Ich verkroch mich hinter einem umgestürzten Baumstamm und scannte die Umgebung. Warum waren mir diejenigen nicht aufgefallen, die uns ins Visier genommen hatten?

Vielleicht hatte der richtige Rorik eine Chance, solange er mich nicht beschützte.

»Anne …«, hörte ich seine Stimme abermals erschallen.

Halt jetzt die Klappe! Ich kniff die Augen zusammen und wünschte, ich könnte ihn warnen, aber wenn ich riefe, würde das die Soldaten geradewegs zu mir führen.

Ich schlug die Augen auf.

Wenn ich riefe, würde das die Soldaten geradewegs zu mir führen.

Ich erhob mich.

»Hallooo«, rief ich. »Hier drüben bin ich.«

Ein Mann tauchte aus dem Gestrüpp auf, brach aber zusammen, als ich seinem Hals einen Handkantenschlag versetzte.

Ich hatte vom Psychopathen Christian Mikkelsen zu Hause in Ravnssted gelernt, dass man zuschlagen muss, bevor der Gegner überhaupt mitbekam, dass man Anlauf nahm. Ich donnerte meine Faust auf seinen Wangenknochen und sah, dass sein Auge merkwürdig ins Schielen geriet.

Der Soldat fiel auf die Knie, als er mit dem Schwert in die falsche Richtung ausholte. Ich sprang über die Klinge und trat ihm gegen die Schläfe, was ihn wie eine Kerze auspustete. Dann legte ich die Finger zum Ring geformt auf die Zunge. Ein schriller Pfiff schoss durch den Wald.

»Hier rüber!«

Mehrere Soldaten kamen angewetzt. Ich brauchte nicht lange, um ihre Bewegungen zu entschlüsseln und sie auszuschalten, sodass sie bewusstlos am Boden lagen.

Mein Stolz, das geschafft zu haben, ich zählte sechs – sieben – acht durchtrainierte Krieger, wurde abgelöst von Sorge, als noch mehr heranmarschierten.

Die Reise hatte mich trainiert und abgehärtet, und ich wurde nicht vor Schreck blass, wenn ich mich auf acht Personen auf einmal stürzte. Doch die Anzahl der Soldaten um mich in der Lichtung überstieg, was ich allein bewältigen konnte.

Eine Kriegerin steckte den Kopf aus dem Gebüsch und entdeckte mich. Sie stieß einen Siegesschrei aus, der in einem Räuspern endete, und ihr Gesicht erstarrte zu einer Grimasse. Ein Pfeil steckte in ihrem Hals. Die anderen Soldaten fuhren herum, und ein weiterer Pfeil steckte im Auge eines Mannes.

Roriks Schritte näherten sich. Er tauchte mit erhobenem Bogen hinter einem Busch auf.

»Ich soll dich doch beschützen.« Er schaute sich mit einem wilden Blick um.

»Ich beschütze mich selbst sehr gut.«

»Da stimme ich dir nicht ganz zu«, rief er und zog sein Schwert.

»Geh weg!«, brüllte ich, als ein Soldat mit seiner Waffe in meine Richtung ausholte.

Rorik durchkreuzte mit seiner Waffe die Bahn des Messers, das mich stechen wollte. Seine Bewegung ähnelte der von Varnar.

Etwas schlug an meinen Hinterkopf.

Ich blickte mich über die Schulter um und entdeckte einen Soldaten mit Steinschleuder.

Er schoss wieder und traf mich diesmal mit einer Metallkugel am Ohr. Schwarze Punkte tanzten mir vor Augen.

»Schnell weg hier, Rorik«, zischte ich. »Das wird dein Tod.«

»Ich weiche nicht.« Er holte aus und fällte eine Frau.

Jemand donnerte mir einen Schwertknauf an die Stirn, und ich fiel um.

Als ich benommen hochguckte, umkreiste Rorik die drei letzten Soldaten. Wieder konnte ich sehen, wer ihm das Kämpfen beigebracht hatte, und ich schrie, als er einen weiteren Mann fällte. Die Erde vor uns war übersät mit toten und reglosen Körpern. Die beiden übrig gebliebenen Krieger stürzten sich auf Rorik, und ich dachte wirklich, er hätte eine Chance; denn er bewegte sich schnell und elegant. Ich sah es durch das Blut, das mir aus einer Platzwunde am Haaransatz in die Augen lief.

Einer der Soldaten drehte sich zu mir um und setzte zum Wurf seines Speers an. Rorik bekam es mit und schien im Bruchteil einer Sekunde eine Entscheidung zu treffen. Er warf sich zur Seite und schlug auf die Hand, genau als der Speer aus ihr davonschoss. Das veränderte die Flugbahn des Speers so, dass er an mir vorbeipfiff; aber die Bewegung öffnete Roriks eine Flanke, und der letzte Soldat stach ihm sein Schwert in die Seite.

Rorik sank auf die Knie.

Ich krabbelte vorwärts, als die Umgebung um mich verschwamm. Nur noch Rorik war im Fokus, der mit der Waffe, die aus seinem Körper ragte, umfiel.

»Nein!«, schrie ich.

Wir bekamen Augenkontakt.

Dann packte der Soldat Rorik bei den Haaren, bog seinen Kopf nach hinten, und mit einem glatten Schnitt schlitzte er ihm den Hals auf.

Ich schluchzte jetzt gewaltig, fiel nach vorn und landete auf der Seite, als die Soldaten langsam auf mich zugingen.

Ich sah ihre Füße von der Seite, weil ich im Gras lag, nicht in der Lage, mich zu rühren.

Ich hasse dich, Schicksal!, fluchte ich leise. *Ich hasse dich so sehr.*

Alles, wogegen ich angekämpft hatte, war geschehen. Was war mit meiner Ermordung im Kraghede Skov? War es wirklich nicht möglich, dem Schicksal ein Schnippchen zu schlagen?

Stiefel näherten sich und blieben außerhalb meines Sichtfeldes stehen. Ich hörte eine aufgeregte Stimme.

»Ist sie das? Serén?«

Ein Fuß trat gegen mein Bein. »Glaube schon.«

Der andere wollte etwas sagen, doch stattdessen ertönte ein Ausbruch. Wieder gab es meinetwegen Tumult, aber ich konnte nicht sehen, was vor sich ging. Mein Bewusstsein flackerte, und ich machte die Augen zu, eigentlich froh, dass mir diese blutige Szene erspart blieb. Mit geschlossenen Augen wartete ich ab, und es dauerte nicht lange, bis es wieder ganz still war.

Ein Duft nahm zu, als er sich näherte. Ein Duft, den ich gut kannte.

Warme Hände strichen mir über das blutige Gesicht, und ohne die Augen aufzuschlagen, verflochten sich meine Finger mit denen der Hand.

»Ich hätte nie gedacht«, sagte die sanfte Stimme, »dass ich dich jemals wiedersehe.«

Ich hatte den Verdacht, ich sei in einem wunderschönen Traum – oder schlichtweg tot und dass das Leben danach unerwartet angenehm war. Denn ich wurde getragen, und der wunderbare Duft umhüllte mich. Ich schlang dem Mann die Arme um den Hals und sog ihn gierig ein, während alles um mich verschwamm.

Ein Tor wurde geöffnet, wo Schritte und Stimmen um uns in einem Korridor widerhallten. Jemand legte mich behutsam auf eine Unterlage, und ein feuchtes, warmes Tuch wusch mein Gesicht. Gemurmel war zu hören, aber auch das verebbte. Dann war alles still.

Die Vision von Rorik, dem richtigen Rorik, dem der Hals durchgeschnitten wurde, flimmerte in meinem Kopf, und plötzlich fror ich, obwohl es ein warmer Sommertag war. Ich sah, wie Faida erhängt wurde, und hörte immer wieder Finns leise Stimme. Ich klapperte mit den Zähnen, und erschöpft versuchte ich, meine Arme zu reiben. Oder vielleicht war es die andere Person, die mich rubbelte.

Holz wurde aufgestapelt, und Feuerstein rieb an Stein, wonach auf ein Knistern eine warme Welle folgte. Ich traute mich nicht, die Augen aufzumachen. Stattdessen streckte ich die Hand aus und strich über die Unterlage, auf die ich gebettet worden war.

Sie war glatt und weich, und Wärme wallte mir entgegen.

Vorsichtig öffnete ich ein Auge einen Spaltbreit und stellte fest, dass ich in einem großen Bett auf den weichsten Laken ruhte, die ich jemals berührt hatte. An den Wänden in dem Zimmer hingen Gobelins, und der Fußboden war aus Stein. Das Feuer bollerte in einem Kamin. Davor stand ein Mann mit dem Rücken zu mir. Sein dunkles Haar fiel ihm auf die Schultern.

Irgendetwas hier war vertraut.

Der Mann drehte sich um. Es war Varnar. Ich hielt die Luft an. Seine Haare waren zwar länger als bei unserer letzten Begegnung und seine Klamotten anders, aber sonst war er wie immer. Dann lächelte er, und sein Lächeln wärmte mich mehr als das Feuer im Kamin. Mit zwei langen Schritten war er am Bett und beugte sich zu mir.

»Danach habe ich mich gesehnt. So lange.« Er sprach sanft.

Sehr vertraut.

Ich sagte nichts, starrte ihn nur an und versuchte abzuschätzen, warum sich bei mir so deutlich ein Gefühl von einem Déjàvu einstellte.

Das Bett schaukelte, als Varnar sich neben mich legte, und als seine Lippen mich beinahe berührten, gab ich einen halb erstickten Laut von mir.

Ohne nachzudenken, streichelte ich sein seidenweiches dunkles Haar. Der Duft löste das überwältigende Gefühl von Geborgenheit aus.

»Ich habe dich so sehr vermisst«, hauchte ich.

Als ich meine Stimme hörte, konnte ich mich fokussieren. Warum hatte ich das Gefühl, das hier früher schon einmal erlebt zu haben? Dann fiel es mir wieder ein. Ich *hatte* es früher schon einmal erlebt. Im Traum. Ich setzte mich mit einem Ruck aufrecht hin, und von höllischem Kopfschmerz wäre ich fast nach vorn gekippt.

»Anne.« Varnars Hand lag an meiner Wange, und es klang, als sei allein meinen Namen auszusprechen, ein Genuss für ihn. »Ahen«, sagte er und schloss die Augen. »Ahen Drualus.«

»So darfst du mich nicht nennen«, flüsterte ich. »Das ist ein Schicksalsname.«

Er schaute mich verständnislos an.

Ich blickte mich im Zimmer um. Vieles war vertraut, denn der größte Teil meiner Fantasien von Varnar hatte sich hier drinnen abgespielt. Serén hatte mir den Traum vor langer Zeit geschickt, weil sie wusste, dass ich mich in Varnar verlieben würde; oder wegen des Traums hatte ich mich in ihn verliebt. Oder wäre es unter allen möglichen anderen Umständen auch passiert?

Verfluchtes Schicksal!

Ich fasste mir an den Kopf und presste meine Hände dagegen, ließ aber wieder los, weil ich direkt auf die Wunde am Haaransatz drückte. Sie kreuzte jene, die schon über meine Schläfe verlief.

Varnar nahm meine Finger weg und umfasste behutsam mein Gesicht, aber ich entwand mich und stellte mich taumelnd hin.

Meine Knie drohten, unter mir nachzugeben.

»Bin ich in einer Zeitschleife?«, fragte ich und schaute zur Zimmerdecke. »Serén?«, rief ich. »Serén! Das ist nicht lustig.«

»Was ist los?«, fragte Varnar. Er war aufgestanden und wollte mich zu sich drehen, jetzt meine Schultern fest gepackt.

Ich starrte ihn weiterhin an, als hätte ich Angst, er könnte sich in Luft auflösen.

»Ist das hier jetzt Vergangenheit oder Zukunft?«, fragte ich verwirrt. Ich wusste nicht, ob ich das Varnar, Serén oder mich selbst fragte.

»Es ist jetzt«, antwortete er mit den so vertrauten kraus gezogenen Augenbrauen. »Genau jetzt.«

»Jetzt.« Ich sprach das Wort aus, als würde ich es nicht begreifen.

Langsam ließ Varnar die Hände sinken. »Das ist meine Schuld. Ich hätte nicht von dir weggehen dürfen.«

Zorn blubberte. »Nein. Du hättest nicht weggehen dürfen.«

Dann murrte er, und ich war fast erleichtert, ihn verärgert zu sehen. Das entsprach viel mehr *ihm*. Er suchte nach Worten. »Ich dachte, es wäre richtig, dich zu verlassen.«

Jetzt stand ich vollkommen aufrecht da und strengte mich an, meine Stimme ruhig klingen zu lassen, bemerkte aber, wie schrill sie sich anhörte. »Richtig?! Es gibt kein Richtig. Es gibt Handlungen, und die führen zu etwas. Aber Richtig oder Falsch, das gibt es nicht.«

»Damit wollte ich dich schützen.« Er erhob sich und legte mir seine warme Hand an die Wange.

Ich wollte ihn abschütteln. Tausend Mal war ich durchgegangen, was ich ihm sagen wollte, wenn ich ihn je wiedersehen würde, doch meine Arme hingen bloß kraftlos an meinem Körper. »Das weiß ich.«

»Wirklich?«

Ich nickte bestätigend.

»Ich liebe dich immer noch«, flüsterte er. »Daran hat sich nichts geändert.«

Mir blieb nichts anderes übrig, als ehrlich zu antworten.

»Ich liebe dich auch. Aber …« Ich ließ mir Zeit, bis ich mir im Klaren war, denn wenn es erst einmal meinen Mund verlassen hatte, konnte ich es nicht mehr zurücknehmen. Das, von dem ich wusste, dass ich es ihm erzählen musste. Dann wäre Varnar für immer verloren. Ich schwankte bedrohlich.

»Aber …« Sanft zog er mich wieder zurück auf die Bettkante.

Wir setzten uns, und ich starrte zu Boden. Ich hatte Kopfschmerzen, und das Zimmer drehte sich um mich.

»Dass du mich liebst, ist das Einzige, was ich wissen muss«, flüsterte er und gab mir einen Kuss aufs Haar.

Ich lehnte mich schwer an ihn.

Erzähl es doch, Anne! Erzähl, mit wem du letzte Nacht geschlafen hast.

Ich drehte den Kopf.

Das dunkelbraune Haar rahmte wie immer Varnars Gesicht ein. Seine Augen mit den kleinen grünen Einsprengseln starrten in meine, und seine Lippen waren so weich, wie nur sie sein konnten, wenn er mich ansah.

Sag es.

Er legte seinen Mund auf meinen. Eine Million Kometen explodierten in mir, und ich küsste ihn, ohne aufhören zu können. Meine Gedanken wurden in die Flucht geschlagen, und ich nahm nur seine Lippen und Hände wahr, die immer wieder über mein Haar strichen, und den Duft, den ich so schmerzlich vermisst hatte.

Er legte den Kopf leicht zurück und zwirbelte ein Haarbüschel zwischen den Fingern.

»Rot.« Er lächelte.

»Ach ja, nein. Du hast es noch nicht gesehen«, sagte ich. »Das passierte …«

Er verschloss meinen Mund mit einem weiteren Kuss. »Erzähl es später.«

Ja, seufzte ich innerlich, als ich seinen Kuss erwiderte.

Später oder vielleicht nie.

Ich wachte davon auf, dass Varnar sanft meine Stirn drückte.

Draußen war es fast dunkel, aber ich erahnte ihn in der Dämmerung. Er hatte sich auf die Ellenbogen gestützt und fuhr mit den Fingern über meinen Kopf.

»Was machst du da?«, murmelte ich.

»Ich untersuche dich.« Lächeln lag in seiner Stimme, und unter der Decke spürte ich seinen nackten Körper an meinem. »Ich hatte Angst, du könntest eine Gehirnerschütterung haben, weil du im Schlaf geredet hast.« Sein Mund landete kurz unter der Schnittwunde auf meiner Stirn. »Sonst sprichst du nicht im Schlaf.« Sein Handrücken lief über mein Schlüsselbein. »Aber du bist nicht schwer verletzt.«

Die Freude darüber, dass mich jemand so gut kannte, dass er wusste, ob ich im Schlaf quasselte, durchflutete mich.

»Was habe ich gesagt?«

Varnars Gesicht wurde ernst. »Du hast immer wieder *Rorik* gesagt.«

Instinktiv erstarrte ich und schob mich ein Stück aus Varnars Umarmung.

»Es tut mir leid«, sagte er leise.

»Wirklich?« Ich atmete schneller.

»Klar. Das hätte nicht passieren dürfen.«

»Ich hätte nicht gedacht, dass du es wusstest.«

Er kniff die Augen zusammen. »Ich habe es gesehen, als es passiert ist.«

Vom Schock zuckte ich zurück. »Du hast es gesehen?«

»Er kannte das Risiko.«

»Das Risiko?« Die Worte ergaben keinen Sinn. Dann sank ich zurück aufs Kissen. »Ach so«, schnaubte ich, als ich es endlich kapiert hatte.

»Er war ein guter Soldat«, sprach Varnar weiter und legte sich auch auf den Rücken.

»Ja.« Ich starrte an die Decke, während mein Herz klopfte.

»Aber jetzt ist er weg.«

»In dem Punkt hast du jedenfalls recht.«

Wieder schwiegen wir, aber Varnars Hand hielt auf der Decke meine.

»Du wolltest mir noch was erzählen«, flüsterte er.

»Ja.« Ich suchte nach Worten. »Es ist schon etwas her, dass wir zusammen waren.« Meine Stimme versagte. »Ich habe dich total schrecklich vermisst, aber ich dachte, zwischen uns ist Schluss.«

Varnars Augen funkelten im Halbdunkel.

»Du hast einen anderen Mann gehabt«, stellte er fest.

Der Stoß, der in meinem Körper dröhnte, war lähmend.

»Es war ...« Ich rang nach Luft. »Das ist jetzt vorbei. Irgendwie ist es einfach gar nicht passiert.« Meine Worte verfielen in ein Flüstern. »Er existiert nicht mehr.«

Varnar war ernst. »War er ein guter Mann?«

Ich dachte nach.

»Ja«, sagte ich. »Die Seite von ihm, die ich kannte, war gut. Ich muss dir sagen, wer er war.«

Varnars Augen verschwanden. Er hatte sie geschlossen. »Ich wusste, dass das passieren könnte. Ich habe es akzeptiert, mehr will ich aber nicht wissen.«

Ich atmete aus, unfassbar erleichtert, dass ich kein Geständnis ablegen musste.

»Ich habe mir immer gewünscht, dass du glücklich bist, aber ich will seinen Namen nicht wissen.« In seinen Worten schwang Schmerz mit.

»Aber ohne dich bin ich nicht glücklich«, floss es aus mir.

Seine Brauen kräuselten sich. Das war im Halbdunkel kaum zu sehen, aber ich kannte seine Gesichtszüge so gut, dass ich es wusste.

»Ich bin ohne dich auch nicht glücklich«, flüsterte er. »Aber deine Sicherheit ist alles entscheidend Wichtige.«

»Sicherheit?«, unterbrach ich ihn.

»Ragnara wird dich wieder verfolgen.«

»Ist allein Ragnara der Grund, warum du mich am Leben lassen willst?«

Sofort umschlossen mich wieder seine starken Arme, und ich lag flach auf dem Rücken und er auf mir.

»Nein«, flüsterte er. Seine Lippen fanden meine, und er küsste mich zärtlich. Dann wurde der Kuss tiefer. Er drückte sich ein wenig ab. »Eigentlich bin ich ziemlich egoistisch, wenn es um dein Überleben geht.«

Am Morgen saß ich in dem Schlosszimmer am Tisch und knabberte etwas Brot, als es an der Tür klopfte.

Varnar war früh fortgegangen, weil er seinen Pflichten nachkommen musste, aber nicht bevor er zwischen Bett und Tür mehrmals hin- und hergelaufen war. Er wollte sich immer wieder noch einen letzten Kuss abholen. Glück und Verliebtheit segelten in meinem Körper herum, und es war schwierig, das Lächeln von meinem Mund zu kriegen, trotz der entsetzlichen Ereignisse der letzten Tage.

Mir fiel es schwer, meine Gedanken im Zaum zu halten, darum war es eine willkommene Ablenkung, dass Aella den Kopf zur Tür hereinsteckte.

Ich stieß einen Freudenschrei aus.

»Geht es dir gut? Ist Une auch hier? Meine Fresse, hast du lange Haare gekriegt. Wo ist meine Schwester?« Meine Worte purzelten nur so heraus. »Was ist mit Luna und Mads? Und den Riesenwölfen?«

Aella umarmte mich lange und fest. »Was ist mit dir passiert?«

Ich entzog mich. »Was meinst du damit?«

»Du hast gerade eben so viele Worte gesagt wie in der ganzen Zeit in Midgard nicht.«

»Na ja.« Ich grinste. »Ich freue mich einfach, dich zu sehen.«

Aella ließ sich auf dem Bett nieder.

»Um deine Fragen eine nach der anderen zu beantworten: Une ist hier und uns fehlt nichts. Deine Schwester ist am anderen Ende der Burg, weil ihr offenbar nicht in der Nähe der anderen sein könnt, ohne irgendwas in die Luft zu sprengen.«

Mein Magen drehte sich bei der Vorstellung um, dass ich meiner Schwester wohl nie wirklich begegnen würde.

»Den Riesenwölfen geht es gut, obwohl Vale noch Pflege braucht. Luna und Mads ruhen sich immer noch aus. Ihnen geht es gut«, schob sie schnell hinterher, als ich mich erschrocken halb aufrichtete. »Aber sie standen unter Schock und waren übel zugerichtet. Du kannst sie in ein paar Stunden treffen.«

»Thora?«, fragte ich.

Aella sah nach unten. »Sie musste weg. Sie ist mit Jorfur und seinen Kindern auf dem Weg nach Miklagard.«

»Mit Jorfur?«

»Mit dem Rothaarigen.«

»Was will sie da?«, fragte ich verärgert.

»Sie will den Kontakt zur Stadt organisieren. Von uns schließen sich immer mehr zusammen – auch dank dir. Die Ísafolder sind auch einbezogen.«

»Ich hoffe, die haben für Begleitschutz gesorgt«, murmelte ich und dachte an die Kinder und die alten Leute im Ort. »Sie haben keine Chance, wenn sie wieder von Ragnaras Soldaten angegriffen werden.«

Aella atmete aus. »Wir schicken Truppen hinunter, und der Zauberer auf unserer Seite verzaubert ihre Basislager.«

»Ist meine Mutter wirklich schon weg? Ich hatte gar keine Gelegenheit, mich richtig mit ihr zu unterhalten.«

In meinem Hals kratzte es heftig, und ich schlüpfte hastig in meine locker sitzenden Kleider, die Varnar mir geliehen hatte. Schon wieder waren meine Klamotten nicht mehr zu retten gewesen.

»Deine Mutter ist nicht gerade sehr gesprächig«, erklärte Aella.

»Sie erinnert in dem Punkt stark an dich. Eigentlich ist sie noch viel schlimmer als du.«

Ich wechselte schnell das Thema. »Was jetzt?«

»Willst du unsere Festung sehen?«

»Festung?«

»Haraldsborg ist unser Hauptquartier.« Sie stand auf.

Im Korridor musterte ich das Dekor, das typisch für Hrafnheim war. Wikingische Handwerkskunst, verschmolz mit orientalischen Elementen, und im Gegensatz zu anderen Regionen im Reich gab es hier auch Abbilder der Götter.

Eine mannsgroße Statue von Odin mit seinen zwei Raben auf den Schultern stand aufrecht an der Steinmauer, eingefasst von einer wollüstigen Frau und einem Mann mit langem, weißem Umhang und stechend blauen Augen. Etwas an diesen Augen veranlasste mich, stehen zu bleiben.

»Wer ist das da?«, fragte ich. Ich dachte eigentlich, ich würde mich mit den nordischen Göttern gut auskennen.

Aella blieb stehen. »Das ist der weiße Gott. Heimdal.«

»Er ist nicht so bekannt wie die anderen, oder?«

»Er war einmal sehr wichtig. Und am Tag der göttlichen Abrechnung spielt er eine Rolle.«

Sie erklärte das mit einem Schulterzucken, als würde sie nicht richtig daran glauben, dass der Weltuntergang nahe war.

»Steht er aus dem Grund hier?«

Sie schüttelte den Kopf. »Serén bestand darauf, damit er gleichzeitig mit den anderen Göttern angebetet werden kann. Sie meint, er wird noch wichtig, darum soll er all die Kraft kriegen, die wir ihm geben können. Oder dass er einen Sohn hat, der wichtig ist. Ich weiß es nicht. Sie hat einiges gesehen, aber das hat sie ja immer.«

Und sie hat immer recht, dachte ich und musterte die saphirblauen Augen der Statue. »Einen Sohn?«

»Ja.« Aella lachte. »Die waren schwer beschäftigt, er und Odin. Komm jetzt.«

Sie ging weiter, und ich folgte ihr, obwohl ich mich mehrmals nach dem Gott im Umhang über die Schulter umblickte, dessen Augen mir den Korridor hinunterfolgten.

Auf dem Hof fand Kampftraining statt.

Varnar stand in der Mitte eines kleinen Rings, und fünf Soldaten bewegten sich um ihn. Drei Frauen und zwei Männer. Mir fiel auf, wie privilegiert ich gewesen war, weil ich ihn all die Monate allein für mich gehabt hatte.

Im ersten Moment sah es so aus, als hätte er eine nicht zu bewältigende Aufgabe vor sich, doch ich wusste es besser. Als die Soldaten und Soldatinnen endlich zum Angriff übergingen, flog er in seiner gewohnten tänzerischen Weise um sie herum. Obwohl er darauf achtete, niemanden ernsthaft zu verletzen, verteilte er blutige Nasen, Veilchen und blaue Flecke.

Ich kniff die Augen zusammen, sah die Soldaten und Soldatinnen kritisch an und entdeckte falsche Beinarbeit, zu niedrige Abwehr und als Folge eine Kopfnuss.

Sie humpelten zur Seite.

»Noch einmal«, keifte Varnar, und ich erkannte seinen barschen Ton.

Die Soldatinnen und Soldaten blickten ihn böse an, und einer lehnte sich ans Geländer. Ich konnte mich nicht beherrschen und ging zu ihnen.

»Er ist links etwas langsamer«, flüsterte ich ihnen zu.

Sie sahen mich an.

»Serén?«, fragte eine von ihnen. »Du hast doch gar keine Ahnung vom Kämpfen.«

»Hört einfach auf sie.« Aella grinste.

»Ihr könnt an den Augen des Gegners die Richtung ablesen. Im Bruchteil einer Sekunde, bevor sie die Richtung ändern, flackert der Blick. Varnar ist da keine Ausnahme.« Ich senkte den Kopf und gab ihnen noch einige Tricks mit. Ein paarmal schaute ich

Varnar an, der mich betrachtete. Wenn ich ihn nicht kennen würde, hätte ich geglaubt, dass er über eine Möglichkeit nachdachte, mich zu erwürgen. Ich kannte ihn, also wusste ich, dass ganz andere Gedanken in seinem Kopf herumspukten.

»Kommt schon, Leute«, rief Varnar, und es hörte sich wie ein Peitschenknall an. »Ihr müsst noch viel lernen.«

»Versucht es wieder«, sagte ich ihnen, und sie kletterten zurück in den Ring.

Diesmal lief es besser. Tatsächlich hielt sich die Letzte von ihnen – eine große Frau – fast eine Minute auf den Beinen, bevor sie von Varnar gefällt wurde. Mehrere waren herbeigelaufen, und vereinzelt erklang Applaus, als der Kampf beendet war.

Varnar half den Soldaten und Soldatinnen nicht beim Aufstehen, tadelte sie aber auch nicht, und ich wusste, dass das so viel Lob war, wie sie sich von ihm nur erträumen konnten. Er warf den Pullover in die sengende Sonne, und mich überkam das Bedürfnis, ihn zu berühren, als ich das feine Geflecht aus Muskeln auf seinem Bauch und Rücken sah. Ein Schauder ließ mich zittern, als ich die vielen Narben auf seinem Oberarm entdeckte. Jetzt wusste ich, was es damit auf sich hatte.

Er nickte mir gespielt tadelnd zu, und ich breitete die Arme aus.

»Ich habe nur auf ein paar deiner Schwächen hingewiesen«, erklärte ich laut.

»Schwächen«, wiederholte er mit einem gefährlichen Funkeln in den Augen. »So was habe ich nicht.«

Nur ich sah das Lächeln, das seine Mundwinkel streifte.

Das Publikum verfolgte unser Gespräch, als wäre es ein Tennisspiel. Varnars Worte schickten Schockwellen durch die Schar.

»Pff«, sagte ich. »Natürlich hast du Schwächen. Hast du sie damit geblendet, zu glauben, du seist unverwundbar? Dann glaubst du wahrhaftig, sie können dich nicht besiegen?«

Die Soldaten und Soldatinnen drehten die Köpfe zu Varnar, auf seine Reaktion gespannt.

Er wackelte mit dem Zeigefinger. »Kannst du es besser?«

»Das will ich meinen.«

»Dann komm her. Lass uns kämpfen, bis jemand am Boden liegt.«

Durch die Zuschauer ging ein Raunen, und jemand rief: »Kommt schnell. Varnar kämpft gegen Thora Todesbluts Tochter.«

Eine tuschelte: »Wie lange sie wohl durchhält? Zehn Atemzüge?«

»Zwanzig«, wettete ein anderer.

Geld wechselte von einer Hand in die andere, als ich zwischen den Balken in den Ring stieg. Meine Haare blieben an dem dunklen, gesplitterten Holz hängen, und ich band sie zu einem Pferdeschwanz zusammen.

Varnar musterte mich, als ich langsam näher kam. Von der Art, wie er mich ansah, pumpte mein Blut schneller. Ich konzentrierte mich auf den Kampf. Das andere konnte warten.

»Bist du sicher?«, fragte er lächelnd.

»Bist *du's*?«

»Ich halte mich nicht zurück.«

Ich spitzte die Lippen und sog Luft ein. »Das erwarte ich auch nicht.«

Wir standen einen Augenblick lang voreinander, ehe seine Hand auf mich zusauste.

Ich duckte mich und drehte mich um die eigene Achse mit ausgestrecktem Bein, das direkten Kurs auf Varnars Knie nahm.

Schnell sprang er darüber und trat in der gleichen Bewegung gegen meinen Kopf, der sich in derselben Höhe wie sein Fuß befand.

Ich bog mich nach hinten, schnellte aber mit der Hand vor, packte sein Fußgelenk und zog.

Ein kollektives Luftanhalten ertönte von den Aufständischen, als er nach hinten gerissen wurde und beinahe auf dem Rücken gelandet wäre. Im letzten Augenblick kam er mit den Handflächen auf dem Boden auf, machte einen Rückwärts-Flickflack und stand wieder auf den Beinen.

»Zehn Atemzüge, und sie steht immer noch auf den Füßen!«, rief jemand.

Varnars durchdringender Blick hakte sich in meinem ein, und die Freude, mit ihm zu kämpfen, überstieg fast die Nacht in seinen Armen. Ich biss mir auf die Lippen, um meine Mundwinkel wieder nach unten zu zwingen.

»Hör doch auf, dich zurückzuhalten«, sagte ich.

Er lief auf mich zu. Meine flachen Hände landeten auf seinem Solarplexus, sodass er aufgehalten wurde, aber es gelang ihm, einen Schlag anzubringen, und er traf mich über der Lippe, sodass warmes Blut zu fließen begann. Ich ließ den Schmerz durch mich wallen, weil ich wusste, dass er auftreten würde. Das war der Preis dafür, ihm so nahe zu kommen, dass ich ihm einen Handkantenschlag auf den Wangenknochen verpassen konnte.

Wieder schrie die Schar, die um den Pferch rasch anwuchs. »Sie ist jetzt bei vierzig.«

Varnar schonte mich nicht, und ich schonte ihn nicht. Wir bewegten uns umeinander, traten und schlugen zu, und Rufe und Schreie erklangen von den Soldaten und Soldatinnen um uns.

»Sie gewinnt. Ich glaube wirklich, sie gewinnt.«

Varnars Zähne waren rot, als er lächelte, und ich spuckte selbst Blut. Er lief auf mich zu, und ich wusste, dass er jetzt seine eleganten Schritte vollführen würde, damit er hinter mir landete, um den Stoß auszuführen, der mich zu Boden schicken sollte. Unwillkürlich fuhr ich herum und drehte mich so, wie Sverre es mir beigebracht hatte.

Varnar riss die Augen auf, und in dem Augenblick drückte sein Gesicht Verstehen aus.

Mir fiel nicht auf, dass er wie gelähmt dastand, und ich rammte ihm meine Faust direkt in den Bauch, und er klappte zusammen und fiel in den Staub.

Um uns johlten und klatschten die Soldaten und Soldatinnen, und einer, der all sein Geld auf mich gesetzt hatte, schrie im Triumph.

In dem Moment begriff ich, warum Varnar erstarrt war.

Er sah vom Boden hustend zu mir hoch. Sein Gesicht drückte reines Entsetzen und Unglauben aus.

»Prinz Sverre«, war das Einzige, was er hervorpressen konnte.

KAPITEL 39

Aella reichte mir ein weißes Tuch, das ich mir auf die Lippe drückte. Es färbte sich schnell rot. Sie betrachtete mich mit verschränkten Armen.

»Varnar hat gesagt, er will nichts wissen.« Meine Stimme war vom feuchten Stoff vor meinem Mund undeutlich.

»Vielleicht mit Ausnahme deiner näheren Bekanntschaft mit seinem Erzfeind.«

Ich zuckte zusammen, als hätte Aella mir eine Ohrfeige gegeben. »Ich dachte, Ragnara sei seine Erzfeindin.«

»Sverre und Varnar sind Rivalen, seit ich mich erinnern kann.« Aella seufzte. »Und Sverre lügt bei jeder Gelegenheit.«

»Das stimmt nicht. Ich kenne ihn. Er hat gesagt, er will …«

Aellas Arme schlangen sich enger um sie. »Hast du nicht gehört, was ich gesagt habe? Er lügt ununterbrochen!«

Ich zog den Kopf ein. »Sverre hat auf unserem gesamten Weg über seine Identität gelogen.«

»Dann sag es doch Varnar.« Aella breitete die Arme aus. »Ich bin sicher, dass er die Erklärung annimmt.«

Ich streckte den Nacken wieder. Jetzt verschossen meine Augen Blitze. »Annimmt! Varnar braucht gar nichts anzunehmen. Er hat mich verlassen. Das ist ungefähr das Allerschlimmste, was man mir antun kann. Ich bin ihm keine Erklärung schuldig.«

»Gut, dann wäre das ja geklärt«, war von der Tür zu hören.

Ich öffnete die Augen. Der Tag hatte doch so gut angefangen.

Aella schlich schnell davon.

Mit einem Seufzer drehte ich mich zu Varnar um und holte tief Luft, um mich zu rüsten. »Der Prinz ist ein potenzieller Verbündeter.«

»Er kann nur einen einzigen Grund haben, seine Mutter zu entfernen, und der besteht darin, dass er selbst die Macht an sich reißen will. Und er ist genauso schlimm wie Ragnara, wenn nicht schlimmer.« Varnars Blick war verhärtet. »Du vergisst, dass ich ihn seit Jahren kenne.«

Das erinnerte mich an die Art, wie er mich vor knapp einem Jahr zu Hause in Ravnssted angesehen hatte, bevor wir zusammen waren. Im Gefühl, dass sich da eben eine Tür für immer geschlossen hatte, kniff ich die Lippen aufeinander.

»Er hat ein Theater abgezogen, um sich selbst zu schützen. So ist er in Wirklichkeit einfach nicht. Er ist …« Ich legte eine Hand auf die Brust, wo ich durch den Pullover meine langen Narben fühlen konnte. Ich hätte beinahe *Heiler* gesagt, aber ich beherrschte mich im letzten Moment. »Er hat mir das Leben gerettet. Mehrmals.«

»Da bin ich ihm aber dankbar, dass er in meiner Abwesenheit meine Rolle übernommen hat.« Varnar klang nicht die Spur dankbar, und mir war unklar, welche seiner Rollen er meinte.

Ich beschloss schnell, dass ich nicht das Bedürfnis hatte, mehr zu erfahren. »Wir müssen uns auf das politische Ränkespiel konzentrieren. Ich bin kurz davor, es zu durchschauen.«

»Alle denken strategisch«, sprach Varnar unerbittlich weiter. »Ich dachte, du seist anders.«

Das war der Tropfen, der das Fass zum Überlaufen brachte, darum stand ich auf.

»Ich musste auf mich allein aufpassen in deiner *Abwesenheit.*« Das letzte Wort flüsterte ich. »Sollte ich etwa in meinem platten Zuhause in Ravnssted hocken, deinetwegen, ohne mich zu verändern, während du hier den Helden spielen konntest?«

Er wich einen Schritt zurück. »Und was hast du mit deinem

Trip erreicht? Dir hat der Prinz einen Bären aufgebunden. Du wurdest von Elfen gefangen genommen. Du hast Rorik umbringen lassen.«

Ich schaute ihn mit offenem Mund an, bevor ich meine Stimme wiederfand. »Meine Schwester ist frei, und die Fehu-Bäume sind zerstört. Vielleicht habe ich nicht gewonnen, aber ich konnte Ragnaras Plan aufschieben. Sie wäre jetzt Göttin, wenn ich nichts unternommen hätte.«

»Du warst das, die das alles bewirkt hat?« Beinahe berührten sich Varnars Augenbrauen, und er vergaß, was er im Begriff war zu tun, das offensichtlich darin bestand, mich am schlimmsten zu verletzen.

»Wir haben das gemeinsam gemacht.«

»Du und Sverre?« Ein Muskel in Varnars Hals spannte sich.

Ich nickte, ohne ihm in die Augen zu schauen.

Er öffnete und rang die Hände abwechselnd. Sein Mund formte eine Rundung, als wolle er etwas sagen, aber dann machte er auf dem Absatz kehrt und entfernte sich.

Seine Schritte wurden draußen auf dem Flur allmählich leiser.

Als er aus der Tür war, ließ ich mich schwer auf den Hocker plumpsen und begrub meinen Kopf in den Händen. Ich brauchte Trost, doch da war nur Leere. Ich brauchte jemanden, der mein und Varnars Verhältnis verstand.

»Monster«, sagte ich laut voller Selbstmitleid, »wenn du doch nur hier wärst, aber ich habe keine Freunde mehr unter den Riesenwölfen.«

»Das stimmt nicht.«

Von der heiseren Stimme schreckte ich auf und drehte mich auf dem Schemel um. »Rokkin.«

Der Riesenwolf trottete näher.

»Monster …« Meine Augen brannten. »Dein Vater … Ich habe ihn gefunden, aber er ist nicht zu retten.«

Rokkin fiepte, fasste sich aber wieder. »Du warst die beste Freundin, die er sich wünschen konnte.«

Meine Augen verengten sich, als ich die Tränen fortblinzelte.

Warme Arme umschlossen mich.

»Luna.«

Ich drehte mich um und hielt sie fest, während sie mir über den Kopf strich.

Hinter ihr stand Mads.

»Geht es euch gut?«

»Das werde ich nie vergessen«, flüsterte Luna. »All den Hass und all den Blutdurst.«

»Ihr hättet eigentlich nicht dort sein dürfen«, weinte ich. »Das ist meine Schuld.«

»Halt einfach den Mund von all der Schuld! Ich kann das nicht mehr hören.«

Ich schaute überrascht nach oben. Luna wurde nur selten so direkt.

Sie presste ihre weichen Lippen aufeinander. »Es ist Zeit, dass wir nach Hause gehen.«

»Wie?«

»Deine Schwester hilft dabei.«

Plötzlich wogte die Erde unter mir, und eine Kraft, als wäre ich in einem Raum mit Tausenden von Menschen, traf mich. Ich wäre fast zusammengebrochen, als sich der Strom näherte. Die Kraft kam dichter, und die Wände begannen zu flimmern, als würden alle Konturen einfach aufgelöst.

»Sie hat eine Möglichkeit gefunden«, erklärte Luna. »Ihr werdet eure Kräfte bündeln.«

Ich japste nach Luft, als sich die alles überschattende Riesenaura auf mich drückte, und wieder rollte unter mir die Erde. Nicht nur unter mir. Unter uns.

»Verändern wir jetzt die Vergangenheit?«

Nein, ertönte es in meinem Kopf. *Wir sind nicht so weit. Oder die*

Zeit ist nicht so weit. Die ist zu sehr in Aufruhr. Aber wir können mit vereinten Kräften zwischen den Welten wandern.

Rokkin wackelte auch, als der gewaltige Strom alles zum Zittern brachte.

»Was passiert hier?«, rief ich, aber das gewaltige Getöse übertönte meine Stimme.

Ich wiederholte die Frage in meinem Kopf.

Du musst nach Hause, sagte Serén.

Wenn du hier reinkommst, explodiert das Ganze.

In meinem Kopf lachte Serén. *Ich werde mich fernhalten.*

Eine weitere Woge sauste auf mich zu, und mich überkam wie immer das Gefühl, ich stünde zwischen zwei Spiegeln mit unendlich vielen Spiegelungen.

Luna, Mads und ich wurden vom Boden hochgehoben, und ich sah, dass die Zeit um uns an der Stelle, wo wir zufällig fallen gelassen wurden, nur ein großer Abdruck war. Ich konnte mich selbst in der Vergangenheit sehen, und schwach schimmerte etwas in der Zukunft, während alles herumtrieb wie auf Schlamm. Die Welten flossen auch zusammen, sodass Zeit und Raum zu einer einzigen großen Suppe zerrannen.

Die Erde riss auf, und ein Loch kam zum Vorschein. Unter mir sah ich deutlich die Umrisse von Dänemark. Blitzschnell wurde Nordjütland herangezoomt, aber wir hingen immer noch hoch oben.

»Bis unten ist es weit«, rief ich.

Leb wohl, Anne. Wir sehen uns im Traum, sagte Serén in meinem Kopf.

Dann ließ sie uns los, und wir sausten abwärts.

»Serén!«, schrie ich. »Serén, zur Hölle!«

Doch es kam keine Antwort.

Wir durchschlugen die Wolkendecke, die dick und nass war.

Luna und Mads verschwanden zwischen den Bauschen, und ich konnte beide rufen hören.

Ich taumelte nach unten, und plötzlich kamen Bäume, Boden und das Meer sehr nahe. Da war ein Flimmern aus Farben, Düften und Lauten, und ich schloss die Augen.

Dann ertönte ein Krachen.

Das kam von mir, als ich schwer auf der Erde landete.

TEIL V

NASTRAND

Einen Saal sieht sie,
der Sonne fern
in Nastrand,
die Türen sind nordwärts gekehrt.
Gifttropfen fallen
durch die Fenster nieder;
aus Schlangenrücken ist der Saal gewunden.

Völuspá
(Die Weissagung der Seherin)
10. Jahrhundert

KAPITEL 40

Ich blinzelte ein paarmal und starrte in den blauen Himmel, ohne mich zu rühren. Hoch über mir kreiste ein Vogel – ich konnte nicht erkennen, ob es ein Rabe oder eine Möwe war – und es war unmöglich festzustellen, ob ich in Hrafnheim oder zu Hause in Ravnssted gelandet war.

Mein Körper surrte. Das Gefühl von Seréns Hellsichtigkeit vibrierte noch in mir, als hätte mir jemand eine gescheuert.

Lange goldene Halme ragten in den Himmel, und eine Ameise krabbelte auf meiner Wange. Ein Auto hupte in der Ferne, und eine Maschine brummte.

Okay. Zu Hause.

Langsam atmete ich aus.

Ich bin trotz allem nicht tot.

Meine Augen starrten nach oben.

Oder bin ich's doch?

Ich bohrte meine Fingernägel in die Handflächen.

Aua!

Lebendig.

Eine Weile lag ich nur da und versuchte, meine Gedanken zu ordnen, als das Brummen immer näher kam. Ich war zurück im langweiligen, stinknormalen Ravnssted.

Die Halme vor mir bewegten sich.

Vielleicht war ich jetzt endlich Regenten, Götter und Riesen los. Ich holte ganz tief Luft. Und unerreichbare Männer in einer abgespacten Parallelwelt. Vielleicht war ich in Sicherheit.

Sicherheit! Ahhhh!

Der Mähdrescher war gleich bei mir. Ich hatte einfach nicht mitbekommen, dass die Maschine fast schon meine Zehen erreicht hatte oder dass wir uns überhaupt auf demselben Boden befanden.

Ich sprang auf und rannte los, die scharfen Klingen unmittelbar hinter mir, doch umgeben von Getreide in meiner Höhe kam ich nur schwer voran.

»Halt!«, schrie ich der Person hoch über mir zu. »Du überfährst mich.«

Da ich an einem Ort aufgewachsen war, wo fast alles aus Feldern und Schweinehaltung bestand, wusste ich sehr gut, dass der beste Freund der Bauersleute der Gehörschutz war und dass ein Mensch vor einer Industriemaschine unmöglich zu sehen war, und schon gar nicht in mannshohem Getreide.

Die Zähne des Mähdreschers schnappten direkt hinter mir zu, und mich erwischte eine Staubwolke aus zerschlagenen Ähren und trockener Erde, die dort über meine Arme und Beine fegte, wo meine Klamotten zerrissen waren.

Ich kämpfte mich fort von den rotierenden Metallklingen, aber das Getreide behinderte mich, und ich bewegte die Arme wie beim Schwimmen. Ich lief seitwärts so vor der Dreschmaschine weg, wie man von einer Sandbank wegschwimmt.

Nach ein paar nervenzerreißenden Sekunden taumelte ich aus dem Getreide, kam auf der skalpierten Seite neben dem Metallungetüm an und fiel auf alle viere auf den abrasierten Boden. Hinter mir bemerkte mich der Fahrer des Geräts endlich und bremste quietschend.

»Was tust du hier, Mädchen? Du weißt doch genau, dass man sich im Herbst nie auf den Feldern rumtreiben darf.« Der Mann kam auf mich zugelaufen.

Ich schaute schräg nach hinten, obwohl ich noch keine Luft für mehr als fürs Atemholen hatte.

Der Mann blieb stehen.

»Thoras und Arthurs Tochter.« Er kam vorsichtig näher. »Anne?«

Ich nickte, als ich große Mundvoll Luft holte.

Er ging vor mir in die Hocke. »Was in aller Welt machst du hier?«

Da ich immer noch keine Antwort gab, richtete er sich wieder auf und hielt mir eine raue Hand hin, um mich hochzuziehen. »Komm mit. Minna hat sicher was zum Anziehen, was du dir ausleihen kannst.«

Vorher war ich noch nie auf Østergaard gewesen, obwohl der Hof von mir aus im Norden zu sehen gewesen war, seit ich in Odinshöhe wohnte. Der Graf führte mich über den gepflegten Hofplatz, und der Kies knirschte unter meinen bestickten Pantoffeln. Ich schaute auf der anderen Seite des Platzes zum Hügel und zu den Feldern, wo das weiße Haus stand.

»Anne?« Minna aus meiner Klasse stand oben auf der Treppe an der großen Haupteingangstür aus Eiche. »Was machst du denn hier?«

Poul Østergaard antwortete für mich: »Kannst du ihr was zum Anziehen leihen?«

Minna betrachtete mein etwas zu großes Leinenzeug mit hochgezogenen Augenbrauen. »Musst du nicht in die Schule?«

»Schule?« Nicht dass ich große Sorgen erwartet hätte, dass ich ein halbes Jahr verschwunden war, aber mit einem Mindestmaß an Erstaunen von meinen unmittelbaren Mitmenschen über mein plötzliches Wiederauftauchen hatte ich schon gerechnet.

Minna legte den Kopf schräg. »Wir müssen in einer Stunde da sein.«

Ich spitzte ein paarmal die Lippen. »Ich bin nicht vom Gymnasium geflogen?«

Sie warf zuerst ihrem Vater einen verwirrten Blick zu und guckte dann mich an. »Warum solltest du?«

»Ich bin doch weg gewesen«, antwortete ich prüfend.

Minna dachte eindeutig darüber nach, ob ich auf Drogen war. »Du bist doch seit den Ferien jeden Tag in der Schule gewesen. Oder … Ich bin mir jedenfalls sicher, dass du da warst.«

»Sind Luna und Mads okay?«

»Luna?« Wieder guckte sie ihren Vater an. »Ich glaube, ihnen geht es so gut wie gestern Nachmittag, als ihr unten im Frank's wart.« Wieder flackerte ihr Blick. »Ich bin mir sicher, dass ich euch da gesehen habe.«

Ich atmete schwer aus. »Ist Frank zurück?«

»Wo ist er denn gewesen?«

Ich hielt den Mund, kratzte mich am Kopf und pulte die Getreidekörner aus dem roten Gewirr.

»Hol jetzt was zum Anziehen für Anne. Ihr sind bestimmt ihre Laufsachen kaputtgegangen.«

Der Graf sah mein chaotisches Ensemble schief an und scheuchte uns ins alte Gutshaus.

Minna verschwand in ein Zimmer, warf aber ein paarmal über die Schulter einen Blick zurück.

Poul Østergaard verschränkte die Arme. »Ich glaube, Benedict ist hier drinnen gewesen.«

Das Haar des Grafen war gräulich mittelblond, und er hatte eine Figur wie jeder andere knapp über Fünfzigjährige, doch die Marke seines hellblauen Hemdes war teuer, und obwohl er monotones Jütländisch sprach, hörte er sich nicht an wie einer von uns.

»Ben?« Ich legte die Hand an den Mund, und erst jetzt fiel mir auf, wie schmutzig sie war. Breite, dunkle Kratzer zeigten, wo meine Handgelenke gefesselt gewesen waren, und meine Nägel waren abgebrochen und schwarz.

Der Graf musterte mich.

»Niemand weiß, dass du …«, er suchte nach passenden Worten, »… verreist warst.«

Minna kam mit einer Jeans zurück – natürlich von der teuersten Sorte – und mit einem gut riechenden blauen Pulli. Sie reichte mir die Klamotten ohne ein Wort und zeigte auf die Toilette.

Dort schaute ich mich ängstlich im Spiegel an. Mit den letzten Erlebnissen im Kopf hatte ich zwar keine großen Erwartungen, mir blieb bei meinem Anblick aber die Luft weg.

Mein Haar war ein einziges feuerrotes Vogelnest, und ich war schmutzverschmiert, hatte überall Blutergüsse, Verletzungen und Abschürfungen – einige davon stammten vom Kampf mit Varnar. Durch mein zerrissenes Hemd konnte ich das Runen-Brandmal auf meinem Arm sehen. Eine alte Schnittwunde zog sich über meine Schläfe und kreuzte eine neue Schramme am Haaransatz auf meiner Stirn. Doch schlimmer waren meine aufgerissenen und manischen Augen.

Vorsichtig lehnte ich mich zum Glas vor, um mich zu betrachten. Mit einem dreckigen Finger klopfte ich an den Spiegel.

»Serén«, flüsterte ich und bekam ein Ziehen im Bauch bei dem Gedanken, wie nahe wir uns gewesen waren.

»Was machst du?«

Ich zuckte von Minnas Stimme direkt hinter mir zusammen. Schnell nahm ich die Hand vom kühlen Glas des Spiegels.

»Ich … äh …«

»Bist du überfallen worden?« Sie schaute auf meine Blutergüsse. »Wenn ja, dann solltest du das bei der Polizei anzeigen.«

Ich rieb mir die Handgelenke. »Es ist nichts weiter.«

»Die müssen zur Verantwortung gezogen werden, die das da getan haben.« Sie zeigte auf die Schnittwunde auf meiner Stirn. »Sonst machen sie einfach weiter.«

»Da hast du wirklich recht.« Weil sie mich noch immer musterte, fügte ich hinzu: »Ich rede mit Hakim.«

Ich wusch meine dreckigen Hände.

Hinter mir nahm Minna eine Bürste und zog sie durch mein Haar.

Ich zwang mich, stehen zu bleiben, beugte mich über das fließende Wasser und klatschte mir eine Handvoll über Wangen und Nase. Minna zog einen dunklen Splitter aus meinen Locken, der eindeutig weder vom Feld noch vom Hof kam. Er stammte von dem Ring, in dem Varnar und ich kaum eine Stunde zuvor trainiert hatten.

Sie drehte ihn zwischen ihren Fingern hin und her, legte ihn aber am Ende auf den Rand des Waschbeckens. »Ihr seid wirklich gute Freunde, oder?«

»Wer?« Ich sah sie im Spiegel an. Die Tropfen hingen in meinen Wimpern, sodass ich angestrengt blinzeln musste.

»Du, Luna, Mathias und Mads.«

Ich zuckte mit den Schultern.

Bei der Bewegung rutschte mein großes Hemd weiter hinunter und entblößte die Brandzeichen auf meinem Oberarm.

»Die hattest du gestern noch nicht.« Minna fuhr mit den Fingern die Narbe entlang, und ihr Blick fiel auf meinen Unterarm, wo das Fehu-Tattoo blau leuchtete. »Auch das hier nicht.«

Ich drehte mich abrupt um, sodass ihre Hand wegrutschte. Mit einer heftigen Bewegung warf ich das zerfetzte Hemd weg und zog den Pulli über. Als ich Minnas Jeans anzog, schaute ich nach unten, hauptsächlich um ihrem kritischen Blick zu entgehen.

»Ich mag sie auch gern«, sagte sie leise. »Ich mag euch alle gern.«

Ich schaute mit einem Ruck hoch. »Auch mich?«

Sie nickte.

»Bist du nicht auch mit Peter befreundet?«, flog es aus meinem Mund.

Sie hob wieder die Bürste, um mein Haar zu entwirren. »Ich kann doch mit euch beiden befreundet sein.«

»Nein, kannst du nicht.«

Die Hand, die die Bürste hielt, sank, und bei meinem Wutausbruch wich sie einen Schritt zurück.

»Peter und ich sind Feinde. Das geht weit zurück. Viel weiter als du und er.«

»Bist du sicher?«

»Ja! Ich bin sicher.« Als ich mich jetzt vom Schmutz befreit hatte und mit geordneten Haaren wieder zum Spiegel umdrehte, sah ich mir wieder etwas ähnlicher. An den Schnittwunden war nichts zu ändern, doch ich zog die Ärmel über die Handgelenke, damit die Blutergüsse verdeckt waren. »So.«

Minna trat einen Schritt zurück und schaute mich in voller Größe an. »Jetzt siehst du gut aus.«

Pouls Stimme erklang: »Seid ihr anständig angezogen?«

»Ja, Papa«, rief Minna zurück.

Er steckte den Kopf ins Badezimmer.

»Anne will gleich rüber zu Ben und Rebecca und ihr Rad holen. Da steht es, hast du gesagt, oder?« Er zog eine Augenbraue hoch.

»Echt? Ich meine, ja, da steht es.« Ich nahm mich zusammen. »Bis später, Minna.«

Sie hielt mich fest. »Wo ist deine Schultasche?«

Ich schaute mich um und erwartete halb, dass sie an die Wand gelehnt dastünde. Das war natürlich nicht der Fall.

»Die steht bestimmt …« Ich hatte keine Ahnung, was Ben die Leute verhext hatte zu glauben.

»Du musst sie in deiner Wohnung vergessen haben.«

»In meiner was?«

»In deiner Wohnung. Über dem Frank's.«

Ich überspielte meine Überraschung mit einem Hustenanfall. »Ja, stimmt.«

Ben und Rebecca empfingen mich im Türrahmen, als wäre ich nur einen Nachmittag fort gewesen. Wie immer lehnten sie sich an das Kraftfeld des anderen. Ihr Haus war seit dem letzten Mal noch etwas schwärzer versengt, wohl von dem Überfall, bei dem die Berserker Monsters Leiche geklaut hatten.

Meine Tasche stand an die bemalte Wand gelehnt. Luna musste sie aus Hrafnheim mitgenommen haben.

Rebecca strich mir mütterlich übers Haar, als ich vor ihr stand. Die nackten Zehen lugten wie immer unter dem langen Kleid hervor. »Schön, dich zu sehen, Anne Stella.«

Ich schaute in Bens braune Augen, die von Kreideweiß umgeben waren.

»Niels Villadsen von der AMPA möchte gern mit dir sprechen.« Die Stimme grummelte tief.

Ich formte mit dem Mund ein »Oh«, gefolgt von einem beklommenen Grinsen.

Die Abteilung für magische und paranormale Angelegenheiten war wohl ordentlich sauer auf mich.

»Kann ich mir vorstellen, dass er das möchte.« Dann räusperte ich mich. »Ich soll dir Grüße bestellen.«

Bens volle Lippen zogen sich zurück, und der Silberring in seinem Nasenflügel wippte.

Ich atmete scharf ein, als er die Goldzähne entblößte.

»Von wem?«, brummte er tief.

»Védis.«

Das Lächeln – denn es war eins, das er zeigte, obwohl er mehr mit einem hungrigen Raubtier Ähnlichkeit hatte – erstarrte. »Wie geht es Védis?«

Ich zuckte die Schultern. »Sie lebt mit ein paar Pferden und einem Hund zusammen.«

Das Lachen, das aus Ben floss, war so schadenfroh, dass ich mich gruselte. »Sie ist viel zu wenig nachtragend.«

»Sie ist um ein Schmuckstück reicher.« Ich behielt ein ausdrucksloses Gesicht bei, Rebecca aber blieb die Luft weg.

»Freyjas Tränen sind von unschätzbarem Wert.«

»Védis' Gegengeschenk war auch von unschätzbarem Wert«, sagte ich ruhig. »Das findet Frank jedenfalls.«

Die Hexen starrten mich an, und Bens Augen verengten sich.

»Ben.« Ich musste mich anstrengen, um weiterzusprechen. »Deine Zaubereien haben mir mehrere Male das Leben gerettet.«

Er stemmte eine Hand in die Seite. »Anne Stella Sakarias. Bedankst du dich etwa bei mir?«

Ich hob den Kopf. »*Bedanken* wäre wohl zu viel gesagt.« Ich gab mir Mühe, ein Lächeln zu unterdrücken. »Ich sage bloß, dass ich nicht ganz so wütend auf dich bin wie sonst immer.«

Er grinste wie wild. »Du erinnerst mich sehr an deine Mutter.«

Ich wusste nicht, was ich sagen sollte, und wir wurden zum Glück von einem Geheul unterbrochen.

»Anne«, erklang Lunas Stimme, und mein Herz setzte einen Schlag aus. »Ich habe die verrückteste Neuigkeit. Die verrüüüückteste Neuigkeit.«

»Was denn?« Ich schaute sie verwirrt an.

Sie wollte gerade zum Sprechen ansetzen, als jemand rief.

»Anne!« Mathias stand sofort hinter ihr, und ehe ich Piep sagen konnte, steckte ich mitten in einem Gewirr aus honigfarbenem Haar und schwarzen Korkenzieherlocken. Meine Freunde umarmten mich und redeten durcheinander.

Tränen vereinigten sich, und ich nahm beide in den Arm, wobei wir herumtanzten.

»Ich habe dich so sehr vermisst«, flüsterte Mathias. »Ich wollte mit nach Hrafnheim, aber Luna hat mich überredet, hierzubleiben und ihre Eltern zu beschützen.«

»Ich bin klargekommen«, sagte ich. Wahrheit ist ein dehnbarer Begriff.

»Es ging auch um die Reise«, erklärte Luna nüchtern, als hätte sie meine Gedanken gehört. »Nicht so sehr um das eigentliche Ziel.«

Taliahs Leichnam, Finns bernsteingelbe Augen und Faida in meinem grünen Kleid huschten über meine Netzhaut. »Ich bin nicht sicher, ob ich das genauso sehe.«

Hinter uns bestieg Rebecca eine Leiter, um einen Schinken und ein rundes Brot an die Äste eines großen Baumes zu hängen. Dort baumelte mehr Essen als sonst.

»Komm«, sagte Luna. »Wir haben die beste Überraschung für dich.«

»Was soll ich?«, fragte ich, nicht besonders scharf auf unbekannte Größen.

»Komm einfach.«

Mathias stellte sich hinter mich und hielt mir mit seinen großen Händen die Augen zu. Als seine Handflächen meine Haut berührten, summte es, und Energie durchströmte mich. Seine Göttlichkeit war wesentlich stärker geworden.

Widerwillig ging ich mit. Luna führte mich an der Hand, damit ich nicht hinfiel.

Etwas knarrte, und dann spürte ich, dass der warme Sonnenschein verschwand. Wir wurden von Schatten umschlossen.

Mathias nahm seine Hände weg, und ich blinzelte, um meine Augen an die Dunkelheit zu gewöhnen.

Wir befanden uns in Bens und Rebeccas Scheune. Vorher hatte ich sie noch nie betreten, doch sie schien als Werkstatt eingerichtet worden zu sein. Also, wie eine magische Werkstatt.

Getrocknete Blumen und Kräuter hingen von der Decke, alles von afrikanischen Masken über Trommeln bis hin zu geschnitzten Stäben stand an die Wände gelehnt, und inmitten des Ganzen war eine Erhöhung, die mit einem weißen Tuch bedeckt war. Umgeben von brennenden Kerzen, frischen Blumen und Essen unterschiedlicher Art: Brot, Beeren und Getreidegarben. Schädel und Knochen waren auch um die merkwürdige Form angeordnet worden.

Luna nahm das Tuch ab und rief: »*Tadaaaa …*«

Ich schnappte nach Luft und schlug die Hand vor den Mund, damit ich nicht laut aufschrie.

Ich hätte nie gedacht, dass ich mich so freuen würde, die Leiche meines besten Freundes zu sehen.

Denn auf dem Podest, ganz steif und kalt, lag Monster. Er war sauber gemacht worden, aber in seiner Seite und Brust klafften tiefe Verletzungen und Schnittwunden.

Ich fiel auf die Knie und berührte ihn. Er war unbeweglich, abgekühlt und mausetot, doch das Fell war weich, und darunter war sein Körper. Es war nicht nur ein Fell.

»Wie?«, hauchte ich. »Ich habe ihn gesehen. Er lag in Ragnaras Schlafzimmer.«

»Du hast seinen Bruder gesehen«, erklärte Luna. »Da lag Liutpold.«

Monsters Bruder. Ich stöhnte. *Na dann!*

»Ja, aber Justine hat gesagt, Ragnara hätte ihn gestohlen.« Ich dachte nach. Bei genauerer Betrachtung meiner Erinnerung wurde mir klar, dass sie nur gesagt hatte, die Berserker hätten *jemanden* gestohlen.

»Sie haben die kleine Figur geklaut, die so aussieht wie Ben. Odion«, erklärte Luna. »Meine Eltern sagen, es ist eine Katastrophe, ich finde aber, dass das trotz allem noch besser ist, als wenn es Monster gewesen wäre.«

Ich streichelte Monsters Stirn.

»Er ist hier. Er ist …« Ich holte Luft. »Ich brauche …«

Luna stupste mich mit der Skaldenmet-Flasche an.

Mit zitternden Händen nahm ich die Flasche entgegen. »Was soll ich machen?«

»Gib ihm Skaldenmet zu trinken. Wie es die Seherinnen bei Odin gemacht haben, als er tot an Yggdrasil hing.« Luna kicherte, obwohl das beim Ernst der Lage unpassend war.

Ich prokelte den Korken aus der Flasche, obwohl mir meine Finger nicht richtig gehorchten. Am Ende war er draußen, und ein prickelnder und betörender Duft entstieg dem Flaschenhals.

»Soll ich etwas sagen?«

»Gib es ihm einfach«, antwortete Luna. »So muss es funktionieren.«

Ich kippte die Flasche und schüttete ein wenig von der goldenen und duftenden Flüssigkeit in Monsters Maul. Danach stellte ich die Flasche ab und beugte mich über den großen Körper.

»Monster«, flüsterte ich. »Monster. Na los. Komm zu mir zurück.«

Es verging einige Zeit. Ich weiß nicht, wie viel.

Unter mir ertönten zuerst ein Stöhnen und dann ein Niesen. Wärme breitete sich in Fleisch und Gewebe aus, und sein Herz begann zu schlagen.

»Anne«, erklang eine heisere Stimme, die ich so unendlich vermisst hatte. »Anne«, wiederholte Monster.

KAPITEL 41

Ich weigerte mich, Monster zu verlassen.

»Anne. Du darfst also jetzt gehen«, meinte Luna. »Die Hypnose meines Vaters wirkt nicht mehr.«

Ich ignorierte sie.

»Sie kann doch wohl einen Tag mal freimachen«, hörte ich Mathias sagen, war aber zu sehr damit beschäftigt, mein Gesicht in Monsters Fell zu stecken, um den Kopf zu heben. »Niemand weiß, dass sie das letzte halbe Jahr fort war.«

Der Skaldenmet – woraus auch immer der hergestellt war – heilte Monsters Wunden so weit, dass er nicht mehr blutete, doch er musste sich noch erholen, und die langen Narben an den Seiten würde er für immer behalten. Ich war auch nicht bereit, ihn vorerst aus den Augen zu lassen. Wir saßen auf dem Rasen vor Bens und Rebeccas Haus.

Er fragte immer wieder, ob seine Familie es überstanden hatte.

»Ihnen geht es gut«, sagte ich. »Ich habe deine Frau und Tochter aus Sént entkommen sehen.«

Monsters dunkle Augen funkelten. »Ich hätte mit ihnen kämpfen müssen.«

Mein Blick fiel auf seinen Rücken, wo noch immer eine große Wunde prangte. »Du hast doch mit ihnen gekämpft. Im Eisenwald. Und wenn du nicht hierhergekommen wärst, um mich zu warnen, dann wären Serén und ich jetzt tot. Deine Frau übrigens auch. Und obwohl du nicht auf mich hören willst, sind deine Leute in deiner Abwesenheit ziemlich gut klargekommen.«

»Du hast meine Gefährten getroffen«, grummelte er und legte seinen großen Kopf auf mein Bein.

»Ein paar«, korrigierte ich ihn. »Vale.«

Er spitzte die Ohren.

»Ich wusste nicht, dass Riesenwölfe so groß werden können.«

Monster lachte heiser.

»Unser Vorfahr, der Fenriswolf, war etliche Male größer.« Er dachte nach. »Aber du hast recht. Vale übertrifft die meisten meiner Art.«

»Ich bin nur denen begegnet, die Rokkin anführt.«

Er hob den Kopf, fiepte aber, wohl weil es ihm noch überall wehtat. »Was hältst du von meiner Tochter?«

Ich schnaubte. »Sie hat den gleichen kranken Humor wie du.«

Monster öffnete den Schlund, und ich konnte seine weißen Zähne funkeln sehen.

»Sie ist großartig«, ergänzte ich und kraulte ihn am Ohr. »Ich habe sie sogar umarmt.«

Man sollte nicht meinen, dass einem Wolf das Maul offen stehen bleiben kann, aber genau das war bei Monster der Fall. Ich konnte sehen, dass er mir nicht glaubte.

»Sie ist nicht weggelaufen?« Er dachte nach. »Oder hat dich gebissen?«

»Nope!«

Das heisere Lachen durchströmte mich, und ich legte mich vorsichtig neben ihn, aus Angst, seine Wunden zu berühren.

Monster platzierte sein Kinn auf meiner Schulter, wie er es immer getan hatte.

»Das war einer der Gründe, warum ich dich vom ersten Tag an mochte«, flüsterte er heiser. »Du erinnerst mich an meine Tochter.«

Meine Finger flochten sich in sein Fell. »Es ist eine Ehre, an Rokkin zu erinnern.«

»Hat Ragnara versucht, dich zu töten?« Monsters raue Stimme war ungewöhnlich sanft.

»Ja«, flüsterte ich. »Sie ist sehr zielstrebig. Was auch immer die Weissagung, ich könnte zu ihrem Tod führen, bedeutet, so ist sie doch ziemlich scharf darauf, es zu verhindern, was ich eigentlich gut verstehen kann.«

»Kannst du's? Ich meine, das, was die Weissagung prophezeit. Kannst du sie töten?«

Ich konnte ihm nicht in die Augen schauen. »Ich bin sehr nahe an Ragnara rangekommen; es stimmt, dass sie unsterblich ist.«

Das Geräusch von Finns Krallen, als sie Ragnaras Brust durchbohrten, hallte in meinem Kopf grell wider, gefolgt von einem Heulen, als Eskild ihm in den Rücken stach.

Monster seufzte. »Das weiß ich. Liutpold hat versucht, ihr den Kopf abzubeißen, bevor Varnar ihm den Garaus machte.«

Ich zitterte und verschonte Monster mit der Information, wie sein Bruder sich als Bettvorleger machte.

»Die Prophezeiung besagt, dass Thoras Blut zu Ragnaras Tod führen kann, das bedeutet aber auf keinen Fall, dass ich sie ganz konkret umbringen kann, und Ragnara hört nicht auf. Sie wird nach Macht streben, solange sie die Möglichkeit dazu hat.«

»Sie ist doch unsterblich.«

»Mmm, ja. Und wenn sie ihren Willen bekommt, wird sie tatsächlich zur Göttin.« Ich legte mich auf den Rücken ins Gras und schaute in den knallblauen Himmel, von dem ich mir unerklärlicherweise vorstellte, dass sie den auch in Hrafnheim ansahen. »Sie ist unsterblich, solange sie das Götterblut einnimmt. Od hat dafür gesorgt, dass sie nichts mehr kriegen kann, aber sie hat irgendwo noch eine Ration.«

Monster bettete seinen Kopf auf die buschigen Pfoten. »Wir werden sie also davon abschneiden müssen, bevor wir sie töten können.«

»Ja ... Das werden wir wohl müssen.«

»Anne … Anne …« Seréns Stimme plätscherte, als würde sie durch Wasser getragen.

Ich musste auf dem Rasen eingeschlafen sein, mit dem Kopf auf Monsters Bauch ruhend. In einem Winkel meines Bewusstseins wusste ich, dass ich in der Sonne schlummerte.

In einem anderen Teil meines Kopfes befand ich mich in einer kalten Winternacht im Kraghede Skov.

»Ich bin hier«, sagte ich in die kalte Luft hinein und wusste nicht so richtig, was ich mit *hier* meinte. »Ich bin nach Hause nach Ravnssted gekommen, und Monster lebt wieder. Serén. Er lebt! Das musst du seiner Familie sagen.«

Meine Schwester trat hinter einem dicken Stamm hervor.

»Hast du nicht gehört, was ich gesagt habe?«, fragte ich.

»Doch … Ich habe gesehen, dass er lebt.«

»Ist da nicht vielleicht ein kleines *Yeah* fällig?« Ich riss die Arme zum gespielten Siegeszeichen hoch, ließ sie aber wieder fallen, weil Serén weder froh noch erleichtert ausschaute.

»Ich sehe etwas anderes«, sagte sie. »Ragnara ist im Anmarsch auf deine Welt, und das wird Tod bringen.«

»Wessen Tod?«

Plötzlich schlug Serén sich mit einem Fingerknöchel an die Schläfe und schloss die Augen. »Ich weiß es nicht. Das ändert sich immer wieder. Aber sie ist da. Bald! Dasselbe habe ich zum Jahreswechsel gesehen.«

Meine Schultern entspannten sich. »Dann machte es also keinen Unterschied, dass ich weggegangen bin. Sie alle, die tot …«

Seréns blaugrüne Augen, die meinen ähnlich sein mussten, fixierten mich. »Du hast genau das getan, was du solltest.«

»Sagt wer?«, fragte ich. »Langsam kriege ich das Gefühl, dass ich das Schicksal nicht beeinflussen kann, ganz egal wie sehr ich dagegen ankämpfe.«

»Dagegen ankämpfen?« Es klang, als ob sich Serén ein bitteres Lachen verkneifen musste. »Das Schicksal gewinnt immer. Und es besagt, das Ragnara kommt. Die Frage ist bloß, ob du bereit bist.«

Ich erwachte mit einem Ruck auf Bens und Rebeccas warmem Rasen. Eine Fliege landete auf meiner Wange, flog aber fort, als ich sie wegwedelte.

»Was ist los, Anne?«, murmelte Monster schlaftrunken.

»Nichts.«

Doch mein Herz klopfte hart in meiner Brust.

Bei Ben und Rebecca musste ich viel Updating-Arbeit über die Vorfälle der letzten Jahre in Hrafnheim leisten, weil sie hoffnungslos unwissend waren. Arthur erschien aus heiterem Himmel, und der Geist meines Vaters umarmte mich und wollte mich gar nicht mehr loslassen. Die Kälte des Todes glitt von ihm in mich, und ich hielt ihn fest, aus Angst, ihn zu verlieren. Es muss für die anderen drei, die nur meinen Teil der Umarmung sehen konnten, komisch ausgeschaut haben.

Ich überlegte, ob ich sie mit Ragnaras Vorwurf konfrontieren sollte, dass sie zum Teil schuld an all dem Chaos waren, doch aus irgendeinem Grund blieb die Frage auf meiner Zunge liegen.

Ben strahlte vor Stolz darüber, dass Védis den Zauber von Halfdan genommen hatte, und Rebecca erschauderte, als sie hörte, wie Gytha in der Arena fast den Tod gefunden hätte. Sie kannten sich offenbar. Monster saß am Tischende, als ich erzählte, und Rebecca schenkte mir Tasse um Tasse Kräutertee ein, eine übelriechender als die andere. Eine für die Heilung, eine für die Kraft, eine gegen Trauer und eine einzelne gegen ein gebrochenes Herz, obwohl sie mir den Gefallen tat, es vor meinem Vater nicht laut auszusprechen. Der Geruch stach in der Nase, und Arthur machte mit dem Mund ein Furzgeräusch.

»Eins vermisse ich nicht am Lebendigsein.« Er nickte zum dampfenden Becher, aus dem das Aroma von Wacholder, Ingwer und Knoblauch aufstieg. »Das riecht fürchterlich.«

»So schmeckt es auch«, antwortete ich, und Ben, Rebecca und Monster guckten mich fragend an, weil sie Arthur nicht hören konnten.

»Nichts«, sagte ich zu ihnen, trank einen Schluck von dem übel riechenden heißen Gebräu und schauderte, als der Geschmack meine Zunge traf.

»Was ist mit ...« Arthur fiel das Aussprechen schwer. »Deiner Mutter? Bist du Thora begegnet?«

»Ja. Ich soll dich grüßen.«

Er kniff die Augen zusammen und legte den Kopf schräg.

Ich korrigierte mich selbst. »Oder sie hat gesagt, sie will dich rächen, Ragnara und Eskild vernichten und nach Ravnssted zurückkommen.«

Arthur lachte, doch es klang mehr wie ein Schluchzen.

»Das hört sich eher nach ihr an.« Er legte mir seine Hand auf die Wange. »Ihr seid euch so ähnlich.«

»Ich weiß genau, dass es riskant war, wegzugehen«, sagte ich. »Aber wenn ich es nicht getan hätte, wäre Ragnara jetzt Göttin, und dann wäre das Rennen gelaufen.«

Arthur sah mich ebenso stolz wie grimmig an. »Versprich mir, dass du ab sofort auf dich aufpasst, ja?«

»Okay.« Ich zwinkerte ihm unschuldig zu.

»Anne, ich bin ein Gespenst. Ich kann sehen, dass du hinter dem Rücken die Finger kreuzt.«

»Hmm«, sagte ich und entknotete die Finger. »Ich werde tun, was ich kann.«

Er schnaufte. »Mehr kann ich wohl nicht verlangen.«

Als ich nicht mehr die Kraft hatte, weiterzusprechen, lag ich bloß neben Monster auf einer Decke im Garten und guckte in den nordjütländischen Himmel. Der Duft von Erde und Land war ganz anders als in Hrafnheim, die Geräusche von hupenden Autos, Traktoren und bellenden Hunden zogen in mich ein, und hoch oben schwebten weiße Wolken. Mir waren solche Dinge früher nie aufgefallen, doch jetzt war ich dankbar für jedes einzelne.

Am Ende schloss ich die Augen und ließ mich in den Schlaf gleiten, die Hand auf Monsters warmer Pfote. Seine Atemzüge wurden auch tief und langsam.

Als ich am nächsten Tag das Gymnasium betrat, kam mir das so unwirklich wie im Traum vor. Nie hätte ich gedacht, dass ich diesen Ort je wiedersehen würde, und der Anblick der bunten Acryltreppe, der roten Ziegel und der wilden Kunst aus den 50er-Jahren war exotischer als Ragnaras Schloss in Sént.

Mathias und Luna gingen links und rechts von mir und fühlten sich eher wie meine Bodyguards als wie ein normaler Mitschüler und eine normale Mitschülerin an.

Luna erstrahlte in einem großen Lächeln. »Hallo, Mads.«

Mads! Ich fuhr herum, seine langen Arme umschlossen mich, und wir gingen Arm in Arm weiter.

Als wir den Gelben Gang erreichten, konnte ich nicht genug davon bekommen, mich umzugucken, als befände ich mich in einer übertriebenen Fantasie. Im Klassenzimmer betrachtete ich die mit einer Plastikschicht überzogenen Tische, die Stühle mit ihren roten Beinen und schwarzen Dellen. Ich ging zur Fensterbank und strich mit der Hand über die Metallleiste.

Kaum war Jan im Klassenzimmer, verteilte er auch schon etwas. »Hier sind eure Aufsätze.«

Ein Bündel weißer, zusammengetackerter Blätter landete vor mir, aber Jan schaute mich nicht an.

Ich betrachtete den Packen.

»Ich habe wirklich einen langen Aufsatz geschrieben über …«, ich studierte das erste Blatt, »… über die Literatur des zehnten Jahrhunderts.«

Ich blätterte zur letzten Seite, wo Jans Beurteilung mit rotem Kugelschreiber stand.

»Hallo«, flüsterte ich Luna zu, »hätte dein Vater mir keine besseren Noten zaubern können?«

Sie kicherte. »Deine magische Fata Morgana war offensichtlich nicht so fleißig.«

In der Pause bog ich vom Gelben Gang ab und entdeckte eine breitschultrige Person, die an der Wand lehnte.

»Hakim!« Ich lief zu ihm, und nur mein starker Wille und das Wissen, dass uns Leute ansahen, hielten mich davon ab, ihn zu umarmen. Ich ballte die Fäuste, lächelte aber.

Er erwiderte es. Seine grünen Augen waren meinem Gesicht nahe und glitten meinen Hals hinab. »Du trägst mein Geschenk.«

Ich berührte den kühlen Silberanhänger. »Den nehme ich fast nie ab.«

»Ich wäre dir gern gefolgt, wusste aber nicht, wie ich das hinkriegen sollte. Die AMPA wollte es mir nicht verraten.«

Ohne nachzudenken, berührte ich seinen Arm.

Er stand ganz ruhig und hielt meinem Blick stand.

»War auch gut so, dass du nicht dabei warst.« Ich fokussierte das Tattoo mit der orientalischen Schlange, die sich um seinen Oberarm schlängelte. Sie guckte unter seinem T-Shirt-Ausschnitt hervor und erinnerte mich plötzlich an etwas. Die Schlange biss sich in den eigenen Schwanz, und ich bekam einen eiskalten Kloß im Hals, als mir die Midgardschlange einfiel, die ihren Schwanz bestimmt nicht mehr im Maul hatte. »Das war viel zu gefährlich.«

»Ja, es war gefährlich – für *dich*?« Hakim betonte das letzte Wort, und ein paar Schüler und Schülerinnen schauten in unsere Richtung.

»Ich habe es ja überstanden.«

Er öffnete den Mund, um etwas zu sagen, verkniff es sich aber. Stattdessen fuhr er mit dem Finger über die verschorfte Schnittwunde auf meiner Stirn. »Aber welchen Preis hast du dafür bezahlt?«

Ich fegte seinen Finger weg. »Wie läuft die Arbeit für die AMPA?«

Hakim bekam sich wieder in den Griff und streckte den Nacken durch. »Fragen wir sie doch.«

Ich runzelte die Stirn. »Was meinst du damit?«

Hakim schluckte zwanghaft. »Niels Villadsen will mit dir reden, darum habe ich Hausmeister Preben gebeten, uns hier einen Raum zur Verfügung zu stellen.«

»Irgendwas sagt mir, dass Niels sauer ist.«

»Deshalb habe ich darum gebeten, dass es hier stattfindet.«

»Hier gibt es jede Menge Zeugen.«

»Nur um auf der sicheren Seite zu sein«, endete Hakim.

»Der Musiksaal?« Ich schaute mich um, als Hakim mich in den Raum schob. Ein Klavier stand an der Rückwand, und den übrigen Platz füllten Schlagzeug, Verstärker und eine Trommel aus.

»Wenn wir Hilfe brauchen, können wir jederzeit auf die Trommeln eindreschen.« Er zeigte auf die Instrumente. »Und da ist ein Notausgang.«

Wir blieben dicht an der hintersten Tür stehen, als sich Schritte näherten.

Niels Villadsen, der Leiter der Abteilung für magische und paranormale Angelegenheiten, steckte den Kopf herein. Zu meinem Erstaunen sah er mich freundlich an.

»Anne. Schön, dich zu sehen. Ich freue mich, dass du unbeschadet nach Hause gekommen bist.« Er guckte mich durch seine hässliche graue Metallbrille an. Sein Blick fiel auf meine Schnittwunden und Abschürfungen. »So weit zumindest.«

Vielleicht würde das hier gar nicht so schlimm werden.

Niels zog einen Bogen Papier aus seiner Tasche. Oben prangte ein Logo des dänischen Staates, und darunter stand etwas mit Punkten aufgelistet. Obwohl ich über Kopf las, konnte ich meinen Namen entziffern.

Niels räusperte sich.

»Anne«, begann er und lächelte wieder aalglatt. Er guckte mich über seine Brille hinweg an. »Du bist nach Freiheim durch die Od-Dinesen-Passage gegangen, die Elias Eriksen vorbehalten ist. Das ist verboten.«

Ich reagierte nicht.

»Du bist in Sverresborg eingebrochen und hast einen Kriegsgefangenen befreit.«

»Ein kleines Kind …«, protestierte ich.

»Das ist verboten.« Niels' Stimme war tonlos. »Du hast einen Fingalk gestohlen.«

»Finn war allein und verlassen. Er wäre gestorben. Jetzt ist er tot …« Meine Stimme versagte, und Hakim schaute mit gerunzelter Stirn zu mir.

»Das ist verboten.« Niels holte Luft, bevor er weitersprach. »Du treibst dich mit Riesenwölfen herum. Verboten.« Sein Finger fuhr die vielen Bulletpoints auf der Liste entlang. »Verboten, verboten, verboten.« Er machte sich nicht einmal mehr die Mühe, die letzten Vorwürfe vorzulesen.

»Ich kann alles erklären. Das war, um meine Schwester zu retten. Das ist ver…«

»Du hast ein paar von Ragnaras Soldaten umgebracht!«

Ich brach mitten in einem Wort ab. Unwillkürlich strich ich mir mit der Hand über den Arm.

Niels redete weiter. »Du hast Ragnaras großen Fehu-Baum zerstört, und du hast in die Arena von Sént mehrere Löcher gesprengt, woraufhin du dich mit Aufständischen in der Haraldsborg aufgehalten hast, unter anderen mit Varnar und Aella vom Bronzewald und Serén, Tochter von Thora Todesblut.«

»Hast du was von ihnen gehört? Geht es ihnen gut?«

»Ragnara und Eskild sind sehr wütend, darum gehe ich stark davon aus, dass es ihnen allen gut geht.« Niels guckte geschäftig auf seine Blätter.

»Was ist mit Prinz Sverre?« Ich hielt die Luft an. Ragnaras Drohung, dass er nur als Hangadrott etwas taugte, spukte weiter in meinem Sinn herum.

Niels schaute mich immer noch nicht an. »Der Prinz ist mit seiner jungen Ehefrau nach Sverresborg gebracht worden. Das ist wohl so was wie eine Hochzeitsreise.«

Mein Magen schlug einen Purzelbaum, aber immerhin war Sverre am Leben.

Niels wedelte wieder mit den Blättern herum.

»Du hast eine umfangreiche Strafe zu erwarten, Anne Stella Sakarias.«

»Ich kriege überhaupt keine Strafe. Ich habe euch allen zusammen den Arsch gerettet, so ist das! Ragnarök wäre angebrochen, wenn ich meine Schwester nicht befreit hätte.«

Niels schaute mich geduldig an. »Möchtest du lieber an Ragnara ausgeliefert werden, damit sie deine Strafe festlegt? Ich bin durch unsere diplomatischen Abkommen verpflichtet, mit ihr zusammenzuarbeiten.«

»Ich ziehe es einfach vor, nicht bestraft zu werden.«

Niels massierte sich den Nasenrücken. »Ich versuche, einen Krieg zu verhindern, Anne. Mit aller Macht nutze ich meine diplomatischen Kanäle, um den Frieden zu wahren und dich am Leben zu halten, obwohl du es mir nicht gerade leicht machst.«

»Es gibt keinen Frieden mehr!«, rief ich, sodass es in den Schlaginstrumenten um uns widerhallte. »Ihr hättet Ragnara mal erleben müssen. Sie würde alles tun, um ans Ziel zu kommen.«

Die beiden anderen schwiegen.

»Und du kennst ihr Ziel?«, fragte Niels schließlich vorsichtig.

Sehr leise und langsam antwortete ich: »Sie versucht, Göttin zu werden, indem sie das Volk zwingt, sie anzubeten.«

Niels' Mundwinkel gingen nach unten, als müsste er plötzlich würgen.

Ich sprach zurückhaltend weiter.

»Ragnara ist immer noch unsterblich, weil sie Götterblut zu sich nimmt. Sie muss etwas zurückbehalten haben. Wir haben versucht, sie zu vernichten.« Ich verriet nicht, wen ich mit *wir* meinte, und redete schnell weiter. »Aber es hat nichts gebracht. Wir müssen uns überlegen, wie wir sie verwundbar machen, damit wir …« Ich konnte es nicht laut aussprechen.

Niels' Augen schlossen sich halb. »Ich versuche …«

»Nein«, sagte ich. »Das Einzige, was wir tun werden, ist, Ragnara zu beseitigen.«

»Frieden.« Er war kurzatmig.

Langsam schüttelte ich den Kopf. »Frieden ist eine Illusion.«

Seine Hand, mit der er verkrampft die Brille festhielt, stand von seinem Körper in einem Winkel ab, der mir verriet, dass er alles vergessen hatte, nicht nur die Brille, sondern auch seinen Arm.

Ich zupfte ihm die Anklageschrift aus der Hand und riss sie in Stücke. Dann pfefferte ich die Papierschnipsel auf einen laminierten Tisch.

»Du wirst deiner Mutter immer ähnlicher.«

Ich reagierte darauf nicht, bevor ich demonstrativ aus dem Raum mit den E-Bässen und Tamburinen marschierte. Ich wollte keine Sekunde länger meine Zeit damit verschwenden, mit diesem Bürokraten zu diskutieren. Ragnara war im Anmarsch, und ich musste überlegen, was ich tun würde.

Zurück im Klassenzimmer, hatte die nächste Unterrichtsstunde angefangen, und Leute schauten mich neugierig an, als ich wieder reingelatscht kam.

»Sie ist von diesem Polizisten abgeholt worden«, sagte jemand leise.

»Schon wieder«, sagte jemand anders.

»Was hat sie denn wohl diesmal angestellt?«

Auf der einen Langseite grinste Peter hinterlistig.

Ich seufzte. Trotz allem war wenigstens eins noch beim Alten.

»Ich kann gut verstehen, dass du nicht bei Frank wohnen willst«, sagte Luna, als sie ihr kaputtes Lastenfahrrad aufschloss. Sie schüttelte die pinkfarbenen Locken. Als Erstes nach unserer Rückkehr hatte sie sich eine neue Haarfarbe zugelegt. »Das Zimmer bei uns zu Hause ist immer noch für dich da, wenn du es haben willst.«

Ich zitterte leicht bei dem Gedanken an Ben und Rebecca, die jede meiner Bewegungen verfolgen würden.

»Ich meine, Frank hat immerhin versucht, dich umzubringen. Und vielleicht versucht er es wieder«, sagte sie.

»Nein, macht er nicht. Er wollte mich wegen Halfdan töten, und ihn haben wir ja gerettet.«

»Okay«, sagte Luna. »Aber vielleicht versucht Frank es wieder, wenn jemand Halfdan bedroht.«

»Wenn Frank mir etwas antut, dann erst im Winter«, floss es aus meinem Mund.

»Was meinst du damit?«

Ich hatte nicht die Energie, ihr zu erklären, wie es dazu kam, dass Serén meine Ermordung im Kraghede Skov sah.

»Ich fahre zu ihm«, entschied ich in der Sekunde.

»Wir kommen mit«, stimmte Mathias ein. Er war sofort zu uns gekommen.

»Kein Problem.«

Wie vorher schon beim Betreten des Gymnasiums kam mir auch alles unwirklich vor, als ich Frank's Bar and Diner wiedersah. Kurz überlegte ich, ob ich überhaupt fort gewesen war. Vielleicht war das letzte halbe Jahr bloß ein Produkt meiner Fantasie; doch als ich Frank erblickte, der wie immer ausschaute mit seinen gegelten Haaren, hochgekrempelten weißen T-Shirt-Ärmeln über dem Seemanns-Tattoo und in schwarzen Jeans, schlug mein Herz in der Brust einen Flickflack.

Er guckte hoch, und als er mich entdeckte, kam er mit langen Schritten von seinem Platz hinter der Bar zu uns dreien. Er zögerte kurz vor mir, wie um abzuschätzen, ob es okay war, aber da ich auf ihn zuging, schlang er seine starken Arme um mich und hob mich mit einer herzlichen Umarmung hoch.

»Du lebst«, murmelte er in mein Haar. »Du bist hier. Du bist zurück.«

»Opa«, sagte eine helle Stimme hinter ihm, und Frank ließ mich wieder los.

Ich schaute hinter seinen Rücken.

Minna stand dort mit Halfdan an der Hand. Der Junge trug eine grüne Jogginghose, einen gelben Pullover mit einem Dinosaurier auf dem Bauch und hatte einen kunterbunten Brotbeutel auf dem Rücken.

Frank nahm Halfdan auf den Arm. »War es heute im Kindergarten schön?«

Halfdan begann zu erzählen, und ich begriff nicht einmal die Hälfte von dem, was das Kind begeistert berichtete.

»Bist du seine Babysitterin?«, fragte ich Minna.

Sie nickte, sodass der braune Pferdeschwanz wippte.

»Ich hole Halfdan jeden Tag ab und passe an den Abenden auf ihn auf, wenn Frank bis spät arbeiten muss. Wir haben uns oft oben in der Wohnung gesehen.« Sie kniff die Augen zusammen.

»Na, dann …«

»Danke, Minna.« Frank klopfte ihr auf den Rücken, genau dorthin, wo ich gesehen hatte, dass er mir eine Rune in meinen eigenen schnitt. »Halfdan kann einfach hier in der Bar bleiben.«

»Okay.« Sie streichelte mit einem Finger Halfdans weiche Wange und verwuschelte seine Haare.

Ich schaute mich in meiner kleinen Wohnung um.

Es sollte offenbar so aussehen, als hätte ich ein halbes Jahr bei Frank gewohnt, und wer auch immer sich um meine Sachen gekümmert hatte, hatte hervorragende Arbeit geleistet. Es machte ganz den Eindruck, als hätte ich es selbst so hingestellt. Alles war vorhanden, aber es gab weder Deko noch Kleinkram. Mir wurde klar, dass die Umzugsleute wohl einfach alles nach Lust und Laune hätten hinstellen können, und es hätte immer noch ausgesehen, als hätte ich selbst es so eingerichtet.

Ein Klopfen an der Tür ließ mich erstarren. Franks Aura auf der anderen Seite des dünnen Holzes war da, doch er wartete, bis ich ihm erlaubte, näher zu treten.

Ich öffnete die Tür, doch er blieb auf der Schwelle stehen.

»Willst du reinkommen?« Meine Augen flackerten in den Raum hinter mir und schauten wieder zurück zu Frank.

»Eigentlich habe ich darüber nachgedacht, ob du zu mir rüberkommen willst. Dann kannst du Halfdan Gute Nacht sagen.«

»Gute Nacht?«, wiederholte ich zweifelnd.

»Er hat so viel von dir gehört, dass er das Gefühl hat, dass er dich kennt.«

»Du hast über mich gesprochen?«

»Er weiß, dass du die Frau bist, die seinem Großvater das Leben gerettet hat.« Frank lächelte schief. »Aber er weiß selbstverständlich nicht, wie.«

In Franks und Halfdans Schlafzimmer erstarrte ich beim Anblick von Franks Axt, die an der Wand hing wie ein martialisches Dekorationsobjekt. Bevor ich zurückweichen konnte, kam Halfdan angelaufen und klammerte sich an mein Bein.

»Bringst du mich ins Bett, Anne? Machst du doch, oder?«, quengelte er. Der Teddy auf dem Bauch seines Schlafanzugs hüpfte bei seinen heftigen Sprüngen.

Im Zimmer guckte ich auf das Buch, mit dem Halfdan mich pikste. Unsicher fing ich an zu lesen, als der Junge sich an mich kuschelte.

Als Halfdan schlief, meine Hand fest in seiner, kribbelte ein Kloß in meinem Hals. Ich schob ihm einen Teddy in die Hand und schaute hinunter auf den rotwangigen Jungen.

Wieder zurück im Wohnzimmer, hatte Frank auf dem Sofa Platz genommen. Er schaute mich erwartungsvoll an.

»Darf ich noch hier wohnen?«

Er legte den Kopf schräg und kratzte sich den Backenbart. »Möchtest du das?«

»Ja«, antwortete ich, ohne zu wanken. »Vielleicht ziehe ich zum Winter um, aber jetzt würde ich gern hier wohnen bleiben.«

»Warum ziehst du zum Winter um?«

Ich verweigerte eine Antwort.

»Wenn du vorerst hierbleibst, freue ich mich«, flüsterte Frank leise. »Dann kann ich auf dich aufpassen.«

KAPITEL 42

»Kannst du dich an was erinnern?«, fragte ich, als Monster und ich auf einer langen Laufstrecke eine Verschnaufpause im Kraghede Skov machten. »Aus der Zeit, als du tot warst?«

Monster hatte sich auf den Waldboden gelegt, und ich lehnte mich an einen Stamm. Die Düfte des Waldes erinnerten an die im Wäldchen Barre bei Ísafold. Ich seufzte, als ich mit der Hand über den unebenen Stamm glitt. Offensichtlich war es mein Los im Leben, an alle Orte und gleichzeitig an keinen richtig zu gehören.

Monster gab ein hundeartiges Räuspern von sich.

»Es schien zugleich innerhalb nur einer Sekunde und in einem Äon abgelaufen zu sein. Ich stand am Rand der Ewigkeit und war kurz davor, hineinzufallen.« Die großen Nasenlöcher witterten. »Da war jemand, der oder die zu mir sprach. Mich festhielt. Ein Vorfahr oder eine Ahnin.«

»Hmm.« Ich bohrte meinen Joggingschuh ins Moos und störte eine Schar Ameisen, die mit einem Blatt, das um ein Vielfaches größer war als sie, hintereinander hermarschierten. »Was hast du jetzt vor?«, fragte ich vorsichtig, obwohl ich die Antwort gar nicht hören wollte.

»Ich will zurück zu meinem Gefährten, sobald ich wieder in der Lage bin, mich auf den Weg zu machen«, antwortete Monster. »Es gibt viele, die dich hier beschützen.«

Ich schaute auf seine Seite, wo eine große Narbe sich verzweigte. Er war für immer von den Geschehnissen gezeichnet.

»Es geht nicht nur darum, ob ich beschützt werde, sondern auch, ob du in Sicherheit bist«, sagte ich und zwang mich, den Blick von der Narbe abzuwenden.

»Meine Familie«, begann er. »Rokkin. Und Boda.«

Wir setzten uns langsam in Bewegung und liefen zu Bens und Rebeccas Haus zurück.

Er hatte recht. Natürlich hatte er recht.

Als er wieder aufbrechen wollte, musste ich jede Zelle in meinem Körper anstrengen, um mich überhaupt von ihm verabschieden zu können.

»Auf Wiedersehen, Anne«, flüsterte Monster, als ich leise an seinem Hals weinte.

Ich hielt ihn mit aller Macht fest und bohrte die Nase tiefer in sein Fell.

»Bleib hier«, flüsterte ich verzweifelt. »Für dich ist es so gefährlich in Hrafnheim.«

»Auch für meine Familie ist es gefährlich. Ich muss für sie da sein.«

Ich zog meinen Kopf zurück und bedachte ihn mit einem verletzten Blick.

»Du gehörst auch zu meiner Familie«, beruhigte er mich. »So sehe ich dich. Aber hier gibt es viele, die sich ebenfalls als deine Gefährten betrachten.«

Mir wurde klar, dass ich die Familie bekommen hatte, die ich vorher nie besessen hatte. Eine unfassbar geheimnisvolle und abgespacte Familie, aber es waren Leute, die mich liebten.

Dann ließ ich ihn gehen.

Er trottete hinunter nach Østergaard, während ich auf dem Feld stand und ihm nachschaute, die Arme um den Körper geschlungen.

Nach ein paar Wochen hatte ich den gesamten Schulstoff nachgeholt, weil ich nicht wollte, dass Ben mich magisch updatete, obwohl er behauptete, dass es nur eine Minute dauern würde. Ich wollte nicht mehr von seiner Magie in meinem System haben.

Immer wenn ich daran dachte, dass Ragnara im Anmarsch war, bekam ich Atemnot. Sie konnte jederzeit hier sein, es gelang mir aber nicht, herauszufinden, was ich gegen sie machen konnte, wenn sie nach wie vor unsterblich war. Ich war nicht in der Lage, das allein herauszufinden.

Dafür musste ich zu drastischeren Maßnahmen greifen.

Auf der Straße war kein Mensch, und die Felder lagen dunkelbraun da, weil sie vor Kurzem gepflügt worden waren. Wir hatten Mitte September, und die Dunkelheit schlich sich mit regnerischer Kälte langsam an. Nur ein einziges Auto überholte mich, aber sonst war niemand in Sicht, als ich die Landstraße im starken Gegenwind entlangradelte. Elias' Haus tauchte mitten in dem Wäldchen in Vildmosen auf halber Strecke zwischen Ravnssted und Jagd auf.

Er empfing mich draußen vorm Haus, wo sich seine wilden Locken im Wind verhedderten. Seit Sverresborg hatte ich ihn nicht mehr gesehen. Kurz hatte ich den Eindruck, er wolle sich nach mir ausstrecken, doch dann ballte er die Hände zu Fäusten und ließ die Arme an der Seite hängen. Sein blaugrauer Blick strich über mich hinweg.

»Ich habe schon gehört, dass du überlebt hast, aber es ist trotzdem eine Erleichterung, es mit eigenen Augen zu sehen.«

Wegen der Kälte gab ich ein »Brrr« von mir. »Das Schicksal hat mit mir offensichtlich was anderes vor.«

»Was machst du hier?«, fragte er nach geraumer Zeit, in der wir beide kein Wort sagten.

»Ich weiß nicht, wo ich sonst hinkann.« Ich guckte zum Himmel, der sich dunkelblau gefärbt hatte.

»Bei Od bist du immer willkommen.« Elias drückte den Rücken durch. »Das weißt du doch.«

»Ich möchte am liebsten bei jemandem sein, der oder die zu hundert Prozent ein Mensch ist.« Ich verpasste dem Kies einen Tritt.

»Bist du sicher, dass du beim Richtigen gelandet bist?« Elias schaute lange in die Dämmerung.

»Darf ich nun hierbleiben oder nicht?« Ich breitete die Arme aus.

»Warum willst du bei mir sein?« Nicht mal ein Anflug von Flirt lag in Elias' Stimme. Kein neckender Unterton. Bloß eine Frage.

»Bei dir *weiß* ich wenigstens, dass auf dich kein Verlass ist.« Es klang verzweifelter, als ich wollte.

Eine Weile sah er mich an, ohne eine Miene zu verziehen. Dann lächelte er sanft und vollführte eine seiner altmodischen angedeuteten Verbeugungen. »Ich werde dich nicht enttäuschen.« Er zeigte auf das runde Gebäude auf dem Hof. »Lass uns da reingehen.«

Wir gingen ins Haus, und die Abenddämmerung legte sich über die Landschaft. Der Wind rüttelte so an den Bäumen, dass manche sich Sorgen gemacht hätten. Mir vermittelte er jedoch eine tiefe Ruhe und die Gewissheit, dass wir Menschlein Wind und Wetter vollkommen egal waren.

»Wie nennst du diesen Ort hier noch?« Ich stieg hinter ihm die Wendeltreppe hoch.

»Mein Observatorium? Sternebjorg.« Elias' flache Hand glitt an der mit Holz verschalten, wie ein Schneckenhaus gewundenen Wand entlang.

Die obere Etage bildete ein einziger offener Raum, dessen eine ganze Seite aus einem großen Fenster bestand, aus dem ein Teleskop in den Himmel ragte, der jetzt fast schwarz war.

»Was machst du hier oben?« Ich schaute mich im sparsam möblierten Zimmer um, in dem es nur eine Matratze auf dem Boden und einen kleinen Hocker am Fernrohr gab.

»Ich gucke weg von dieser Welt.« Elias stellte sich mit dem Rücken zu mir vor die gigantische Glasfront. Er schob die Hände in die Hosentaschen und hob sein Gesicht zum Sternenhimmel.

Für mich sah es nur wie ein großes Stück Stoff mit ein paar Punkten aus.

»Da draußen gibt es doch nicht wirklich was, oder?«, fragte ich vorsichtig. Als er sich umdrehte, fügte ich hinzu: »Ich weiß genau, dass da draußen *etwas* ist. Planeten und so. Aber warum guckst du sie dir an?«

»Ich untersuche die Himmelskörper.«

»Warum?«

»Bei ihrem Alter fühle ich mich jung.«

»Das kommt wohl nicht so oft vor.«

Eine Weile hing Stille zwischen uns. Vom Wind schlug ein Zweig gegen die Mauer, und ein Duft von geöltem Holz parfümierte die Luft.

»Nein.« Der weiche Mund zog sich nach oben. »Das kommt nicht oft vor. Komm. Darf ich dir was zeigen?« Er streckte seine Hand aus.

Ich zögerte, doch ich ergriff sie. Seine Hand war warm und an den Fingerspitzen und der Innenfläche rau. Elias zog mich zum Teleskop und richtete das Gerät aus.

»Guck.« Er zeigte auf das Fernrohr.

Ich bückte mich und linste ins eine Ende. »Wonach suche ich?«

Elias beugte sich über mich und verstellte die Linse. Die Wärme seines Körpers erreichte mich, und ich atmete seinen süßen und leicht würzigen Duft ein. Ich konzentrierte mich aufs Gucken.

»Meine Fresse. Was ist das denn?«, rief ich und wich einen Schritt zurück, sodass ich fast mit ihm zusammengestoßen wäre. Dann trat ich wieder vor und starrte intensiv ins Teleskop.

»Eine Supernova.«

»Eine was?« Ich setzte mich auf den Hocker und studierte wieder den Anblick in der kleinen Linse.

»Ein sterbender Stern.«

»Warum zeigst du mir das?«

»Das ist ein Ende und zugleich ein Anfang. Bei ihrem Tod entstehen andere Sterne und Planeten. Die Bausteine von allem und jedem im Universum stammen von da oben.« Er hob behutsam eine Locke von meinem roten Haar an. »Wir kommen aus Sternenstaub, du und ich.«

Ich nahm mein Auge vom Teleskop, hielt aber mein Gesicht aufs Universum gerichtet. Ich schob seine Hand nicht weg, doch nach einer Weile senkte er sie von selbst.

»Wir sind ewig. Oder das, was uns ausmacht, ist ewig.«

»Wie meinst du das?«

»Alles wird im Lauf der Zeit in etwas anderes umgewandelt«, antwortete er. »Der Satz ›Von der Erde bist du gekommen, zu Erde wirst du werden, und von der Erde wirst du auferstehen‹ war nicht ausschließlich religiös. Und er umfasst sehr viel mehr als nur den menschlichen Körper.«

»Worauf willst du hinaus?«

Wieder kam er ein wenig näher.

»Die Energie von zwei Menschen kann auch etwas Größeres erschaffen. Etwas Besseres, als wenn sie allein oder mit anderen zusammen sind.« Er stand ganz still. Abwartend.

»Weißt du, dass du der Erste warst, den ich geküsst habe?« Ich hatte keinen Schimmer, was mich trieb, ihm das zu sagen.

Für den Bruchteil einer Sekunde riss Elias die Augen auf, gewann aber schnell die Fassung zurück.

»Ich fühle mich geehrt, dass ich der Erste war, der deinen hübschen Mund küssen durfte.« Er streifte flüchtig seine Lippen mit den Fingerspitzen und legte danach die Hand aufs Herz. »Aber jetzt, Anne, interessiert mich mehr, ob ich der Nächste bin.«

Ich lehnte mich etwas zurück. »Wenn wir Freunde sein wollen, dann musst du mit so einem Schwachsinn aufhören.«

Er schaute mich mit Unschuldsmiene an. »Ich meine es todernst.«

»Nein, tust du nicht. Ich kann *merken*, wenn du mir was vormachst. Darauf falle ich also nicht rein.«

Seine Lippen verzogen sich zu einem typischen Elias-Lächeln. »Du stellst Ansprüche.«

»Du hast mich doch selbst eingeladen.« Ich streckte die Hand aus und strich ihm mit einem Finger über die Schläfe. Seine Locken kitzelten meine Hand.

Sein Lächeln wich unendlicher Traurigkeit. »Ich weiß selbst kaum noch, wer ich bin.«

»Dann ist es doch gut, dass ich das weiß.« Meine Hand wölbte sich um seine Wange.

Er legte seine eigene Hand auf meine und drückte sie.

»Ich würde gern hier schlafen. Hier oben, wenn ich darf«, sagte ich.

Er ließ mich los und trat einen Schritt zurück. »Dann lasse ich dich mal alleine.«

»Bleib hier bei mir.«

Wir lagen auf dem Bett. Elias hinter mir, eine Hand um meine Taille, während ich durchs Fenster den Sternenhimmel anschaute. Das fühlte sich sowohl keusch als auch sehr intim an, vollkommen angezogen hier mit ihm zu liegen, ohne mehr zu machen, als nur eng beieinander zu sein.

»Wir haben versucht, Ragnara zu töten«, flüsterte ich, als würde ich eine riesige Niederlage eingestehen. »Aber wir konnten es nicht.«

»Was hat euch davon abgehalten? Mitmenschlichkeit? Mitleid?«

»Oh.« Ich schüttelte den Kopf. »Mein Fingalk hat sie mit seinen Krallen durchbohrt, und ich habe ihr mit einem Ulfberht-Schwert die Brust aufgeschlitzt.«

Elias blieb die Luft weg. »Was hast du gemacht? Woher hattest du das Schwert?«

»Ich weiß eigentlich gar nicht, was ein Ulfberht-Schwert ist«, gab ich zu.

»Die sind aus Midgard. Der Schmied gibt dem Schwert einen Teil seiner Seele mit, und aus dem Grund sind sie sehr kostbar«, erklärte Elias.

»Rorik – der übrigens Ragnaras Sohn ist – hat so ein Schwert, und das ist eine höllische Mordwaffe.«

»Ich habe viel später erst von Roriks wahrer Identität erfahren«, sagte Elias leise. »Ich hätte es dir gesagt, wenn ich es gewusst hätte. Gratis.«

Ich zuckte die Schultern und lenkte das Gespräch wieder auf Ragnara. »Aber sie hat keinen Kratzer abgekriegt. Sie ist unsterblich. Darum *konnten* wir es nicht.«

Meine Stimme musste etwas verraten haben, denn Elias strich mit seiner Hand über meinen Rücken. »Was ist mit deinem Fingalk passiert?«

»Mit Finn?« Ich räusperte mich. »Eskild hat ihn umgebracht.«

Alle anderen hatten in Finn einen Schädling gesehen. Alle anderen außer mir und Rorik. Doch Elias drückte meinen Arm. »Das tut mir leid.«

Eine Weile konnte ich keinen Ton sagen, doch dann schüttelte ich es ab.

»Unsterblich«, wiederholte ich. Das Wort hallte durchs Zimmer.

Elias' Stimme war sanft. »Das muss am Blut liegen.«

»Am Götterblut? Balders Blut?«

»Das *muss* der Grund sein«, murmelte Elias hinter mir, doch ich hatte meine Zweifel, ob er zu mir sprach. »Obwohl Od sie bei Ægir vom Blut abgeschnitten hat, muss sie irgendwo immer noch etwas davon haben.«

»Ich habe gesehen, wie kurz davor sie war, selbst zur Göttin zu werden, und wie sehr sie danach lechzt.« Ich ging mit mir selbst zurate, wie viel ich erzählen sollte. »Ragnara kommt hierher«, sagte ich schnell. »Serén hat es gesehen, und sie bringt Tod.«

Elias holte angestrengt Luft, gab aber keinen Kommentar ab.

»Serén hat gesagt, ich muss mich darauf vorbereiten, Ragnara gegenüberzutreten.«

»Vorbereiten?«

»Sie wird sterblich, wenn wir das restliche Götterblut finden, das sie noch hat.«

»Ich habe gründlich danach gesucht«, sagte Elias.

»Du?«

»Um die Hoffnung zu haben, andere wiederzubeleben, werde ich auch Götterblut brauchen, aber das gibt es weder in Hrafnheim noch hier in Midgard.«

»Ragnara ist mit den Göttern und den Riesen verfeindet, darum kann es nicht in deren Welten sein«, überlegte ich laut.

»Sie hat keine Verbindung zu den Elfen. Sonst hätten sie dich ausgeliefert, als du im Elfenhügel warst«, sagte Elias.

Ich bekam Gänsehaut, als er das Wort *Elfenhügel* aussprach.

Wieder sagten wir eine Weile keinen Ton. Ich wechselte das Thema.

»Ich begreife nicht, was dich an dem Raum so fasziniert. Du kannst ihn für nichts richtig nutzen. Ich meine, für deine anderen Projekte.« Mein Finger fuhr eine gewebte Linie in der Bettdecke entlang.

»Die Sterne erinnern mich daran, wie klein wir und die Götter sind. Wie unbedeutend wir alle sind, wenn es darauf ankommt.«

Ich drehte mich um und schob mich etwas dichter an ihn heran.

Er hielt meinen Körper fester. »Die Wissenschaft und alle Religionen haben Schöpfungsgeschichten. Darüber, wie alles angefangen hat«, flüsterte er.

Ich atmete langsam aus.

»Den nordischen Schöpfungsmythos kenne ich. Odin und seine Brüder erschufen die ganze Welt aus einem Riesen. Aus seinem Gehirn wurden die Wolken, aus seinem Blut die Meere und Flüsse, und aus seinen Knochen entstanden die Berge.«

Ich gab ein »Tz« von mir. »Das ist total unrealistisch, dass die ganze Welt aus nur einem einzigen Riesen entstanden sein soll.«

Elias lächelte. »Ist es etwa realistischer, dass das ganze Universum aus etwas von der Größe eines Stecknadelkopfes stammt?«

»Nee, eigentlich nicht«, gab ich zu.

Ich legte mich auf den Rücken, und er erhob sich auf einen Ellenbogen über mir.

»Du redest vom Kosmos, oder?«, fragte ich.

»Klar, davon rede ich.«

»Ziemlich paradox.«

Seine freien Finger fuhren am oberen Ende meiner Narbe auf dem Brustkorb entlang. Dem Teil, der unter dem Pulloverausschnitt hervorguckte.

»Warum ist das paradox?«, fragte er abwesend. Die Fingerspitze machte Kreise auf meiner Haut.

»Alle anderen sagen, dass bald Chaos ausbricht.« Ich schob seine Hand weg, weil ich es nicht ertragen konnte, dass er mich an der Narbe berührte, die Rorik – nein, verdammt, *Sverre* – geheilt hatte.

»Alle anderen?« Kurz hörten Elias' Finger auf, doch dann machten sie am Schlüsselbein weiter.

»Svidur spricht von Chaos. Serén sagt auch, dass es kommt. Bork redete davon, und Gytha erwähnte Fimbul.«

Elias ließ mich los. »Du bist Gytha begegnet? Sie ist großartig.«

»Ja. Ragnara hätte sie fast umgebracht.«

»Alles und alle vergehen.«

»Ja. Auch die Götter. Vielleicht ist es unmöglich, gegen die Vergänglichkeit zu kämpfen. Sogar Lough, der keltische Gott, verschwand, als niemand mehr an ihn glaubte. Und er wurde immer von vielen Tausenden angebetet. Das hat Od selbst gesagt.«

Elias sprach, als hätte er meine Anwesenheit vergessen.

»Lough.« Er lächelte. »Kennst du die Theorie, dass Loki ursprünglich der Gott Lough war, der sich vor dem Vergessen rettete, indem er Riese in einer ganz anderen Religion wurde? Dann ist Lough vielleicht gar nicht verschwunden, als es darauf ankam. Vielleicht ließ er sich nur in etwas anderes verwandeln.«

»Wir haben auf unserer Tour eine Höhle gefunden. Da, wo Loki gefesselt gestanden hat«, gähnte ich.

Elias war auf einmal hellhörig. »Was war drin?«

Ich erschauderte mit geschlossenen Augen vor Ekel.

»Er war weg. Aber seine Frau lag tot da. Rorik …« Ich brach ab und ließ den scharfen, stechenden Schmerz verfliegen.

Wenn Elias mein merkwürdiger Gesichtsausdruck aufgefallen sein sollte, ließ er es sich nicht anmerken, denn er wartete still ab, bis ich bereit war, weiterzusprechen.

»Rorik«, setzte ich wieder an, »erzählte, dass Loki bei Ragnarök an der Spitze der Chaoskräfte stehen wird.«

Elias dachte nach. »Loki ist der Vater vom Fenriswolf, der Midgardschlange und von Hel. Ægir, der aus Balders Blut den Lebenstrank braut, ist sein Bruder.«

Ich holte langsam Luft und gähnte wieder.

»Tja, er hat seine Verbindungen in Schuss.« Die Müdigkeit kam angesegelt, aber da war etwas, das mich verwirrte. »Od hat gesagt, dass sich Ragnara kein Blut mehr von Ægir beschaffen kann«, murmelte ich und schloss die Augen. »Dann bleiben also nicht mehr viele Welten übrig, wo ihre letzte Portion Blut sein kann.«

Die Matratze wippte, aber ich behielt die Augen zugekniffen.

»Schluss jetzt mit Göttern und Welten«, flüsterte Elias. Sein Gesicht war dicht über meinem.

Ich streckte die Hand aus und streichelte seinen Nacken.

»Ist da kein anderer?«, fragte er heiser.

Flüchtig blitzte Varnar bei mir auf, der eine größere Sache mir vorzog und mich wegen Sverre abwies. Und Rorik, der meine inneren Wunden heilte; aber Rorik existierte in Wahrheit einfach nicht.

»Da ist kein anderer.« Ich bemühte mich, resolut zu klingen. »Und ich habe Liebeszauber satt, die bestimmen, was ich mache.«

Elias legte seine Lippen auf meinen Hals und küsste ihn. Jetzt war es ganz anders als damals, als er mich in Sverresborg berührt hatte. Das hier war behutsam, und er ging so langsam vor, dass ich ihn beinahe gebeten hätte, etwas schneller zu machen. Meine Atmung wurde schwer.

Zuerst durfte er meinen Hals küssen, ohne dass ich selbst etwas tat, doch dann ließ ich meine Finger unter dem Pullover über seine Schulterblätter gleiten. Sein Gewicht war nicht unangenehm, und sein Duft hüllte mich ein. Elias' Hände fanden meine Schultern und streichelten sie.

Ich entspannte mich vollkommen und erlaubte mir, im Hier und Jetzt zu sein. Zur Abwechslung hatte ich die Situation im Griff, und Elias ließ mich entscheiden, wie weit wir gehen würden und in welchem Tempo. Ich dachte weder an die Vergangenheit noch an die Zukunft oder alles, was ich zu tun hatte. Weder an all das, was mir nicht gelungen war, noch an all die unmöglichen Aufgaben, die mich erwarteten, und all das Fürchterliche, das passiert war.

Und genau da machte es in meinem Kopf an der richtigen Stelle klick.

KAPITEL 43

Ich stieß Elias weg und japste nach Luft, als würde ich ertrinken. Dann setzte ich mich auf und drückte meine Hände ums Gesicht, um die Gedanken festzuhalten.

»Ich dachte, du wolltest es«, sagte Elias hinter mir.

»Pscht.« Ich drückte meine Schläfen fester.

Nein, das kann nicht passen.

Elias legte eine warme Hand auf meinen Rücken. »Anne. Mit dir ist es was anderes. Das ist nicht wie mit anderen Frauen. Du bist …«

»Halt den Mund«, knurrte ich.

»Liegt es an dem, was ich in Sverresborg gemacht habe? Ich habe gesagt, dass ich es tun musste. Es war schrecklich.«

Ich schob seine Hände weg. »Hilf mir, das hier rauszufinden.«

Endlich rückte er von mir weg und fokussierte mich. »Rausfinden?«

»Lough – Loki. Das ist ein und derselbe.«

Elias ließ mich mit einer resignierten Miene los. »Das ist bloß eine Theorie.«

»Loki ist entkommen, was Ragnarök ankündigt.« Ich hielt einen Finger hoch. »Ich bin mir ziemlich sicher, dass Ragnara ihn freigelassen hat. Ich habe es gesehen, als ich in der Höhle war, in der er gefesselt gestanden hatte.« Ich kratzte mich an der Stirn. »Ragnara will Göttin werden …«

Elias holte ganz tief Luft, um etwas zu sagen, aber ich kam ihm zuvor.

»Wenn Ragnara jetzt Loki lenkt und sein Bruder Ægir Balders Blut hat, dann bekommt sie es von ihm. Loki steht an der Spitze der Chaoskräfte. Sie sind seine Kinder. Die Midgardschlange.« Ich zitterte. »Der bin ich begegnet. Die hat ihren Schwanz losgelassen. Der Fenrisstamm.« Ich war kurz davor, zu ersticken. »Monsters Leute. Auch sie werden mächtiger. Das meinte Serén, als sie zu Monster sagte, dass ein Bündnis zwischen uns und den Riesenwölfen der einzige Ausweg ist, um das Chaos zu verhindern.« Ich grübelte weiter. »Dann bleibt nur noch Lokis Tochter übrig.«

Elias beendete meinen Gedankengang: »Du hast rausgefunden, wo Ragnaras letztes Götterblut ist.«

»Es muss bei Lokis Tochter in Helheim sein. Aber warum sollte sie sich auf so was einlassen?«

»Womöglich hat Loki ihr eine bessere Stellung auf der anderen Seite von Ragnarök versprochen.« Elias kratzte sich in den Locken, die noch unbändiger geworden waren. »Aber …«

Ich sprang von der Matratze. »Wie kommt man nach Helheim?«

Elias legte mir die Hand auf den Arm. »Wenn man nicht göttlich ist, gibt es nur eine Möglichkeit.«

»Welche?«, fragte ich aufgeregt und streckte mich nach der Jacke meiner Mutter, die ich auf den Boden geworfen hatte. »Ich muss sofort los.«

Elias legte jetzt seine beiden Hände auf meine Schultern und hielt den Kopf so, dass er mir in die Augen schauen konnte. »Du kannst nur dorthin kommen, indem du stirbst, Anne.«

»Oh.« Ich zog die Augenbrauen kraus. »Aber wie kommen wir dann da runter?«

Elias ließ seine Hände auf meinen Schultern liegen.

»*Wir* kommen da nicht runter. Das ist unmöglich.« Ein Fünkchen flackerte in seinen blaugrauen Augen. »Aber vielleicht kennen wir jemanden, der das hinkriegt.«

»Arthur«, rief ich. »Arthur!«

Mein Vater tauchte wie aus dem Nichts auf. Plötzlich stand er einfach auf Elias' Hofplatz.

Er packte mich und schüttelte mich. Obwohl er nicht so stark war wie ein lebendiger Mensch, wackelte ich durch seinen Zorn, gepaart mit Eigenschaften eines Poltergeists, hin und her.

»Was um alles in der Welt machst du hier?«, rief er. Arthur schaute sich wütend auf Elias' Hof um.

»Was sagt er?«, fragte Elias hinter mir.

Arthur verschob den Blick. »Was willst du mit *dem da*?« Er machte einen Schritt auf den nichts ahnenden Elias zu.

Ich stemmte mich gegen ihn, bevor mein Geistervater über ihn herfallen konnte.

»Elias hilft mir, was rauszufinden.« Ich ließ die Tatsache unerwähnt, dass ich ihn vor fünf Minuten meinen Hals küssen ließ.

»Auf Elias ist kein Verlass«, rief Arthur. »Er ist ein verachtenswerter, unzuverlässiger, egoistischer und unmoralischer Scheißkerl, der nie etwas für andere macht, sondern nur für sich selbst.«

»Er hat doch deine Leiche von Odinshöhe weggeschafft.« Meine Stimme versagte, als Arthurs zornige grüne Augen direkt in meine guckten.

»Was sagt er?«, fragte Elias.

»Öhm.«

»Das darfst du gerne weitergeben!« Arthur stemmte die Hände in die Seite.

»Später.« Ich räusperte mich. »Versuch jetzt, zuzuhören.« Ich updatete meinen Geistervater über die Theorie von Lokis Bündnis mit Ragnara und dem Götterblut in Helheim. »Wenn wir uns das Götterblut beschaffen, wird Ragnara sterblich. Und dann können wir …« Ich beendete den Satz nicht.

Arthur nickte zum Zeichen, dass er verstanden hatte. »Gibt es eine Möglichkeit, wie wir rausfinden können, ob die Theorie belastbar ist?«

Jetzt unterbrach uns Elias, und wie immer antwortete er, als ob er tatsächlich Arthurs Frage gehört hätte. »Wir können in Helheim nach dem Blut suchen.«

»Wir ...« Arthurs grüne Augen flackerten.

»*Du*, genauer gesagt«, korrigierte ich.

Arthur dachte kurz nach, doch dann schien er eine Entscheidung zu fällen. »Ich gehe da runter.«

Ich sah ihn an. »Wenn es gefährlich ist, brauchst du das nicht.«

Er blinzelte. »Ich bin schon tot. Da kann mir nichts Fatales mehr passieren.«

Er log. Meine Fresse, und wie er log.

Elias fuhr mich nach Hause.

»Mir war klar, es wäre zu schön gewesen, um wahr zu sein«, sagte er, den Blick auf die Fahrbahn gerichtet. Als die Lichtkegel des Wagens auf die Reflektoren am Straßenrand trafen, flammten sie auf.

Ich war in meine Gedanken versunken, darum reagierte ich nicht.

»Soll ich das einfach vergessen? Ich kann es als schönen, aber sehr unwahrscheinlichen Traum zu den Akten legen.« Seine Stimme klang flirtend und enttäuscht zugleich.

Ich zog einen Mundwinkel hoch. »Das ist dumm gelaufen. Ich dachte, ich könnte Varnar und Rorik verdrängen.« Ich fluchte leise. »Sverre. Ich kann mich nicht daran gewöhnen, ihn so zu nennen. Aber entschuldige, dass du dafür herhalten musstest.«

Elias gluckste. »Ich stehe jederzeit gern für deine Verdrängungsversuche zur Verfügung.« Im Schein des Armaturenbretts konnte ich sehen, dass er wieder ernst wurde. »Sverre. Du bist dem Prinzen nahe gekommen.«

»Ein bisschen zu nahe.«

Elias war höflich genug, um keinen Kommentar abzugeben. »Auf welcher Seite steht er jetzt?«

»Keine Ahnung, und es ist mir auch egal.«

»Nein, stimmt nicht. Du bist verletzt, doch du bist sowohl dem Heerführer der Widerstandsbewegung als auch dem Prinzen des Regimes nahe gewesen. Ist dir klar, in welche Position dich das bringt?«

»Ätz!« Ich schaute ihn ärgerlich an.

Elias klatschte die Hände aufs Steuer. »Ich weise nur auf das Offensichtlich hin.«

»Aber nicht alle denken so zynisch. Und warum diskutiere ich überhaupt mein Liebesleben mit dir?«

Die Locken und die Dunkelheit verbargen Elias' Gesicht. »Weil ich noch zynischer bin als die meisten anderen.«

Ich seufzte und lehnte den Nacken ans weiche Polster. Alltägliches wie Sitze, Betten, Decken und Kissen kamen mir noch immer wie der reinste Luxus vor.

»Kommst du dieses Jahr?«

Elias' Frage holte mich zurück ins Hier und Jetzt. »Wohin?«

»Zum Ball der Tagundnachtgleiche. Der ist nächstes Wochenende.«

»Das habe ich total vergessen. Bin ich denn überhaupt eingeladen?«

»Die Einladung ist an deine Adresse bei Frank geschickt worden.«

»In diesem Jahr muss ich nicht teilnehmen, darum lasse ich es.«

»Hinzugehen könnte allerdings einen Vorteil haben.«

Ich setzte mich auf dem Sitz etwas gerader hin. »Welchen?«

»Falls sich Arthur nun an dem Abend nach Helheim aufmacht, an dem alle anderen auf dem Fest sind, dann sind sie damit beschäftigt, die Tagundnachtgleiche zu feiern, und wir können dort sein, wenn er zurückkommt.«

»Dort? Wo dort?«

Elias seufzte. »Ich hätte gedacht, du bist in alle Geheimnisse eingeweiht.«

»Nun sag schon!«

Das Frank's, das zu dieser Tageszeit geschlossen und unbeleuchtet war, tauchte am Ende der Bredgade auf. In der Wohnung darüber brannte Licht.

»Der Eingang zu Helheim ist in Ods Büro, wie auch die anderen Übergänge zu den Welten. Der zu Helheim befindet sich unter einer Falltür im Boden unter dem großen Kuhfell.«

»Das soll im Bootsmann ablaufen? Kann Arthur da nicht einfach hingehen?«

Wir schwiegen jetzt, und ich sah einen Umriss in dem erleuchteten Fenster. Frank schaute zu uns herunter.

Elias guckte auch nach oben, betrachtete dann aber wieder mich. »Das kann er, aber er muss mithilfe eines Übergangs zurück, wenn er etwas Physisches mitnehmen will – und Götterblut ist etwas Physisches.«

»Und nur im Bootsmann ist der Übergang?«

»Soweit ich weiß.«

»Luna?« Meine Stimme war hell und sanft.

Wir saßen in der Pause zwischen Dänisch und Geschichte auf dem roten Sofa auf der Insel.

Luna drehte den Kopf. Sie bekam nicht mit, dass ich sie zu etwas überreden wollte.

»Worum geht's?«

Mathias auf der anderen Seite von Luna beugte sich leicht vor und hielt seinen honiggoldenen Kopf schräg. »Warum schleimst du dich ein?«

»Vergiss es, Mathias«, knurrte ich. »Du kriegst auch noch Arbeit.«

»Womit willst du uns quälen?«, fragte Mathias mit aufgesetztem Ernst.

Ich schaute von ihren ineinander verflochtenen Fingern weg. »Geht ihr zum Ball der Tagundnachtgleiche?«

Mathias' Augenbrauen schnellten nach oben. »Klar. Und du? Du hast doch zu so was normalerweise keine Lust.«

»Doch«, log ich. »Ich möchte unbedingt hin.«

»Im Ernst jetzt?« Luna runzelte die Stirn.

»Ja. Im Ernst. Aber ich habe nichts anzuziehen. Die Kleider, die du mir genäht hast, sind inzwischen fast alle kaputt. Nur noch ein einziges ist einigermaßen in Ordnung, nämlich das, das du mir voriges Jahr zum Geburtstag genäht hast, und das kann ich schlecht anziehen. Das erinnert mich an … daran, was passiert ist. Das mit Franks Mordversuch.«

»Was ist mit dem aus grüner Seide passiert, das ich zu Silvester gemacht habe?«

Ich war auf einmal schwer damit beschäftigt, aus dem Panoramafenster unten in der Insel zu gucken. Draußen war es grau und diesig. Dicke Tropfen saßen auf der beschlagenen Scheibe.

»Das habe ich verschenkt.« Ich sammelte mich, wobei das Bild von Faida, wie sie im grünen Kleid am Baum hing, verflog. Manchmal war es nicht so super, viel in Kontakt mit der Vergangenheit zu sein. »Du brauchst mir kein ganz neues zu machen. Hast du nicht einfach eins, das ich ausleihen kann? Und Mathias, würdest du mich bitte schminken?«

Luna strahlte. »Ich habe gerade einen Hosenanzug genäht, der ist helllila.«

Ich schaute Mathias verzweifelt an.

Er war vollkommen ernst. »Ich kann dir dazu die Nägel passend lackieren. Du kriegst auch lavendelfarbenen Lidschatten.«

Während ich nach einer diplomatischen Ausdrucksweise dafür suchte, dass ich lieber sterben würde, als mir ein lila Outfit überzustülpen, brachen sie in wildes Gelächter aus.

»Ich habe dich nur verarscht.« Luna wischte sich die Augen trocken. »Ich werde dir eins nähen.«

»Und ich sorge dafür, dass du so dramatisch geschminkt bist wie die Königin der Nacht«, ergänzte Mathias.

»Mit wem gehst du hin?«, fragte Luna, als wir durch den Braunen Gang zum Geschichtsraum latschten.

»Mit wem?«

»Das ist doch mit Begleitung. Oder willst du wieder mit Od hingehen?«

Ich schüttelte mich. »Nein. Muss man ein Date haben?«

Mathias beugte sich vor. »Das muss nichts mit Romantik zu tun haben. Einfach ein Freund oder eine Freundin.« Er drückte Luna schnell an sich. »Niemand von uns. Wir gehen zusammen hin.«

»Hmm. Ich habe tatsächlich eine Idee, wen ich fragen kann.«

»Die bringen mich um.«

»Niemand bringt dich um, Frank.« Ich faltete ein Geschirrtuch und warf es in den Korb auf dem Couchtisch.

»Od Dinesen und Niels Villadsen wollten mich an Ragnara ausliefern, als ich sie zuletzt gesehen habe.«

»Aus dem Grund setzt du ein Zeichen, wenn du mit mir hingehst. Ich verstehe allmählich das politische Spielchen und versuche mitzuspielen. Ich bin schon viel zu lange für andere nur eine Schachfigur gewesen.«

Frank verschränkte die Arme, und der Anker auf seinem Oberarm lugte unter dem Ärmelbündchen seines T-Shirts hervor. »Von welchem Spielchen redest du?«

»Voriges Jahr hat mich Od begleitet. Er zeigte damit, dass er mich beschützt. Wenn ich dich mitnehme, dann mache ich das Gleiche.« Ich nahm ein neues Geschirrtuch und legte es zusammen. Es war noch immer warm vom Trockner, und weil es statisch aufgeladen war, knisterte es zwischen meinen Fingern.

Frank betrachtete mich. »Du glaubst nicht, dass sie sich auf mich stürzen, mich umbringen und einsperren?«

Ich hob die Augenbrauen. »In der Reihenfolge?«

»Ich muss an Halfdan denken. Wenn mir was passiert, hat er niemanden mehr. Nur aus einem Grund kann ich mich hier frei bewegen, nämlich weil auf der Bar ein Zauber liegt. Bei Ragnara habe ich jetzt ein schlechtes Standing, weil ich direkt gegen das Regime agiert habe, und hier zu Hause habe ich getötet.« Seine Stimme brach beim letzten Wort ab.

Das machte mich ernst. »Sie tun dir nichts. Wenn sie sich mit dir anlegen, dann legen sie sich auch mit mir an. Niels tut niemandem was, der unter meinem Schutz steht.«

Frank zog mit einem lächelnden Funkeln in den Augen eine schwielige Hand durchs silbergraue Haar. »Unter deinem Schutz.«

Ich warf ein Tuch weg. »Kommst du nun mit oder nicht?«

Er lächelte. »Natürlich komme ich mit. Ich habe mir schon immer gewünscht, auf diesen Ball zu gehen.«

Es fühlte sich wie eine unglückselige Wiederholung an, als ich mit gespreizten, feuchten Nägeln auf einem Stuhl saß, Luna und Mathias sich ausgelassen über mich hinweg unterhielten und grinsten.

Mathias werkelte an meinen Haaren herum, und Luna bügelte mein Kleid, das sie beeindruckend schnell genäht hatte. Es hatte einen so dunklen Blauton, dass es fast schon schwarz war, mit roten Perlen, die genau zu meiner Haarfarbe passten.

Ich rief *Aua*, als Mathias den Pferdeschwanz so stramm zog, dass er mir fast ein Facelifting verpasste. Er zerrte noch fester, und mein Kopf schlingerte von einer Seite zur anderen. Dann machte er sich ans Toupieren.

Meine Handfläche streifte Hakims Khamsa.

»Die passt zu deinen Nägeln«, meinte Mathias.

»Was?«

»… und zur Tasche.«

Ich schaute meine metallic-glänzenden Fingerspitzen an. Meine Hand lag auf einem Täschchen in der gleichen Farbe.

Luna trat einen Schritt zurück. »Was für eine Frisur!«

»Was?«, fragte ich erschrocken, konnte sie aber nicht anfassen aus Angst, ich würde mir feuchten Nagellack ins Haar schmieren.

»Ich kann einfach nicht anders.« Mathias ließ mich los und stellte sich auch auf die andere Seite. »Annes Haar ist so super. Und es wird gerade ziemlich lang. Ein breiter Flechtzopf passt gut zum übrigen Outfit.«

Er trug einen Anzug und ähnelte natürlich jemandem auf einem Catwalk. Lunas Kleid war kupferfarben, und ihr Haar besaß wieder seine natürliche braune Farbe.

»Mathias, kannst du mich boosten?«, fragte ich. »Heute Abend kommen massenhaft Leute, und ich kann sie nicht alle gleichzeitig abschirmen.«

Ich traute mich nicht, Kornrade zu nehmen, für den Fall, dass ich meine hellseherischen Gaben nutzen musste. Mir kam es merkwürdig vor, in meinem Spezialsinn etwas Positives zu sehen.

»Natürlich.« Mathias umarmte mich und drückte mich an sich, wobei seine Göttlichkeit in mich glitt. Sie fühlte sich anders an als die von Od – frischer, und sie duftete auch etwas nach Gras, aber hinterher war ich genauso stark, als wenn Od mich aufgetankt hätte.

Vorsichtig fuhr ich mit der Fingerspitze über einen Nagel und stellte fest, dass der Lack getrocknet war.

»Sind wir fertig?«, fragte ich. Das Fest hatte noch nicht einmal angefangen, und ich war schon erschöpft.

Es klopfte an meiner Wohnungstür, und als sie aufflog, stand Frank draußen. In seinem Anzug und dem langen Mantel darüber hatte er Ähnlichkeit mit einem Filmstar aus den 30er-Jahren.

»Seid ihr fertig?« Obwohl Frank versuchte, es zu überspielen, fiel mir ein besorgter Schatten auf seinem Gesicht auf.

»Hast du dich von Halfdan verabschiedet?«, fragte ich und schnappte mir meine silberfarbene Tasche.

»Drei Mal.« Frank lächelte. »Er macht es sich mit Minna gemütlich.«

Ich nickte entschlossen. »Dann packen wir's.«

Wir fuhren in Franks Pritschenwagen hin. Luna und Mathias

saßen verknotet hinten, und ich hatte neben Frank Platz genommen, der das Auto auf der dunklen Landstraße voranmanövrierte. Wir fuhren unmittelbar hinter dem Wagen des Königshauses, das war aber auch schon die einzige Erinnerung daran, dass wir auf dem Weg zu einem festlichen Ball waren. Sonst gab es nur Bäume, ein paar Felder, Windmühlen und das Rauschen des Windes.

Auf dem Parkplatz vor dem Bootsmann fiel mir auf, wie sehr man sich beim Bau der Bar am Hrafnheimer Stil orientiert hatte. Sie war nicht altmodisch – im Gegenteil –, doch sie strahlte beständig die Atmosphäre von Vergangenheit aus. Od musste als Bauberater Leute aus der Parallelwelt angeheuert haben.

Ganz im Gegensatz zum vorigen Jahr, als ich durch den Hintereingang verfrachtet wurde, ohne zu begreifen, worauf ich mich eingelassen hatte, zogen wir jetzt durch den Haupteingang ein. Frank öffnete die Tür mit einem kräftigen Griff um die Klinke, die die Form eines Wildschweinkopfes hatte. Móðvitnir – die kleine, schwarzhaarige Elfe von Barkeeperin – empfing uns und streckte uns mit einem zornigen Ausruf eine flache Hand hin.

Beinahe hätte ich nach meinem Portemonnaie gesucht in dem Glauben, sie wolle Geld haben, als Luna ihr unsere Einladung gab. Ich holte meine beklommen heraus und zeigte auf Frank.

»Er ist mit mir hier.«

Móðvitnir bedachte ihn von oben bis unten mit einem griesgrämigen Blick.

»Mörder.« Ihre Stimme klang wie von einem Mann, der eine Woche lang gesoffen hatte.

Wir beide sahen sie fast bestürzt an, bis uns klar wurde, dass das eine förmliche Begrüßung war. Kein Vorwurf.

Ich beugte mich zu ihr. »Und danke auch sonst. Od hat mir erzählt, was du gemacht hast.«

Sie schubste mich. Ganz im Ernst! Sie stieß mich so heftig weg, dass ich einen blauen Fleck an der Schulter bekommen sollte.

»Danke gleichfalls!«, fauchte sie, und ich stolperte ins Bootsmann.

Dort baumelten Getreidegarben neben Äpfeln an Bändern und runde Brote in glänzenden Fischernetzen von der Decke. An den Wänden hingen Gobelins mit Drucken, die ich aus Sént kannte. Die Tische bogen sich unter Speisen, und die beschlagenen Gläser mit Met hatten rotbraune Metalldrähte. Im Elfenhügel hatte ich solche Gläser gesehen. Kopfschüttelnd lächelte ich in mich hinein. Die anderen Welten waren auf dem Ball der Tagundnachtgleiche so gegenwärtig, dass ich mich wunderte, warum mir das nicht schon im vorigen Jahr aufgefallen war.

Das Personal setzte sich dieses Jahr aus gut durchtrainierten Männern zusammen, deren Dress nicht sehr viel von ihren muskulösen, sonnengebräunten Körpern verhüllte.

»Die sind dir zu Ehren hier.«

Ich brauchte mich nicht umzudrehen, um zu wissen, dass Elias hinter mir stand. »Wer ist mir zu Ehren hier?«

Er pustete mir ins Ohr, und ich drehte mich um. Dann gestikulierte er in Richtung eines besonders aufgepumpten Typs mit schnurgeraden, gezupften Augenbrauen und einer fast orangen Farbe. »Du freust dich doch über eine vielfältige Auswahl an männlicher Gesellschaft.«

Er schaute zu Hakim, der mit Niels Villadsen gerade eingetroffen war. Hakim guckte sofort zu mir und grüßte mit einem kurzen Nicken.

Ich wandte meinen Kopf wieder Elias zu. »Fühlst du dich vernachlässigt?«

Ein freches Lächeln umspielte seine Lippen. »Im Gegenteil.«

Er zwinkerte einem Mädchen zu, das an der Bar stand. Sie wurde rot und lächelte zurück.

Ich verdrehte die Augen. »Wenn du hier mit einem ganzen Harem bist, dann ist das in Ordnung, aber wenn ich …«

Luna und Mathias kamen zu uns.

Ich schluckte meine letzten Worte hinunter, als sich Elias förmlich vor ihnen verbeugte.

Niemand von den beiden erwiderte seine Begrüßung. Sie starrten ihn bloß an.

Ich hatte ihnen erzählt, dass Elias mich auf Sverresborg vor einer Vergewaltigung gerettet hatte, doch sie blieben dabei, dass ich mich auf ihn nicht verlassen könne.

Eigentlich war ich mit ihnen einer Meinung.

Frank tauchte hinter mir auf, und Elias' Augen leuchteten. »La pièce de résistance des Abends. Interessant, wen du dir als Begleiter ausgesucht hast, Anne.«

»Das ist ein Zeichen«, sagte ich hinter steifen Lippen.

»Und dann auch noch ein starkes. Aber genau jetzt will ich mit dir in Ods Büro sprechen.«

Wir machten ein paar Schritte. Luna, Mathias und Frank folgten uns.

Elias hielt an und blickte mit verblüffter Miene über die Schulter.

Dann seufzte er und kratzte sich an der Stirn. »Kommt einfach alle mit.«

So unauffällig wie möglich schlüpften wir in Ods Büro, das zum Glück frei von Menschen und Käfigen war. Frank schaute in die Ecke, wo sein Gittergefängnis gestanden hatte.

Ich legte ihm eine Hand auf den Arm. »Die sperren dich nicht wieder ein.«

»Ich hatte es verdient. Es ist nur wegen Halfdan …«

»Ich sorge dafür, dass es nicht passiert.« Ich weiß nicht, woher ich die Selbstsicherheit nahm.

Elias klatschte in die Hände, um unsere Aufmerksamkeit auf sich zu lenken. »Anne. Du musst Arthur rufen und ihn nach Helheim schicken.«

»Ich wusste es!«, platzte es aus Luna heraus. »Du hattest überhaupt kein Interesse daran, mit zum Fest zu kommen.«

Ich verzog das Gesicht zu einer Grimasse. »Nein. Ich habe gelogen.«

»Warum lügst du immer?«, beschwerte sie sich. »Du kannst doch mit uns reden.«

Ich gab keine Antwort.

»Wenn das Blut in Hels Saal ist, müsste Arthur nach meinen Berechnungen zurückkehren, wenn Od seine Rede hält. Dann können wir ihn hier drinnen abholen. Zu dem Zeitpunkt sind alle ziemlich …« Er lächelte hinterlistig. »Abwesend.«

»Du meinst, massenhypnotisiert?« Meine Stimme war trocken.

»Ja«, sagte Elias ohne das geringste Lächeln.

Luna stand der Mund offen. »Das also hat er voriges Jahr gemacht. Deshalb fühlte ich mich danach total high.«

»Was glaubst du denn, warum wir diese Feiern veranstalten?« Elias drehte den Kopf. »Aber das ist jetzt unwichtig. Anne, bist du bereit?«

Ich trat ein Stück von den anderen zurück.

»Arthur«, sagte ich. »Vater«, flüsterte ich hinterher.

Sofort tauchte Arthur durch die Wand auf. Er erschien einfach wie aus dem Nichts. Er legte seine Hände auf meine Schultern und hielt mich ein Stück von sich.

»Das Kleid. Das Haar.« In seinen grünen Augen lag ein Widerschein. »Du bist eine erwachsene Frau. So stark.« Er wollte noch mehr sagen, beließ es aber dabei.

»Bist du sicher, dass du das hier machen willst?«

Seine roten Augenbrauen zogen sich zusammen. »Natürlich.« Arthurs Blick wanderte zu Mathias, der ihn mit einem Winken begrüßte. Alle anderen sahen nur leere Luft.

»Okay. Dann geh los. Ich bin hier, wenn du zurückkommst.« Ich zeigte auf das große Kuhfell auf dem Boden. »Das dürfte nicht länger als eine Stunde dauern. Ich begreife gar nicht, dass du in so kurzer Zeit das Götterblut finden kannst.«

»Die Zeit vergeht da unten anders«, erklärte Elias hinter mir.

»Arthur wird das wie einen Tag oder mehrere empfinden. Vor allem du solltest wissen, dass die Zeit unterschiedlich vergeht, je nachdem, in welcher Welt man sich gerade befindet.«

Die Panik polterte in mir. »Wollen wir es nicht lassen? Es muss auch noch einen anderen Weg geben.«

Arthur zog mich an sich. »Es gibt keinen anderen Weg. Ich mache das hier für dich, deine Schwester und deine Mutter.«

Sein Körper fühlte sich an meinem lebendig und echt an. Meine Atmung war unregelmäßig, als ich Luft holte. »Und für alle anderen in Midgard und Hrafnheim.«

»Ehrlich gesagt seid ihr die Einzigen, die mir etwas bedeuten.«

Und damit verschwand er, und ich umarmte Leere. Nichts. Langsam ließ ich meine Arme an die Seite sinken.

»Jetzt können wir nur noch abwarten.«

Auf dem Fest versuchten wir so zu tun, als sei nichts, was uns sehr schlecht gelang.

Ich guckte ständig auf mein Handy, um die Uhrzeit im Auge zu behalten, Mathias linste andauernd in den mit Spiegeln verkleideten Gang zu Ods Büro, und Luna zuckte bei jedem lauten Geräusch zusammen, was ziemlich häufig vorkam. Frank streckte den Rücken durch, wenn ihn jemand ansah, unsicher, wie viele auf dem Fest seinen Status als Mörder kannten. Irgendwann ging Niels dicht an ihm vorbei und flüsterte ihm etwas ins Ohr, worauf er erstarrte.

Plötzlich stand Od vor uns. Er lächelte sanft, und mir gelang es nicht, die Verteidigungsmaßnahmen hochzufahren. Darum war ich zu nichts anderem in der Lage, als ihn nur anzustarren. Den anderen ging es bestimmt genauso, außer Mathias, der seine Göttlichkeit hatte, mit der er Widerstand leisten konnte. Er hielt Od die Hand hin.

Od ergriff sie und drehte danach den Kopf etwas zu mir. »Anne. Ich muss wieder sagen, dass ich mich außerordentlich freue zu sehen, dass du nach Hause zurückgekehrt bist.«

»Ach was«, sagte ich. »Habe ich mich schon für die Hilfe im Elfenhügel bedankt?«

Od schaute schnell die anderen an, aber die guckten nur benebelt zurück.

»Das ist nicht geschehen«, antwortete er in ihre Richtung, und seine Augen gaben ein kurzes, silbriges Blinzeln von sich.

Nur Mathias fiel es auf, er reagierte aber nicht darauf.

Er wandte sich erneut mir zu. »Zum Jahreswechsel bist du ziemlich rasch abgereist.«

Der Raum drehte sich. »Tut mir leid, dass ich deine Gastfreundlichkeit letztes Silvester ausgenutzt habe.«

Ods Kopf legte sich noch schräger. »Und dass du meinen Gefangenen befreit hast.« Er sah Frank an.

Dadurch schüttelte ich meine Willenlosigkeit ab und stellte mich vor Frank. »Wag es ja nicht …«

Eine Millisekunde huschte ein Hauch von Überraschung über Ods Gesicht. Dann senkte er den Kopf.

Ohne dass ich es mitbekam, waren meine Arme zwischen Frank und Od ausgebreitet.

Ods starke Hände packten meine Oberarme und drückten sie nach unten, sodass ich wieder normal dastand. »Ich stehe für deine Entscheidung ein.« Er schaute Niels Villadsen an, der sich mit dem Grafen und Hakim etwas abseits aufhielt. »Das gilt auch für die AMPA.« Er verbeugte sich fast unmerklich vor den anderen. »Ihr müsst mich entschuldigen.«

Er verschwand in der Menge, und jemand rief nach ihm.

Ganz vorsichtig atmete ich aus, als Franks angespannter Vibe mir gegen den Rücken klopfte.

»Ich kapiere einfach nicht, warum du Demigöttern, Regierungsinstanzen und Despoten meinetwegen widersprichst. Ich habe Unschuldige umgebracht.«

Ich atmete stoßweise, und ein Schweißtropfen lief mir unter dem dunkelblauen Seidenstoff meines Kleides die Wirbelsäule hinab. »Ich glaube wirklich, das haben die meisten der Anwesenden hier.«

Ich war da keine Ausnahme. Es stand nicht fest, ob die Soldaten in Hrafnheim überhaupt darum ersucht hatten, in die Armee zu kommen.

Elias schaute mir quer durch den Raum in die Augen, aber ich guckte weg.

»Du bist dieses Jahr wieder hier.« Die Stimme war dicht an meinem Ohr.

Ich drehte mich um.

Ein sprudelndes Lachen übergoss mich. Die First Lady und international bekannte Schauspielerin *Slash* die Hexe, die Gedanken lesen konnte, legte mir eine Hand mit rot lackierten Nägeln auf die Schulter. Ich hatte sie in Begleitung ihres Mannes voriges Jahr auf dem Ball kennengelernt.

»Schön, dich zu sehen … am Leben. Deine Reise war doch lebensgefährlich.«

»Verzieh dich aus meinem Kopf!«

Wieder sprudelndes Lachen. »Kannst du damit aufhören, deine Visionen zu sehen?«

»Du sollst meine Gedanken nicht lesen.«

Sie zuckte in dem sauteuren Designerkleid mit den Schultern.

»Ich werde versuchen, mich zurückzuhalten«, sagte sie. »Da drinnen laufen nur gerade so viele spannende Dinge ab, mit deinem Vater im Totenreich und deiner heimlichen Reise nach Hrafnheim und all das.« Ihr Fingernagel strich über meine Schläfe, als sie den alten und jetzt verbotenen Namen aussprach.

Ich ballte die Fäuste, aber sie zog die Hand zurück und strich mir mit deren Rücken in einer divamäßigen Bewegung über die Wange.

»Ich behalte deine Geheimnisse für mich. Das ist ein Versprechen.« Als sie das Wort *Versprechen* sagte, sprudelte ihre Aura.

»Ist dein Mann dieses Jahr auch hier?«

Sie hob ein Glas und reichte mir auch eins. Dann stieß sie mit mir an. »Er ist sehr damit beschäftigt, das Land zu regieren. Du weißt schon, Wahlen und Verteilungspolitik, internationale Krisen und jede Menge andere langweilige Angelegenheiten.«

»Weiß er von der Bedrohung durch den Tag der göttlichen Abrechnung und einer Parallelwelt am Rand eines Bürgerkriegs?«

Ihre mit Lippenstift angemalten Lippen schlossen sich um den Rand des Glases, und sie trank einen kleinen Schluck von der goldenen, perlenden Flüssigkeit. Dann beguckte sie den Fleck, den ihre Lippen auf dem Kristall hinterlassen hatten. »Ja doch. Ein Staatsminister hat viel zu tun.«

Ich atmete ein. »Und du kommst trotzdem ohne ihn.«

»Er ist immer mein Begleiter gewesen. Und vor Hunderten von Jahren waren andere meine Begleiter. Pass gut auf dich auf, Seherin. Es gibt viele, die dir was Böses wollen.« Und damit war sie weg.

»Du bist hübsch heute Abend.«

Vor Schreck zuckte ich zusammen. Hakim stand neben mir. Ihn im Anzug zu sehen war ungewohnt, aber ich musste zugeben, dass er ihm stand. Zur Abwechslung war es ihm gelungen, sein dunkles Haar ein wenig zu bändigen.

»Ebenso«, flog es aus meinem Mund, und es kribbelte heiß in meinen Wangenknochen. »Ich wollte sagen … du siehst …«

Schnell trank ich von meinem Schaumwein.

Er betrachtete mich. »Was heckst du aus?«

»Wie kommst du auf die Idee, ich würde etwas aushecken?«

Er gluckste leise. »Die in der AMPA sind über deine Reise total angepisst. Sie haben Jahre damit zugebracht, den Frieden zwischen Midgard und Freiheim nicht zu stören, und dann düst du los und richtest Verwüstungen an.«

»Warum erzählst du mir das? Du bist in der AMPA doch ein hohes Tier, oder?«

Er schaute mich aus seinen dunkelgrünen Augen an. »Ich weiß, welcher Stelle ich Loyalität schulde.«

»Dem dänischen Staat?« Ich weiß nicht, warum ich eine Grimasse zog, als ich das sagte.

»Anne …«

»Ich habe das Gefühl, ich rede mit einem Spion«, sagte ich. »Fütterst du mich mit Informationen?«

Kurz schaute Hakim zur Bühne, wo die Band spielte.

»Ich glaube, ich warne dich, aber ich bin nicht ganz sicher, wovor. Vielleicht gibt es in der AMPA jemanden, der oder die Ragnara unterstützt. Jemanden, der oder die weit dafür gehen würde, den Frieden zu wahren. Du bist …« Er suchte nach Worten. »… ein zerstörerisches Subjekt in dem Zusammenhang.«

Ich war kurz davor, die Arme auszubreiten. »Willst du damit sagen, auch die AMPA ist hinter mir her?«

»Nein!« Das kam prompt. »Die AMPA ist nicht hinter dir her. Aber ich habe über den Flurfunk gehört, dass du den Frieden gefährdest. Ich kann sie nicht davon überzeugen, dass du tatsächlich versuchst, ihn zu wahren.«

»Den Frieden wahren.« Ich sah einen Schimmer von Faida aufblitzen, wie sie durchbohrt wurde, und Tíw, wie sein Armstumpf aus dem zerrissenen Pulloverärmel ragte. »Es gibt keinen Frieden mehr zu wahren, Hakim. Ganz und gar nicht. Und ich befürchte, der Unfrieden kommt hierher. Meine Schwester hat gesehen, dass Ragnara im Anmarsch ist.«

Er holte tief Luft. Weil ich ihn wie immer ganz deutlich las, fing ich einen kleinen Film aus seinem Kopf ein. Da war eine asphaltierte Straße mit Benzin- oder Wasserlachen. Grelles *Plock, plock, plock* erklang in der Ferne, und jemand holte beim Laufen angestrengt Luft. Ich nahm wahr, dass Hakim da rannte. Ja, Hakim wusste alles über Unfrieden.

»Pass bloß auf«, sagte er. »Nicht alle stehen auf deine Art, Probleme zu lösen.«

»Stehst du darauf?« Ich weiß nicht, was mich dazu trieb, so direkt zu sein.

Davon fuhr er leicht zusammen, und fast als ob er nicht darüber nachdachte, berührten seine Finger die kleine silberne Hand um meinen Hals. Der Metallanhänger drückte sich in die Vertiefung über meiner Schlagader, und der Puls dröhnte mir in den Ohren.

»Weißt du das nicht?«, flüsterte er.

Ich wich einen kleinen Schritt zurück.

Hakim nahm die Hand wieder weg, kehrte mir den Rücken zu und eilte davon.

Mein Blick folgte dem Rücken und den breiten Schultern, als er den Raum durchquerte. Atemlos riss ich die Augen los und blickte mich um.

Endlich hatten wir den Zeitpunkt erreicht, an dem Od die Bühne betrat. Der Frontsänger machte ihm Platz. Mein Blick fing Elias ein, und er tippte Luna an die Schulter. Sie zog Frank und Mathias mit sich.

Wir eilten zum Büro, bevor wir von Ods Volksverführung verschluckt wurden.

Ich warf über die Schulter einen Blick zurück.

Die Leute waren bereits für die Umwelt verloren, und sie glotzten verzaubert den schönen Demigott an. Schnell entfernte ich mich von der Bühne, indem ich im Kopf *La-la-la-la* sang.

Man hätte eine Stecknadel fallen hören können, so leise war es dort. Andererseits hätte man auch eine Bombe werfen können, ohne dass es jemand mitbekommen hätte.

»Danke, dass ihr bereit wart, zu kommen«, ertönte Ods Stimme hinter uns. Sie trug durch das Lokal, obwohl er kein Mikro hatte. »Heute Abend feiern wir, dass wir dem Winter entgegengehen …«

Elias drückte die Tür vorsichtig mit einem Klicken zu.

Ich lief auf und ab, sodass mein Kleid raschelte. Luna und Frank setzten sich aufs Ledersofa, die gefalteten Hände vor sich, und Mathias hielt seine blauen Augen, die jetzt wie Schneidbrenner leuchteten, auf den Boden gerichtet. Elias kniete dort und schlug das Kuhfell zurück, woraufhin eine Klappe im Boden zum Vorschein kam. Er legte somit den Griff frei und wich ein Stück zurück. Eine Weile passierte gar nichts, doch dann begannen die Scharniere der Klappe leicht zu vibrieren. Dann immer mehr, und schließlich schnurrte der gesamte Boden.

Frank breitete die Hände aus und klammerte sich an die Sofakante. Mathias bewegte sich zu Luna und hielt sie fest. Etwas fing auf der Unterseite der Klappe zu klopfen an. Fäuste oder Stiefeltritte.

»Arthur?«, rief ich und kniete mich hin. »Vater?«

Dann zog ich am Griff, doch aus irgendeinem Grund ließ sich die Klappe nicht öffnen. Dort unten herrschte Unterdruck oder saß Klebstoff, doch ich zog mit aller Kraft und kratzte am Rand entlang, während ein Heulen wie von einem kochenden Kessel erklang.

Schließlich sprang die Luke mit einem lauten *Plopp* auf, und grünlicher Schleim klatschte mit chlorartigem Dampf auf mich. Ein Surren wie von riesigen Grashüpfern, die Amok liefen, segelte empor, begleitet von jammernden Stimmen. Ich steckte meinen Kopf ganz ins Loch und rief aus voller Kehle, doch Frank, der aufgestanden war, riss mich zurück.

Ein ätzender Schwefelgestank, den ich von der Midgardschlange kannte, schlug mir entgegen, und ein leises *Anne* erklang wie ein Echo.

»Vater!«, schrie ich. »Arthur!«

Die Luft knisterte elektrisch aufgeladen, und Lunas Locken standen ab.

»Vater!«, rief ich wieder und hoffte, dass die vielen Gäste im Bootsmann wirklich nichts hören konnten.

Arthurs Kopf stieg langsam empor, als würde er eine hohe Klippenwand erklimmen. Bei seinem Anblick blieb mir die Luft weg. Fahl und mit dunkelblauen, deutlich sichtbaren Adern auf den Wangen. Seine Augen waren farblos, und sein Haar hing in Strähnen herab.

Ich schrie, und Mathias rief erschrocken.

Dann riss ich mich zusammen und ergriff Arthurs knöcherige, weiße Hände, um ihn nach oben zu ziehen. Mathias half mir und zerrte an Arthurs Handgelenken, wogegen Luna, die meinen Vater selbstverständlich nicht sehen konnte – die Glückliche –, versuchte, ihn zu erwischen, aber nur in die leere Luft griff. Frank hatte meine Taille gepackt und stemmte sich mit den Füßen ab, um zu verhindern, dass ich geradewegs hinab nach Helheim fiel.

Arthur stieß einen Laut aus, und mir wurde klar, dass das insektenartige Schnalzen von ihm stammte.

»Kör«, konnte er zwischen zwei Schnalzern hervorpressen. Er zerrte an uns, und mir schien, dass er eher mich und Mathias zu sich zog, als zu versuchen hochzukommen. »Blut. Kör.«

»Was? Was für ein Chor?« Ich kapierte kein Stück von dem, was er sagte.

Gleichzeitig zog er mehr an mir.

Jetzt warf sich Elias zwischen uns, und obwohl er Arthur nicht sehen konnte, löste er unsere Hände voneinander.

»Lebende können den Weg nicht nehmen!«, rief er. »Sonst musst du für alle Zeiten im Schattenreich bleiben.« Er schubste den für ihn unsichtbaren Arthur, sodass der mit einem *Schwups* zurück ins Loch fiel. Dann knallte er die Klappe wieder zu.

Mathias, Frank und ich waren rückwärtsgeflogen, als Arthur uns losgelassen hatte, und auf einem Haufen gelandet, verschmiert mit nach Schwefel stinkendem Schleim. Lunas braune Locken standen zu allen Seiten ab. Mir fiel auf, dass ich auf dem Arm eine blutende Schramme hatte, und die rote Flüssigkeit vermischte sich mit dem anderen Matsch.

»Was ist denn hier abgegangen?«, piepste ich, als ich vorkrabbelte und mit den Händen über die Klappe strich, als würde das meinen Vater zurückbringen.

»Er hat es nicht geschafft«, keuchte Elias. »Und jetzt muss er in Helheim bleiben.«

Ich wollte etwas sagen, doch plötzlich flog die Tür zum Büro auf.

Od stand im Rahmen. Er sah uns, das Schleimgeschmier und das Durcheinander auf dem Boden an. Seine hübschen Augen waren weit aufgerissen, silbrige Strahlen sickerten aus ihm, und sein Atem trat aus wie Dampf.

»Was habt ihr getan?«, brüllte er. »Ich habe eben mit meiner Frau gesprochen, und sie kocht vor Wut.«

KAPITEL 44

Wir saßen nebeneinander auf dem Sofa, Frank stand hinter uns. Od hatte sich vor uns aufgebaut, und ich starrte auf meine Füße. Meine Hände langen verkrampft gefaltet auf meinem Schoß, und zwischendurch tropfte mir in großen, schmierigen Klecksen Schleim aus den Haaren.

Od redete ununterbrochen wütend auf uns ein.

»Ich wusste das nicht«, unterbrach ich Ods Redeschwall.

Alle guckten mich an, und Od verstummte.

»Ich wusste nicht, dass er riskiert hat, da unten gefangen zu bleiben.«

»Riskiert hat.« Od sprach leise. Bedrohlich leise. »Er ist kein Risiko eingegangen. Der Ausgang stand fest.« Da ich ihn nur verständnislos anstarrte, fügte er hinzu: »Er wusste genau, worauf er sich einließ.«

Ich war nicht fähig, etwas zu sagen.

»Wenn ein Toter zu Hel geht, begibt er sich freiwillig zu ihr«, erklärte Od. »Und sie lässt ihn nicht ohne Weiteres wieder los.«

Ich holte tief Luft. »Er hat sich geopfert. Er ging davon aus, dass er das Blut finden könnte und es ihm gelänge, es mir zu geben, aber er wusste, dass er gezwungen wäre, da unten zu bleiben.«

»Ist dir klar, wie wütend Freyja ist?« Ein silberner Lichtkegel strahlte aus Ods Augen. »Sie hat auf ihren Anspruch auf ihn verzichtet.«

Ich schaute hoch.

»Was hat Freyja damit zu tun?« Obwohl sich meine Lippen

bewegten, hatte ich gar nicht das Gefühl, dass die Worte von mir kamen.

Ods ohnehin schon breite Schultern wuchsen, und er schimmerte weiß vor Jähzorn. »Sie hatte Anspruch auf seine Seele erhoben. Und jetzt ist sie ihr gestohlen worden.«

»Arthurs Seele kann man nicht einfach besitzen.«

»Doch, kann man.«

»Er hat einen freien Willen.«

Ein kaltes Lachen entschlüpfte Ods Mund, und in dem Moment war er wirklich unheimlich. »Niemand von uns hat einen freien Willen.«

»Wie können wir ihn wieder zurückholen?« Lunas Stimme war zurückhaltend. Die Locken hatten sich wieder leicht gelegt, doch ihr Kleid war zerrissen, und grüne Schleimfäden klebten auf ihren Wangen.

»Wir können ihn nicht zurückholen!« Od schrie so durchdringend, dass wir alle zusammenzuckten.

Im Zimmer wurde es ganz still.

Mathias und Luna hielten sich an den Händen. Frank trat von einem Bein aufs andere, und Elias guckte mit gebleckten Zähnen vor sich hin. Ich selbst war unbewusst halb aufgestanden, um die Flucht zu ergreifen.

He, Moment mal.

Ich drehte das Gesicht zu Elias. »Du wusstest es.«

Er schloss die Augen, als befürchtete er, was da auf ihn zukam.

»Natürlich wusste er das!«, brüllte Od wieder. »Wofür auch immer ihr Arthur nach Helheim geschickt habt, Elias hat die ganze Zeit über die Folgen Bescheid gewusst.«

Kleine, kalte Punkte breiteten sich auf meinen Armen aus, und ich war für einen Augenblick wie gelähmt. Dann wurden aus den Punkten Flammen, und ohne nachzudenken, stürzte ich mich auf Elias und schlug mit geballten Fäusten auf ihn ein. Er hob die Arme, ließ sich aber von mir weiter prügeln.

Mathias packte mich und zog mich zurück.

»Arthur wusste auch Bescheid«, versuchte es Elias, aber davon stürzte ich mich bloß wieder auf ihn.

»Du würdest alles tun, um an dieses Blut zu kommen. Du warst bereit, meinen Vater zu opfern. Wie oft willst du Arthur noch verraten?«, schrie ich, während ich mich in Mathias' Umklammerung wand.

Elias, der jetzt – abgesehen von grünem Schleim und Rissen im Pullover – auch Schrammen und Spuren von meinen Nägeln und Fäusten hatte, schaute mich ruhig an. »Ich habe vor, ihn so oft wie nötig zu verraten.«

Ich keuchte in Mathias' Armen.

»Ich bringe dich um«, sagte ich langsam. »Wenn dir dein Leben lieb ist: Verschwinde ganz schnell aus meiner Nähe und bleib weg.«

Elias' Gesichtsausdruck war nicht zu deuten. Die blaugrauen Augen starrten mich an. Dann verbeugte er sich und verschwand durch eine der vielen Türen in Ods Büro.

Meine Mundwinkel rutschten abwärts, und ich konnte ein lautes Schluchzen nicht unterdrücken. Luna umarmte mich, und Mathias umschloss ihre Arme.

Ich weinte an Lunas Schulter. »Ich habe Arthur überredet, da runterzugehen, und jetzt ist er weg.«

»Ihm war klar, worauf er sich einließ«, meinte Luna. »Das ist nicht deine Schuld.«

»Ja, aber er würde alles tun, um mir zu helfen«, sagte ich und dachte eigentlich, ich hätte meine Atmung unter Kontrolle, doch durch die Erkenntnis brach ich wieder in Tränen aus. »Es geht alles schief.«

Meine Freunde umarmten mich, doch die Verzweiflung wollte nicht verebben. Sie hämmerte auf mein Gewissen ein, und jedes Mal, wenn mir eine neue Niederlage wieder einfiel, ging ich etwas weiter in die Knie. Am Ende glitt ich ganz aus Lunas und Mathias'

Umarmung und landete auf dem Boden. Ich merkte nichts, sondern starrte vor mich hin. Mir fiel auf, dass mein Blick direkt auf die blaue Tür gefallen war, die der Eingang nach Hrafnheim war.

Meine Freunde wollten mich hochheben, doch mein Körper war schlaff, und ehe es ihnen gelang, mich wieder in die Senkrechte zu hieven, legte Od Mathias eine Hand auf die Schulter.

»Geht nach Hause«, sagte er sanft. »Anne bleibt hier.«

»Aber …« Luna versuchte wieder, mich hochzuheben.

Nachdem Mathias ihr ins Ohr geflüstert hatte, ließ sie mich los. Frank murmelte etwas, und sie verschwanden alle drei durch die Tür. Ich war mit Od allein.

Er ging vor mir in die Hocke. »Komm.«

Ich hatte nicht einmal die Kraft, den Kopf zu heben. »Wohin?«

»Du darfst etwas sehen, das nur wenige andere gesehen haben.«

»Yeah«, sagte ich. Das war ironisch gemeint, kam aber dumpf heraus.

Ein warmer Finger schob sich unter mein Kinn, und Od hob mein Gesicht an. Er starrte mir in die Augen und sonderte seine Überredung ab.

Ich blinzelte schläfrig und kam auf die Beine. Es fühlte sich an, als würde ich nach oben schweben. Ohne allzu viel wahrzunehmen, folgte ich ihm durch eine der vielen Türen. Die schloss sich hinter mir, und ich betrachtete das Zimmer, das zu einer kleinen Wohnung zu gehören schien.

Der Raum war nicht besonders groß, und die Wände bedeckten Regale mit Büchern, Rahmen mit Gemälden, Fotografien und bunte Gobelins. Eine ganze Wand bestand wie in Elias' Observatorium aus einer großen Glasfront. Doch wo sich Elias' Fenster gen Himmel richtete, ging das hier hinaus auf die dunkle Nordsee und den breiten Sandstrand. Zu dieser Tageszeit war es so gut wie schwarz dort draußen, einzig und allein Licht vom Fest war zu sehen, das auf den Strand fiel, und kleine schimmernde Punkte, die weit draußen auf dem Meer segelten. Die Wellen rauschten, und die Glasscheibe schien unter dem Bootsmann in die Düne eingelassen worden zu sein.

»Dahinten«, Od zeigte auf eine andere Tür im Raum, »ist ein Badezimmer. Da liegen saubere Kleider. Wasch dich, derweil gehe ich hoch und beende den Ball.«

Ich starrte apathisch auf seinen Rücken, während er sich entfernte. Danach schlich ich vorsichtig in den gekachelten Raum.

Er hatte durch die blauen und weißen Kacheln mit den arabischen Schriftzeichen, verschlungenen Schnörkeln, Runen und Greifen Ähnlichkeit mit etwas aus Sént. Heißes Wasser lief bereits in eine große Wanne, deren Rand bodentief war. Es duftete nach Sandelholz und Lavendel.

Ich schlüpfte aus meinem dunkelblauen Kleid, das verschmiert, zerrissen und blutig war. Meine schöne Frisur war verklebt und unordentlich, darum nahm ich die Haarnadeln und Bänder heraus und zerstörte den Rest von Mathias' Kunstwerk. Mit einem Seufzer glitt ich ins Wasser und schaute zu, wie die grünen Kleckse von meiner Haut rutschten. Auf dem Rand stand etwas, von dem ich hoffte, es möge Seife sein, schäumte damit meine Haare ein und tauchte den Kopf unter.

Als ich so sauber wie möglich war, stieg ich aus dem Wasser und trocknete mich mit einem der großen, flauschigen Handtücher ab, die sich auf einem Holztisch befanden. Genau wie Od es versprochen hatte, lagen dort ein paar einfache Klamotten in Beige und Dunkelbraun. Die zog ich an und fühlte mich schon mehr wie ich selbst, obwohl ich jedes Mal zusammenzuckte, wenn mir Arthurs verzweifeltes Gesicht wieder in den Kopf kam, wie er hinab nach Helheim gezogen wurde.

Zurück im Zimmer, bewegte ich mich auf dem dicken Teppich lautlos zu den Regalen und fuhr mit den Fingerkuppen über die Buchrücken. Einige waren uralt und zerfleddert, andere neu und glänzend. Dort standen Lyrik, religiöse und historische Werke. Dann schaute ich mir die Bilder an.

Ich erkannte auf einem Gemälde Elias' Mutter, die ich vor fast einem Jahr in Ods Vergangenheit gesehen hatte. Dort waren auch Fotos. Eins von Arthur und eins von einer Frau, die unverkennbar Minna ähnlich sah. Das war wohl ihre Mutter, die vor vielen Jahren bei den Windmühlenmorden auch von Ragnara getötet worden war. Tatsächlich gab es nur Bilder von Toten.

Jemand stellte sich hinter mich.

»Werde auch ich dort einmal hängen?«, fragte ich ins Leere.

Od antwortete nicht, und ich drehte mich zu ihm um.

Seine Augen wanderten über die vielen Gesichter. »Vielleicht werde ich einmal an deiner Wand hängen.«

»Was willst du damit sagen?«

Sein Blick verschob sich zu meinem Gesicht. Und er lächelte mild.

»Ragnarök steht vor der Tür.« Der sanfte Gesichtsausdruck passte nicht zu seinen Worten.

»Ich versuche das zu verhindern. Aber die ganze Zeit geht es schief.« Meine Stimme war dünn.

Seine warme Hand legte sich an meine Wange. »Vielleicht ist es nicht Sinn der Sache, das aufzuhalten.«

Ich fegte seine Hand weg. »Ich glaube nicht, dass irgendwas einen Sinn hat.«

Sein heiseres Lachen umspülte mich.

Ich zog die Augenbrauen kraus. »Warum lachst du?«

»Du nimmst alles immer so ernst.«

Ich linste verstohlen zu dem lächelnden Arthur an der Wand.

»Ich finde alles ziemlich ernst. Ich habe zum Beispiel gerade meinen Vater verloren.« Ich wollte es beherrscht sagen, doch sobald mir die Worte über die Lippen gekommen waren, zitterten sie, und ich brauchte einige Zeit, um mich zu fangen.

Od legte den Kopf schräg. »Ich verstehe deinen Schmerz.«

Mit letzter Kraft schluckte ich die Tränen hinunter. »Dann sag mir doch, wie ich Arthur zurückkriege.«

Od suchte offensichtlich nach mitfühlenden Worten, aber ich hielt ihm die Handfläche entgegen. »Du darfst nicht sagen, dass ich ihn nicht zurückkriegen kann. Das ist das Einzige, was du nicht sagen darfst.«

Od schwieg einen Augenblick.

»Es ist komplizierter geworden«, erklärte er endlich.

Ich senkte die Hand. »Wie kann das hier denn noch komplizierter werden?«

»Früher erhob nur meine Frau Anspruch auf ihn. Jetzt sind es zwei Göttinnen, und die eine hat ihn schon.«

»Dann ist Freyja bereit, Hel entgegenzukommen?« Die Hoffnung richtete mich auf.

»Du darfst nicht zwischen die beiden geraten.«

Ich breitete die Arme aus. »Wie geht es dir damit, dass deine Frau hinter toten Männern her ist?«

Od schaute aus dem großen Fenster auf die dunkle Nordsee. In der wohligen Wärme in dem kleinen Zimmer war mir, als stünde ich unmittelbar am Strand. »Die Götter sehen das nicht so. Tote und Lebende. Sie machen da keinen Unterschied.«

»Das meinte ich nicht. Bist du nicht eifersüchtig?«

Ods Finger strichen bis zum Ende des Regalbretts, das in einen geschnitzten Wildschweinkopf auslief.

»Nein«, antwortete er. »Ich liebe auch andere als sie.« Er presste den Mund zu und hätte genauso gut ein »Und jetzt Schluss mit dem Thema« hinzufügen können.

So leicht ließ ich ihn nicht davonkommen. »Ihr führt eine sehr moderne Beziehung, wenn man bedenkt, dass ihr über tausend Jahre alt seid.«

Seine Augen funkelten. »Alles kommt immer wieder.«

Ich legte meine Hände an die Nase und massierte mit meinen Fingerspitzen den Punkt zwischen den Augen.

»Ich will nur wissen«, sagte ich mit vorgetäuschter Geduld, »wie mein Vater zurückkommt.«

Od nahm auf einem weichen Stuhl Platz und zeigte auf einen anderen neben sich. Ich setzte mich und schlug die Beine übereinander, als er eine goldene Flüssigkeit in zwei Gläser einschenkte und mir eins reichte. Der Geschmack war süß und scharf, und ich erkannte in dem Getränk Skaldenmet. Der Rausch rollte schon nach dem ersten Mundvoll in mir, und ich leckte den Rand des Glases ab.

Od sprach langsam. »Man kommt aus Helheim nicht mehr zurück.« Ich wollte etwas sagen, aber er hob einen Finger hoch. »Es sei denn, jemand steht bereit.«

Ich drehte den Kopf verständnislos zu ihm. »Bereit?«

»Wenn man jetzt nur mal rein theoretisch«, er zog eine Augenbraue hoch bei dem Wort *theoretisch*, wie um anzudeuten, dass es in Wirklichkeit total ausgeschlossen war, »wenn man es jetzt nur mal rein theoretisch gesehen schafft, aus Helheim rauszukommen, dann erhebt jemand aus anderen Totenreichen Anspruch auf die Seele von einem.«

»Welche anderen Totenreiche gibt es?« Ich beugte mich leicht vor.

»Folkwang und Walhall«, antwortete Od und genehmigte sich auch einen Tropfen aus dem Glas. Er atmete langsam aus, als er seine Schultern etwas entspannte.

»Freyja und Odin«, überlegte ich.

Er seufzte. »Wenn du einen von den beiden dazu bringst, Arthur zu sich zu nehmen, kann Hel ihn nicht festhalten.«

»Odin hasst ihn, und Freyja hat auf ihren Anspruch verzichtet.«

»Vielleicht kann einer von beiden überredet werden.«

»Selbst wenn das gelingt, herrscht dann nicht Status quo?«, fragte ich und trank einen großen Schluck. Das Gebräu brannte den Hals abwärts, und ich hustete diskret. »Dann soll er also stattdessen nur zu ihnen.«

Od zuckte die Schultern. »Wenn du die Götter anerkennst, kommst du zu einem von ihnen, egal wie.«

Ich trank wieder. »Was, wenn man die nordischen Götter nicht anerkennt?«

»Die mit einem anderen Glauben sind im Tod für immer abgeschnitten von den Folgen dieses Glaubens.«

»Und was jetzt, wenn man einfach überhaupt keine Götter anerkennt?«

»Dann verschwindest du, wenn du stirbst.«

Ich trommelte mit einem Finger. »Sagst du, weil du an die altnordischen Götter glaubst.«

Od lächelte beinahe unmerklich. »Genau. In Wahrheit weiß das niemand.«

Mit noch einem Mundvoll leerte ich das Glas, und die Flüssigkeit wärmte behaglich meine Kehle.

Od schenkte nach. Ich trank gierig.

»Erzähl mir von der Göttin Hel.« Ich lehnte den Nacken auf dem weichen Stuhl zurück, als die Konturen des Zimmers ein wenig verwaschener wurden. Tatsächlich hatte ich die Wahrnehmung, dass Raum, Zeit und Ort jetzt im Kreis schwabbelten.

Od rutschte auf seinem Stuhl herum, der leicht knarrte.

»Hel ist Lokis Tochter und herrscht über Helheim.« Seine Stimme wirkte beruhigend und klang fast wie ein Schlaflied. »Um da reinzukommen, musst du an dem Mädchen Módgudr vorbei, der Bewacherin der Jenseitsbrücke, die nach Hel führt. Sie will als Bezahlung Blut haben.«

Ich leerte das Glas mit einem letzten Schluck.

»Hels Halle heißt Eljudnir. Das bedeutet *die Regenfeuchte*. Ihr Teller heißt Hunger und ihr Bett Kör.«

»Ach so … Kör. Das sagte Arthur, bevor er hinab nach Helheim verschwand. Ich habe es nicht begriffen und an was mit Chor gedacht.«

Ods warmes Lachen umgab mich überall. »Kör bedeutet *Krankenlager*.«

Ich war nicht mehr in der Lage, meine Augen noch offen zu

halten, das leere Glas rutschte mir aus der Hand und landete auf dem weichen Teppich.

Jetzt war Ods Stimme überall. Ich merkte, dass ich hochgehoben und auf eine weiche Unterlage gebettet wurde. »Hel ist auf der rechten Seite schön, aber hässlich auf der linken.«

»Bist du ihr mal begegnet?«, flüsterte ich.

Od nahm neben mir auf dem Bett Platz, und ich rückte dicht an ihn. Arme schlangen sich um mich, und der Strom von Göttlichkeit floss aus ihm in mich.

»Natürlich bin ich ihr schon begegnet. Ich bin hinabgestiegen, um jemanden zu holen. Aber es ist mir nicht gelungen. Ich konnte nicht mal reinkommen, weil ich ein Demigott bin. Meine menschliche Hälfte hinderte mich daran.«

Meine Finger fanden seinen Pullover, und ich zerknautschte ihn.

Behutsam strich er über mein Haar. »Schlaf.« Seine heisere Stimme und das Meeresrauschen waren das Letzte, was ich hörte, bevor ich in Träume abdriftete.

Ich wachte allein im Schlafzimmer auf, in dem ebenfalls ein riesiges Fenster einen Blick auf den Strand bot. Draußen herrschte gräulicher Dunst, der dennoch so hell war, dass ich annahm, es wäre früh am Morgen. Ganz unten am Wasser ging eine Person mit einem angeleinten Hund spazieren, und die Wellen leckten den Sand hinauf. Ein oranges Fass war an Land gespült worden, und kurz vor dem Fenster wogte ruckweise Strandhafer, wogegen hier drinnen weder Zugluft noch Wind zu spüren waren.

In der Küche stand Od über den Herd gebeugt, und ein Tisch war mit frischem Obst, Tellern und Tassen gedeckt. Es wirkte seltsam alltäglich, einen Demigott mit Essen hantieren zu sehen. Aber nur, bis er sich umdrehte und mir auf eine Art zulächelte, die mich fast umgehauen hätte.

Nope. Überhaupt nicht alltäglich.

Ich guckte aus einem weiteren Panoramafenster. »Wohnst du hier?«

Od hielt in seinen Bewegungen über der Pfanne inne, machte dann aber weiter. »Nicht gerade viele sind bisher hier gewesen.«

»Ihr seid alle wie Bären. Ihr versteckt euch in Höhlen, und dann soll man sich als was wirklich Besonderes fühlen, wenn man reinkommen darf, selbst wenn es unter Einsatz des Lebens geschieht.«

Od sagte nichts, legte aber den Kopf leicht schräg.

Ich suchte nach einer Entschuldigung.

»So war das nicht gemeint«, fiel mir bloß ein. Ich setzte mich und schaute wieder auf den Strand hinaus. »Danke, dass ich hier schlafen konnte«, murmelte ich und nahm vom Essen. »Und für das hier.« Ich zwirbelte eine glänzende Haarsträhne zwischen den Fingern. Die Nacht bei Od hatte mich eindeutig geboostet.

Od hielt das Gesicht auf den Tisch gerichtet. »Du wirst es brauchen.«

»Ich will bald los«, erklärte ich zwischen zwei Bissen. »Oben an der Straße fährt bestimmt ein Bus. Ich muss nur den Fahrplan vom 71er finden.«

Ein Grinsen huschte über Ods Mund.

»Was?«

»Anne. Du überraschst mich immer wieder.« Als ich ihn verständnislos anschaute, sprach er weiter: »Ich bringe dich nach Hause.«

»Hast du ein Auto?«

»Nee.« Seine Augen funkelten. »Ich dachte, wir bewegen uns wie Demigötter fort.«

Ein leichter Brechreiz simmerte in meinem Bauch, verbunden mit einem puren Adrenalinkick. Auf Ods Rücken zu sitzen, während er losspurtete, ließ mich bis in die Fingerspitzen und Zehen zittern. Ich hatte das vorher schon einmal mit Mathias ausprobiert, aber Od hatte ein um ein Vielfaches höheres Tempo drauf. Er setzte mich vor Rebeccas und Bens Haus ab. Schnell wie der Blitz war er wieder weg.

Luna kam angerannt.

»Anne.« Sie legte mir eine Hand auf den Rücken.

Ein Ziehen in meinem Bauch sagte mir, dass es Zeit war, ins Badezimmer zu laufen. Luna folgte mir und hielt mein Haar zurück, als ich mich übergab.

»Was sind das für Klamotten?«, fragte Luna und half mir beim Aufstehen.

Ich beugte mich übers Waschbecken und trank etwas Wasser. »Die habe ich von Od geliehen.«

Luna kniff die Augen zusammen.

»Läuft da was? Deine Zähne sind superweiß.« Sie entblößte ihre eigenen, die auch glänzend schimmerten, aber sie war andererseits immer mit Mathias zusammen.

Ich schaute sie an, als das Wasser, das ich mir gerade ins Gesicht geklatscht hatte, von meinen Wangen tropfte. »Nein. Da läuft nichts. Er hat mich bei sich zu Hause bloß abgefüllt, und mir ging es schlecht. Dann hat er mich ins Bett gebracht.«

Lunas Lippen formten ein »Oh«.

»Darf ich mir einen Pullover leihen? Der hier ist nass geworden.«

»Klar. Aber ich habe keinen schwarzen.«

»Passt.«

»Auch keinen braunen oder grauen.«

Ich stöhnte. »Hast du einen dunkelblauen?«

Sie schüttelte den Kopf, dass die Locken hüpften. »Alles ist in der Wäsche. Ich habe nur einen gelben.«

»Du lügst.«

Sie biss sich grinsend auf die Lippe. »Ja. Du bringst mir das Lügen bei, und wenn du dadurch in Farben rumläufst, mache ich das gern.«

Sogar trotz der Beschwörungen fiel ich an dem Tag im Gymnasium auf. In einem neongelben Pullover, Ods beiger Hose und den hochhackigen Stiefeln meiner Mutter, die ich am Tag davor getragen hatte, fühlte ich mich wie eine Farbpalette.

»Wow«, sagte Mathias, als wir uns im Blauen Gang über den Weg liefen.

Ich schaute ihn müde an. »Ich weiß, ich sehe scheiße aus.«

Er ging zu Luna. »Ist das nicht ein bisschen zu krass zu den roten Haaren? Glänzt es nicht auch mehr als sonst?«

Ich fasste mir in Haar. »Oh, nein. Das habe ich total vergessen.«

Luna stemmte die Hände in die Seite, wo die grünen Nägel das lila Kleid zerknautschten. »Ist was an vielen Farben verkehrt? Ich glaube, die beschützen sie.«

»Nein, nein.« Mathias zog sie an ihrer orangen Perlenkette ganz nahe zu sich heran. Er drückte ihr zuerst einen Kuss auf die Nase und dann auf den Mund. »Ich liebe das an dir. Es ist bloß, weil Anne …« Er unterbrach sich, als ich knurrte.

»Mein Aussehen ist egal. Können wir mal fünf Minuten nicht über Klamotten und Haare reden?«

Sie latschten mit mir zum roten Plüschsofa, das ebenfalls seinen Teil zur Farborgie beitrug. Ich lieferte ihnen eine kurze Zusammenfassung.

»Od hat gesagt, dass eine andere Todesgöttin Anspruch auf Arthur erheben muss, damit er aus Helheim rauskommen kann.«

Lunas Stirn zog sich kraus. »Hat Freyja nicht schon Anspruch auf ihn erhoben?«

Ich nickte. »Aber sie hat wieder auf ihn verzichtet, weil sie so sauer ist, dass er freiwillig zu Hel gegangen ist. Außerdem muss jemand ihn und das Götterblut da unten rausholen.«

»Und wie kommt dieser *Jemand* wieder zurück?«, fragte Mathias mit verengten Augen. Vielleicht lag es an der Kombination von meinem und Lunas Outfit und zusätzlich am roten Sofa, dass es ihm schwerfiel, sich zu konzentrieren.

Ich breitete die Arme aus. »Menschen können nur nach Helheim kommen, wenn sie sterben. Falls also jemand dumm genug ist, sich freiwillig zu melden, sollte auf diese Person auch eine Göttin Anspruch erheben.«

Wir überlegten einen Augenblick im Stillen.

»Kann ich da runter?« Mathias' Tonfall war anzuhören, dass er bestimmt keine Lust hatte.

»Demigötter können das nicht. Od hat gesagt, er war selbst schon da unten, ist aber nicht reingekommen.« Ich seufzte und guckte auf mein Handy. »Der Unterricht fängt gleich an.« Ich stand auf.

Die anderen erhoben sich ebenfalls. »Ist Helheim nicht groß?«, fragte Luna, als wir uns zum Französisch-Raum in Bewegung setzten. »Wie – vorausgesetzt, wir finden jemanden, der oder die da runtergeht – wie findet die Person das Götterblut?«

»Ich habe eine Ahnung, wo es ist«, antwortete ich. »Hel wohnt in Helheim. Und in ihrer Halle steht ein Bett. Arthur sagte dessen Namen, Kör, als er versucht hat hochzukommen. Ich glaube, er hat das Blut gefunden, aber es ist ihm nicht gelungen, es zu stehlen.«

»Gut«, sagte Mathias. »Dann müssen wir ja nur noch jemanden überreden, zu sterben, nach Helheim zu gehen und das Götterblut zu klauen, das Loki im Bett der Todesgöttin versteckt hat. Das ist doch alles total easy.«

»Was willst du haben?« Ich fokussierte Minna, als ich endlich mitbekam, dass sie vor mir saß.

Ich stand hinter der Bar im Frank's und suhlte mich in Selbstmitleid. Ich war allein dort, da Frank zu Halfdan in die Wohnung hochgelaufen war, weil der untröstlich weinte.

Minna spielte an ihrem glänzenden braunen Pferdeschwanz und sagte mit einem unterdrückten Lächeln: »Du solltest wirklich mal an der Art arbeiten, wie du Kundschaft ansprichst. Du hast jetzt immerhin einen Service-Job.«

Das Geschirrtuch, das ich in den Händen zerknüllte, flog hinter die Bar. »Okay, ich versuch's noch mal«, meinte ich mit einer Grimasse. »Was darf es denn sein, verehrteste zahlende Kundin?«

»Super. Wenn du den Sarkasmus weglässt, ist es noch besser.«

Ich legte den Kopf schräg.

»Eine Cola«, sagte sie.

»Coming up.« Ich fand eine und stellte sie ihr hin. »Hat Frank dir freigegeben?«

»Ja.« Sie nickte. »Er will Halfdan nicht allein lassen, wenn er über etwas traurig ist. Da haben wohl zarte Opa-Gefühle die Führung übernommen.«

»Och jeee«, sagte ich, wie es mir beigebracht worden war zu machen, wenn Leute über Kinder und Gefühle sprechen.

»Ich muss mit dir über was reden«, sagte sie zwischen zwei Schlucken.

Ich schnappte mir das Geschirrtuch wieder und wienerte den Tresen, hauptsächlich damit meine Hände beschäftigt waren. »Mhmm.«

»Ich habe da was, das will ich dir zeigen. Das habe ich gestern gefunden.« Minna kramte in ihrer Tasche. »Mein Vater bringt mich um, wenn er rausfindet, dass ich es weggenommen habe.«

Sie legte ein Stück Pergament auf den Tresen. Es war vergilbt, trug eine zierliche Handschrift und ein rotes Lacksiegel.

Ich drehte das Papier auf dem blanken Stahltresen um, und mir blieb die Spucke weg. »Das ist der Kaufvertrag von Odinshöhe. Meine Sachbearbeiterin hat ihn von Ben bekommen, weil ich noch nicht volljährig war, hat ihn aber verkauft. Warum hat dein Vater den?«

»Das wollte ich dich fragen.«

Ich hob das Schriftstück hoch und studierte es voller Sehnsucht. »Keine Ahnung. Der Kaufvertrag war einfach weg, als Grethe das Haus verkauft hat.«

»Da ist etwas merkwürdig an dem Papier«, fand Minna. »Ich bin oben an der Odinshöhe gewesen, nachdem du ausgezogen warst, und konnte einfach nicht den Hügel hochkommen.«

Dazu sagte ich kein Wort, aber das passte zu meinen eigenen Erfahrungen, dass Odinshöhe nach dem Verkauf auf magische Weise versiegelt worden war.

»Aber sobald ich den Kaufvertrag in Händen hielt, gab es da kein Problem mehr. Ich konnte den Hügel einfach hochspazieren und ins Haus gehen.«

Mit einem Luftschnappen rief ich fast: »Du bist drinnen gewesen?«

Sie nickte.

»Nimmst du mich mit?« Ich lehnte mich ganz über den Tresen zu ihr. »Machst du das bitte?«

Bitten und Betteln lag mir zwar nicht besonders, aber ich war bereit, auf Knien zu rutschen und die Hände zu falten.

»Klar.«

»Was willst du dafür haben?«, fragte ich misstrauisch.

Sie zog die Augenbrauen kraus. »Nichts.«

Ich war kurz vorm Heulen, als ich durch die blaue Eingangstür ging. Okay, ich schniefte tatsächlich ein paarmal, aber das hielt ich vor Minna geheim. Ich glitt mit den Fingerkuppen über den Küchentisch, über die Wände und den langen Riss im Esstisch.

Minna blieb vor dem langen Speer Gungnir stehen, den Svidur vor vielen Jahren an der Wand aufgehängt hatte. Sie streckte die Hand danach aus.

»Den darfst du nicht anfassen«, rief ich, aus Angst, Minna könnte auf der Stelle explodieren, wenn ihre Haut mit dem verrosteten Eisen in Berührung kam.

Sie senkte die Hand langsam. »Ist er zerbrechlich?«

»Sehr«, log ich. »Ich gehe jetzt nach oben.«

In meinem Schlafzimmer setzte ich mich aufs Bett und ließ mich langsam zur Seite fallen. Meine Wange landete auf dem Kopfkissen, das unerklärlicherweise immer noch nach Varnar duftete. Ohne viel anderes wahrzunehmen, drückte ich es an mich.

»Bist du müde?« Minna stand im Türrahmen.

Ich war nicht in der Lage, mich zu erheben, als sie sich ans Fußende setzte.

»Dieses Haus ist das einzige Zuhause, das ich jemals hatte«, bekam ich herausgestottert.

Etwas knisterte.

Ich schaute zu Minna hoch, die mir den Kaufvertrag hinhielt. Überwältigende Sehnsucht schoss mir durch meine Arme bis in die Fingerspitzen, als ich mich danach ausstreckte. Das Papier landete in meiner flachen Hand.

»Er gehört dir«, flüsterte Minna. »Er hat dir immer gehört.«

Ich umklammerte den Kaufvertrag, unfähig, ihn loszulassen.

»Ich bin zwar keine Juristin, aber selbst wenn du ihn mir gibst, glaube ich nicht, dass es ganz legal ist, sich einfach so ein Haus zu nehmen.« Ich hätte beinahe *zurückzunehmen* gesagt.

Minna stand auf und schaute aus dem Schrägfenster, und ich stellte fest, dass sie nach Østergaard guckte.

»Das Papier ist kein normaler Kaufvertrag. Und etwas sagt mir, dass es meinem Vater nicht auffällt. Er wirkt cool, aber seit dem Tod meiner Mutter …« Sie stockte.

Ich runzelte die Stirn, noch immer mit dem nach Varnar duftenden Kissen im Arm. »Bist du da sicher?«

Sie schaute mich unergründlich an. »Ich bin mir bei gar nichts sicher.«

KAPITEL 45

Ich setzte mich außer Atem im Bett auf.

Bilder von der umgeknickten Birke im Kraghede Skov neben meiner leblosen Hand blieben vom Traum hängen, obwohl ich offene Augen hatte. Franks Füße verschwanden übers Feld zur Odinshöhe. Seréns Worte hallten in meinem Kopf wider.

»Sie ist im Anmarsch, Anne.«

Mein Tod würde eintreten. Er lag in naher Zukunft, das wusste ich, weil Serén andauernd Visionen davon hatte und mir schickte. Sie zeigte sich mir nicht persönlich, doch ich merkte, wie mir die Kälte unter die Haut kroch und sich in mir ausbreitete, als ich mich selbst sterben sah. Das Ganze endete damit, dass Frank den Birkenstamm umknickte.

Crap! Ob jemand wohl Halfdan bedrohte? Ob Frank wohl kurz davor war, sich wieder gegen mich zu wenden?

Ich stöhnte.

Vielleicht …

Ich dachte nach, als der Schlaf aus mir sickerte.

Vielleicht kann ich das ändern. Vielleicht kann ich Frank aufhalten.

Obwohl ich keine Lust dazu hatte, schlug ich die Decke zurück und trapste zu meiner Kommode.

Unter Tüchern und Handschuhen fand ich Auka, das ich seit meinem Trip nach Hrafnheim nicht mehr gebraucht hatte. Mit seltsamer Wiedersehensfreude hielt ich den Schaft des Beils in meiner Hand. Der Metallkopf zog es leicht nach vorn, aber nachdem ich ein paarmal in der Luft ausgeholt hatte, senkte ich den Arm mit einem Seufzer. Es taugte nichts. Es war zu klein für die Vorstellung, die mir im Kopf herumschwirrte. Ich legte es zurück und zog Stiefel und einen Pullover an.

Mit einem Klick zog ich meine Tür ins Schloss und ging die wenigen Schritte durch den Flur zu Franks Wohnung. Das ganze Gebäude war zwar außen mit einem Zauber belegt, das hinderte mich aber nicht, mich innerhalb der Mauern zu bewegen. Mit einem leisen Knacken öffnete ich die Tür zu Franks Schlafzimmer.

Seine Atmung klang langsam und tief, und dahinter Halfdans leicht und schnell. Ich hielt die Luft an, als ich hineinschlich und mich nach der schweren Axt ausstreckte, die an der Wand hing. Sie war viel schwerer als Auka, und ich musste mich dagegenstemmen, um sie nicht auf den Boden fallen zu lassen, aber mir gelang es, sie lautlos abzunehmen.

Halfdan hatte seine Decke weggestrampelt und lag auf dem Rücken, Arme und Beine wie ein X von sich gestreckt. Sein Teddy war umgefallen, und mit der Axt in der einen Hand ging ich zu ihm. Der Pullover war hochgerutscht, sodass ich die runde Narbe auf seiner Brust sehen konnte. Sie glich einer Schusswunde, ich wusste aber, dass Sverre ihn dort geheilt hatte. Ich wusste auch, dass Frank alles tun würde, damit er in Sicherheit war. Ich deckte Halfdan wieder zu. Mit dem schweren, scharfen Eisen belastet, ergriff ich den Teddy und schob ihn zu ihm.

Dann schaute ich zum schlafenden Frank, der wehrlos aussah mit seinen offenen grauen Haaren, dem weißen T-Shirt und den Armen, die ausgestreckt dalagen, entspannt und mit den Handflächen nach oben.

Ich hob die Axt.

Es zuckte in mir, als ich den Kraghede Skov sah, vom Mond erhellt und mit Frostkristallen überzogen. Es sah so aus wie in meinem Traum. Wie in Seréns Vorhersehung.

Die Fahrt dorthin war mit der schweren Axt in der Hand anstrengend gewesen, und ich war auf meinem Rennrad losgeschlingert. Jetzt stand ich vor Schrecken wie am Boden festgenagelt da, ohne mich rühren zu können.

Der Wind schleuderte die Kronen der großen Bäume hin und her, und ich sprang erschrocken zur Seite, als ein Vogel hoch über mir aus Protest schrie. Eine Brise fegte durch die Tannen, und das Rauschen der Blätter an der Birke, die zerwühlt wurde, war lächerlich leise im Vergleich zum tiefen Knacken der alten, kräftigen Bäume.

Ich stand vor der Birke. Sie schwankte ein wenig, und ich hatte die Wahrnehmung, sie wäre am liebsten geflohen, wenn sie nicht mit ihren Wurzeln fest im Boden verankert gewesen wäre. Dann hob ich die Axt an und schlug zu.

Das Metall traf auf den zarten Stamm, und so wie ich zitterte auch der Baum bei dem Schlag. Franks Axt saß fest, und ich musste sie mühsam herausziehen. Birkensaft lief aus der Kerbe, und die zähe Flüssigkeit glänzte im Mondlicht.

Ich hob die Axt und hackte wieder los, diesmal mit einem kurzen Schrei, um dem Schlag mehr Kraft zu verleihen. Der Baum war stärker, als ich gedacht hatte, und meine Finger zitterten beim Zusammenstoß.

Es war wirklich unbegreiflich, wie Frank sie mit seinem bloßen Gewicht umknicken konnte, obwohl sie so zäh war. Wieder holte ich mit der scharfen Axt nach hinten aus und hob sie an, um den Baum vollständig zu fällen.

»Was machst du da?«

Ich fuhr herum, immer noch mit erhobener Axt.

Frank stand da im Mondschein in einer hellen Jacke mit aufgesetzter Kapuze.

Ich schwang die Axt nach hinten, um zu zeigen, dass ich keine Angst hatte, sie gegen ihn einzusetzen.

Mit verständnisloser Miene breitete er die Arme aus. »Ich tue dir nichts, Anne.«

»Warum bist du mir dann hier rausgefolgt?« Mein Herz hämmerte, und mit einem Schaudern stellte ich fest, dass der Mond genau wie in meiner Vision aussah, dass die Felder eine feine Schicht Schnee bedeckte und dass Frank die gleichen Kleider trug.

»Ich dachte, dir hätte jemand Stjórna gegeben.« Er stand ganz ruhig da.

Ich holte schnell Luft. »Warum hast du diese Jacke an?«

Frank schaute an sich herab.

»Die hier?« Er strich mit den Händen über den Stoff. »Weil es kalt ist.« Als ich nichts sagte, sondern ihn nur anstarrte, machte er einen kleinen Schritt auf mich zu. »Glaubst du ganz im Ernst, ich hätte nicht gemerkt, dass du in mein Schlafzimmer geschlichen bist und die Axt geklaut hast?«

Meine Oberarme zitterten vor Anstrengung, die schwere Waffe über dem Kopf zu halten. »Ja, das habe ich ganz im Ernst geglaubt.«

Die Lachfältchen um seine Augen traten hervor.

»Ich verspreche dir …« Er verstummte. »Nein, ich schwöre dir bei Halfdans Leben, dass ich dir nichts tue. Nie wieder.«

Die Axt sank ein wenig.

»Ich weiß nicht, wem ich noch trauen kann.« Schließlich landete der Metallkopf mit einem dumpfen Aufschlag im trockenen Laub vor meinen Zehen.

Frank kam zu mir. »Warum willst du den Baum fällen?«

Ich schaute auf die Erde und trat gegen einen Ast. »Ich sehe es die ganze Zeit.«

Eine warme Hand landete auf meiner Schulter, drückte aber nicht zu. »Was siehst du?«

»Ich sehe, dass du mich umbringst. Hier.« Ich zeigte in den Wald. »Und am Ende knickst du den Baum mit deinem Gewicht um. Ich dachte, wenn ich den Baum fälle, könnte ich die Vorhersehung verändern.« Ich atmete resigniert aus. »Das ist so geistesgestört.«

Franks Hand verschwand. »Du siehst, dass ich dich umbringe?«

Ich nickte.

»Hier?«

»Ja.«

»Bist du sicher, dass es nicht …« Seine Stimme versagte, bevor er weitersprach. »Nicht das ist, was voriges Jahr passiert ist?«, sprach er weiter.

»Voriges Jahr ist es dir nicht gelungen.« Ich schüttelte den Kopf. »In dieser Vorhersehung gelingt es dir.«

Wieder war er eine Weile still. Dann sprach er endlich. »Bist du dir ganz sicher, dass du *mich* siehst?«

Ich hob den Kopf. »Ja. Das muss doch … Nee, eigentlich nicht. Ich sehe dich von hinten, deinen Rücken. Ich bin einfach davon ausgegangen, dass du es warst, aber eigentlich weiß ich es nicht.«

Frank legte den Arm um mich und führte mich aus dem Wald.

»Dann ist es vielleicht jemand ganz anders.« Er ließ mich schnell los, wie um anzudeuten, dass ich von ihm nichts zu befürchten hatte.

»Great! Du hast gerade einen weiteren heimlichen Mörder auf die Liste gesetzt.«

Frank gab meinem Rücken einen leichten Stupser zu seinem Pritschenwagen, der am Feldweg geparkt stand. »Ich bin bloß froh, dass du eingesehen hast, dass nicht ich das bin. Gib her, lass mich die Axt tragen. Die ist schwer.«

Ich reichte ihm die Mordwaffe. »Oh, ich habe überhaupt nichts eingesehen. Rechne nicht damit, dass ich mich auf dich verlassen werde. Oder auf viele andere.«

Hinter mir flüsterte Frank: »Das ist doch sehr vernünftig.«

»Was hast du gemacht?«, platzte es aus Mathias heraus.

Am nächsten Tag blinzelte ich müde auf dem roten Sofa auf der Insel. »Das ist dumm gelaufen, aber ich wollte die Zukunft verändern.«

»Ein gefällter Baum ändert nichts.« Mathias musterte mich kritisch.

»Vielleicht ist das nur eine Kleinigkeit, aber wenn ich die verändern kann, dann gibt es Hoffnung.« Ich ließ den Kopf hängen. »Das hat ja auch nicht geklappt. Die Birke war echt stark. Ich kapiere einfach nicht, wie jemand sie nur mit seinem Gewicht umknicken kann.«

»Vielleicht kann man es jetzt, weil du da reingehackt hast«, meinte Luna, die mir gerade eine Haarsträhne flocht.

Ich schlug mir mit den flachen Händen an die Stirn und stieß ein *Ighhh* aus. »Wie konnte ich nur so saublöd sein. Statt meinen eigenen Tod zu verhindern, habe ich es jetzt für wen auch immer leichter gemacht.«

Bei meiner ruckartigen Bewegung rutschte Luna mein Haar aus den Händen.

Mads kam vorbei und ließ sich zwischen uns auf das Sofa plumpsen. »Was ist los, Anne?«

»Sie hat nur einen kleinen Fehler gemacht«, erklärte Luna und ergriff wieder mein Haar.

»Einen kleinen?« Ich lehnte mich zurück. »Ich habe einen fatalen Fehler gemacht.«

Mads nickte blass. »Was hast du angestellt?«

»Ich habe es jemandem leichter gemacht, mich umzubringen.« Mir entfuhr ein neues frustriertes Stöhnen, und ich klopfte mir mit den Knöcheln meiner geballten Faust an die Stirn.

Mathias nahm meine Hände weg. »Hör jetzt damit auf. Es bringt absolut nichts, wenn du dir selbst wehtust.«

»Vielleicht«, sagte Mads, »ist das Glück im Unglück. Vielleicht ist es am Ende das Beste.« Er klatschte mir und Luna auf den Schenkel. »Wir kommen zu spät zu Dänisch. Los jetzt.«

Die anderen sammelten ihre Sachen ein und standen auf, wogegen ich wie versteinert sitzen blieb und Löcher in die Luft starrte.

Die Lösung.

»Kommst du, Anne?« Luna ging ein paar Schritte, warf aber einen Blick über die Schulter zurück.

Ich hob den Kopf zu ihr. »Geht nur vor. Ich komme später nach.«

»Svidur.« Ich atmete vorsichtig aus. »Allvater.«

In meiner kleinen Teeküche zu stehen kam mir seltsam unhöflich vor, um eine Gottheit anzurufen, aber ihm war es wohl egal, ob ich mich in einem Tempel oder einer Küche befand, wenn er hörte, was ich ihm zu sagen hatte.

»Svidur. Komm schon.« Ich rümpfte die Nase. Okay, es war ziemlich sicher, dass er nicht auftauchen würde, wenn ich ihn so ansprach. Ich strengte mich an. »Ich weiß, dass wir auf unschöne Art auseinandergegangen sind, aber ich bin sicher, dass du das hier gern hören würdest.«

Keine Antwort. Ich konnte nur Brüskiertheit an einer undefinierbaren Stelle in der Luft um mich herum spüren.

»Ich glaube, ich habe einen Weg gefunden, um Ragnara sterblich zu machen und zu beseitigen. Aber dazu brauche ich die Hilfe einer Todesgottheit, und du bist doch …« Ich schaute mich um. »… so einer.«

Von einem Geräusch hinter mir zog ich den Kopf erleichtert ein.

»Danke, Svidur. Ich habe etwas begriffen. Ich habe …« Ich drehte mich um, und meine Stimme endete mit einem Atemaussetzer. »Meine Fresse.« Mir blieb der Mund offen stehen.

Die Frau vor mir kam ganz dicht zu mir und senkte den Kopf. Sie war wesentlich größer als ich; um auf meine Höhe zu kommen, müsste sie sich herunterbeugen.

Eigentlich erwartete ich, dass die Göttin ein bisschen sauer auf mich war, weil ich bei ihrem Mann geschlafen und sie um die Seele meines Vaters betrogen hatte, doch sie fixierte mich mit ihren bernsteinfarbenen, mandelförmigen Augen. Ein Lächeln lag auf ihren Lippen, und ihr Körper strahlte einen betörenden Duft aus, sodass ich sie wie eine Irre anstarrte. Ihr Haar, das die Farbe von reifem Getreide hatte, wallte über ihre Schultern, und sie trug ein bodenlanges, goldenes Kleid, das gerade so durchsichtig war, dass ich darunter ihren üppigen nackten Körper erahnen konnte. Unten guckten nur die Füße hervor, und auch wenn es sich blöd anhört, sie waren so schön, dass ich den Rücken durchdrücken musste, um mich davon abzuhalten, auf die Knie zu fallen und sie anzubeten.

Sie legte ihren Mund auf meinen und küsste mich. Und das war kein Tantenkuss. Nee, nein. Das war ein richtiger, tiefer und leidenschaftlicher Kuss, und ich blieb atemlos stehen, als sie sich zurückzog.

Eine honigfarbene Glorie umgab ihren ganzen Körper. Dann schnupperte sie an meinem Hals, und die Wärme ihres Atems schickte behagliche Schlangen meinen Rücken hoch und runter.

Ich wankte.

»Du hast nach einer Todesgottheit gerufen?«, fragte sie, als wäre sie nur aus dem Zimmer nebenan gekommen.

»Svi… Svidur?« Ich konnte den Namen kaum aussprechen.

Sie neigte den Kopf. »Er ist beleidigt. Irgendwas wegen Hangadrott in Hrafnheim. Weißt du etwas darüber?«

Ich bewegte den Kopf, um ihn klarzukriegen oder wenigstens in der Lage zu sein, sauber zu sprechen. »Freyja?«

»Mhmm.« Sie musterte ihre Nägel, als würde ich sie schon langweilen.

»Arthur ist in Helheim«, stammelte ich.

Sie sah mich an.

»Bei Hel. Bei meiner Erzfeindin und meinem Spiegelbild.« Sie zog einen Schmollmund. »Ist mir egal, dass sie Arthur hat.«

»Nein, das habe ich gehört.«

Sie legte den Kopf in den Nacken. »Was willst du tun?«

Ich erkühnte mich. »Ich habe mir vorgenommen, ihn zurückzubringen. Aber dabei brauche ich Hilfe.«

Ihre schlanke Hand fand mein Kinn. »Du bist Arthur sehr ähnlich.«

Ich zog den Kopf mit einem Ruck weg, um wieder aufs Thema zurückzukommen.

»Hilfe?« Wieder entschwand mir die Gabe, einen ganzen Satz zu bilden.

Ihre Katzenaugen wurden kalt. »Dir helfen?«

»Machst du's?« Ich schob den Unterkiefer vor. Mit letzter Kraft gelang es mir, den Blick nicht zu senken.

Sie entließ mich, indem sie selbst wegschaute, und kurz war mir, als würde sich unter mir der Boden auftun und ich fiele ein paar Meter tief.

»Ich werde helfen.« Ihre Stimme war gleichgültig, ich nahm aber wahr, dass es gespielt war. »Ich will Arthur gern in mein Totenreich nehmen, und du amüsierst mich mit all deinen Sperenzchen. Ich will deinen Vater sogar noch eine Zeit lang in Midgard lassen, wenn es gelingt. Ich werde ihn am Ende wohl schon kriegen.«

Ich entspannte mich etwas mehr. »Merkwürdig, dass du ein Totenreich hast, wo du doch für Liebe und Schönheit stehst.«

Plötzlich blitzten die bernsteinfarbenen Augen auf, und sie wurde ein Stück größer. Die Luft um sie schlug Funken.

Ich wich sprachlos zurück.

»Liebe und Schönheit.« Sie äffte meine Worte nach. »Ich bin Kriegsgöttin. Ich bin Todesgöttin. Ich bin Schicksalsgöttin. Ich bin Hexe. Ich bin Heilerin. Ich bin Liebe.« Sie breitete die Arme aus, die jetzt jeder die Länge eines ganzen Menschen hatten. »In nur einer einzigen Strophe in den alten Gedichten steht, ich sei schön. In nur einer.« Sie streckte einen langen Finger aus. »Die männlichen Götter sind auch Krieger, Beschützer, Bezwinger und Hexer, und *das* bleibt in Erinnerung. Aber von mir ist immer nur als der schönen Liebesgöttin die Rede.«

»Es ist nur …«, hauchte ich. »Du *bist* ziemlich schön.«

»Alle Gottheiten sind schön.« Freyjas großes Gesicht kam ganz nahe und strahlte Hitze aus. »Alle Gottheiten!«, rief sie, und bei dem Klang zitterten die Fensterscheiben.

Unten auf der Straße sprang eine Alarmanlage an, aber sonst hörte es sich nicht so an, als würde jemand von dem Lärm in meiner Wohnung etwas mitkriegen.

»Sorry«, stotterte ich.

Freyja schrumpfte auf normale Menschengröße zurück, bevor sie sich auf einen meiner Plastikstühle setzte. Der Anblick der Göttin in ihrem durchschimmernden Kleid auf einem billigen Stuhl in meiner Küche war mehr als mystisch.

Mit einem jetzt nur leicht neugierigen Gesichtsausdruck schaute sie mich an. »Was ist dein Plan?«

»Ich werde ihn dir erzählen, aber bevor ich mehr sage, überrede Svidur, zu kommen.« Meine Atmung war nach wie vor schwer. »Wir haben was Geschäftliches zu besprechen.«

Freyja bog den Kopf zurück und öffnete den Mund.

Ich erwartete ein Brüllen, das mir im Gesicht die Haut abziehen würde, heraus kam aber nur ein kaum hörbares Flüstern. Es hielt eine Weile an, als würde sie mit jemandem diskutieren.

Endlich verriet mir ein Geräusch neben mir, dass Svidur gekommen war.

»Kleine Seherin.« Seine Stimme klang sauer, und ich drehte mich zu ihm um.

Er war nicht so groß und um einiges dünner als beim letzten Mal, als ich ihn gesehen hatte. Sein Haar war ganz weiß, und tiefe Furchen durchzogen sein Gesicht.

»Stimmt was nicht?«, fragte ich.

Sein eines Auge funkelte in der tiefen Höhle. »Ich verliere an Kraft. Es glauben nicht mehr genug an mich.«

Ich blickte verstohlen zu Freyja, die sich auf den einzigen Spiegel im Haus zubewegt hatte. Sie betrachtete sich und drehte das Gesicht von einer Seite zur anderen.

»Sie sieht doch gut aus.«

Freyja schüttelte den Kopf, sodass die güldene Haarpracht hinter ihr auf und ab wippte.

»Das habe ich auch schon festgestellt«, sagte sie. »Guckt mal«, sie hob eine Haarsträhne, »ich habe ein graues Haar bekommen.«

Svidur hinkte einen Schritt.

»Willst du nicht Platz nehmen?« Ich zeigte auf die Plastikstühle um meinen Minitisch.

Er setzte zum Widerspruch an.

Ich hielt eine Hand hoch. »Bleib ruhig stehen. Ich habe einen Vorschlag. Ein Angebot.« Ich nickte zu Freyja. »Für euch beide.«

Ich stand auf Elias' Hofplatz vor Stjerneborg.

Der Platz war menschenleer und dunkel. Die Kälte biss in meine Wangen, aber ich wusste, dass das ein kleiner Schmerz war im Vergleich zu dem, was mir bevorstand. Ich schaute zum Himmel, der gerade von Tiefblau in Nachtschwarz überging. Der Mond hatte dieselbe Form wie in der Vision, und kleine Schneeflocken rieselten auf mich nieder. Schritte näherten sich auf dem Kies hinter mir.

»Werde ich in Gnaden aufgenommen?« Die Stimme war kalt, und ich war mir schlichtweg nicht sicher, ob Elias überhaupt in Gnaden aufgenommen werden wollte, wenn er die Möglichkeit dazu hätte.

Ich drehte mich um. »Wir müssen reden.«

Er stand stocksteif da. »Womit kann ich dir behilflich sein? Du kommst nur zu mir, wenn du etwas haben willst.«

»Vielleicht solltest du nicht mit Steinen werfen.«

»Vielleicht solltest du einfach sagen, was du willst.« Er ballte die Fäuste.

»Du sollst …« Mir fiel es schwer, es laut auszusprechen.

»Was?« Ein Muskel in seiner Wange spannte sich an.

Ich atmete aus. »Mir ist klar geworden, dass wir eine gemeinsame Aufgabe haben. Etwas, von dem ich nie gedacht hätte, dass ich dich darum bitten würde.«

»Ich hatte nie Zweifel, dass der Tag kommen würde, an dem du begreifst, dass wir beide zusammengehören.« Seine Mundwinkel gingen nach oben, aber es schwang immer noch ironische Distanz mit. »Die Frage ist nur, ob ich es noch will.«

»Du sollst etwas für mich tun. Etwas, wozu ich andere nicht bringen kann.«

Seine Zunge fuhr über die Lippen, die er öffnete.

»Ich kann mir nur schwer vorstellen, dass niemand anders es machen will.« Er unterbrach sich und schaute zum ersten Mal meine Bekleidung an. Seine Augen wanderten über den zarten, leicht transparenten blau-weißen Stoff. »Das ist das Kleid, das Luna voriges Jahr zu deinem Geburtstag genäht hat, oder? Warum hast du es angezogen?« Er strich mit einer Hand vorsichtig darüber.

Ich nahm Elias' Hand weg und drückte sie kurz in meiner, ohne ein Wort herauszubringen.

Elias kniff verständnislos die Augen zusammen.

»Warum hast du es angezogen?«, fragte er wieder.

Ich nahm Anlauf, bevor ich antworten konnte. »Weil du mich umbringen sollst.«

KAPITEL 46

»Das ist hoffentlich ein Scherz.«

Ich schüttelte den Kopf.

»Vollkommen ausgeschlossen.« Jede Silbe wurde mit Nachdruck ausgesprochen.

»Das ist der einzige Weg, wie ich da runterkommen kann. Nach Helheim. Um das Blut und um Arthur zu holen.«

Elias schaute zu den Sternen, als er die Worte herauspresste: »Dein Vater will lieber da unten bleiben, als dass du dich für ihn opferst.«

»Das ist kein Opfer. Mein Ziel ist es, wieder zurückzukehren.«

Elias riss den Blick von den funkelnden Stecknadelköpfen über uns los und schaute mich wieder an. »Wie?«

»Du kannst mich wieder zum Leben erwecken, wenn du göttliches Blut hast. Du und Luna. Sie und Mathias wissen, dass sie dich bei Odinshöhe treffen werden, nach …«, ich spielte an einem Seidenband, »… nachdem du es getan hast. Das gibt euch noch eine Stunde Zeit, euch, mich und Arthurs Körper ins Bootsmann zu transportieren. Da nehmt ihr das Götterblut in Empfang. Lunas magische Energie in Verbindung mit dem Blut dürfte uns beide wiederbeleben. Göttlichkeit, Magie und Wissenschaft werden zusammenarbeiten. Das hast du immer gesagt. Die Lösung lag die ganze Zeit vor unserer Nase.«

Mit jedem Satz verfinsterte sich Elias' Miene mehr.

»Du bist der absolut unvernünftigste Mensch, der mir je begegnet ist, und mir sind schon richtig viele Menschen begegnet.«

Er stöhnte verzweifelt. »Wie hast du Luna und Mathias dazu gebracht, mitzumachen? Ich hätte gedacht, sie würden dich festnehmen lassen, wenn du ihnen diesen wahnsinnigen Plan vorstellst.«

»Davon wissen sie noch nichts.« Ich räusperte mich. »Du musst ihnen das erklären.«

Er war einen Moment still. »Sie bringen mich um.«

»Nicht, wenn du ihnen meine Leiche zeigst. Sie werden gezwungen sein, auf dich zu hören.«

»Selbst wenn das gelingt.« Offensichtlich hielt er das für unwahrscheinlich. »Selbst dann könnten du und Arthur nicht zurückkommen. Eure Seelen sind an nichts gebunden.«

»Svidur erhebt Anspruch auf meine Seele und Freyja auf die meines Vaters.«

Elias blinzelte ein paarmal. Endlich fasste er sich wieder. »Wie in aller Welt hast du sie denn dazu überredet?«

Mein Unterkiefer schob sich leicht vor. »Ich habe ihnen etwas versprochen.« Ich wedelte mit einer Hand. »Was, spielt jetzt keine Rolle.«

»Hast du denn gar keine Angst?«

»Angst treibt mich zu alldem hier. Ragnara ist im Anmarsch, um mich zu töten, und dann bricht Ragnarök an. Meine Schwester sieht das ständig. Ich habe es hin und her überlegt. Das ist der einzige Ausweg.« Ich umfasste Elias' Gesicht. Meine Handflächen ruhten an seinen glatten Wangen. »Du bist der Einzige, der das kann.«

Er schüttelte seinen Kopf frei. »Sich überwinden kann, dich zu töten? Ich würde meinen, du hast einen ganzen Schwarm, der diese Ehre gern hätte.«

Meine Hände blieben zu ihm erhoben, aber ich versuchte nicht wieder, ihn festzuhalten. »Ich meinte, du bist der Einzige, der mich wieder zum Leben erwecken kann.«

»Ich werde weder das eine noch das andere tun.«

»Willst du Arthur nicht zurückhaben?«

»Doch«, flüsterte er.

»Dann tu's.«

Er wirbelte herum und wich ein paar Schritte von mir.

Ich ging hinterher und stellte mich vor ihn.

»Kannst du dich noch daran erinnern«, fragte ich, »als wir Justine in Seemoor besucht haben?«

Er antwortete nicht.

»Sie sagte, unsere Schicksale seien durch Liebe oder Tod verbunden. Oder durch beides.« Ich trat näher. »Das muss sie damit gemeint haben.«

Er zog die Mundwinkel zu einem bitteren Lächeln hoch. »Sie meinte deinen Tod und meine Liebe.«

Wir saßen in Elias' Wohnzimmer an dem kleinen Holztisch, und er trank ein großes Glas Met.

Ich spielte wieder mit dem Band am Kleid.

Endlich hatte Elias das Glas ausgetrunken. »Wie soll das ablaufen?«

Ich streckte den Rücken durch. »Im Kraghede Skov. Wenn wir es woanders machen, dann sieht Serén es und kann sich denken, dass es ein anderer Mord ist. Sie würde ganz bestimmt versuchen, es zu verhindern, indem sie mir die Vorhersehung in die Vergangenheit schickt. Ich würde nicht einsehen, dass es nötig ist, umgebracht zu werden, und mich von dir fernhalten. Also musst du dein Gesicht bedecken, und wir werden die Vorhersehung so gut wie möglich neu aufführen.«

»Das verstehe ich nicht.«

Ich sprach mit langsamer und pädagogischer Stimme. »Wir werden meine Schwester und mich austricksen. In der Vergangenheit.«

Elias schenkte wieder nach, und ich hob frustriert die Hände. Ein großer Schluck hinderte Elias am Sprechen, aber ich nahm wahr, dass er sich bemühte, mir zu folgen.

Ich sprach schnell weiter. »Die Zeit besteht aus einer konstanten Veränderung. Ich kann es sehen, wenn ich mit anderen Sehern und Seherinnen zusammen bin. Es klingt merkwürdig, aber das hier ist vielleicht einfach nicht das Jetzt. Jetzt ist Vergangenheit und Zukunft.«

Wieder trank Elias, ohne zu reagieren.

»Aus dem Grund können wir Hellsichtigen nach vorn und zurück sehen. Ich bin gerade dabei, es rauszufinden. Aber ich glaube, so hängt das zusammen.« Er wollte etwas sagen, doch ich kam ihm zuvor. »Serén hat schon gesehen, dass es passiert, aber sie kann es nicht deuten. Wenn sie von meinen Plänen Wind kriegt, wird sie versuchen, mich davon abzuhalten. Aber es muss sein. Das ist der einzige Ausweg! Ich habe so viel Zeit damit verbracht, gegen das Schicksal zu arbeiten. In Wahrheit sollte ich *mit* ihm arbeiten und es zu meinem Vorteil nutzen.«

Die Augen vor mir folgten meinen Lippen, aber ich war nicht sicher, ob er mich ganz und gar verstand.

»Das muss schon seit meiner Geburt vorherbestimmt gewesen sein. Vielleicht sogar noch früher. Vielleicht ist es nie Frank gewesen, den wir gesehen haben.« Ich starrte in die Luft, als mir die Erkenntnis kam. »Vielleicht bist immer du es gewesen.«

Endlich fand Elias seine Stimme wieder. »Wie werden wir deine Schwester und dich austricksen, wie werden wir …« Seine Stimme brach ab. »… das anstellen?«, rundete er die Frage ab.

»Du wirst. Ich werde nichts machen.«

Er holte ganz tief Luft. »Was soll ich machen?«

»Du wirst die Nacht, in der Frank mich beinahe umgebracht hätte, neu aufführen. Du wirst mich mit einer Lederschnur erdrosseln und mir die Rune Ansuz in den Rücken ritzen. Am Ende wirst du die kleine Birke mit deinem Gewicht umknicken.«

KAPITEL 47

Jetzt passiert's.

Ich atmete stoßweise, als die Winterkälte meine Beine hochkroch. Mein Herz hämmerte, und über mir knackten die Bäume.

Ich bewegte mich wie eine Schlafwandlerin vorwärts. In einem Winkel meines Bewusstseins war mir klar, dass ich und meine Schwester zuguckten, also kam es darauf an, es möglichst so wie in der Vision ausschauen zu lassen. Ich ging an der Stelle vorbei, von der ich wusste, dass ich selbst von dort aus die Vision sah, und senkte rasch den Kopf, sodass meine langen, verfilzten Haare mein Gesicht verbargen.

Hinter mir ertönten Schritte, als sich Elias laut durch vertrocknete Blätter und Äste knackte. Ich wagte nicht, mich umzudrehen, um nachzusehen, ob er meine Anweisung befolgt hatte, die Kapuze aufzusetzen und den Kopf von dem Fleck abzuwenden, von dem aus Serén und ich das ganze Geschehen verfolgten.

Mein Herzschlag übertönte alles. Der Puls in meinem Kopf donnerte, und ich musste mächtig die Zähne zusammenbeißen, um nicht in die andere Richtung zu spähen. Mit ein paar tiefen Atemzügen beruhigte ich mein Herz ein wenig, aber es galoppierte wieder los, sobald mir einfiel, was sich dort abspielen würde.

Ruhig. Du wirst nur gleich sterben. Das wird schon gehen. Es wird schlimmer, wenn du dich dagegen sträubst.

Okay, jetzt hämmerte mein Herz noch schneller.

Elias holte mich ein, und ich nahm wahr, dass er die Lederschnur über meinen Kopf hob. Er legte sie mir so sanft um den

Hals wie bei den Zärtlichkeiten, die ich angefangen hatte zu vermissen.

»Das ist verkehrt«, sagte Elias kurzatmig hinter mir. Sein Mund befand sich ganz dicht an meinem Ohr. »Ich will das nicht.«

Mit letzter Kraft schickte ich all den Willen, den ich besaß, in meine Glieder, sodass ich Elias tun lassen konnte, was er tun sollte.

Er zog die Schnur kräftig zurück. »Ich schenke Leben. Ich nehme es nicht.«

Ich wollte ihn gereizt anfahren, dass er sich früher auch nicht zurückgehalten hatte, doch jetzt brachte ich nichts weiter als einen leisen Pfeifton heraus.

Eine Stimme, womöglich in meinem eigenen Kopf, schrie: *Flieh, tritt und lauf! Mach irgendwas!*

Die Lederschnur war eiskalt. Sie fühlte sich wie gefrorener Stahldraht an, ich zwang mich aber, nicht zu kämpfen, obwohl mein Körper flitzbogenartig nach hinten schnellte. Obwohl mir der Hals zugedrückt wurde und sich Panik in jede Faser ausbreitete.

Die Herzschläge wurden langsamer … und langsamer … und langsamer. Das Bewusstsein, und verbunden damit das Leben, sickerte aus mir.

Mit einem einen Spaltbreit offenen Auge sah ich, wie die Erde auf mich zukam. Ich spürte den Aufprall nicht einmal, als ich auf dem Waldboden landete. Über mir arbeitete Elias weiter.

»Zu was für Sachen du mich überredest«, stöhnte er.

Jetzt lagen mehrere Sekunden zwischen jedem Herzschlag. Oder aber ich befand mich an einem Fleck, wo die Zeit aufgehoben war. Weit weg schrie Elias, aber das schien gleichgültig. Unwichtig.

Bumm, sagte mein Herz. Dann kam eine lange Pause. *Bumm*, sagte es wieder, hatte aber begriffen, was geschehen würde. *Bumm*, sagte es ein letztes Mal. Und dann war es still.

Ich sank unter mich selbst und lag eingekapselt in einer dünnen Haut aus Eis. Über mir, auf der anderen Seite der Eismembran, riss

Elias mein Kleid auf und bewegte seine Arme ruckartig, als er mir Ansuz in den Rücken ritzte.

Es hätte wehtun müssen. Es hätte brennen müssen. Aber ich fühlte nichts.

Das Eis umschloss mich jetzt, und ich konnte nicht herausfinden, wo oben und unten war. Ich konnte nicht einmal blinzeln, denn auch meine Augen waren gefroren.

Da besteht eine kleine Möglichkeit, dass das hier doch keine so gute Idee war.

Elias erhob sich über mir und knickte die Birke um, bevor er zum Waldrand lief.

Auf der anderen Seite der Kruste schimmerte grelles Licht, Wind toste und Wasser rauschte, doch in meinem winzig kleinen, eiskalten Kokon herrschte Stille.

Was jetzt?, gelang es mir zu denken, bevor sich ein Spaltgeräusch ausbreitete. Es begann als schwacher Hintergrundlärm, nahm an Lautstärke aber stetig zu. Das Eis um mich durchzogen langsam Risse, und ich versuchte verzweifelt, mich an ein paar Krustenfetzen zu klammern, die mir aber zwischen den Finger zerrannen. Dann durchbrach ich die Hülle und donnerte hinab.

Man kann nicht gerade sagen, ich sei gesunken, weil das einen graziösen, hauchleichten Fall wie den einer Schneeflocke oder einer Krähenfeder vermuten ließe. Nein, ich dröhnte auf den Boden zu oder wohin auch immer ich unterwegs war. Hoch über mir sah ich die Umrisse meiner eigenen Silhouette, die ganz still dalag.

Mich umgab gleichzeitig pechschwarze Finsternis und stechend kreideweißes Licht. Stimmen gellten. Lautes Gelächter und wilde Schreie. Hinter allem ertönte das heisere Lachen der Raben. Wind zerrte an mir, als ich abwärtsfiel. Der Raum um mich füllte sich zunächst mit Kies, dann mit immer größeren Steinen. Am Ende schlug ich auf großen Klippen auf und sprang hin und her wie ein Ball auf Abwegen.

Mein Körper verursachte ein letztes *Boing*, und ich fluchte, als ich auf eine Schotterpiste geworfen wurde. Die rutschte ich entlang und kam schließlich auf dem Bauch, den Mund voller Erde, zum Stillstand. Ich konnte nicht aus den Augen gucken, weil sie von Staub verklebt waren.

Fieberhaft spuckte ich Erde aus und stand auf. Ich wischte mich von oben bis unten ab und blickte mich um, musste aber die Augen zukneifen, weil eine dichte Nebelbank über der Landschaft lag.

Ich war gewissermaßen unter der Erde. Hoch über mir befand sich eine Steindecke, und unwillkürlich fielen mir die vielen Höhlen ein, in denen Rorik – *ach Scheiße! Sverre* – und ich auf unserer Reise durch Hrafnheim übernachtet hatten. Obwohl ich mich tief unten befand, gab es dort irgendwo eine Lichtquelle.

Etwas polterte rauschend, und ich ging in die Richtung, aus der das Geräusch kam. Mehrmals stolperte ich über Äste. Wegen des dichten Nebels konnte ich den Untergrund nicht sehen, der holperig, uneben und stellenweise klebrig war, als würde ich in große Kaugummistücke treten. Einmal hielt mich ein Zweig am Fußgelenk fest, sodass ich ausrutschte und in dem dunklen Nebelschleier auf die Knie fiel. Ohne nachzugucken, worüber ich gestürzt war, stand ich auf und setzte meinen Weg fort.

Schließlich hatte ich mich zu dem verschwommenen Geräusch vorgekämpft. Es kam aus einem Fluss, und ich musste ganz dicht herangehen, um ins Wasser sehen zu können.

Das gar kein Wasser war.

Als ich nahe genug herangekommen war, sah ich, dass Waffen wie eine dunkle, dicke Flüssigkeit dahinflossen. Schwerter, Äxte, Keulen und Messer klirrten aneinander und funkelten in der undefinierbaren Lichtquelle.

»Das ist Gjöll«, sagte eine Stimme hinter mir.

Ich kreischte und sprang in die Höhe.

Eine Frau stand dort, und ihre Haut war kreideweiß.

»Das ist *was?*«, hauchte ich.

»Der Fluss.« Sie zeigte. »Er heißt Gjöll. Das bedeutet *Lärm.*«

Ich schaute in den Strom. »Der Name passt sehr gut.«

Einige der Waffen trugen eingeritzte Runen.

»Was machen die da unten?«

Sie lächelte unergründlich. »Das sind Opfergaben. Sie sind alle im Lauf der Zeit den Göttern geopfert worden.«

Ich musterte die Frau, die ein braunes langes, hemdartiges Kleid trug. Durch einen Blick an mir selbst herab stellte ich fest, dass ich noch immer mein schönes Kleid anhatte. Wahrscheinlich war ich für den Tod leicht overdressed.

»Wer bist du?«, fragte ich.

Mit offenem Mund runzelte sie die Stirn. Ihre Augen starrten lange in den Seenebel.

»Das weiß ich nicht«, antwortete sie.

Mein Gehirn war auch vernebelt, als wären alle meine Erinnerungen nasse Seifenstücke, die mir wegflutschten. Ich kniff die Augen zusammen. »Du kannst dich nicht mehr daran erinnern, wie du heißt?«

Sie schüttelte den Kopf. »Ich werde dich nur über den Fluss bringen. Das ist meine Aufgabe. Bringe jene, die herkommen, nach drüben.«

Mit einem entschlossenen Wink deutete sie über den wilden Mahlstrom aus scharfen Klingen und setzte sich in Bewegung.

»He, warte kurz. Du kannst doch nicht ohne Namen rumlaufen.«

»Hier ist es ganz leer.« Sie klopfte sich mit einem Finger gegen den Hinterkopf.

»Ich kann dich doch irgendwie nennen, wenn du willst.«

Sie hob ihr Gesicht zu mir. »Ja. Gib mir einen Namen.«

Ich kramte in meinem Gehirn, aber es funktionierte auch nicht.

»Du heißt«, ich starrte sie intensiv an, »ähm …« Okay, da drinnen gab es keine Aktivität, nur unbrauchbares Mus. »Du heißt …« Ich schüttelte kräftig den Kopf. Da dämmerte mir doch etwas.

Die Frau kam näher. »Wie heiße ich?«

»Dein Name ist …« Ich strengte mich gewaltig an. »Módgudr«, flog es mir aus dem Mund, und ich war selbst erstaunt, dass der Name, den mir Od genannt hatte, als er über Helheim sprach, aus meiner verschleierten Erinnerung aufstieg.

»Módgudr? Was für ein merkwürdiger Name«, fand sie.

Ich breitete die Arme aus. »Das ist doch ein schöner Name.«

»Na gut. Módgudr.« Sie schüttelte sich, bekam aber einen Hauch mehr Farbe in den Wangen. »Was machst du hier?«

»Ich wollte bestimmt was«, antwortete ich langsam. »Aber ich kann mich nicht mehr erinnern, was.«

Módgudr stemmte die Hände in die Seiten. »Ich meine, wie bist du gestorben? Ich muss mich versichern, dass du an der richtigen Stelle angekommen bist.«

»Ist es nicht verboten, eine Tote so etwas zu fragen?«

Módgudr schaute zur Decke der Höhle und erklärte geduldig: »Das gilt nur bei Toten, die in der Welt der Lebenden Geister sind.«

»Na gut. Einer, der Elias heißt, hat mich umgebracht.«

»Elias …« Módgudr schien sich den Namen auf der Zunge zergehen zu lassen und beinahe wiederzuerkennen. Dann schaute sie mich streng an. »Bist du im Krieg gewesen?«

»Nein. Überhaupt nicht.«

Sie sah mich durchdringend an, ohne zu blinzeln. »Bist du gestorben, als du deine Familie beschützt hast?«

»Nein, das kann man auch nicht gerade sagen.«

Sie zählte lautlos, als würde sie im Kopf eine komplizierte Rechenaufgabe lösen. Sie kam zu einem Ergebnis und sagte: »Gut. Tötung. Angenommen.«

Ich hob eine Hand, die auffallend weiß war. »Was jetzt?«

»Wir gehen über die Brücke.« Sie zeigte den Weg.

»Welche Brücke? Da ist doch keine … Boah. Wo kommt die denn her?«

Vor uns verlief über Gjöll eine Fußgängerbrücke, die golden leuchtete. Von ihr musste das spärliche Licht stammen.

»Die Gjallarbrú führt nach Helheim.«

Ich atmete kräftig aus. »Super. Da will ich hin.«

»Dann los. Es gibt nichts Schlimmeres, als zu spät zum eigenen Tod zu kommen.«

Ich räusperte mich. »Eigentlich gehe ich davon aus, dass ich wieder von hier wegkomme. Mir fällt nur nicht mehr ein, wie.«

»Von hier kommt man nicht wieder weg.«

»Ich schon.«

Módgudr schaute mich voller Zweifel an. »Ich bin schon eine Ewigkeit hier, und niemand ist jemals wieder von hier weggekommen.«

»Whatever. Bis bald. Oder ... Das will ich wirklich nicht hoffen.«

Gemeinsam latschten wir zum großen Tor, das vor einem Augenblick noch nicht dort gestanden hatte. Ich machte ein paar Schritte in die Öffnung, doch Módgudr hielt mich zurück. »Was hast du da auf dem Rücken?«

Meine Hand tastete am Rücken suchend herum und war blutig, als ich sie mir wieder ansah. Ich starrte meine feuerroten Fingerkuppen an.

»Das ist ein Zeichen. Ich habe es, weil ...« Ich gab mir die größte Mühe, mich zu erinnern. »Etwas mit Blut. Das symbolisiert was.« Meine Mission lag mir auf der Zungenspitze, aber ich konnte es nicht in Worte fassen.

»Es ähnelt dem Zeichen für Gott«, erklärte Módgudr hinter mir und strich mir mit der Hand über den Rücken. Sie wedelte mit ihrer blutverschmierten Handfläche. »Ich musste sowieso was von dem hier haben. Dann brauche ich dich nicht zu schneiden.«

Gott, Ansuz, Blut.

»Na dann ...«, seufzte ich, einen Moment in Panik, ich wäre

kurz davor gewesen, Ziel und Zweck des Ganzen zu vergessen. »Danke. Vielen Dank!«

Ich ging hindurch und schaute noch einmal zurück. Módgudr starrte in ihre rote Hand.

Ich dachte mir einen Merkvers aus, um meine Mission festzuhalten.

»Finde Götterblut im Bett des Todes und Arthur. Finde Götterblut im Bett des Todes und Arthuuur …« Es entstand ein kleines Lied, das ich immer wieder vor mir hin sang, aus Angst, mir könnte mein Ziel entfallen, wofür im Totenreich offensichtlich echte Gefahr bestand.

Ich setzte meinen Weg ins nebelige, düstere Land weiter fort, während ich mein Liedchen trällerte.

»Finde Götterblut im Bett des Todes und Arthuuuurr«, flüsterte ich. Dann traf mich der Schock. Wie war noch mein Name? Einen Augenblick kramte ich in meinem Gedächtnis, bis er auftauchte. »Ich heiße Anne«, fügte ich atemlos meinem Lied an. »Finde Götterblut im Bett des Todes und Arthur. Ich heiße Anne.«

Es war nasskalt, und feuchte Windböen, die durch Mark und Bein gingen, umwehten mich die ganze Zeit. Am Weg standen Gestalten, deren Füße im Matsch versunken waren. Sie trugen unterschiedliche Bekleidung und hatten ausdruckslose Gesichter. Einige ruckelten mit den Beinen, konnten sich aber nicht befreien.

»Finde Götterblut im Bett des Todes und Arthuuurrr«, grölte ich, als ich losjoggte. Am Ende schwang ich die Arme im Kreis, weil meine Fingerspitzen ununterbrochen kribbelten, als wären sie eingeschlafen. Ich fokussierte eine Person, die in der nebeligen Gruft stand.

Der Mann mit gelblicher Haut und zotteligen Haaren guckte aus milchig weißen Augen geradeaus. Ein Insekt lief ihm übers Gesicht in den Mund, aber er merkte es nicht, und obwohl seine Augen auf mich gerichtet waren, starrten sie ins Leere.

»Finde Götterblut im Bett des Todes und Arthuuuuurrr!«, schrie ich aus vollem Hals und rannte mit schlenkernden Armen an ihm vorbei. »Ich heiße Anne.«

Obwohl der Weg schräg abwärts verlief, belastete es meinen Körper, als würde ich einen steilen Berg hochsprinten. Zugleich wurde ich von unsichtbaren Feldsteinen zu Boden gedrückt. Ich hörte verzerrtes Wellenrauschen, und als der Weg einen Bogen machte und ein paar eisenfarbene, nackte Bäume umkreiste, die ich für solche hielt, wie sie auch im Eisenwald standen, sah ich, dass ich an einem Meer angekommen war.

Der Strand war genauso breit wie an der jütländischen Westküste, allerdings war hier der Sand grau, und die Wellen, die an ihm leckten, waren schreiend grün. Auf dem Strand verstreut lagen Menschen in verschiedenen Stadien der Verwesung. Wesen krabbelten herum und bissen in die reglosen Körper. Schwarze Vögel saßen auf den Kadavern und pickten an ihnen.

»Finde Götterblut im Bett des Todes und Arthu…«

Ich blieb nach Luft schnappend mit einem Ruck stehen und starrte. Seenebel zog vom grünen Meer über mich hinweg, und wo Tropfen auf meine bläuliche Haut fielen, hinterließen sie braune Flecken. Rauch stieg mit einem Gestank von verbranntem Haar auf. Ich konnte nichts fühlen, doch ich wischte mit den Händen über die Arme, um die ätzende, schmierige Flüssigkeit abzustreifen. Etwas gnubbelte an meinem Bein, und ich trat zu, bevor ich nach unten guckte.

Ein abscheuliches Viech mit spitzen Zähnen und roten Augen blickte zu mir hoch.

»Halt. Ich bin nicht tot … oder doch, aber du darfst mich nicht fressen.«

Das Viech drehte den Kopf um hundertachtzig Grad und musterte mich.

»Leichenverschlinger«, schnalzte es hervor.

Ich wich zurück. »Das bist du ganz offensichtlich. Aber mich darfst du nicht verschlingen.«

Es krabbelte. Die Hinterbeine waren doppelt so lang wie die Vorderbeine und ohne Gelenke, deshalb ragte der Hintern über den Kopf hinaus.

»Wo bin ich?« Die Worte stachen vor lauter Angst in meinen Mund, aber der Leichenverschlinger machte zum Glück keine Anstalten mehr, mich zu beißen.

»Nastrand, am Strand der Leichen.«

Mit zitternden Lippen schaute ich mich um.

»Passend.« Dann riss ich mich zusammen. »Ich muss Hels Halle finden.«

Einen Saal sah sie, der Sonne fern
In Nastrand, die Türen sind nordwärts gekehrt.
Gifttropfen fallen durch die Fenster nieder;
Aus Schlangenrücken ist der Saal gewunden.

Die Stimme des Leichenverschlingers brummte wie eine Schmeißfliege, doch die Verse waren mir bekannt. Ich drehte mich einmal um die eigene Achse und schüttelte abermals Gifttropfen von Armen und Beinen. Heid hatte in einer Vision das Gleiche zu mir gesagt.

Kurz ließ ich die Worte im Kopf eine Runde drehen. Das war eine Spur, die mir Heid genannt hatte.

Die Türen sind nordwärts.

Ich zwang mein Gehirn, auf Touren zu kommen, obwohl es sich zu dem Zeitpunkt wie Haferbrei anfühlte.

»Liegt das Meer im Norden?«, fragte ich das unheimliche Viech.

Der Kopf des Leichenverschlingers rotierte so, dass es total unnatürlich aussah, aber das musste ein Zeichen der Bestätigung sein.

Ich blickte auf meine Hände, die jetzt grüner Schmodder bedeckte, der von den Wellen angetrieben wurde. Da draußen schwamm etwas. Es glich den Kräuselungen, die der Körper der

Midgardschlange draußen im Meer vor Sverresborg verursacht hatte, doch diese Kräuselungen waren kleiner und zahlreicher.

Okay – here it goes.

Ich ging hocherhobenen Hauptes zur Wasserkante. Aus den Augenwinkeln erahnte ich eine Form, deren Füße kurz davor waren, aufgefressen zu werden, und ich machte um sie einen großen Bogen. Vor den neongrünen Wellenschlägen bremste ich eine Sekunde ab, zwang mich dann aber, in die Wogen zu steigen.

Sie stanken nach Schwefel und Fäulnis. Sie rochen wie die Midgardschlange, aber ich war auf der anderen Seite unterwegs zu ihrer Schwester. Ich watete, kam aber nur mühsam voran, denn das Wasser war eine dicke Brühe. Als es mir bis zur Taille reichte, stellte ich fest, dass sich da unten etwas bewegte. Als wäre ich von Aalen umschlängelt. Glatte, lange Striche zeigten sich an der Oberfläche des Glibbers, als die Materie mir bis zur Brust ging.

Durch die Fenster nieder; aus Schlangenrücken.

Ich ging weiter, obwohl meine Atmung vor Schreck rasselte.

Ich hoffe, verdammt, dass ich recht habe, dachte ich, bevor ich den Kopf in die grüne Pampe tauchte.

Einige Zeit umgab mich grünes Licht. Große *Blubbs* waren zu hören, und die Schlangen – die lebende Schlangenbrut – ringelten sich um mich und waren kurz davor, das Leben aus mir zu quetschen.

Ach, nein. Da war ja kein Leben mehr rauszuquetschen.

Sie hielten aber meine Handgelenke und Fußknöchel fest. Am Ende zogen sie mich hinab, und ich tat alles, um mich zu entspannen und mich nicht an die Oberfläche zurückzukämpfen.

Immer weiter nach unten zerrten die Schlangen mich, und schließlich trafen meine Füße auf einen Untergrund, zu dem ich mich hinunterbeugte und den ich abtastete. Nur ein klitzekleines bisschen Licht drang durch die grünen Nebelschleier bis nach dort unten vor, aber am Ende fand ich den Handgriff, den ich mit ganzer Kraft umdrehte.

Nach einem Kampf gab er nach, und ich platschte durch einen kurzen Gang, der für mich zum Hindurchkommen fast zu eng war. Das letzte Stück grub und pflügte ich mich voran, bis mein Kopf endlich durch eine Haut ploppte und ich in einem Matsch aus grünem, übel riechendem Wasser auf einem Steinboden landete. Ich kroch auf allen vieren und würgte einen Mundvoll Grünes aus.

»Der Tod ist harte Arbeit.« Dann stand ich auf und drehte mich in dem großen Saal im Kreis. Das hier musste Eljudnir sein – Hels Halle, von der Od mir erzählt hatte.

Steinwände ragten so hoch auf, dass ich die Decke nicht sehen konnte, und Bänke und Tische waren so groß, dass ich mir wie ein Zwerg vorkam. Obwohl ich mich in einem Raum aufhielt, strömte Sprühregen ohne Unterlass herab. Auf den Bänken waren Menschen, sie konnten aber nur knapp über die Tischkante gucken, darum standen sie auf Zehenspitzen, um heranzureichen. Einer Eingebung folgend krabbelte ich hinauf und spähte über die Kante.

Dort stand eine Schüssel, die in der Mitte eine bodenlose Vertiefung besaß. Eine Kraft aus dem schwarzen Loch zog mich an, und obwohl der Schüssel ein verführerischer Essensduft entstieg, sah sie leer aus.

Die weißen, dünnen Menschen griffen nach dem unsichtbaren Essen, behielten aber weiterhin leere Hände. Dann und wann geriet jemand zu dicht an die riesige Schüssel und wurde von ihr einfach verschluckt.

Ich ließ den Blick über die eingefallenen Wangen, die tief liegenden, dunklen Augenhöhlen und blutleeren Lippen schweifen. Meine Augen blieben an einem Gesicht hängen.

Der Mann schnappte sich auch etwas aus der wohlduftenden, aber leeren Schüssel, und eine enttäuschte Miene flog über sein Gesicht mit den unübersehbaren blauen Adern.

»Arthur!«, rief ich aus.

Er schaute sich um, drehte sich aber schnell wieder zu der riesigen Schüssel. Er musste auf den Zehenspitzen stehen, um sie zu erreichen.

Ich balancierte auf der Außenkante der Bank, die so breit war, dass meine Füße hinter den knochigen Leuten genug Platz hatten.

»Vater!«, rief ich diesmal, aber er reagierte nicht.

Als ich bei ihm war, hielt ich seine Schultern fest und spürte die Knochen unter dem zerschlissenen Stoff seines Hemdes. Er drehte langsam den Kopf ohne ein Zeichen des Wiedererkennens zu mir.

»Hallo. Ich habe dich gefunden!«, sagte ich. »Wo ist das Blut? Wir müssen es beschaffen, damit wir zurückgehen können. Die anderen warten mit unseren Körpern.«

Mit gleichgültiger Miene drehte sich Arthur wieder zur Schüssel um und griff hinein. Er kam ihr zu nahe, sodass er angesogen wurde und seine Füße von der Bank abhoben, als wäre er ein Stück Eisen, das von einem Magnet angezogen wurde.

Mit einem erschrockenen Schrei hielt ich ihn zurück. »Wach doch auf.«

»Wer bist du?« Arthurs Stimme hatte das gleiche Schnalzen wie am Abend im Bootsmann.

Einen schrecklichen Augenblick lang hatte ich es tatsächlich vergessen, doch dann tauchte der Name wieder auf.

»Anne«, antwortete ich.

»Anne?« Er schwankte und beugte sich abermals zur Schüssel.

»Ich bin deine Tochter!«, schrie ich und zog ihn zurück. Meine dünnen, fahlen Finger umfassten sein Gesicht.

Dadurch zögerte er. »Tochter?«

»Du bist meinetwegen hier. Du heißt Arthur, und du bist mein Vater.«

In seine Augen trat ein schwacher Hauch von Grün.

»Arthur«, wiederholte er. »Vater. Tochter.« Mit jedem Wort bekam er etwas mehr Farbe.

»Ja«, flüsterte ich, mir war vor Freude zum Weinen.

Seine Augen flackerten, als suche er im Gedächtnis nach etwas.

»Anne«, seufzte er endlich. Dann umarmte er mich. »Du bist gekommen.«

Er war eine Weile still, als er mich an sich drückte. Ich konnte die spitzen Knochen unter seinem Hemd spüren.

»Du bist gekommen.«

Wieder Pause.

»Du bist hergekommen.« Jetzt klang seine Stimme wieder ganz normal. Er hielt mich von sich.

Seine Augen vor mir blitzten – jetzt zum Glück so grün wie eh und je.

Er schrie: »Was in aller Welt machst du hier in Helheim?«

»Ich hole dich und das Götterblut.«

Er hob die Arme. »Das kann nur eins bedeuten. Du bist tot.«

»Ja, aber ...«

»Das war das Einzige, was ich vermeiden wollte.« Er erhob die Stimme noch mehr, aber niemandem von den anderen Gerippen um uns fiel es auf. »Mein einziges Ziel war, dich, deine Schwester und deine Mutter am Leben zu erhalten.« Er ballte die Fäuste. »Wer hat dich umgebracht? Wer? Ich räche mich. Das schwöre ich dir.«

»Es war Elias, aber ...«

Wieder unterbrach er mich mit einem Schrei. »Elias. Ich wusste es. Er ist ein ...«

»Ich habe ihn dazu überredet.«

Arthur hielt inne. Auf der Habenseite sah er jetzt aus wie immer. Wut bewirkte bei den Toten offensichtlich Wunder. Aber bei den Worten, die dann folgten, drehte ich den Kopf weg und presste die Augen zu.

»Du. Hast. Was. Getan?« Das vorletzte Wort wurde noch lauter geschrien als alle anderen.

»Das war die einzige Möglichkeit, wie ich hier runterkommen konnte.«

Arthurs Unterkiefer fuhr erst zur einen und dann zur anderen Seite, und ich fürchtete zum ersten Mal im Leben, dass mein Vater mir eine Ohrfeige verpassen könnte, so wütend sah er aus.

Ich trat vor ihn und legte ihm die flachen Hände auf die Brust. »Können wir später darüber reden? Ich habe einen Plan.«

Einen lückenhaften, unsicheren und vollkommen wahnsinnigen Plan – aber immerhin.

Er starrte mich an, ohne sich zu rühren.

»Wir haben es etwas eilig«, fügte ich hinzu.

Arthur massierte sich die Schläfen mit den Knöcheln. »Wir beide müssen uns ernsthaft unterhalten, falls wir hier wieder rauskommen.«

»Du kannst mich später zu Stubenarrest verdonnern, jetzt musst du einfach nur mitkommen.«

Er sprang von der Bank und reichte mir die Hand, damit ich hinterherklettern konnte.

»Das Blut ist im Bett«, erklärte er.

»Wo?«

Er zeigte auf einen riesigen Alkoven, der die eine Wandbreite ganz ausfüllte.

Es dauerte einige Minuten, bis wir den langen Raum durchquert hatten. Und ich kam mir wie ein Mäuschen in einem Riesenhaus vor. Vorm Ende des Alkovens guckte ich die vielen Meter nach oben. Das Holz war zerfasert und morsch, und wir benutzten die Löcher als Stufen. Wir kletterten die steile Holzwand hoch.

Ein paarmal glitten meine Hände ab. Sie waren vom Meer immer noch verschmiert, aber ich hielt mich an der Wand. Neben mir kletterte Arthur, der mich die ganze Zeit im Auge behielt, bereit, nach mir die Hand auszustrecken und mich zu packen, wenn ich abrutschte.

Wir erreichten die obere Kante und plumpsten auf die Matratze. Die gab unter dem dicken Stoff nach.

»Du darfst den Vorhang nicht berühren«, mahnte Arthur.

Als ich mir das durchsichtige Netz näher anschaute, das an der Bettkante entlang hing, sah ich, dass es voller klebriger Tropfen war, wie Fliegen auf einem Fliegenfänger.

Ich wich davor zurück.

»Ich habe da drüben das Götterblut gefunden.« Arthur zeigte auf ein Kissen, und wir wateten durch ein Tierfell, dessen Haare so lang waren wie mein Körper.

Als wir fast dort angekommen waren, ertönte ein gellendes Wiehern. Arthur fluchte und zog mich zwischen die Borsten, damit wir uns im grauen Pelz verstecken konnten. In die Halle trabte ein riesiges, gelbliches Pferd. Es hatte nur drei Beine, das schien das Tier aber nicht aufzuhalten.

»Das Höllenpferd«, flüsterte Arthur.

Auf dem Rücken des Höllenpferdes saß eine Frau. Sie war so groß wie ein Haus, kam auf uns zu, und ihre Umrisse waren hinter dem tödlichen Vorhang nur zu erahnen. Sie zog ihn zur Seite und fegte ein paar Körper weg, sodass sie dumpf auf dem Steinfußboden weit unter uns aufprallten.

Dann legte sie sich mit einem Seufzer hin. Der Kopf wurde auf dem Kissen platziert, und einem ziemlich weiblichen *Mmmm* folgte ein Gähnen. Es verging nicht viel Zeit, bis sie langsam atmete.

Arthur krabbelte weiter und forderte mich mit einer Handbewegung auf, ihm zu folgen. Wir krochen durch den grauen Felltunnel zum großen Frauengesicht.

Hel lag auf der Seite, mit der rechten Hälfte nach oben und mit der linken ins Kissen gepflanzt. Sie war schön anzusehen. Nicht berauschend und süßlich wie Freyja, aber wild und dunkel mit scharfen schwarzen Brauen und glänzendem Haar. Was ich vom Mund sehen konnte, verlief in sanften Bögen, und die Wangenknochen waren noch höher und mit güldener Haut überspannt. Ich starrte wie hypnotisiert die schöne Todesgöttin an, die friedlich schlief.

»Es liegt hier drunter«, flüsterte Arthur und schob die Hand unter das Kissen.

Bei der Bewegung rührte sich Hel ein wenig und rollte auf den Rücken.

Ich stöhnte laut, als ihre linke Seite zum Vorschein kam. Die war halb verrottet, blauschwarz, und Maden krochen durch große Löcher in der Wange ein und aus, durch die ich auch die Zähne schemenhaft erkennen konnte. Jeder Zahn hatte meine Körpergröße.

Ich unterdrückte einen Schrei, und Arthur, dessen Hand jetzt unter dem Kissen eingeklemmt war, schaute mich mit einem wütenden *Pschscht* an.

»Entschuldigung«, flüsterte ich. »Sie ist bloß so …«

Obwohl es eiskalt, klamm und feucht war, hatte ich einen dünnen Schweißfilm auf der Stirn.

»Hilf mir«, zischte Arthur. Er versuchte, seinen Arm herauszuziehen. »Ich habe es zu fassen bekommen, aber ich kann es nicht rauskriegen.«

Ich legte mich ganz dicht an ihn und zog an seinem Arm, der schwer wie Blei war.

Was auch immer er gepackt hatte, wog eine ganze Menge.

»Wie viel Blut ist es?«, zischte ich. »Ein Swimmingpool voll?« Ich zerrte und zog.

Endlich kam Arthurs Hand frei, und wir purzelten nach hinten.

In Arthurs flacher Hand, die die Unterlage eindrückte, lag ein winziges Fläschchen. In dem leuchtete eine rostrote Flüssigkeit von selbst. Es war nur halb so groß wie Elias' Ampullen, aber er konnte es kaum anheben.

Auch ich hielt das Fläschchen fest, das wir mit vereinten Kräften die Matratze entlangzogen.

»Da drüben ist der Durchgang.« Arthur nickte stöhnend zur Wand hinter Hels halb verrottetem Kopf.

Ich sah jetzt eine kleine Klappe, die auffallend der ähnelte, die in Ods Büro im Boden eingelassen war. Ich zog aus Leibeskräften an Arthurs Hand mit dem Fläschchen, und langsam, aber sicher bewegten wir uns hinüber.

Der Schweiß regnete von mir, und Arthur schnaufte vor Anstrengung. Dort angekommen, klopfte Arthur mit einer vorsichtig geballten Faust an die Tür. Hinter uns schmatzte Hel im Schlaf. Ich drehte mich um und schaute sie an.

Neeeeein!

Sie schmatzte nicht im Schlaf. Die Göttin hatte offene Augen – ein eisengraues und ein milchweißes. Sie betrachtete uns mit schräg gelegtem Kopf. Leichtes Vergnügen umspielte ihr Gesicht, und sie atmete einen nach Chlor stinkenden Puster in unsere Richtung aus.

Jetzt trat ich gegen die Klappe, und sie ging auf. Eine dunkelblaue Kralle streckte sich nach uns aus, als wir uns durch die kleine Tür kämpften. In einem engen Korridor krabbelten wir davon, wobei wir das Blut hinter uns herschleppten.

Langsam, beinahe wie um uns zu quälen, kroch die Hand hinter uns her. Die Finger, die jeder genauso groß waren wie Mads, krabbelten auf dem Untergrund. Die Finger glichen Riesenbeinen.

Ich konnte es im roten Widerschein vom Götterblut sehen.

Ich hörte Mathias' Stimme weit hinten am anderen Ende des Kanals. »Anne.«

»Mathias!«, schrie ich. »Luna!«

»Ich kann dich hören«, rief Mathias.

»Ich kann nichts hören.« Lunas Stimme wurde deutlicher. »Aber meine Güte, was stinkt das da unten.«

»Weg vom Durchgang, Luna! Du fällst nur rein.«

»Wir sind unterwegs!«, schrie Arthur.

Hels Hand tastete nach uns. Einmal erwischte sie mein Kleid, doch ich trat gegen die Finger.

Da erscholl ein wütender Schrei am anderen Ende des Durchgangs, und die Hand war nicht mehr spöttisch und höhnisch. Sie kratzte nach uns und schickte eine Faust in unsere Richtung.

Endlich kam Mathias weit weg zum Vorschein. Ich konnte nicht wahrnehmen, ob es oben, unten oder am Ende war. Eine

Hand wurde ausgestreckt, ich schob das Blut hinein. Er musste seinen Arm viele Meter verlängert haben.

Die Hand entfernte sich, und er fluchte.

»Nicht das Blut.« Es ertönte ein Knall, als etwas geschmissen wurde. »Gebt mir eure Hände.«

Die neongrüne Hand tauchte wieder auf, und Arthur und ich ergriffen jeweils einen von Mathias' Fingern, die so lang und kräftig waren wie Seile. Verfolgt von Hels wütender Hand, hisste uns Mathias das letzte Stück des Weges nach oben, und Ods Büro kam in Sicht. Ich klammerte mich an seinen Finger, und in einer Wolke aus Wasser und Dampf wurde ich in den Raum geschleudert, wo Luna umherstarrte, wie um etwas zu lokalisieren, und Elias sich abmühte, ein winzig kleines, aber sehr schweres Fläschchen Götterblut vom Boden aufzuheben. Hinter mir unternahm Hel einen letzten Angriff, aber ihre Kralle zog sich zurück, als Mathias die Klappe zuknallte.

Ein rätselhafter Apparat war verbunden mit Kabeln und Tropfen, die in zwei Tote gebohrt waren, die auf dem Schreibtisch lagen.

Also in meinen und Arthurs toten Körper.

KAPITEL 48

Elias konzentrierte sich darauf, das Blut in einen Kolben zu füllen, der an der einen Seite des Gerätes befestigt war, während Wasser in dem anderen blubberte. Luna hatte die Augen geschlossen und murmelte Beschwörungsformeln, und Mathias starrte als Einziger mich an.

Ich konnte nicht aufstehen, guckte aber schräg nach oben. Hinter Elias erahnte ich Ods Schreibtisch mit den beiden leblosen Körpern.

»Anne.« Mathias hörte sich starr vor Schreck an. »Du bist ganz …« Er vermochte die Worte nicht auszusprechen.

Ich konnte nicht antworten, schaute aber auf meine Hand, die gelblich war. Die Haut hing locker an mir, als ob die Knochen darunter gleich durchbrechen würden.

»Kannst du sie beide sehen, Mathias?«, fragte Luna. »Ich kann nur diesen grünen Schmodder sehen.«

»Da auf der Decke.« Er schaute Elias verzweifelt an. »Ist es zu spät?«

Elias hatte die Ärmel hochgekrempelt und arbeitete konzentriert an der Maschine, die jetzt ruckelte und blubberte. »Bewegt sie sich?«

Ich wollte etwas sagen, konnte es aber einfach nicht.

Bewegt? Warum nicht »Bewegen sie sich«? Wo war Arthur?

Mathias' Hände schwebten über meiner Schulter, fielen aber durch mich hindurch.

»Bewegt sie sich?« Elias' Stimme gellte wieder durch das Büro.

Ich zitterte, als Mathias meinen Oberkörper durchbohrte. Er wühlte in mir und verlieh mir ein kleines bisschen göttliche Kraft.

»Ihr Geist bewegt sich«, rief Mathias. »Ein ganz klein wenig.« Seine Stimme war schrill und klang nicht wie seine. »Aber sie ist ganz vertrocknet. Und Arthur sieht aus wie eine Moorleiche.«

Ich drehte den Kopf minimal und sah, dass das Gesicht meines Vaters braun und seine Haut dünn wie Pergament war.

»Sie sind im Schattenreich. Es gibt keine Todesgötter, die auf sie Anspruch erheben.« Elias hob nicht einmal seinen Lockenkopf. »Ihre Seelen sind also dabei, zu vergehen. Luna, jetzt!«, befahl er und hielt ihr zwei Leitungen hin. Jede davon mündete in eine Kanüle, die in unsere Herzen gebohrt und mit Pflaster befestigt waren. Die Tropfe waren in unsere Handgelenke gepflanzt worden.

»He, Svidur und Freyja. Ihr habt es versprochen«, krächzte ich.

Wie ein leises Echo hörte ich Svidurs schadenfrohes Gelächter. »Bei unserer letzten Vereinbarung warst du es, die es sich im letzten Augenblick anders überlegt hat.«

»Versprechen«, hauchte ich.

»Vielleicht wirst du dir das mit unserem Handel wieder anders überlegen. Bist du sicher, kleine Seherin?«

»Sicher?«, flüsterte ich und hatte nicht die Kraft, bissig zu klingen. »Natürlich bin ich mir sicher!«

»Was soll ich machen?«, fragte Luna. Schweiß brach auf ihrer Stirn aus.

»Schick magische Energie durch die Leitung.«

Luna holte durch die Nasenlöcher tief Luft und ballte die Fäuste entschlossen um die Kabel.

»Wenn du zu viel schickst, explodieren sie. Zu wenig, dann reicht es nicht, um bei ihnen einen Kickstart auszulösen.«

»Wie viele Versuche habe ich?«

»Du hast *einen* Versuch. Auf drei.« Sie wollte etwas einwenden, doch Elias fing an zu zählen. »Eins …«

»Svidur«, flüsterte ich. »Hilf uns.« Meine Knöchel knackten, und ein fader Geschmack nach Staub breitete sich in meiner Kehle aus. »Ich stehe zu meinem Wort, Allvater.«

Wieder sprach jemand heiser ganz dicht an meinem Ohr. »Ich kann die Zeit sehen, und ich sage dir, das wird dich teuer zu stehen kommen.«

Er lachte, als würde die Vorstellung Begeisterungsstürme in ihm auslösen.

»Da gibt es nichts zu lachen. Hau auch gleich Freyja an.«

»Zwei«, sagte Elias.

Meine Zähne saßen lose im Mund, und ein Blick zu Arthur ergab, dass sein Nasenrücken ganz verschwunden war.

»Natürlich halte ich mein Versprechen!«, hauchte ich. Möglichst ohne den Kiefer zu bewegen, denn ich konnte merken, wie die Zähne kurz davor waren, auszufallen.

Da kam ein so tiefer Seufzer, dass mir mein inzwischen vollkommen weißes Haar um den Kopf wirbelte. »Du betest mich also ab jetzt an. Du sagst dich von allen anderen Göttern los. Du gehörst mir.«

»Ich schwöre es.«

»Dann erheben wir Anspruch auf eure Seelen«, erklang Svidurs raue Stimme. Freyjas sinnliches Lachen schickte mir kalte Schauer durch meinen fast ganz aufgelösten Körper.

»Drei«, zählte Elias gleichzeitig, und Luna stieß einen konzentrierten Schrei aus, als spritzende Elektrizität ihre Fäuste umtanzte. Zugleich drehte Elias an einem Hebel, und Dampf quoll aus der Maschine.

Das Götterblut lief durch eine Spiralglasröhre und traf auf das kochende Wasser in der Mitte.

Svidurs Stimme klang nach wie vor in meinem Kopf.

Lunas Magie erreichte mein Herz, und ich erkannte das Gefühl, von damals, als Védis versucht hatte, meine Beschwörungen aufzuheben. Außerdem glitt ein Strom, viele hundert Mal stärker als die Göttlichkeit, die Od und Mathias aussenden konnten, durch meine Adern in meine Handgelenke und verteilte sich weiter in meinem Körper. Elias' Apparat gab ein gewaltiges Krachen von sich und ging in einer großen Rauchwolke auf.

Plötzlich lag ich auf dem Schreibtisch und nicht auf dem Boden. Ich schnappte nach Luft, und neben mir tat Arthur das Gleiche. Mein Körper protestierte, als das Leben sich wieder in ihn zurückwälzte, und ich bewegte mich von Nichts-merken-können bis hin zu Von-überwältigenden-Schmerzen-gehäutet-werden.

Die Nadel in meinem Herz kratzte mit jedem donnernden Herzschlag, die Kanüle in meinem Handgelenk pikste, mein Hals, den Elias mit der Lederschnur zugezogen hatte, brannte, und mein Rücken, wo ich die eingeritzte Rune trug, glühte höllisch.

Aber ich war nicht in der Hölle – nicht mehr. Ich war wieder in Midgard, und ich war am Leben.

Ich sah zu Arthur, der gleich neben mir lag. Seine Augen, die auf dem Steinfußboden auf Odinshöhe klar und tot gewesen waren, waren jetzt grün und voller Leben, und er starrte auch mich an. Und zum ersten Mal überhaupt umarmten wir uns richtig.

Ods Büro glich einem Schlachtfeld. Den Boden bedeckte eine grüne Schleimschicht, ein verbrannter Fleck umgab Elias' Gerät, Blut, hauptsächlich von meinem Rücken, war über den Schreibtisch verschmiert, und was es in dem Zimmer an Stühlen und Papieren gegeben hatte, war umgekippt und herumgeflogen.

Arthur und ich saßen aneinandergelehnt auf dem Sofa. Elias hatte uns in Decken gewickelt, doch die Kälte wollte uns nicht aus Fleisch und Knochen weichen.

Mein Körper fühlte sich an, als wöge er eine Tonne, und ich traute mich nicht, daran zu denken, wie es meinem Vater ging, nachdem er über achtzehn Jahre tot gewesen war.

»Ich bin hier gestorben«, flüsterte er. »Direkt hier auf dem Sofa.

In meiner letzten Erinnerung liege ich mit dem Kopf auf Benedicts Bein da.«

»Sehr passend, dass du hier wieder ins Leben zurückgekehrt bist.« Meine Lippen waren eiskalt, und meine Finger wollten mit den leichten Zuckungen nicht aufhören.

Elias gab uns je ein Glas Met. Er sagte kein Wort, aber sein Blick hing an Arthur.

Arthur schaute ihn an, als er es entgegennahm. »Du hast meine Tochter getötet.«

Die Worte hingen in der Luft, und kurz hielten beide das Glas fest.

»Ich habe ihn darum gebeten«, protestierte ich.

Ein Muskel in Elias' Kiefer spannte sich, und seine Augen wanderten über Arthurs Gesicht. Schnell zog Arthur das Glas an sich und schaute hinein. »Du hast ihr auch das Leben gerettet. Du hast es mehrmals gerettet.«

Elias gab keine Antwort.

»Er hat auch dich zurückgeholt«, sagte ich. »Egal, wie sauer du auf ihn bist, er hat dich wiederbelebt.«

»Ja«, sagte Arthur leise. »Stimmt.«

Die Tür wurde aufgestoßen, und ich fürchtete, dass ein göttlich zürnender Od hereinplatzen würde, aber es waren Ben und Rebecca, und innerhalb von zwei Sekunden umgaben uns Umarmungen und Stimmen.

Rebecca murmelte Zaubersprüche, die Wärme unter die Decken und in uns beide pusteten, und in dem Tumult sah ich, dass sich Elias zum Gehen wandte. Seine Augen hefteten sich kurz an meine, ehe er durch eine Tür verschwand.

»Die Götter seien gepriesen«, schluchzte Rebecca, als sie Arthur umarmte.

Luna und Mathias standen Arm in Arm vor uns.

»Ihr seid verrückt.« Sogar Bens Selbstsicherheit war verflogen, und seine braunen Augen funkelten. »Ihr seid …« Seine Stimme versagte, und er hielt Arthur an sich gedrückt. »Ich hätte nie gedacht, dass ich dich noch mal lebend wiedersehe.«

Arthurs rotes Haar flackerte zwischen Rebeccas kreideweißem und Bens braunen Dreadlocks.

»Jetzt fehlt uns nur noch Thora«, schniefte Rebecca. »Dann sind wir alle wieder zusammen.«

Auf Odinshöhe lag ich in meinem alten Schlafzimmer im Bett unter Stapeln von Decken und zitterte vor Kälte. Meine Träume plagten Bilder aus Helheim, und jedes Mal, wenn ich ernsthaft glaubte, ich sei zurück im Totenreich, wachte ich auf und musste wieder ganz von vorn begreifen, dass es Elias gelungen war, mich wiederzubeleben. Mich und meinen Vater. Vielleicht … vielleicht würde alles trotzdem gut werden. Zum ersten Mal seit Langem erlaubte ich mir diesen Gedanken.

Dann sank ich wieder in die Träume, und das Ganze ging von vorn los.

Arthur schlummerte in der Krypta. Er konnte einfach keinen Schlaf finden, wenn er nicht an seiner alten Ruhestätte lag, also war er auf den großen Steintisch gekrabbelt.

Ich hatte ihn trotzdem dazu gebracht, eine Decke und ein Kissen mitzunehmen.

Etwas ließ mich ganz wach werden, und ich schlug die Augen auf.

Kurz lag ich mit klopfendem Herzen da, ehe ich aufstand. Ich nahm die Decke um die Schultern gelegt mit, weil ich immer noch keine Wärme gespeichert hatte. So leise wie möglich schlich ich mich nach unten. Ich guckte aufs Handy. Es war kurz nach drei in der Nacht.

In der Küche trank ich ein Glas Wasser. Die kalte Flüssigkeit vereiste meinen Hals von oben bis unten, und ich merkte, wie sie sich in meinem Körper verteilte. Seit ich tot gewesen war, fielen mir solche Kleinigkeiten auf.

Auf halbem Weg die Treppe hinauf hörte ich ein Geräusch von unten. Es war ein leises Kratzen an der Tür, und ich zuckte vor Schreck zusammen.

Mit nackten Füßen ging ich zur Tür und stellte mich seitlich davor, ohne mich zu bewegen.

»Anne?«, rief eine gedämpfte Stimme. »Anne.«

»Hakim.«

Ich öffnete die Tür.

Auf dem Hof war es dunkel, und ich hörte den Wind in den Bäumen rauschen. Kälte schlug mir entgegen, und ich zog die Decke fester um die Schultern. Ich krümmte die Zehen, als frostige Püffe darüber hinwegfegten.

Hakim stand draußen, und der schwache Schein des Lämpchens, das ich im Flur eingeschaltet hatte, fiel auf ihn. Zuerst blinzelte er, doch als er mich sah, lächelte er, als atme er erleichtert über etwas auf. »Du warst so schwer zu finden.«

Ich stutzte. »Hast du unten bei Frank gesucht? Ich werde ab jetzt wieder hier draußen wohnen.«

Seine Augen hingen immer noch an mir, als würde er nicht richtig glauben können, dass ich wirklich da war. »Gut, dass du mich gehört hast.«

»Ich kann nicht schlafen. Es kommt mir vor, als ob der Tod mich nicht loslassen will.« Unfreiwillig schüttelte ich mich.

»Aber du hast es geschafft. Du hast überlebt.« Hakim lächelte wieder.

Verdammt, das war noch ein Grund, warum die Mädchen ihm immer nachschauten. Ich hatte das Glück, dass er mir das Lächeln schenkte, und ich erwiderte es instinktiv.

»Oh, Anne …« Hakim hob seine Hand und schob die Decke um meine Schultern ein wenig weg. Behutsam berührte er die Khamsa, die wie immer um meinen Hals hing. Sein Finger strich die silberne Kette entlang, und mich überlief ein kalter Schauer, doch diesmal war nicht der Tod der Auslöser.

»Was machst du hier?« Ich konnte selbst hören, dass meine Stimme angestrengt klang.

»Ich wollte dich sehen.« Er schluckte. Seine Brauen näherten sich meinen. »Ich wollte mich selbst davon überzeugen, dass es stimmt, dass du überlebt hast.«

»Ich bin am Leben, alles gut.«

Er ließ den Finger auf meinem Hals. Dann suchte er nach den Worten, die auszusprechen ihm anscheinend schwerfiel. »Da gibt es jemanden, auf den du dich nicht verlassen kannst.«

»Wer ist das?«

Er schüttelte frustriert den Kopf. »Ich weiß nicht, wer es ist, aber da ist ein Verräter unter uns.«

»Weißt du das von der AMPA?«

Er starrte mich immer noch an.

»Ich sehe jetzt alles so klar und deutlich.« Er nahm sich zusammen, wie um beim Thema zu bleiben. »Ich bin hier, um dich zu warnen.«

Als ich sprach, kam mein Atem wie Dampf aus dem Mund, der sich an Hakims Gesicht schmiegte. »Warnen vor was?«

Er schloss die Augen. »Ragnara ist im Anmarsch.«

Ich erstarrte. »Was meinst du mit *im Anmarsch*? Etwa genau jetzt?«

Ich hob meine Hand zu seiner. Die war kalt, aber der Wind rüttelte auch an den Bäumen, und Schneeflocken rieselten vom Himmel.

»Genau jetzt«, sagte Hakim.

Ich öffnete den Mund, um etwas zu sagen, aber plötzlich lagen Hakims Arme um mich. Er war immer noch kalt, aber seine Lippen, die meine trafen, waren weich. Unerwartet weich. Der Kuss wurde tiefer und leidenschaftlicher.

Ich war so überrumpelt, dass ich ihn mich küssen ließ. Eigentlich erwiderte ich ihn, hatte aber Zweifel, ob es daran lag, dass er mich überraschte, oder ob ich es schon immer gern gewollt hatte.

Als er mich endlich losließ, flüsterte ich: »Hakim«, verblüfft, dass er so direkt war. Das war er sonst nie. »Was tust du?«

»Manchmal entdeckt man, wie kurz davor man ist, alles zu verlieren. Wie kurz davor man ist, nicht einmal versucht zu haben, das Glück zu berühren, auch wenn es nur einen Augenblick dauert.«

Ich war nach dem Kuss etwas außer Atem und konfus. »Ich bin springlebendig, Hakim. Ich habe es geschafft.«

»Du bist so klar und eindeutig gewesen«, sagte er. »Schon seit ich dir zum ersten Mal begegnet bin.«

Seine Hand lag immer noch auf dem silbernen Anhänger.

»Du bist der Einzige, der aus eigener Kraft über meine Zaubereien hinweggesehen hat«, sagte ich leise. »Alle anderen brauchten dafür magische Immunität, aber du hast das mit reiner Willensstärke gemacht.«

»Ich habe etwas anderes als Zaubereien gesehen.«

»Was?«

»Dich. So viel von dir ist in meinem Herzen.« Er ließ mich los und machte ein paar Rückwärtsschritte. »Ragnara ist bald hier. Ich hole Hilfe.«

»Gehst du?« Ich ging ihm hinterher, doch er verschwand in den Schatten. »Du kannst nicht einfach herkommen und sagen, Ragnara ist im Anmarsch, mich küssen und dann wieder abhauen.«

»Wenn es echt ist, wird es nie zu Ende sein«, waren seine letzten Worte.

Ich blieb noch auf dem Hofplatz allein im kalten Westwind stehen. Meine Hand ruhte auf dem Schmuck, den Hakim gerade berührt hatte.

»Anne«, ertönte es von der Tür. Arthur stand schlaftrunken und mit abstehenden Haaren da. »Was machst du hier draußen?«

»Hakim war hier.« Meine nackten Zehen verkrampften sich vor Kälte, und ich ging wieder in den Flur.

»Was wollte er?« Arthur wickelte die Decke fester um mich und rubbelte meine Arme. Zum ersten Mal merkte ich, wie stark er in Wirklichkeit war.

»Er hat gesagt, Ragnara ist im Anmarsch.« Meine Hand griff nach meinem Handy. »Wir müssen den anderen Bescheid sagen. Kannst du dich nicht morphen … Ach, nein. Lauf runter und hol die Hexen, dann rufe ich Mathias an.«

Mein Puls pochte in Mund und Schläfen.

Ich kam nicht dazu, zu telefonieren, weil das Handy in meiner Hand brummte.

»Niels Villadsen ist dran«, erklärte ich. »Ich gehe ran, lauf ruhig los.« Als Arthur zögerte, wiederholte ich: »Lauf.«

Er umarmte mich ein letztes Mal, bevor er über das Feld zu Ben und Rebecca lossprintete.

»Hallo«, sagte ich in den kalten Glasbildschirm.

»Anne.« Niels klang kurzatmig.

»Gut, dass du anrufst«, begann ich. »Ragnara ist im Anmarsch hierher. Wir brauchen Hilfe.«

Aber am anderen Ende der Leitung blieb es still.

»Weißt du es vielleicht schon?«, fragte ich. »Hat Hakim es dir gesagt?«

»Hakim?«, wiederholte Niels. Er klang verwirrt.

»Ja. Er ist gerade hier gewesen, um Bescheid zu sagen, dass Ragnara bald hier ist.« Ich verzichtete darauf, ihm von dem Kuss zu erzählen, der noch immer in meinen Lippen sirrte. Trotz der Gefahr, die im Anmarsch war, konnte ich es nicht lassen, in mich hineinzulächeln und mit dem kleinen Finger über meine Unterlippe zu streichen.

Der sonst immer so gefasste Niels gab einen halb erstickten Laut von sich.

»Anne. Es tut mir leid, dir sagen zu müssen, dass meine Leute vorhin Hakims Leiche im Kraghede Skov gefunden haben. Er ist da hingegangen, um nach dir zu suchen, aber jemand hat ihn umgebracht. Es muss jemand sein, dem oder der er vertraute, denn es gibt keine Kampfspuren.«

»Was …« Alles um mich herum drehte sich, und die Kälte, die vorher an mir genagt hatte, wurde von brühheißen Wellen abgelöst. »Ja, aber ich habe doch eben noch mit ihm gesprochen.«

»Er ist schon seit vielen Stunden tot.«

KAPITEL 49

Ich stand mit dem Telefon am Ohr im Flur. Vielleicht sprach Niels am anderen Ende weiter, aber ich nahm es nicht mehr wahr.

Jemand fasste mich bei einer Schulter, und ich zuckte zusammen. Das Handy fiel mit einem hohlen *Klonk* auf den Klinkerboden, gefolgt von einem grellen Knall, als das Display zersprang.

Mathias und Mads standen beide in Nachtzeug da. Mathias glühte grün. Es war seine Hand, die auf meiner Schulter lag, doch ich schaute ihn nur verständnislos an.

»Hakims Geist hat mich geholt, und ich habe Mads Bescheid gesagt«, erklärte er. »Od kommt auch gleich.«

»Hakim …«

»Ich weiß schon«, flüsterte Mathias. »Es tut mir so leid.«

Etwas flackerte bei Østergaard abwärts. Es war ein kühles Licht, vielleicht von einem Riesenkristall.

Ein schwaches *Bräää* ertönte da unten.

Ich schaute Mathias immer noch wie versteinert an. »Er ist eben hier gewesen. Wir haben uns geküsst. Er hat sich so real angefühlt.«

»Anne!« Mathias schüttelte mich leicht, wie um mich aufzuwecken. »Darüber kannst du später nachdenken.« Er schaute zu dem flackernden Licht, das sich übers Feld näherte.

Lederflügel flatterten, und ich sah Umrisse von Fingalken. Rote Augen durchschnitten die Dunkelheit.

»Geh rein in Odinshöhe.«

»Was hat Hakim gesagt?«, hakte ich nach.

Mathias schaute mich lange mit seinen brennenden blauen Augen an. »Er hat Lebewohl gesagt.«

Ich öffnete den Mund, konnte aber nicht anders, als ein pfeifendes Stöhnen auszuatmen.

»Geh! Rein!« Mathias lud mich innerlich mit seiner übermenschlichen Stärke auf. Die Tür wurde zugeschlagen, und obwohl ich dagegentrommelte, hielt Mathias sie auf seiner Seite zu.

Ich hatte die Wahrnehmung, dass einige von Ragnaras Fingalken meinen Hofplatz erreichten, denn im selben Augenblick schrie einer von ihnen, und ich hörte Mads halb erstickt rufen.

Der Fingalk meckerte zuerst vor Schmerzen, woraufhin sich Gestank ausbreitete. Ich konnte ihn bis nach Odinshöhe hinein riechen. Ein anderer schien anzugreifen, erlitt jedoch das gleiche Schicksal.

»Hakim!«, schrie ich. »Hakim.« *Wenn er tot war …* Ich fasste mir an den Bauch, wo ein stechender Schmerz zog. »Wenn du ein Gespenst bist, kann ich mit dir reden«, rief ich. »Du musst einen sehr starken Geist haben, wenn du dich schon zum Poltergeist upgraden kannst.«

Da kam keine Antwort.

»Hakim.« Meine Stimme ging in ein Schluchzen über, und ich rutschte am kalten Holz der Tür nach unten.

»Mit Geistern kannst du nur in dieser Welt sprechen, und er ist weitergezogen«, erklang es in meinem Kopf.

»Dann ziehe ich ihm hinterher.« Ich schaute mich um, war aber allein.

»Er gehörte einer anderen Religion an, und du betest jetzt zum Allvater. Das trennt euch.«

»Svidur?«, fragte ich. »Bist du das?«

Draußen vor Odinshöhe herrschten Geschrei und Geflatter von Flügeln. Mads und Mathias mussten mit bloßen Fäusten die Fingalke zerfleischen.

»Wo ist mein Blut?«, ertönte Ragnaras kindliche Stimme unten auf dem Feld. »Ihr habt mein Götterblut gestohlen.«

Ich konnte sie zwar nicht sehen, aber ihre riesige Aura schlug mir durch die Tür entgegen. Es kam mir vor, als würde eine dunkle Hand versuchen, mich zu erwürgen, und ich griff mir an den Hals. Meine Finger trafen auf die silberne Hand.

»Gehörte das Blut nicht ursprünglich jemand anders?«, entgegnete Mathias. Seine Stimme klang metallisch, wie immer, wenn er im Göttermodus war.

»Ursprünglich ... pfff ... Da ist nichts ursprünglich. Die Macht geht ständig in andere Hände über.«

»Dann scheint dir ja jetzt die Macht zu entgleiten.« Mads' tiefe Stimme erscholl in die Nacht hinaus.

Jetzt kamen Bens, Rebeccas und Lunas Stimmen hinzu. Sie schossen Energiekugeln ab, aber einige wurden zurückgeschnipst. Ragnara hatte auch Zauberer dabei.

»Allvater. Ich rufe dich an!«, schrie ich, und plötzlich saß Svidur entspannt auf der Treppe. Den einen Augenblick war er nicht da gewesen und im nächsten schon. Das Haar war pechschwarz, die Haut glatt, und das Auge funkelte kraftvoll.

»Sieh mich an«, sagte er. »Deine Gefolgschaft hat Wunder vollbracht.«

»Lass mich mit Hakim sprechen«, forderte ich.

»Ich sagte doch, es würde dich teuer zu stehen kommen, dich an mich zu binden, kleine Seherin.«

Der Sauerstoff wurde aus mir abgesogen.

»Svidur«, bat ich, »nicht Hakim.«

Ich hatte so hart dafür gekämpft, alle am Leben zu erhalten, dennoch war es mir nicht gelungen. Jetzt konnte ich nicht einmal mehr Hakims Geist behalten.

»Glaubst du etwa, du kannst alles kriegen?« Svidur neigte das Gesicht. »Triffst du *eine* Entscheidung, schließt du etwas anderes aus.«

Er lehnte sich zurück und sah noch entspannter aus, wie er sich da an die Treppe schmiegte.

»Nur nicht Hakim.«

Svidur zog seine dicken schwarzen Augenbrauen hoch. Nicht einmal eine Falte entstand auf seiner Stirn. »Willst du lieber deine Hexenfreundin verlieren? Den Riesenwolf oder den Halbgott, der da draußen so brav kämpft? Oder deinen Vater?«

»Ich will überhaupt niemanden verlieren.«

Jetzt war da Knirschen im Kies vor der Tür.

»Du bist der Sohn meiner Rivalin«, ertönte Ragnaras helle Stimme. »Wo ist Balders Blut?« Letzteres kam heraus wie ein Peitschenhieb. Ihre Machtgier schlug mir mit einem *Peng* entgegen.

Od antwortete. »Davon ist nichts mehr übrig.«

»Ich will es haben!«

Eskilds Stimme erklang, als er seine Truppen ums Haus kommandierte: »Berserker, zum Nordflügel! Fingalke, greift von oben an! Hirten und Zauberer, stellt euch im Kreis auf!«

Arthur entfuhr ein *Arrrg*, als er mit jemandem zusammenstieß. Ich traute mich nicht, darüber nachzudenken, mit wem, vermutete aber, es war ein Berserker auf Demiblut. Luna schrie auch, und Od hörte sich vollkommen anders an, als ich ihn je gehört hatte. Er stieß ein Kriegsgebrüll aus, als er mit jemandem zusammendonnerte.

Ich zerrte wieder an der Tür, doch sie ließ sich nicht öffnen.

»Ragnara hat Demigötterblut genommen«, schnaubte Svidur. Er lehnte sich ans Geländer, und mir kam der Gedanke, dass er Ähnlichkeit mit einer großen, verwöhnten Katze hatte. »Mit dem Rest von Götterblut in ihrem Körper ist sie noch stärker als die beiden Götterkinder da draußen.«

Ich riss mit aller Kraft an der Türklinke.

»Du darfst nicht nach draußen, kleine Seherin. Du wirst da nur getötet.« Offensichtlich hatte Svidur den Hokuspokus mit dem Schloss angestellt.

»Kannst du ihnen nicht helfen?«

Svidur zuckte mit den Schultern und zog die Mundwinkel nach unten. »Ich habe schon gewonnen. Das Götterblut ist flüchtig, ich brauche also nur abzuwarten, bis sie wieder ein Mensch ist.«

Er sprach *Mensch* wie ein Schimpfwort aus.

»Das sind deine Follower.« Ich holte Luft. »Das ist dein Sohn da draußen.«

Er gähnte.

»Ich bin nur an meinen Raben interessiert.« Er bedachte mich mit einem frechen Blick. »An dir und deiner Schwester.«

»Sie werden getötet!«

Seine Augen flackerten fröhlich. »Ja. Und sie sterben im Kampf, sie kommen also direkt zu mir, ausgenommen dein Vater, der versucht, dich zu beschützen. Stirbt man, um seine Familie zu beschützen, kommt man nach Folkwang, und Freyja sehnt sich so nach ihm.«

Ich schrie. Ein panischer, tierischer Laut entrang sich meiner Kehle. Alle, die ich liebte, mussten sterben. Hakim war schon tot, und jetzt sollten die anderen folgen.

Draußen konnte ich den Kampf hören, doch Ragnaras Leute waren in der Überzahl, und selbst mit zwei Demigöttern auf unserer Seite waren meine Freunde in großer Bedrängnis.

Ich trat ganz nah an Svidur heran. Etwas in mir sauste. Eine Kraft, deren Ursprung ich nicht genau kannte. Sie begann in meinen nackten Zehen, rollte durch Beine, Unterleib und Bauch hoch, um in meiner Brust zu enden. Es war eine Schlange, die sich ausrollte.

»Ich habe auch etwas gewonnen, als ich mich an dich gebunden habe«, sagte ich, obwohl mir nicht klar war, was es war, das ich gewonnen hatte.

Svidur stand von der Treppe auf und zog das Kinn zum Hals, sodass er mich durchdringend anstarren konnte. »Was hast du gewonnen, kleine Seherin?«

»Ich bin jetzt Völva«, antwortete ich. Meine Stimme war nun eine Oktave tiefer gerutscht. Eine Unzahl Wahrsagerinnen schienen sich aus mir herauszupressen. Hinter ihnen allen stand Heid.

Einer von Svidurs Mundwinkeln schnellte zu einem beifälligen Lächeln hoch. »Und hast du begriffen, was es bedeutet, dass du eine Völva bist?«

Die Zukunftswissende;
Wildtiere zähmte sie
Reiste, wie sie konnte,
Reiste wagemutig
Wartete mit Freude
Dem Allvater diente sie
Besiegte die böse Frau

Die Worte kamen von allen Völven, aber sie erschollen aus meinem Mund. Die Vergangenheit zog mich, aber ich hielt sie, wie an Zügeln eines wilden Pferdegespanns.

Svidur trat näher. Ich hatte seine Aufmerksamkeit eingefangen. »Was bittest du mich zu tun, Völva?«

Alles weiß ich, Odin!
Dein Aug verborgen
In Mimers Flut
Der weit gerühmte Allvater reichte
Ringe und Schmuck,
aber ich besaß Wissen und Warnstab
Ich weiß also mehr als du
In jedem Zeitalter

Svidur atmete schwer.

»Rabe.« Seine großen Hände legten sich um meine Wangen. »Wahrsagerin. Völva.«

Ich legte meine Hände auf seine und hielt sie fest, als ich ihm in sein brennendes Auge starrte.

Da erinnerte sie sich des ersten
Kriegs der Welt,
als sie Gullveig mit Speeren stießen,
und in des Hohen Halle muss sie brennen;
Dreimal verbrennen sie die dreimal Geborene

Ich zeigte in das Zimmer, wo Gungnir hing. Odins Speer, der mich fast umgebracht hatte. Er sang in meinem Kopf. »Ich bin geschmiedet von den Ivaldesöhnen mit Runenzauber. Töte.«

»Nimm den Speer«, befahl ich Svidur.

»Ich bin Gungnir«, flüsterte der Speer an der Wand, und ich ließ die Worte aus meinem Mund kommen.

Svidur wuchs mit jedem Wort, das ich sprach, bis er zuletzt den Nacken unter der Decke krümmen musste. Sein Gesicht wurde immer jugendlicher, und die Oberarme schwollen an. Dann streckte er sie aus, und die Arme reichten vom einen Ende des Flurs zum anderen, ins Wohnzimmer und die Wände hinauf. Seine großen Finger umschlossen Gungnir und zogen ihn von der Wand.

»Töte«, befahl ich dem Gott, und wieder stöhnte er. Jetzt war sein Brustkorb breiter als ein Auto.

»Mein Rabe. *Da* bist du«, sagte er, und der Atem, der mir entgegenströmte, war warm und angenehm. Dann ließ er mich los, riss die Tür auf und trat auf den Hofplatz.

Ich folgte mit langen Schritten und fühlte die Stärke der vielen Seherinnen hinter mir. Ich baute mich auf der Türschwelle auf und blickte über den Kampfplatz, in den sich der Hofplatz von Odinshöhe verwandelt hatte.

Alle meine Freunde waren am Leben, aber es lagen zerfetzte Fingalke überall, Rebeccas Haar stand in Flammen, Bens Kleidung glühte und war schwarz verfärbt, Mathias blutete frisches Demigötterblut aus einem Schnitt am Hals, wogegen einer von Mads' Armen schlaff herabhing.

Mein Vater lag auf dem Boden, aber er lebte.

Seltsamerweise war ich ganz ruhig, sogar auch als ich meine übel zugerichteten Freunde sah. Ich wusste, dass sie es überstehen würden.

»Töte die Machträuberin«, bat ich Svidur. »Benutze Gungnir.«

Alle hielten inne und sahen mich an.

Meine Stimme rollte kraftvoll, aber beherrscht über sie hinweg. Ich konnte merken, wie die Masse der Seherinnen aus meinen Augen schaute.

Sogar Mathias und Od sahen mich voll Ehrfurcht an.

Svidur in Gigantengröße trampelte vorwärts.

Ragnara, die mit ihrem grünen Messer gerade gegen Arthur ausholen wollte, hielt in ihrer Bewegung inne. Sie starrte Svidur mit einer Mischung aus Furcht und kochender Wut an. Dann verschob sich ihre Blickrichtung zu mir.

»Thoras Blut wird dein Tod sein«, sagte ich hocherhobenen Hauptes.

Svidur ging langsam vorwärts. Gungnir war seinem Wachstum gefolgt und jetzt so lang wie eine Fahnenstange. Mit einem Streich des Armes mähte er die Berserker nieder. Die Fingalke flatterten zur Erde, und die Hirten fielen um.

»Allvater«, flüsterte Ragnara. »Du hast dich mir nie zuvor gezeigt. Willst du mich jetzt haben?« In ihrer Stimme lag ein Hauch von Flehen.

Er senkte den Kopf und war direkt vor ihr. »Dich haben … Dich haben …« Er lachte, und von der Lautstärke begann die Erde zu beben, sodass sie vor ihm auf die Knie fiel. »Ja, ich will dich haben. Die Völva will dich haben. Zum Sterben.«

Ragnaras Augen flackerten. »Hilfe!«, rief sie. »Hilf mir, Loki.« Sie schaute übers Feld, das dunkel und still war.

Keine Antwort.

»Hilf mir!«, rief sie wieder. »Wir hatten eine Vereinbarung.«

Stille bekam sie als Antwort.

Svidur hob Gungnir und sah mich an.

Ich nickte und konnte spüren, wie die Augen der Seherinnen kalt durch meine flammten.

Svidur lächelte, als er meine Geste sah. Dann stieß er Gungnir vor und durchbohrte sie immer wieder.

»Eins. Zwei. Drei«, zählte er.

Sie fiel zu Boden, und ihr verzweifelter Drang zur Macht, den ich fast schmecken konnte, verflog. Ihr Geist erhob sich aus ihrem Körper, über den Eskild sich geworfen hatte.

Der Geist schaute sich um, und seine Miene war anders als vorher. Sie war erstaunt, störrisch und eigentlich meiner nicht unähnlich, wenn ich in den Spiegel guckte.

Sie schaute mich an, und ich erwiderte den Blick. Alle Völven sahen aus meinen Augen.

Würdevoll beugte sie den Nacken.

»Thorastochter, du hast mich besiegt«, sagte der Geist.

»Ich verstehe dich«, sagte ich. »Ich verstehe deine Abscheu dagegen, dass alle immer über dich bestimmt haben, damals, als du Sklavin warst. Ich verstehe gut, dass du dich dagegen gewehrt hast. Koste es, was es wolle.«

»Sklavin.« Der Geist kostete das Wort. »Fehu.« Sie zeigte auf meinen Unterarm, wo die Rune eintätowiert war. Dann trat sie näher, und die durchscheinende Hand streckte sich durch mich. Ich zitterte, als sich die Kälte des Todes wieder in mir einistete. Aber ich blieb stehen. Einen Augenblick glaubte ich, der Geist würde mein Herz zerquetschen, doch die Hand legte sich mir dort flach von innen gegen den Rücken, wo Elias Ansuz eingeritzt hatte. »Du bist auch Göttin und Sklavin. Genau wie ich.«

»Eigentlich sind wir doch nur Menschen.«

»Menschen.« Ragnara sprach das Wort so aus, als würde sie nicht ganz verstehen, was es bedeutete.

»Du musst dich jetzt ausruhen.« Die Worte waren hart, aber meine Stimme war sanft. Ragnaras Geist war ganz dicht vor mir, die Hand immer noch in meinem Körper begraben. Ich schaute ihr ins Gesicht. Die braunen Augen, die Roriks so sehr ähnelten, waren das Beständigste an ihr. »Es ist nun vorbei«, flüsterte ich.

Sie beugte sich ganz zu mir. »Wenn du glaubst, dass es mit mir vorbei ist, dann irrst du dich.«

Dann verschwand sie, und Eskild stieß vor Schmerz und Zorn ein Gebrüll aus.

Svidur hob Gungnir wieder an, aber ich rief ihm »Nein!« zu. »Nicht noch mehr.«

Er senkte den Speer und beugte den Nacken. »Du gebietest mir, Rabe. Du gebietest mir, Völva.«

EPILOG

Ich ging durch die blaue Haupteingangstür von Odinshöhe nach draußen – es gab keinen Grund, hinter mir abzuschließen, denn niemand würde ohne den Kaufvertrag ins Haus kommen können, und der steckte in meiner Tasche.

Kurz blieb ich ganz oben auf dem Hügel stehen und blickte über das flache Nordjütland.

Die Sonne ging gerade unter, obwohl es erst halb vier war, aber so ist das in Skandinavien zur Wintersonnenwende.

An meinem Geburtstag.

Ich hatte – allen Hindernissen zum Trotz – ein weiteres Jahr geschafft.

Seltsamerweise ging kein Wind. Bei normalen Wetterverhältnissen bügelte der unerbittliche Wind Büsche und Bäume auf ihrer dem Westen zugewandten Seite platt, aber heute wehte nur eine leichte Brise, die im Laub stocherte. Über die ruhige Landschaft ergossen sich in flammendem Orange die Strahlen der Sonne. Der gigantische Feuerball lag am Horizont und wartete geduldig.

Ich seufzte. Kein Weg dran vorbei.

Ein letzter Blick schwenkte in die Runde, und vielleicht spielten meine Augen mir einen Streich, aber mir war, als sähe ich Gestalten im Kraghede Skov. Genau am Waldrand vor der jetzt umgeknickten Birke. Aber die roten Strahlen nahmen zu und funkelten auf den nackten Baumstämmen.

Ich schüttelte den Kopf. Vielleicht musste ich aufhören, immer in höchster Alarmbereitschaft zu sein. Unfreiwillig schoben sich meine

Mundwinkel nach oben, als ich mich um die eigene Achse drehte und die Ruhe aufnahm, die meine Heimat immer in mich pflanzte. Da zwickte es leicht in meinem Rücken, als ich den Hals drehte.

Die Wunde auf meinem Rücken war gerade frisch verheilt und noch immer empfindlich, wenn sich die Haut spannte. Ich würde eine große Narbe in Form der Rune Ansuz für immer zurückbehalten.

Mein Lächeln erstarrte, als mir Hakim wieder einfiel. Ich befühlte die Silberhand um meinen Hals. Obwohl das Metall kühl war, strahlte es Wärme in meine Finger aus.

Als ich mich so weit umgewendet hatte, dass mein Gesicht auf Bens und Rebeccas Haus gerichtet war, sah ich, dass dort etwas stand, was ich nicht richtig erkennen konnte, neben der angemalten Mauer. Fällten sie in ihrem Garten gerade einen der großen Bäume?

Ich zog die Jacke meiner Mutter fester um mich und ging den Hügel hinab.

Auf dem Hofplatz traf ich auf die abgespacte Familie, Mathias und meinen Vater. Beim Anblick von Arthurs rotem, strubbeligem Haar schlug mein Bauch Purzelbäume.

Seltsam, so widersprüchliche Gefühle aus purem Glück und purer Trauer auf einmal in sich zu tragen.

Als er sich umdrehte und mich mit einer Liebe ansah, die so tief war, dass ich es beinahe kaum fassen konnte, war das Lächeln von einem Ohr zum anderen unmöglich aufzuhalten. Er streckte sich nach mir aus.

»Ich bin vorgegangen«, erklärte er und drückte meine Hand. »Ist das okay?«

»Klar«, antwortete ich. »Ich muss mich einfach noch daran gewöhnen, nicht in Panik auszubrechen, wenn du verschwindest.«

Ich geriet leicht in Panik, wenn jemand verschwand.

Die Wintersonne badete die Erde, die Bäume und das Haus, und jetzt hatten die Strahlen einen pinken Ton angenommen, durch den die bauschigen Wolken wie Zuckerwatte aussahen.

Rebecca hatte ihren großen Korb in den Armen. Der war bis zum

Bersten gefüllt mit Knochen, frischen Fleischstücken und einer Schale mit einer dampfenden dunkelroten Flüssigkeit. Trotz der Minusgrade und einer feinen Schicht Schnee, die auf der Landschaft lag, lugten ihre nackten Zehen unter dem langen Kleid hervor. Sie hob den Kopf zu mir mit einem sanften Gesichtsausdruck, der nicht zu ihrer blutigen Last passte.

»Herzlichen Glückwunsch zum Geburtstag, liebste Anne Stella. Wir fangen gleich unser Jólblót an.«

Ich nahm einen vor Blut triefenden Vogelkadaver von Rebecca in Empfang. »Ich bin so weit.«

»Yeah! Du bist jetzt Anhängerin des Asenglaubens.« Luna führte einen kleinen Siegestanz auf.

Ich grunzte etwas Unverständliches. Der Preis für meine neu gewonnene Religiosität war unglaublich hoch gewesen.

Mathias schaute mich an. »Wir gehen hinterher ins Frank's und feiern dich.«

Mir blieb der Mund offen stehen. »Ich habe doch gesagt, dass ich kein Fest will.«

Mathias klopfte mir auf die Schulter. »Da sind viele, die sich freuen, dass du an deinem neunzehnten Geburtstag noch lebst, darum lass sie das ausleben.«

»Wer?«

»Mads, Frank, Elias und Minna warten da unten.« Mathias' warme Hand drückte meinen Arm. »Bringen wir's hinter uns.«

Auch er nahm sich einen Fleischbrocken.

Die anderen griffen sich zerstückelte Tierteile und blutige Knochen, und wir gingen in einem feierlichen Gänsemarsch mit Rebecca an der Spitze auf die andere Seite des Hauses.

»Wir haben in diesem Jahr upgegradet«, flüsterte Luna und hob ihren braunen Vogelflügel hoch, an dem an einem Ende ein weißer Knochen herausragte. »Odin rettete alles Übrige und auch unser Leben, sobald er Kräfte dafür hatte.« Sie schaute mich aus dem Augenwinkel an. »Woher hatte er so viel Kräfte?«

»Upgegradet? Wie?«, fragte ich, um einem Kommentar auf ihre Frage auszuweichen, aber sie kam nicht zum Antworten.

Auf der anderen Seite des Hauses, die der Odinshöhe zugewandt lag, sah ich, was sie meinte. Die Umrisse, die ich in der Dämmerung nicht deutlich hatte erkennen können, standen jetzt klar vor mir. Es war eine hohe Figur, die mit einem Totempfahl am meisten Ähnlichkeit hatte.

Ben und Rebecca hatten augenscheinlich eine lebende Eiche geschält. Sie war beschnitzt und bemalt worden, doch die Wurzeln waren noch tief in der Erde verankert. Hier und da ragten grüne Zweige aus dem Stamm, doch am ausgefallensten waren die aufgemalten Köpfe, die sich übereinandertürmten.

Ich sah ein Frauengesicht mit goldenen Haaren und einem veräppelnden Ausdruck, einen barschen Männerkopf mit roter Haarpracht und ein weiß gemaltes Gesicht mit stechend blauen Augen in genau der gleichen Nuance wie bei Mathias. Ganz oben auf dem Stamm war ein Gesicht mit einem spitzen Hut und einer leeren Augenhöhle. Eine Leiter lehnte am geschnitzten Stamm.

Vor dem Pfahl stand ein großer Mann und betrachtete ihn, die Hände auf dem Rücken ineinandergelegt. Als wir bei ihm ankamen, drehte Od sich um und schaute mich in der Weise an, die meinen Willen zu verdampfen drohte. Seine Augen fingen meinen Blick ein, ohne ein Wort zu sagen.

Rebecca, Arthur und Ben verbeugten sich vor ihm.

Ich hätte sie am liebsten angeknurrt, dass sie aufhören sollten, vor einem Demigott zu schleimen, aber mein Vater warf mir einen warnenden Blick zu. Ich ließ mich dazu herab, vor Od einen Knicks anzudeuten, worüber er amüsiert grinste.

Rebecca scheuchte uns in einen Kreis und spritzte mit einem Zweig Blut auf den Pfahl.

»Götter«, verkündete sie. »Wir bekennen uns zu euch.«

Da war eine leichte Vibration unter meinen Füßen.

»Wir beten euch an.«

Wieder rumorte die Erde.

»Wir bieten euch Opfer dar.«

Die Sonne war fast untergegangen, sodass es schon beinahe ganz dunkel war, aber ein schwacher Schimmer blitzte am Himmel auf.

Von dort sah ich zwei schwarze Umrisse auftauchen. Sie kreisten ganz oben um die konische Spitze des Pfeilers.

»Rooork«, lachte der eine. Der andere stimmte mit einem gleichen Schrei ein. Die Vögel drehten die Köpfe und schauten uns aus ihren perlenartigen Augen an. Die schwarzen Federn schimmerten glänzend.

Mathias trat unruhig auf der Stelle, blieb aber, wo er war, mit seinem Fleischstück in der Hand.

Zuerst stieg Ben die Leiter hoch. Er flüsterte dem rothaarigen Kopf etwas zu und legte ihm seine Knochen in den offenen Mund. Luna folgte seinem Beispiel und hängte ihren Vogelflügel über einen Zweig, der aus dem Ohr des weißen Gottes ragte. Sie sagte auch etwas Nichthörbares, bevor sie rückwärts die Leiter wieder herunterstieg. Mathias reichte einfach bis oben hin, sein Arm war plötzlich viel länger, und er spießte sein Fleischstück auf denselben Ast neben Heimdals Schläfe. Arthur begab sich widerstrebend zur goldenen Göttin. Sie war in der Höhe seines Kopfes, sodass er die Leiter nicht brauchte. Er tauchte seine Hand in Rebeccas Schale und fuhr der Holzfigur mit den Fingern über die Wange.

Mir war, als hörte ich vom Baum einen weiblichen Seufzer, aber ich kann mich da auch getäuscht haben.

»Danke, dass du mich bei meiner Tochter bleiben lässt«, murmelte Arthur.

Od reichte hinauf und wickelte einen Golddraht um den Hals des obersten Gottes.

Als ich an der Reihe war, kletterte ich auf die Leiter. Ich wusste nicht genau, was ich machen sollte, weil da keine leeren Zweige oder Ablageflächen mehr vorhanden waren; darum stand ich auf fast der obersten Sprosse und dachte nach.

Die Raben betrachteten mich von ihren kreisenden Bahnen aus.

Entschlossen spießte ich den Vogelrumpf auf den spitzen Hut auf.

»Hier, Svidur«, flüsterte ich. »Ich erkenne dich als Gott an. Ich werde dich wohl anbeten, weiß aber nicht, für wen von uns das am schlimmsten ist.«

Die Vögel setzten schreiend zum Sturzflug an, und ich wäre vor Schreck fast von der Leiter gefallen. Sie nahmen auf dem Kadaver Platz, wo sie Fleischfetzen von den Knochen pickten, während die funkelnden schwarzen Perlenaugen mich ununterbrochen anstarrten.

»Das ist doch so was wie ein gutes Zeichen, Svidur«, sagte ich leise.

Als Antwort kam vom Himmel ein schwacher Lichtschimmer, und jemand lachte weit oben.

»Ruf mich mit meinem richtigen Namen an«, hauchte er in meinem Kopf.

»Okay, Odin«, flüsterte ich. »Ich bin gegen das Konzept von Göttern. Wirklich total dagegen, aber diese Runde geht an dich.«

Als Antwort lachte er. »Ich gewinne immer, kleine Seherin. Immer.«

Im Kraghede Skov, nicht weit von uns entfernt, sah Elias unsere kleinen Umrisse vom anderen Ende der Odinshöhe. In der Dämmerung waren wir kaum zu erahnen. Er betrachtete auch das aufblitzende Licht am Himmel.

Dann legte er die Hand auf die fast ganz abgeknickte Birke.

»Ich habe es getan«, sagte er. »Ich habe meinen Teil der Absprache eingehalten.«

Ein dunkler Schatten trat dichter zu ihm.

»Ist sie gestorben?« Die Gestalt war in einen grauen Mantel gehüllt, und die Stimme war tief und grell.

»Sie hält das für ihre eigene Idee, aber Anne starb von meiner Hand. Sie war zumindest für kurze Zeit tot.«

»Und du hast für Ragnara gearbeitet, als sie lebte.« Der Name kam schwer heraus, als ob er sich beim Aussprechen verkantet hätte.

Elias gab keine Antwort.

»Der Rabe ist zurück auf der Höhe. Gut«, sagte die Person zu sich

selbst. »Alles läuft nach Plan. Und ich kann mich in ihrer Mitte bewegen, ohne dass jemand Verdacht schöpft.«

»Was ist mit meiner Bezahlung?« Obwohl Elias' Stimme vor Angst zitterte, presste er die Frage hervor. »Ich habe alles getan, was ich dir versprochen habe.«

Die Kapuze wurde zurückgeschoben, und Elias öffnete den Mund mit einem Schnappen nach Luft.

Die Person vor ihm war eine Frau mit Sommersprossen, mit sanftem Gesicht, und ein dicker, weizenblonder Zopf saß auf ihrem Kopf. Ihre Augen waren graublau. Sie legte eine warme Hand an Elias' Wange und lächelte.

Seine Augen wurden glänzend. »Mutter?«

»Elias.« Ihr Tonfall hatte sich von der scharf geschliffenen zur sanften Stimme einer Frau verwandelt. »Mein Kind.« Sie legte den Kopf schräg.

»Lass das«, flüsterte Elias. »Du wirst es nie bleiben lassen, oder?«

Ein munteres Lachen drängte aus dem Mund der Frau, und ihre Augen funkelten schelmisch. »Ist es nicht das, was du willst?«, fragte sie. Zuerst flimmerte ihr Gesicht, dann der ganze Körper, und zum Schluss verformte sich die Person. Knallrotes Haar floss über ihre Schultern, die dunklen Augenbrauen zogen sich trotzig zusammen – die eine hatte eine Narbe in der Mitte. »Willst du sie hier haben?« Jetzt war die Stimme tiefer, aber noch feminin. Sie trat näher an Elias heran. Ihre Hand, die noch seine Wange umschloss, fuhr seinen Hals hinab. Ihre Nägel kratzten über seine Haut, und ein Schaudern durchlief ihn. »Willst du mich haben?«, flüsterte sie. »Willst du mich haben, Elias?« Sein Name wurde in die Länge gezogen und das S fortgesetzt, bis sie ganz dicht bei ihm war und Elias' Wange ableckte.

Mit einer brutalen Bewegung stieß Elias sie weg.

»Hör auf damit, Loki«, sagte er.

Der Kopf wurde geschüttelt, und jetzt fiel das gräuliche Haar in dicken Strähnen ums Gesicht. Die Augen hatten die Farbe von poliertem Eisen. Der Mund war markant, und die Lippen schoben sich nach oben zu einem sardonischen Lächeln. Er wurde größer als Elias, seine Schultern breiter, der Brustkorb kräftiger, und die Hand an Elias' Hals wurde doppelt so groß. Der Daumen ruhte auf der Schlagader, die unter dem Finger pochte.

»Willst du lieber mich haben, wie ich bin?«

»Du weißt, was ich haben will.«

»Du bekommst, was dir zusteht.« Lokis graue Augen funkelten.

In Hrafnheim flossen Wogen von der untergehenden Wintersonne übers Reich. Über den brauen Feldern von Særkland, die Tierherden in Flón, die Salzminen in Danheim und die breiten Flüsse im Gardareich.

Die schwarzen Dünen in Hibernia glommen in den orangen Strahlen, und die Schnitzereien in Gythas Haus waren trocken und gesprungen.

Eine einsame Flocke rieselte herab und landete auf der Holzoberfläche, schmolz aber schnell. Eine weitere Flocke folgte und dann noch eine und noch eine. Bald war die Luft voller rieselnder Kristalle. Eine Schicht aus Eis bildete sich auf den Schnitzereien, und die glasartige Haut knisterte.

In Dylfins Hauptgeschäftsstraße hoben Menschen ihr Gesicht dem Schnee entgegen, der sich auf sie legte. Die Lindwurmknochen in den Gebäuden leuchteten grün, überzogen sich aber mit Frostnadeln.

»So kalt«, murmelten einige und pusteten sich in die geballten Hände.

Die Traumfänger klimperten, verstummten aber, als sie vom Eis eingekapselt wurden.

Ein Schiff trieb träge auf dem Fluss dahin, kam jedoch mit einem Klagelaut zum Stillstand, als das umgebende Wasser zu einem milchig weißen Brei gerann, um dann vollends zuzufrieren. Das ging so schnell, dass sogar die kleinen Wellen mitten in ihren Bewegungen erstarrten. Die Frauen und Männer an Deck verliehen durch gegenseitige Zurufe ihrer Überraschung Ausdruck, wobei die Atemluft vor ihren Mündern stand. Der Frost war so stark, dass er den Mast hochlief und am Ende das Holz mit einem Krachen pulverisierte. Das Segel stürzte herab, und die Menschen liefen um ihr Leben.

Die Kälte verbreitete sich wie ein Feuer über die flache Ebene Richtung Ísafold. Birna, die auf der Heide stand, hob den Kopf in die Richtung, aus der das Zersplittern ertönte. Styrr legte einen Arm um ihre Schultern, kniff die Augen zusammen und guckte zum Horizont, als der Raureif rasch näher rückte.

Der Frost erreichte das Wäldchen Barre, und das Rauschen der Bäume verstummte, während der Iving bissig plätscherte.

Birna und Styrr drehten sich um und liefen davon, doch das Eis holte sie ein und bedeckte ihre Hosenbeine mit kleinen Krusten.

Tíw rief sie aus seiner geöffneten Tür an. Der Ärmel seines Pullovers hing schlaff auf der rechten Seite herab, mit seinem noch verbliebenen Arm aber hielt er die Tür auf. Birna und Styrr erreichten sie in gefrorenen Stiefeln und mit blauen Lippen. Tíw warf die Tür zu, sobald sie im Haus waren, und das Eis versiegelte sie.

Der Fimbulwinter war angebrochen.

MALENE SØLVSTEN, geboren 1977, debütierte 2016 mit dem ersten Band der Fantasy-Trilogie *Das Flüstern der Raben* und wurde im selben Jahr für den »Læsernes bogpris« (dt. »Buchpreis der Leser«) nominiert. Die Serie entwickelte sich in Dänemark rasch zu einem Bestseller. 2018 erhielt die Autorin den »Edvard P. prisen«, der vom dänischen Bibliotheksverband vergeben wird. Sie lebt mit ihrer Familie in Kopenhagen.

DAGMAR LENDT ist Skandinavistin und übersetzt aus dem Norwegischen, Schwedischen und Dänischen. Bisher hat sie rund neunzig Bücher ins Deutsche übertragen, u. a. von Jon Fosse, Kjetil Try, Karin Alvtegen, Siri Pettersen und Liza Marklund. Sie lebt in Berlin.

DAGMAR MIẞFELDT ist Skandinavistin und Übersetzerin aus dem Schwedischen, Dänischen, Norwegischen und Finnischen, u. a. von Werken von Liza Marklund, Jonas Moström, Siri Pettersen und Marianne Kaurin. Sie übersetzt zudem für Fernseh- und Kinoproduktionen. Sie lebt in Hamburg.

ZITATNACHWEISE

Alle weiteren Edda-Zitate stammen aus der gemeinfreien Übersetzung von Karl Simrock »Die Edda« (1876) (https://de.wikisource.org/wiki/Die_Edda_(Simrock_1876), S. 9, 163, 242, 285, 382, 433, 563) oder wurden von den Übersetzerinnen ins Deutsche übertragen (S. 263, 420-424, 696/697).

LESEPROBE

»MANNAZ – DAS FLÜSTERN DER RABEN (3)«
(ERSCHEINT AM 17.08.2022)
KAPITEL 1

Im Gestank von verbranntem Haar und Fleisch hustete ich. Obwohl irgendwo Feuer brennen musste, war es eiskalt. Gelbe Zuckungen durchfuhren den Dunst wie stroboskopartige Blitze, und ich entdeckte dunkle Umrisse in Dampf und Licht. Es glich einem brutalen Schattenspiel. Ich versuchte mich zu orientieren, sah aber fast nur Nebel.

»Was ist das hier?« Die Frage war an keine bestimmte Person gerichtet, und ich bekam auch keine Antwort. Ich schirmte meine Augen mit der Hand ab. Da waren Menschen, und da waren menschenähnliche, absurd große Gestalten. Im Gewimmel unter ihnen trieben sich Wölfe, Schlangen und Fingalke herum.

»Ragnarök besiegelt das Schicksal der Götter.« Die Worte klangen wie Gesang im Wind.

»Serén? Bist du's?« Ich hatte lange keinen Kontakt mehr zu meiner Schwester herstellen können, darum war mir sogar ein Alptraum recht, solange sie darin vorkam. »Serén? Bist du da oben irgendwo?«, rief ich voller Hoffnung zum Himmel hoch. Die niedrige Wolkendecke versperrte die Sicht auf das Firmament. Die Sonne schimmerte als schwarze Scheibe hinter dem Dunst.

Der Dampf hob sich, und ich blickte entsetzt auf die Ebene. Sie schwamm in Blut und war haufenweise mit leblosen Menschenleibern übersät. Es waren so viele, dass man die Erde nicht mehr sehen konnte. Krähen hackten auf die Leichname ein, und ihre heiseren Schreie vermischten sich mit Dröhnen, Rufen und Schlägen. Ich entdeckte einen Leichenverschlinger mit knielosen, langen Hinterbeinen, sodass sein Hintern hervorragte. Er kaute eifrig auf einem Oberarm herum, und ich guckte schnell weg.

Dort streunten langhaarige und wilde, menschenähnliche Wesen herum. Die fast nackten, aufgedunsenen Körper waren mit Spiralen bemalt, und sie trugen Goldreife um Hals und Arme. Einige schnitten den Gefallenen die Köpfe ab und reckten ihre Kriegsbeute mit Siegesgebrüll in die Luft.

Ein Mensch kam angelaufen. Der bloße Anblick des Mannes nach all diesen Monaten brachte mein Herz ins Trudeln.

»Rorik … ich meine, Sverre.«

Er kämpfte unnachgiebig in einem Schwarm Fingalke. Sein blondes Haar war blutverschmiert, und er sah älter und härter aus. Das lag vielleicht am Krieg, oder was das hier sein sollte, oder vielleicht fand dieses entsetzliche Ereignis Jahre später in unserer Zukunft statt. Sverre durchbohrte einen Fingalk mit seinem Speer. Der Fingalk ähnelte Finn, doch ihm hätte Sverre nie etwas getan. Mein eigener, geliebter Fingalk war ohnehin schon lange tot.

Das Wesen fiel zu Boden, und Sverre zog ihm den Speer aus dem Körper. Dabei musste ich mir die Hände vor den Mund halten.

»Anne!«, rief Sverre. »Ich weiß, du schaust aus der Vergangenheit zu. Du musst das hier stoppen. Sorg dafür, dass ich verschlungen werde.«

Ich ging zu ihm. »Von was verschlungen?«

Sverre drehte sich zu mir um. Seine braunen Augen suchten die Gegend ab. »Du kannst das hier ändern. Wir können zusammen glücklich werden.«

»Kannst du mich sehen?«

Er lief vor, und instinktiv breitete ich die Arme aus, um ihn zu umarmen, er rannte aber einfach durch mich hindurch. Von dem Gefühl, als er meinen Körper passierte, wurde mir schlecht. Als ich mich umdrehte, war Sverre weg.

Die Erde unter mir bewegte sich, und ich fiel auf die Knie. Dann ertönte ein lautes Krachen, gefolgt von einem unheimlichen Rumpeln. Eine eiskalte Riesenwelle überflutete den Kampfplatz, und ich ging in einem Gewirr aus Toten und Waffen unter, die im Wasser umhertrieben. Alles schwappte über meinem Kopf zusammen, und etwas Lebendes und Schuppiges packte meine Knöchel und Handgelenke.

Ich schrie zur Oberfläche, aber aus meinem Mund kamen nur Luftblasen, als die Schlange sich um meinen Körper wickelten und mich hinab in die Tiefe zogen.

Ich warf meinen Kopf hin und her, wand mich, wurde aber von der Umschlingung der Schlange unten gehalten. Etwas Lebendes und Warmes drückte mir den Mund fest zu.

»Lass mich los!«, schrie ich, doch meine Worte wurden beinahe wieder zurück in meinen Mund gepresst.

Was auch immer da vor meinen Lippen war, bewegte sich kein bisschen. Stattdessen nahm der Druck zu, sodass ich kaum noch Luft bekam. Ich schlug danach. Ein lähmender Schmerz schoss mir durch den Arm, gleichzeitig wurde die Umklammerung der Schlangen gesprengt. Endlich kam ich frei. Hustend holte ich Luft und trat die Schlangen weg. Seltsamerweise gaben sie ein lautes *Ritsch* von sich. Verwirrt schaute ich mich um und erwartete halb, um mich Leichenberge, Rauch und Kampfgetümmel zu sehen, doch es war still. Ich lag in meinem Bett im Schlafzimmer in Odinshöhe, es war saukalt, und auf dem Boden lag knallbunter Stoff zerrissen auf einem Haufen.

»Anne«, rief Luna vom Hof. »Wir müssen los, wenn wir es noch schaffen wollen.«

Ich rieb mir das Gesicht, ließ es aber, weil meine Haut brannte. Unter den Nägeln war etwas feuchtes Rotes, und ein Fleck auf dem Handgelenk wurde immer größer. Ich hatte mich offenbar im Schlaf selbst geschlagen. Ich setzte mich aufrecht hin.

»Aaaaanneeee!«

»Ich komme.«

»Hast du dich mitten am Tag wieder schlafen gelegt?« Auf der Treppe vorm Zimmer waren Schritte zu hören. Luna steckte den Kopf herein. Schneeflocken lagen auf ihren Korkenzieherlocken, und sie hatte sich in einen neongelben Daunenmantel eingemummelt. Darunter lugten Füße in Socken hervor. »Auweia!« Sie hob die zerrissene Decke vom Boden auf. »Es hat über eine Woche gedauert, die zu nähen.«

»Tut mir leid«, murmelte ich.

»Schon okay. Ich repariere sie.« Sie zuckte mit den Achseln. »Warum hast du deinen Riesenkristall nicht eingeschaltet? Hier ist es eiskalt.«

»Habe ich vergessen.« Und er erinnerte mich so sehr an Sverre, dass ich ihn kaum ansehen konnte.

Luna setzte sich auf die Bettkante. »Du blutest.«

Ich stellte meine Strumpffüße auf den kalten Boden. Meine Zehen waren schon durchgefroren, noch bevor sie überhaupt mit den Bodendielen in Berührung kamen, und es wurde nicht besser, als ich aufstand. Dann beugte ich mich hinunter und schaute in den Spiegel. Wo ich mich gekratzt hatte, zogen sich vier rote Striemen von meiner Wange bis zur Oberlippe. Ein rotes Tröpfchen kullerte mir vom Mundwinkel.

»Ich habe was gesehen.« Ich guckte Luna im Spiegelbild an. »Eine brutale Schlacht.«

Sie musterte mich. »Im Traum oder in einer Vision?«

»Ich glaube, in einer Vision, aber es muss die Zukunft gewesen sein, weil ich Sverre gesehen habe, und er war älter.«

»Hat Serén sie dir geschickt?«

»Keine Ahnung, woher oder von wem die kam.«

»Kannst du sie immer noch nicht erreichen?«

Ich leckte meinen Finger an und rieb das Blut weg. Es kribbelte, war aber nur ein leichter Schmerz. »Nope. Die Leitung ist tot.«

»Sie kontaktiert dich bestimmt bald«, meinte Luna optimistisch und stand auf. »Dann kann sie dir erklären, was da abläuft.«

»Wir sollten uns besser beeilen, damit wir nicht zu spät kommen.« Ich hatte keine Lust, über die Probleme bei der Kontaktaufnahme mit meiner Schwester zu reden. Unten zog ich die inzwischen ziemlich abgerockte Jacke meiner Mutter an. Die dunklen Stickereien auf schwarzem Grund waren aufgegangen, und lose Fäden hingen heraus.

Luna schlüpfte in ihre dicken Stiefel. »Bist du startklar? Achtung, fertig, los …« Sie öffnete die Tür und hob die Hand gegen das Schneegestöber. Die kleinen Eiskristalle fielen mir ins Gesicht, und ich setzte meine Mütze auf und zog den Schal so hoch, dass nur noch meine Augen rausguckten. Gemeinsam liefen wir über den Hof zu Bens und Rebeccas orangem VW-Bulli. Mein Vater und Lunas Eltern saßen schon eingepfercht vorn, also quetschten Luna und ich uns hinten rein. Der Motor des Kleinbusses protestierte mit einem Brüllen, weil er wieder zum Leben erweckt wurde. Ben hatte sich mit einem Rentierfell und einer Kosakenmütze warm eingepackt, Rebecca saß in Wollschals gewickelt am Steuer und gab stetig Gas, damit der Bulli nicht wieder ausging, und mein Vater sah in seinem Thermo-Overall aus wie eine grüne Wurst. Ich zog die Jacke fester um mich. Mit ihr, den zwei Lagen Gestricktem, dem Schal, der Pelzmütze und Wollfäustlingen konnte ich mich beinahe warmhalten.

Beinahe.

»Leg das einfach unter den Sitz.« Arthur reichte mir einen Stoffbeutel mit etwas Schwerem. Es gab ein Schwapp-Geräusch, als ich ihn auf den Boden des Wagens legte.

»Schieb ihn etwas mehr aus dem Weg.«

Ich gehorchte Arthur und stopfte den Beutel ganz unter den Autositz. »Schon irre, dass ihr Benzin aufgetrieben habt«, sagte ich, hauptsächlich um nicht an meine Nase denken zu müssen, die sich wie ein Eiszapfen anfühlte.

»Benzin. Der Wagen fährt mit Magie«, erklärte Ben so tief, dass seine Stimme fast mit dem Brummen vom Motor verschmolz. Rebecca fuhr mit dem Bulli los, und der hustete die Straße von Odinshöhe hinunter zur Kragheder Landstraße. Es schneite wieder und war fast dunkel. Der Wagen geriet ein paarmal ins Schleudern, doch Rebecca hielt uns auf der Straße in die Stadt.

Das Ortsschild war zum Teil von einer Schneewehe verdeckt, sodass dort nur *Ravn*, Rabe, stand. *Sted* war unleserlich, aber es passte gut, weil man wegen all dem Weiß beinahe unmöglich erkennen konnte, wo wir waren. Wir parkten und beeilten uns, vom Wagen in Frank's Bar and Diner zu kommen. Die Glastür hatten Eisblumen überzogen. Drinnen war es ein bisschen wärmer als draußen, aber nicht besonders viel. Frank fing mich in einer Bären-Umhalsung ein.

»Schön, dich zu sehen«, sagte er mir ins Ohr.

Ich erwiderte die Umarmung, drückte mich aber etwas ab und betrachtete ihn. Er trug einen Vollbart, aber das taten jetzt fast alle Männer. Der größte Unterschied zu früher war, dass er keine Gel-Frisur mehr hatte. Seine dunklen Haare mit den grauen Strähnen hingen über seinen Ohren. Jemand an der Bar rief, und Frank eilte hin. Mathias kam zu uns, und seine Hand landete auf meiner Schulter. Ich spürte die kühle Strömung durch meine sämtlichen Klamottenlagen. Die göttlichen Kräfte nahmen mit jedem Tag zu. Seine Haut war so honiggolden wie immer, und seine Augen leuchteten hell. Luna warf sich in seine Arme und küsste ihn stürmisch. Mathias brach den Kuss ab, behielt aber Lunas Hand in seiner.

»Was ist das?« Er berührte vorsichtig mein Gesicht.

»Ich habe mich aus Versehen selbst gekratzt.«

Seine saphirblauen Augen funkelten.

»Das ist nichts«, sagte ich.

Das Frank's füllte sich mit Ravnssted-Leuten. Der hinterste Teil der Bar, wo sonst immer Kaffeehaustische standen, lag eine Ebene höher als der Rest, doch jetzt war dort ein Fernseher eines älteren Baujahrs aufgestellt worden. Das Gehäuse, das den leicht gewölbten Bildschirm umgab, war aus silberfarbenem Plastik. Die Lautsprecher waren an den Seiten ins Gerät eingebaut, aber mit feinmaschigem Stoff bezogen. Frank zeigte mit einer großen Fernbedienung darauf, und ein Testbild tauchte auf.

Tiefe Stille senkte sich über die proppenvolle Bar, als ein Anzugträger auf dem Bildschirm erschien. Ich erkannte ihn vom ersten Ball zur Tagundnachtgleiche im Bootsmann vor zwei Jahren wieder, obwohl ich dafür etwas brauchte. Damals trug er noch keinen Vollbart und halblanges Haar, aber die Fliege war noch die gleiche. Er sah aus wie eine Mischung aus Höhlenmensch und Geheimagent.

Draußen rauschte der Wind, und der Luftzug war bis ins Frank's zu spüren. Die Kerze auf unserem Tisch flackerte leicht. Der Journalist auf dem Bildschirm wartete, bis die Erkennungsmelodie der Nachrichtensendung verklungen war.

»Die Tagestemperaturen in Skandinavien bewegen sich nach wie vor zwischen fünfzehn Grad minus und fünfundzwanzig Grad minus, abgelöst von Froststürmen, die bis zu fünfundvierzig Grad minus zu uns heranführen können. Die Polkappe hat Nordschweden erreicht, und dort gibt es südlich der Grenze immer noch keinen Kontakt zum Rest der Welt.«

Im Frank's sagte niemand ein Wort.

»Die Nachrichten berichten wieder über die Kältewelle«, sagte der Sprecher. »Wir geben euch ein Update und sprechen mit führenden Experten.«

Er machte eine Pause.

»Heute ist der 12. August, willkommen zu den Nachrichten.«

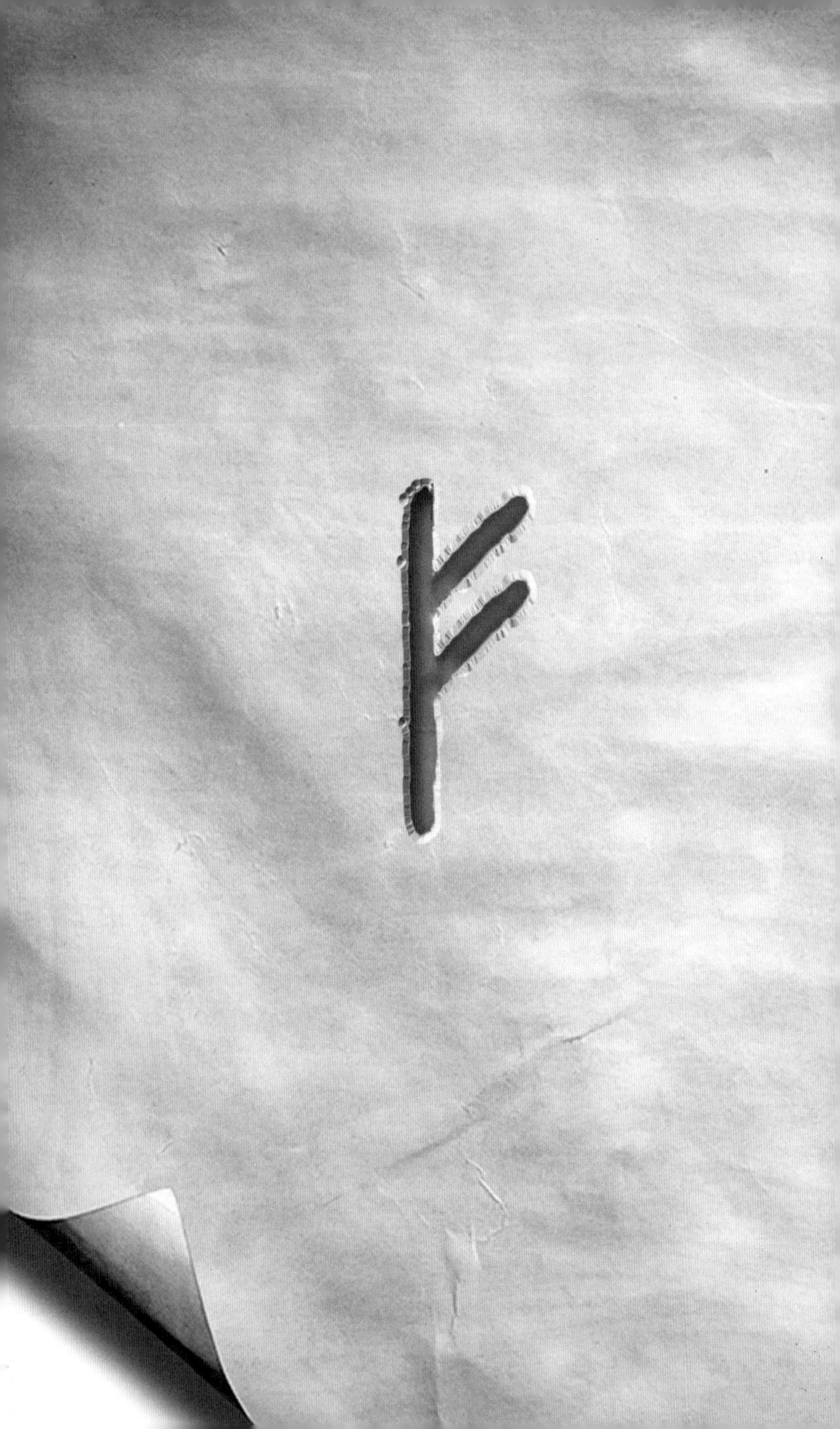